国家出版基金项目
NATIONAL PUBLICATION FOUNDATION

中国传统评书

抢救出版工程

主　编　田连元

执行主编　耿柳

双镖记（上）

田连元　编著

春风文艺出版社

·沈阳·

图书在版编目（CIP）数据

双镖记：上下 / 田连元编著. —沈阳：春风文艺
出版社，2024.8
（中国传统评书抢救出版工程丛书 / 田连元主编）
ISBN 978-7-5313-6394-1

Ⅰ. ①双… Ⅱ. ①田… Ⅲ. ①北方评书 — 中国 — 当代
Ⅳ. ①I239.8

中国国家版本馆CIP数据核字（2023）第007870号

春风文艺出版社出版发行

沈阳市和平区十一纬路25号　邮编：110003

辽宁新华印务有限公司印刷

责任编辑：姚宏越　　　　　　　责任校对：于文慧
封面设计：黄　宇　　　　　　　幅面尺寸：145mm × 210mm
字　　数：646千字　　　　　　印　　张：20.75
版　　次：2024年8月第1版　　印　　次：2024年8月第1次
书　　号：ISBN 978-7-5313-6394-1
定　　价：90.00元（全2册）

目　录

上　册

第一回　窦尔敦留柬盗御马
黄天霸拜山露真容

　　清朝的康熙年间，皇宫御苑里边丢失了一匹马。

　　这匹马可不是一般老百姓套磨拉犁杖的马，这是皇上骑的御马。这马有个名字，叫月影千里红。皇上这御马丢了，那可不像老百姓丢东西，什么时候破案都可以。皇上这御马一丢，要限期破案。皇上就把这个事情交给了顺天府尹施世纶了。

　　这顺天府尹施世纶是靖海侯施琅的儿子，曾经出任过淮安漕运使。这是一个为官清廉，断案如神的人物。施世纶接到这个任务之后哇，就到皇宫御苑里边去查看线索。别的什么线索也没查着，只是这盗马人临走的时候留下了一张字柬，这字柬上写着四句话："不住京都住京外，敢与康熙比胜败，盗马还要盗江山，金镖无敌黄三太。"这就是唯一的一条线索。

　　施世纶呢，把他自己手下的这些办差官当中挑选几个精明强干的人物，组成了一个破案小组。这都是谁呢？为首的第一位，是他得力的差官，副将黄天霸，人送外号玉面赛罗成。这黄天霸办事精干，尤其是一口单刀几只金镖，在武林之中是人人称颂，个性特强。第二位，就是关泰关晓曦，这关泰关晓曦，长着一张赤红脸儿，为人忠厚办事稳健，善使一口折铁倭钢刀。他这口刀，是一口宝刀，能够削铜剁铁斩金劂玉。第三位呢，是这办差官里边的智囊型人物，此人姓赵名璧字连城，外号儿叫红锈宝刀侠，说是红锈宝刀侠，其实他使的那刀可不是宝刀，红锈倒是真有红锈。他这口刀啊，刀长一尺二寸五，要是扎到人身上，只要是捅破了，准感染，因为他的刀上带着厚厚的一层锈。这个人最大的特点就这脑袋长得特小，他这个脑袋比那正常人脑袋得小三号，大人长了个小孩儿脑袋。您别看他脑袋小，但是智慧特多，很多的疑难案子，都是由于赵璧参与进去之后，出谋划策，迎刃而解。第四位呢，叫赛时迁朱光祖，这个朱光祖，长得干瘦干瘦的，瘦瘦瘦，皮里抽肉。为什么叫赛时迁，就是他好像那梁山一百单八将里边的鼓上蚤时迁一样，会高来高去飞檐走壁轻身术，体轻如叶是身轻如棉。长得叫阴七阳八的小胡子，就是下边七根上边八根，有数的。第五位呢，叫金大力。金大力金大力，顾名思义，这个人是力气特大。他比一般人那力气大几倍，别人挑水都使桶，他挑水使缸。摔跤的出身，别看不会上房，不管是什么人只要是让他抓住你就跑不了了。第六位神眼计全，这计全哪，眼睛特好，晚上，别人都看不出去了，他能望出去，跟白天相似。尤其是计全这个眼睛，不管跟任何人只要是照一个面儿，再过若干年，一见面儿，他还能马上想得起来在什么时候跟你见过，这人就有这么大的本事。第七位呀，就是赛鱼鹰子何路通，您听这外号儿，就可以断定，这个人水性特好，赛鱼鹰子何路通，你是仰泳，你是蝶泳是蛙泳是自由泳，是样样精通。在水里边蹲个三天两天的吃虾米小鱼儿他死不了。他要是生长在我们现代，参加奥运会就能得那游泳冠军。第八位呢，小白龙刘虎，这小白龙刘虎原来是绿林中人，打闷棍套白狼出身，操一嘴河北的口音，小白龙刘虎也是一个足智多谋的人物。第九位是个小孩儿叫贺人杰，善使一对短链铜锤。这贺人杰的父亲贺天保曾经跟黄天霸是磕头的把兄弟，这是贺天保的独生之子。就是这么八个大人一个小孩儿组成了这个破案的小组，施世纶把这个事情就交给黄天霸等人了。

黄天霸这几名差官经过一番详细地调查了解，发现这匹御马有着落了。张家口外崇山峻岭当中有个地方叫连环套，连环套有个大寨主叫"铁罗汉"窦尔敦，这马让窦尔敦给偷去了。于是这几名差官就装扮成平常镖客的模样，来到了连环套山下有一个李家镇，住在了李家店。住到李家店之后哇，通过这个店小二的嘴里边就了解这窦尔敦怎么样。不了解还好，这一了解呀，店小二说，这个窦尔敦大寨主，为人特好，别看在这儿是绿林强盗，周围的老百姓从未骚扰过。窦尔敦有个最大的特点是劫大不劫小，劫富不劫贫。黄天霸想，怎么能见到这窦尔敦呢？既然是劫大不劫小，那咱们就假扮成是押送镖车的镖客。所以小脑袋瓜儿赵璧出了一主意，弄几个大箱子，里边装的都是大石头，弄几辆车，插上镖旗，这几位押着这车就从这连环套的山下经过，当他们在连环套山下这一经过的时候，连环套的山上真下来人了。下来的是几个副寨主，郝氏四杰，郝天龙，郝天虎，郝天彪，郝天豹。这四个人带着几名喽啰下来劫这镖车来，一劫镖车，双方一动手，让黄天霸用金镖喤的一下子，镖打马铃，把这郝天龙由打马上给掀下去了。那些人吓跑了，把郝天龙给活捉了。

郝天龙被活捉之后，以为自己这回就好不了了，殊不知，把他带到了李家店，既不打也不骂给他摆上了一桌上等的酒席，是以礼款待。这一款待郝天龙还受感动了，黄天霸跟他就讲了，说我是京都里边的万有镖局的镖头，我姓王叫王云。我呢押送镖车在这儿经过，听说这连环套里边有一个大寨主叫窦尔敦，在绿林当中是赫赫扬名。窦尔敦，为人正义，很仗义的这么一个人物，我想跟他交个朋友。郝天龙说："你要想交朋友这事儿好办，我就给你从中穿针引线。进连环套非常困难，三道寨门，没有腰牌你是进不去的。我呢，回到山上我跟寨主说一说，只要你把我放了，你明天就可以上山拜寨。"

黄天霸一听这话，心里边有底数了。好吧，把郝天龙款待完了之后就把郝天龙给放了。郝天龙临走的时候，把自己随身带的这腰牌摘下来交给黄天霸，说你明天就可上山。郝天龙走了。第二天黄天霸带着腰牌，身上是寸铁没带，就奔山寨来了。黄天霸懂得拜山的规矩，要想来拜山，你不能带兵器。不但说没带兵器，黄天霸还牵了一匹马，把这匹马当作给窦尔敦的晋见之礼。黄天霸到了连环套的山下，三道寨门很顺利地就通过了。通过了三道寨门之后，当他来到聚义厅前，已经看到了铁罗汉窦尔敦，带领着山上各分寨的大小寨主迎候在那里。这窦尔敦，好气魄，戴一顶六棱抽口壮帽，闪披着蓝缎子开氅，内衬蓝缎子短衣，腰系大带，四方脸，一部红胡须，威风凛凛是相貌堂堂，手中拿一柄是桑皮纸的折扇。他把黄天霸让进了分金聚义厅之后，跟黄天霸就讲了，说我的副寨主郝天龙被王镖头擒获之后，你给放回来了，我不胜感激。黄天霸就说了："我王云是保镖的，经常要从你的山下路过，今天跟窦寨主相见，打算跟窦寨主交一个朋友，以后我的镖车要从你山下路过的时候，求窦寨主高抬贵手，让过一条路走。"窦尔敦说："这事儿好说。"

说话间黄天霸就讲了，说今天来到山上拜山，没有别的相敬，带来了一匹好马，请窦寨主过目。窦尔敦跟黄天霸两个人就出离了分金聚义厅，看了看在院子里边黄天霸带来的这匹银鬃马。窦尔敦看了看这匹马，把这匹马是赞扬了两句，但是他很不以为然，最后跟黄天霸说了："我山上也有一匹马，请王镖头过目，你看看这匹马如何？"马上吩咐人在后山寨就牵出一匹马来。这匹马牵出来在黄天霸的面前这么一站，黄天霸定睛这么一瞧，哟，好马！

这匹马是一匹红马，蹄至背高八尺，头至尾长丈二，刀螂脖儿小脑瓜儿，大蹄碗儿小蹄寸儿。这匹马真好看，浑身红色如火炭，远看好像织锦缎。这匹马能蹿山，能跳涧，能追风，能逐电，日行千里还嫌慢，骑到马上要撒开欢儿，能围着地球转一圈儿。这匹马，金鞍玉辔，马脖子上挂着十三太保的紫金铃，什么叫十三太保的紫金铃？十三颗铃铛，那铃铛哪一颗都是紫金的。这是皇上骑的御马，能像老百姓骑的那马吗？马脖子上挂一串，那是铜铃铛，往哪儿一走汪唧汪唧汪唧汪唧的，人这紫金铃，那个碰出来的响声都是清脆悦耳带有音乐性的声音，当唧当唧丁零当唧丁零当唧，这动静。就这紫金铃，摘下一个来，现在折合人民币也得值两万五千多。

这匹马在这那儿一站，黄天霸一看，就知道这匹马这是匹御马。

黄天霸说："窦寨主，这是匹好马，我看此马是出于皇宫内苑。"

窦寨主说："果然，好眼力。"

黄天霸说："窦寨主，您怎么把这样的马能够带到您的山上呢？"

窦尔敦就说了："几天前，我趁着一个风雨之夜，下得山去，进入皇宫御苑之中，偷盗出这匹宝马名叫月影千里红，我偷盗这匹宝马，留了一封字柬，那字柬还写了四句话：'不住京都住京外，敢与康熙比胜败，盗马还要盗江山，金镖无敌黄三太。'"

黄天霸一听黄三太那是他爹呀，"窦寨主，你因何落款写黄三太呢？"

"哈哈哈，王镖头，你有所不知。只因为数年之前，我跟那黄三太在河间府商家林有一次比武，当着绿林江湖上众位英雄，我们两个比拳脚论输赢。没想到这黄三太，在比拳脚当中，他偷偷地使用了甩头。这一甩头打在我的前胸之上，我当时立即吐血，当着众位英雄的面，我就栽了面子。此仇此景至今犹记心怀，今日盗取御马，我为的是栽赃黄三太……"

当窦尔敦刚刚说到这儿的工夫，由打后山寨来了一个人，谁呀？是到他连环套避难的山东红土岭的大寨主于七。这于七认识黄天霸，于七在窦尔敦的身后一出现一眼就看见黄天霸了。"哎呦，窦寨主，你知道他是谁吗？"

"他是谁？"

"他叫黄天霸！"

"黄天霸是谁？"

黄天霸一看见于七，心里都明白了，心想自己的身份再隐瞒就隐瞒不了了，黄天霸说："窦寨主，今天我就跟窦寨主报个真名吐个实姓，我家住浙江绍兴府山阴县望江岗聚杰村，姓黄名云字天霸，方才您说的金镖无敌黄三太，那乃是家父。"

黄天霸一说这句话，窦尔敦一听当时两个眼睛就瞪起来了："怎么，那黄三太是你的爹爹？"

"正是。"

窦尔敦说："我问你，那黄三太老儿，他现在何处？"

黄天霸说："他老人家早于多年前病故了。"

"啊？黄三太病故了？那么黄天霸你今天来到我连环套意欲何为？"

黄天霸说："实不相瞒，我是顺天府尹施世纶施大人手下的差官。窦寨主在皇宫内苑偷盗了御马，皇帝降旨限期破案。我们弟兄几个人得知这匹御马落在窦寨主的手下，所以我带领一班办差官就住在山下李家店。今天我黄天霸身无寸铁，单人拜山，为的是查看这御马的下落，也拜会拜会窦寨主。"

窦尔敦一听："如此说来，你是到我山上抓差办案的吗？"

黄天霸说："不错，不过抓差办案不是今天，要是抓差办案我就带着兵器来了。"

于七在旁边就说："窦寨主，您怎么还听他的？如今他送上门儿的买卖咱不得不做，还能留着他吗？弟兄们，抄家伙，把他给我乱刃分尸！"

一说这句话，旁边各分寨的正寨主副寨主以及山上的各个小喽啰喊里喀喳唰唰唰，抽刀的抽刀，亮剑的亮剑，有的身上背着弓箭，也摘下弓来是认扣搭弦，众人就把黄天霸围在了当中。

黄天霸目睹眼前这种现象，心中暗想：看来我黄天霸误入匪穴，今日死矣。但是他非常沉稳，微微一笑："哈哈哈，窦寨主，今天黄某身无寸铁来到山上拜寨，就对我是如此对待吗？"

窦尔敦瞅着黄天霸，他半晌无言。窦尔敦不下命令，山上这些个喽啰们，包括这些个寨主们，谁也不能上前先动手，窦尔敦的山规特严。他看了看黄天霸，"黄天霸，今天既然登山拜寨为的是破案，如果我要把你在此处乱刀分尸，显得窦某不仗义了，我不能像当年黄三太那样鼠肚鸡肠。我可以把你放下山去，单等明天，咱们在山下树林中空地内比武较量。若胜了窦某身背后的护手双钩，我愿意把御马献出，你看如何？"

黄天霸说："窦寨主，君子一言，快马一鞭。"

窦尔敦说："如白染皂，板上钉钉。两旁喽啰，摆队，送天霸！"

第二回　挑巾帻窦尔敦双钩得胜
激言语朱光祖连夜成行

黄天霸化名独探连环套，结果在这山上碰见了于七，暴露了自己的真正身份。这一来，全山寨的各位寨主各自把兵器举起，瞧这个阵势，须臾之间，黄天霸就得粉身碎骨。可是万万没有想到，这窦尔敦是大义凛然，跟黄天霸说："我们两个明天就在山下树林中空地上比武较量，如果你要胜了我的护手双钩，我情愿把御马交出，跟你负罪；如果说赢不了我的护手双钩，那么黄天霸，你就请回京师。"黄天霸同意了，窦尔敦不但没对黄天霸进行加害，反而喊了一声："两旁摆队，送天霸!"

这窦尔敦，够大气的，够大度的，就这样，黄天霸他下了山了。下山回到了李家镇的李家店，跟众位弟兄一见面，把这事情一说，大家伙儿做好了准备。

第二天，如期到在连环套山下树林当中的一块空地，双方把阵式就列开了。黄天霸手中拿着这口单刀，他只仗着自己一口单刀几只金镖横行天下无有对手，今天窦尔敦，黄天霸料定也赢不了他。他哪知道，窦尔敦这一对护手双钩，武林之中，也称为佼佼者，从未碰见过对手。两个人没等交手之前，旁边那小脑瓜儿赵璧跟窦尔敦就先说了，说这个比武咱是怎么比法？除了比兵器，还比不比拳脚？窦尔敦说："随你们的便。咱们是一场定输赢也行，是两场定输赢也可。"黄天霸说："今天比兵器，明天比拳脚。"就这样子两人就动手打起来了。黄天霸这单刀一合，奔着窦尔敦前胸一刺，窦尔敦护手双钩左手钩一挂右手钩一进步，跟黄天霸就打在了一起。

两个人直打了三四十个回合，没分胜败，黄天霸自觉得自己的这个刀，想取胜窦尔敦，那是相当困难，可是窦尔敦呢，这对护手双钩，举止稳重，招法老练，使黄天霸无机可乘。可是黄天霸，心里边求战心切求胜心切，他恨不能一下子就把窦尔敦给胜了。越是这样刀法反而有点散乱，一眼没有照到，让窦尔敦一个进步连环钩，欻欻欻欻，一钩把黄天霸的头巾给钩下来了。黄天霸的头巾这一被钩下来，窦尔敦把双钩一合："黄天霸，今日你算谁输谁赢？"黄天霸当时脸一红，说："明天，咱们再以拳脚定胜负！"窦尔敦吩咐众寨主："回山！明天在此比试拳脚！"

　　窦尔敦走了，黄天霸闯荡江湖抓差办案这么多年，还头一次被人家把头巾给钩掉，黄天霸心里边不服，嘴里边没有说的，跟众位弟兄，回转李家店。这些人一路上走着，一个说话的都没有，心情非常沉重。黄天霸打了败仗，就跟他们每一个人打了败仗一样。回到店房之后，往院子里边这么一走，店小二迎出来了，满面春风，跟这几位打招呼："哦几位爷，都回来了……您好……您好……您……好……"哎？店小二心想怎么地了？这几位今天怎么回来之后一言不发呀？每天这些位回来，谈笑风生哪，尤其是小脑瓜儿那位呀，啊，老有笑话儿，怎么今儿个都不言语了？出什么事了？这哥儿几个回来之后，就进了屋了，在这儿一坐，吩咐店小二，给沏上一壶茶。几个茶碗摆这儿了，赵璧把这茶壶拿起来，他挨个儿碗呢，想倒茶，这一倒哇，这茶壶嘴儿里边，那茶叶把这壶嘴儿给堵住了，这水呀，流得非常不畅快。"嘿，嘿，嘿，哎呀，人要是倒了霉呀，打哈欠岔气，放屁扭腰，吃咸盐都不咸，嘿，倒茶水它都不出来，啊，今儿是有点儿别扭。哎呀，我说众位，咱别在这儿绷着好不好？啊？说两句话，怎么着？打一个败仗，就这样儿了？一蹶不振了，嗯？这叫什么玩意儿啊？哪兴这样哪，啊？你瞧，茶叶吹掉了水不就倒出来了吗？都不言语？都不言语听我跟你们说我们那儿一个小事儿：我们那村头儿啊，有一个尼姑庙，庙里边哪有一个中年的尼姑，还领着两个十七八的小尼姑，哎，你们猜怎么着哎，这小尼姑哇，也不知怎么弄的，都怀了孕了。那天，这师父一听，急了。师父在手里边拿着那戒尺，把这小尼姑就叫来了，点着这小尼姑：'啊，看你们哪，我们是出家之人，你们年轻轻的，不守佛门清规，怎么弄的？怎么都怀了孕了呢？啊？简直是气死师父啦！我非得揍你们不可！'哪，这老尼姑拿着这个戒尺刚要打，比画了两下把这戒尺又扔了：'我现在呀，生不得气，因为我现在正坐月子！'"

赵璧一说这句话，周围这几位扑哧一声都乐了。

"我说赵爷，怎么你们那儿尼姑都这样哪？"

"嘻，这……这就是……不说不笑嘛。"

"我说赵爷，您这可是侮辱佛门净地。"

"那你们都绷着脸干吗呀？啊？那就不兴想个主意吗？这么的吧，咱先吃饭，酒席宴上，都多喝点儿，啊？"

马上吩咐店小二摆上一桌酒席，酒菜摆上之后，赵璧把酒全都给斟上："哎，咱先把这酒干了，啊？别看咱们让窦尔敦把天霸的头巾给揍下来了，揍下来了咱们还没败，明天咱们还比拳脚呢。对不对？先干一个，干。说说吧，下一步咱们该怎么办？谁有高招儿，谁有主意，都献出来。"

关泰说："下一步，那就看明天了。"

黄天霸说："对，明天我跟他比拳脚，我肯定能赢他。"

"老兄弟，赶明儿个你跟他比拳脚如果你要是赢不了怎么办呢？"

"赢不了？赢不了我就死在连环套的山下！"

"哦，你死这儿，你死这儿之后这御马不是也没得着吗？啊？我们大家伙儿怎么办呢？你可别忘了，你跟着我们这一圈儿里头你是头儿！哦，头儿自个儿先死了，不管手下人了，有这条道理吗？"

"唉，那你们说，应该怎么办？"

"我说怎么办，大伙儿出主意呀，众人拾柴火焰高啊，谁能出谋献策？"

朱光祖在旁边儿捻着自己的小胡子，一言不发："我说呀，哼，多余跟他比武。"

"哟，光祖，你这话什么意思？"

"什么意思？咱们干吗跟他比武哇？今天晚上，我夜探连环套，我到在连环套中山寨，找到窦尔敦的住室，潜入他的室中，我手起一刀，给他来个身首异处，让他脑袋掉了，脑袋掉了明天他还比拳脚吗？啊？脑袋都搬家了，这御马咱不就得过来了吗？"

"哟，我说光祖，你这话说的可真利索呀！啊，这连环套，可不是当年施大人居住的那德州公馆，你以为你受黄隆基的委派去刺杀施大人，到那儿就能到施大人住室窗根儿外头？他不那么容易！"

赵璧一说这句话，朱光祖那个脸色当时就变了，不好看。为什么呀？赵璧这句话，杵了朱光祖的肺管子了。这朱光祖哇，当年在德州的时候，曾经受霸王庄大庄主黄隆基的委派，夜入德州公馆刺杀过施世纶。正是由于在那次刺杀施世纶的过程当中，朱光祖被擒，才认识的施大人。后来，朱光祖是弃暗投明，当了官差了，这段往事呀，朱光祖不愿意被人提起，可今儿个呢，赵璧偏偏是你哪儿疼我捅哪儿。俗话讲，打人别打脸骂人别揭短。赵璧偏偏揭了短处。朱光祖心里边不痛快，脸色就变了："赵爷，您可别那么说，我看那连环套，也没有什么了不起的，当年我能夜入德州公馆，今天我就能夜入连环套。别说他三道寨墙，我想，他就是六道寨墙八道寨墙，也不在我的话下。"

"慢慢慢，光祖，哈哈，大话不是吹的，泰山可不是堆的，罗锅腰儿不是搣的，这疤瘌眼儿不是剜的。你说你怎么着？你能夜入连环套？黄天霸身上带着腰牌，白天进连环套那三道寨墙尚且如此之难，差点儿没让窦尔敦把他给乱刀分尸了，你晚上自己一个人，腰牌也没有，你就想过那三道寨墙？你就想进窦尔敦那个寝室把他杀喽？那窦尔敦也太饭桶了！光祖，你这种精神可嘉，我挺佩服你，不过，此计不行。"

朱光祖说："我准能行！"朱光祖跟赵璧也较上劲儿了，他一说这句话赵璧琢磨了一会儿："呵，光祖啊，你要真想去的话，好，我佩服你，那么你就来一趟，我先敬你一杯！"说着话他倒上酒了，"我这杯酒，先祝你此去顺利，以壮行色，怎么样？喝！干！光祖啊，我跟你说，你这一回到连环套里边要探山哪，有三种可能哪。"

"您说，哪三种可能？"

"第一种可能：你能把这头道寨墙混过去，混到二道寨墙就被人家发现了，发现之后你就跟人家打起来了，打起来之后你就进不去了，最后你自个儿就回来了。"

"哦，这是第一种可能，第二种可能呢？"

"第二种可能哪：你混上去了，三道寨墙你都过去了，到在连环套的中山寨，被人家窦尔敦发现了，这一伙子贼就把你围起来了，围起来之后你看势不好，又跑回来了。也许呢，你就被人家捉住了，这就是第二种可能。"

"嗯，第三种可能呢？"

"第三种可能：你也混过三道寨墙，这帮贼呢也把你围起来了，你没跑回来，你也没被人家捉住，当时窦尔敦传了一个命令大家伙一起动手，就把你给乱刀分尸了，把你剁烂糊了。"

"第四种可能呢？"

"没有了。就这三种可能。"

"哎哟，我说赵爷，你这是隔着门缝儿看人，把我看扁了，隔着筛子底儿看人，你把我看零碎了，我就这三种可能？我就不可能有第四种可能？我到在连环套中山寨，万一要潜入到窦尔敦的卧室之中，我手起一刀把窦尔敦咔嚓——我给宰了呢？"

"不可能，呵呵呵呵，光祖啊，那窦尔敦人称铁罗汉，那是绿林中赫赫有名的人物，江湖上谁不知道这位呀？他能那么容易就被你给宰了吗？如果要是这样的话，恐怕他早就被别人宰啦。他也不能少得罪仇人，非得等着你这刀哇？"

"那可不见得！别人？别人杀窦尔敦，他未必具备我这身本事，我这身轻身术！"

"是，你这轻身术我知道，光祖，分给谁用，你要给窦尔敦用，大概有点儿不灵。"

"那我要是灵了呢？"

"您要是灵喽哇，嘿，我赵璧，就佩服你。我们大家伙儿从此高看你一眼。"

"好嘞，赵璧，赵爷，冲您这句话，我今天晚上马上就动身。"

"真的？"

"那还有假的吗？"

"好！你有这个决心，这是给我们大家解心宽，祝你马到成功！来，再干一个。"

"来，干！"

黄天霸在旁边一听："哎，我说赵大哥，您这话说得不对，您不应该让我朱大哥今天晚上夜探连环套，这个事儿可有点儿太危险。"

"天霸，这事儿你别管。"朱光祖来脾气了，谁也劝不住了，为什么？让赵璧把他这个火儿给斗起来了。

黄天霸说："朱大哥，那连环套，您是没看着，我白天进山的时候看清楚了，那可不是一般人能进得去的！"

"嗜，有什么呀？它就是天罗地网，我也给它捅个窟窿，我也得钻进去！"

"这……"

"来，天霸，给我祝杯酒！"

朱光祖主动让别人给他敬酒，黄天霸给他敬酒，周围这些个弟兄们，也都给朱光祖敬酒。这酒喝到半酣之后，朱光祖站起来了，把酒杯往旁边一塞："众位，你们都在这儿慢慢喝着呀，我到后边准备准备，二更天以后，我就动身，去访连环套。"

"哎，朱大哥，您可得考虑好了。"

"没有什么别的。"朱光祖一转身，奔后边去了。

朱光祖奔后边去了，这边众位弟兄，就埋怨赵璧，神眼计全就说了："我说赵爷，您是成心，老嫌咱们这圈儿里边还不够乱，是不是？天霸今天被窦尔敦这一钩把头巾搂下来，咱们大伙儿心情就够不好的了，您怎么今天刚才跟光祖说这样的话呢？啊？光祖那脾气，您又不是不知道，您这不是成心跟他饿火置气吗？您撺着他上连环套，那能行吗？"

"嗜，我这叫激将法，我要不激他，我怕他走半道儿还回来。"

他们在这儿说话，这阵儿朱光祖在后边已经收拾利索了，正一正头上的马尾巾，紧一紧身上的青缎子绑身靠，腰中大带一掖，插单刀束镖囊，心想："夜探连环套，我就不信，它就三种可能！"

第三回　赛时迁夜探连环套
寨墙根更敲何滥点

　　他这个行动哪，既是为了黄天霸，也是因为赵璧。为了黄天霸呢，他是想给黄天霸解决这个难题；为了赵璧呢，是跟赵璧怄这一口气。赵璧就说朱光祖进连环套只能有三种可能，朱光祖心里边就不服，我就不信我就像你说的到连环套里边只有那么三种可能。所以，他收拾利索之后，没向众位弟兄再告别，由打李家店就出来了。一俯身，借夜色，使开陆地腾飞之术，来到了连环套的山口外。

　　他来到连环套山口外，朱光祖定睛往周围观瞧，借着夜色，一看，这连环套的崇山峻岭被剪裁成阴森恐怖的轮廓。朱光祖暗想：好一座险恶的大山哪。他仔细地辨认半天，发现了朦朦胧胧的有一条进山的小路，朱光祖就顺着这条小路往山里边走来了。他还不敢在路当中走，贴着路边的杂草树丛走。为什么呀？他生怕外围有踩盘子打眼儿的喽啰兵发现了他，如果在外围发现了他，那可真就像赵璧说的了，第一种可能，没等进山就回去了。

　　朱光祖加着万分小心顺着这条路往里走，走了一段时间，抬头一看，前边就已经来到了第一道寨墙。这寨墙哪，是用那方石头垒的，寨墙上边，不远就有一盏红灯，估计那是为照明用的。但是寨墙上边并没有看到有喽啰兵在周围巡视。

　　朱光祖仗着自己体轻如叶身轻如棉，蹑足潜踪，噌噌噌，几个纵腰，就来到了寨墙的根儿底下了。朱光祖在寨墙根儿底下俯身一蹲，仔细听了听，寨墙上边没有动静。朱光祖抬头往上看了看这个寨墙的高度，心想：这个寨墙，我要一纵身，就能纵上去，实在不行我掏出爬城索来往上一叨，我就捯上去了。但是不行，我不知道他这些喽啰兵是怎么样子防范的，万一我要一到墙上，被人家发现了，我这头道寨墙过不去，就打起来了，那就完了。朱光祖在这个寨墙底下就听着，一会儿的工夫，就听顺着那边寨墙有两个人走过来了。这两个人呢，是山上打更的喽啰，头前儿这个拿着个梆子，后边那个拿着个锣，一边儿走着一边儿敲，前边这个一梆子，唧——后边那个一锣，喤——唧——喤——

朱光祖一听，明白了，天定更了。哦，这是两个更夫。心想等这两个小子过去之后，要是没有动静儿，我就过去。可是偏巧儿，这两位呀，走到朱光祖这头上边这个位置，他俩不走了。这俩更夫，把这梆子跟锣往这寨墙上一放，哥儿俩坐下了，在那儿聊上了。

"哎，我说曾头儿。"

"啊，怎么地何头儿？"

"咱们最近山寨里边出件大事儿知道吗？"

"我听说了听说了。什么事儿？"

"不是咱们那个吴世飞小寨主让咱们总瓢把子给搂了一顿吗？"

"是呀。我听说还给打了一顿。"

"对对对对对对。"

"最后说要把这吴世飞给撵走喽？"

"哎，我说，你知道不知道为什么要把他撵走？为什么要打他？"

"不知道，我可听说呀，咱们总瓢把子那可真生了真气了，平常可没动过这么大的火儿。"

"当然了，这大事儿啊！"

"哎，我说滥点儿，你给我说说。"

"说说？就这么简单给你说说？"

"那怎么地？你还要钱哪？你给我说说，到底怎么回事儿？滥点儿，你说完了之后，我请客，行不行？"

朱光祖在底下一听，什么，滥点儿？无外他是绿林中的人，你瞧叫这名儿，哪有叫滥点儿的？

就听那滥点儿说："嗐，我告诉你，这里边，花花儿着呢，事儿多着呢！"

"啊，我就想要听听哪。"

"想听听哪？我告诉你呀，说完之后你可别可哪儿乱说去。这吴世飞呀，平常你看见了咱们哥们儿弟兄，撇齿拉嘴，绷着那脸，啊，老面沉似水，像怎么着似的，老在那儿端着。其实这小子，有个最大的毛病，你知道吗？"

"什么毛病？"

"这小子就好色！嘿，喜欢女人！你看在山上有时候偶尔见一回女眷，你看他那个眼睛，往旁边看都不看，其实那都叫装相儿。这小子，一肚子花花肠子，满肚子都是勾勾心。"

"啊，怎么地吧你说。"

"怎么地呀，最近呢，这吴世飞呀，也不知怎么就往山下边溜达，跟山下边李家镇那个李寡妇，他们俩人勾搭上了。"

"李寡妇？"

"啊。李家镇有个李寡妇啊，嗬，那娘们儿，长得漂亮，远近闻名！这李寡妇……我听说呀，看上她的人太多了，而且人家李寡妇呢，也不在乎这个，来者不拒。据说呀，李寡妇那门前，那老爷们儿都站排！"

"别胡说八道！哪有那事儿！怎么能站排……"

"这就是夸张着说，就说呀上李寡妇家里边去的那老爷们儿多。咱们寨主这吴头儿，看上李寡妇了，哎，这吴头儿跟这李寡妇两个人就混热乎了。混热乎之后咱的吴头儿那多厉害呀，跟李寡妇俩人这一勾搭上，李寡妇所有的原来的那情人儿啊相好的不错的，一律全都回避。谁也不敢来了，吴世飞把她包了。所以咱们这吴寨主呢，得空，抽便，嘿，就下山一趟，上李寡妇那儿啊住一宿。然后蔫么悄动地自个儿就回来了，一般山上的人谁还不知道。活该有事儿哎，就那天哪，咱们这吴头儿又下去了，到李寡妇那屋外边，一听屋子里边有俩人说话，是一男一女，这李寡妇正跟一个男的在这儿唠嗑呢。哎哟你知道咱这吴世飞那吴寨主多大醋劲哪，啊，醋海生波酸风掀浪哪，好啊，李寡妇你居然除了他还另有所爱，那还容得了吗？这吴世飞，一脚踹开门就进了，进去之后，把那老爷儿摁住脖领子是不容分说，上边拳头底下脚劈，啪嚓，给他打了个六门到底，最后把那老爷们儿打得趴地下不能动弹了。这工夫，那李寡妇还拉呢，拉他也不饶！一看那老爷们儿不动了，他才松手。人家李寡妇就说了，说你干吗呀！你打他干吗呀！这吴世飞就说了：'他妈的这小子是谁?!'人家李寡妇说了：'这谁呀，这是我娘家哥！轻易不来看我一回，今儿来了，你看让你给打得这样。'哈哈，你说他这吴头儿是不是活该倒霉，打完了之后他也后悔了，后悔也晚了，人家李寡妇这娘家哥二话没说，站起身来人家走了。这吴世飞就哄这李寡妇。李寡妇好哄哪，人家这娘家哥，挨这顿窝囊揍，能善罢甘休吗？人家通过朋友，拐弯抹角人家就亲自上了咱们连环套找了咱们总寨主了，找窦寨主了！总瓢把子一见这位，这位就把吴世飞下山跟她妹妹这事儿这么一讲，而且尤其一说，把人家打得腿都瘸了，活儿干不了了。咱们总寨主那可是真急了。那脸儿不是蓝的吗，都气成紫茄包子色儿了。就……哎，就今儿早晨哪，就今儿早晨，马上把那吴世飞就叫过去了。咱总寨主那眼珠子一瞪，脸儿一沉，有瘆人毛哇。一问吴世飞，吴世飞一点儿谎都没敢撒，原封都讲了。讲完之后，咱们的总寨主说了：'吴世飞呀，你跟我这么多年了，你也知道我的山规，我最怕的就是山上的人到四乡八镇去抢男霸女。因为我们在这个地方，如果要是抢男霸女的话，周围的老百姓就都恨我们，如果这样的话，咱们在这连环套那就待不住了。'窦寨主一生气马上吩咐手下人，把吴世飞两条腿给我砸折！你不是下山吗？我不让你下去，让你动不了地儿。这一来呀，幸亏山寨里边很多副寨主，都跪下给他讲情，说甭管怎么说，您得给他留这两条腿，如果把腿给他砸折，将来他要饭都没法走了。窦寨主最后又说了，说行啊，我留你这两条腿可以，但是这山上不能要你这样的人，我没法跟众弟兄交代。窦寨主吩咐一声，打他四十棍子。那真给打了个皮开肉绽哪，打完了之后，把他撵下山去。哎，就今儿个傍中午的时候哇，把这吴世飞撵下去了。我可看见了，一瘸一点，这小子捂着屁股下去的。完了，给清出去了。"

"窦寨主可够厉害的。"

"嘿，那，铁面无私。这事儿办得漂亮，山上很多人高兴，不过可有一样，吴世飞那一抹子人哪，心里边也别扭，但是大多数人都觉得办得好。"

"哦，是这么回事儿。"

"那可不呗！"

"啊，我说的呢，行行行行，那咱们走吧，该打更了。"

"好好好好，走走走。"

俩人又站起来了，站起来刚走两步，头前儿这位又站住了，"哎，我说，你等会儿我，我今天晚上这顿饭哪没吃好，这肚子里边现在拧劲儿疼，我上里边那树林里方便方便哪。然后咱俩再走。"

"你快点儿！"

"好。"这位把那梆子撂下，往前边走了几步，腾的家伙奔里边跳进去了，奔那树林里边方便去。朱光祖在墙根儿底下蹲着，心想，两个更夫，有一个上树林里边去大便去了，就剩这一个了，他眼珠一转，有了，这是一个最好的契机不可错过。朱光祖瞧了瞧这寨墙，他一纵身，噌，就跳上来了，跳上寨墙之后，把这寨墙上边的更夫给吓一哆嗦。这位在那儿坐着正等着那位呢，腾冷一家伙由打旁边蹦上一个人来，这小子一瞅"哎……"他一愣神儿的工夫，朱光祖伸手把刀就抽出来了，一薅他脖领子刀压脖项，"不许动！"

"哎……没动……没动……哎您说……您……您有什么事儿？"

"我问你，你叫什么名字？"

"我……我……我姓何，我……我叫何滥点儿。"

"什么？何滥点儿？是假名儿？"

"对对对对，我原来叫何强，因为……我有一回喝醉了，我打更把这个点儿打乱了，本来五更天就天亮，我打出八更了，大伙儿给我起了个外号儿，管我叫何滥点儿。"

"那个小子叫什么名字？"

"您问那个，他……他……他姓曾，呃……叫……叫曾壮。"

"我问你，你们两个打更，是全山巡夜吗？"

"啊，对，对。"

"窦尔敦在哪儿住？"

"哦，您问我们大寨主，总瓢把子，他……他……他在那个山顶上，在那个中山寨。"

"你是想死还是想活？"

"啊……我当然……当然想活……您说，让我干什么？"

"我让你领着我，到窦尔敦的住处。"

"哎哟，那那那，那可不行，他他他，我过不去……"

"你再说一句话我就宰了你！"

"不不不，我真不过去，那么地，您您您，您那么跟着我，可可可以往山上走，我可以把您领我应该领到的地方，再往前走您就自个儿去了。"

"你这都是实话？"

"我我……我要是说半句瞎话我不是人生父母养的。您看这还不行吗？"

"好！你别动！"

"我……我不敢动……"

朱光祖马上把这刀往旁边一搁，把他这俩胳膊往后一背，刺的一下子撕开底襟，把他的手先给捆上了，然后撕下一块布来，把嘴给堵上了。朱光祖堵上他之后，拿着刀就奔那边去了。走出没有多远的话，噌，一飘身跳下了寨墙，他奔那树林子里边，他知道，那曾壮还在那儿大便呢。那曾壮啊，在那儿蹲着，还不知道来这么一位。朱光祖脚底下特别轻，当他来到曾壮身后的时候，曾壮一点儿都没有觉察，朱光祖往前一纵身，掐住脖子往地下一摁，这曾壮刚想喊，一个字没等出来，朱光祖一使劲，咔哧，曾壮甩了甩胳膊蹬了蹬腿儿，这人就完了。朱光祖马上把曾壮这身衣裳就扒下来了，他给他自个儿换上了。朱光祖现在成了打更的更夫了，然后他一转身，噌，纵身就跳上了寨墙，顺着寨墙又来到了何滥点儿的跟前，给他解开了绳扣儿，把嘴里边的东西掏出来，何滥点儿看了看朱光祖怎么一转眼儿的工夫换了装了？朱光祖伸手把那锣拿起来了，锣捶子在这手一拿，这手是又有锣锤还又有单刀，朱光祖看了看何滥点儿，"哎，起来，走。"

"哎，好，您……您这是要干什么？"

"我呀，要跟你一块儿打更。"

"啊，您跟我打更，呵，行，呃，哎，那曾壮呢？"

"你问你的伙伴儿？"

"啊。"

"我送他回姥姥家喝豆粥去了。"

"哦……"何滥点儿心想，我明白，说这话意思那就是完了，"嗯……那好……嗯……咱上哪儿去?"

"上哪儿去? 该上哪儿去上哪儿去。你领我上山。"

"哎，好。"这何滥点儿一紧张，哪哪哪哪哪哪哪哪哪，又乱点儿了，气得朱光祖照他后屁股咣一脚，"怎么回事儿?""哦，啊对，我今儿没喝酒啊就乱点儿了……可是我有点儿……啊……害怕……"

"我告诉你小子，你甭害怕，你只要是给我好好地领我上山，我绝能留你这条命，如果你要在这半道儿上，想出点儿馊主意歪点子，你想把我给抖搂出去，你可要知道，我这手拿的就是刀，我先要你的命。"

"哎，我明白，呵，我明白。我离您那么近，当然死的先是我了，这……这好，呃……几更了?"

"你不刚敲的吗，一更!"

"啊对，一更啊，我都晕了。"哪——朱光祖在后边，噔——两个人一前一后走着奔山上就来了，当他来到第二道寨墙的时候，寨墙上边有巡逻的喽啰兵，在上边喊了一嗓子："站住，干什么的?!"

第四回　朱光祖入寨扮更夫
窦尔敦吹灯匿行藏

朱光祖夜探连环套，他掐死了那更夫曾壮，胁迫着那何滥点儿过了头道寨门就来到了二道寨门之外。当他来到二道寨门之外的时候，忽听见那二道寨墙上边有巡夜的喽啰兵喊了一嗓子："站住，干什么的?!"这声音在这黑夜之中听着特别响特别亮，比一般人喊的都大出一点五倍去。这喽啰兵为什么扯着嗓子使劲儿喊呢？这晚上使劲儿喊呢，第一，是为了威慑对方，第二呢，是给自个儿壮胆儿。

他这一喊，使这个何滥点儿这心里边就一哆嗦，何滥点儿就答应了一声，他答应的一声哪，跟那正常人答应那声都不一样，"我……"这说"我"拐了仨弯儿，他干吗这样哪？朱光祖那刀尖儿正在他的后背上顶着呢。朱光祖低低的声音跟他说了："兔崽子，你要把这事儿给我捅漏了，我就把你捅透了，这刀从后边进去从前边就出去了。"

何滥点儿心里边明白，真要是这刀从后边进去从前边再出来，这肚子就透了膛儿了顺了风了，吃什么也不香了，穿什么也不美了，老婆孩子全看不着了，那就西天驾转了。他越是紧张，所以他就出了这么一声，这一声"我"这一出来，寨墙上边这个巡夜的喽啰兵听了纳闷儿："谁呀？"一听怎么这我还拐弯儿的？"你谁？"

朱光祖拿刀还顶着他："说呀。"

"哎……我……我……何滥点儿……"

"啊？何滥点儿啊。"这何滥点儿啊，在连环套众位喽啰兵心目当中哪，他有一定的位置，小小的也算一个知名人物，为什么呢？因为他这个名儿叫得响，何滥点儿，说这小子那回喝醉了打出八更来了，净打滥点儿。大伙儿呢，拿他当个耍货儿当个乐儿，用个现在的话说呀，他就是那"混儿"，所以人们对他呢，非常感兴趣。寨墙上的喽啰兵一听是何滥点儿："哦，何滥点儿啊，嘀，小子，他妈今儿怎么地了，是不是又喝醉了？怎么说话还带拐弯儿的？"

"哎……没喝酒……一点儿没喝……"

"怎么样？下边有什么事儿没有？"

"呃……没事儿……"何滥点儿心想，他妈的没事儿？没事儿我能这模样吗？啊？你们也不仔细看看。

"没事儿啊？没事儿上山哪？"

"啊……上山……"

"走吧。"根本没拦。朱光祖用这刀在后边顶着他，当走到二道寨门这儿的时候，朱光祖把这刀就撤下来了。他在前边敲梆子，朱光祖在后边敲锣，过了二道寨门就来到了三道寨门。当他们来到三道寨门的时候，敢情这三道寨门，比那二道寨门更松。因为越靠近中山寨呀，这个把山寨巡夜的喽啰们，就越麻痹，他们觉得，有一道墙，还有二道墙呢，所以到第三道墙这门干脆就开着。何滥点儿跟朱光祖两个人顺顺利利地就过了三道寨门。当他们过了三道寨门再往前走不远，前边就闪出来一座用石头砌的大院墙，院墙里边是个四合院儿，这个工夫，朱光祖把脚步就停住了。他问何滥点儿："哎，小子，前边那个大院墙是什么地方？啊？"

"呃……这位爷，前边这大院墙我跟您说，这就是山上的中寨。这山上的中寨您看那里边的四合院儿了吗，我们总瓢把子大寨主窦尔敦就在那里边住。"

"哦，这就是窦尔敦的住处？你领着我进去。"

"嘿，我说爷，我跟您说句掏心底肺腑的话，我要是能领您进去——你看三道寨门都过来了，何怕这院儿啊——我就领您进去了。这院儿我进不去，我要往里一走哇，那把院儿的喽啰兵啊，就得把我给拦住，不过您也别不信，您要实在逼着我往里进，我就豁出这条命去了，我就跟您咱一块儿往里走一趟，要人家一拦，我可就没词儿了。"

朱光祖一琢磨，何滥点儿说的这话可能是真的："嗯，好吧，既然这样的话，那我得谢谢你呀。"

朱光祖一说谢谢的话何滥点儿吓一哆嗦："谢谢……您说谢谢我是……是什么意思……我……我可跟您说呀，我可是诚心诚意把您由打山下边给领到山上来的，您您您可别到时候卸磨杀驴呀……"

"哎，你别害怕，我不会要你的命的，啊，呃……"

朱光祖仔细观瞧了一下周围的地形，他发现这边有一间大房子。"我问你，这间大房子是干什么的？"

"哦，您说这个？这……这原先呢，是一个兵器库，里边放着刀枪剑戟很多兵器，现在呀，这兵器转移了，这里边就放一些个马料哇马草哇就装这个的。"

"啊，你跟我来。咱上这仓库后山墙那个地方待会儿。"

"您怎么上那儿干吗？"

"那个地方清静，我想送你点儿东西。你说从山下到山上，过三道寨门，这也不容易呀，你给我领道儿领上来了，我怎么也得送你点儿纪念品哪。"

"啊？您还送我纪念品？"

"啊，走走走走走走走，你别害怕我不能害了你。"

"哎，好。"这何滥点儿一边儿走着，心里边揣着十五个小兔子，这腿肚子直哆嗦，他不知道朱光祖要干什么。

朱光祖把这何滥点儿引到了仓库的后山墙这儿了。这地方比较僻静，"哎，我告诉你。"朱光祖把这更锣就撂下了，这锣锤也放这儿了，单刀往背后一别。何滥点儿一看他把刀别起来了，这心里边还踏实点儿，何滥点儿拿着个梆子，"呵，您……您说，你要干吗？"朱光祖一伸手，往那兜囊里边一掏，就掏出一个东西来，什么玩意儿？是熏香盒子。这个熏香盒子，是绿林之中，夜晚之间，奔人家房间里边去偷盗东西，先把这主人给熏迷糊，熏主人用的。朱光祖带着这玩意儿呢，他这个熏香盒子比别的熏香盒子精致，一般这个熏香盒子呀，有的做的是个小鸭子形的，有的就是一个木头盒子，朱光祖这个呢，也不知在哪儿淘换来的，是能工巧匠给他打造的，是一只孔雀。不用的时候这孔雀尾巴在这儿耷拉着。现在朱光祖把这个小熏香盒掏出来，先在何滥点儿面前一晃，"哎，你瞧瞧，我这是个小玩意儿，我这玩意儿送给您留纪念，怎么样？"

何滥点儿别看是山上打更的更夫，他对这个东西还并不太熟悉，他一瞅，心想这不是个玩具吗？"啊，您这玩意儿，这……这是哄小孩儿的……"

"不是哄小孩儿的，大人一样好玩儿，啊。你瞧见没有，头前儿这是孔雀头，这张着嘴儿，啊，这后边儿啊，有个绳，这绳一拖哪，这孔雀尾巴，还能起来。"

朱光祖一拖这绳，这孔雀尾巴就起来了，孔雀开屏了，朱光祖呢，紧接着就拽这个绳，"你瞧着呀。"这孔雀嘴儿对着何滥点儿那鼻子，突、突、突、突。他这么一拽，这孔雀尾巴啪啪啪啪这么一扇乎，由打那孔雀嘴里边，突，突，就喷出三股白烟儿来。这三股白烟儿就是熏香药，三股白烟儿一出来，何滥点儿瞪眼儿瞅着正好闻见，"阿……阿嚏……阿……阿嚏……阿……阿……"扑通，打了俩喷嚏这何滥点儿就坐在地下了。

朱光祖咱说过呀，他上山之前就先把解药闻到鼻子上了，这阵儿朱光祖把这熏香盒子赶紧收起来装进自己的镖囊。他看了看何滥点儿，闻着熏香，过去了。朱光祖伸手就把何滥点儿的裤腰带给解下来了，解下他的裤腰带，倒剪他的二臂，给他拴了一个死扣儿，捆在这儿了。然后呢，把何滥点儿的靴子扒下一只来，袜子褪下一只来给塞嘴里了，扯下一条底襟来把这嘴又给勒上了。何滥点儿就在这仓库后山墙底下在那儿趴着。朱光祖心想：小子，这算我对你的一番感谢，我不得不这么做呀。如果说我要不把你的嘴堵上，一会儿我要刺杀窦尔敦不成，你就把我的事儿给破坏了。

朱光祖由打身背后，噌，二番又把单刀抽出来，提刀在手，他直奔这个石头垒的大院墙就来了。朱光祖心想：这是窦尔敦的住处，院墙里边，一定有很多保护窦尔敦的喽啰，我不能从正门儿走，我得绕到墙后边去。朱光祖提着刀，绕着这大石头院墙就绕到紧后边去了。当他绕到院墙的紧后边的时候，他一看，这院墙的里头，后面是一溜五间的房趟子，这是正房，朱光祖再往这边一瞧，这边也有个石头砌的院墙，朱光祖心想，这面这道院墙是干什么的？他先一纵身，噌，一飘身上去了，拿这胳膊肘一拐这个院墙往后边一探脑袋，噌，他又蹦下来了。嘻！后边啊，那是马圈，很多牲口都在那儿后边拴着呢，又骚又臭。哦，前边这是窦尔敦的住处。朱光祖这才来到前边的院墙跟前一纵身，噌，胳膊肘一拐墙头，探脑袋往下看了看，他一看，这个后院墙，前面就是正房五间这后山墙，当中间儿是一个小窄胡同儿，这胡同里边左右没人，仔细听了听，这个山墙两头也没有动静，朱光祖双腿一飘，欻，就跳下来了，跳下来之后，他一看这一溜五间房趟子每个屋子里边都掌着灯。哎哟，这屋子里边有人吗？朱光祖先到当间儿这屋子的后窗户这儿，把这后窗户捅了个小窟窿，眇一目往里边一瞧，哦，这是一个过堂屋。接着往这边走，靠东边把这个窗户纸捅个窟窿往里边一看，这是东边的外间儿，这是个书房，又是客厅，屋里边摆着桌子椅子等物，哦，旁边还有个古玩架，那上边放着瓷瓶子，哦，还有铁酒壶，在哪儿划拉来的什么值钱的东西。他又往里边一走，紧靠东套间里间屋，把这窗户纸划开个月牙儿小窟窿往里边一看，哦，这是窦尔敦的寝室，里边摆着一只雕花的木床，这床上边铺着薄薄的一个小褥子，看着那是个硬板床，旁边放着一床薄薄的夹被，没枕头。朱光祖心里合计：窦尔敦这小子睡觉不搁枕头？啊？这不是他睡觉的屋吧？那边那两间屋是干什么的？朱光祖一转身，又奔那边两间屋来了，把那边那两间屋的窗户纸捅开往里一看，令朱光祖感到奇怪的是，那边那两间屋，跟这东边这两间屋陈设摆列都一样。外间屋是客厅，里间屋是寝室。也是一张硬板床，那上边摆着薄薄的一床褥子，还有一床薄被，没枕头。

　　哎？朱光祖心想怪呀，窦尔敦在这儿住，两边两处的屋子摆设都一样，他住哪屋呢？是不是他住一头，另一头是保护他的人的住处哇？朱光祖正在想着的工夫，就听前院有脚步声音，同时又有人说话。

　　"大寨主，您练完了？"

　　"啊，练完了，你们都回去休息吧，天色不早了，今天晚上山上有事儿没有？"

　　"呵，窦寨主，没什么事儿。"

　　朱光祖一听，窦尔敦回来了？他进哪屋啊？朱光祖赶忙一提溜腰，就来到当中间儿这过堂屋这儿了，在窗户外边，就着刚才捅的那小窟窿往里一看，果然见窦尔敦由打前边走进过堂屋奔着东里间儿走过来了。朱光祖一看窦尔敦奔东里间儿走进来了，朱光祖呢，紧跟着也来到东套间的后窗户外，他驻足站稳，就着刚才捅的那小窟窿隔睃着眼睛往里边一瞧，看窦尔敦走进来了。进屋之后，窦尔敦先把苫披的开氅脱下去，往旁边那衣裳架上一挂，紧接着脱去了外衣，之后，窦尔敦往这床沿儿上一坐，屋里边桌子上是掌着灯的，窦尔敦坐在那儿，低着脑袋不知道想什么，老半天的工夫，一言不发。

朱光祖瞅着他，心想，他能发现我吗？没有，他的目光并没有向我这个方向注意。一会儿的工夫，就看窦尔敦一转身，他躺到床上了，伸手把旁边那床薄被拽过来，往身上一搭，没枕枕头，因为他那床上没枕头，仰面朝天，倒那儿了。朱光祖一看，心想这兔崽子睡觉不枕枕头，这是专门一种功夫啊？睡硬板儿，他人送外号儿铁罗汉，大概他有点硬功哪，啊，直挺挺地在那儿挺尸。行，你只要睡觉就行，待会儿我用熏香盒子把你熏过去，进去我就给你一刀，你今天就算是完了，小命儿结束了。

朱光祖还看着。窦尔敦仰面朝天瞅着这个房顶，最后长叹了一口气，"唉——"扑棱！窦尔敦忽然坐起来了，他扑棱这一坐起来把朱光祖吓一哆嗦，心想怎么着，他发现我了？再看，窦尔敦坐起来，没干别的，朝那桌子那灯吹了一口气，噗，这一口气那灯就灭了。屋子里边是一片漆黑。哦，吹灯哪。真他娘的，你吹灯使那么大劲干吗？扑棱一家伙起来把我吓够呛。朱光祖又等了一会儿，他想等这窦尔敦打上呼噜，然后再用这熏香盒子。可是他等了老半天，也没听着打呼噜。朱光祖想，你不打呼噜我也给你先用上得了。朱光祖轻轻地由打兜囊里边就把这熏香盒子掏出来了，他把这孔雀嘴呀，慢慢的，对准刚才他捅的那小窟窿眼儿，往里边一撑，这孔雀嘴可就进去了，然后他一拽后边那绳，突，突，突，熏香就打进去了。朱光祖心想我就等着窦尔敦你打上喷嚏我就进去了，听着，听着，他等了老半天，窦尔敦这喷嚏——没打！

第五回　朱光祖逃生越高墙
红毛兔带醉打飞镖

　　朱光祖夜探连环套他要行刺窦尔敦，他在窦尔敦的寝室后窗外头，把这熏香盒子掏出来了，小孔雀这个嘴捅进窗户纸里边他一拽这拉线儿，突，突，突，拽三下，证明这熏香可就已经打到屋子里边去了。然后他把这熏香盒子抽出来往兜囊里头一放，朱光祖静等着窦尔敦在屋子里边打喷嚏。一般来说，这个熏香，闻着之后一打喷嚏，那就说明这个药力起作用了，打完了喷嚏，那人就昏过去了。朱光祖等着，等了老半天，这屋子里边喷嚏没打。

　　朱光祖心里合计：怎么着？我这药不好使？窦尔敦，他没闻着？不能，他把它掏出来，第二回又来一遍，然后把这熏香盒子又放起来了。探臂膀把单刀二番抽出来，仔细一听，屋子里边还没有动静，这阵儿朱光祖忽然就想起来人们曾经议论过的一件事，使熏香盒子的人说呀，说有的人闻着这熏香哪，也不是都打喷嚏，有的闻着之后就手儿就晕过去了，就没工夫打喷嚏了。朱光祖想：窦尔敦这小子可能是睡着了，睡着了他闻着我这个药，直接就过去了。嗯，十有八成是这样，好嘞，我进你的屋，我宰了你。

　　想到这里朱光祖往旁边一撤步，一轧这口单刀，直接顺着这个后山墙就绕过去了。他一直绕到前边，来到正门这儿，看了看东西配房，虽然点着灯光，但是没有人出来，院子里边非常的静。朱光祖心想，窦尔敦，这是该着你要完。他来到前边正门儿这儿，把这个刀，往这门缝儿里边一插，唰往下一划，如果要有门插关儿呢，一挡这刀他就拨门了。可是这个刀从上往下这么一划，没有。哦，这门没插。

朱光祖拿手托着这个门底轻轻地把这门就开开了。开开之后,他转过脸来瞅着院子,倒着进的这堂屋。进来之后,把这门又轻轻地关上,一转身,就直奔东套间儿。进了东套间儿,这屋子里边可都是黑的,但是朱光祖在后窗户外边已经观察清楚了。外间屋,这是客厅,里间屋,是卧室。所以朱光祖直接通过了外间屋来到里间屋,到在卧室之中,来到了床前,朱光祖手中把这刀一举,模模糊糊的他看不太清楚,只看见这个背影轮廓,心想脑袋就在这个位置,"啊嗨!"咔!一刀就剁下去了。

这一刀剁下去,正剁在床板上。咔的一响,朱光祖当时就是一愣,朱光祖这一愣的工夫,就听见西里间屋子里边有人喊了一声:"什么人!竟敢黄夜行刺!"这声音正是窦尔敦的声音。

这窦尔敦怎么跑到西里间屋里边去了?这窦尔敦,那是绿林中的总瓢把子大寨主。窦尔敦深深地知道绿林之中暗杀行刺的事情是经常发生的,他作为山上的总寨主,对他手下的众位喽啰头目经常训斥责打,有的心里边想得开,不记仇,有的要想不开就兴记仇,窦尔敦心里边有数儿,生怕他们半夜到这儿行刺于他,再者说,久闯江湖也得罪了不少仇人,你能知道谁半夜三更到这儿来找寻你来呀?所以窦尔敦呢,比较谨慎,他睡觉的时候,有时候在这东套间,有时候在那西套间,有的时候在床上,有的时候还在床底下,高兴了还兴上那东配房,也兴上那西配房,东配房西配房这两间房子里边住的都是窦尔敦贴身的护卫喽啰。所以今天,窦尔敦到这东套间里边坐下,发愣的工夫,窦尔敦有一种感觉,那作为武林高手可以说眼观六路耳听八方哪,尽管说朱光祖体轻如叶身轻如棉,在他那后窗户外边一点儿声音都没有,但是窦尔敦也感觉到有点儿异样,但是窦尔敦判断不准,所以他把灯吹灭了之后,没在这屋睡,把灯吹灭了他一俯身,由打这东套间就奔那西套间去了。他在西套间屋里边也没睡,他在观察动静,所以朱光祖进到外边堂屋里的时候,窦尔敦就已经听着了。朱光祖赶到在东套间里边手起这一刀,这一刀剁在床板上,出了声了,窦尔敦就喊了一嗓子。

窦尔敦那嗓门儿也大,这一嗓子,可把朱光祖给吓了两跳。怎么一嗓子吓两跳?朱光祖头前儿这一刀,咔嚓剁在床板上,就先自个儿把自个儿吓了一跳，朱光祖没想到，怎么这一刀没剁着人呢？剁到床板上了？紧接着窦尔敦这一喊这就是第二跳了。朱光祖一听，哎哟，这小子跑那屋去了。嗬，他比我心眼儿还多呀。朱光祖赶紧一抽刀一转身，噌，奔着后窗户去了。咔的一脚把后窗户窗棂子踹断了，咔咔两刀窗棂子剁开了，噌一纵身，就出去了。由打后窗户出去之后，脚一落地一提溜腰，就过了墙到墙外边了。到墙外面顺着这个院墙他往前边就跑，也就是朱光祖吧，那是身轻如燕，要是换了第二个走得略微慢一点，今儿个就让窦尔敦给乱刃分尸了。

朱光祖跳身出去之后往前边绕，这工夫窦尔敦在屋子里边就喊了一声："有刺客，抓人！"一声喊抓人哪，东西配房保护他的这些喽啰兵全都出来了，大家伙儿有打着灯笼的，有拿着兵器的，稀里哗啦"抓刺客，人在哪儿？抓，抓"院子里边一阵大乱，院子里边这一乱的时候，朱光祖已经顺着院墙绕到前边到了那个仓库后山墙那儿了。到了仓库后山墙这儿朱光祖低头先看了看这何滥点儿，何滥点儿啊，还在那儿睡呢，这药还没过劲儿呢。朱光祖一看何滥点儿还在那儿睡呢，他一猫腰，把那更梆跟更锣一块儿都拿起来了。这俩手指头拿这个梆子，这仨手指头挂这更锣，这手拿着刀，又拿着这个梆子锤儿，朱光祖是身兼二职，又敲梆子又打锣，心想我要想下山哪，还得冒充这更夫。朱光祖拿那梆子，哪哪，嘡嘡哪哪，嘡嘡哪哪哪哪哪哪……他一边敲着梆子打着锣一边往山下跑，山下边第三道寨门那地方的喽啰兵听见中山寨一乱，有很多的喽啰兵也奔这儿来了。一看这打更的来了，对他没加怀疑，还问他呢，"嗨！怎么地？上边出什么事儿了？"朱光祖说："嗨，快点儿，有刺客，这刺客已经被围了，你们快点儿去抓他去啊。"哪哪哪哪哪哪嘡嘡嘡嘡嘡嘡嘡……

朱光祖就这样把这三道寨门给出来了。出了三道寨门就奔这二道寨门，二道寨门也听见山上乱了，有几个喽啰兵上来探听消息，朱光祖还是用这个办法，"快点快点，去去去去！"二道寨门他又出来了。他奔这头道寨门，当朱光祖拿着这个梆子锣奔头道寨门走着的工夫，他一看，由打这头道寨门那个地方往这边顺山道晃晃荡荡走来一个人，这人走道儿来回直晃。耶？朱光祖心想这小子谁呀？朱光祖还敲着梆子，哪哪哪哪哪哪哪嘡嘡嘡嘡嘡嘡……

"站住！干什么？"

"……哎……跟您说呀……这山上哪……有……有刺客……大寨主险些被那个刺客给杀喽，您快去看看……"

"哪儿来的刺客？……"

站在朱光祖面前的这人是谁呢？是头道寨门把守寨门的一个小喽啰兵头儿，此人人送外号儿，叫红毛兔子，姓魏，叫魏英。这红毛兔子是外号儿，魏英是他的名姓。原来呀，他没有这外号儿，就叫魏英，英雄的那个英，后来呢占山为王落草为寇啦，在这绿林当中一混，在山上混了个外号儿，叫红毛兔子，怎么得这么一个外号儿呢？因为这小子一头发长得发红。其实他父母哇，头发都是黑的，就他这头发发红，也不知道是血液的关系呀还是遗传基因，反正是什么原因找不出来吧，长了一脑袋红头发。再加上呢，他最早的时候在这山寨上，是踩盘子打眼儿的小喽啰，踩盘子打眼儿的时候，他的腿脚特快，谁也跑不过他，大伙儿说，这小子跑得跟兔子一样。所以打这儿呢，别人给他喝了个号儿，就叫红毛兔子。这红毛兔子喝号儿之后跟他这个名姓再一连上呢，红毛兔子——魏英，就听着不太顺溜儿了。开始他自个儿还没觉出来，后来有几个跟他相好不错的哥们凑到一块儿了就说，"哎，我说，你这名儿可不行，你这名儿跟这个外号儿啊，它不配套。你说，红毛兔子——魏英（喂鹰），你这一辈子也好不了哇。这兔子喂了鹰，那不就完了吗？啊？"

魏英一听也对，说："对呀，他妈的，我……不叫魏英，我改个名儿怎么样？哥儿们，你们给我起个名儿，你说起什么名儿好。"

大伙儿就帮着这魏英起名儿，有的说："你呀，你不叫魏英，你呀，你叫魏虎。啊，这老虎多厉害呀。"

"魏虎？这兔子要喂虎，那还不够一口的呢，那更够呛了，那我也好不了……"

"哎……你叫魏豹。"

"魏豹也不行！"

"你叫魏龙。"

旁边那个说了："要不你就叫魏狗，那狗吃不了一口。"

"胡说八道，你小子那骂人！你寻思我他妈听不出来呀！"

"那你叫魏什么呢？"

"我什么也不为！"

"对！你叫魏不满。"

"都不行！我这外号儿得改！"

"外号儿不能改，你红毛兔子太有特色了，你改了这个外号儿啊，就不能发财了。人不得外号儿不富嘛。"

"哦，那怎么办呢？"最后这魏英一赌气呀，"我不改了，我就魏英了。"

所以红毛兔子魏英，大伙儿都知道，头道山寨的小寨主。这魏英有一个最大特点，爱喝酒。从早到晚，这手里边不离这酒壶，早晨四两，中午半斤，晚上四两——这还是老秤，十六两为一斤的时候——他这个酒量不算太大，一天喝这些足可以使他永远保持昏昏迷迷的状态。这个小子呢。是懵懵瞪瞪看人生，人生都在酒醉中，躺在床上似已醒，立在地上醒如梦，就这么个特点，整天迷迷糊糊。

今天，他在那头道寨墙寨门下边跟几个喽啰刚喝完了酒正那儿闲扯呢，隐隐约约听见中山寨乱了。所以这红毛兔子魏英他晃晃荡荡他往那中山寨上去看看，其实呀，晚上正是他酒醉之后的最佳状态，也就是醉劲儿正足的时候，走道儿都晃着就过来了。

朱光祖一看这个人，他不知道这人是红毛兔子魏英哪，也不知道他是个醉鬼呀。朱光祖拿着更梆："嗨……您快去吧……"

"……哎……我问你……山上是……怎么回事儿？"

朱光祖说："有一个刺客……"

"有一个刺客……嗯……好……我去……抓这刺客……"噌，他把刀抽出来了，"刺客在哪儿呢……"

"就在这山上呢，您快过去吧！"

"你……你是谁……嗯？"

"我是打更的更夫啊！"

"打更的更夫？何滥点儿？……何滥点儿长得不是你这模样……"

"是……我不是何滥点儿……我……"

"你是谁啊……"

"你你，我我，你赶紧快去吧，您您别管我了。"

朱光祖就想夺路要过去，这魏英不让他过去，一把把朱光祖的脖领子给抓住了。"别走……我告诉你……你要不告诉我……这刺客在哪儿……我今儿个……就不放你……你给我带路……告诉我……刺客在哪儿……走……走……"

这魏英这醉鬼抓着朱光祖非让他回去不可，朱光祖心想我能回去吗？我一回去那不就自己去送死吗？朱光祖拿这个刀往旁边一拨他的手腕子，"你撒开！"拿刀一拨拉他，这小子一松手，"哟，怎么着？你小子还拿着刀呢，啊？你想跟我动刀？嗯？动刀我不怕这个，我也有刀……他妈的……"他欻，奔着朱光祖前胸就一刀。这刀往这儿一捅哪，朱光祖手里边拿着梆子提溜着更锣，朱光祖把这更锣往前胸这么一挡，这小子这一刀正捅那锣上，当！没捅进去。当的一下子这刀顶回来了。

"哟……挺厉害呀……小子练过金钟罩哇……我这刀捅不进去……捅身上怎么铜音儿呢？"他没看见那儿有个锣在那儿放着呢。

朱光祖暗想我不能跟这个醉鬼在这儿打连连，朱光祖把这个锣一翻手照着他的脑袋，哪！上去就一锣，哪的一下子，打脑袋上了。这小子醉么着的没觉着疼，这一锣打在脑袋上之后，朱光祖就手儿连梆子带锣就都松了手了。他手中提溜着单刀，噌，一纵身由打身旁就过去了。朱光祖过去之后纵身往下就跑，他往下这一跑这红毛兔子魏英挨了一锣一转身，"啊？你想跑？你跑不了！你看镖！"伸手他在那镖囊里边掏出一只镖来，这魏英这镖哇，酒醒的时候哇，打十回呀，能有三回打中，现在酒醉的时候哇，干脆那就跟砖头一样，尤其是今天，他这个镖哇，根本就没抖手往外甩，抓出来是那么扔的，这镖横着过来的。但是他一喊看镖，朱光祖可听见了，朱光祖正往下边跑着一听身后边喊看镖，这一回头，嗖——有一个东西横着过来了，朱光祖拿手一划拉把他这镖给接住了。接住这镖之后，朱光祖没工夫看，把他这镖就装到自个儿的镖囊里了。

朱光祖继续纵身往山下走，这魏英在后边趔趔趄趄地就跟着还想追朱光祖。这工夫的朱光祖呢，已经跑到头道寨墙的里头，就是刚才他进寨墙那个地方，他没走那寨门，来到这个地方他一纵身上了寨墙，由打这寨墙上边翻身就下来了。

朱光祖就这样跑回了李家镇。当他回到李家镇来到李家店的时候，发现黄天霸的这卧室，窗户纸是人影摇摇灯光烁烁，说明众位弟兄们都没睡。朱光祖在门外停足站立，心想，我这回去真像赵璧说的，三种可能，我没办成哪！正这工夫忽听见屋子里边有人说话："光祖哇，回来了吧?!"

第六回　黄天霸赴会誓生死
朱光祖打镖解困危

　　朱光祖回到了李家店，站在黄天霸的住室门外，他听着屋子里边弟兄谈论什么。因为朱光祖觉得自己此行奔连环套，并没有行刺窦尔敦成功，回来，好像有点儿面有愧色。他正在犹犹疑疑不想往里走的时候，听见屋子里边赵璧说话了："光祖哇，回来了吧？进来吧！"

　　朱光祖一听，嘿，赵璧这耳朵还真好使。

　　怎么回事呢？朱光祖这一上山哪，赵璧黄天霸等众位弟兄一宿没睡啊，现在都已经傍四更天了。大伙儿为朱光祖捏了一把汗，而且很多弟兄都埋怨赵璧，"赵爷，您这事儿办得不对，您不应该用这激将法，把这朱光祖给激到连环套上去了，他要成了还行，万一成不了，有个三长两短，这可都是您的责任。"

　　赵璧呢，他自己胸有成竹，"哎，众位弟兄，你们别埋怨我，朱光祖飞多高蹦多远我心里有数儿，就凭他那身轻功术，那比猴儿都精，我琢磨着吧，他万无一失。"

　　所以这一夜之间大家伙儿一边喝着茶一边聊着天儿一边等着朱光祖。赵璧嘴里边那么说，但是心里边也没底，他一想：老天爷保佑这朱光祖可千万别出事儿啊。真要出了事儿，我后半辈儿这心里边想起来都会感到愧疚。所以赵璧这耳朵特别注意院子里边的动静，过半夜的院子里边特别静，朱光祖回来的时候脚步特急，走到门口外边突然驻足而站，赵璧听着他的脚步声了，料定这个时候回来的人肯定是朱光祖。所以赵璧就喊了这么一声。

　　这一声喊完了，朱光祖由打外边迈步就进来了。朱光祖这一走进来，一屋子里边众位弟兄大家伙儿都高兴了。哎哟，哎哟，光祖，朱大哥，朱爷，您回来了！赶紧快点儿让朱光祖坐下，朱光祖这工夫，才发觉自己满脸都是汗，刚才出汗自个儿都不知道，太紧张了。坐下之后，赵璧先给倒了一碗茶，"哎，光祖，先喝杯茶，压压惊，我先问，此去连环套怎么样？把窦尔敦宰了？"

一问这句话，朱光祖这脸儿就拉老长了。"嗯……先跟弟兄几个说吧，这回去连环套，没把窦尔敦杀了。"

"没杀呀？没杀也别着急，你回来就行了。"

"哎呀，不过，这可应了赵爷那句话了，我上连环套有三种可能哪。"

"啊不对，你没记住我那三种可能，你回来了，就说明我没说对，我那三种可能第一种，你进不去，第二种，你被人抓住，第三种，你让人给剁了。你看你完完全全地回来了，就说明我没说对呀。呵呵呵呵，光祖，这事儿别往心里去。"

"唉，我回来是回来了，事儿没办成。"

"先说说，怎么回事儿？"

大家伙儿都在这儿把俩眼睛瞪得一边大就听朱光祖讲。朱光祖从打怎么进连环套，一点一点一步一步地跟大伙儿说，整个儿的过程都说完了。"如果说此去连环套不虚此行，那就是临来临来了，得了一只镖。"朱光祖一伸手从那镖囊里边就把那个红毛兔子魏英那镖拿出来了。"赵爷，您看，这镖在这儿呢。"

赵璧说："我瞧瞧。"赵璧把这镖接过来一看，"嘿，这小子这镖做得还真不错。"一看这个镖底下有两个字儿：魏英。敢情这镖还带名儿的。一般来讲这镖上哪，不錾名字，镖上要錾了名字，就说明打镖的这个人已经够了一定身份了，敢于留上名字。魏英呢，其实不够那身份，他自个儿觉得自个儿够身份了，因此在那镖上刻俩字儿。

"哎。"赵璧说："好，这镖就留着，这是战利品。"朱光祖把魏英这镖又揣到兜囊里头。

黄天霸一听："朱大哥，既然如此，您也不虚此行，起码说连环套里边怎么个情况，您初步先摸一个底，知道窦尔敦在哪儿住着。"

朱光祖说："我这么想的，等着天亮之后哇，你不是跟他比拳脚吗？如果咱要赢了，还则罢了，要是赢不了的话，明天晚上我二进连环套，我非得把这窦尔敦杀了不可！"

赵璧说："不行！光祖哇，你要二进连环套，我们哥儿几个说什么也不能让你去了。你这头进连环套，窦尔敦没有准备，你要二进连环套，他们已经是惊弓之鸟哇。你要到在连环套山里边是必死无疑。这可不是激将法呀，你要说进连环套，我扯着你后衣襟儿在这儿打坠儿，我不让你动弹。"

"行行行，咱先不提这段了。咱先说，天眼看快亮了，吃完早饭这拳脚比不比？"

黄天霸说："当然要比！我跟他说出这句话来，就得要做到！君子一言，快马一鞭。"

"行，老兄弟的脾气我是知道的，说到哪儿办到哪儿，咱们众位弟兄，一块儿跟着去，给老兄弟观兵掠阵。就这么定了！趁着天还没亮，咱大伙儿先挠一觉儿，醒了之后，好抖抖精神，跟窦尔敦比试去。"

于是众位弟兄各自分头到自己的寝室都睡了一觉，早晨起来，漱了口，净了面，用罢了早饭，众位弟兄全都收拾紧趁利落之后，就准备着奔树林子里边去了。

黄天霸今天暗下了一个决心，我跟窦尔敦今天比拳脚，要是赢了，那就算是赢了，如果我要输在他的手下，我宁可死在那儿我也不回来了。黄天霸就是这个脾气就这个秉性，心气特独，自己只能胜不能败。所以众位弟兄收拾好了之后，跟着黄天霸，直接奔树林子里边来。一路上走着，这个小白龙刘虎就跟赵璧说了："我说赵伯，这个事儿你可得呀，想个招儿啊，我知道，嘿，我这黄伯呀，那个脾气不好，真要是这窦尔敦把他给赢了啊，这个事儿就麻烦了，我瞅他那个脸上哪，啧，有股子杀气，这事儿要是他有个三长两短，咱们众位，都没法回去了。"

赵璧说："你甭管，我有办法，见机行事。"

弟兄几个就来到树林子里边昨天比武的那个地方，驻足不久，就看窦尔敦带着十几名山上的大小寨主小喽啰，奔这儿也来了。窦尔敦昨天晚上也一夜没睡，让朱光祖闹腾的。窦尔敦抓了半天刺客，这刺客什么模样也不知道，最后山上的人在那个大仓库后边发现那个打更的何滥点儿了。何滥点儿啊，那个迷魂药劲儿也过去了，嘴里的袜子让人掏出来，裤腰带解开之后，这何滥点儿还能说话，人家就盘问何滥点儿，说来的这个刺客，与你有关没有。

何滥点儿没敢说自个儿把刺客领过三道寨门，他就说在山上转悠的时候，让那位拿那个熏香把他给熏过去了。这就问他呀，说这个刺客长什么样儿，多高多矮，何滥点儿说"那……我就瞅着他有一人多高……"

"废话！一人多高是多高？"

"啊对，他比我略微高一点儿。"

"是胖子是瘦子？"

"那我也没搂他，我也不知道……""嗐还用搂他干吗呀！你看还看不出来吗？"

"黑灯瞎火的我也看不清楚。"

"他长的五官相貌？"

"看他模模糊糊的有头有脸儿的……"

"全是废话！"

这何滥点儿不敢说清楚，说清楚生怕担责任。那问说那个打更的呢，那曾壮呢，何滥点儿说："那曾壮他自个儿半夜……他说闹肚子上山下树林里边解手去了，再也没找着，他这小子是不是开小差走了？"他呀，根本就没敢说那曾壮被朱光祖给掐死了。

这么一来呢，山上边闹腾了半宿是虚惊一场，窦尔敦呢，还得如期赴约。领着几个小寨主小头目，就到这树林里边来了。窦尔敦骑着马，几位寨主有的骑着马是有的步行，来到这个地方窦尔敦甩镫离鞍下了马之后，一看黄天霸等人已经等候在这里，窦尔敦心中料定，昨天晚上上连环套探山的，很可能就是黄天霸手下的人，但是这个事儿没搞清楚，还不能问他。

窦尔敦跟黄天霸两个人在场子当中一见面，窦尔敦一抱腕："黄天霸，今天你我二人，在此比试拳脚，以分输赢。"

"大寨主，是，今天我们拳脚见输赢，再定御马的归去。"

"好，请！"

"请！"

黄天霸早已经准备好了，大带在腰中掖着，窦尔敦开氅往下一闪，没拿兵器。

黄天霸看了看窦尔敦，"窦寨主，今天咱们比拳脚，可是纯比拳脚，不许动兵器也不许动暗器。"

窦尔敦一笑："哈哈哈，动兵器动暗器的不是窦某所为。"窦尔敦说这句话弦外有音，那意思当年我跟你爹比拳脚的时候你爹用甩头打的我，我窦尔敦不干这种事儿。窦尔敦一说这句话，黄天霸那个反应非常机敏，他也意识到了窦尔敦这叫旁敲侧击，黄天霸这个脸儿略微一红，马上镇静下来，"大寨主，请！"

窦尔敦往前一纵身，啪一个黑虎掏心一拳就打过来了，黄天霸抬手相迎。二人说声"请"，端架四六平，一拳打，一拳迎，转身踢脚奔前胸，忽而似猛虎，忽而似蛟龙，忽而似虎豹，忽而似雄鹰。二人争斗五十回合没分上下与输赢。两个人打得是难解难分，啪啪啪啪啪，双方的人都在旁边站着观阵。赵璧在那个草地上坐着，瞅着黄天霸跟窦尔敦，赵璧别看本身的武艺不算出众，但是他可经得多见得广，谁输谁赢谁强谁弱他能看得出来。赵璧瞅着，窦尔敦，不愧是绿林的豪杰武林中的老手，跟黄天霸交手动作起来非常沉稳，心中有数，接应自然，拳招不乱。黄天霸呢，仗的是血气方刚，年轻火盛，拳脚凛冽，但是有一样，有点儿急功近利。黄天霸恨不得一下就把窦尔敦给打趴下，但是越着急，他越得不了胜。打到四十来趟的时候，黄天霸这脸上可就见了汗了。黄天霸脸上见汗，并不是累的，是因为急，他着急胜不了。窦尔敦呢，应付自如。

赵璧这么瞅着，看了看旁边的这几个弟兄，小白龙刘虎，别看岁数不大，那是经得多见得广有眼力见儿的人，"赵大伯，我看哪，够硬的，嗯，不行的话呀，干脆，咱们跟他商量商量，咱今儿个不比了，让他撒下来得了。"

"不行啊，你哪儿知道，天霸那是什么脾气呀，没见输赢今儿个他是不能回去呀。"

"要是比长了，万一，我这黄伯伯，他这个脚底下略微一失神，要是一着急，让那窦尔敦把他给打败了，那他就得死在这儿啊。"

"可也是呀。"

"赵大伯，您足智多谋哇，您想个辙呀，咱们找个台阶儿下来不行吗?"

"找个台阶儿?是呀,这得找什么台阶儿呢?"

这工夫,窦尔敦跟黄天霸两个人就已经打到了六十来个回合了,还不见输赢胜败。赵璧心想不行了,我得想法找个碴儿,不能这么愣打了。

赵璧这眼珠子一转悠,他忽然间想起朱光祖来了,一摆手把朱光祖叫过来。

"怎么着?赵爷。"

"光祖,你那镖囊里边不是有那个魏英的那么一只镖吗?"

"啊。"

"我告诉你,待会儿啊,你就这么办这么办这么办。"

"那能行吗?"

"甭管,后面的事儿不用你管,有我说。"

"好嘞。"

朱光祖瞧着窦尔敦身后边给他观阵的那些个大小寨主,那些个寨主们,注意力全在黄天霸和窦尔敦两个人的身上,谁也没注意朱光祖这边。朱光祖呢,由打这人群堆儿里边就撒出来了,撒出来之后,他往旁边一闪身,这边有棵树,朱光祖一纵身,噌,他就上了树了,在这树上咔吧一坐,瞄准了斜着这个位置,他就把魏英那只镖拿出来了。朝着黄天霸侧后身儿那有一棵树,啪,抖手就是一镖。这一镖,噌,正钉在黄天霸侧后边那棵树上。啪,这一镖一钉在那儿,赵璧紧接着喊了一嗓子:"别打了!"这小尖嗓儿吱嘤一下子,所以大家伙儿的注意力,又全集中到赵璧这儿了。这工夫朱光祖已经从树上下来了,谁也没注意他。

赵璧喊了一声别打了,赵璧几步就来到了黄天霸和窦尔敦两个人之间,因为这阵儿黄天霸窦尔敦两个人都已经停住了脚步,赵璧在当间儿一站:"别别别别打了……窦寨主。"赵璧这一抱腕,窦尔敦仔细瞧了瞧赵璧,心想在哪儿来的这么一个小脑袋儿啊?赵爷最大特点是脑袋小,比正常人那脑袋小三号儿,这脑袋跟整个儿身子不成比例。所以窦尔敦一看见赵璧,特别引人注目,"哦,怎么着?"

"窦寨主,在下姓赵名璧字连城,也是施大人手下的办差官,我跟黄天霸我们都是一起的，大概您也知道吧。呵，窦寨主，今儿个比武之前，天霸跟您可有过一段话，如果您要不健忘的话应该还记着，今天你们比的是拳脚，可不兴动兵器，更不许动暗器。窦寨主，我想窦寨主是连环套大寨主绿林中总瓢把子，一向以信义为人，那么今天说了话怎么不算数儿啊？你手底下这些个寨主们，你要管教不了的话，就别让他们来，怎么比拳脚的功夫，给来一镖是怎么回事儿啊？窦寨主，您这叫拳里夹镖唉。你要是拳里夹镖的话跟我们先打个招呼，我们也会夹呀，啊！"

赵璧这几句话说完了窦尔敦一看，果然黄天霸侧后身那树上边钉着一只镖。"这镖是谁打的？"

"谁打的？当然是窦寨主您手下人打的。"

窦尔敦说："我看看。"

窦尔敦几步走到这树跟前腾地把这镖就拔下来了，一看这镖上边錾着俩字儿——魏英。啊？魏英！你给我过来！

第七回　以镖使诈智退窦尔敦
　　　　因奸生谋利用李寡妇

　　窦尔敦和黄天霸两个人在树林子里边比拳脚，正在难解难分的时候，赵璧想出一个主意来。他让朱光祖哇，拿着魏英那镖打到树上，赵璧见了窦尔敦，愣说是窦尔敦手下的人偷着打镖了。

　　窦尔敦不知就里，窦尔敦手下这些个副寨主谁也没注意这镖是从哪儿来的，所以窦尔敦从树上把这镖抈下来之后一看这镖上有俩字儿：魏英。这魏英是头道寨墙的小头目，窦尔敦每次下山都带着这魏英，所以窦尔敦一看是魏英，这气可就来了。窦尔敦这个人，特别重信义，说到哪儿做到哪儿，这是他为人的准则。今天当着众人的面，魏英居然破坏了窦尔敦的规矩，窦尔敦这脸上有点儿挂不住了。他一回身，喊魏英："魏英，你过来!"

　　这魏英哪，咱说过，他一天都不带醒的，白天他醒的时候是醉的，晚上睡觉的时候他才算醒着。所以这位别看在人群里边也看着呢，刚喝完酒，早饭就四两哪，他那俩眼睛发浑，迷迷瞪瞪的。昨天晚上哪，他见着朱光祖那些个事儿啊，他都已经记不清楚了。所以他听窦寨主叫他，"嗯?""嘿，叫你呢。""叫我? ……"

　　魏英过来了。来到窦尔敦的跟前，"寨主……您叫我? ……"

　　"我问你，这镖，是不是你的?"

　　"啊? 这镖? ……是我的……这不上边有名儿吗?"

　　"你为什么打镖?"

　　"嗯……我打镖? ……我什么前儿打镖哇?"

　　窦尔敦一听，啪，上去就一嘴巴，这一个嘴巴把魏英打得转一圈儿，"哎……哎呀……寨主，您怎么打我……"

"我问你，你为什么打镖?"

"对呀……我为什么打镖哇?……"

啪又一个嘴巴，提溜，又过来了。"寨主……是……我……我……为什么打镖哇?……我什么时候打的镖哇……我……我想不起来了……"可把窦尔敦气坏了。

赵璧在旁边差点儿没乐出来，赵璧心想这是苍天保佑，万没想到这小子是一醉鬼，什么都不记得，这挺好。

"窦寨主……这镖是我的没错儿，好像我记得我好像没打呀。"他真要是头脑清楚的话，他就可以说出来，说昨天晚上我打过一只镖，说那更夫把我这镖给接走了。他根本不记得了，他醉生梦死呀。他这么一来，窦尔敦也就没法辩解了，所有的寨主也弄不清楚了。

赵璧在旁边正好是乘虚而入："大寨主，得了得了得了了，窦寨主，您且息雷霆之怒，慢发虎狼之威，要是教育你的属下上山上教育去，啊? 别当着我们众位弟兄教育你的部下呀，啊! 俗话说呀，当面教子背后教妻，您回去再教育。"

窦尔敦一听这是什么话呀! 他是我妻呀得背后教育? 心想这小脑瓜儿说话实在令人难听。

赵璧说："这么地吧，窦寨主，看来这拳脚哇，咱也甭比了，我们呢，就回转北京城，窦寨主，你自个儿琢磨着，啊，何去何从，咎由自取。我想您要是大丈夫想得开的话，应该审时度势知道利害。您把御马盗到你的山上去了，这就等于是引火烧身。您要听我三言两语对你的劝解呢，就把您这御马呀给送下山来，送下来之后呢，再送俩喽啰过来，就权当他就是盗马之贼，我们呢，这个案就算结了，给窦寨主您保了一个全面儿。我领着那两个喽啰牵着御马回转顺天府，我们去交差。如果说窦寨主您觉得这么做不妥，那可就不客气了。我们要回到了京城里边发来了官兵，到那个时候，要征剿你的这连环套，闯上山去是玉石俱焚，包括窦寨主你本人之内，都得归案问罪，您看怎么着好哇。"

窦尔敦那是硬汉子，吃顺不吃呛，赵璧这几句话，他能接受吗? "嗯……赵璧，赵副帅，窦某，愿在连环套等候，别说你回顺天府调兵，官兵征剿我的连环套也不是一次两次了，我窦尔敦，在此不动，我看你们哪个能擒某家。走！"窦尔敦一转身领着众位寨主走了。

这边，黄天霸站在这儿，黄天霸都不知道怎么回事儿。黄天霸心想这谁呀，怎么打一镖啊，赵璧一看："天霸，咱回李家店，走走走走走。"众位弟兄回李家店了。回到店房之后来到黄天霸的住室全都坐下了。黄天霸还问呢："赵爷，这镖究竟怎么回事儿啊？"

"怎么回事儿啊？这叫略施小计，咱们自个儿找个台阶儿。"

赵璧把这真情一说出来之后，黄天霸一听："哎呀，赵爷，咱们怎么能办这个事儿呢！"

"怎么着？什么事儿不兴办哪？我们就这么办，这不咱就回来了吗？"

"那么回来了，赵爷，下一步怎么办？"

"下一步啊？下一步咱再商量下一步的，你说得怎么办吧。"

黄天霸说："依我说，咱就得调官兵了，征剿他的连环套。"

朱光祖说："要不这样，再撑个三天两天的，我再来个夜探连环套。"

赵璧说："朱光祖哎，这个夜探连环套，不能再让你去了，调官兵征剿连环套，这是必行之计了。可有一个前提呀，咱们想要征剿连环套，你必须得知道这连环套山寨里边究竟有多少人，究竟这些个人如何布防，他这个山寨，前山后山，有几条进路，他们山上的人，又有几条退路，这些个事儿不搞清楚，咱们就冒着蒙儿调官兵愣攻那山呐，恐怕就跟以往的官兵一样。您没听窦尔敦说吗？不是说没有人征剿连环套，已经有过几次官兵征连环套了，结果都没打进去呀。其实，他就是凭险据守，人家连环套，山势险峻，咱们从下往上攻，不明地形，就难免打败仗。如果咱要想胜这个窦尔敦的话，必须得想办法把连环套山里边的情况给摸清楚。军法有言，知己知彼百战不殆。"

黄天霸说："是啊，咱们怎么样子能把他山里边情况摸清楚呢？"

赵璧说："是呀，这个咱就得动脑子了。啊，这山里边的情况……"

朱光祖说："还是我去探去……"

"不行不行不行不行，这回是说什么不让你去了，光祖啊，你还别说，你昨夜探山哪，没白去，我忽然从你探山所说的这个经过里边，我得出一条线索来。有一个人——就看咱们运气怎么样了呀——如果这个人咱们要把他逮住，这个连环套山里边的情况可就能摸清楚了。"

"赵爷，您说是谁？"

"你进那个头道寨墙的时候，不是听那两个更夫说，他山上边，有一个叫吴世飞的小寨主吗？"

"啊。"

"这吴世飞，不说因为跟这李家镇的一个李寡妇两个人有苟且之情，这吴世飞把李寡妇的娘家哥给揍了，窦寨主一生气，打了他四十棍子，给轰下山来了吗？"

"啊对呀，是有这么个事儿啊。"

"你想，这吴世飞这小子挨了四十棍子，大概是不能远走哇，他从这连环套里边出来之后，他能上哪儿去呢？我估摸着，十有八九啊，他就上那李寡妇家里边养伤去了。吴世飞以为咱们不知道他跟李寡妇好，这个事儿是你偷着听来的，如果咱们要把吴世飞这小子给逮住，从他嘴里边，就能把连环套的内部情况，全都给抠出来。"

"那么这吴世飞是不是在李寡妇那儿呢？"

"这不要紧啊，咱们先打听打听哪。如果说他没在那儿，他真跑了，咱再另想主意。"

"哎……这行，那怎么能知道他在不在呢？"

"这你别管了，我先给你打听打听。"赵璧说着话站起来了，由打这屋子里边走出来了，来到院子里边，他就招呼这店小二，店小二这两天哪，跟赵璧混得特熟，因为他感觉赵璧这个人，别看脑瓜儿长得小，说话很幽默，特有意思，愿意跟他聊两句儿。店小二一看赵璧摆手叫他，赶忙过来了："哎……嘿……爷，您有什么吩咐？"

"哎……你过来，"赵璧一伸手掏出二两银子来，"来，给你二两银子，哈，买茶喝。"

"别别别……啊爷，您有什么事儿您说，您干吗老给我钱……"

"不不不不……我呀，跟你打听个事儿。"

"您说，打听什么事儿？"

"你们这个李家镇，有个李寡妇，你知道吗？"

"李寡妇？知道知道知道，就在前街，前三道街，第四条胡同儿，您问她干吗？"

"我就问你呀，这李寡妇，多大岁数？"

"李寡妇啊？这李寡妇，岁数挺年轻，二十六七岁吧……"

"哦……我问你，这李寡妇……她长得怎么样？"

"哎哟，长得漂亮哪，嗬，这李寡妇长那模样哪，跟您说呀，别说咱这李家镇，就这方圆周围，百儿八十里地也没有那么个美的人儿。哎，她那个……那个那个皮肤特别细，还特别白，那眉眼儿啊……"

"行行……你别给我交代那么细致，你就说长得漂亮就得了。这李寡妇，为人怎么样？"

"为人怎么样？您说这为人怎么样？您说的是什么呀？"

"怎么什么……人品怎么样？"

"人品哪，呵……人品不错……呵，人品那是有名儿的，呵，谁不知道李寡妇？外号儿叫一铺炕。"

"一铺炕？一铺炕怎么意思？"

"一铺炕……呵……他是这么个意思。这个李寡妇正因为她长得漂亮，所以说呢，我们这镇子里头哇，包括这么过路的人哪，呃……一发现她之后呢，就都愿意跟她搭讪，所以这个李寡妇呢，这个相好的特别多，我们这镇子里边人呢有的说，说这李寡妇相好的能够一铺炕那么多了，呵……我估摸着这一铺炕……"

"能有几个？"

"那看炕大炕小了，小炕四五个，要大炕还不得七八个……"

"嗯……"

"爷您问这什么意思？您是不是也打算上她那儿看看哪。"

"胡说！你寻思我是那种寻花问柳之人哪！"赵璧心想，他误会了，"我问你，这李寡妇最近怎么样？"

"最近……我……我跟她没有来往，我只是听我们这镇子里边大伙儿议论她……"

"啊对，就说镇子里边怎么议论的。"

"最近议论她呀，她跟这连环套上一个小寨主一个头头儿俩人勾搭上了。两个人勾搭上之后，而且，特热乎，他俩这一勾搭上，李寡妇以往那些个相好的，一律全都谢绝，谁也不敢来了。连环套上这个小头儿，就等于把这李寡妇给包了。据说这李寡妇将来还能上那山里头呢。谁知道能不能去这咱就不知道了。"

"哦，连环套上这个小头头儿是不是姓吴叫吴世飞？"

"咦？您您，您怎么知道哇？"

"哎，我也是听说呀。"

"对对对对，是……什么是非是非的，就是他。"

"这人现在在这儿没有？"

"这我可不知道……我成天在这店房里边，您没看我出来进去忙活，我们这些事儿还忙活不过来呢，我哪有工夫搭理那个事儿啊。"

"嗯，好了，谢谢你呀。她是前边第三趟街第四趟胡同儿？"

"哎对对对……您要去呀？"

"呃不不不……呃……我也是想去……"

"您要想去我领您去……"

"不不不……不用你领着去，第四趟胡同儿第几个门儿？"

"第四趟胡同儿一个……两个……第三个门儿，我跟您说她那门哪，跟别人那门不一样，人家那门是拿桐油油的，比别人的门瞅着漂亮。哎……"

"哦，好好好好好……"

赵璧转身回来了，回来之后在屋里一坐，"啊……众位，我呀，打听明白了。这李寡妇哇，果然就如他所说，跟那吴世飞呀，俩人相好。哥儿几个，为了要破这连环套，为了要捉住窦尔敦，为了要得爷家这匹御马，今天晚上，我打算领两个人，到前街李寡妇那儿去蹚这寡妇门，哪位跟我去？"

赵璧这一问哪，一个搭茬儿的没有。大伙儿心想，蹚寡妇门，刨绝户的坟，打坐月子的人，这都不是人干的事儿。你今儿个想蹚寡妇门，谁也不去，一个搭茬儿的没有。赵璧看了看小白龙刘虎："刘虎哇，你跟我来趟？"

小白龙刘虎一听："呃……我说赵大伯，这个事儿你就是想着我呢是不是？好事儿你可想不着我呀，什么蹚寡妇门这个事儿啊，丢人现眼哪，您想着我。但是呢，我是小辈儿，您让我干什么我就干什么，您让我去踹我就踹，行，我就跟您来一趟。"

"光你一个人不够，哎呀，我再找一个……天霸……"

他刚一喊天霸，黄天霸说："我不去！这事儿你别找我！"

"是，我没说让你去，我说天霸，你看谁去合适？"

黄天霸说："我说赵大哥，咱非得找这李寡妇不行吗？"

"事情逼急了眼哪，什么招儿都得想，那得有病乱投医呀。"

"那……我没法派人家。"

赵璧冲着关泰关晓曦一抱腕："关泰，咱们这里边你可是有本事的人，您也是有名的老实人，你跟我辛苦一趟怎么样？"

关泰这脸儿本来是红的，听赵璧一说这句话这脸儿腾的一下子当时就紫了。但是关泰这个人呢，一脸抹不开的肉。"唉，赵爷，您怎么能相中了我呢？"

"哎，关泰，你放心，我绝不能让你掉身份，今天晚上咱们到那儿去啊，你就负责在李寡妇他们那住宅外边，你给我压住房顶，万一这吴世飞在屋子里边我们要抓不住他小子要跑了，你在外边把他截住就行。这还不行吗？"

"好吧！赵爷，我跟您去一趟。"

"哎，好了。就这么定了呀！"

弟兄几个人，晚饭之后等到二更天，赵璧叫着关泰和刘虎，"走吧，今天晚上咱们就会会这李寡妇！"

第八回　见景生情一双人私语
##　　　　　隔墙有耳三差官暗查

　　赵璧、关泰还有小白龙刘虎，三个人夜访李寡妇，这是为了破连环套，有病乱投医，荒原不择路，逼出来的这么一条道儿。

　　三个人就按照店小二告诉的那个地方，来到前边三道街四条胡同儿第三个门儿，这就是李寡妇家的大门外。已经是二更天了，今天是阴历初八，半轮上弦月，把这胡同儿里边照得是半明半暗。

　　三个人来到李寡妇的门前，一瞧果然像店小二说的那样，这个李寡妇家大门跟其他住户那大门，有点儿不一样，比别人家那大门住得干净，也讲究，这大门儿真是用那桐油刷的，青砖瓦的门楼儿，还有那么三磴条子石的台阶。

　　赵璧到门口儿这儿看了看，没错儿，就这家。"咱们仨人哪，分分工，有两个进院儿里边听动静的，有一个在房上和后山墙外边等着那小子的。如果说那吴世飞真在这屋子里边他要想从后窗户跑了，在后边那边就堵着他。"

　　关泰说："我就上后边我等着得了。"

　　"对呀，好，你就上那边，你可听我们屋子里边的动静儿，也许我们进去之后哇，什么事儿都没有，我们蔫么悄动地又出来了，到时候我们去找你，如果说院子里边屋子里边一有声音，打起来了，你在外边可就多加注意了。同时，你要听我的吆唤，有时候我也许是拍个桌子吓唬猫，我在屋子里边喊两声你在外边得应着。"

　　关泰说："好，这你放心，夜静更深，您这小细声儿，我能听得着。"

　　"好了。"

关泰走了。赵璧看了看小白龙刘虎："我说，咱们敲她这门？"

刘虎说："敲门哪？那个小子要是在屋子里头，那不就跑了吗？"

"对，咱哪，翻墙过去。直接奔她那寝室，咱先在她窗户外边仔细听听，看屋子里边有人没有，听准了之后，咱们再敲门。"

"对，赵大伯，就按您说的这么办。"

"哎，咱先跳墙……"

"您先等会儿，赵大伯，您要是跳墙过去，万一这个寡妇家里边就这一个人儿，要是院子里边养一条狗，这狗一叫唤，人家不就知道了吗？"

"哎，刘虎哇，这你就外行了。我断定，这李寡妇院子里边肯定没狗。"

"那你怎么知道的？"

"你看看，你没听那店小二说吗，这个李寡妇是个风流女子，人送外号儿一铺炕，上她这院儿里边来的男人不知道有多少呢，往这儿出入的男人，那都是蔫么悄动地进来蔫么悄动地出去，你想，要是晚上有男人往这儿来，她院儿里边养了条狗，这狗一见生人就咬，天天晚上在这儿咬，那邻居们不就都知道了吗？冲这手儿她不能养狗。"

"哎哟，赵大伯，您真是行家，这事儿您常干……"

"少说废话！我怎么干吗我还干这事儿呢？来吧你就！"

"好，您先来。"

赵璧一纵身，噌，胳膊肘儿一挎墙头，往院子里边一看，他双腿一飘，唰，就进来了。紧跟着，小白龙刘虎也进来了。两个人进到院子一瞧，这院子并不太大，正房三间，旁边有一个东跨儿。正房三间东里间屋，那窗户纸让灯光映得发黄，说明那屋里边掌着灯呢。

赵璧冲着刘虎一摆手——现在呀，两人就得打手势了，不能说话了——直接就来到了这窗户根儿底下。二人一俯身，仔细地听着屋子里边的声音，这屋子里边哪，还真有人说话，有一个男子的声音，"你看怎么样？啊？这伤势，见点儿轻吗？"

接着又听是一个女人的声音，"就一天能见轻吗？不过呀，比昨天，好像是好了点儿。"

"哎，我说，你给我上这药轻着点儿啊，轻着点儿……"

屋子里边是谁呀？果如赵璧所料，这屋子里边正是吴世飞跟这位李寡妇。赵璧跟刘虎两个人目光一碰，赵璧那意思，来着了，这小子在这里头呢！刘虎伸手一摸刀这就要往里边闯，赵璧一打手势，告诉他你先别，你等会儿，咱听听，听准了，是不是这吴世飞，还兴是别人呢，如果要是别人的话，咱们冒蒙儿地闯进去，这不白逮一水吗？

就听屋子里边又说了："秋水啊……"

赵璧一听，秋水？嘿，这李寡妇有名儿啊，叫秋水，这名儿起得不错呀。眉如黛山，目如秋水。这李寡妇眼睛一定长得漂亮。赵璧这是心里话嘴里可没说出来，他听着屋子里边，这吴世飞喊了一声秋水，"唉，看来，今后这连环套，我是不能回去了，这窦尔敦，他不够朋友哇，他翻脸不认人，一点儿情义不讲，不够个绿林中的豪杰。"

李寡妇就说了："你说，他怎么下这么大的狠手，一打打四十棍子，这人……受得了吗？"

"哼，打四十棍子？这还是容让着我呢！亏着众位弟兄在那儿讲情，大伙儿说，要不然的话呀，他打算把我两条腿给打折，让我不能下山，再不能上你这儿来了。大伙儿讲的情这才打的四十棍子。"

"哎哟，他真要把你两条腿打折了，你就不能上我这儿来了。"

"不能上你这儿来了？他真要把我腿打折了，我就是一步一步的爬，我也爬到你这儿来！"

赵璧在外边一听，心想这情还挺重，爬都往这儿爬。

"哎，秋水啊，现在，我是折了翅膀的雄鹰哪，掉了尾巴的老虎，哪儿也动不了了。哎，我听说，这镇子里边有大清国的差官，在这店房里边住着，你知道这事儿吗？"

"我知道，就在后街呢，他们不知道你上我这儿来。我们两个的事儿，他们怎么会知道呢？"

"哎……这可不好说呀，隔墙有耳，没有不透风的篱笆墙，万一要让他们知道了，找到你这儿来，这可就麻烦了。"

"我想他们不能，你呀，好好在我这儿养伤，白天我把你藏起来，晚上，出来我给你上药，伤势略一见好的话，咱们就想办法离开这儿。"

"离开这儿？秋水，我要离开这儿的话，你能跟我走吗？"

"当然我跟你走了，现在我不跟你走，我跟谁走啊？你就是我唯一的靠山了，咱们两个是有福同享，有难同当哪。你要是要饭拄着棍子，我就跟着你提溜那罐子。"

"哈哈哈，秋水，你可真会说话呀，啊，你心里边能是这么想的吗？我还不知道你是什么人吗？上你这门口儿来的男人，有的是呀。现在，我已经不是山上的寨主了，让人给掀下来了。得势的狸猫赛猛虎，落魄的凤凰不如鸡，我现在是不如鸡的时候，你心里边怎么想的我能猜得透吗？咱们哪，今儿个把话说明了，你呢，愿意跟我好你就跟我好，不愿意跟我好我也不怪罪你，谁让你我有过这么一段情意呢！等我伤势好了，我把脚一跺离开这儿了，我再也不回来了，我也不连累你。"

"哎哟，你这把话说哪儿去了，你就这么看我吗？嗯？是啊，我呢，是一个寡妇，寡妇门前是非多呀，你们这些个男人们，一个好东西也没有，他们天天上我这儿来，给我添麻烦讨便宜，我一个弱女子，我能惹得起他们吗？所以不管什么样的，毛桃儿酸杏的、神头鬼脸的，我都得搭理着他们。后来你来了，他们也不敢来了，我心里边觉得呀，对你呀，就是个依靠儿了，我好像我把后半生哪，就都交给你了。我觉着，你怎么着，跟我的命运有直接的关系，可是万万没有想到，今天你这样，说出这样负心的话来，你亏了我对你这一片真心实意了，你对得起我吗……呜呜呜……"这李寡妇哭了。

赵璧在外边一听，这二位，敢情还是海誓山盟。李寡妇这一哭，这吴世飞，受感动了，"哎……秋水，别哭别哭……我刚才那几句话呀，我是试探试探你，我生怕你对我不是真心。你要真像刚才说的那样做的话，我吴世飞，得对你感恩戴德。我今生不报来生报，做牛做马我得报答你。"

"嗨呀，快别这么说了，咱们两个呀，是一根绳儿上拴的俩蚂蚱，飞不了你呀，也蹦不了我。"

"哎……这话说的不对，不能说一根绳儿上拴的俩蚂蚱，这个，比喻不恰当。"

"那咱们俩是什么呀？"

"咱们俩……咱们俩，就好像在天上一对比翼鸟。"

"对，咱们俩，就是坟边一对相思树。"

"嗯，咱们俩都好像那海里的比目鱼。"

"对，咱们俩，就是那水里边的鸳鸯。"

"嗯，咱们俩就好像……那一对儿……公狗跟母狗……"

说到这儿赵璧在窗户外边差点儿没乐喽，赵璧一捂嘴，哎呀，心想比喻得真好，比到这儿来了。

两个人比喻了半天，接着听屋子里边又说了："咱别比喻了，咱先商量商量，如果，你这个伤势要好了，咱们俩往哪儿走呀？"

"要走啊？要走咱就远点儿走，告诉你个实底儿吧，相好的，我呀，攒了俩钱儿，在山上当这么一个寨主，总得给自己留个退身步儿啊。我料定了，占山为王落草为寇，这终究不是干一辈子的事儿。所以，我这点儿钱儿啊，早就攒下了。这回我拿着这笔钱，咱们两个远走高飞，远远的走，离这儿一定远点儿。咱不上云南上贵州，要不咱就上甘肃宁夏。"

"跑那么老远哪。"

"那可不！要是走近了，让大清国的官面儿发现了，逮住怎么办？逮住我倒无所谓呀，把你不连累了吗？"

"你这心眼儿真好，那么咱们逃跑了之后，咱们两个干什么呢？"

"干什么呀……你说咱俩能干什么呀？"

"咱们俩呀，干脆，你就金盆洗手，咱就不做这买卖了。咱们开个杂货铺。"

"开杂货铺？那玩意儿太麻烦，还得进货还得出货还得写账，我写不了账。"

"要不这样吧，咱开个染坊店，我会洗衣裳还会染衣裳，还能给他们缝缝补补。"

"开染坊店？这个也不怎么好，要给他们染衣裳，不得把那个手染得发了青哪？"

"那怕什么的？"

"不行，就凭你这美人儿，染成两个小黑手儿，那看着不好看哪。"

"那要干什么呢？"

"这样吧，我赶脚去，嗯，咱买头驴，咱赶脚挣钱，你就在家里边待着，我养着你。"

"哎哟，那我可不放心，万一将来连环套，这山寨破了，官府还不得到处捉拿你呀，你在外边老这么晃荡，被人家发现认出你来，还不得把你逮起来呀，要把你逮起来，那我也活不了了。"

"那不要紧哪，我要是赶脚的话呀，我就想法儿化化装，实不行，在脸上我自个儿来两刀，做两条疤，我再把胡子留起来，他们就认不出我来了。"

"哎哟，他们认不出你来，那我也认不出你来了。好么央的这么一个脸，你自个儿来两刀哇？那我瞅着，怪害怕的，我可受不了，那不能干这个。"

"那这个不能干，那咱们两个能干什么呢？"

"咱们两个先别商量这事儿好不好？咱不是还没走呢吗？什么时候走的时候，咱们在道儿上再商量。咱一边儿走一边儿拿主意。"

"对对对，就这样……有酒没有啊？把酒拿出来，咱俩喝点儿。"

"好哇，我去给你找酒啊。"

话刚说到这儿，赵璧看了看刘虎，心想，别等着了，等他们再喝上酒啊，干脆，认定吴世飞在这里头呢。咱们干脆敲门吧。

赵璧拿手一比画告诉小白龙刘虎，你敲门。刘虎心想：敲寡妇门，这位赵大伯呀，把这个事儿都交给我了，好事儿他是不让我干哪。刘虎站起身来就来到了他的外间屋门外，一敲这外间屋门，唰唰唰唰唰唰唰，"开门，开门了开门了啊，告诉你说，我是官面儿，奉公文来的公差，今天晚上到这儿找你有事儿，快点儿开门呀！这是老李家吗？是李氏的家吗？"

他这一喊哪，这屋子里边李氏就没有动静儿了。紧接着就听屋子里边窸窸窣窣一阵忙乱的声音。赵璧心里明白，大概是她在想办法藏这个吴世飞。赵璧，就站在小白龙刘虎的身后，赵璧等着。

屋子里边紧接着就听见这李寡妇搭话了："谁呀？谁敲门哪？"

"我，我是官家的，快点儿开门吧！"

"深更半夜的上我们家干什么来了？"

"深更半夜往这儿来必然是有事儿，要不然的话你这儿是寡妇门，能随便敲吗？"

"你等着呀。"就听见里间屋门开开之后，这李氏就走出来了。外间屋门开开了。小白龙刘虎现在这儿站着："怎么样？你这个屋子里边都收拾利索了吗？我们要往里边瞧一瞧。"

"那你们……是哪儿的官面儿的？"

"大清国的，顺天府尹手下的，就在你们那后街店房里边住，现在有点儿事儿要打算找你。"

"哦，那请到屋里来吧。"

赵璧跟小白龙刘虎两个人就进了屋了，进屋之后赵璧拿眼睛在屋子里边周围这么一寻摸，一瞧这边有一铺炕，这边是一张八仙桌子两把太师椅子，迎着门儿摆着一个落地式的躺柜，再找刚才那个吴世飞，已经是踪影不见。

第九回　吴寨主木躺柜藏身
　　　　赵差官李家店审案

　　赵璧跟刘虎两个人走进了李寡妇的寝室之后，他用目光在这屋子里边巡视了一圈儿，一看除了陈列摆设的东西之外，再也找不着第二个人了。赵璧料定了，刚才我们在外边一敲门，肯定这个李寡妇把这吴世飞给藏起来了。他能藏到哪儿呢？赵璧这眼睛从这头儿就看，他一看旁边儿是一铺炕，这炕洞里边藏不了人；炕上铺着几床铺盖，这铺盖都非常干净，非常讲究。再往这边瞧，八仙桌子，两把太师椅子，这要是藏人的话，用眼睛一看就看见了。唯一可藏人的地方就是迎着那门儿摆着的那个落地式大躺柜。这柜挺大，木料还很好，有可能就藏到这里头了。但是赵璧，没有急于翻人，先在这儿站着，看了看这个李寡妇，借着灯光赵璧一看这李寡妇果然长得不错呀，不高不矮的中等个儿，不胖不瘦的身材，弯弯的两道细眉，轻轻地描了描，显得格外的浓重，这双大眼睛，黑眼睛如墨点，白眼睛似清泉，啊，无怪乎她叫李秋水，这双眼睛果然有点儿像秋水。不大不小的鼻子，这嘴唇淡施红朱，看上去浓重适宜。哎呀，赵璧心想就这个李寡妇在李家镇是远近闻名的美人儿啊，山野村夫能找到这样的，已经是十分难得了。

　　赵璧看李寡妇的同时呢，这李氏也在看赵璧和刘虎，小白龙刘虎长得呢，没有什么太大的特色，看上去有一份质朴的气质，唯独这位赵爷，这位李氏一看赵爷，开始心里边一哆嗦，心想，我的妈呀，这位这脑袋怎么长得这么小哇？这脑袋跟身子不成比例，鼻子眉毛眼睛嘴，这五官挤挤插插的在这张小脸儿上安排着，一瞧那个小眼睛叽里咕噜来回乱转，哎呀，这幸亏他们来俩人儿，还说他是官面儿，要是晚上在坟地里我碰见他呀，非得把我吓一跳不可，我寻思他是小头鬼儿呢！"您二位，到底是不是官家来的？"

刘虎在旁边就说了："没错儿，我们就是那后街店里住着的。"

"深更半夜的，都这么晚了，你上我这寡妇人家，来干什么？"

"来干什么呀，办公事，你也放心，我们绝对不是上你这儿来找便宜来了，我们是大清国吃皇粮拿官饷的人，我跟你打听一个人你知道吗？"

"您打听谁？"

"附近连环套那里边有很多当贼的，那里边有一个小贼头儿，此人姓吴叫吴世飞，这个吴世飞，据你们这个镇子里边人讲，说跟你过从甚密，这个吴世飞，你认识不认识？最近上你这儿来了没有？"

"吴世飞呀，呃……这……这怎么说呢，我倒是认识他，不过最近他没上我这儿来。"

"没上你这儿来？咱们这个话可得说到前边哪，要来了你就说来了，如果要说是没来，你就真说没来，如果要说真来了你说没来，你这可就叫与匪通气。"

"你怎么能这么说话呢？我们一个寡妇人家的，家里边留这么一个男人干什么呀？"

"哦，看来你还是贞洁烈女。"

"说实在的，我们寡妇失业的，就得门庭冷落，避免别人出口舌，一般的男人很少上我这儿来。"

赵璧在旁边不言不语地转转悠悠他就来到这个落地式大躺柜这儿了，他仔细拿着眼睛一瞟，一看这个大躺柜这柜盖儿啊，没盖严。怎么回事儿呢？这李寡妇把头上一个银簪子抽下来呀，就压到这个柜盖儿底下了，形成了这么一个缝儿。这个大躺柜，是李寡妇她娘家爹，给她的陪送之物。李寡妇的娘家爹是个木匠，这木匠还不是一般的木匠，是个巧手木匠，附近百八十里的是远近闻名，要论那级别搁到现在也够八级以上的大工。他给他这闺女打了这么一个躺柜作陪送，那真是精工细作。那个柜咬口的地方都是出棱儿咬的口，严丝合缝，那柜盖儿一点儿气儿都不带透的，密封。今天呢，她把这吴世飞塞到这躺柜里之后哇，这李寡妇，作为一个女人，她心非常细，她想到了，万一时间长了，柜子里边的空气要不够了，把她那情人给憋死怎么办？她顺手把这银簪子拔下来把这柜盖就给撬上了，她撬上一压在那儿呢，赵璧就发现这个小细节了。赵璧转到这儿顺手把这银簪子就拔下来了，一屁股就坐这柜盖儿上了。

赵璧心想：兔崽子，你就在这柜里呢，你出来不出来我不管了，你要不出来我待会儿就把你憋死这儿。

赵璧往这儿一坐，李寡妇在那儿跟刘虎正说着话呢，一回身无意中看见赵璧坐那儿了，李寡妇这个脸色马上可就变了，但是，她故作镇静，"哎哟，这位，军爷，您坐这边得了。"

"不，我觉得这个大躺柜这儿吧，特别宽绰，坐着特别得劲儿。"

"您坐这太师椅子不好吗？"

"不行，我这人向来不爱坐椅子，在家里边吃饭的时候蹲板凳儿。在家里边就好坐躺柜，我们家也有这么一个躺柜，在家里坐惯了到这儿还愿意坐，哈哈哈哈哈哈哈……"他还使劲蹾蹾，心想严实不严实我给他蹾死了得了。

在躺柜里边的这吴世飞，听见了，坐到柜上了，这缝儿没了，吴世飞心里合计，甭问哪，来的这俩小子肯定是知道我在这屋子里边了，不然的话他们不敢敲门进来。我怎么办？我出去？我跟他们拼了？可是现在手底下又没有刀。自己那口刀，在那门后头立着呢，他们现在没发现，发现了的话，那更成了证据了。更何况现在我这屁股让人都打破了，都打烂了，我动都困难，肯定赢不了人家。

吴世飞在这儿琢磨，赵璧在这儿坐着就跟这李寡妇聊上了："你男人……原来是干什么的？"

"啊，我男人哪，我男人是赶脚的。"

"哦，什么前儿去世的？"

"呃……嗯，已经死了几年了。"

"哦，我跟你说呀，今天我们既然到这儿了，那就是瞄着影子来的，绝不能诈你，啊，这个吴世飞经常上你这儿来，你就给我说句实话吧，他现在在哪儿呢？"

"他真没来。"

"你不跟我说实话那我就跟你说实话，刚才，我们没进屋之前在你这窗户根儿底下已经听了一会儿了，如果这吴世飞没来，刚才在屋子里边跟你说话的那个男人，他在哪儿呢？你把他给我叫出来。"

这个李寡妇一听赵璧说出这句话，李寡妇当时这个脸色就白了。

"那……"

"怎么着？我说错了吗？是我诬赖你吗？我是污你寡妇的清白吗？哼！我说，我估摸着这位十有八九是藏在这躺柜里头了，你既然要在躺柜里边的话，你就敲敲柜盖儿，好好儿出来，跟着被绑绳之后到店房里边回答我们的问话；如果你要想着跟我们顽抗，我给你交个实底儿，今天晚上，这李氏的房子周围，都被我们的人包围了，你就是能在这屋子里边出去，你也出不了院子，你出了这个院子，你也出不了这个李家镇。你要不信的话，我就问问——我说，外边弟兄们，准备好了没有？"

赵璧扯着小尖嗓儿这么一问，房顶上关泰关晓曦已经在那儿等着了。关泰一听屋子里边问了一句，关泰在外边答应了："准备好了，什么时候动手？"

"等着，听我的命令！"

赵璧一说这句话，吴世飞心想，完了，光棍不吃眼前亏，既已如此，我只好是束手被擒。吴世飞哪哪哪哪哪，一敲这柜盖儿，"哎，我说您起来，我出去！"

"哎，你看，怎么样？呵，我说在这里边呢吧？我没冤枉你吧？"赵璧一伸手，噌，把自己那红锈宝刀就亮出来了。小白龙刘虎手中把单刀一荷："快点儿，快出来，这等着你呢。"

大躺柜盖儿一掀，吴世飞由打里边就出来了，就这一会儿的工夫脑门子见汗了。"哎……二位，来吧。"胳膊往后一背，就等人家绑了。赵璧一伸手把小绳儿扽出来，秃噜一抖搂绳儿，红锈宝刀别好，拿着这绳子把这吴世飞五花大绑就给捆上了，拴了一个猪蹄扣儿，越挣越紧。

"好，说明你还是识时务，既然是这样的话，房上边的，不用在外边等着了，下来吧，人已经抓住了。"

这关泰关晓曦噌地一纵身，跳到院子里边了，关泰没往里边走。

赵璧吩咐这吴世飞："走吧，辛苦一趟。"

"哎，我问问，二位尊姓大名，今天既然把我绑上了，我得知道我是被谁绑上的。"

"哈哈哈，你还想问个姓名啊？告诉你，鄙人姓赵名璧字连城，取于十二连城还赵璧之意。我呢，要跟你说官面儿上的话，在京城顺天府里边，施大人手下当了一名差，要论我的这个级别呢，那是四品半的官职，现在也都叫赵大老爷。要说我在江湖上哪，当初也有一个号，别人都称我红锈宝刀侠，就是我手中这口红锈宝刀……"说着话把那一尺二寸五的小刀儿亮出来了，晃了一晃，上边长了一层锈。

他这一说"红锈宝刀"，还真把这吴世飞给唬住了，吴世飞一看赵璧这刀心中暗想，我见过很多的宝刀，还没见过一尺多长长着红锈的宝刀。哎呀，真是一处不到一处迷呀。既号称红锈宝刀侠，必定有奇能。赵璧把这刀一还鞘，用手一点，小白龙刘虎不用赵璧介绍，自个儿就说了："我是小白龙，姓刘叫刘虎，这是在我赵大伯手下当差的，明白了吧？记住我们的人名之后，没别的，请吧。"

吴世飞迈步往外就走，赵璧看了看李寡妇："李氏，劳你的驾，跟我一块儿走一趟。还用我绑你吗？我谅你也跑不了。"

李寡妇这阵儿没有话说了，"好吧，那我就跟你去。"李寡妇跟着一块儿走出了院子。

这工夫，走到院子里边，吴世飞才看见关泰关晓曦，关泰手中拿着这口折铁倭钢刀，押着他们两个人，直接回到了李家店。来到李家店，关泰看着他们俩先在院子里边站着，赵璧来到黄天霸住室之内，一见黄天霸："嘿嘿嘿，老兄弟，大功告成，抓来了。"

黄天霸说："真有吴世飞在那儿？"

"没错儿，嘿，冰窖失火——该着，你说他就在那儿，正要上药，我进去就把他逮住了。"

"下一步怎么办呢？"

"下一步啊？下一步咱就得问案了。要从吴世飞的嘴里边，把他这连环套里边内情全掏出来。"

黄天霸说："他能跟咱说吗？"

"他不跟咱说，咱得想法儿让他跟咱说。"

"赵爷，他要是至死也不说你怎么办？"

"这个，你就把这事儿交给我，我来问这案，你在旁边看着，我先问这女的后问这男的，得分开问，要不然的话他们串了供，这事儿就不好办了。"

赵璧马上让神眼计全，让金大力，到外边告诉关泰关晓曦，把这两个人分押到别的屋里边，先把这李寡妇给我带到这房间里来。

一会儿的工夫小白龙刘虎把这李氏就押进了这个房间。李氏进来之后，先用目光把这房间里边趸摸了趸摸，一看赵璧在正当中坐着，旁边坐的是黄天霸。黄天霸不打算问话，只瞧着赵璧怎么问这案子。李氏在那儿一站。这工夫的李氏呀，好像比刚才刚抓住的时候，那个神态上从容了许多，脸色也不那么白了。李氏站在这儿，瞅着赵璧，笑么呵的，这眉目之间，仿佛还透出一点儿友好。赵璧呢，小眼睛眨巴眨巴看了看李氏，心想，你是个风尘中女子呀，干吗呀？你跟我见面儿，递我俩媚眼儿，你寻思就让我轻饶了你呀？哼哼，我是干什么的？我是久打雁的主儿，不能让雁啄了眼。

"哎，我问你，李氏，你跟这个吴世飞来往了多长时间了？"

"啊，我们来往的时间不长。"

"嗯，时间不长。你跟这个吴世飞之前，还跟谁来往过？"

"还跟谁来往过啊？跟他之前，我没跟谁来往过啊，你想，我们是寡妇人家，自从我男人死了之后，我是大门不出二门不迈呀。"

"你大门不出二门不迈呀？我听这店房里边有人讲，你人送外号儿一铺炕，你大门不出二门不迈，那些个男人怎么都上你那儿去的？"

"老爷，我跟您说呀，我真是大门不出二门不迈呀，可是那些男人要上我那儿去，那是他们自个儿愿意去的，我又不能把他们推出去，你说我一个弱女子，怎么办呢？"

"哦，你是大门不出二门不迈，结果，那些男人都上你那儿去了，你是引鱼上钩……"

"哎哟，您怎么说这话呀？我可受不了听这样的言语。"

"好啦，我就问你，除了吴世飞你还跟谁来往过？"

"除了他……呃……村东头儿卖豆腐的那个……"

"哦，还有谁？"

"村西边儿冲茶汤的那个……"

"嗯，还有谁?"

"还有……俺村儿那个……财主……李大爷……"

"哦，李大爷也上你那儿去? 还有谁?"

"再还有……还有那老王头儿，还有那……小赵，还……"

"本村的这个你别给我报账，我就问你跟连环套里边还有谁?"

"连环套里边人就这吴世飞一个人，而且自从他来了之后啊，嗯……别人就再不敢来了。"

"是啊，刚才我在窗户外边听得很清楚，你打算跟那个·吴世飞两个人私奔，说明你对他是情有独钟哪。你知道吴世飞是什么人吗?"

"他是连环套上的小头目。"

"小头目? 他是贼首! 你今天跟贼首私通，他已经犯了灭门之罪，你也得跟着吃这瓜落儿，来呀，两旁来人把她给我拉出去砍了!"

第十回　提审野鸳鸯倒有真意
问讯连环套尽得实情

赵璧吩咐一声："把这李寡妇拉出去给我砍喽！"他这一声喊哪，这可真是旱天雷没雨点儿敲山震虎，他并不是真想把她砍喽。真要是把她砍喽，他今天晚上去找她，这个劲儿就白费了。

赵璧知道，作为一个年轻的妇女，她这个神经是非常脆弱的，在她这脆弱的神经上狠狠地一击，她会承受不了的，承受不了她就有什么说什么，赵璧这是对李寡妇发起心理上的攻势。

他这一声喊，你还别说，这小白龙刘虎配合得非常默契，刘虎一手提着刀，一手一薅脖领子，往外一拽，这李寡妇可就吓坏了，两条腿一软就堆到这地下了，"哎哟……你快饶我的这条命吧……你让我说什么，我都说还不行吗？"

李寡妇这一哭这一喊这一求饶，赵璧马上说了一声："慢着，先别往外拉。"小白龙刘虎把这手就松了。

赵璧瞧了瞧李氏："我说李氏啊，现在看来你还不想死对吗？你还想活。"

"对了，我想活呀，老爷，你只要让我活，怎么都行！"

"是呀，人生一世，草木一秋啊，托生到人，转这一圈儿不容易，尤其像你这小小的岁数，还不到三十吧？啊？正是好岁数啊。如果就这个岁数死了实在是有点儿可惜呀！谁让你跟那个吴世飞牵扯到一块儿呢？这叫冤家路窄，你跟他沾了光了。不过话又说回来，我这个人哪，心地特善良，听不得别人求饶，你这一说想活你这一哭哇，我倒想到了，想活呀，只有一条路，只怕你不走啊！"

"您跟我说，是哪条路？您让我走，我就走！"

"这条路其实要走起来也不难，你不是跟那吴世飞你们两个人不错吗？待会儿，我要把吴世飞带到这儿审问，你如果帮着我们一块儿劝劝吴世飞，让这吴世飞，放下屠刀，立地成佛，苦海无边，来个回头是岸，他如果能把这连环套上贼巢之中的所有知道的事情都给我们倾囊吐诉，那么我们就让他来个将功折罪，不但说对他饶恕，就对你，也算饶恕了。吴世飞这个人跟你不一样哪，他是当贼的出身，一身贼骨头贼肉，既然干上这一行，恐怕……他有点儿顽石难化，如果你凭着你们两个人这一番感情，能够把他说动了心，改邪归正，那咱们还可以商量，饶你一死，你看如何呢？"

"行！行！我劝他，他听我的，我让他干什么他就干什么。"

"是吗？好！来呀，把她先押在旁边。"

小白龙刘虎把这李氏就押到旁边的屋子里边去了，赵璧看了看黄天霸，"天霸，你说我这案问得怎么样？"

黄天霸说："赵爷，问这个案子也就得您问，我们是不得其法呀。"

"嗐，我也不是得其法，这就是逼得没办法。这吴世飞来了，是不是就该你问了？"

黄天霸说："别呀，今儿个我就当陪审陪到底，我跟您学学，您让他来，我看您怎么问。"

"好嘞，来呀，带吴世飞。"

赵璧一说这句话，早有人由打外边把这吴世飞推推搡搡地就进了这屋了。果然，这吴世飞，跟那李寡妇李秋水可不一样，吴世飞进来之后，在那儿一站，"唉……"长叹一声，没词儿了。赵璧瞅着他，先不言语，赵璧这小眼睛儿，别看眼睛小，聚光，目光犀利，盯着吴世飞盯了足有现在的时间一分钟。双方在这个静的状态当中，心里边都各自想着自己的事儿。

"吴世飞，这回被我们捉住了，有什么想法吗？"

吴世飞看了看赵璧："既然被你们捉住了，这就叫人有失足马有漏蹄，我吴世飞活该倒霉，被你们抓住了，任凭发落。爱杀就杀，爱剐就剐，脑袋掉了碗大个疤。再过这么些年，又一个吴世飞出来了。"

"小子，你说的可好轻松哪，啊？你犯的什么罪你知道吗？"

"我知道。我是绿林道，你们是大清国的官差，我们两个是冰火不同炉，你们把我抓住，就是为了拿我庆功，拿我受赏，最后，用我这条命换你们的顶子。"

"哦，你还挺清楚，既然清楚为什么要这么做呢？吴世飞，你把这事儿啊，看得可太简单了，啊？你们的总瓢把子窦尔敦，到皇宫御苑里边偷来一匹御马，敢盗取万岁皇爷的御马，这罪可就晋级了，你就不仅仅是一人之罪了，你们山上，凡属沾边挂拐儿的这些小头目，都应该户灭九族！知道什么叫户灭九族吗？嗯？"

你还别说，这吴世飞呀，他还真不知道什么叫九族。"户灭九族？那你就随便儿杀！"

"随便儿杀？九族，就是你的高祖，你的曾祖，你的祖父，你的父亲，加你本人，再加上你儿子，你孙子，你的曾孙，你的玄孙，合到一块儿，九辈儿，这九辈儿，横数着近亲，都得算上。已经死了的，把你那坟头土倒刨三尺，撒骨扬灰。当然，你儿子，你孙子——你孙子大概还没有，你儿子大概够呛也没出来——这一块儿可就全耽误了，啊！沾边挂拐儿跟你平辈儿的近亲也都得被斩！一个人犯了法，牵扯到九族哇，你作了多大的孽？吴世飞，你叫个堂堂男子汉吗？你够那两画儿一撇一捺那人字儿吗？"

赵璧说完了这番话，吴世飞站在那儿，没言语，但是从他的面部表情里边，可以轻微地感觉到，有一点心理上的震颤。赵璧看着他："吴世飞，既然你想死，没别的，我们就给你个快性儿，啊！不过，你死之前哪，我有句话，得跟你说一说，吴世飞，你们这个绿林中的人，都得讲究个信义二字呀，为谁干，得讲究干得一个值个儿，你小子在连环套里边为总寨主窦尔敦卖力，大概也没少卖。可是换得如此结果，你对窦尔敦，就没有什么想法吗？啊？人世当中哪，有不少糊涂人，每年都有糊涂人，没有今年糊涂人多，我看你就是一个最出色的糊涂人。吴世飞，我听人讲过，这连环套当初是郝家弟兄的，你曾经是郝家弟兄手下的喽啰头目，窦尔敦来了之后，大概你无形中就有点儿降格儿了，人家找了个碴儿把你揍了一顿，然后把你赶下山来不要你了，不要你了你现在嘛还在为他那个山寨效力，你这个心还归属连环套，哎呀，我真是不可理解你。行哪，吴世飞，既然你想死呢，这是命里注定的，嗯？从你爷爷那辈儿就没积德，你们祖坟上冒股黑烟，才冒出你这么一个刀头鬼，今儿个我就成全你，我就要你的命！来呀……"说着话赵璧站起身，外边儿一转身，关泰关晓曦进来了，手里边提溜着这口宝刀。"把他给我拉出去，就在店房门口那儿，脑袋给我砍下来！砍了你的脑袋无非费我一纸公文，算不得什么。不过有一样儿，吴世飞，咱们两个相见，也算是有一分缘分儿，你死之前，有什么话，先跟我说，我让你说几句。"

赵璧刚才这一番语言，对吴世飞心里边有些震动，吴世飞回头看了看赵璧："好，我也知道，被你们抓住我是活不了了，我死不足惜。如果你要让我说话的话，姓赵的，我只有一个请求。"

"说。"

"你把我杀了可以，你把那李氏留着，让她逃命去吧。"

"哎呀，你这命保不住了，还挂着你那相好的呢，啊？让她逃命？她逃不了命，她逃命？她逃命怎么能叫户灭九族呢？她跟你就像夫妻一样，你死了她也必死无疑！不过这样，我可以让李氏跟你见个面儿，来呀，把这李氏，带过来，让他们来个诀别。"

赵璧一说这句话，一会儿的工夫，把那李氏叫过来了。这李氏一见到吴世飞噗的一下子抱着他腿就跪到地下了，放声嚎啕，"哎呀，吴世飞呀，你快点儿投降了吧，让你干什么你就干什么吧……"李氏就把刚才赵璧跟她说的话牢记心中了，她想，我得把他劝得投了降听了话，不然的话连我也得完。

李氏这一哭，这吴世飞眼泪也下来了，您别说，他跟这李寡妇两个人还是有点儿真情。李氏哭着哭着，吴世飞眼泪往下这一淌，赵璧一看，火候到了，"行了，先把她拉到旁边儿屋里去。"赵璧来到吴世飞的跟前："怎么样？吴世飞，想好没有？你是愿意死呀？你还是愿意活着？你要是活的话，可以跟李氏你们两个一块儿走，我说话是算话的，看见这位没有？这是我们这次来的总头儿，黄天霸副将老爷。"

他一说黄天霸，吴世飞这才扭头看了黄天霸一眼，心想：大名鼎鼎的黄天霸就是这位！

"我说了话算数儿，我们黄老爷在旁边儿早就跟我说了，只要是你能按着我们的话办，我们今天就可以放了你！"

"那李氏呢？"

"当然了，你都放了，李氏自然也就放了。"

"好，你们要让我说什么，我跟你们说！"

"是吗？来呀！松绑。"旁边儿有人过来给吴世飞把绑绳松开。"赐座。"有人给搬过一把椅子来。

吴世飞这工夫，这胳膊都绑麻了，他往椅子上一坐，"献茶。"有人给端上茶水来了。吴世飞一看，马上自个儿的这个地位环境就变了。他淡淡地呷了一口茶，把这茶碗就放在这桌子上。"呃……黄老爷，赵老爷，您给我把绑绳松开，您要让我干什么呢？"

"干什么？我们要问你点儿事儿，你要如实回答。第一个我问你，连环套里边究竟有多少喽兵？"

"这个……四五百人吧。"

"嗯，第二个我问你，窦尔敦在皇宫御苑里边盗取了御马，他把这匹御马放在什么地方了？怎么能够把这御马得出来？"

"这御马得出来……我问您，刚才您跟我说那话，如果我要跟您把这事情都说完了，您就可以放我和李氏逃走，这话是真的？"

"那当然了，我们都是堂堂七尺男儿汉，说了话是算数儿的，人格担保，你就说吧。"

"好，那我就都说了。这匹宝马，窦尔敦把它盗来之后，放在了后山寨连环套里。"

"怎么后山寨还一个连环套？不是你这山叫连环套吗？"

"您有所不知，这个山叫连环套，就是因为后山寨，有一个钟乳石洞，这个钟乳石洞，里边是上上下下几层洞府，不知道内情的人，进了这个石洞，就绕不出来了。它是连环套连环，进去出不来，由此这个地方得名叫连环套。真正的连环套，就是这个洞，所以人们的习惯，把这整个儿的山都叫连环套了。这个钟乳石洞，是经过窦尔敦儿年的修建，在洞门口，安下了消息机关，钟乳石洞这个洞门，上边有九九八十一颗梅花钉，我虽然没进去过，但是我有好朋友，他们知道进这个连环套的要领，必须得先按三七二十一颗钉子，竖着数第二十一颗那梅花钉，用手一摁，这钟乳石洞，它就开了。接着呢，在摁四七二十八颗钉子，按顺序数，数到二十八颗，再一按，然后人才能往里走。如果你仅按第一次，不按第二次，走进这个连环套，就会有铡刀落下，把你铡为两段。"

赵璧一听，"好厉害，嗯，那这个御马就在这个连环套里？"

"听说是在这里头，我可没去看过。"

"这个连环套如果我们要攻打这个山寨，有几条路可以上山？"

"几条路上山哪，前山寨有路上山，只有一条路，但是，他有三道关口，这三道关口如果他要严加布防，你来多少官兵，也是枉然。他们备好滚木礌石，官兵来的时候，他们居高临下，滚下滚木礌石，你来多少官兵也难以攻得上去。后山寨是一片水，这水寨有几十条船，但是这几十条船，都是靠里边靠岸的，外边没船，附近老百姓的船早已经让窦尔敦都给征缴上山了，也不准老百姓有船。官府中你要想从山后往上攻，必须有船只，但是现打造船只，又来不及，当你要打造船只的时候，窦尔敦山下早有他的眼目，就会破坏你打造船只。"

赵璧一听："照你这么一说，这连环套是无论如何我们也上不去了？"

吴世飞说："要想上连环套有办法，你们跟着我，我领你们上山！"

第十一回　朋友义重投奔范大勇
冤家路窄遭遇郝天龙

赵璧在李家店，夜审吴世飞。

他抓住了吴世飞和李寡妇之间的这一段情意，同时呢，又点透了窦尔敦和吴世飞之间的矛盾，晓之以理，动之以情，内里攻心，外边说道，把这吴世飞给说的，自己心甘情愿，愿意给这些办差官们效力，可以帮着他们去打这连环套。不过听吴世飞这一说连环套的布防情况，赵璧跟黄天霸两个人又都犯了愁了。前边有三道寨墙，据险可守，后面有一个湖，无船可渡。就等于这个连环套，进不去一样，最后呢，吴世飞说，说我可以领着你们进山，他一说到这儿，黄天霸在旁边就搭话了："吴世飞，你能领我们进连环套哇？"

"当然，我能领你们进连环套。"

"那为什么呢？如你所说，前后都不能进，为什么你就能领我们进去呢？"

"您忘了？我是连环套里边的人哪，大小我也叫个头目，谁还没有仨亲的俩厚的？啊？连环套里边，有我至近的好朋友，我就通过他，可以进连环套。"

赵璧说："你那个好朋友叫什么名字呢？"

"我那个好朋友，人送外号儿金毛犬，他姓范叫范大勇，他是后山水寨的总寨主，管着四十条战船，就等于管着后山的这些路。如果我要找到他，完全可以进入连环套，如果你们想要攻山的话，那么就从水路走，万无一失。"

赵璧说："未必吧，你这个朋友跟你说是莫逆之好刎颈之交，那是因为你在连环套里边是当寨主的时候，如今你被窦尔敦给赶下山来了再见你的朋友，可是人情冷暖世态炎凉哪，他对你还能那样吗？"

"你放心，我跟范大勇我们两个，那是过命的交情，到任何时候，这友谊不能变！"

"好！真要是这样……"赵璧说："我想让你带个路，领着我们的人，一块儿进连环套。"

"行！"

赵璧跟黄天霸两个人低声耳语几句，马上吩咐先把这吴世飞带到旁边的屋子里边让他休息，于是黄天霸和赵璧，两个人就商量了一条明修栈道暗度陈仓的攻山之计。黄天霸想：你不是连环套正面三道寨墙，据险可守吗？我调来官兵，从正面佯攻，让你以为我要从你的正面上山呢，其实呢，我暗地里从你的后山，渡湖水而过，这是最好的一条攻山之计。

商量好了之后，等到天亮了，赵璧把吴世飞又叫来了，跟吴世飞就说，说我们打算派两个人，跟着你一块儿进山，到山里边，通过你朋友这个关系，把这四十条战船，能够说得为我们所用。你那个朋友，如果归顺我们，可以饶恕他的罪名，只是担心一件，你有没有这种把握？

吴世飞说："我这个朋友哇，跟我，那是换心的，我们两个人在连环套里边有一个共同感觉，都觉得窦尔敦，别看他是总瓢把子大寨主，他呢，是坐享其成的。连环套，当初开山的人是我们，可是窦尔敦到这儿当了头把金交椅了，这就叫牛打江山马坐殿，我们是敢怒不敢言有话不敢说呀！如果我要跟我这朋友，跟范大勇，晓以利害，他一定听我的！指定能把这四十条战船，贡献给你们官府使用！"

赵璧说："好吧！如果要这样的话，那么我们就跟你走。"

"哪位跟我进连环套？"

赵璧昨天晚上跟黄天霸商量好了，决定朱光祖和赵璧他们两个人跟着这吴世飞，进连环套。赵璧一说出这两个人来，吴世飞点了点头，"好，赵老爷，我跟您这段儿接触，我发现，您是爽快人，而且您这个人足智多谋，您这话专门儿往人心眼儿里边说。"

"对，你要能得出这么一个结果来，那就对了，我这个人就是这样，善解人意。"

"不过，赵老爷，我得再给您叮嘱一句，我要是帮着您，进了连环套，把我这朋友说降喽，这战船归你们官府使了，将来把连环套打破之后，活捉了窦尔敦，你们能饶我吗？"

"当然饶你了，你还别说下一句，我都知道你要说什么，不但饶了你，而且，还把你那相好的李寡妇我也饶了，让你们两个人远走高飞，过自己的安生日子去。说不定哪，我们还能给你点儿赏钱。这些你放心，我们绝不食言，说了话就算数儿，就是我们的顶头上司不饶你，我跟黄天霸我们两个人也能偷着把你放喽。行不行？"

"您这话可是上有天下有地说话算数儿，到时候可别背信爽约。"

"哎呀，你把我看成什么人了？"

"好呀！您说什么时候动身！"

赵璧说："什么时候动身哪？今天晚上，定更天之后，我们两个就跟你走。"

"好，我准备准备。"

赵璧告诉吴世飞，今天白天好好地休息，养精蓄锐，等着晚上，好夜探连环套。

一个整白天儿过去了，吃过了晚饭之后，临走之前，赵璧告诉这吴世飞："你可以跟那李寡妇你俩见一面儿。临走了，要进山了，你们两个有什么贴己话儿好好再说一说，不过时间不能太长，定更天之前咱得动身。"

赵璧这个举动，使吴世飞从内心里边感恩戴德，跟李寡妇两个人是好一顿谈论哪。李寡妇就嘱咐吴世飞呀，你到了连环套里边，一定尽心效力，帮助官府把窦尔敦给逮住，逮住了窦尔敦，我们两个可就自由了。

最后这吴世飞就跟赵璧朱光祖他们动身了，李寡妇呢，就留在店房之中，吴世飞临走的时候特意嘱咐黄天霸和赵璧，说是您必须把李氏留在这店房里，别让她再回她的家，我不放心。这一个不放心里边包含着多种层次，一个不放心呢，他是怕李寡妇有些什么闪失差错被人害喽，更重要的不放心呢，知道李寡妇不是一个安分人，过去她们那屋子里边相好的特多，他生怕呀，断弦重续，给他惹来麻烦。就这样，等于这李寡妇在李家店里边就作为人质给看起来了。

赵璧朱光祖跟着吴世飞，在定更天之后，由打李家店里就出来了。赵璧行走之前，自己做了一番安排，那口红锈宝刀哇，以往都是在腰里边系着，今儿个他改了个地方。朱光祖呢，浑身上下收拾紧趁利落，肋挎镖囊是背背单刀。三个人由打李家店出来，从定更天走到了二更天才绕到了连环套后山的湖水岸边。

这个时候，天空中半轮明月已经升起来了，可以把连环套后山湖水旁边的景物照得依稀可见。四野寂静，空旷无声，他们在这湖水边上一站，看了看远处有密匝匝一片芦苇塘。赵璧低低的声音就问吴世飞："我说，咱们怎么往里进呢？这儿，没船咱进不去呀。"

"啊，赵爷，您看我的。"吴世飞就站在这水边上，啪啪啪，拍了三掌，紧接着打了三声口哨，一会儿的工夫，就看由打对过那芦苇丛中荡悠悠划出来一只小船。船上边有两个喽啰兵，荡起双桨，唰，唰，唰，不大会儿的工夫，船离岸边就不远了。当有一箭之地的时候，这个船可没靠岸，站在船头儿上的喽啰兵就说了："哪位？"

吴世飞说话了："我，吴世飞。"

"哎哟，吴头儿，您怎么来了？"

"啊，我来要见水寨的范寨主。劳你往里通禀一声，告诉范寨主，就说我吴世飞来了。不光说我来了，还给他带来两位朋友，让他迎接。"

"哦，哦哦哦哦，您还有两位朋友？您稍等哪，我给您回禀一声。"

就看这喽啰划着小船，往对岸去了，可能是通禀去了。喽啰划着船走了之后，他们三个人站在水边儿在这儿等着，看来时间还有很长，等得有点儿不耐烦了，赵璧呀，就问这吴世飞："我说吴世飞，这个范寨主跟你是磕头的把兄弟吗？"

"啊，不是磕头把兄弟，别看我们山寨上，有跟我磕头的，那些跟我磕头的把兄弟呀，倒信不过，关键时刻我就得跟他拔香头子。这范寨主跟我，我们有点儿亲戚。"

"啊，什么亲戚？"

"跟您说句实话吧，他媳妇，是我表妹。"

"哦，是这么回事儿。你这表妹，也是绿林中人吗？"

"对呀，我舅舅就是干这个的，我这表妹，一把单刀，女中豪杰。"

"哦，你这表妹叫什么名字？"

"姓金，叫金银花。"

"再碰上胖大海，喝下去正好儿败火，治嗓子，整个儿一中药材。"

"哎，赵爷，您这不开玩笑吗？她就叫金银花。"

"这名儿起得响亮，啊，好好好。"

他们两人在这儿闲聊，聊着聊着，一会儿的工夫就看对过那小船荡悠悠地来了。小船回来之后，站在船头上的喽啰兵低声喊了一下："嗨，吴头儿，寨主有请哪！"

"有请你得船靠岸哪，我们也蹦不上去呀。"

"好您等着呀。"这小船慢慢地靠了岸了。船一靠岸，另一个喽兵用那个船篙支着："请上船吧。"

吴世飞一纵身，噌，蹦上来了。往船上这么一蹦，这腰和腿一动，吴世飞一咧嘴，嗬！为什么？这位身上带着棒伤呢，让窦尔敦打了四十棍子，这屁股都捣破了，所以他这一蹦的时候，忘了自己身上有伤了。嗬……他上了船了。朱光祖，那是利索人儿，体轻如燕，一纵身，噌，一提溜腰上去了。赵爷呢，把自己这蓝布大褂一撩，铆了半天劲儿，"把那船踩稳当喽，弄不好我能把那船给你踩翻。"

"不能不能不能不能！"

赵璧一纵身，噌，腾，落到船板上，"哎呀，走吧。"支舟离岸，小船奔着连环套方向的对岸，就划过来了。站在船上，赵璧就观察着周围，赵璧这阵儿心里边可也胆突突的，赵璧心想：此去连环套，吴世飞劝说范大勇，能不能成哪？如果范大勇真要听他的劝，四十条船就归我们管了，不用说归我们管哪，他只要是点头答应给我们当内应，这就行了。如果这范大勇要是不听他劝，这事儿可就要麻烦。

赵璧这脑子里边，想了好几条道儿，万一要这样，我怎么办，万一要那样，我怎么办，实在不行我再怎么办。他正在想道儿的工夫，这船已经靠了岸边了，"三位，下船吧。"

赵璧朱光祖吴世飞三个人噌噌噌下了船，两个喽啰兵随后跟着，往前走了没有几步，又过来四五个喽啰兵，左右在这儿护送着，"几位，走。"

赵璧一看，恩？"呃，你们这几个人是干什么的？"

"奉寨主之命令。迎接您几位来了。"

"哦，好好好好好，走走走走走……"

一边儿走着，吴世飞就说了："赵爷，别看我吴世飞离了连环套，但是，连环套里边有我的人，范大勇，这跟我是最至近的朋友，待会儿您瞧着，到了他的水寨，大厅之外，我得让他摆队迎接，他不迎接咱们，咱们都不进去，您看看我吴世飞在连环套为人如何。"

赵璧说："那是当然了，吴寨主，您在连环套怎么说也是一个小头目哇，肯定有自己的哥们儿不错的。"

"哎……就是……瞧见没有？前面那就是水寨的大厅。"

不远处闪出一个大厅来，这就是水寨的聚义厅，来到水寨聚义厅的门外，距离还有那么百十步的时候，吴世飞站住了，不走了，两旁边儿这几个喽啰兵一看，"哎哟吴头儿，您走哇。"

"怎么着？范大勇知道我来不知道？"

"知道，知道您来。"

"既然知道我来，而且我告诉你们了，我还带了两个朋友来，他怎么不出来迎接啊？"

"他……寨主哇，正在跟总寨那个副寨主知道吗？正在那儿俩人谈话呢，可能有事儿。"

"告诉他，让他迎接，不迎接我不进去！"

"这……这……我……我们好那么说吗？"

"怎么着？有什么不好那么说的？我跟你讲，我吴世飞如果要还在连环套里边当这个副寨主的话，那我就不要这个派谱儿了，正因为我被窦尔敦给撵下山去了，我回来了别人瞧不起我行，他瞧不起我不行！他得出来接。"

赵璧一听，他较上劲了。"哎，我说吴世飞，咱俩商量商量行不行？咱别要这个派谱儿，既然咱来了，咱又不是大张旗鼓的，咱不是有自个儿的事儿吗？这事儿啊闹得太热闹了不好，咱就进去得了。我知道，你是好面子的人，你要这面子是给我看，其实咱不在乎这个。"

"真是，此一时彼一时，好，赵爷，有您这句话，头前带路！"

"哎，好"这几个喽啰兵在头前引路，吴世飞赵璧和朱光祖跟着他就来到了水寨的大厅之外。大厅这门儿开着呢，当他们随着这些喽啰兵走进大厅之后，一看大厅正中，有一张桌子，桌子后边坐着一个人，两旁边都是山寨里边的喽啰。可是当他们走进这个门儿，一看对过坐着的这个人的时候，吴世飞当时就一愣，啊！他一看正面端坐的这个人，不是金毛犬范大勇。正面坐着的，正是山上的副寨主郝天龙。紫巍巍的一张脸面沉似水，在那儿一言不发，俩眼睛瞪得一边大紧紧地盯着那门儿呢。

"吴世飞，你来干什么呀?"

吴世飞一看，哎哟，坏了，这工夫就看郝天龙吩咐两旁喽啰兵："来呀，把他们三个人，给我一起拿下!"

第十二回　陷水寨擒住赵连城
落险境逃走朱光祖

　　赵璧和朱光祖、吴世飞三个人原打算夜进连环套，到水寨的聚义厅来会见范大勇，结果他们一看在聚义厅上坐的不是范大勇，是郝天龙。这郝天龙，是窦尔敦的亲信哪，连环套里边，窦尔敦手下的四个主要人物，郝天龙、郝天虎、郝天彪、郝天豹。这郝天龙曾经被黄天霸等人给捉住，黄天霸探山，就借助郝天龙的腰牌。郝天龙一看见吴世飞进来，他一声吩咐："两旁人来，把他们三个人给我拿下！"

　　为什么说把三个人拿下呢？郝天龙一看吴世飞，倒并没有引起他什么警觉，他主要是发现赵璧了。这赵璧呀，在李家店的时候跟郝天龙见过一面，郝天龙被黄天霸抓住之后到李家店里边见到黄天霸那些个办差官，所有的人他印象觉得都不深，唯独对这赵璧印象深。就因为赵爷长得特有特点，那脑袋特小，他那脑袋跟身子不成比例，所以一堆人里边你拿眼一搭，就先发现他了。这位呢，一看这小脑瓜儿赵璧一来了，郝天龙心里边就明白了，哎哟，吴世飞，你被窦寨主把你赶下山去了，今天回来，你怎么还把官面儿上的人给带来了？你是想要破这连环套哇！啊？所以他才传命令："把这三个人给我一起拿下！"

　　他这一说一起拿下，两旁边众喽啰兵呼啦一下就都过来了。

　　那么刚才为什么跟这吴世飞说范大勇请他呢？这里边是郝天龙的稳军计。郝天龙听喽啰兵来报了，一听说吴世飞来了，而且还带来两个朋友，郝天龙就产生了警觉，他觉得，带来这两个人是什么人哪？我需要好好看看。尤其是吴世飞，是被窦寨主撵下山去的人，今天黄夜到此，他干什么来了？值得注意。所以郝天龙告诉两边的喽啰兵给我准备好了，听我的命令，我让你们拿下他们，立即给我动手。

结果他们一进来，郝天龙一看，吴世飞领着赵璧等人进来了，所以他就下命令了。两旁的喽啰兵早做好准备了，拿刀的拿刀，拿绳子的拿绳子，呼啦往这儿这么一围，这个工夫，吴世飞只好束手就擒。因为什么？吴世飞看得很明白呀，周围都是山上的喽啰，人家都有兵器，都有绳索，吴世飞这回往山上来，寸铁没带，再加上身有棒伤，行动不便，你想跑，跑也跑不了。已经进了这个聚义厅了，再想逃，能逃得出去吗？光棍不吃眼前亏，干脆，下一步怎么着就不用考虑了，让他们抓就抓住吧。过来，喽啰兵就把他给捆上了。在捆他的同时，这赵大老爷赵璧呀，他想跑，赵璧转身刚想往外跑，两边过来喽啰兵这么一扯他的脖领子，"过来吧小子！"赵璧这阵儿手里边也没有兵器，也被人家给捆上了。

与此同时，唯有朱光祖，没捆上。这朱光祖，今天是全副武装，单刀、镖囊、袖箭筒都带着呢。朱光祖是以防万一，往这里边走的时候，头前儿他俩先进去了，朱光祖是煞着后儿呢。一看对过这个大寨主一传命令吩咐拿下，朱光祖能让他们拿下吗？朱光祖人送外号儿赛时迁儿啊，时迁那是梁山一百单八将的鼓上蚤，以轻身术著称——朱光祖这工夫暗想，我要让你们拿下我这功夫就白练了。朱光祖就手旱地拔葱，噌，一纵身，他看这个大厅这边两道过梁柁，他就纵到这个过梁柁上了。噌地一上过梁柁，他在过梁柁上一坐，底下这些喽啰兵一看，嗨，心想这小子好利索呀，怎么上过梁柁了？这些个喽啰兵可没这功夫，有两个小子喊了："搬梯子！搬梯子！"搬梯子？那能赶趟儿吗？朱光祖在过梁柁上往下一瞧，斜着正看见郝天龙。郝天龙在这正面坐着呢，朱光祖伸手把这袖箭筒就掏出来了，掏出袖箭来一甩手，啪，一袖箭，奔着郝天龙就打过去了。他是奔郝天龙颈嗓咽喉打的，郝天龙在这儿坐着，听见袖箭绷簧一响，这郝天龙下意识地往旁边一闪身，啊！砰！这一袖箭正打在肩头上。郝天龙哎哟了一声，他这一叫唤，两旁边喽啰兵，那得护着这寨主哇，"哎呀寨主爷，您怎么样？"呼啦，门口这儿的喽啰兵往寨主跟前这么一呼，这门口这边就可又倒出空儿来了。朱光祖由打这过梁柁上一看，门口这边倒出空儿来了，一翻身，噌，跳下来，一纵身，噌噌，他出去了。

朱光祖这一跑，赵璧和吴世飞两个人都已经被人家给绑牢靠了。喽啰兵过来，给郝天龙把袖箭起出来，马上拿过药布来，给他缠上。所幸啊，伤得不重，擦破了一点儿皮，郝天龙不在乎这个，端然稳坐："来，把这俩小子给我推到近前！"

赵璧跟吴世飞被推到了跟前，郝天龙看了看吴世飞："哎，吴世飞，窦寨主把你赶下山去，跟你说得清楚，让你永不许再回连环套，今天，你深更半夜怎么又回来了？嗯？"

吴世飞微微一笑："郝天龙，这连环套也不是你一个人的，我姓吴的当初也曾经是连环套开山的寨主，窦寨主既然是把我轰下山去了，我可以不在连环套里边办事儿了，那么我看朋友还不行吗？"

"你看朋友？你带的这个小脑瓜儿……他是谁？"

"他？也是我的朋友。"

"你以为我不认识他吗？他是黄天霸手下的人！"

他一说这句话，赵璧在旁边一听，他奶奶个孙子的，坏了，他把我认出来了！赵璧想，既然认出来了，咱就也别蒙着也别盖着了，赵璧一抬头："嘿……我说寨主，好眼力，你还真没把我忘了，你还记着我呢。对，我是黄天霸手下的人，黄天霸手下的人怎么就不兴进你的连环套吗？你倒是窦尔敦手下的人了，你忘了？你不是也进过我们的李家店吗？"

赵璧这句话说出来，这就是给郝天龙听的，心想姓郝的，你被我们抓住之后押到李家店，是我们把你放了，应该说对你有救命之恩哪。今天你把我们绑上，这可有点儿不够意思，他就这个内涵。这句话说出来之后，郝天龙这个脸色多少有点儿变化，是赵璧这句话，捅到他肺管子上了。"正因为我进过李家店，所以我才认识你！你……"

"赵璧赵连城，红锈宝刀侠。"还自个儿把外号儿都报出来了。

"哦？你叫赵璧？今天被我捉住，还有何话说？"

"没说的，既然被你捉住就捉住，我跟你讲，我这回跟着他一块儿进连环套，这是公事在身，我要见你们的大寨主窦尔敦，我有要事跟他商量。"

"什么事情跟他商量？"

"我呀，想要劝他下山，劝他投降，劝他被绑，献出御马。"

"哈哈，你还劝我们窦寨主献出御马？谈何容易！今天，你已经成了我们的阶下囚，这一些事，就不用说了！"

"不用说我也得说，你小子跟你们窦寨主去通禀一声，就说赵大老爷赵璧来了，要见见他。"

"好吧，今天既然是你来到这山寨里边，我总得给你向寨主通禀一下，两旁人来，把他们两个先给我押到那个囚室，看看他们身上，带没带兵器。"

赵璧说："放心，我们是男子汉大丈夫，到你这山上来是寸铁未带。我们要带着刀带着枪来，那就说明我们不够仗义。刚才那跑的，那是我们的护卫，那怨你们没能耐，没把他抓住，他自然会出去给我们送信儿去了。"

"嗯，看看！"

两旁喽啰兵，从头上往下边一摸，二位没兵器。

"押出去！"

"是！"

有几名喽啰推推搡搡，把赵璧跟吴世飞由打这聚义厅里边就推出来了。聚义厅后边有一间囚室，所谓这个囚室呀，就是距离这个聚义厅后边有半里地远的这么一座破庙。这个庙呢，由于年久失修，庙里边这些泥胎塑像都已经坍塌倒坏了，这个庙的四框儿，还算结实，所以他们就把这个庙当作囚室。把这窗户呢，用石头垒上了，只留一个缝儿，当作通风用，把这庙门呢，改成一个铁栅栏门儿，上边有锁。这个囚室干什么用？是给山上犯错儿的这些喽啰兵用的。有的喽啰兵犯了错儿啊，把他推到囚室里边囚禁起来，算是一种惩罚，当然，他们在山下抓来的人，有时候也押在这里头，所以把他们二位，就推到这个囚室的门前。赵璧跟吴世飞一看，哎哟，这是什么个破地方哪，就让我们俩在这儿待着？

一共过来有六七个喽啰，有一个喽啰兵过来咔吧把这锁头开开了，铁栅栏门儿一拽，现在这囚室里边空旷无人。

"进去!"一推，咣啷，铁门一带，嘎嘣，锁上了。喽啰兵的小头目，告诉两个看守："好好看着他们哪，寨主一会儿说不定来提他们，走，咱们走。"

押送他们两个那几个喽啰都走了，这二位呢，就进了这破庙了，一看这地下，有几堆烂草，可能就是给囚徒预备的。赵璧跟这吴世飞，俩人都是五花大绑哪，俩人往这草堆里一坐，赵璧往外头看了看，铁栅栏门外边，就两个喽啰兵，挎着腰刀，溜达过来溜达过去。赵璧跟吴世飞是压低了声音谈话："我说，你怎么弄的？你不说这范大勇，他在这水寨是寨主吗？这也不是范大勇哪!"

"就是啊，怎么回事儿呢？换了人了?"吴世飞说，"我问问。"他问外边那两个喽啰兵："哎，外边喽啰!"

看他们的这两个喽啰一听，里边的人喊他，"喊什么?"

"我告诉你们俩，你们俩放明白点儿，啊，我是吴世飞，原来是连环套里边的，也是你们的头儿。今天这个事儿，还没弄清楚呢，说不定待会儿弄清楚，窦寨主就得亲自过来给我们松解绑绳。我问你，那范大勇哪儿去了?"

外边这喽啰兵就说了："哦，你问范寨主呀，呵呵，范寨主调到东山寨去了，水寨这儿已经换了郝寨主了。"

"哦，您听见没有？不是我撒谎吧，范大勇原来是在这儿，这窦尔敦，可能是对范大勇信不过了，把他调到东山寨当寨主去了。"

"啊，调到东山寨当寨主，咱们俩不能老在这儿待着。"

"呃是呀，我也不想在这儿待着，可是咱俩不在这儿待着也得待着，人家把咱捆上了，咱走不了哇。"

"你是这山里边的寨主，你就没有辙，想办法让咱俩出去?"

"这我有什么辙呀！郝天龙这个人，平素对我就有看法，我去跟他说小话儿，他也是不能饶我的。"

"啊，那么这范大勇，咱要投靠他，靠得住吗?"

"那怎么靠不住哇？我表妹嫁给他了!"

"哼，你表妹嫁给他？就怕到时候这小子他六亲不认了。"

"不能！我跟您说句心里话，就是他敢对我六亲不认，那我表妹对我也得认!"

“怎么呢？你表妹对你好？”

“当然！我表妹对我好！”

“你表妹对你比范大勇对你还好？”

“对！”

“你跟你表妹感情深？”

“啊！”

“你表妹跟你不清楚？”

“……哎，这什么话？你怎么这么说？”

“就是呀，那你为什么说得跟你表妹这么近乎呢？”

“赵爷，我跟您说吧，这里边是这么回事儿，我这表妹呀，当初，是看我不错，我那舅舅啊，都跟我讲过，小子，好好练功夫，长能耐，长大了，瞧见没？这金银花，就是你的，要姑表结亲！”

“啊……”赵璧说，“我说的呢，那怎么你跟你表妹没结……”

“您听我说呀，要不说谁跟谁呀，这都是月下老儿给定的。我呢，当时觉得我表妹也是长得挺漂亮，我自个儿也想，我得长本事。后来呀，有一回就在连环套山上，我们呢，下去奔那宣化府，想抢夺官家的官银。那阵儿我连小头目都不是，我呀就是个小喽啰，跟着人家就去了。我提溜着刀，跟人家去，结果呀，人家那官银库里头哇，人家有准备，防备得特严。我们去的这一伙子人哪，让人家给包围了。乱军之中，我们就往外冲杀。结果，人家都跑了，有三个人被人家官府给抓住了，其中一个就有我。抓住之后，人家把我们过了一堂，打了一顿，最后就押到监房里头了。我听说呀，给我们三个人判的都是死刑，秋后处斩。我们在监狱里边哪，蹲了有将近一年，处斩的前半个月，我在那监狱里边哪，我自个儿想辙，我就越狱跑了。”

“哦，你小子还真有能耐。”

“那当然哪，我就靠着半片瓦碴儿，就把那绳子给磨断了，我在监狱里边，抽冷子我就出去了。我越狱逃跑之后，那哥儿俩我就不管了。我没脸儿回去呀，在外边转了一年，我回去了，结果呢，家里边都以为我被杀了，以为我死了，我回来之后，一看我表妹嫁了人了，就嫁给这范大勇了。范大勇跟我还是好朋友，你说，好朋友能夺好朋友的妻吗？所以我就认头了，但是我表妹对我还总是一往情深。"

赵璧说："你小子混得挺热闹哇，以前有个表妹，又找补了一个寡妇，我问问今天咱俩有辙出去吗？"

"我呀，没辙。"

第十三回　藏锈刀赵璧逃罗网
　　　　　投东寨表妹念旧情

　　赵璧在囚室之中听吴世飞讲诉了一段过去他和他表妹恋爱不成的往事，讲完了之后赵璧跟吴世飞就说了，说你小子艳福不浅哪，又有你表妹，你又弄了那么个李寡妇，当初你从监狱里边能出去，今儿个咱俩在这儿能不能出去？

　　吴世飞说："现在我可没辙。"

　　赵璧说："我问你，吴世飞，假如咱俩今儿个要在这儿出去，要是见着你这表妹和范大勇，她对我们能怎么样？"

　　吴世飞说："那错不了，我不跟您说了吗，冲我表妹她也错不了。"

　　"不，表妹对你好，还得看表妹在你这个表妹夫心目当中的位置。"

　　"唉……"吴世飞说，"赵爷，我那表妹呀，范大勇看见她，那简直就是心里面的一朵花，那是说一不二啊。我表妹在我表妹夫心目当中，那比他亲妈还重要。"

　　"是吗？"

　　"那可不哇，如果说我表妹是船，那范大勇就是水，我表妹要是桥，那范大勇就是船，我表妹要是高山，这范大勇就是平地，指定比他得高一大截子。我表妹往桌子上一看，他就得给端茶水，我表妹往地下一看，他就得给端尿盆。我表妹一皱眉头，他就得给掐脑袋。我表妹要说腰疼，他马上就得给捶。那回我表妹跟他怄了一口气，三天没说话，范大勇这小子病了半个月。我表妹一看绷不住劲了，冲他笑了一笑，说了两句安慰的话，乐得这小子起来跑步跑出十里地去。"

　　"是吗?! 照这么一说，你这个表妹在范大勇心中位置很重要。"

"当然了！"

"为什么范大勇对她这样哪？"

"我表妹哪儿都比他强哪！你说论武艺，我表妹一口单刀，那也算女中豪杰啊！尤其是论人品，我表妹长得漂亮。这范大勇长那模样哪……嗨，别提了！原来啊，长得就不怎么样。最近那脸上还起了一层疙瘩，最小那疙瘩都像黄豆粒儿那么大。我表妹就跟他对付着过就得了。他跟我比啊，照比我差得远，我比他好看。"

赵璧说："哟，你比他还好看呢？啊，我明白了，你这表妹夫，肯定是给仨都不换的主儿。"

"啊？给仨都不换？"

"对，俩篓的一个臭的。"

"啊，对对对对对！哎，基本是这么个意思。"

"嗯，那要照这么说，咱要投靠他，那是万无一失。"

"当然了，可有一样哪，咱没法去呀，咱们被绑着呢。我说赵爷，我看您哪，一肚子智慧。你审问我的时侯，哪句话都说我心坎子上。我就琢磨您这个人足智多谋，可是您……哎呀，今天被绑上了你也没辙了是不是？"

"那可不见得！我怎么没辙？当初你在监狱里边你不跑过吗。你怎么跑的？"

"我在监狱里面跑，就借助一个小瓦片，把那绳子给蹭断了。"

"如果今儿个咱要有刀呢？"

"刀？哪有刀？这屋里哪有刀哇？这都是草哇！一点硬东西都没有！"

"哈哈哈！我有刀！"

"你有刀?!在哪儿呢?" "

"就在我这腿里子这儿别着呢。"

赵璧带了刀没有？他真带刀了，咱不说了吗，赵璧临走之时这个红绣宝刀没在腰里面围着，他换了个地方。赵璧呀，他倒没有预见到准能被人拿住，但是，他怕人家把这兵器给搜出去。他把这红锈刀哇，贴着腿里子这儿，拿绑腿绑上，外面拿裤子套上的，在这儿呢。所以喽啰兵搜身的时候，从肩膀头儿往下面摸索，没摸着。这刀在这儿带着呢。

所以赵璧这工夫跟吴世飞说了："我跟你说呀，我这刀哇，就在这里头呢。小子，咱俩这样，我把这腿伸这儿啊，你倒背着手，拿这手把我这刀哇，你给弄出来。弄出来之后你先把我绳子给挑开，然后呢，我再挑你的绳子，咱俩这不就开了吗？"

"哎呀，赵爷，您可真是智多星哪！"

"嘁，脑瓜儿小，没多大智慧。"

"嘿，您客气，您客气，头大心闷，您这脑瓜儿小更聪明。"

赵璧说："没别的，你快点儿把这刀先取出来吧！"

赵璧一伸这腿，吴世飞转过身来往外边瞧了瞧，一看看守他们的两个喽啰兵没注意这个里头，吴世飞转过身子来，就解赵璧这绑腿。抠哧抠哧地他把这绑腿解开，就把赵璧这红锈刀拖出来了，把红锈刀拖出来告诉赵璧："哎，您转过来，您转过来。"

赵璧转到这边，俩人背靠背。吴世飞拿这个刀就一点儿一点儿地蹭赵璧这绳子，嘣！把这绳子给他蹭开了。

赵璧呢，把绳子抖搂下来，拿着刀，把吴世飞那个绳子也割断了。

吴世飞把绳子也给解开了："赵爷，这回绳子可绑不住咱们了，咱出不去这屋哇！"

"是呀！"赵璧说，"这个铁栅栏门儿锁着呢。咱得想办法。让这两个看守把这锁头给咱打开，咱才能出去。"

"那怎么办？"

赵璧说："这样吧，咱俩给他定个计策。"

"您说！"

"咱把这绳子，还绕自个儿这胳膊上，假装还绑着呢。这刀啊，我在手里拿着。一会儿我在这啊，就抽羊角风。我一抽羊角风，你就喊，你说我要死了，让他快点开门进来快救我。因为这喽啰兵啊，他知道，咱俩不能死。他们那寨主啊，报告窦尔敦去了，窦尔敦怎么也得见见咱俩儿，所以他们看守不能让咱俩死了呀。等他们一来，咱们俩就把他收拾了。怎么样？"

"高！就这么办！"

俩人当时把这绳子就假装着又绕好了，还像被绑着一样。赵璧呢，这手里边拿着刀，但是他这绳扣儿绕得很松，一抖搂它就能开。看着吴世飞："你盯住了呀，我可要抽风了。"

这赵璧当时噘儿的一声，一躺身儿，扑通，就倒在了地下。倒在地下那草堆里边，咕咚咕咚就抽起来了。抽羊角风，嘴也歪了眼也斜了，嘴里面吐沫也出来了。赵璧在这一骨碌，这吴世飞在这屋里边就喊上了："哎！我说，看守！快点！看看这小子怎么的了！他要死了！他抽风了！快快快快！救命救命！"

吴世飞这一喊，外面这两个喽啰兵一听，"怎么的了，怎么的了？屋里怎么的了？啊？"隔着铁栅栏门儿往里面看，黑不溜秋也看不明白。仔细一瞧，哎哟这小子，在草堆里边来回直骨碌，抽羊角风。这不行哪！寨主走的时候吩咐得好哇，一定把他俩看住，不能让他死了。"怎么的怎么的怎么的？"反正一看这二位都拿绑绳绑着呢，心想也没什么闪失差错，我就进去看看吧。所以他掏出钥匙来，嘎嘣把这锁头就打开了。铁栅栏门儿这一拉，两个人就进来了。这两个喽啰兵进来，那刀都没出鞘，猫着腰就来到赵璧跟前："我说，你怎么的了？"

这工夫赵璧呀，倒剪着二臂，在地上正抽呢。他拿眼睛瞄这喽啰兵，一看他蹲下了，赵璧这么抽着抽着，突然间这手往外一抖搂。啪！薅住脖领子，噗！红锈宝刀一刀就在这儿给攘进去了。这喽啰兵看着看着，噗！另外一个喽啰，"啊?!"他刚一愣的工夫，旁边那吴世飞就把这绳子给抖搂开了。往脖子上这么一套，咔哧，这位第二声都没出来，手脚一蹬，一会儿的工夫，绝气身亡。

俩喽啰兵全完了，赵璧把这红锈宝刀在靴子底儿一蹭，"这回行了吧，嗯？咱俩把他俩衣服换下来，他俩穿的是山上喽啰的衣裳。"

"对，您真细致！"

俩人马上把这喽啰兵两身衣裳换上，换好之后，吴世飞说："这回我把刀得拿着。"把喽啰兵腰间挎的这刀，摘下来了，他挎上了。

赵璧说："我也来一把，我也得挎上。光我那小刀怕不好使。"

挎好刀了，两人由打这屋子里要出来，赵璧说："等会儿，把这俩小子吊起来。"赵璧拿这绳子把两个喽啰兵给拴到这梁柁上了，就好像这两个人畏罪自杀一样，给挂那儿了。挂那儿之后两人由打屋子这里边可就出来了。出来之后，就听远处有脚步声音。

"让连夜就送去吗?"

"对，连夜就送去，窦寨主说了。"

赵璧一听坏了，郝天龙过来了，快走!

吴世飞和赵璧两个人撒腿如飞，顺着旁边一小道，噔噔噔噔……

所幸的是呀，吴世飞对连环套山里面这道路特熟。一边跑着，他们听着后面的动静。

怎么回事啊? 郝天龙上窦尔敦那儿汇报去了。窦尔敦一听说抓住了吴世飞又带来一个赵璧，窦尔敦告诉郝天龙，快点把吴世飞和赵璧给我带到中山寨来，我要审问他。

所以郝天龙就回来了，回来直接奔囚室之中要提这赵璧跟吴世飞。当他们来到这囚室的时候，一看这铁栅栏门儿开着。进去之后，怎么有两人上吊了? 哎哟，这赵璧跟吴世飞死了! 啊? 旁边有人打着灯笼，挑起来一照，不对，哪是赵璧和吴世飞啊，是那俩看守。郝天龙赶紧吩咐把那人放下来，再一看衣服也换了。就证明赵璧跟吴世飞跑了! 这还了得! 马上吩咐手下喽啰兵四处寻找，全山寨查。

他这四处寻找一咋呼，这工夫赵璧跟吴世飞两个人已经跑到了东山寨去了。因为吴世飞知道哇，这范大勇已经成了东山寨的寨主了。两个人来到东山寨，这回吴世飞可没摆谱儿，也没敢叫喽啰兵往里面通禀，他跟赵璧俩人一商量，咱俩这样吧，咱俩翻墙而过，直接跳进院子，奔他那客厅。到那屋子里边，见他本人再说。要通过喽啰兵一传，这里还多麻烦。

赵璧说:"对! 早就该这样。"

两人由打侧面的院墙翻身就跳进来，跳进院墙之后，直接够奔上房。上房是一拉溜儿五间房，当他一进这穿堂厅的时候，这大厅里边，八仙桌子上边摆着茶水。敢情这范大勇正陪着自己的夫人金银花，两口子在这品茶呢。

他可万万没有想到这吴世飞领着赵璧贸然而来突然而进。他们两个人在面前一出现，范大勇当时就愣了。"哎，你怎么来了?"

吴世飞说:"怎么着，我不许来吗? 我来看看你。"

与此同时，赵璧站在旁边，就瞧了瞧这范大勇还有这金银花。他一看这范大勇哪，本来是三十来岁的年纪，看上去有四十出头。四方大脸，两道重眉毛，一双大眼睛，趴趴鼻子大嘴岔，连鬓络腮的短胡须，一脸疙瘩，里出外进的，是没有模样。又瞧了瞧旁边这金银花，这个金银花长得皮肤细嫩，两道细眉，一双凤眼，这眼睛不算大，凤眼，窄而长，但是这两只眼睛很有一点儿迷人的色彩。鼓鼓的鼻梁子，小嘴儿，这个女人长得是有几分姿色。尤其格外突出的是，她这俩耳朵，这俩耳朵耳垂这地方，一个耳垂上长一个朱砂红痣。这朱砂红痣呀，就有一手指肚这么大，通红通红的。所以人家对这红痣有一种称谓，这叫天然坠儿。长了这红痣之后，说这个女子到现在没扎耳朵眼。干吗？不戴坠子，人家叫天然坠儿。你在远处一看，就好像戴了两个红坠儿一样。就这俩红坠儿给她增加了特色。赵璧心想，哦，这就是那金银花。

这范大勇看了看吴世飞，又瞧了瞧赵璧。"这位……?"

"嘿嘿，我来给您指引指引。这位江湖上人送外号儿——红锈宝刀侠，赵璧赵连城。他乃是顺天府手下的办差官，四品半的老爷。"

范大勇听到这里，这个脸色当时就有点变了。范大勇纳闷哪，心想，吴世飞，怎么回事儿啊？你怎么给领来个办差官来呀，领到了连环套里头来了，你不知道窦寨主现在正跟官面儿为敌吗？范大勇脸上这一带出一点不愉快，赵璧在旁边瞅着，心想，要坏菜。

可就这工夫，金银花站起来了。"还说什么呀，快点坐下吧。我表哥领来的都是朋友。快坐!"

金银花这一让，吴世飞跟赵璧两个人自己动手拉过椅子来，就坐下了。坐下之后，金银花满腔热情，赶忙吩咐手下人给拿过两个碗来，给他们斟上茶。

"哎呀，表哥，好长时间可没见你了。您最近上哪儿去了？"

"啊，我……呃……萍踪不定。哪儿都出溜，呃……"

范大勇说："等会儿，我先问你，你这次来窦尔敦知道不知道？"

"他知道，实不相瞒，我是从后山过来的。"

刚说到这，有人来报："郝天龙来了!"

第十四回　绣帏牙床藏身不迭
红粉巾帼退贼有道

　　吴世飞和赵璧两个人哪，向范大勇说明了来意，他们刚说了一句关键的话：我们到这儿来呀，是劝你投降的。这话，还没等伸展开说呢，有喽啰兵慌慌张张往里边禀报："寨主，郝天龙郝寨主求见。"

　　这句话一说出来，范大勇当时就是一愣。

　　这郝天龙怎么来了呢？郝天龙发现赵璧跟吴世飞两个人没有了，看守他们两个的那两个喽啰兵，也被吊死了。郝天龙很快地就断定，这吴世飞和赵璧他们马上逃不出连环套，很有可能在连环套里边找一个地方存身。

　　那么他能上哪儿存身呢？他马上就想到了范大勇。因为郝天龙知道范大勇和吴世飞两个人这种近密的关系，知道他们两个人还有点儿亲属，所以，郝天龙就奔这儿来了。郝天龙也明白，这范大勇哪，现在是顶着一脑门官司。因为最近，窦尔敦在连环套里边把各寨的寨主这么一换防，范大勇心里边肯定不痛快。范大勇由打后山寨的水寨寨主调到东山寨来了，从这个地位上来说，对他就不够重视了。郝天龙想：我要是见了范大勇，这范大勇对我，不见得有好听的，尤其是他们两个过去，最早都是这连环套的开山寨主，范大勇曾经在郝天龙手下，当副寨主。窦尔敦这一来呢，这范大勇，就往下退居了一步。但是尽管这样，郝天龙心想，我也得到那儿瞧瞧。如果说，这吴世飞和赵璧两个人就在范大勇你的屋子里边坐着，你说什么也不好使了，窦寨主知道了也绝不能轻饶了你。

　　因此，这郝天龙，才来到了范大勇的东寨。当他要进院子的时候受到喽啰兵的阻拦，喽啰兵这一阻拦他，就更增加了郝天龙对他的怀疑。郝天龙心想：都在这山寨里边，干吗放喽啰兵站岗啊？你那屋子里边有什么私弊之事吗？他越不让他进他就越想进，所以喽兵进里边禀报。

喽啰兵进来这一禀报，范大勇一听，郝天龙来了！范大勇这心里边就转了个个儿，范大勇暗想：这二位就在这儿坐着呢，这要叫郝天龙一步踏进来，一看他们两个在这儿，我是浑身是嘴也解释不清楚，要告诉窦尔敦，这就更完了。

范大勇当时呀，就有点儿犯傻了，直瞪着俩眼"啊……啊……这……"这个工夫，还得说是范大勇这夫人，金银花。金银花在旁边一看范大勇这样，"怎么着？郝天龙来了，你快点儿说句话呀！他们俩怎么办哪？就在这儿坐着？"

"啊……呃……是啊……呃……呃这个……他们俩……这……哎你们俩这……这这……怎么办哪？"

金银花一瞧："你瞧你也叫个男子汉，啊，三锥子攮不出血来，两扁担压不出个屁来，到这时候你倒是拿出个主意来呀。啊？你要没有主意你听我的。"

"啊对对对，嘿，我听你的……"

这工夫唉，范大勇听金银花的了。金银花在范大勇家里边那可是占据着重要位置的，有多重要？现代有一位外国人，把妻子呀，比作这表。他说呀：这个漂亮的妻子就好像手表，走哪儿戴哪儿，自个儿看得着，别人也看得见；说是泼辣的妻子呢，就好像那闹表，不管什么时候她要一耍起脾气来，哪怕是半夜三更，她该怎么闹怎么闹，一点儿不带减声儿的；说这贤惠的妻子呢，就好像那怀表，你要想问她点儿什么，掏出来一看，她一定是实实在在地告诉你；说这老实妻子呢，就好像那挂表，男人在外边往哪儿走都不带着她，她就在那屋里边料理家务。那么这位金银花呢，就是他们家的晴雨表温度表。她这个温度一升起来，这范大勇就出汗；她这个温度一到零下，范大勇就哆嗦，就能起这么大的作用。所以金银花这个工夫一看哪，范大勇没辙了，金银花说："好吧，既然这样的话，事不宜迟，快点儿把他们两个藏起来。"

"哎……呃，藏哪儿？"

"藏哪儿啊，呃……这就说不了讲不起了呀，您二位呀，受点儿委屈，到我们西里间屋，紧里边那屋，是我们两个人的卧室，为了安全起见，您就藏在我那卧室床底下吧。委屈您二位了。"

赵璧跟吴世飞俩人一听，往床底下钻哪？事到如今，也只可如此了。"好！"

"快点儿，走！"说着话金银花领着他们两个人，就来到了西里间屋。进到西里间屋，赵璧跟吴世飞一看，这西里间屋，靠后窗户这儿，摆着一张双人的黄杨木雕刻的床。这床很讲究，上边挂的是红罗幔帐，倒挂如意金钩，这床围子呢，是淡黄色的，床围子底下，露出来两双粉缎子绣花鞋，是女人穿的，甭问，这就是金银花穿的鞋。金银花把他们两个人领到这儿来之后一撩这床帷子："二位，请吧，低头。"

"哎！"赵璧一低头，噌，他先进去了，赵璧这脑瓜儿小，进得也快。吴世飞紧跟着也钻进来了。钻进来之后，金银花啪地把床帷子一撂，转身就出来了，这动作非常快。出来之后，她一看范大勇："走，接他去！"

这两口子刚一出当间儿那堂屋，一看哪，郝天龙已经走进来了，正迎在院儿里。郝天龙一看，范大勇出来了，"哎哟，范寨主。"

范大勇一抱腕："哟，郝寨主，久违久违了呀，哈哈，郝寨主可是有日子没到我这儿来了，今天这是刮的什么风哪？啊？我想不是东风不是西风不是南风不是北风，大概是中风吧？"

郝天龙一听这话说的不对，中风我就不语了。郝天龙假装没听明白："呵呵呵，说得哪里话来？我这一阵子特别的忙哪，我早想到家里边拜访拜访，今天顺便到这儿来瞧瞧。"

"哦……好好好好好，请！"

说话间就把郝天龙让到这堂屋里头了。到堂屋里边郝天龙一看，桌子上边摆着茶壶，还有茶碗。就往外走的这工夫，这金银花把这茶碗就收拾起俩来，把他们俩喝水用的那茶碗给敛乎起来，郝天龙往这儿一坐，金银花把这茶碗摆上了，给他倒上茶。

"哎呀，郝寨主啊，您可是贵足不踏贱地呀，今儿个上我们这地方来，有什么重要的事儿吗？"

"哎……我说金银花，你这把话说到哪儿去了？啊？怎么我们之间都是老交情了，何谈贵足不踏贱地呢？"

"哎哟，别看老交情哪，当初，咱们是呼兄唤弟的，现在，那可不一样了，此一时彼一时呀。啊？自从窦尔敦当了山上的总瓢把子之后，我们两口子，是江河日下，一天儿不如一天儿，黄鼠狼子下豆杵子——一辈儿不如一辈儿了。郝寨主呢，您是步步登高，一步一个沿儿啊。比如说吧，你看这回，窦寨主这一调整，后山寨水寨这个寨主多重要的位置，让给您了。我们呢，跑这东山寨受清风来了，这里边我们都明白，窦寨主哇，瞧不上我们，我们过去出过力，净给您出力了，给您出那力，白出！现在呀，人家是卸了磨就杀驴，我们这人用完了就扔到旁边了。您现在呢，正是驾辕的辕马，正吃香的喝辣的时候，我们是秋后的草，您是春天的花儿！"

哎哟，这金银花，当当当当当当，就是一大串哪，说得郝天龙不知道说什么好了。"呃……呵呵……我说金银花，你这个嘴呀，一向就这样，像刀子一样。"

"对呀，我这个人哪，就这样，嘴像刀子，但是我是豆腐心，不像有的人，豆腐嘴刀子心！"

"呵呵呵呵呵，这说到哪里去了……"

旁边范大勇说了："郝寨主，今天到我这里，大概不是专门为看我来的吧？一定有别的事儿吧？"

"哦哦……大勇啊，有点儿别的事儿，实不相瞒，今天晚上，后山水寨，来了三个人，其中有一个，就是吴世飞呀，你的那个表哥。这个吴世飞呢，还带了两个人来，他带的这两个人，是大清国朝的官差呀。其中有一个小脑瓜儿的叫赵璧，另外一个人，叫什么名字我想不起来了。这三个人过来之后，进到我的大寨，让我把他们就先拿下了，这是奉窦寨主的命令，我不敢违抗。我这一问呢，赵璧说是奉命到这儿来见窦寨主，要打算跟咱们连环套里边谈判。我把他们暂时押看起来了，我到窦寨主那儿禀报一声，窦寨主呢，要让我把他们带了去。这三个人被捉的时候哇，其中有一个小子，武艺高强，当时就逃跑了，实际上，我只抓起俩来，就这两个，我也没把他看住，我回来的时候，这俩人跑了。看着他们的那两个喽啰兵，被他们给害了。我想，根据这连环套周围的地形，这两个人，他今天晚上逃不出连环套。我估摸着，他们上哪儿去呢？这吴世飞，在这山上，认识的人是有数儿的，跟他莫逆的那就更少了，其中，我也想到了你。当然了，他不见得来找你，我只是到这儿来打听打听，你……看到他没有？"

范大勇听到这儿，这脸色就沉下来了："郝寨主，您……这才说心里话，今儿晚上，您不是为看我来的。我哪有那么大的脸哪，劳动郝寨主到这儿来看我？您主要是到我这儿来查吴世飞，还查那赵璧，对不对？"

"呃……没……没这个意思，我就是问问，你见到他没有？"

"我呀？我见到他了。"

"什么时候？"

"那是他在山上的时候，自从窦寨主把他赶下山去之后我就再没见着他。您甭看我跟他有这点儿亲戚，正因为有这个亲戚，我料定他就上连环套里边来，他也不敢到我这儿。我跟他有亲戚这就担着嫌疑呢，他要上我这儿来，你们想抓他，不就一掏一个准吗？这点儿浅显的道理你还不知道吗？"

"呃……是呀，是呀，不过，我不得到这儿来看看哪。"

金银花在旁边看了看他："怎么着？郝寨主啊，你认定我表哥就到我这儿来了吗？"

"哦，没这个意思，我不是说认定，我到这儿来瞧瞧。"

说着话郝天龙抬起头来，假装看了看他这房子，金银花一看，他往周围这么一巡视，金银花把话茬儿就接过来了："郝寨主，看我们这个房子盖得怎么样哪？不错吧？啊？上边是瓦，旁边是砖，这房柁都是木头做的。"

郝天龙一看这个女子好厉害，每句话都弦外有音，都是旁敲侧击呀，"呵，金银花，这话还用你说吗？"

"哼！用我说不用我说的郝寨主哇，我把你的话都替你说了吧，你拿这个眼睛瞇摸我们这个房子，这是假的，你打算要搜察搜察我们家对不对？你要想搜察你尽管说，别磨不开的，我领着你转一圈儿，好容易你来了，你说你要不转一圈儿就出去，你总怀疑我表哥带着大清国的官差，藏到我们家了。既然是这样的话，我就让你放个心，您跟我走，您先瞧瞧我这东里间屋怎么样？"

说话间金银花站起来，这郝天龙呢，还真就下意识地站起身来了，跟着金银花迈步往这东里间屋走。这是套间儿，外边是客厅，里边是一间住室。里边这间住室的摆设呢，是放着一张单人床，这张床哪，也是硬木雕刻的。为什么放单人床呢？这金银花有时候要耍起脾气来，就得把这范大勇哪，撵这屋睡来。这是范大勇临时寄宿的地方。

在里屋转了一圈儿，她让郝天龙看看，"瞧见没有？这床，是范大勇的床。"

"哦？你们夫妻怎么还分居？"

"嗯，没准儿，有时候分居有时候合居。反正我在那边他在这边，这事儿您还问吗？"

"哦……这事儿我不问……"

"哎呀我们这屋子里边你别看，在这山上当了这么多年的副寨主哇，什么也没置下，任嘛没有，外间屋就这么一把椅子，这儿还有一张桌子，这算他住的地方。桌子底下您看看，也没有桌帷子。"

"金银花，你这把话说哪儿去了？我真的就看看你这房……"

"东边看完了看西边，来。"说着话金银花一摆手，就进了西边了。外边也是个客厅，外边这客厅是花梨木的一套摆设，八仙桌子，一对太师椅子，旁边两个高茶几架着一个条案，条案上摆着几件古玩。

"哎哟，这屋比那屋可就讲究了，这屋，是谁住的呀？"

"这屋哇，呵，这屋是我住的。我怎么不得比范大勇强一点儿啊，不过强点儿只强那么一点点，也多不了多少，比他多一把椅子，多点儿陈设，算不得什么。里边请……"

"哦？里边……"

"里边是我们两口子的寝室，有的时候就是我自个儿的寝室，寨主不想看看吗？"

"呃……这里边的寝室……呵……不方便吧……"

"嘻……没什么不方便的，万一，要是我那表哥，跟那大清国的官差藏到那里屋呢，您这心里边不是块病吗？"

"哎呀你又这么说……"

"嘻，咱把话说透，别蒙着盖着。"

"行！"郝天龙跟着就进来了，来到这西里间屋，郝天龙一瞧，这边是黄杨木的床，双人床，挂着红罗幔帐，这儿挂着床帷子，那边呢，有一个大躺柜，旁边还有个立式的衣柜。

"怎么样？这躺柜我给你打开看看，"啪，把柜盖儿打开了，"这里边是我穿的，单夹皮棉，也许要有个人趴到里边，把衣服往上一盖，您可就看不着了，您慢慢翻翻。"

金银花这一让他翻翻，你说郝天龙怎么能磨开的翻哪？郝天龙倒背着手，往里看着："呃……金银花，你这衣裳可真趁的不少。"

"嘻，那算什么呀！您再看这儿。"啪，她把立柜又打开了。

"哎哟，这儿衣服也很多。"

说着话，金银花用手一指这床，"这床底下您不看看吗？不过这里边，有很多我用的东西，大概您也不在乎，您钻里边去……瞧瞧？"

第十五回　范大勇欲叛连环套
朱光祖思盗护手钩

金银花和范大勇这两口子，领着郝天龙来到西里间儿卧室，主动地让他检查。打开躺柜又打开立柜，让他看完了，最后金银花用手一指这床："您……上我这床底下钻里边去瞧瞧。"

她一说这句话呀，可把趴在床底下的赵璧跟吴世飞这俩人给吓坏了。二位打刚才钻到床底下之后哇，就犯嘀咕：这郝天龙来喽哇，可千千万万别上这间屋来，要上这间屋来，一掀这床帷子，可就看见咱俩了。我们又不是一个人，如果要是一个人呢，急了眼，我们可以绷在这床板上。俩人儿啊！一掀床帷子是非看见不可呀。可正在犯嘀咕的时候，他们进来了。进来之后这两个人屏住呼吸是大气儿不敢喘哪，生怕这呼吸的声音都让郝天龙引起警觉。可偏偏这金银花来这么一句："您上床底下钻里边瞧瞧？"

赵璧心想："嘿！这老娘们儿，她是成心想把我们俩给卖喽！"

可是恰恰金银花这么一说嘛，郝天龙哪，他没往里钻。郝天龙在金银花的面前觉得我是男子汉大丈夫哇，我怎么能钻你这个女人的床底下去看呢！另外来说，瞅着金银花，那种谈笑自若，带着揶揄的那种神态，估计这床底下不会有什么事儿，我要钻到这床底下去，什么也没有，这金银花还不定拿什么话等着我呢。郝天龙想，我呀，我不钻。"呵呵呵，金银花，你的床底下有什么看的……"

"哎，女人的床底下也值得一看哪，您不瞧瞧吗？"

"呃……呃呃，我不看，不看！算了算了算了，呃，我就瞧瞧你们这个住室，啊，这房子还真不错，收拾得挺干净。"

"好。"

转身就出来了，来到堂屋这儿，郝天龙站在这儿又瞧了瞧。

"坐吧，一会儿给您摆桌儿夜宵儿，你们哥儿俩在这儿喝一杯。"

范大勇说："对！郝寨主，既然来了，咱们就痛饮几杯！"

"哎……今天不行，改日改日，啊，窦寨主等着听我的信儿呢，告辞了，告辞了，打扰打扰。"说话间郝天龙迈步往外就走，这范大勇跟金银花往外就送，送到院儿里边了郝天龙一回身："哎，你们夫妻请回，不必远送了，我这就走了。"

金银花说："哎哟，郝寨主哇，您赶明儿有工夫再来玩儿啊。您别等着抓罪犯的时候再上我们家来，没有事儿的时候也上我们这儿坐坐，您到我们这儿坐一会儿啊，我们这心里边就觉着好大的满足了。"

"哎……说哪里话来……"

说着话金银花两口子就把这郝天龙送出去了。送出院子之后，侧身一回来，范大勇看了看周围几个随从亲近喽啰兵："我告诉你们几个人，前边后边周围，给我下上岗哨，不管任何人，想进我这个院子，必须通禀我知道。"

"是。"

喽啰兵四面都安排好了，范大勇这才跟金银花二番来到堂屋里边坐下了。金银花朝那西里间儿看了看："出来吧二位，还等着我去请你们哪？"

床底下这两位钻出来了。赵璧出来之后，心想：好险哪！吴世飞跟着赵璧，来到堂屋，坐下了。

金银花说："二位，吓一跳吧？我刚才说那句话，我就把他镇住了。我得让他往床底下看看，我料他也不敢。他真要敢往那床底下看哪，那，咱们就一个人儿的罐子——抢了，破罐破摔，咱就跟他干了。正因为这样，这就是谁胆儿大谁降谁，我把他镇住了，是不是？"

赵璧说："高，您真是女中的豪杰！真没想到，您还有这种智慧。"

"嘻，这有什么的，你们二位，是不是晚饭都没吃呀？"

"晚饭倒是吃了，不过现在到什么时候了？是不是已经都三更天了？肚子里可有点儿饿了，我这个人到哪儿都实在，不讲究客气。"

"好啊，我就愿意听实在人，来呀，摆酒席。"

吩咐下去，一会儿的工夫，摆上了一桌简便的酒席，把酒倒上了。这个时候，范大勇瞅了瞅吴世飞："大哥，您这回说吧，到底到这儿来干什么来了？"

吴世飞说："刚才我不是跟你说了吗？开头儿一句话，我是劝你投降来了，要接着往下说呢，就是这个意思。我已经跟大清国这几位官差，合到一块儿了，我是受他们的委派，到这山里边来，来刺探内情。这位赵爷呢，是跟我一块儿来的，还有一位朱光祖，那位呀，不知哪儿去了。他们抓我们俩的时候，那位朱光祖跑了。我估摸着，他也出不了连环套，那个人身怀绝技，也不会有什么闪失。今天咱说咱的事儿，兄弟，这连环套，还是咱们哥儿们待的地方吗？这回人家把你调到这儿来，这不就很说明窦寨主的心目当中对你是如何看法了？"

"唉，这个甭说了，"范大勇说，"我心里边早就有数儿。咱们哥儿们，是后娘养的，人家郝家那哥儿四个，那才是亲生的！正因为这个，所以我心里边一直憋着这口窝囊气，这口气呀，就是吃八服顺气丸，也打不开。"

赵璧在旁边一听是乘虚而入："是呀，既然你憋着这口窝囊气，为什么不让它顺顺气儿呢？现在顺气儿的机会可就到了，我跟你说吧，范寨主，这个连环套，是指定在这儿待不住了。我们已经去调官兵了，用不了几天，官兵就到了，早早晚晚连环套必定攻破。到那个时候，可就玉石不分了，窦尔敦，肯定得被捉拿，他敢偷爷家的御马，罪在不赦之内。借这个工夫呢，我跟你说几句知己的话，识时务者为俊杰，事到如今，您可不能再犹疑了，不能再观望了，只有跟着我们，一块儿倒反连环套，助我们一膀之力，等山破之日，我敢在黄天霸在施大人的面前，给您美言几句，说您破山有功，不但不追究您的罪责，恐怕还得要给您点儿赏赐。您看怎么样？"

"嗯……"范大勇听到这里，他看了看金银花，因为他呀，那个主动权都在金银花手里边掌握着呢，什么事情，当要决断的时候，就得听金银花说。

金银花瞅着范大勇："看我干吗呀？你说呀！"

"老婆子，嘿，我说什么呀？我就听你的！你说上东我不上西，你说打狗我不骂鸡。"

"哎哟，你这么听话呀？你要听我的，这事儿不明摆着吗？我表哥都过去了，咱们还在这儿干吗呀？你就在这儿给窦尔敦效力，人家也不信服你。因为我表哥，都向着他们大清国了，干脆吧，咱们就跟着一块儿倒反连环套吧。问问他们，要知道什么，把咱们知道的都告诉他，这不就得了吗？"

"对！还是我夫人高见！哎，二位，您就说吧，想知道连环套里边的什么事儿，我都告诉你。"

赵璧说："什么事儿啊？比方说吧，最近这窦寨主，把你们连环套各寨的寨主给调换了一下，谁都在哪个寨哪个寨里边都有多少喽啰兵，这您知道吗？"

范大勇说："就这事儿不太清楚，我最清楚的就是我的东山寨，据我所知西山寨是郝天虎，这后山水寨，那当然是郝天龙了，前山寨是谁，到现在我还不清楚，这就最近一天的事儿。"

"哦……那么那个钟乳石洞的连环套里边的事儿你清楚不？"

"就那个地方只有窦尔敦自个儿知道，据我所知，那御马就在那钟乳石洞里边放着呢。"

"啊……我再跟您说，如果我们两个，就在您这东山寨里边待下来，能待得住吗？"

"您要待多少日子？"

"我们两个……当然了，也就待三天两日的，借这工夫哇，我们打算把这连环套山内的情况摸一摸。"

"三天两日的？三天两日的……"

金银花在旁边拿眼睛一瞪他："怎么着？你说是长了是短了？"

"哦，三天两日的？三天两日的……"

"我看哪，十天八天都没事儿。"

"对！半个月都没事儿。您就在这儿待着。"

"好了，半个月我们不能待，待这么长时间耽误攻山了，三天两日就足矣。"他们在这儿一边说着一边聊着，正这工夫，忽然中山寨里边，哦哦哦哦哦哦哦哦哦哦，人声嘈杂，乱起来了。

怎么回事儿啊？敢情中山寨出事儿了。出什么事儿了呢？咱不说了吗，来了三位，赵璧跟吴世飞被抓住了，跑了个朱光祖哇。这朱光祖他跑了能安生吗？这位赛时迁的朱光祖，由打那个聚义厅里边跑出去之后，朱光祖忙忙乱乱地就奔中山寨跑，一边跑着朱光祖心里边合计呀：我逃出来了，这赵璧跟吴世飞他们俩怎么样？我现在顾不得了，哎呀，我逃出来之后，我也走不了呀。后山，我要上船，容易被他们发现了；前山，我要下去，三道寨门，出不去。既已如此，我就上中山寨，我搅和搅和窦尔敦，兔崽子，我不让你安生。

朱光祖因为第一次探山他来过一趟，所以他直奔中山寨就来了。来到中山寨窦尔敦居住的这个大石头院套儿之外，他先奔那后院墙，到后院墙一纵身，胳膊肘一拷墙，噌，飘身就跳下来了。跳下来之后，他来到窦尔敦这东套间儿里边的住室，隔着这后窗户，往里边看，他踅摸了一会儿，他上次来把那窗户纸捅了个小窟窿，现在还留着呢。他隔睃这眼睛往里边一瞧，屋里没人。他又到西里间屋看了看，仍然没人。他站在后边夹道儿里，仔细听了听，忽然听见右边院墙外头，有人喊："好！好招数！"哎哟，这儿有练武的？朱光祖噌噌噌，几纵身，来到右侧院墙里边，他轻轻地一纵腰，呗儿，胳膊肘一拷院墙，他露出脑袋来了。往外一看，借着今夜的月色，看见不远处，有一个大空场儿，空场儿那地方，有很多喽啰兵，在这儿围着呢，当中间儿有一个人，朱光祖那眼睛一搭就认出来了，正是铁罗汉窦尔敦。

这窦尔敦，在众喽啰兵当中，手中拿着这对护手双钩，正在这儿做双钩表演呢。只见他这护手双钩，在月光映照之下，唰唰唰……人随钩转，钩随人行，不时地博得大家的叫好声。"好！""好功夫！"

这些叫好儿的，有的是真懂，有的就是为了溜须拍马。窦尔敦这护手双钩练了一趟之后双钩一收，怀中一放："各位，见笑了。"

"窦寨主，好功夫！真棒！"

"天色不早了，该歇息了吧！我让郝天龙去把那两个人带来，怎么还没带来呀？"

这个工夫，郝天龙来了，"窦寨主，我刚才去了，那两个人跑了！"

"嗯？怎么让他们跑了呢？"

"不但他们跑了，把看他们两个的那喽啰兵，还给杀害了。"

"是吗？这两个人出不了我的连环套。"

"就是呀，肯定在这山里边藏着呢。"

"通知各寨的众寨主，全山寨的喽啰兵，今夜之间，一定要严加防范。"

"是！"

郝天龙往这儿向窦尔敦这么一禀报，朱光祖在院墙里边一听，那两个人？甭问哪，那两个人就是赵璧跟吴世飞呀，他俩被抓住了，又跑了！嘿嘿！这可是苍天保佑！朱光祖心说，行哪，你俩跑了，我就放心了，我估摸着你俩大概也跑不出连环套，你俩跑了应该找我来呀，不管怎么说我上连环套来过一趟哪。但是我找你们也找不着哇，现在呀，咱先这么地吧，各顾各吧。

朱光祖看着窦尔敦，布置吩咐完了之后，窦尔敦提溜着护手双钩，就奔这院子里边走过来了。他这一走过来，朱光祖赶紧由打墙上就下来了，一转身，刺溜，又跑到这五间正房后窗户外边这夹道儿这儿来。这儿有阴影儿，朱光祖在这里边一俯身，接着，窦尔敦就进了那东里间儿。当窦尔敦进到东里间儿的时候，朱光祖又来到这后窗户外边，隔睐着眼睛往里观瞧。心想，今天可得轻着点儿，别让窦尔敦发现了我。小子，你只要是在这里边睡着了，我今天是非把你宰了不可。

他看窦尔敦进屋之后，把这对护手双钩合到一起，往墙上一挂，然后窦尔敦坐在这屋子里边，拿起茶壶来在这儿喝茶，没有睡觉的意思。朱光祖暗想：窦尔敦今天晚上大概是不想睡了，他想要过年——熬夜。听说山寨里边有两个人跑了，大概他非常警觉，我还不能在窗户外边待长了，我要一待长了，万一窦尔敦发现我，这就麻烦了。怎么办呢？我既然来了，我得给他热闹热闹，对，嘿嘿，窦尔敦，我让你在屋子里边稳稳当当地喝茶？我让你喝不安生！

朱光祖一转身，噌，由打院墙里边翻出来了，咱说过，他这个院墙后边，还一个大院儿，那个院儿，马棚。朱光祖一纵身，就跳到马棚这院儿里了，到马棚这院儿里一看，两旁边儿是两溜马棚，拴着有几十匹马，这些马呀，都在那儿咔哧咔哧吃草料呢。紧那头儿把角儿那边有一间小屋，那是马夫住的。朱光祖来到跟前一看，那门开着呢，马夫坐在床上在屋子里边正喝酒呢。朱光祖往下一撤身，手中把这柳叶刀摆开，顺着两溜马棚，啪啪，把这拴马的缰绳都给剁断了。这马就出来了，朱光祖照着几匹马的后座儿上，噗噗噗，这马一受伤在这院子里边是连踢带叫，咴儿——院子里边一乱，朱光祖纵身又到了前院儿了，来到窦尔敦住室的后窗户往里边一看，窦尔敦正好奔后院儿就去了。朱光祖趁这个工夫，就绕进了窦尔敦的住室，他伸手由打墙上把这对护手双钩就摘下来了。朱光祖心想：窦尔敦，你不是擅使钩吗？今天我把你这对钩给你盗走！

第十六回　赛时迁盗钩逞绝技
金毛犬指路立大功

朱光祖趁着连环套后院儿马棚里边大乱的时候，他潜入窦尔敦的住室，由打墙上摘下了这护手双钩。朱光祖心想：窦尔敦你不是善使双钩吗？今儿个，我把这双钩给盗走。他把护手钩往这身背后一插，把刀手中一擎，噌，由打这屋子里边就出来了，出来之后朱光祖一翻身，跳出院墙，斜着奔那边跑了。

这工夫后院儿那马棚里边大家伙儿一起抓那马，这马不知道为什么今天都不听话了，它能听话吗？有的那个马后屁股上让朱光祖给攮了一刀哇，这马它疼哪，连尥蹶子带叫。院子里边很多人稀里呼噜一块儿好不容易老半天才把这马都给抓住，抓住之后都拴好了。窦尔敦来到这儿亲自检查，他一看呢，这马的缰绳都是被铡开的，那绳子是齐茬儿，这就说明，刚才有人进来了。窦尔敦马上把这马夫叫过来了。

这马夫是谁呀？敢情这马夫哇，是新换的，哪位呢？就是在前边把头道寨门的那个小头目，红毛兔子魏英。为什么魏英降职为马夫了？因为那魏英不是有一只镖吗？赵璧愣说魏英拿这个镖打过黄天霸，窦尔敦就信以为真。这魏英呢，整个儿一醉鬼，从早到晚不知道自个儿怎么回事儿，是迷迷瞪瞪看人生。窦尔敦呢就以为真是魏英给打的呢，所以把他那个小头目给他撸了，让他上后边喂马来了。

这魏英到这儿来喂马呀，自个儿心情哪，也不痛快，所以在这儿喝闷酒。这回啊，还长能耐了，过去光是白天喝，现在连白天带晚上，一块儿喝。今儿晚上在这儿喝，喝得烂醉如泥，斜倚在床上，都睡着了。刚才朱光祖看的时候，那是喝的最后一杯酒，把酒杯一撂就倚那儿了。马在院儿里边就这么跑，他好像做梦一样，自个儿觉得这马都出来了呀，这马怎么都出来了呢？他还琢磨呢！这工夫大家伙儿把马都拴好了，这才有人过来叫魏英，一把把这魏英由打屋子里边就给薅出来了。窦尔敦一看魏英站都站不住了，俩人扶着他，"呃……寨主……啊……您叫我？呃……有什么吩咐……"

"魏英！"

"哎……啊……有！……"

"我问你，刚才这马怎么回事儿？"

"刚才这马……马这不都在这儿呢吗？……马这不都在这儿拴着呢吗？……"

"混账东西！是谁把马缰绳都给我剁断了？这马，满院子跑你没听着吗？"

"满院儿跑哇？那马它要不会跑那不成死马了吗？"

啪——气得窦尔敦过去给他一嘴巴，打完之后这魏英不觉疼："嘿……寨主您别生气，我知道……我是……头道寨墙的……小寨主……您把我降到这活儿喂马来了……您还往哪儿降我？嗯……下一步您就让我喂狗？山上又没狗，是不是……您要不解气，这边打完了打这边……"

窦尔敦简直对这魏英是没办法，"嗨，把他给我看押起来！"这回连喂马都不让他喂了，把这魏英哪抓起来蹲禁闭了。旁边有人把这魏英就押下去了，窦尔敦马上又安排两个喽啰在后边看着马棚。

当窦尔敦转身回到自己住室的时候，他无意中一抬头，这才发现，墙上的护手双钩丢了。这可不是小事儿啊，窦尔敦应手的兵器，就是这护手双钩，窦尔敦在护手双钩这兵器上，那可是下了毕生的心血。窦尔敦马上把几个副寨主叫来，说你们谁看见我的护手双钩没有？大伙儿一看没有啊，哪儿去了呢？马上又吩咐全山寨到处找这护手双钩，这山寨就乱套了。刚才抓马就乱了一阵子，这阵儿找这护手双钩又抓人，所以中山寨就乱起来了。

朱光祖呢，他盗走了护手双钩之后，由打窦尔敦居住的这个中山寨的大石头院墙跳身出去，他没往山下走。朱光祖明白，正面往山下走，三道寨墙三道寨门，每道寨门都有人把守，很难出去，干脆，走条生道儿吧，斜着奔东边就下来了，他奔东山寨来了。他往东山寨这一来，听见中山寨有很多喽啰兵分几路就出来了，捉拿生人。谁把这钩给盗走了，要抓贼。朱光祖心想，他们还要抓贼呀，这可叫贼喊捉贼。朱光祖心想，深更半夜的，这山上边树木丛杂，你们想找我？那可就难了。朱光祖，噌噌噌噌噌，顺着一条小路奔东边跑出一段路来，然后斜刺里就钻了树林儿了。钻到树林儿里边找了一棵最高的松树，朱光祖噌噌噌噌，就上了树了。到了树上边最高处往这儿一坐，哎呀，摸了摸身后的这护手双钩，手中拿这口柳叶刀，朱光祖暗乐，心想：我不虚此行！窦尔敦，这回要再跟你见了面，你不是号称手中护手双钩天下无敌吗？钩没了，现打呀？大概不赶趟儿，现打的那兵器还不能应手。换别的？你使什么呀？哈哈，使什么也不行了。哎呀，我得看看这什么地方，我得从哪儿出去呀？这个连环套，进，我是进来了，出，可就出不去了。如果今天晚上要出不去，等着明天天亮之后，我这目标可就大了，他要全山寨来个搜索，非把我找着不可。那要是找着我，护手双钩人家得回去还不说，还不得把我给乱刃分尸喽哇！……

哎……他忽然发现东边，那儿有一片宅院，他所望见的正是那东山寨。东山寨吧？我奔那边瞧瞧，那边有没有路可行哪？

朱光祖就奔这边来了，当走到这东山寨附近的时候，朱光祖这才发现，敢情这寨墙外边，有几个巡逻的喽啰。咱说了，这范大勇派几个喽啰兵出去，给他站岗放哨，有人要见他，必须通禀哪。所以这几个喽啰兵非常尽职，在外边挎着刀，来回这么溜达。朱光祖一瞧，这个寨子里边是谁呀？我得进去瞧瞧，我要进去瞧瞧得把这喽啰兵绕开，想到这里，他刀交左手，一伸手由打镖囊里边，就掏出一块小石头来，这块小石头可不是一般的石头，这叫问路飞蝗石。这石头上边抹了一层薄薄的磷，在夜晚之间哪，这磷闪烁着蓝光。朱光祖看那个喽啰兵往这边走过来，一掉头又往那边走，朱光祖一抖手，就把这块小石头，往草丛里边一扔，突儿……这石头骨碌骨碌骨碌……这一骨碌，带着一溜蓝光，像个蓝球儿一样，突儿……这巡逻的喽啰兵一瞧，哎，什么玩意儿？这喽啰兵纳闷儿啊，这喽啰兵是一般的小喽啰，可不是那飞贼，可不是那大寨主，他要是那大寨主，经常闯荡绿林就认识这玩意儿，知道这是问路飞蝗石，但他是小喽啰兵，还真没见过。"往哪儿走了那玩意儿？骨碌那边去了，我听说要是有什么宝物的话，容易在晚上冒蓝光儿啊，不会出现什么宝石吧？"这位是财迷生风。他奔着那个蓝火儿的地方就过去了，他这一过去，朱光祖趁这工夫一提溜腰，噌噌噌，三纵两纵，就进了院墙了。朱光祖往前走了没有十几步，正好就是金毛犬范大勇他那个堂屋的后窗户，朱光祖来到后窗户外边驻足停立，他发现这窗户纸发昏黄，屋子里边掌着灯呢，仔细一听，有人说话的声音。朱光祖把这后窗户划了个小窟窿瞄一目往里边一看，哎！不看这气儿还小点儿，一看满肚子都是气。怎么回事儿？他一眼就先看见赵璧了，朱光祖心想哎哟赵爷，有你的啊，我以为你跟那吴世飞你们两个被抓住了，后来又听说你们逃跑了，准是钻了草丛进了树林儿了。嗨，这壶筛得热乎啊，万万没有想到二位在这儿坐着，还有一个小女子陪着你们在这儿喝上了吃上了？你们这日子过得挺嗨呀，把我朱光祖不管了，我在这山上这通折腾，差点儿没把命给搭上。好哇，赵璧，你不够朋友！

这工夫赵璧在屋子里边，正跟范大勇说呢："范寨主哇，从现在开始，咱们就算是一家人了。咱们是一家人不说两家话啊，为此，咱们干一杯！哦，金夫人……"金银花在这儿也端起杯来了。他们几个人把酒杯端起来之后一杯酒是一饮而尽，酒杯放下，赵璧伸手拿起筷子来，呗儿，就叨了一个四喜丸子。他叨着这四喜丸子想要往这嘴里边放，这丸子，四喜丸子嘛是四个一盘的，个儿大，他叨的这下子是半拉，这半拉丸子夹起来刚要往嘴里放，朱光祖在窗户外边心想，赵璧呀，我让你知道知道，你吃丸子？我让你吃不好了！他伸手把这袖箭筒拖出来了，瞄准赵璧那丸子，朱光祖这袖箭可有准儿，啪，一摁绷簧，这袖箭噌就进去了。赵璧这丸子刚夹到这儿，这袖箭由打这儿，噌，这半拉丸子整个儿一穿两半儿，啪，掉盘子里了。呀！赵璧当时一愣，这袖箭噌地就钉墙上了。"不好，有贼！"

赵璧一说有贼，金毛犬范大勇立时就站起身来："谁？"

朱光祖在窗户外边搭茬儿了："别着急，我。赵爷，您这丸子别自个儿吃，给我留点儿。"

嘿，赵璧一听，朱光祖的声音，"哎哟，光祖哎，我就等着你呢，快点儿进来吧！"

朱光祖由打前边绕进来了，朱光祖由打前边这一绕进来，范大勇不认识他呀，但是吴世飞认识，吴世飞马上让朱光祖进来，给范大勇和金银花引见之后，让朱光祖坐下。让朱光祖这一坐下，赵璧这才问："光祖，你怎么找到这儿来的？"

"怎么找到这儿来？我这鼻子尖，我离着二里地就闻见这地方酒香，所以我就找这儿来了。"

"哎，说真格的，到底你怎么来的？"

朱光祖就把自己由打聚义厅里边逃出之后，今天晚上整个儿经过这么一说，"哦"，赵璧说，"我说怎么刚才听见中山寨大乱，我们这寨主还想派人去打听打听呢。后来一琢磨，中山寨那儿反正不是咱的事儿，就没去打听，闹了半天是你闹腾的。"

"对呀！"朱光祖说，"是我闹腾的，我就担心人家把我抓住哇。赵爷，你们在这儿可待得挺好！"

"那是呀，自己朋友嘛！"

吴世飞互相指引介绍完了把详细情况一说完，朱光祖一听："那说明咱们仨今天上山还算不顺中之大顺，啊，不过下一步怎么办呢？"

赵璧说："下一步哇，咱们仨要都在山上待着可不行，天霸在李家店不放心哪。光祖，今天晚上天不亮之前你必须得出山，你到李家店给天霸送信儿，你告诉天霸，用不了两三天，我把山上的情况摸清之后，我也下山，我跟他送信儿，然后我们共商攻山之计。怎么样？"

"好哇，我听您的！您让我今天晚上就下山？"

"对！光祖，你不是自个儿来过一回吗？"

"啊，对呀！我那是头一次探山，走的正面三道寨墙哪。"

"那你还从那儿回去不行吗？"

"我……我还从那儿回去？！人家现在都加强防哨了，我回去，无异于让我去送命。赵爷，您要那样的话，我不回去，我在这儿，您回去，这行不行？"

"别价……这……"

金银花在旁边一听："是呀，他在正面回去，那是回不去的，我说，你没有办法吗？"

金银花一看范大勇，范大勇一瞧自己的夫人又下命令了，"呃……这事儿……如果你非要下山不可，时间又这么紧迫，必须在天亮之前赶出去，为今只有一条路可走，这条路，这是我自己的退路。"

"哦？什么退路？"

范大勇说："我知道，在这连环套终究不能待长哪，说不定什么时候官府把连环套攻破，我们都得四处奔走唯，树倒猢狲散，早晚有这天。所以呢，我自己留过一条退路，这条退路，就在我这东山寨往后边走，有一道悬崖，从那悬崖上边，可以拴一条绳子，直接下去，到在底下，就是后山那湖，有一个湖汉子汉到这儿来。下边有个山洞，山洞里边有只船，那只船，我是给我自个儿留着的。坐那只船，由打这湖汉子可以进入那湖中，在后山寨逃走。"

"哦……哎哟范寨主，这可真成了自己人了，您把您最贴己的东西都告诉我们了！"

"那怎么办哪！你讲话了，咱们不是一家人吗？"

"好了，那就拜托范寨主了！"

当下朱光祖在这儿简单地吃了几口饭，然后，就由金毛犬范大勇带着朱光祖，奔后山去了。他们去了，直到傍天亮，这范大勇才回来，金毛犬范大勇回来告诉赵璧跟吴世飞，说已经把朱光祖用他自己那只船悄悄地偷渡出山了。

朱光祖回了李家镇，赵璧这才放心。天亮了，刚一放亮的时候，赵璧跟吴世飞两个人就跟范大勇商量，说我们两个得在这山上待两天，待两天您把我们俩得放哪儿啊？总不能老让我们俩在您那床底下趴着吧？

范大勇说："就是呀，这个……"

金银花在旁边说："这个事儿我看这样吧，后院儿把角儿那个地方，我们还有个佛堂，就把您二位放那佛堂里边待着得了。您白天在那里边，晚上您再出来，到时候我们给您送饭。如果要有人往那里边去，您就藏供桌底下，没人去您就在外边待着。"

赵璧说："好吧！"于是赵璧跟吴世飞两个人就在这佛堂里边待了

一天，到晚上定更天之后这二位才出来来到前边。金银花说："您二位今天晚上打算怎么办呢?"

赵璧说："今天晚上有一个重要的去处。"

"您要上哪儿?"

"我想跟吴世飞我们两个人，要夜探连环套那钟乳洞!"

第十七回　赵连城夜探钟乳洞
离鸡眼误中脱身计

赵璧和吴世飞两个人，在范大勇东山寨隐藏了一天，到晚上了这二位出来了。一见范大勇和金银花这两口子，范大勇金银花就跟赵璧吴世飞说了："您二位，今天晚上打算如何行动呢？"

赵璧说："我想看看这个连环套钟乳石洞。我听吴世飞讲，说这个钟乳洞，要想进这个洞门口有几道机关，窦尔敦偷的那匹御马就在这洞里边藏着呢，我们想观察观察洞口外边的地形。"

吴世飞说："赵爷，您要观察这地形，其目的何在呢？"

赵璧说："你想哪，看来用不了多久，我们就要攻打这座山了。当官兵来到山下，一打山的时候，窦尔敦要是一看到了穷途末路，他知道，我们攻山灭寨，其目的就是为了得这匹御马来的，他很可能狗急了跳墙，最后到那个洞里边，把这御马给宰了，要不然他把御马给放了，再不然他骑着御马跑了，那我们不就白忙活了吗？"

吴世飞说："对，赵爷您有远见。不过今天晚上咱们瞧瞧，这时候倒好办，据我所知呀，这个连环套的洞外边，没有把守的人。"

范大勇说："也不见得，最近，窦尔敦可是加着万分小心呢。说不定哪，也安排人了。不过您二位要去的话呀，我可不能跟着您二位去，我要跟您二位去，走在这洞口附近，万一碰见巡逻的喽啰兵，一问我深更半夜的我干吗了？我没法儿回答。"

赵璧说："不用您去，就我们俩去就成了，您哪，就在屋里边等着我们的消息。"

范大勇说："好！你们快去快回，可不要耽误时间久了。"

108

"不，"赵璧说，"我们不能马上动身，要想探这个洞哪，我们得三更天以后，即使洞口外边有把守的喽啰兵，一过三更天他也困了。他一打盹儿的工夫，我们在那儿转一圈儿就回来了。"

"好。看来赵爷您是老手儿。"

"哎，不敢当不敢当……"

他们喝着茶聊着天儿磨蹭着时间，熬到了三更天更梆响，更梆响过之后，赵璧看了看吴世飞："怎么样？咱们两个该动身了。"

吴世飞说："好！赵爷，您还带点儿别的兵器吗？"

赵璧说："不用，我这口红锈宝刀，就足够用的。"赵璧这一尺二寸五长的小刀，在腰里边别了别稳了稳，吴世飞呢，带着一口单刀，他把这口单刀，别在身后。两个人告别了范大勇，没走他的正门，由打后院墙翻身出去了。为什么在后院墙出去呢？他怕走正门被别人发现。两个人由打后院墙跳出去之后，先上山坡，由打山坡里边，树林子当中，绕着出的东山寨。下了东山寨往前走，这吴世飞认识那个钟乳石洞，一边走着，赵璧就跟吴世飞俩人商量："我说，今天晚上咱俩到那儿去，你估计能怎么样？"

吴世飞说："我估计不会有什么大事儿啊。他这个地方一般是没有把洞门的。"

"万一要有了呢？"

"万一要有了咱俩也不怕呀！这连环套山寨里边，道路我熟，转身咱就跑。"

"咱们两个得提防意外，没有人当有人打算，比方他们要有那么几个人在那儿把守着，发现了咱们俩，那咱们俩怎么办？"

吴世飞说："这样，万一，要是发现了咱们俩了，我转身就跑，他们肯定得追我；您呢，斜岔儿钻树林子，钻草稞子。我把他们的注意力引过来，您绕道回东山寨。我呢，怎么也有办法把他们甩掉，您就不用为我担心。"

"好嘞，咱可是一言为定。"

"那当然！"

俩人说着话，远远的已经看见了连环套那钟乳洞的洞门了。

"赵爷，您留步，看见没有？前面一箭之外那个地方，山脚下，那块大石头，那就是那钟乳石洞门。看见那大石头没有？雪白的。"

"啊。"

"那石头旁边，就是洞门了。"

"哦。咱往跟前儿看看。"

"您还往跟前儿看？"

"啊，那怕什么的？"

这回赵璧就在前边走了，吴世飞呢，跟在赵璧的身后，走着走着，离这个洞门哪，也就是还有那么四五十步远。今天晚上，咱说是月亮地儿啊，可是今天晚上这个月亮地儿是忽明忽暗，为什么呢？天上有云彩。时而是皓月当空，照得一片银白，时而是云遮明月，地下也能朦朦胧胧。赵璧往跟前儿走的工夫，这阵儿正是朦朦胧胧的时候。赵璧往前正走，脚底下就听见——当啷，什么响？赵璧这一脚哇，蹚到那个弦铃儿上了。什么叫弦铃儿啊？就是用一根子弦，上边拴着几个铃铛，在这地下悬起来绷着。这种东西，晚上走你根本注意不到，赵璧这一脚就蹚到这子弦上了。这一蹚到弦上，那铃铛就响了。铃铛这一响，旁边就听有人喊："干什么的？谁！"这一问，赵璧往后一抽腿，坏了！

敢情这洞门外边真有人把守，随着这一声喊，呼的一下子，两旁边就蹿出四五个喽啰兵，各使单刀，"谁？"

赵璧就记住了吴世飞嘱咐的那话了，只要有人一出来，你就斜着往树林儿里跑。所以赵璧一转身，斜着奔那树林里边就跑下去了。他往那边跑下去，吴世飞呢，这工夫下意识地噌把单刀就抽出来了，他转身往回就跑。吴世飞转身往回跑是有意地引这几个喽啰兵，这几个喽啰兵一看见那个人手里边拿着刀转身要跑，这四五个喽罗一起奔着吴世飞就追过来了。

他们这一追吴世飞，赵璧一看吴世飞还真行，够朋友，这四五个人呢，都追他去了，我这儿没事儿了。但是我不能在这儿待着，我也得快跑，绕道儿跑回东山寨。赵璧就在这树林子里边草丛中，蹚着草往前走，唰啦唰啦唰啦唰啦……他走着走着忽然听见后边，好像自己这个脚步声带回音儿一样，后面那草还响，唰啦唰啦唰啦唰啦……嗯？不对！后边什么东西？哎呀，深山野林里边，不是有什么山猫野

110

兽吧？这要是山猫狍子不要紧，要跟着一老虎再来一狗熊，那可够呛。赵璧他下意识地一回身，哎哟，他一看后边不是动物，跟来一人。这人手中提溜着一条枪，紧跟在赵璧的身后。赵璧一看，哟，他奶奶的，敢情还真有注意我的呢，赵璧的脚底下加快了，唰唰唰唰……他脚底下一加快，后边追着的那个人脚底下也跟着就加快了。跑着跑着赵璧这一气儿跑到树林子当中间儿这儿有这么一块空地，这块空地可不是人为的，天生这块儿就没有草。这个工夫，月光也显得明亮了。赵璧心想，到这个地方了，我回头看看。就一个人吗不是，要是一个人，你那功夫赶不上我，我就把你在这儿收拾了得了。赵璧站在这空地儿一转身，把这小刀往外一亮，"站住！"

他把这刀一举，追赵璧这个人，提溜着枪，在赵璧的面前也停住脚步，双手一合枪，"啊，你是谁？"

"先别问我，我问你是谁呀？"

"你问我，我是山上的小寨主，专门儿把守连环套洞门的，我姓孙，叫孙胜。"

这孙胜，是最近派到这连环套钟乳石洞门的。因为什么呢？窦尔敦加小心了，他知道，官府要攻山了，连环套这个洞，这是重要的地方，那里边放有御马，所以把这个孙胜派到这儿来了。这孙胜，有一外号儿，叫离鸡眼，为什么叫离鸡眼呢？这孙胜哪，长得有点儿特点，长方脸儿，是大眼睛，他那个眼睛大得跟别人不一样，他大得发愣怔，这个眼睛哪，就像那离鸡眼一样，什么叫离鸡眼呢？您看过那鸡呀，要是一离开那鸡群，它咯咯嗒嗒地叫唤那眼就直，咯咯咯嗒……那鸡眼睛哪，就跟他那眼睛一样，所以他这眼睛呢，老直眉瞪眼在这儿愣着，整天看着那么直勾勾的，所以大伙儿给他送一外号儿，叫离鸡眼。这离鸡眼孙胜哪，从来跟别人不提自己的外号儿，为什么呢？因为他感觉到自个儿这外号儿啊，不怎么好听，不光彩。比如我叫上山虎，或者我叫出海蛟，一叫这名儿，大伙一听这够厉害的。说我叫离鸡眼，这坏了，大伙儿就看出他的生理缺陷来了，所以孙胜不报这离鸡眼，他光报名字。

孙胜双手一合这枪："我问你，你是谁？"

"啊，问我呀，我告诉你，我就是今天晚上你的冤家你的对头，没事儿上连环套洞门口这儿来转悠转悠，你要觉得咱们两个想交个朋友呢，你就回去交你的差，咱互不干扰，你要想成心给我找别扭，那可说不了讲不起，说不定谁把谁就能给赢了。别看我这刀小，可是专门宰大人物。"

"你小子到底报个名姓出来，你是不是山下大清国的差官？"

"是不是差官哪，咱俩得比画着看，我要把你宰了我就是差官，我要宰不了你那我就不是差官。"

孙胜说："好小子，你这一说我心里就明白了，你必定是大清国差官派到山上的密探，看枪！"啪，一抖手，扑棱，这一枪奔着赵璧前胸就扎过来了。

赵璧一看他枪奔前胸一来，赵璧心里想，今天我们两个这一动手，从兵器上，我吃着亏呢。他那是枪，我这是刀，我这是刀里边的小刀，一尺二寸五长这么个小刀，我近不了他的身哪，我得想办法能把他这枪给他夺下来。

赵璧看他这一枪奔这儿扎来了，赵璧往旁边一撤身，嗨，这一枪就扎空了，就手赵璧一翻身，嘿，一捋这个枪杆那刀就递进来了。他一捋这个枪杆想把枪夺过来，殊不知这离鸡眼孙胜，还真有两下子，他没让他捋上，他一捋这个枪，离鸡眼孙胜噌往下一撤，啪，往起这么一竖，把赵璧这个刀给拨出去了。接着孙胜往后一撤身，孙胜心里就明白了，这小子想要夺我这枪哪？我哪能让你把我这枪夺走哇？嘎啪……接着奔赵璧上下就是几枪。赵璧这红锈宝刀，噌噌噌，光有招架之功就没有还手之力了。赵璧心想，坏了，我不能在这儿跟他久战哪，在这个地方要打长了，一会儿山上的喽啰兵肯定来找他呀，再过来那么四个五个的就把我包围了，我想跑都跑不了了。三十六计，走为上策，赵璧突然间把这小刀往前一递："嗨，看招……"

他这刀递得慢，嗓子喊得可是急，嗷的一声，孙胜往旁边一闪身，这刀根本没往里边扎，赵璧一转身，噔噔噔噔……跑了。孙胜随后提枪就追，孙胜心想：我不能放你走了，这个小子，长那个脑袋那么点儿，他是干什么的，他到底还是大清国的办差官，还是我们别的山上的仇人呢？今天我得想办法把他抓住。

赵璧在头前儿跑，孙胜在后边追，赵璧一边跑着一边回头看，这孙胜脚步还挺快，他甩不掉他。赵璧心想：这回可麻烦了，今儿没辙了，在山上跑，我没有办法。赵璧这个人哪，虽然在武林中混了这么多年，从来不带暗器，镖啊，袖箭哪，甩头哇，飞蝗石呀，都不带。因为赵璧有一个想法，说这些个东西呀，用不着练，也用不着带，我呢，随时随地，就地取材，都可以找到东西。赵璧跟人家打仗，有时候打不过人家了，比如看哪儿有一土堆，假装呱嗒趴下了，这一趴下，这个袖口儿往土堆里边一插，这手往哪个袖口儿里边一划拉，划拉一袖子土，一转身，走！这一袖子土，把人家眼迷了，他过来，就给人家来一刀。有的时候没有土堆，哪怕有沙子堆，没有沙子堆，地下哪怕有砖头瓦块，随手捡起来就可以打。赵璧说我这就地取镖。什么石头哇，砖头哇，都可以有哇，这玩意儿打出去还不用往回捡。你说你要练练镖吧，这镖打出去，万一钉到人身上，有的时候能拿回来，有的时候让人拐带走了。这镖打着打着就不够用了，自个儿还得去打镖去。所以赵璧为了省事，身上从来不带暗器，今天在连环套这山上，赵璧呀，后悔了。为什么呀？这儿没有土堆，也没有沙子堆，更没有灰堆。他想低下头捡块石头，还捡不着，偶尔的看见地下白乎乎的像块石头，拿手一抓，那是块大石头，有五分之四都在地里边埋着呢，所以接着还得跑。他要想蹲下在这儿找，有找石头这工夫人家后头那位就追上来了，这怎么办呢？赵璧跑着跑着心想：我干脆就来个虚张声势吧。他回头看了看，那个孙胜提溜着枪，紧紧地跟着他。赵璧忽然一回身，把那刀往左手一交，"看镖！……"一抖手喊了一声看镖，这孙胜当时一愣，啊？一定神儿，赵璧又跑出一丈多远去。没镖！孙胜一看，嗬，这小子呀，你撒谎！孙胜端枪还追。

他越这么骗他，孙胜这火气儿就越大，但是孙胜心里边也合计："这小子到底有镖没镖？没看着他带镖囊哪，他为什么喊声看镖，这镖没出来，还许他头一下是虚的，第二下就是实的呢，我得小心点儿。"所以他这个脚步无形中就放慢了一点儿。再跑出没多远来，就听赵璧又喊了一声，"甩头！"孙胜一听，还有甩头！往旁边一闪身一看，没有！这回孙胜明白了，这小子身上什么也没带，他什么也没有，他现在是虚张声势吓唬我呢。孙胜加快脚步，噌噌噌噌噌……赵璧一看坏了，这玩意儿谎话不能说多了，说多了就不灵了。哎呀，我得换个招儿。跑着跑着，一看前边，有一块大石头，拄天立地，来到这石头跟前儿，赵璧突然一回身："站住！这回你小子跑不了了，天霸，关泰，他在这儿呢！围上他！"

　　他一喊天霸关泰，是叫他们自个儿的弟兄，这句话，对孙胜可起作用了。孙胜心想：这小子来的不是一个人哪，他是来了好几个人，引军计把我诓到这儿来的，那些人在哪儿呢？他端枪往四周一看，除了树，没人，转过脸儿来再往对面儿一瞧，赵璧呀，没了！

第十八回　变生不测藏庙宇
喜出望外遇奇人

　　离鸡眼孙胜追赶赵璧，他听赵璧这么一喊，好像在这个大石碴子的附近埋伏着好几个人一样。孙胜手中一端这枪，往周围寻看，当他发现周围没有人，再往前边看的时候，这赵璧呀，没了。

　　赵璧哪儿去了？赵璧呀，这是用的一条计策，这叫脱身计。赵璧在这大石碴子跟前儿喊了一声"黄天霸、关泰"，这孙胜的注意力就转移了，孙胜往周围观察的时候，赵璧急急忙忙噌一转身，就绕到这石碴子后头去了。绕到石碴子后头他想寻路逃走，一看石碴子后边是挺陡一个斜坡，这斜坡上有一条小路，赵璧顺着这条小路，噔噔噔噔……就下来了。下了这条小路往前又走了不远，一看前边闪出一个小院套儿，这院子里边，有正殿三间，东西偏殿——这是座庙。这个时候到什么时间了呢？已经四更多天了，天眼看就快亮了。赵璧来到这个庙这儿，他回头一看，那孙胜啊，好像还没追下来。赵璧想：这庙里边可以藏身哪。我别再跑了，再往前跑，孙胜肯定绕过石碴子也顺这条道儿下来。干脆一纵身，胳膊肘一拐墙，探身往院儿里边一看，哎哟，敢情这儿还有一个练二五更苦功夫的。

　　院子当中间儿，有一位练气功的，这位大概就是这庙里边的主持，是个和尚，瞅这个脑袋，锃亮嘛。这和尚在那儿练的什么功呢？骑马蹲裆式，双手往前正推呢。

　　赵璧趴在墙头上一看，您看赵爷，这武艺在武林当中不算是一流的高手，但是赵璧在武林当中见识的人太多，见识的把式也太多，哪个门户的拳脚哪个门户的兵器，他都能认得出来。赵璧一看这个人，他练的这个功夫拿的这个架势，赵璧心想：哎哟，这老和尚练的是硬功啊，这叫十三太保的横练儿，十三个架儿里边其中一个，这叫横推八匹马。哦，这和尚，看来是个练家子，干脆，我就求他把我隐藏起来吧。噌，一翻身，他就跳进来了。跳下来之后，赵璧几步就走到这和尚的跟前，他把这个小刀，往这边一背，"哎，老师父，老师父，您救命哪，我在这山上，碰见贼了，这贼，他要杀我，要劫我，现在就在我身子后边追我呢！您看看，您……这……这这庙里边，有没有我藏身之处哇？求求您帮帮忙！"

这老和尚哪，没说话，还在那儿练，他看了看赵璧："上我那住室里边去吧，没事儿。"

赵璧一看，旁边是那东房，也就是所谓的东偏殿，其实那里边没有塑像，这是老和尚的住处。赵璧想：你让我进去那我就进去吧。一转身，他就进这东屋了。进来往屋子里边一看，这屋子里边的陈设非常简单，靠这边一张单人床，这床上边放着一套铺盖，那边有张桌子，桌子旁边有一个木凳子。这屋子里边的窗户呢，这边是一个大窗户，后山墙是个小窗户。赵璧先把这凳子搬过来放在后山墙这小窗户底下。干吗呀？这叫退身步。赵璧心想：待会儿，孙胜那小子要来了，这老和尚要挡得住他还则罢了，如果这老和尚要挡不住他，他要往这屋子里边闯，我就从这后窗户钻出去了，我就又跑了。

赵璧为了稳妥起见，把这房间这门，他关上了，不但关上，还插上了，咕隆。然后，来到这窗户根儿底下把这窗户纸捅一窟窿，隔睐着眼睛往外看，他看老和尚这功还怎么练。

这老和尚，刚刚练的这马步收起，停身站立，好像正在往身上归气，正在这工夫，孙胜就来了。孙胜提溜这条枪，也是顺着赵璧这个道儿追下来的。孙胜让赵璧给诓了一下子，看了看四外没人，他这心里边火气就更大了。孙胜心想，这小子太坏了，净用谎话骗我，我今天非把你抓住不可。他绕过这个碴子后边从唯一的一条小路下来，料定赵璧必然顺这条路走，所以孙胜跑下来之后，也找到庙里来了。他呀，没跳墙，直接推庙门进来的，这小子进来一瞧，一看这个人在这儿练气功呢，"哎，老和尚！刚才有一个人，钻你这庙来没有？"孙胜这个口气非常强硬，在山上当寨主，横惯了。这和尚呢，就跟没听着一样，"哎，我说和尚！我跟你说话你听见没有？啊？耳朵眼儿里塞什么了？"和尚还在那儿练，一会的工夫，双足合并，这才把眼睁开，看了看孙胜。

"和尚，怎么回事儿?！我跟你说话你怎么听不着哇？"

"叫错了，我不是和尚，我是老道。"

"老道？哦，你是老道！我说老道，你是出家之人，我问你句话，跟我得说实在的，刚才有一个人，跑到这儿来了，看见没有？"

"无量佛，善哉，善哉。刚才您说什么，跑进一个人来？哈哈，如果说过一只苍蝇过一只蚊子我看不着，上我这庙里边进来一个大活人我还能看不着吗？"

"那你看见了？"

"我没看见！我这庙里，从来就没进人，我这是清净所在呀，闲诵《黄庭》，静抚瑶琴，明月为友，松树为邻，哪有人往这儿来呀。"

"你别给我念这些玩意儿，有一个小子，他是山下边，大清国官面儿上派来的人，想破我们的连环套，今天晚上被我追得，他跑这儿来了，肯定进来了，你是没留神……"

"无量佛，贫道别看上了几岁年纪，还可以说是眼观六路耳听八方啊，别说是进来人，就是进来狗我能看得着哇。"

"你呀，我看岁数也不小了，什么事儿也不明白，你不见得眼神儿就那么好使，我在你这个庙里边找！"

"且慢！施主，此处乃清净所在，你在我这庙里边，要找什么呀？"

"我找那个小子！"

"哪个小子？"

"就是我追的那个人！"

"他跟你有冤有仇？他犯了什么罪孽了吗？"

"他……他……他今天晚上，想夜探我们的连环套。"

"哎，贫道不知道你们这尘世间的事情，我只知道，我这净地不准别人打扰。"

"你的净地？你自个儿在这儿待着是净地，我一来这就不算净地了，我得看看，我先看这大殿……"

说着话这小子提溜着枪就奔这大殿来了，他一进这正殿，正殿里边供的塑像当中间儿是太上老君，他往两边瞧了瞧，老君下边是一张供桌，供桌上边摆着香炉，香炉里边刚刚燃起的早香。这供桌前边，有桌围子，孙胜双手一合这枪，啪，把这桌围子就给挑起来了。

他是想挑这个桌帷子，殊不知这个桌围子呢，可能是打建庙那年哪，就用的这桌帷子，原来是红色的，现在呀，都已经近似于白色了，漰色漰到这种程度了，这桌帷子都已经糟了。他拿这个枪尖儿啪这么一挑，刺啦，把这桌帷子给挑两半儿了。桌帷子这一扯，老道在身后边不高兴了："无量佛，你这人怎么这么不讲道理？你怎么把这供桌的桌帷子给我挑扯断了？"

"啊？嗬他妈的，我把你桌帷子挑了算什么呀？挑了说句干什么的我赔你一个，我要不赔你你又能把我怎么样？我告诉你，我要从你这庙里边把那个人给找出来，不光说我把这桌帷子给你挑了，说不定我把你也挑了呢！"

"嗯……"这老道没言语，孙胜拿着枪，就往那泥像后边看，左右都找了，找了一圈儿，没找着。一转身，"啊老道，你到底给我说实话，看见那个小子进来没有？他脑瓜儿长得不大，挺小的脑袋。"

"我跟你说了不止一次了，没看着，你怎么还得非逼着我说看见了呢？唉，这位施主，找不着人，你就快走吧。"

"哼！"孙胜提溜着枪由打这正殿出来了，他站在正殿的台阶上往两边一看，看看这东西配房："你在哪儿住？"

"贫道在这东屋。"

"哦，你在这屋儿住哇，好，我上你那屋看看！"他提着枪往这儿就走，老道一伸手："且慢！施主，刚才你怒气冲冲，挑坏了我的桌帷子，还要上我那房间里边去看看，难道说贫道那屋子里边，还能要藏匿你所找的人吗？嗯？贫道那屋子里边，不是闲人可以进去的。"

"怎么着？你那屋子里边有私弊呀？"

"呃，这倒不是有私弊呀，贫道那屋子里边，也有点儿应用贵重东西，我怕你进去之后，这东西丢失，我舍手啊。"

"什么？你拿我当小偷了？啊？就你那屋子里边能有几件值钱的东西？还你丢了东西舍手，大概你除了饭碗就是尿盆儿！我能拿你那玩意儿啊，啊？躲开！"

他一扒拉这个老道，他愣要往里闯。这老道往后边一撤身，又站在他面前："施主息怒，息怒息怒息怒，施主，我看你刚才，自从进得庙来，性情浮躁，口出不逊，可以说有意地要搅闹我这清静所在呀。啊？不要着急，听贫道奉劝你两句。"说着话一伸手他从这兜儿里边，掏出一个鼻烟壶来，打开盖儿，"您闻点儿这个，开七窍。"

嗬，孙胜气的，他倒挺稳当，"我不闻你那玩意儿！"

"哦，不愿意闻这东西呀？呵呵呵呵……贫道还有一种鼻烟儿……"他说着话又拿出一个小壶，倒出点儿药来，"这个东西，比我闻的这个好闻，你闻吗？"

"什么玩意儿？我不闻！躲开！"

他刚想伸手来扒拉这个老道，就看这老道把这手往起一托，朝着孙胜那鼻孔的地方，噗，一口气，一股烟儿。孙胜正闻着了，孙胜闻着之后，当时就站着不动了，嗯……嗯……嗯……他哼哼上了。这么一来，这道爷呀，瞅着他，他呢就冲那道爷嗯……这道爷就说了："你这个孽障，嗯？有父母生，没有父母教育，刚才来到我这个庙里边，竟敢如此放肆，成何体统！"啪，一个嘴巴子。

"嗯……嗯……嗯……"

"既然没有别人教育你，今天我就教育教育你。"啪，又一个嘴巴子。嗯……嗯……嗯……"你要知道，见长者应该尊重，见妇女孩子应该谦让，懂得这道理吗？"

"啪！嗯……嗯……嗯……"

赵璧在那屋子里边隔着窗户往外边一看，呀！赵璧心想这老道厉害呀，他那是什么药儿啊？啊？怎么噗的一下子吹上，闻上就哼哼啊？这哼哼药儿可太厉害了。赵璧心想：我得跟这老道好好套套近乎哇，然后我再拜他为师，他要把这哼哼药儿的药方儿传给我，今后我要身上带着这么一包哼哼药儿，给谁吹上谁就哼哼，那可就行了，比什么暗器都好哇。

赵璧心想：趁这兔崽子他哼哼着，我不能饶了他。赵璧伸手把这一尺二寸五的小刀就拽出来了，开开房门他由打屋子里边就出来了，转到这孙胜的身后边去了。孙胜这脑袋冲着这老道，"嗯……嗯……嗯……"正哼哼呢，赵璧拿着刀朝那臀部，走！嘭，就一刀，这孙胜，嗯……嗯……嗯……接着还哼哼，他捅这一刀哇，这老道不干了："哎……你不要趁这个时候给他一刀哇，你快点儿，上屋子里边去，这里没有你的事儿。"

"嗯？不是……我恨他，我这边再给他来一刀……"

"嗯……不许！你若再要那样，我让你跟他一块儿哼哼！"

"哎……那好，我回去吧。"赵璧一转身就进来了，进来趴在窗户这儿，还看着。赵璧心想，我看看他这玩意儿能哼哼多长时间能。

他这儿一边打他一边训他，这孙胜是挨着打照样哼哼无误。按现在的时间算足有一顿多饭的工夫，这哼哼劲儿啊才算过去。嗯……嗯……嗯……慢慢儿地缓下来了，就看这孙胜最后不哼哼了，站那儿了，他瞅着老道，这道爷看了看孙胜，"怎么样？你自个儿知道自个儿怎么回事儿吗？"

"我不知道我怎么回事儿，刚才我怎么地了？我什么都不懂了。"

"就是，什么都不懂了，现在你才懂吧？啊？记住，以后不许上我这庙里边骚扰。就是你们的总寨主窦尔敦，见了贫道，他也得尊让三分，何况是尔等？快快走吧！"

"好！哎哟，我这屁股怎么那么疼啊？哟……这谁给我来一刀？"

"快走！"

"哎！"孙胜提溜着枪，噔噔噔噔噔噔噔……出了庙门他走了，赵璧赶忙由打屋子里边出来，来到这道爷的跟前，扑通就跪下了："道爷，您得收我这徒弟！"

第十九回　花老道回首说往事
赵连城磕头拜门墙

　　赵璧呀，他发现古庙里边这个道人身怀绝技，所以他就下定决心了，非要拜这个老道为师不可，主要是要学那哼哼药儿。他看见那个离鸡眼孙胜提溜着枪走了，赵璧由打屋子里边出来，扑通，就给这老道跪下了。"道爷，我想拜您为师。"

　　他这一跪下，这个举动来得有点儿突然，使这个老道有点儿不好接受，老道回头一瞧，"哎呀，这位壮士，你这是何意？快快请起快快请起！"

　　"道爷，真的，我想拜您为师。"

　　"哎……何出此言，你要跟我出家吗？"

　　"呃不是不是……我不是跟您出家，我是想跟您学艺。"

　　"贫道有什么艺业值得你学呀？壮士，来，屋子里边说话。"

　　老道把赵璧就让到他自己的住室，老道哇，就坐在这木板儿床上，赵璧呢，坐到旁边那木凳子上。老道一伸手，由打桌子上把那茶壶就拿过来了，桌子上边放了两个破茶碗，他倒了两杯白开水——出家人管这玩意儿叫清茶——一杯白开水推到赵璧的跟前，"壮士，喝点儿水吧。"

　　"嗯……谢谢您哪，谢谢您。"这阵儿，赵璧由于对老道这身本事的尊重，跟老道说话也都肃然起敬，"呃……道爷，呃……"这阵儿赵璧才仔细端详了这位老道，因为现在天已经亮了，他一看这个老道，长得是中等身材，要说他这个五官相貌，是那种其貌不扬最普通最普通的人，他就是那种在大街上走在人群里边你谁也很难把他分辨出来的那种人。稀疏的眉毛，不大不小的眼睛，平常的鼻子，一般的嘴，如果说有点儿特点的话，这老道的肤色不错，面如古铜色，而且还泛点儿油光，大概是早晨起来刚练完了气功的缘故。

赵璧说："道爷，我还没请教您，道号怎么称呼啊？"

"呃……贫道……人都称我百草道人。"

"哦……百草道人。"

"俗家有个名字，我姓花，叫花逢吉呀。"

"哦，呵，道爷，听您这一说，您是半路出家？"

"对，出家的年头儿不长。"

"哦，您半路出家，您就……当了老道了……"赵璧看了看这老道光秃秃的脑袋，脱口说出一句话来："呵，道爷，我瞅您……瞅您这打扮儿，您倒像个和尚，像个僧人……"

"怎么能这么说呢，我是个道士，你没看见我头上绾着发髻呢吗？"

"啊？……"这工夫赵璧才仔细定睛往他头上边看，哎哟，敢情这道爷脑袋上边还真绾着发髻呢，稀疏的有那么几根头发，在上边拢着绾了一个小髻儿，拿一个头号针在上边别着。

"哎哟道爷，您是贵人不顶重发呀！"

老道微微一笑："呵呵呵呵，我这个头发别看稀疏，但是有说道儿，我这叫二十八须。"

"二十八须？"

"对，贫道的头发是有数儿的，一共是二十八根，现在能绾上发髻的，有二十六根，剩下两根不够长，我就披散着吧。"

赵璧差点儿没乐了，心想：剩两根头发您还披散着？嘿，真会说话！"……呵，道爷，是，您……您这二十八须这一绾哪，我仔细一看我才知道，敢情您是道家。"

"正是正是啊。请问壮士你贵姓高名啊？"

"呃……道爷，实不相瞒，跟别人不说实话，我得跟您说实话呀，我呢，祖籍是直隶涿州的，我姓赵，叫赵璧，号叫连城。十二连城换赵璧，取这个意思，江湖上人称我红锈宝刀侠，其实红锈宝刀侠这个名称，是我自个儿给自个儿喝的。我这口小刀哇，长了一层红锈，宝刀倒不是宝刀，红锈倒是真红锈，哎。要不今天怎么让那小子提溜着枪，把我撵得可哪儿直跑呢。嗯，我现在呀，在顺天府哇，施大人手下听差。"

"哦，那你怎么跑到这儿来了呢？"

"是这么回事儿，这连环套的大寨主铁罗汉窦尔敦，上御苑之中盗取了一匹御马，康熙皇帝生了气，责成顺天府尹施世纶施大人限期破案。我是施大人手下的办差官哪，所以我们得竭尽全力把这案子破了，我们得知这御马在这连环套山上呢，我现在就混到山里边来，打算刺探连环套山寨的内情，没想到，我刚要上他那连环套洞里边去，就被那小子把我盯上了，我打不过他，就跑这儿来了。幸亏您相救，要不是您今天救我呀，这事儿还就麻烦了。将来把他的山寨攻破之后，我要见了施世纶施大人，我得给您说几句，让施大人到这儿来，向您表示感谢。"

"哎……不必不必，贫道乃出家之人，用不着他来感谢呀。别说是你，不管是什么人，到在我这里，我都应该相救。"

"那倒是呀，您慈悲为门，善念为本嘛！道爷，嗯呵……我这话，可不知该问不该问哪，既然您说您有俗家的名字，您是半路出家，什么事儿让您……跳离凡尘，步入青门呢？"

"唉……这个事儿啊，说起来，也就难了。我们家祖籍是广东人，我们家祖传是学医的，我的祖父，我的曾祖父，都是大夫，是给人家看病的，我的父亲呢，也是医生。但是我们家里不但学医，而且好武，以我父亲来言，他是武术大家，还是医学高手。后来到我父亲这辈儿，就到了江浙一带了。赶到我长到十来岁的时候，我父亲领着我，就到了北方。我们落足在益州，在益州行医，按说呢，家境倒也宽裕，可是万万没有想到，人在家中坐，事从天外来。我长到十七八岁的时候哇，我父亲呢，就给我找了一个妻室，我这个妻子她也姓花，也精通医道，也熟悉武术，我们夫妻二人成亲之后，她给我生了一个女儿，我这个女儿起了个名字，叫花伴香。我这女儿从小长得聪明伶俐呀，我教我的女儿练武艺，教我的女儿学医道，我女儿长到十几岁，可是就在这个时候，我父亲呢，得病去世了。刚刚把我的父亲安葬完了，益州的知州，他的儿子得了一个病，得的是搭背疮，搭背知道吧？用手一搭这个地方，这个位置长疮是不好治的。疮怕有名儿，病怕无名儿嘛，他找了几个大夫哇，都治不好，最后就找到我这儿来了。我一看那少爷得的那个疮哪，我能给他治好，我就满口答应下来给他治。我这一答应下来啊，我就收到了一封信，这是一封匿名信。写信的这主儿就跟我说，说这个益州的知州，是一个贪官污吏，他这个儿子，是一个狗少，在益州一带作恶多端，强男霸女，无所不为。他现在得了这个搭背疮，这是他该着，这是老天爷对他的报应，如果你要是给他把这疮治好了，小心着，就要你的命。我一看这封信，我心里也犯合计，但是我又一转念，我是个看病的医生，我就得给人治病哪。啊？至于他是好人他是坏人，报应不报应，这个我不能管哪，我也没听那份邪，所以，我就给他治病。我给他抓了几服药，里边吃，同时给他配了药，让他外边上，眼瞅着他这搭背疮哪，可就见好。就在快收口儿的时候，最后上那两次药，结果，把他给上死了。他这个少爷一死呀，这个益州知州就跟我不依不饶了，后来我就把上的那个药拿过来，我仔细查看了一下，敢情有人在这药里边给加了别的毒药了，这并不是我给上的药把他治死的。我这么说，这益州的知州他不听哪，非跟我说，要让我给他儿子偿命。我一看哪，这事情就难办了，我说好吧，我回家，看看再找几味祖传的药，我把这药拿过来能使你这少爷起死回生。他就让我回来了。其实我哪是回来拿药哇，我哪有起死回生的药哇，我就借机逃跑哇。幸亏我有一身武艺，我回来之后，我就跑了。告诉我的妻子好好带着我的女儿，咱们后会有期吧。打那儿我跑出来之后哇，一晃就是十几年哪，这么长的时间我没敢回去。这期间，有吴三桂在云南制造三藩之乱，康熙皇帝带着清兵不断地征剿，我居住的那个地方呢，是这兵马必经之处哇，兵荒马乱的，我们家住处都没有人家儿了。我在外边逃避了十几年，回转我的故居再一看，益州的知州也换了，可是我的妻子我的女儿也找不着了。我四处查询，毫无音讯，活不见人，死不见尸呀。为这个事儿，我借着行医之名可以说走遍了天下，到处打听，找了几年，也没找着。最后，我就心灰意懒了。于是，走到连环套这个地方，我看，这深山里边有这么一座古庙，古庙里边有这么一位老道，我就跟他结识了，拜他为师，出家为道人。这个道人把我收下之后呢，就让我在这个庙里边住下来了，后来这个老道，他走了，上别的地方去了，我呢，一直在这里边闲住。我想，这是我天生的命不好，步入青门，了却残生，也就是了。"

"哎哟，道爷，听您这一说呀，真是怪可怜的。"

"就是呀，我这个人哪，生来就是这样一个脾气，从小，就看不惯别人被欺负，从小，就看不惯别人受穷受苦，所以我行医的时候，凡是穷人就医，有的时候，我看他拿不起钱，我就不要钱了。我闯荡江湖的时候，凡属看见有人欺负弱者，我总要拔刀相助。我琢磨着我的为人我的做事应该是积下阴德的，为什么让我就摊上这种遭遇呢？也许我上辈子缺了德了，要不然，怎么弄一个妻离子散呢？"

"嗐，道爷，不在这个，您哪，老运能不错。"

"还有什么老运，我现在就已经老了。我已经都六十多岁了。"

"哦，那您那女儿……现在在什么地方，一点儿线索都没有吗？"

"没有没有。"

"道爷，我跟您打听打听，您刚才在外边给他小子吹那药儿……那药儿……是哪来的？"

"哦，你问这药哇，这是我们家祖传的一种秘方，实际上是防身之用的，这叫迷幻药。这种药吹上之后，对方一闻，他就觉得产生一种幻觉，他自个儿做什么他就不清楚了。他只认准了跟着我就在这儿哼哼，一般来说，得过一顿饭的工夫，才能药力减去呢。"

"哦，您那药方子是哪儿来的？"

"这药方子？这是我的祖上当年在广东一带，从山上采药的时候采集的几味药。"

"哦，那这几味药……当然了，您是不能告诉我了是吧？"

"嗯，这药方子是不能外传的。"

"啊啊啊啊……好……呃……道爷，我听您这一说您自己的身世啊，引起了我的共鸣来了。"

"哦？你……也有什么苦身世吗？"

"嗐，别提了，我呀，比您苦得多！"

"是吗？"

"哎，我刚才跟您说呀，我们家是直隶涿州的，我爸爸原来在这涿州哇，是给人家当一个书吏，后来呢，就进了京师了。进京师之后，就在正阳门外，在珠市口儿，在那个绸布庄里边，给人家当买卖人。跟您说呀，我一降生的时候，没出一个月，我娘就得产后风死了，我长到五岁的时候，我爸爸给我找一后妈，我爸爸就不管我了。我长到七岁的时候，我爸爸也死了，我那后妈也改嫁了。我呀，就在京师大街上要饭乞讨为生哪。您看看，我这小脑袋长那么点儿，这都是从小儿营养不良哪。七岁那年哪，我在街上要饭，人家那京城里边的小孩儿，瞅我这么一个穷孩子，都欺负我，谁见了谁打我。有一回呀，他们一帮孩子打我，把我这脑袋都打肿了。打肿了之后吗不是？打那儿，消完了肿，这脑袋始终也没长。所以我现在您看我是成年人，我这脑袋还是七岁时候那脑袋呢。"

"哦……倒也是可怜哪！"

"后来呀，怎么办呢，看人家有推煤的车，我就给人帮着推煤，挣那么俩子儿。上人家饭店里边，看人吃剩下的菜，我也捡过来吃。有的时候啊，那富家的孩子欺负我，跟我说，小子，你要接我一泡尿，我就给你几文钱。就这个，我牙一咬心一横，把他尿我也接了。我就喝了，骚就骚吧，就为挣那几文钱。我呀，后来给人家干杂活儿，逮什么干什么，我受那个苦就别说了！"

赵璧说着眼泪儿转了，老道听着眼泪儿也转下来了，赵璧其实都是瞎编的，赵璧心想，我唤起你的同情，好收我当徒弟。

第二十回　老君庙训徒要招婿
　　　　赵连城受药带寻妻

赵璧在老君庙里头，碰见了这位百草道人花逢吉，赵璧认定哪，这个老道，是世外一位高人。不用说别的，仅从他手里边那一点儿让人能哼哼的药，就足以说明这一点了。所以赵璧一心要拜这老道为师，但人家那道爷呢，不提收他徒弟这茬儿。结果到屋子里边之后，两个人对坐喝了点儿水，就谈起各自的家室来了。道爷也讲说自己的一生历史，赵璧呢，也翻起来自己的个人档案。

两人谈了半天，赵璧呀，谈的都是假话，人家老道，说的可是真情。老道的确这一生是遭遇坎坷呀，但是赵璧说得比那老道还坎坷，这里边有真假之分哪。

赵璧为什么要编这瞎话儿呢？赵璧他有个想法，他想哪，我把我自己的身世，说得可怜一些，说得坎坷一些，要引起这个老道对我的同情，由于同情，产生怜悯，由于怜悯，他说不定一高兴就能收我这徒弟，把他那绝艺就教给我了。您还别说，赵璧就这一番谈话呀，真把这道爷给打动了，老道听了赵璧的身世，这眼里边都转了泪了，听完了之后他是连连点头啊，"啊，你可真是个苦命人哪！"

赵璧说："道爷，我何止是苦命人哪，我是苦命人那堆儿里边挑出来的苦命人哪。我这个人那是拿黄连水泡大又拿黄柏水煨了煨，最后放到苦瓜汤里边又泡仨月呀，我这个人现在一拧都流苦水儿啊，拔根头发您一嚼都带苦味儿的！"

"是啊，是啊。你这个人，怎么命这么苦呢！"

"就说的呢！"

"后来你怎么到了施大人的麾下了？"

"这么回事儿啊，我到了江都县哪，在那儿给人家庙里边当杂工，施大人到那儿，江都县为官，发现我这个人哪，还有点儿聪明，所以呀，施大人更多的呢，是疼苦我，怜悯我，于是就把我收到他的衙门里边，就听差了。人家施大人手底下那些办差官，那都是什么人哪，文的，武的，精明强干，要什么会什么。我到人家那堆儿里边哪，嘿，我就是个等外品。我在人家那里头哇，就跟着打小旗儿，瞎哄哄。人家到哪儿抓差办案，要抓个贼呀，破个案子，也带着我，最后这案子真要破了赎功受赏哪，我跟着也沾点儿光，其实我心里头明白呀，我这光真是跟着人家沾沾，人家吃肉我啃骨头，人家吃饺子我喝汤。谁让咱没能耐呢，没能耐咱就忍着吧。这不是吗，这回到这儿来了，要抓这山里边的总头儿窦尔敦。你说这窦尔敦不是吃饱了撑的没事儿吗？他跑那御苑里边把皇上的御马给偷出一匹来。你说皇上要丢了马，他能不生气吗？所以施大人让我们这一伙子人到这儿来破案，结果呢，人家就派我打进山来，刺探内情。我一去刺探，碰上那小子了，把我撵您这儿来了。您还别说，跟您哪，也算是该着见这一面儿。唉……老人家呀，您在外边，跟那小子一使那哼哼药儿，我在这屋子里边一瞧，我当时就想哪，我说我这个人哪，也算是三十挂零的人了，要再想练能耐，跟您学武艺，胳膊腿儿的，也都硬了，抻筋也抻不出来了，练硬功也练不了了，唯一的呢，就想点儿外科手段。我就瞅您这个哼哼药儿，这玩意儿真棒，我就想哪，我拜您为师，您就把弄药儿这事儿啊，您教给我。我会这一手儿就行。这武林中不讲嘛，不怕千招会，就怕一招熟。我要是会您这一招，我要再走到外边，我就长能耐了，我打不过他我拿药吹他！我一吹他，不管他什么人，他都得服我呀，是不是！所以呢，我就提出来，想拜您为师，可是您呢，没吐这口儿。我心里又一琢磨呀，唉，老天爷没让我长出爱人肉儿来，我这命运不好哇，就因为我长得讨人嫌。不管跟谁见着，人家一看见我就别扭，您呢，大概瞅着我，也不得意我，您看不上我，所以，您就不愿意收我这徒弟。您看不上我不怨您，我怨我自个儿，谁让我长这模样呢！哎呀，话又说回来了，我这心里边啊，也下了一个决心，道爷，我非拜您为师不可！您要是不收我，我就程门立雪，矢志不渝，就在您这庙里边，我就出家当老道了！"

赵璧说完了这几句话，这老道又看了看赵璧，"唉，赵璧呀，不是说我不收你呀，我总觉得收你不太合适。不过，刚才我听你向我讲述了你的身世，你这个人这一辈子也没得好儿。"

"就是的呢，净受罪了！"

"好，既然这么说的话，我收你这个徒弟也没什么。"

"哎？道爷，您同意收我了？我这可就给您磕头……"

"等等等等……这得有个条件。"

"您说，什么条件？我都能答应。"

"赵璧，我跟你讲啊，我，一家七零八散，至今不得团圆。我为了找我的妻子找我的女儿，我奔走了几年哪，至今也没有找到，我老了，六十多岁的人了，我也走不动也跑不了了，所以我就在这庙里边出家为道了。但是我的心里边还挂念着我的妻子我的女儿啊，我总要想，找一个贴己信得过的人，为我到外边奔波奔波，再寻找寻找，一直没找着合适的人。我听你这个人的本身遭遇，如此坎坷，我听你说话又是这样的精明透彻，通情达理，我想，你也可以替我做这个人。"

"行啊！不就是找您的家眷吗？这事儿我能为您效劳！"

"你呀，也不用专门为我的这个事儿四处奔跑，你不是当官差吗？公出的时候，办案的时候，走到什么地方，你就替我常打听着点儿。我的妻子也姓花，我的女儿叫花万香。姓花的这个姓氏呢，不算太多，如果你在什么地方，听说有姓花的，你就给我详细问一问，看看是不是跟我是一家人。"

"行行行行……这事儿我是指定办得到！"

"另外呢，我还有个想法，赵璧，你今年多大岁数了？"

"我呀，三十三了。"

"三十三了，成家了吗？"

"没有，您瞧我这模样，谁能把那姑娘给我呀？啊？我早就合计了，我这一辈子就不成家了，儿子不要了，孙子也耽误了，就这么着吧！"

"别……我看你这个人还不错，你替我找寻我的妻子和我的女儿，一旦之间，要在什么地方找到了她们，你问一问，我那女儿，她寻夫

129

找主儿没有，如果我的女儿尚未出嫁，我情愿把我的女儿就许配你为婚。"

赵璧一听，呀！你看看，有爱猪八戒的有爱孙猴儿的，这老头儿真看上我了。谁说赵璧没人缘儿？今儿个就碰上这么一个知己。嗯……

"老爷子，这……您这么一说，那不把令爱给委屈了吗？"

"哎……不不不，我觉得你这个人还不错，啊，不过话又说回来，你要是见到我的女儿，发现她已经寻夫找主，那么就把她当作你的亲妹妹看待。因为你要是我的徒弟，你也就是我唯一的一个徒弟，就像我的儿子一样。"

"那当然那当然，老爷子，那是……我就是您儿子！将来您百年之后，我就给您顶灵下葬是打幡儿摔罐。"

"好，那都是后话了。这一点你能做得到吗？"

"能能能能……指定能做得到！不过……老爷子，您说您的夫人再加您的女儿，我无论在什么地方，要找到她们，我不认识她们哪。尤其您的夫人，大概跟您的年岁也差不多了，也得六十多了。这老太太到这岁数了，一般来讲，不会满街上乱溜达了，恐怕我走街上碰不着她。但是您的女儿，岁数年轻，她要在街上走着，我要碰见她，我也不认识呀。您的女儿，她有没有什么体貌特征呢？比如说，她是高个儿是矮个儿？是胖子是瘦子？五官相貌有没有什么特点呢？"

老头一听："嗯，你说的也对，不过我这女儿现在什么样儿我也不好说了。跟她分手的时候，那年她才十五岁，虽然出落得也差不多了，但是个子肯定还要长哪！实不相瞒，我那女儿啊，比你长得可是漂亮多了。"

"那当然了，肯定得比我漂亮哪！她有没有什么特点？"

"我那个女儿啊，唉，长得真是俊秀，她是一张瓜子儿形的脸，肤色非常的好，两道细弯的眉毛，那眉毛，长得非常清晰。"

"嗯嗯嗯嗯，眼睛呢？"

"眼睛哪，一双大眼睛哪，我女儿那双眼睛哪，要不是那个左眼睛有点儿斜的话，那可以赶上杨贵妃的眼睛。"

"啊，哦，哦，左眼睛有点儿斜，呃，呃……"

"我跟你说呀，我女儿那鼻子长得也好，那鼻子，要是太瘦露骨头，就不好看，要是肉太多，趴趴着，狮子鼻子，女孩子长那样的鼻子也不好看。我女儿那个鼻子，那是高矮适中胖瘦适宜呀。那个鼻子是通天的鼻梁，嗯，小时候六岁的时候，要不是她淘气，把鼻梁子给摔折了，那所有的女人谁也没有她的鼻子好看。"

"嗯嗯嗯。"

"我女儿那个嘴啊，元宝嘴，长得非常端正，一嘴好牙呀，牙如碎玉啊，又白又齐。如果说要差点儿的话，就是牙床子多少高那么一点儿，啊，这个地方有点儿鼓。"

赵璧一听啊，哎哟我的妈呀，您这女儿什么模样哪，啊？挺大的眼睛有一个是斜的，鼻梁子是塌的，牙床子是鼓的。哎哟，赵璧嘴里不说心里边暗想，要是我见着她的时候，我指定得管她叫妹妹了，不管她出嫁不出嫁。别看我脑瓜儿小，五官相貌搭配得还算合理，你说我要找那么一位……哎呀，赵璧心想，我别多想别的，先得把这师父认下来。嗯。"好好好，您这一说呀，令爱这个体貌特征，我就记住了。"

"好哇，你如果答应这一条儿，那么我就可以收你这个徒弟。"

"好嘞，这个我就答应了，您放心，将来我非得竭尽全力，给您找她们娘俩儿去！照这么说，我就给您磕头……"说着话赵璧就站起身来，来到老爷子跟前，扑通就跪下了："师父在上，受徒儿大礼参拜！"

他往这儿一跪，老头儿伸手相搀，"哎，赵璧，起来起来，你坐坐坐坐……"

赵璧坐下，"师父，那您还有什么教训？"

"赵璧，我收你这个徒弟，其实你就要向我学一手功夫。"

"哎对对对对，就这意思。"

"其实这也不叫功夫，也不叫技艺，只是，你要找我讨要一种药。你可能想着，要让我把这药方子告诉你，你按着药方子去配制，但是我跟你讲啊，这药方子我不能告诉你。因为什么呢？这种药，不出在北方，它出在南方。这种药，从采集，到做成，得需要两年的时间。你上山采集它你不认识，制作你又不会，所以没有必要把这药方子告诉你。但是呢，既然你是我的徒儿了，如你所说，你又是一个弱者，到处受人欺负，这个呢，我可以把这药送给你，关键时候，你可以用之。把这药给你之前，我得给你提出几点你要记住。"

"师父，我记住了，您说。"

"第一，这种药到在你手里，只能给坏人使，不能给好人用。"

"嗯嗯，那是自然了，那是自然。"

"第二，这种药，不能给小囡妇女使用。"

"嗯嗯嗯，这这这我记住了，记住了。"

"第三，这种药，不能用它偷盗窃取，奸盗邪淫。"

"哎，那那那……那不能那不能……您说，我是施大人手下的人，我能办那个事儿吗？"

"嗯，第四，这种药带在你的身上，你不准送给别人，更不准传给别人。"

"哎哎哎，是是是是……"

"第五，有人问起这药从何而得，你不准告诉别人这药是从我这儿拿去的。"

"哎哎哎哎……"哎哟赵璧心想，好家伙，五条儿！"呃……您说，还有什么事儿？"

"这五条你要记住，如果你要违背了师训，不管你走到天涯海角什么地方，被我知道，我找到你，不但把药要回来，我还要要你的命。"

"哎，师父，是，我知道了。"

说到这儿老道往怀里边一伸手掏出来两个药瓶儿，告诉赵璧："这个是解药，这个是用药。这个用药，足够你使用几十次的了，不要滥用。"

"谢师父！"赵璧急急忙忙把这两个药瓶儿揣到怀里之后站起身来向师父告辞，跪地又给磕了一个头。他转身走出这个老君庙之后，赵璧自觉得这一夜之间，赵璧跟赵璧，产生了质的变化。

第二十一回　范大勇后山走秘径
　　　　　小白龙前寨做佯攻

　　赵璧拜花逢吉为师，得到了这种特殊的药品，赵璧心里边非常高兴。由打这个老君庙里边出来之后哇，往回走着赵璧就觉得自己忽然间发生了一个质的变化。赵璧想："嘿嘿！吉人自有天相哪！有福之人不用忙。我赵璧拜了这么一个老师得了这么一种药，将来要是在攻山破寨的关键时刻，这药可就派上用场啦。不管你是侠客剑客、你是剑仙剑魔，只要是我给你把这药一吹，就在我面前一哼哼，啊，我就抽你嘴巴子，越打你越哼哼。这太好玩啦这个。"赵璧走着走着自个儿都乐了。他恨不能着急找个什么人给试一试。我这药灵不灵？吹一口看看什么样儿。哎呀，这野地要是蹦出一个兔子来我冲兔子吹一口，我看那兔子……啊，兔子不能哼哼……

　　赵璧自个儿一边儿想着一边儿乐，一边儿乐着一边高兴，就这样回转了东山寨。当然了，他这一路是钻树林钻草丛绕道而来，因为现在天已经大亮了。来到东山寨一见到范大勇和金银花夫妻，这位吴世飞也在这儿呢。三个人正在议论赵璧呢。

　　赵璧一见他们，吴世飞说："赵爷，您哪儿去了？啊？您怎么跑了半宿啊。"

　　"别提了！那个小子紧追我不放，后来呀，我就跑到一个庙里去了，到庙里边儿有一个老朋友，跟我见了面，把我给救了，最后把那小子给治服了我就回来了。怎么地，现在这山上出现什么意外了吗？"

　　范大勇说："意外倒是没出现意外呀，不过赵爷，您要想攻山破寨，时间紧迫。今天，天大亮之后，窦尔敦窦寨主把我们各寨的寨主

133

都聚集到一起，跟我们大伙就说了，说现在发现连环套山寨里边儿，已经有官府中的人混进来了。第一是要清查这些官府中的人；第二告诉各寨的寨主都要尽心职守，不要让官府中的官兵攻上山来。看来窦尔敦已经有防备了。同时我们还听说呢，昨天晚上看这个连环套洞门的那个离鸡眼孙胜被人家给攮了一刀。可笑的是这孙胜哪，让谁攮的这一刀他自个儿说不上来。问他吧，他说他跑到那庙里去了。见到那老道了，赶回来的时候呢，觉得自己屁股上有伤。窦尔敦问他是老道攮的吗？他说不是，那么谁攮的呢，他自个儿不清楚，窦尔敦把他臭骂一顿，反正那小子养伤去了，不过这连环套的洞口换人了。"

赵璧说："换谁了？"

"换的是投奔窦尔敦来避难的他的那好朋友，原来是山东红土山的寨主于七。"

"哎哟！"赵璧说，"这个于七我知道哇！这小子可厉害，于六、于七呀！施大人抓过他们，于七跑了。哦……改成于七看这洞门啦。"

"对，赵爷。下一步您怎么办？有什么法子您可快点儿想。"

赵璧说："这是事不宜迟，不能再等了。窦尔敦既然已经有了防范，我估计山下边儿我们的官兵也差不多能调齐了。当今之计我得快点儿离开这儿，到李家店给天霸送个信儿。我和黄天霸我们两个得商量一个攻山的对策。明天……最迟不能过后天，就得开始攻山了。"

"是呀！您想怎么办呢？"

赵璧说："如果一旦攻山的话，你们能在里边给我当内应吗？"

金银花说："您看您说的什么话呀，我们把您都在我们屋子里边藏了这么两天了，给您当内应那还算得了什么呢？"

"好！只要有你们两口子这句话，那我就放心了！范寨主，您得想办法，把我送出去。我今天晚上就奔李家店，您把我送出去还得把我接回来。您自个儿不是有条船吗？您那条船在岸那边儿等着我，等我跟黄天霸商量好了对策之后，我再坐您那条船回来，怎么样？"

范大勇说："这件事情就得我亲自去。咱们就这么定了。"

于是赵璧跟吴世飞他们两个人就在这山上又待了一整天。到晚间定更天前后，赵璧这才跟范大勇离开这座东山寨。范大勇领着赵璧，来到后山石碴子这儿，这是万丈深渊哪，底下就是那个湖汊子。他们用这绳索捯着由两边下去，把他唯一那只小船摆出来。让赵璧上了船，范大勇摇着桨就把赵璧渡过了对岸。渡到对岸，赵璧上岸之后，告诉范大勇："你在附近这芦苇塘里边等着我，我去见黄天霸。"

赵璧回到李家镇，来到李家店，一见黄天霸，黄天霸众位弟兄正在那儿着急呢，为什么呀？已经到宣化府调来了六百官兵，这六百官兵就在附近的村镇各个店房里边儿分着住下，等着传复命令呢。黄天霸心想这位赵爷在山上住下啦？啊？怎么一点消息一点信儿也不来呀。所以赵璧一进来的时候黄天霸一看，"哎呀！你怎么才来……"

"怎么着？晚啦？嘻！我告诉你天霸，好饭不怕晚，这晚了，咱们是不打则已，是一打则成。"

"怎么样，你打算怎么行动？"

赵璧先把山寨里边的情况如实地向黄天霸说了一遍。黄天霸听完之后，沉思半晌，"赵爷，依你之见，这连环套咱们什么时候打？咱们怎么打？"

"啊！我想了想，天霸，事不宜迟呀。武术之中还有个快打迟呢，攻山破寨也得这样。拖的日子多了，就会给窦尔敦留出退步来了，官兵既然已经聚齐，立即动手。"

"什么时间？"

"我想，明天下午咱们就开始。"

"哦！怎么打法呢？"

"怎么打法啊！咱给他来个明修栈道暗度陈仓。"

"嗯，您详细说。"

"窦尔敦倚仗着连环套的山势险峻，几次官兵进剿都没有能够成功。所以这次呢，他又给各寨寨主布置好了，让他们尽心职守。明天下午，让小白龙刘虎和神眼计全，他们两个人带领二百官兵从连环套的正面儿，往里进攻。窦尔敦一听说官兵从正面攻山，肯定他对他的三道寨墙要严加防守，明天下午开始攻，一直攻到过半夜儿也别停止，这叫佯攻，假装的，不要造成更大的伤亡，像真攻一样，他那灰瓶炮子滚木礌石如果太密集了，你们就可以撤下来，不密集了你们再往上上。就逗弄着他。"

黄天霸说："我知道，您说的那暗度陈仓，在哪儿呢？"

"暗度陈仓啊，就是他的后山寨呀。他不是后山有湖有水吗？他后山寨有四十条战船，这四十条船是准备给连环套里边这些个喽啰们前面打不赢后面撤走用的。也有的时候他们从水路出征。我今天晚上回去，我已经把东山寨里面的大寨主范大勇还有他的夫人金银花这两口子都已经说降了，再有吴世飞帮着做内应。我们几个人决定，把东山寨这一部分喽啰全都带出来，带到后山水寨找那个郝天龙，我们把郝天龙给拿住，让郝天龙把那四十条船都摆过来。你呢，带领着剩余人等，那四百官兵，你们绕到后山寨，真正攻打山寨都在这后山呢。你们到在后山湖的岸边，在树丛中芦苇荡里隐住身形，听我的信儿，等着二更天三更天期间，我呢，就可以把这四十条船摆到对岸，你们乘这四十条船上船之后，悄悄地就上了山了。由打后山抄袭打上山去。窦尔敦肯定一个前后难以呼应，措手不及，这个连环套就指日可破，御马可得，且窦尔敦可擒。"

"赵大哥，你说得可都挺好哇，我最担心有一点。"

"什么呀？"

"您说这个后山水寨郝天龙把守着，你们调动东山寨的人马，想接管这个后山水寨，郝天龙能听你们的吗？郝天龙那也不是一般的人哪。他如果不听你们的，后山水寨的喽啰兵和你们东山寨的喽啰兵，在那儿再打起来，你们赢不了，结果那船只也过不来。我这四百官兵就在那后山湖边干瞪眼瞅着毫无作用哪。"

"天霸，这你还信不过我吗？我指定能把郝天龙胜喽。"

"赵大哥，军无戏言。"

"嗐！咱们哥们儿还用立这军令状吗？我准能把他赢喽。"赵璧心想要过去说这话我是大话，现在呀，我这可不是大话啦。赵璧心里早拿好主意了，郝天龙！我这回见着你没别的，你要不听我的话我就给你来口药吹。这药吹上之后我看你哼哼不哼哼，你要一哼哼我把你这头儿逮住了，你手下这些喽啰兵就不在话下。但是赵璧这话不能跟黄天霸讲。赵璧一副胸有成竹的样子。黄天霸也只好就相信了。黄天霸说："好吧！赵大哥，山寨里的事儿，可就都拜托你啦。"

"尽管放心。"

"赵大哥，您什么时候回去呢？"

"我什么时候回去？我马上就回去。那儿有船等着我呢。"说完这话，赵璧站起身来转身这就告辞，黄天霸一直把赵璧送出店房之外。赵璧别了店房，乘坐着范大勇的那只船他又回转连环套，他走了。黄天霸连夜布置。告诉小白龙刘虎再加上神眼计全，"你们两个人准备明天中午把这个官军调进连环套前山下。过午立即攻山，告诉他们是佯攻。"然后呢，又找来了关泰、朱光祖、金大力、何路通，这几个人凑在一起，商量着明天准备攻后山。但是攻后山不是白天，必须得到晚上定更天。

黄天霸看了看小孩贺人杰，"人杰呀！明天我们攻打连环套的时候，你就不要跟着上山了。你就在这店房里面，看家。听见没有？"

贺人杰一听哪！小脸拉老长了，"叔叔，您怎么让我看家呀？咱们干什么来了？也没有什么金银财宝贵重物品，你们都走了让我一个人在这儿看家。我能看得住吗？再者说了，我这回跟您来到这儿，就是为国家效力来的。您别看我岁数小，我能给您帮忙啊。我这链子锤啊，不白给。您要把我带到那连环套的山里去。说不定我能给您打死几个喽啰呢！更重要的，我听说害我爹爹的于七，他在连环套里呢，我非得找这于七不可，我要替父报仇！"

他一说这句话，黄天霸当时半天没言语。黄天霸心中想，这个孩子是人小心大呀，他是偷着从家里边跑出来的，要为他爹爹贺天保我磕头的大哥报仇雪恨。我不能带他去，万一我要一眼照顾不好他，这孩子要有个闪失差错。不用说死喽，他就是带点伤，我回去跟我嫂子也没法交代啊！"孩儿啊！听叔叔的话，你给你爹爹报仇，这个想法有道理，不过，给你爹报仇用不着你，有你这些叔叔大爷们，到在山里面儿，见到于七，我们绝不能放他走了。把于七抓住之后，带到店房里边儿，我让你亲自打死他，给你爹报仇，你看如何？"

贺人杰说："那叫什么呀！你们抓住，拿绳子绑上，让我拿锤打他，那是我的本事吗？就跟宰鸡一样，你们都捆好之后，我拿刀剁脑袋，那不行！我得亲自抓住他才行。"

"听话！"

"叔叔，行！我听您的话，您要让我在店里边待着呢，那我就在店里边待着。不过可有一样儿，我把这丑话说前边儿，如果您要是都上了山，我自个儿偷偷地过去，我也能跟着混上山去，您要看见我，您可别生气。嗯！"

黄天霸一听这儿事还真能，这贺人杰别看孩儿小，身上的武艺是真正不错，"唉……"

旁边呢，金大力说了："嘿！我说天霸呀，我看实在不行，就带着他得了。"为什么金大力同意带贺人杰呀？这些日子，这金大力跟贺人杰，俩人混得关系不错，你看金大力岁数比他大呀，有点傻乎乎的直心眼儿不是吗，这几位办差官里边，他就跟贺人杰最好。

金大力一说这句话，旁边何路通就说了："这么地吧！带着他吧，咱们大家就关照点儿。"

黄天霸说："好吧！"决定带着贺人杰。

于是第二天店房里边的诸位都忙起来了。提前传命令，把住在各村镇店房里面的官兵都调集到李家镇。李家镇集合之后兵分两路，前一路二百人，由小白龙刘虎和计全带领着，这是明的，大张旗鼓，招摇过市，直奔连环套的山下就来了。后来这四百人呢，白天都在李家镇找地方各自安歇睡觉，晚上定更天才出发呢。

前边儿那二百人，到在连环套的山下咋咋呼呼地就齐着伙地往上攻山。往连环套山寨上这一攻哪，山寨里边的总寨主窦尔敦铁罗汉就已经得到了消息。窦尔敦马上吩咐手下的众位喽啰兵，一定要坚守住三道寨墙。不能让他们攻上来，多准备灰瓶炮子、滚木礌石。山上尤其是这滚木礌石，木头有的是，这石头有的是，这是山哪！就地取材即可致用。小白龙刘虎跟这计全呢，他们两个领着官兵攻打的时候早有布置，告诉了，咱们攻山，往上攻，要雷声大雨点小，吵吵得欢，动作小。所以他们拿着刀拿着枪。杀！哗！山上边儿喊里咔嚓喊里咔嚓滚木礌石往下一扔骨碌，马上又撤了下来，佯攻。

前边佯攻，可是后边儿这四百官兵在定更天以后已经来到了连环套的后山湖边。黄天霸在连环套的后山湖边隐住身形之后等了半天，一看里边是毫无动静。

138

第二十二回　金毛犬倒反夺水寨
小脑袋迷药调战船

　　黄天霸带领着四百官兵，来到了连环套后山湖的湖岸边，他准备等候赵璧由打里边接应他。可是等了许久之后，没有动静。黄天霸心里想：赵爷，大概您把这话说大了，你说你在山寨里边能够接管后山水寨，把战船给我们开出来，现在看来，大概开不出来了。黄天霸心里边着急，嘴里还不能说，带领着众位，就在这儿耐心等候。

　　那么赵璧呢？赵璧这阵儿在山里边正着急呢，正忙着呢。赵璧自从昨天晚上回转到山寨之后，到了东山寨里边，一见范大勇和金银花这夫妻二人，那吴世飞也在场，就听赵爷回来的消息。赵璧把和黄天霸安排的这个计划跟他们一讲，这三个人一听，非常高兴。摩拳擦掌，就等着要行动了。

　　今天下午，下边一开始攻山，东山寨这里边也开始忙上了。赵璧说："你们听见没有？山下开始攻山了，这是佯攻，从正面儿打，主要的是把窦尔敦的这个注意力全吸收到正面上去。到了晚上定更天以后，咱们可就得行动了。范大勇，范寨主，您……怎么样？能不能把他这东山寨您手底下这部分喽啰兵带得起来？"

　　范大勇说："这什么话呀？我说带得起来肯定带得起来。"

　　从今天下午开始，范大勇就暗下命令，先把他手底下亲信的喽啰，小头目儿，召到一起，开一个紧急会议。开紧急会议的主要内容，就是向这几个小头目儿交待，"现在，官兵开始攻山了，告诉你们，大局已定，连环套保不住了。窦尔敦是必定被擒，因为他盗御马算闯下大祸了。我们呢，跟窦尔敦在这儿干了这么多年，也没有得到什么好处，你们不是窦尔敦的嫡系弟兄。所以今天，我们准备要倒打连环套。然后，众位弟兄们，你们有亲的投亲，有友的投友，不愿意投亲靠友者，也可以跟着到官府当中去当差，几条路都可以走。跟你们交一个实底儿，我范大勇已经是降了。"

金毛犬范大勇一说出这一番话来，他手底下这些小喽啰，张飞拿耗子——大眼儿瞪小眼儿，谁也不言语了。心想：万没有想到哇，我们这位寨主还有这么一个举动。沉默片刻，金银花在旁边儿问了一句："众位，说，愿不愿意干，不愿意干的你们就可以站出来。"这几个小头目儿都心里琢磨：在这个时候，谁要说站出来，我不愿意干，大概连这屋儿都出不去。又一想，这么些年，干得气儿也不顺，干脆吧，就这么地吧。"寨主，您说，您上哪儿我们上哪儿，听您的！"

范大勇说："好！既然是这样的话，你们各自回去，跟手底下弟兄都说清楚，讲透亮喽，今天晚上听我的命令，跟我走，咱们先把他这后山水寨，给他端过来。把那四十条战船给他放出去，把官兵引进来，我们，就算大功告成了！"

"好嘞！"

他这个紧急会议开完了之后，小头目儿各自分头去说服手下众位弟兄。这一下午哇，赵璧跟吴世飞两个人可忙得够呛，坐到屋子里边动脑筋想，生怕哪一个环节出了差错。

等到晚饭以后，到了定更天了，前边攻山的喊杀声仍然不时地传过来，赵璧心想，配合得不错。小白龙刘虎，还有神眼计全，还真有点儿带兵的本领。折腾了一天，还没泄劲。赵璧就问范大勇和金银花，"咱们也该行动了！"

"好嘞！"范大勇和金银花这夫妻两个人立时把这东山寨的喽啰兵全都集合起来了。东山寨的喽啰兵集合起来之后，足有一百来人，各带兵器。

赵璧跟范大勇说好：如果说我们把后山水寨，如期地给接管过来，战船能够放出去的话，那么我们，这东山寨的喽啰兵，各自在臂膀上都扎一块白巾，别在混战之中杀乱了套，证明是东山寨的喽啰兵，这是跟着官府投降的。商量好了之后他们带着这东山寨的喽啰兵稀里呼噜就奔着后山水寨来了。赵璧呢，站在这喽啰兵的队伍里头，先没露面儿，他告诉范大勇了，到了必要的时候，我自然就出头了。

范大勇跟金银花在头前带路，吴世飞跟赵璧两个人煞后。当他们顺着山路走下来，来到后山水寨且近的工夫，有喽啰兵问了一句："站住！干什么的！"

范大勇停足一站，"我！东山寨大寨主，范大勇。"

"哦，呵，范寨主，您有什么事儿吗？"

"告诉你，我奉了总寨寨主窦尔敦的命令，到这儿要来见见郝天龙，让郝寨主出来见我。"

"哦，有什么事？"

"有重要的事情，让他快点儿！"

"欸。"这喽啰兵慌慌张张到里边一见郝天龙，"郝寨主，这范大勇范寨主来了，还有他的夫人，带着很多喽啰兵，他说要见您！"

郝天龙一听，"嗯？在这个时候，范大勇见我干什么？前面攻山攻得非常紧呐，我这后山水寨离不开人哪。这四十条战船，我得把它看好。范大勇来了，你让他可以进来。"

"呃，他不是，他说让您出去见他。"

"好！"郝天龙把兵器带好了，自己迈步就出来了。出来，在大寨门外，一看远处，范大勇在那儿站着呢。郝天龙几步走到跟前，有一定距离的时候他才一抱腕："范寨主，黄夜之间，到此有何贵干？"

"呵呵……郝寨主，我奉了总寨窦寨主的命令，前面攻山吃紧，官兵是越来越多，窦寨主说，让我东寨的这些喽啰兵，乘坐您这四十条船，从后山湖过去，绕到前面，绕到官军背后，形成两肋夹攻之势。所以说，我告诉您一声儿，请您把战船备好，我这些弟兄们要出去。"

郝天龙一听，什么？他要坐我的船出去，绕到前面攻击官兵，这么大的举动，窦寨主怎么不亲自给我下命令呢？让他代传命令。这郝天龙比较警觉，"范大勇，既然是窦寨主有这个命令，窦寨主为什么不亲自来呢？"

"哈哈哈哈……郝寨主，你不听听，前面打得多热闹，窦寨主正在亲自指挥着三道寨墙的防御攻势呢，窦寨主抽不开身。窦寨主亲自派人把我叫过去的，告诉我到这儿来，快点儿动作，要是迟缓了就贻误军机。郝寨主，怎么着？我要出去攻打官兵，在这点儿上你还有什么怀疑吗？"

郝天龙说："不是我有怀疑，现在官兵攻山吃紧，在后山调动战船要出征，这可是个大事儿，我郝天龙不能轻举妄动。要是窦寨主派兵出去攻击官军，为什么不让我水寨的喽啰兵出去，而让你东山寨的喽啰兵出去呢？"

"那你去问窦寨主去，我怎么会知道？"

"你可有窦寨主的手令吗？"

"郝寨主，这都到什么时候啦？啊？你还要手令？没有手令！"

"没有手令，没有窦寨主亲自下命令，我这几十条战船，是不能出去的。"

"啊？郝天龙，你好大胆子，你竟敢违抗窦寨主的命令，这还了得？"噌——说着话他把刀抽出来了，旁边，金银花也把刀亮出来了。

他一亮刀，郝天龙唰——把刀也亮出来了。"怎么着，难道说，你还敢跟我动武吗？"

就在这一瞬间，郝天龙无意中，他往后边那喽啰兵的队伍里边一看，他看见赵璧了。为什么呢？赵璧有特点，脑袋小哇。赵璧在那喽啰兵里边站着呢，这郝天龙一看见赵璧，"啊？范寨主，怎么那个赵璧在你的队伍里头？"

他一说这句话，赵璧由打后边就过来了。"闪开……"赵璧手里边拿着这红锈刀，"郝寨主，久违了，您这眼神儿真不错，居然离这么老远都能看见我，呵，可能因为我这脑袋长得有特点，您就发现了。郝寨主，既然您看见我了，咱就废话都别提了，是不是？哎……"说着话他把这小刀还别起来了。

他这一别起来，郝天龙还倒愣了。心想：这小子要干什么呀？他想在这个期间给我充当说客？赵璧伸手就把那小瓶儿掏出来了，那记得特别准，哪瓶儿是解药，哪瓶儿是用的药。先把这解药倒出点儿来，往回一搪，闻了闻。郝天龙这气，心想：呵——这赵璧，哎呀，你好沉稳哪，这什么时候，还整派谱了，学会闻鼻烟儿啦。赵璧闻完这解药之后，把那个药倒出来了。"哈，郝寨主哇，跟您说吧，前边打得非常热闹，后边，官兵也到了，就等着借你这四十条战船使。您要听我良言相劝呢，把这四十条船就开过去，官兵过来之后，连环套破了之后，你呢，就算立了一功，绝不追究你的罪责，反而会有赏赐。如果你要不听我这良言相劝，想着跟我们为敌为仇，恐怕你倒霉的时候就到了啊。金玉良言，是三言两语，听与不听，全在你自己呀。怎么样？"

郝天龙一看见赵璧这气就不打一处来，"赵璧，你今天想用我的战船，迎接你们的官军，休想！你看刀——"他说着话把这个刀一摆，他刚想上去给他来这么一刀，你看刀——他刚这么一摆，赵璧呢，一扬手，噗——这药就过来了！

郝天龙一摆，你看刀——嗯……嗯嗯……哼哼哼哼……这位就在那哼哼上了。郝天龙这一哼哼，连范大勇带金银花，包括吴世飞，周围的这些喽啰兵看着全都傻了。哎呀，这怎么地啦？这郝寨主怎么地啦？这抽的什么风这是？哼哼风？没听说有哼哼风的。这郝天龙在这冲着赵璧扑棱脑袋，这刀还拿着，哼哼哼哼……赵璧上去照嘴巴子就开打，"我让你投降你不投降，……你敬酒不吃吃罚酒……你个臭贼！你们还不快过去——"

赵璧心想，你们光在这儿看热闹哇？这船的事儿还没解决哪。这个时候范大勇、金银花还有吴世飞等人领着一部分喽啰兵，就奔着前边来了。他们往前这么一上，郝天龙在那儿一哼哼，郝天龙手底下还有些个喽啰兵呢，有的不知道怎么办好了，有的提溜着刀就过来了。他们提溜着刀往上一上的工夫，东山寨这些个喽啰兵也把家伙就亮出来了。双方的喽啰兵就在这儿，叮——噹——就打起来了。这儿打起来了，金银花和范大勇领着一部分喽啰兵直奔后山湖的水边。当他们来到水边的时候，这四十条船上，也都有喽啰兵的头目。

为首的这喽啰兵头儿一看，欸？这怎么来一伙子人哪？赶忙他就迎过来了，"谁！"

范大勇说："我！奉窦寨主的命令，我们要急急地出山，绕到前边，攻打官军。"

"哦，好好好，您，有窦寨主的手令吗？"

"没有！"

"那郝寨主呢？"

"郝寨主在那边呢。他跟我说了，就让我直接跟你们讲。事不宜迟，马上就走！"

"哎哟，那，那不行。"

范大勇手里边把这刀提溜着呢，"什么？你说什么？"

"不行，这船归小人看管，没有命令，我是不能让您出去的。"

"你要想要命令哪，好！这就是命令！"噗——上去就是一刀。噗的一下子，就攮进去了。刀扎进去之后，往外一带，"哪个还敢抵抗？跟他一样。"

那些个喽啰兵一瞧，"哎哟我的妈呀，我们这山寨里边儿今天是内讧啦，看来这位范寨主范大勇，大概是反了吧？"那些喽啰兵谁也不敢再反抗了。范大勇吩咐手下喽啰兵："上船！"说了一声上船，稀里哩呼噜四十条战船全都上去了。解开绳索，支舟离岸，奔着对岸就摆过去了。

对过儿那黄天霸正在那儿等着呢。黄天霸一看船只过来了，尤其是吴世飞先站在船头，过来之后吴世飞先见黄天霸，把山里边情况一讲，说赵璧正在那儿指挥着跟他们作战呢，你们快点儿上船。这四百官兵上了船之后，分批就都渡过来了。黄天霸上了岸，往前一走，正看见赵璧还在那跟郝天龙玩命呢。

赵璧哪是玩命哪，他在那戏耍他呢，"我让你在那哼哼，你看看你丢人不丢人。"郝天龙这腮帮子都已经打肿了。哼哼……

黄天霸一看："赵爷！"

"哎哟，天霸，来啦，快点儿把他绑上。"这工夫有人过来把郝天龙捆上了。捆上之后老半天，这郝天龙才缓过劲儿来。他自个儿也不知道什么时候被捆上的。自个儿觉得这脸有点儿崩得慌，他肿了。什么时候肿的他也不知道。

这时候黄天霸领着几位弟兄以及这几百官兵汇合东山寨的喽啰兵，一起由打这后山寨，哗……就冲上去了。往上一边儿走着，赵璧跟黄天霸就商量好了，说咱们是兵分两路。黄天霸呢，你奔他这总山寨，领着关泰关晓曦，还有何路通等人，去捉拿窦尔敦。赵璧带着金大力还有贺仁杰，够奔那连环套的石洞。金银花和范大勇，再加上吴世飞他们这几个人也跟着赵璧奔这连环套的石洞来了。因为他们知道，连环套的石洞已经换了个把守，是于七在那守着呢。

距离这石洞还有二百步远的时候，就听见远处有人问："干什么的？站住！"

范大勇第一个提溜刀先过来了，一看斜刺里噌——蹦出一个人来。手中端着一口锯齿飞镰刀，"哪里去？"

"什么人？"

"于七。"

于七这一报名，在人群儿里边贺人杰可就听见了。贺人杰一听于七，正是杀他爹的仇人，贺人杰把短链铜锤往外一抖，心想，今天，我要替父报仇！

第二十三回　贺人杰报仇杀于七
范大勇殒命托妻子

贺人杰一听说对过儿那个人是于七，他的胸中燃起了复仇的怒火。他知道，自己的爹爹贺天保，就死在了于七的毒药暗器之下。

小孩儿从小知道这个消息，立志为父报仇，所以苦练这一对儿短链铜锤。在黄天霸的心目当中，觉得贺人杰是一个孩子，十五六岁嘛，他们始终没把他放在眼里，可是贺人杰自己心里边可立下一个大志气：我一定要给我爹亲自报仇不可。

他一伸手，由打后腰这儿就把短链铜锤拖出来了，手中一晃这短链铜锤他就要往上上。旁边金大力拿手一拦他："欸，孩儿啊，别往上上，看看人家的，他不行的时候咱再上。"

金大力呀，别看跟贺人杰年龄相差很大，二位是忘年之交，特投脾气。金大力一拦贺人杰，贺人杰也觉得对。人家范大勇在前边呢，范大勇跟于七说话呢，我过去，我一个小孩子算什么呀，看看吧。这工夫范大勇手中把刀一横，"于七，你要是懂事儿的，快点儿闪开，把这个洞门给我们让出来，现在连环套都已经乱了，官军都已经进来了，大势去矣。"

于七说："范大勇，你投降了官军了？"

"没错！就是这么回事儿。"

"好！你要想进这个洞门，你得胜过我于七手中这口刀！"

说到这儿于七往前一纵身，唰——一刀斜着就劈下来了。范大勇摆刀相迎，喳——于七这口刀，是锯齿飞镰刀，一般使的这单刀没有带锯齿环儿的，于七是特意打造的这么一口刀，因为于七这个人力气

146

大。这刀，刀背儿特别厚，比一般的单刀分量都重。他这个刀，跟范大勇的刀磕碰到一起的时候，范大勇就觉得这个手脖子有点儿发酸，知道于七是一员勇将。两个人啪啪啪啪……打在了一起。

他俩人正打在一起的时候，旁边有一个人吵吵着就过来了，"于寨主，我帮你个忙——"谁呀？红毛兔子魏英。这个魏英不是让窦尔敦给关禁闭了吗？就在这个石洞洞口儿旁边有一个小石洞，那是专门儿看押犯错儿的喽啰的，他就在那里头。于七到这儿一看这石洞呢，于七知道，这魏英在这儿呢，于七就告诉手下喽啰兵，把他给放出来，于七这叫邀买人心。跟魏英说啦："你这个人哪，就是太贪酒，窦寨主哇，不得不这样做。其实呢，你这个人人心还是好的。"他自从被关起来之后哇，这个魏英始终也没喝过酒，哎呀，馋得那酒虫子都快爬出来了。于七这一把他放了，魏英对于七那是感恩戴德。

今天，他刚把他放了，同时呢于七又叫人给他弄了点儿酒，弄了点儿菜，魏英呢，就在自己蹲禁闭那个石洞里边正在那儿喝呢。这酒喝得正好晕乎乎的，这边儿打起来了，你想，魏英能不为于七效力吗？他抄起一把单刀来，"于寨主，我助您一膀之力——"他举着刀就过来了。他想双战一。范大勇旁边就是金银花呀，金银花那是女响马，手底下也非常地明白。金银花把单刀一端，心想：怎么着，你想欺负我老头子？噌——一纵身，金银花就过来了，把刀一横："站住！你要干什么！"

"嗯？呵？哎哟，我当是谁呢，闹了半天是金银花。金银花呀金银花，花花……呵哈哈，你在山寨上，我跟你光见面儿没说过话儿，没想到今天咱们在这儿要说两句儿，金银花，你长得那么漂亮，你怎么跟了那范大勇了……"

这醉鬼说的全是醉话，金银花哪容他说这个，金银花说："你是个什么东西。"唰——一刀就剁下来了。这小子拿刀往外这么一磕，魏英这刀一碰金银花这刀，喽——的一下子，魏英顺着这刀，唰——他想切她那手，这刀就划下来了。刀顺着金银花这个刀往下划，金银花故意地往上这么一推，她这个刀刃有一个大护手盘儿，他这个刀正剁到护手盘儿上，这魏英他知道，女的没有男的劲儿大，我剁到护手盘儿上我使劲儿还往里推，我看你搪得住搪不住。他往里边这一推，金银花呢，拿这手往前搪他这口刀，一边搪他这刀，金银花就瞧准了他胳膊肘儿这地方，她突然间一抬腿，喤——正踢麻筋儿上。这魏英一抖搂手，喤啷——这刀就掉地下了。金银花往前一进步，拿这刀往起一撩，唰——唰——左右就是两刀。魏英别看醉了，好像心里还挺明白，一看这两刀由打底下抄过来了，他往后一含身子，这两刀没撩着，金银花横着唰——又是一刀，魏英一低头，刚一抬头的工夫，金银花这刀斜的，噗——由打肚子这儿，就给开开了，扑通——倒在地上。给开了腔了，这腔一开，肠子肚子都流出来了，呼的一下子一股酒气。怎么的？肠子肚子都有酒气？这魏英是醉鬼，那内五脏都拿酒给沤透了。

魏英这一死，那边儿呢，于七和范大勇两个人正打着，于七一边打着，他心里边在合计，于七心想：看来真正是大势去矣，如今官兵已经布满连环套了，全都是官兵在山上了。于七想，我不能在这儿久战，光棍不吃眼前亏，看来这个地方也不是我存身之地，干脆，我跑吧！

按说，于七可并不是败在范大勇手底下了，他为了要逃跑，所以他虚点一刀，转身就走！他往下这一撤，范大勇提刀就追。范大勇在后边这一追下来，后边还跟下俩来，谁呀？贺人杰和金大力。贺人杰一直关注着于七，一看于七要跑，贺人杰把短链铜锤一提溜，你哪儿跑！贺人杰随后就追下来了。金大力提溜着镔铁棍："哎……人杰你可小心点儿！"金大力也跟下来了。他们两个人，距离前面那俩，还很远。这个工夫，于七提溜着刀往头前儿跑，范大勇提着刀随后追，他们两个相差不远，也就是十几步。但是绕来绕去，于七跟范大勇这个距离可就拉开了。范大勇加紧往前跑，跑着跑着，前边闪出一个大石硪子，这个大石硪子，就是赵璧曾经在这里藏身的地方。这个于七跑到这儿一转这石硪子，按说石硪子后边下去是一条道，就奔那庙了。于七可没奔那庙，他绕过这石硪子一纵身，噌——他上那石硪子顶儿上去了。于七在石硪子顶上俯身往下观瞧，他看范大勇，范大勇追到石硪子这儿，看不着于七了。范大勇端着刀，往四面儿观察，他找于七。于七在上面一看，一瞧脚底下有这么大一块儿石头，于七在旁边儿捡起个小石头来，他把这刀啊，往身后一别，拿这小石头往远处那草丛里边一扔，啪——晚上哪，那石头往草丛里一扔，发出响声。范大勇正在找于七，忽然听见那边儿一响，他的注意力就转到这儿来了，范大勇往这边儿一看，就在这一瞬间，于七由打石碴子顶上把这块大石头咣——就掀下来了。因为他看见范大勇就站在石碴子底下，这大石头呼——的一下子，就砸在范大勇的肩头上。连肩膀带脊椎骨一块儿砸上。哗——这一砸上，范大勇就手儿就趴到地下了，这大石头就压他身上了。范大勇一拱，想把这石头拱起来，他拱不动了，他不知道已经砸成了重伤。

这工夫于七把单刀抽出来，由打石碴子上一纵身，他跳下来了。他往前一赶步，嗨——一举刀，他想要杀范大勇，这刀举起来还没等往下落，此时刻，小英雄贺人杰由打后边儿就追上来了。贺人杰把短链铜锤左右一分，一看于七举刀要杀范大勇，贺人杰一纵身到跟前，"看锤！"一个流星赶月，呜——砸过来了。于七赶忙抽刀搪这锤，他跟贺人杰打在一起了。他跟贺人杰打在一起这工夫，金大力就过来了。金大力先来救范大勇，来到跟前一搬这石头，金大力金大力，那是真有力气，人家挑水拿缸挑哇。他一搬这石头，咣——"欸，我说你怎么样？啊？你怎么样？"一扒拉这范大勇，范大勇这阵儿身子被扒拉过来，但是范大勇起不来。刀也出了手了，只觉得全身像瘫痪了一样，范大勇看了看金大力，"唉，你快过去，帮着我把那于七给抓住……"这阵儿范大勇，全天下最大的仇人，就是于七了。

金大力一看，"你等着啊。我非把那小子抓住不可。"金大力把这镔铁棍手中一提，他一看，这阵儿贺人杰正跟于七在一起酣战，贺人杰这对儿短链铜锤，那像小雨点儿一样，啪啪啪啪啪啪啪啪啪啪啪……跟于七是打在了一起。论年龄来说，这贺人杰还没成人呢，要论这武艺来说，这于七比贺人杰可高。但是贺人杰比他年轻，反应比他快，更重要的一点，贺人杰为父报仇心盛。这短链铜锤跟于七打，于七想胜贺人杰还真有点儿难。于七心想这哪来这么一个小子，嗒嗒嗒嗒嗒嗒嗒嗒……一边打着于七想，我还得跑。

于七一转身他还想跑。刚要跑，金大力早已经绕到那边儿去了。金大力把这大铁棍一横："哪儿跑！小子，看棍！"呜——大铁棍往下一砸，带着风来的。于七一看面前站着一个显道神，个儿又大，劲儿又猛，这棍子搂头盖顶这一下来，于七往旁边一闪，拿刀往外一碰，嘡——的一下子，没架出去。往旁边一闪身，于七想：坏了，双战一我可受不了。就在金大力给他一棍，于七往外一搪这工夫，贺人杰在于七身后就上来了，贺人杰喊了一声："于七！今天我要替父报仇！看锤！"啪啪……这锤有招术，这叫天女散花锤。这个锤是双头儿一起往下下，然后一个锤花，啪——还是双头儿砸下来。于七由于对过儿看见了金大力，注意力这一分散，听见后边有人喊要替父报仇，他一回身的工夫，这锤头儿稀里哗啦，好像下来好几个，于七拿刀往外一搪，搪了一个虚锤，那实锤没搪上。贺人杰这短链锤，一下子正砸在于七的太阳穴这个位置，噗的一下子，于七扑通就倒在地上了。贺人杰还怕他死不了，这手锤，噗——又砸一下。于七两边儿颅骨塌陷，那可再不能活了。

贺人杰站起身来，"于七！你起来！"那还能起来吗？

金大力在旁边说："欤，孩儿呀，他起不来了。"

贺人杰高兴！"老爹爹，我给您报仇了！"

金大力说："哎，人杰，你看看，他他他……他恐怕够呛。"

贺人杰这才想起来范大勇还在那儿躺着呢。贺人杰来到了范大勇的跟前，"您怎么样？"

范大勇在这儿是一动也不能动了。"哎，我恐怕是要够呛了。"

贺人杰说："不要紧，我把您背回去！"贺人杰把短链铜锤往裤腰带上一挂，然后一猫腰，他就把范大勇给背起来了。背着范大勇，贺人杰个儿不太高，他那个腿还在地上拉拉着呢。尽管这样，他也背着范大勇往回来。金大力呢，这手提溜着镔铁棍，他瞧了瞧于七，"啊这小子是个头儿啊，这小子是头儿，咱得把他带回去请功受赏啊。"他一薅他这前胸，像提溜小鸡儿一样，一个手就把他提溜起来了，"走吧！"

金大力提溜着于七的尸体，跟着贺人杰一前一后，就奔那石洞门口儿这走来了。当他们来到石洞门口儿的时候，石洞门口儿山上的喽啰兵，已经被官兵全都给杀退了。吴世飞和金银花，各使兵器，正在追阻那些逃跑的喽啰兵。他们正追的工夫，一看这二位过来了，金银花一瞧："怎么样？"

贺人杰说："您快看看吧，恐怕要够呛。"

来到石洞门口儿这儿，贺人杰就把范大勇放在了地下。范大勇倒在地下仰面朝天，这阵儿，睁眼往周围看了看，金银花急急忙忙来到了范大勇的近前，"大勇，你怎么样？你——"金银花这眼泪是夺眶而出。

吴世飞也过来了，"大勇贤弟，你感觉如何？"

范大勇看了看金银花，又瞅了瞅吴世飞，"唉，我觉得，我心里边发热，整个儿身子我都动不了了，恐怕我要不行了。"

金银花说："大勇，你可不能有意外，你没事儿，你听我的！"

"我什么时候不听你的？老婆子，我这一辈子，都听你的话呀，今天我还听你的。你说我行，可是我琢磨着大概够呛了。吴世飞，吴大哥，我知道我自己要完了。金银花是你的表妹呀，你可得好好地关照她，拜托了。"说到这儿，就看范大勇这眼睛里边泪水就出来了。

吴世飞眼里边也流出泪来了，"大勇，你别说这话。"

金银花在旁边抽抽搭搭光剩了哭，她就没话了。此时此刻的金银花自觉得，她愧对范大勇。可是这个时候范大勇突然间像回光返照一样，他扑棱，由打地下坐起来了。他看了看躺在身旁的那于七，"嗯，于七，到底儿我死在你后头了，小子，你死在我前边啦，哈哈哈哈……"咣——绝气身亡。

第二十四回　遣弟兄窦尔敦失大势
逞傲骄黄天霸还双钩

　　金毛犬范大勇向吴世飞托寄妻子。范大勇这一死，在旁边的金银花扑到了范大勇的身上是放声痛哭。这痛哭是发自肺腑的呀，对她来讲，犹如是山崩地裂，海啸江翻，石破天惊。与其说是哭，倒不如说是发自肺腑地号啕。

　　金银花为什么这么哭？金银花，她此时此刻，感到由衷的一点是受良心的谴责。金银花知道，这范大勇，跟她结婚之后，两口子相笃为好，范大勇对金银花只有服从，没有商议，既是她的男人，又是她的仆人。这一切好像在范大勇生前，金银花还没有感觉到。如今范大勇突然死去了，正像人们说的，当失去了，才认识到得到者的价值，金银花怎么能不痛心呢？扑到了范大勇的身上那真是哭得死去活来。这阵儿，站在旁边的这些人，都想过去劝，但是不方便，都是一些男人。小脑瓜儿赵璧瞧着说这事儿怎么办呢，现在山上各方面正在打着呢，不能光看她在这儿哭哇！赵璧就告诉吴世飞，赵璧心想如今能劝金银花的只有吴世飞这个人，因为赵璧知道吴世飞跟金花曾经有过一段风情，"我说，你过去劝劝吧，这不你表妹吗？我们不好伸手哇。"

　　吴世飞，他一看见范大勇死了，心中有一份悲伤，但是在他的心灵深处，别人谁都不知道的，还有那么一点点欣慰。吴世飞莫名其妙地好像感觉到，范大勇死了，这金银花下一步该怎么办呢？她是不是可以……啊？还跟我呢？当然了，这是他内心深处的东西，除了说书人谁也不知道。所以吴世飞来到跟前劝他的表妹金银花："表妹呀，别哭啦，别管怎么哭，他也活不了啦。人已经死啦，现在周围都在打着哪，不是哭他的时候，你要多多保重，别把你的身体哭坏了。"

这阵儿，金银花突然止住了哭声，她回头看了看吴世飞，"表兄，好，我这就不哭了。现在不是哭的时候儿，用我帮忙吗？还要攻打哪儿？"

赵璧说："不不不，我说金夫人，您哪，只要忍住悲痛就行。吴世飞呀，你就在这儿照看你的表妹，这两具尸体先放在这儿。我们呢，得到中山寨看看，看看天霸是否捉住了窦尔敦。贺人杰、金大力，你们两个带领一部分官兵，把这个洞门口儿给我把守住，待会儿中山寨得胜之后，我们回到这儿来，要把洞门打开，到里边去牵出来御马。可千千万万不要让他们山上的这些个喽啰们把这个洞门给破坏了。"

赵璧在这儿安抚好了之后，带着一部分官兵就奔中山寨来了。其实呀，就在黄天霸、朱光祖、关晓曦、何路通他们几个人带着官兵向中山寨冲杀的时候，中山寨里边的窦乐敦早已经得到了消息。接二连三的喽啰兵向窦尔敦禀报，前边第一道寨墙已经攻破了。说后山寨，有人把这后山湖的船只给开过去了，结果官军由打后山寨杀上来了。又有喽啰兵向窦尔敦禀报，说东山寨的寨主金毛犬范大勇已经跟官军里外勾结，把后山水寨全都给拿过来了。至于水寨的寨主郝天龙，生死不知。窦尔敦一听到这里，就知道，完了！连环套大势去矣。两边儿的官军都上来了，你还往哪儿逃？

这时候在窦尔敦身旁的，有几位副寨主，其中有郝天龙的三个弟弟，郝天虎、郝天彪、郝天豹。另外还有窦尔敦几十名的随身护卫喽啰兵。郝天虎听到这个消息之后，他看了看窦尔敦，"大寨主，怎么样？事不宜迟，您可得拿个准主意呀！官军已经从两面杀上来了，我们还是走吧！"

越是在这种紧要关头，这窦尔敦倒显得沉稳起来了。"走？我们要走，他们得追呀。他们打破我的连环套，一是要得到御马，二是要抓到盗御马的罪犯。窦某是盗御马的首犯，谁走我也不能走哇。天虎、天彪、天豹，你们弟兄三个走吧，这里，交给窦某一人抵挡。"

"大哥，我们三个人怎么能走呢，大哥，要活咱们活在一起；要死，咱们死在一处。您要我们走，我们也不走！"

"你们听我的话，如果你们不走，就得和我一起被擒。如果一起被擒，解到顺天府到京师之中，我们弟兄可都是死罪呀。如果你们走了，留我一个在此，我可以抵挡他们，即使把窦某抓住，不过就死我一个就结了。你们弟兄走了，记住大哥，将来给大哥报仇雪恨。这就叫留得青山在，何愁叶短稀。春雷潜夜发，扶摇上云霄。"

"大哥，我们不忍心舍下您走，您跟我们一块儿走。"说着话郝天虎过来一扯窦尔敦的手脖子。

窦尔敦说："你松开，天虎，你怎么糊涂了。我要跟你们一起走，咱们谁也走不了。他们见不着我，绝不会善罢甘休。他们会一起穷追的。把我们都追上，结果谁也跑不了。你要是我的好兄弟，你们快快给我走！"说话间窦尔敦一回身，由打身背后噌——拖出一对双刀来。怎么拖出双刀呢？护手钩不让朱光祖给盗走了吗？窦尔敦把兵器改了，把这双刀手中一擎，"你们要是不走，我就死在你们的面前！"

窦尔敦一说这句话，这哥三个一看，"好吧。如此说来，大哥，那我们走啦。您——多保重。"

"放心吧，说不定你大哥福大命大，还能杀出重围，逃下山去。如果要是那样，你我弟兄，咱们是后会有期。"

"大哥，我们走了！"郝天虎、郝天彪、郝天豹这弟兄三个人领着一部分喽啰兵，由打中间的聚义厅就出来了。出了聚义厅之后，他们先撤了。窦尔敦的护卫喽啰几十名都没走，就在窦尔敦的左右。就在这个工夫，黄天霸、朱光祖等人已经来到了中山寨的院落外头。黄天霸手中提溜着单刀，一进这中山寨的院子，他停住了脚步，冲着聚义厅喊了一声："窦尔敦，快快出来被绑！"

一说这句话，窦尔敦这阵儿，双刀又插到背后。笃披着开氅，一不着慌，二不着忙，在几十名护卫喽啰的簇拥之下，迈着方步，由打聚义厅里边就走出来了。来到聚义厅外，倒背着手往那儿一站，"面前，可是黄天霸吗？"

"正是我。窦尔敦，事到如今，你听听四面的杀声，官军已经拥上你的连环套了。前山已经攻破，后山已经冲上来了。四面被围，你还有何话说？窦寨主，识时务者为俊杰，我劝你，不要让我费事了，啊？倒剪双臂，让我把你绑上，"

"哈哈哈哈哈哈……黄天霸，你让窦某被绑，这也不难，只是你让窦某心中不服。"

"哦？窦尔敦，你有什么不服的呢？"

"黄天霸，我曾与你说过，咱们两个在山下树林当中单打独斗，如若赢了我，我就把御马给你。我想你黄天霸乃是黄三太之子，你的父亲也是闯荡绿林之人，绿林中的规矩你应该知道吧？我窦某今天见你黄天霸虽然杀上山来，但是你是仗着官兵人多势众，并不是你有本事。黄天霸，如果你要让窦某就此被擒，只有一样，你能跟窦某在此单打独斗，你若把窦尔敦胜了，我窦尔敦算佩服你黄天霸武艺高强，甘愿被绑。如若你胜不了窦某，让我被绑，比登天还难。黄天霸，不过，量你一个小小的孺子，你也没这个胆量，你——敢吗？嗯？"

窦尔敦这一叫号儿，黄天霸那是什么人？那是当着人前大众的跟前从来不丢面子的人。宁可让身子受罪，也不能让脸吃亏。黄天霸说："好！窦尔敦，咱们可是一言为定。"

"当然！"

说着话，黄天霸把手中单刀一亮，"窦尔敦，你请过来！"

"黄天霸，咱们把话说好，只有我们两个人比武较量，不许你手下人等掺杂其内。"

黄天霸说："那是当然！众位弟兄，你们哪个也不准往上上。"朱光祖，还有何路通加上关泰他们在后边一听，坏了。黄天霸这又犯了犟脾气了。

朱光祖说："天霸，你别听他那个，咱们把他抓住为妙！"

"别，听我的！请！"

窦尔敦把这开氅啪——往起一抖，一拧，唰——往旁边一扔，早有喽啰把这开氅接过来了。窦尔敦一伸手，把这双刀又抽出来了。唰——"黄天霸，请来过招！"

黄天霸手中把单刀一合，心想，窦尔敦，你应手的护手双钩没有了，这，我赢你就有把握。可是就在黄天霸一纵身要往前蹦的时候，身背后那朱光祖说了一句话。朱光祖哇，其实是想给窦尔敦添点儿腻，让窦尔敦生点儿气，如果他这个心情一烦乱呢，就容易被黄天霸给打败。朱光祖在身背后背着窦尔敦那对护手双钩呢，朱光祖扯着小

155

尖嗓问了一句："哎？我说窦寨主啊，您不是有护手双钩吗，怎么改了刀啦？"

他一说这句话，窦尔敦端着这刀，往对过儿一瞧，他看见朱光祖了。一瞧他那护手双钩在朱光祖的身后背着。窦尔敦不看见朱光祖还则罢了，一看见朱光祖，当时这火腾就撞起来了。心想，我那玩意儿敢情让他偷去了，窦尔敦把双刀一横，"黄天霸，你手下这些人，都是些个鸡鸣狗盗之辈，何足挂齿？"

他一说这句话，黄天霸愣了，"欸？窦寨主，你怎么口出不逊呢？"

"哼，身背后那个人，他是谁？"

"怎么着？他叫朱光祖。"

"朱光祖，他就是一个小偷。我窦尔敦被你们称作绿林大盗，我甘愿当这个绿林大盗。我不但是绿林大盗，我是江洋大盗海洋大盗，我敢偷敢盗敢做敢为，我敢上皇宫内苑里边盗取康熙皇上的御马。可是你这手下人，跑我的山寨之上，偷盗我的护手双钩，这不是鸡鸣狗盗之辈，这是什么？嗯？身为官府中人，居然也做这种苟且之事。黄天霸，你偷我的护手双钩，窦某知道，你是惧怕窦某的护手双钩，此时，如果双钩在我的手中，谅你黄天霸难胜窦某。可叹的是，双钩被你这盗贼盗去，如今，我窦某手中没有应手的兵器，你黄天霸就趁虚而入。黄天霸，你有胆量的话，你敢让朱光祖把那双钩还我吗？"

窦尔敦一叫这号儿，黄天霸把刀一擎，"朱大哥，你把那护手双钩还给他！"

朱光祖一听，什么？还给他？天霸，你怎么的？你疯啦？你傻啦？你晕啦？你不知道好歹啦？在山底下你们俩比武较量的时候那不是窦尔敦拿护手双钩把那帽子给搂下来了吗？怎么到现在了你还要把双钩还给他？我偷盗他的护手双钩，我就是取掉他的应手兵器，还给他，那怎么能行啊？朱光祖捋着这小胡子儿："天霸，还给他？哈，那不能给他。"

窦尔敦在旁边一笑，"哈哈哈哈……怎么样？黄天霸，他把钩要还给我，你就赢不了啦！"

窦尔敦越说这话，黄天霸偏偏要戗这火，"朱大哥，你把钩还给他！"黄天霸这工夫眼珠子都蓝啦，脸儿黄啦。

朱光祖知道，黄天霸动了真格的来脾气啦，这脾气一上来，那就六亲不认啦，朱光祖，"哎，还给他？好。"朱光祖伸手把这护手双钩由打身背后就摘下来了，双钩合在一起："窦尔敦，你接着！"唰——双钩往这边一扔，这工夫窦尔敦唰——双钩扔过来，他一伸手，把双钩就接过来了。双钩手中一摆，"黄天霸，请过来战！"

朱光祖心想，我盗钩白盗了，这叫盗钩还钩！

第二十五回　黄天霸出手落下乘
赵连城攻心破豪强

　　窦尔敦的几句话，激怒了黄天霸，黄天霸让朱光祖把那护手双钩还给他。朱光祖从本心来说，不愿意还，但是他一看黄天霸那脸儿都黄了，眼睛都蓝了，知道黄天霸这脾气这犟劲儿上来了，朱光祖把这双钩只好就扔给了窦尔敦。

　　黄天霸这个人就是这样，个性特强，在某些关键时刻，他由于自己感情上的一时冲动，甚至于不怕牺牲自己，他也敢做一些事情。今天黄天霸，就是在明面儿上不能让窦尔敦把我叫短了！我把钩还给你！我就不信，我这口单刀就赢不了你这护手双钩？尽管说过去在山下他们两个人曾经比试过，黄天霸在那次比试当中已经败在窦尔敦的手下，但是今天，黄天霸仍然要跟他以刀对钩。

　　窦尔敦把这护手双钩拿在手里，那真是如鱼得水如虎生翼，窦尔敦把双钩左右一分，点了点头："黄天霸，你还够这一份儿。黄天霸，如此说来，你就请过来！你如果胜过窦某的双钩，窦某甘愿被绑！"

　　黄天霸往前一纵身，双手一荷这口单刀，直奔窦尔敦的前心，欻，一刀就扎过来了。他这个刀奔前胸一扎，窦尔敦把这护手双钩十字架一架，让这个刀，从这个十字架上就进来了。然后他把这双钩往两边一拽，嘿，头一下儿就把黄天霸这单刀给锁住了。咔！当窦尔敦把黄天霸这单刀锁住之后，他两臂用力往两旁边一拽，黄天霸这口刀，往里扎扎不进来，往外撤撤不回去，黄天霸也站在这儿了。窦尔敦看着黄天霸，两个人就在院子里边来回直转。

　　"黄天霸，看看这头一招如何？你能胜得了窦某吗?"

这阵儿黄天霸那两个眼睛里边都往外喷火了，黄天霸心想，怎么头一招儿我就让他拿钩把我刀给锁上了？旁边众位弟兄，还有很多官兵，在那儿看着我呢，黄天霸这一着急，他来个急中生智，底下给窦尔敦来个扫堂腿。黄天霸想，我得把你胳膊这个劲儿给你破一破，他底下一用腿，欻，他这一扫他，窦尔敦果然往上一蹦，这钩就松了。钩略微一松，黄天霸这单刀，仓啷啷啷啷啷，就拽出来了，窦尔敦这才把双钩一顺，紧接着窦尔敦是摆钩就搂下来了，黄天霸跟窦尔敦两个人就打在了一起。

朱光祖跟关泰俩人在旁边瞅着，瞧了瞧那边的何路通，"看见没有？挺好的事儿，他非得跟人怄这气，你说你㾁这火怄这气干什么呀？啊？哎呀，这叫活没辙呀。"

关泰说："看不行的话，一会儿咱们就一起上吧。"

"你可别——"朱光祖说，"我可知道黄天霸这脾气，咱大伙儿要一起上，即使把窦尔敦给捉住，这黄天霸都得跟咱们翻了脸，弄不好他自个儿都能抹脖子，你知道吗！"

"是吗？那……他能赢得了他吗？"

"他呀，我看够呛。"

这时候就看黄天霸跟窦尔敦两个人已经打到了二十多个回合。此时的窦尔敦，别看年岁比黄天霸大，但是窦尔敦，体力尚好。窦尔敦号称铁罗汉，那是曾经练过铁布衫的，练过金钟罩的，只是金钟罩铁布衫这功夫没练成，但是他身体素质非常好。窦尔敦这对护手双钩跟黄天霸应付起来，那可以说是沉着稳健，举重若轻。黄天霸呢，这口单刀唰唰唰唰唰，也比以往是更为凛冽狠毒。黄天霸恨不能窦尔敦有一个破绽，他瞅冷子过去就给窦尔敦来一刀。哪怕这阵儿把窦尔敦捅死，不能活擒，他也干了。这样办的话，他自己脸儿就挣过来了。可是偏偏，窦尔敦是防守甚严，黄天霸欲进不得是欲退不得，欲胜又不得。两个人打得是难解难分，一会儿的工夫打到四十来个回合，黄天霸脸上见汗了，窦尔敦哪，脸上也见汗了。就在这个时候，赵大老爷赵璧来了。

赵璧领着一部分官军哪，来到这儿赵璧一瞧，"哎，这怎么着？你们这看卖艺的呢？啊？怎么这都在旁边围着？瞪眼儿瞅着，怎么不上哪！"

朱光祖说："赵爷……"

"别说别说别说，上！"

能上吗？朱光祖把刚才的事情怎么怎么地一说，"我那钩都白盗了，盗完他又给他了。"

"是吗？哎哟，要这么说……非得他俩见输赢儿了？"

"那可不！您要有辙，您过去劝劝？赵爷，这里边就您本事大了。"

赵璧心想，我过去？我过去也不行！我得想个辙。赵璧往周围看了看，仔细一听，这山寨各处，厮杀声还隐约可见。官兵和喽啰兵，还正在打着呢。这阵儿从正面攻山的小白龙刘虎跟神眼计全，领着二百官兵已经打过了二道寨墙正向三道寨墙进攻。赵璧想，哎呀，天霸天霸，你今天可是大不应该呀，这你就耽误事了。

赵璧又看了一会儿，有人禀报，三道寨墙已经攻破。喊杀声四野可闻。这个时候有一部分官军，押解着有几十名喽啰兵——都是俘虏，捆着——来到了赵璧的跟前。

"赵爷，这是我们捉住的山上这些喽啰兵们，都带来了，您看怎么发落？"

赵璧一瞧啊，有这么几十位，赵璧还没等说话呢，小白龙刘虎和神眼计全，已经攻过来了。三道寨墙攻破之后，他们也抓了几十名喽啰兵，带到这儿来了。

小白龙刘虎到这儿一瞧："哎，赵大伯，怎么样，怎么能……这儿还打着呢？"

赵璧说："别吵吵别吵吵，是，那儿还打着呢，周围都不打了，他们这儿还没完呢！你怎么样？"

"我们这一切顺利，这不就攻上来了吗？您看见没有？这……这一共有三十多个，跑的跑死的死，剩下的都让我给抓来了。"

赵璧说："让他们都站好喽，我查点查点。"

一查点，九十八位，赵璧看着这些被绑的俘虏，赵璧在这儿开始"队前训话"："你们这些人，都是什么罪知道吗？"这些俘虏的喽啰兵谁也不言语，"你们要不知道啊，我告诉你们，你们是反叛之罪。为什么说你们是反叛之罪呢？因为你们这个总寨主窦尔敦，皇宫御苑盗御马，临走的时候还留下了反诗。这反诗里头哇，其中有这么两句，说什么'敢与康熙比胜败、盗马还要盗江山'，就这两句话，就可以定罪了。一个是你敢跟当今康熙皇上要比比胜败，再一个你不但盗马还要盗江山，说明你心存叛逆之意，你们这帮小子，就都是追随窦尔敦的反叛。俗话说呀，功高莫过救驾，计毒莫过绝粮，罪大莫过造反。你们这些个人，都已经被划到造反罪的圈儿里边了。今天，把你们捉住了，那没有二话说，就得是就地正法。像你们这总头儿，窦尔敦，捉住他之后，得押到顺天府京师之内，得经过皇帝审问之后才能问罪，像你们这些个小喽啰们哪，用不着。当今圣上，临走的时候就跟我说了……"其实康熙皇上哪跟他说了？赵璧纯粹在这儿扔大个儿——"跟我说了，说对你们这些小喽啰，随我发落。我一看哪，带着你们也麻烦，我准备把你们这九十多人就在这儿，脑袋都砍下来，挖个坑儿都埋了，就得了，你们看怎么样哪？"

这些喽啰兵一听，一个个脸儿全黄了，谁也不言语了，心想，完了，就在这儿挖个坑儿就埋了。赵璧一看这些个俘虏的喽啰脸色都变了，说明这个心理攻势已经起作用了。赵璧说："你们大概还不知道我是谁吧？啊？告诉你们，我，就是世袭侯爵，顺天府尹，代理淮安漕运总督，爷家一品顶戴，御封施不全。"

他说到这儿，这些喽啰兵一听，哎哟，这就是施不全哪！

赵璧接着又说了："——他手下的，差官，姓赵名璧字连城，江湖人称红锈宝刀侠，我也算是一个四品之职的官儿。今天到这山上，除了黄天霸就是我大了。我在这儿呢，跟你们说明白我的身份，就是说我说话是算数儿的，听明白了吗？都给我跪下！准备好了！"

赵璧这一喊，两旁边这些个官军也不知道赵爷这命令是真的是假的，"跪下！跪下！"大伙儿喊，一喊，扑通，这喽啰们全都跪下了。

"把刀都亮出来。"

官军们，欻欻欻，把刀都亮出来了，赵璧呀，接着不下命令了，他在这些俘虏喽啰兵前边啊，来回走。"唉，你们琢磨琢磨，啊，一会儿我下命令，就地正法，咔嚓咔嚓，脑袋全掉了。脑袋一掉，那可就吃什么也不香了。妻子老婆孩儿，有没有啊？要有有就都见不着了。嗯？你们这帮小子干什么不好？为什么单跟窦尔敦当贼啊？啊？你当个小贼儿也行，偷鸡摸狗拔蒜苗儿，就是让官家抓着，也没有什么大罪。偏偏当大贼，嗯？要造反？盗御马！这还了得？哎呀，你脑袋怎么出汗了？害怕没有？"

有一个喽啰兵哪，都哆嗦了："嗯……赵老爷，我害怕了，我不愿意死呀，我家里边还有老娘呢，我我我见不着我娘了。"

"唉，哎呀，怪可怜的，你看你家里还有老娘呢，说不定谁家里边还有老爹呢，也说不定谁家里边还有小媳妇儿呢，啊？你赵老爷，是刀子嘴豆腐心，见不得这个，这么地吧，咱们商量商量，你们这帮小子，愿意活不愿意活？现在唯一还有一条路，你们想不想走吧？"

他这句话一说出来，这些喽啰兵，一起把头都抬起来了，这阵儿的心情，就好像掉到水里边忽然抓住一杆撑篙，扯着撑篙就能上船活命一样。"啊……赵老爷，您说，什么路，我们走！"

"看见没有？那边儿你们那个总头儿，跟我们黄老爷，还要比试较量。现在唯一的个办法，我让你们大家伙儿，一起冲窦尔敦喊，你们就喊：'窦寨主啊，你别打了，你要把钩扔了，就地被绑，我们这一百来人就都活了。您要是还接着跟他打呀，我们这一百来人就都死了，就地正法了。窦寨主哇，你救我们的命吧！'就这么喊，会不会？"

"呃赵老爷，您说这话算吗？"很多喽啰兵都问："那您让我们喊完了您再把我们都砍了都在这儿埋了呢？"

"这什么话？两边都是官军，旁边有我的弟兄，我能在这儿胡说八道吗？我这个人，向来是一言出口，驷马难追，如白染皂，板上钉钉，不带错的！可有一样，你们这帮小子要是不听我的话，不喊，那我可就一声令下，脑袋搬家，你们掂量着办！"

赵璧这几句话扔到这儿，不言语了。这些个被绑的喽啰一听："怎么样？啊？咱们喊吧。"

"对，咱们喊吧。"

"那窦寨主，能把钩扔了吗？"

"那他要不扔，那不扔也没办法，不扔咱认倒霉呗。"

"好，喊，喊，喊。"

人都到了快死的时候，都盼着能活呀，这些喽啰兵一起说："好好好，我们喊，我们喊！那不行吗？"

"好，说喊就喊哪，喊得响亮点儿。站起来！"

这些喽啰兵就全都起来了。

"凑到一块儿凑到一块儿，声音集中集中，我喊一二，就冲那边喊哪。"

"哎，哎。"

"喊什么词儿记住没有？"

"记住了，记住了。"

"一——二——喊！"

赵璧这一下命令，这些个喽啰兵们扯着嗓子，也有高音儿的也有低音儿的也有中音儿的，乱糟糟地就喊起来了："窦寨主哇，你别打了，把钩扔下被绑吧，你要被绑我们就都活了，你要不被绑我们就就地正法了，窦寨主哇，你救救我们吧！"

其中有的说："我还有老娘呢……"那个说："我还有老爹呢……窦寨主，别打了！"

这一百来喽啰齐声这么一喊，窦尔敦跟黄天霸正打得难解难分的时候，窦尔敦可就听清楚了。窦尔敦忽然间把这护手双钩后边这月牙儿往前一推，嗨！奔着黄天霸面前一推的时候他抽钩撤步，一转身，噌，纵出圈外。"站住！"

黄天霸把刀一亮，"窦尔敦，怎么着？你要被绑吗？"

"且慢！"窦尔敦停足站立又仔细听了听，一看旁边，有一百来个被绑的喽啰兵，正冲他这儿喊呢。"黄天霸，我这喽啰兵，冲我喊的这些话，是你的意思吗？"

黄天霸不知道赵璧在那儿干什么呢，黄天霸也不知道，黄天霸一回头，这工夫赵璧就过来了。

"天霸。"

"怎么回事儿？"

"天霸，我这是给你个台阶儿啊，你要不下的话，咱们连环套可就白来了，一会儿窦尔敦就兴跑了。听我的话，答应他，如果窦尔敦被绑，这一百来人咱就把他都放了。"

"好!"黄天霸一回身,"窦尔敦,如果你要被绑,这些喽啰,我就把他都放了,我言而有信!"

黄天霸一说这句话,窦尔敦把护手双钩一擎,"也罢!"啪,双钩一合,欻,扔在地下,"来!你给窦某上绑!"

第二十六回　重义气窦尔敦服绑
完差使老君庙辞行

赵璧让这些被俘的喽啰兵一起向窦尔敦呼救，让窦寨主扔掉双钩，立时被绑，好救他们的性命。

窦尔敦一听这么多喽啰兵向他呼救，就跳出了圈外。窦尔敦这个人就是这样的性格，宁让一人单，不让众人寒。窦尔敦原来跟黄天霸在争斗的时候，这心里边还在想，看势不好，他想纵身逃跑。可是现在，当他一听到这一百来名被俘喽啰兵向他呼救的时候，窦尔敦把仅存的这一点侥幸心理就已经抛弃了。窦尔敦想：我不能走了，我要是走了，这一百来人就都得死喽哇。所以他跳出圈外，一问黄天霸：你说的这是真话吗？黄天霸一说决不食言，窦尔敦把双钩一扔，双臂倒剪，"来！绑吧！"

窦尔敦一说让他绑，朱光祖等人，当时就一愣，心想，窦尔敦这是真的是假的？别再他身上带什么暗器……

谁去绑？黄天霸去绑。黄天霸把单刀在背后一插，"好！佩服窦寨主，重义气！拿绳子来……"

旁边有人把绳子递过来，黄天霸把绳子手中一提溜，他奔窦尔敦跟前就走过来了，一走的工夫，窦尔敦突然喊了一声："且慢！"

"窦寨主，怎么？难道说你又反悔了吗？"

"不！黄天霸，我来问你，今天窦某服绑，把我绑上之后，你真能把我那些个弟兄都放走吗？"

黄天霸说："黄某说话，从不食言。"

"不过还有一件，"窦尔敦往旁边看了看，跟随他的近身喽啰兵，还有那么二十多位呢，"这几个喽啰兵，也是我的属下，有窦某一人应罪，你……把他们也能放下山去吗？"

"哦……他们这些人，算不得什么，只要你被绑，你是主犯，这些个从犯，黄某一言断定，概不追究！"

"好！如此说来，黄天霸，窦某，要谢谢你了！来！"

窦尔敦一转身，黄天霸提着绳子来到跟前，啪，秃噜，绳子抖开，啪，往上一绑，捆上了。

这段书叫朱光祖盗钩还钩，窦尔敦是拒绑服绑。

把窦尔敦捆上，窦尔敦一转身："黄天霸，你要兑现你的诺言。"

"那当然！来呀！把那边那些个被俘的喽啰兵，绑绳都给他松开，让他们下山去吧！"

这回这喽啰兵，一会儿的工夫，被官军们把绳子全给打开了。这些喽啰兵临走之时一起来到窦尔敦的跟前，呼啦跪下了一片。"窦寨主啊，窦寨主！苦了您了！我们走了，我对不起您……"

"哎……众家弟兄，窦某无才，耽误了你们的前程，窦某无能，让你们跟着我都受了罪了。快快去吧……"

窦尔敦此时刻心里边非常难受，这几个喽啰兵给窦尔敦磕完了头，站起身来，呼噜呼噜呼噜，全都走了。身旁边还有二十多个窦尔敦的护卫喽啰兵，这些喽啰兵都没动。黄天霸来到这一部分喽啰兵跟前："哎，你们这些喽啰兵听着，刚才你们窦寨主给你们讲了情了，我黄天霸对你们，网开一面，放你们一条生路，你们全都下山吧，官军绝不会拦挡你们。哪个胆敢拦挡你，你就说，我让你们下的山。"

黄天霸说完这几句话，窦尔敦身旁这二十多个喽啰兵，站在那儿纹丝不动。窦尔敦一看："几位弟兄，你们还在这儿愣着干什么？为什么还不快走啊！啊？"

这二十几个喽啰兵，扑通，一起给窦尔敦跪下了。"窦寨主，我们这些弟兄，跟随您十几年了，今天，您已经被绑了，我们怎么能走呢？窦寨主，您的为人，我们一向钦佩，我们决心，跟您就跟到底了。窦寨主，今天您被绑了，恐怕到在京城里，您得蹲班房坐监牢哇，就您一个人去，您不寂寞吗？我们众位弟兄，情愿跟您做个伴儿。如果说把窦寨主要出红差砍脑袋，我们大家伙儿，到阴曹地府，还给您当护卫！"

这几句话说出来，窦尔敦半晌无言，这眼圈儿里边这泪呀，就下来了。"众位弟兄，窦某谢谢你们了！"扑通，窦尔敦被绑着，跪下了。

赵璧黄天霸朱光祖等人在旁边看见此情此景，这心中也为之一动哪。赵璧心想：哎呀，这可真没想到哇，窦尔敦这个绿林强盗，对他手下这些喽啰兵，竟然能带出这样一番情感！黄天霸心中都想：窦尔敦果是英雄也！黄天霸有几分佩服。

窦尔敦跪过之后又站起身来："弟兄们，你们走吧！这份情意，我窦某已经领了！"

这些弟兄们，不走，站起来了，胳膊都倒剪过来，"哎，姓黄的，要绑一块儿绑！"

黄天霸在旁边瞧了瞧窦尔敦，"窦寨主，这可不是我黄天霸食言，是你这些弟兄愿意跟你一块儿负罪。来，都绑了！"

呼啦一下子，官军过来之后，二十多个护身的喽啰兵全都给捆上了。捆上之后，跟窦尔敦是站在了一起。

这个工夫，由打后山寨水寨那儿押着郝天龙，还有郝天龙的几名喽啰兵，都上来了。郝天龙哪，这阵儿腮帮子比平常肿出一大块来，让赵璧打的呀。郝天龙直到现在，他也不知道这腮帮子怎么肿的，就记得昨儿晚上跟赵璧俩人一见面，没说儿句话，他弄点儿药儿照他那么一吹，以后他就再不知道。往山上走的这路上，这郝天龙就问他一起被绑的喽啰兵，"昨儿晚上我怎么地了？"

喽啰兵说："我们也不知道您怎么地了，就那小脑瓜儿那小子给您吹了一股药儿，您闻了他那药儿之后就在那儿哼哼，他就打您那嘴巴子，您还哼哼，我们瞅着都奇怪，您说这怎么回事儿？"

郝天龙心想：这小脑瓜儿赵璧可太可恨了，他这药儿是在哪儿淘换来的？绿林之中我也听说过，有蒙汗药，有迷魂药，有拍花药，都是闻上就迷糊，没听说闻上就哼哼的。哎哟！郝天龙心里边觉得别扭，别扭反正已经被绑了。一起聚集到中山寨，这阵儿，四周围，这厮杀之声已经渐渐地平息下来了。山上的很多喽啰们，有的逃跑了，有的被杀死了，有的被俘了又放走了，周围都已经安静了。

这工夫黄天霸带领着众位弟兄，来到了连环套这洞门外，到连环套洞门外的时候，一看这儿躺着两具尸体，一个是于七的，一个是范大勇的。这阵儿的金银花，哭得两个眼睛像铃铛一样，都已经肿了。黄天霸对金银花进行了一番安慰，黄天霸就问金银花，说你是愿意跟着我们一起进京师，你还是有别的打算？这言外之意呢，黄天霸也知道，听赵璧讲过，这个金银花，跟那吴世飞，过去还有一段情意。可是金银花这阵儿，这个回答，不但出乎黄天霸的意料，也出乎吴世飞的意料。金银花说："我哪儿也不去了，黄副将，我呀，就在这山上，给我丈夫守灵。我求黄副将，您别追查我们的罪责了，这我就感恩戴德了。我呢，要买一口上好的棺椁，把我丈夫盛殓起来，在这山上，我要给他守七七四十九天，然后把我丈夫入土为安。他入土之后，我金银花就不需要你们管了，我自己有我自己的去处。"

吴世飞一听："表妹，你要上哪儿？"

"表兄，这个您甭管，您走您的吧，山下不是还有一个没过门儿的表嫂呢吗？"

这一句话就点给吴世飞了，那意思你不是还有个李秋水李寡妇呢吗？你领着她就走你的得了。这阵儿金银花，眼看着范大勇死了，反而觉得自己从情感上跟范大勇更近了。

她一说这句话，黄天霸也只好点头答应，吩咐人给金银花拿出来五十两银子，算作给她丈夫范大勇的抚恤资金。山上边一切安排妥当，黄天霸吩咐吴世飞，带领着人，就把这洞口打开，按着三七二十一颗菊花钉、四七二十八颗菊花钉两次摁门，最后洞门开开，走进去，才把那匹御马月影千里红牵出来。那匹马在这洞里边糗的啊，牵出来之后，走路都快不会了，一瘸一瘸的。怎么呢？这洞里边潮湿呀，虽然每天有草料喂着它，没人儿遛啊，再好的马也不行了。好在这匹马被牵出洞来之后，遛了一遛，就见点儿恢复。黄天霸把山上一切善后事情全都处理完毕，最后，押解着被俘人员，由打连环套山上回转李家镇，就来到李家店。

当他们往这儿走的时候，赵璧呢，向黄天霸短暂地请了一个假。他这一请假，小白龙刘虎跟赵璧一块儿下来了。为什么呢？刘虎有点儿事儿，赵璧不知道刘虎有什么事儿，赵璧说："你看我请假你跟我干吗？"

刘虎说："赵大伯，您不知道，我忽然想起一个事儿来，我得跟您谈谈。"

赵璧说："你有什么事儿要跟我谈谈呢？"

"赵大伯，您猜怎么着？刚才呀，我看见那个金银花，你看那个金银花了吗？这个金银花长得不错呀，您看那个细眉细眼儿的，挺传神哪，啊，作为一个女人，她就算是有点儿那个迷人的劲儿，您说是不是？"

"怎么着？你想怎么着吧？"

"赵大伯，我想啊，您也三十多岁了，我看您呢，找什么样的？嗯？您要想找个大闺女呀，大概那就难了，找大闺女得找丑的，找俊的人家不能跟你。这个小媳妇儿别看是新寡妇，啊，但是这岁数哇，还相当。干脆，您要是愿意，我就给您老当媒人，我就跟她说说。别看她给她男人守孝，哎，守孝完毕之后，她哪儿去呀？她得有个归宿哇！这段儿您进山哪，还跟她打交道，我看她对您这感情还不错，怎么样，我给你拉呱儿拉呱儿？"

"呸！刘虎啊，你这多大岁数儿啊，学着保媒拉纤儿？"

"呃不是的……赵大伯，我那是关心你呀！"

"用不着你关心，我告诉你，小子，你赵大伯现在有媳妇儿了！"

"哪儿的？"

"哪儿的？这还不能跟你说，现在还没碰着呢。"

"你看这什么话啊？你怎么有了媳妇儿还没碰着哇？"

"真的，嘿嘿，我现在就是向我老岳父辞行去。"

"你老岳父？你老岳父在什么地方？"

"我老岳父？就旁边，嘿，那儿有个老君庙……"

"你老岳父是干什么的？"

"我老岳父是老道……"

"哎呀我的妈呀，你岳父是老道？那你那媳妇儿是……是老道的闺女呀？"

"嗐！"赵璧说，"我一句话两句话跟你说不清楚，他原来不是老道！他原来是俗家，知道吗？他是后来才当的老道！"

"哦，你看你这一说把我吓一跳，我寻思你那个媳妇儿怎么是老道的闺女呢，那叫什么玩意儿……"

"行了行了行了，你别跟我去好不？"

169

"不，我看看这老道什么模样。"

这刘虎起哄跟着赵璧上这老君庙里来了。赵璧到老君庙里边，见到花逢吉这位百草道人，前来辞行。辞完行之后，这刘虎跟着赵璧由打这庙里边就出来了，出来之后刘虎问赵璧："赵爷，你怎么说是老道哇？那不是和尚吗？满脑袋上一根儿头发没有。"

赵璧说："好眼神儿！这老头儿脑袋上头有二十八根头发，哎，二十六根绾一发髻，两根儿披散着。"

"哎哟我的妈呀，我头一回儿听说，你早告诉我一声，我细端详端详。"

"你甭端详那个了！"

赵璧领着刘虎也回到了李家店，回到李家店之后，黄天霸让从宣化府带来的这些官军，除了死伤者之外，剩下的全都回转宣化府。另外留下了二十名官军，准备押解因犯。给窦尔敦和郝天龙两个人打造了两座木笼，让这两个主犯，在木笼因车里头。而这二十多名喽啰兵呢，除了拿绳子把他们捆上之后，然后用一条绳儿，把他们穿连到一起，押解着，回转顺天府。

由打李家店这一出发，附近的老百姓都知道了，说官军到这儿把连环套整个儿山寨给平了。很多老百姓是出来观望，也有很多老百姓没见过窦尔敦哪，在街旁边，往木笼因车里边看这窦尔敦。吴世飞呢，没跟着走，正像原先黄天霸答应他的条件，告诉吴世飞，可以领着李寡妇远走天涯，任其另谋生路。

黄天霸、赵璧等九名差官，押解着这一干人犯，往前行进，他们知道，一天到不了顺天府，派小白龙刘虎是提前打店。前边要住宿的这个地方呢，叫倚马村镇，小白龙刘虎到了倚马村镇一打听哪，这个地方，就三个店房，有两个是小店儿，有一个是车马大店。小白龙刘虎就打的这个车马大店，店打好之后，黄天霸随后的人马道队来到这里，一进店房全都住下了。

店里掌柜的先来见黄天霸，黄天霸一看这店里掌柜的长得是精明干练，掌柜的对黄天霸破获窦尔敦的连环套是多加赞扬哪。

黄天霸跟赵璧说："你看见没有？掌柜的对我们剿灭连环套都如此称道，说明此举是顺应民心。"

赵璧一笑："哈哈哈哈，我看这掌柜的，他不像好人！"

第二十七回　庆功酒酒醉黄天霸 调包计计脱窦尔敦

黄天霸等一干众差官，押解着窦尔敦这一批犯人，住在了倚马村的大车店，这个店基本上就被他们给包下来了。店里掌柜的对这些官差显得格外热情，出出进进，笑容满面，并且说："你们抓住了窦尔敦，就等于给我们除去了一害。"但是赵璧就跟黄天霸说："这掌柜的，我看他不像好人。"

黄天霸一听就笑了："赵大哥，我看你呀，是征山剿寨平灭贼寇平灭得平出病来了，看谁都不像好人哪。您说这店里掌柜的，人家认为咱们抓住窦尔敦为民除害，这怎么就不像好人呢？"

赵璧说："不，我就瞅他这长相貌相，不太像好人。"

黄天霸说："赵大哥，有句俗话：人不可貌相，海水不可斗量。您怎么能从他的相貌上就断定他不是好人呢？"

赵璧说："天霸，人不可貌相，海水不可斗量哪，这是指人的才能而言。比方说，三国年间的庞统，长得相貌奇丑，但是号称凤雏。啊，再比方说齐相晏婴，长得个子很矮，但是他有治国之才。再比方说，小脑袋瓜儿赵璧，他脑袋很小，但是多少还有点儿智谋。这是说呀，才华不能以相貌论。我说这个人的相貌长得不好，我是说他的性格。这个人，我从他这个面部表情上，从他的眼神上来观察，这个人不是一个老实厚道人。你别看他长得白白的，胖胖的，一说话，笑容满面，啊，出来进去跟您点头哈腰儿，这个人，据我观察，他是鸡子儿掉油锅里——滑蛋；馃子不叫馃子——油条。他在这个店里边当这个掌柜的，看见咱们这么多官面儿人物住到他店里头了，他这生意也见好了，所以呢，就说一些你爱听的话。其实像这样的人哪，以盈利为目的呀，别看见面满面春风，一走之后就不认识咱们了。"

"哦，"黄天霸说，"这倒是呀，赵大哥，就是你开店的话，谁住到你这儿，你不也得满面春风吗？谁走了你也不能老记着人家呀。"

"这倒是这倒是……"

他们两个刚刚说到这儿，就看外边那掌柜的走进来了："哎哟，呃……二位爷，呃……您哪位……是……领队的？"

赵璧说："他是，这是我们副将老爷，黄天霸。"

"哎哟哎哟，久仰久仰久仰……黄老爷，呃……回您的话，刚才我上上下下，房间都给您安排好了，弟兄们全都住好了。可是，咱们这个本镇的老百姓们哪，听说您在连环套，把窦尔敦这些个贼寇都给抓住了，准备解往京师，老百姓是非常高兴。您为我们这一带呀，除去了一个大患。所以这些老百姓，自发地都聚集起来了，有那么好几十人，就在门口这儿，打算要给您献一块匾。这个匾呢，他们是匆匆忙忙找了一块好红松，刨了刨，请了一位写匠儿，就给写上了，反正代表老百姓这意思吧，给您送匾来了。"

黄天霸一听，哎，你还别说，倚马村这个地方这百姓还真够热情的。这工夫就听这店房门外边是又敲锣又打鼓，咚咚咚咚锵锵锵，还有唢呐之声。

赵璧一听："嘿，天霸，这事儿挺绝啊，这老百姓，还真这么拥戴我们，咱上外边瞧瞧。"

说着话，黄天霸跟赵璧两个人由打屋子里边走出来，来到店房门口一看，果然，聚集着几十名百姓，有老的，有小的，有男的，有女的。头前儿有这么两个五十多岁的人，托着一块匾，匾上写着四个字：为民除害。

黄天霸这一出来，店里掌柜的就给这些百姓们指引："诸位，你们认识吗？这位，就是代我们除害的黄天霸黄老爷。"老百姓过来都给黄天霸见礼，为首的过来这么一位五十多岁的人："哎哟，黄老爷，我们大家伙儿啊，听说，您把窦尔敦这帮贼给逮住了，呃……要在这儿路过，所以呢，我们到这儿来给您送一块匾，表达一下我们的心情。这匾呢，不好，因为什么呢，匆匆忙忙写的，知道您明儿就走，请您收下，这是我们一番心意。"

黄天霸一看，此地的百姓看来对窦尔敦等人是恨之入骨哇，我们平灭了连环套，此举正是顺应民心。

黄天霸向老百姓致意，吩咐手下的官军，把这匾就接过来了。抬到院子里边，放在自己的住室之中。这些百姓们散去了，黄天霸跟赵璧两个人又回到住室，刚刚回到住室，店里这掌柜的又跟进来了。"呃……黄老爷，请问，今天晚上您想吃什么呀？"

黄天霸说："我们这些个人哪，主要是押解这些罪犯，吃什么……你们这儿有什么就给我们置办点儿什么吧，啊，没有什么挑剔，你看着给掂对吧。"

"呃……是这样，黄老爷，小人……我有这么一个想法，我看……黄老爷您带的人也就是三十来人儿吧。"

黄天霸说："对！"是啊，黄天霸一共是九名办差官，再加上二十多名官军，三十来人。

"黄老爷，您这三十来人呢其实有三桌就够了，今天这晚饭哪，您住在小人我这店里头了，就给小人这店里边生辉。小人平常日子，就是下请帖，去八抬轿请您，恐怕您从顺天府也不能上我这儿来，咱们这个地方是偏远山区。今天您到这儿了，这是缘分，再者说了，您呢，把连环套这些贼寇都给平灭了，老百姓都那么拥戴您，作为我这个店里的掌柜的，也得应该有所表示，我没有什么表示的，今儿这晚饭哪，我候了。我做东，我给您预备三桌酒席。这些天来，恐怕您征剿这连环套，也出了不少的力，受了不少的累，也该歇歇了。今天呢，在我这儿打尖住店，就给您解个乏儿，你们这些位，喝个尽醉方休，怎么样？"

黄天霸一听看了看赵璧，赵璧心想，你还别说，这掌柜的，还真挺通人情，还真挺大方，要请客！"好吧，"赵璧说，"既然这样的话，那我们可就叨扰你了。这三桌酒席一共多少钱，最后由我们结账。"

"哎……您这说哪儿去了？如果要让您结账，还叫我请客吗？啊？这您就什么都别管了。"

赵璧说："好了，先谢谢你了。"

掌柜的转身回去了。一会儿的工夫，就看掌柜的把店里的店小二，找出那么四五个来，这店小二伙计，各屋里边串，安排桌案，沏茶倒水，一会儿，这酒席可就做成了。三桌，这三桌酒席就在黄天霸住这屋隔壁相邻的这么两间屋，一屋里边摆一桌，全都摆齐了。

酒菜还真的很丰盛，每桌上边都摆着两坛子好酒。然后，掌柜的，挨屋让，把黄天霸带来这些官军，让到另两间屋去，黄天霸这九个差官，都在黄天霸这屋里边聚齐。后院儿里边那些个人，木笼里边的那些囚犯呢，这掌柜的也给他们安排了一些简单的饭食。同时呢，告诉黄天霸了，我这店里边，有几个小伙计，替你们在后边看着他们，我大门已经上了锁了，他们是绝对跑不了的。黄天霸说："行哪！"

接着这掌柜的，就来到黄天霸这屋就坐下了，看了看跟他进来的店小二，"我告诉你呀，里里外外，你精神着点儿，尤其后院儿那些个罪犯，可别让他们跑了，有个什么风吹草动及时上这儿来禀报。"

店小二说："好嘞，这您放心。"店小二转身出去。

掌柜的把这酒坛儿打开，然后把这个酒坛儿里头的酒，一杯一杯地就都倒满了。掌柜的把这酒杯一端："几位老爷，我，今天是要跟几位老爷攀个高枝儿，呃，略备薄酒，不成敬意，主要是给几位老爷接风掸尘，愿几位老爷回到顺天府，晋级加升，啊，愿几位老爷多给我们黎民百姓办些好事儿，我们大伙儿是忘不了几位老爷的恩德的。我呢，拙嘴笨腮的，不会说什么，就用这酒，表达我的心情吧。来，咱先干一个！"

说着话这店里掌柜的把这酒是一饮而尽，酒喝完了接着又倒上了。赵璧跟黄天霸、关泰、何路通、贺人杰、金大力、神眼计全、小白龙刘虎，等等这几个人，都为他们自己取得胜利而心花怒放。他们觉得是，此番寻找御马，几经周折，历经艰险，最后，终于把盗御马的主犯也抓住了，爷家的御马也得回来了，这可是一个大胜利呀。就连这掌柜的，对我们都如此拥戴，可想而知，我们这件事情，回朝之后，要在大清国朝内，也要引起一个不小的震动。"好，喝！"高兴，俗话说，喜酒闷茶嘛。正因为高兴，所以这酒就喝起来了。左一杯右一杯，一杯一杯又一杯，是酒过三巡菜过五味，一个个喝得是面红耳赤脉涨筋舒，晕乎乎的了，话也渐多了舌头也渐短了，这工夫掌柜的又说了："众位，您知道我今天为什么要请几位喝酒吗？"

哎？赵璧心想，这掌柜的怎么到这时候才说出请我们喝酒的原因呢？这我不知道。

"几位，他是这么回事儿，这窦尔敦哪，实在不像话。他手底下有一个寨主，叫郝天虎，有这么个人没有？"

"对，"赵璧说，"这没错儿，有个郝天虎。郝家庄四个呢，龙虎彪豹。"

"对对对对，这个郝天虎，上我这店里边给洗劫了一回，哎哟，那下可把我害苦了！那天哪，我这店里边是满满地住的都是店客儿，嘿，他领着那么二十多个喽啰兵，骑着马，拿着兵器，就来了。进了店之后，大门口一堵，后门儿一堵，谁也不准出入。您猜怎么着？挨屋洗劫，有什么拿什么，有钱拿钱，有衣裳扒衣裳，有值钱的东西也全都捎带走。这郝天虎，把我这店里边整个儿洗劫一遍，最后，骑着马，走了。他们走了，您说我怎么办？啊？第二天早晨起来，这些个店客都骂我呀，说你是什么店哪，你是贼店！你跟这些个强盗是勾结到一块儿了，让我们住在你店里边，晚上，他得洗劫我们！我说我也没办法呀，那强盗要抢你们，我说我不让他抢，他听我的吗？话又说回来了，就我自个儿也没少给他拿银子，要不然他也不能饶我呀。人家那店客，什么话也没说，走了。可打那走了之后，你搁不住人嘴两张皮呀，一传十十传百百传千千传万，结果，我这个店，本来挺好的生意，打那以后就下去了，谁也不敢住我这店了。大伙儿往外一传哪，都说我这个店是黑店，住在这店里边没有保障，金银财宝说不定什么时候就丢。哎呀，你说把我愁的哪，我告诉官府了，官府说：你让我们去征剿连环套？连环套那伙贼太厉害了，我们征了好几回了，连人家那山都上不去。我一看这不就没辙了吗？我这个店在这儿，开得不是地方！离着连环套太近哪。我呀，这些日子一直在想搬家呢！可没想到，您这几位到这儿一来，把这连环套给平了，把这些贼给逮住了，这一来，我这店里生意就有希望了，您就是我的活财神哪。您说财神爷到这儿了，我能不请你们吃顿饭吗？我要把您几位得罪了，那我就不知道好歹了。"

"哎……"赵璧说，"你不请我们吃饭，我们也不会怪罪你，怎么能说得罪我们呢?"

"呃……我这个意思……我得向外表达,所以冲这手儿,咱再干三杯,干不干?"

哎哟,这掌柜的把这酒杯又端起来了,这些人于是又连干三杯。

这掌柜的,真海量,左一杯右一杯,一直喝到三更天,黄天霸都觉得这酒有点儿多了,赵璧呢,最后,干脆,就怎么也不喝了,因为他觉得头晕脑涨了。

掌柜的一瞧,"几位老爷,怎么样?您喝好了没有?呃……要没喝好咱接茬儿还喝,我今天是豁出去了!"

赵璧说:"行了行了行了……嗯……这个酒喝到这样就行了,再喝那就该往外倒酒了,那就难受了,咱就打住行不行?"

掌柜的说:"好,嗯……您几位好好地休息,明天呢,不用起大早,啊,睡个早觉儿,傍中午的时候,您再走,愿意走就走,不愿走明儿中午,还是我请。"

赵璧说:"行!"

掌柜的转身告辞出去了,赵璧跟黄天霸他们各自回转自己的寝室,连衣服都没脱,咕咚往那床上一倒,就睡着了,借着酒劲儿啊。

这一觉,睡到第二天早晨,五鼓天明,天都大亮了,太阳都出来了,这些官军们,再加上黄天霸这些老爷们,一个个的这才起来。赵璧由打自个儿的房间里边出来,伸了个懒腰打了个哈欠,"啊……"嗬!

这酒喝的呀,哎呀……赵璧忽然想起来我得上那后院儿看看,窦尔敦等人都在那儿押着呢。赵璧急急忙忙来到后院儿,到后院儿定睛一瞧,窦尔敦等一干罪犯,一个都没有了!

啊?坏了!赵璧一看旁边草堆那儿直动弹,到草堆一扒拉,一看草堆里边捆着几个人。赵璧说:"你们是干什么的?"

这几位回答:"我们哪,我们才是开店的呢!"

第二十八回　得御马回京复旨
　　　　　失重犯限期破案

　　赵璧来到店房的后院儿，发现窦尔敦等一干人犯，全都没了。仔细一瞧，在那边乱草堆里边，有人蚰蜒。赵璧到跟前儿把这乱草堆扒开，一瞧这乱草堆里边，被绑着，藏着四五个人。

　　赵璧一问，说你们是干什么的，这几个人直摇脑袋。赵璧把他们嘴里堵的东西掏出来，这才说话："我们哪，我们才是店里真正的掌柜的呢。"

　　赵璧赶忙把他们的绑绳都给松开了，松开绑绳之后，赵璧让他们到前边来。这工夫黄天霸已经出屋了，正准备要洗漱。赵璧说："天霸，告诉你，出大事儿了！"

　　黄天霸说："怎么地了？"

　　"怎么地了，窦尔敦他们都没了！"

　　"啊?!"黄天霸当时也震惊了，他急急忙忙奔后院儿看了一圈儿，果然，没影儿了。黄天霸这才回来，进了自己的屋子，赵璧把这个自称是店里掌柜的这几个人，也叫到屋里来了。

　　赵璧说："别着急，慢慢跟我说，到底怎么回事儿？"

　　"嗐，我跟您说呀，几位，我知道您都是老爷，我们哪，是这店里的人，我是掌柜的，这都是伙计。我们哪，昨天中午，正在这店里边哪，关照店客呢，在外边稀里呼噜，就闯进来好几十人，为首的一个，就那四方脸儿，白白的，胖胖的，进来之后不容分说呀，就把我们全捆起来了。把嘴堵上之后，告诉我们，让我们老老实实的，不准出声儿。如果出声儿，非把我们宰了不可，就把我们塞到后院儿那草堆里头。后来是怎么回事儿，我们就不知道了。但是我们在草堆里边能听得着，前院儿的动静。哎哟，他们张张罗罗的，也不知道都干什么，直到昨天晚上，才听见吆五喝六的，有的屋子里边有划拳行令的声音。我们也不敢言语呀，我们不知道这店里边发生了什么事儿啊。所以今天早晨您过去，把这草堆扒开，看见我们几个人了，这才容得跟您说了几句话。"

赵璧说："我问你，那个四方脸儿，白白的，胖胖的那人你认识他吗？"

"我……我我不认识啊，素不相识呀。"

"我再问你，你们这一带，窦尔敦他手下的人，曾经到这儿骚扰过你们吗？"

"窦尔敦？你说连环套那儿？"

"啊！"

"连环套那儿我知道有贼呀，但我们这儿离连环套毕竟还远着呢，没往这儿来过。"

"天霸，咱上当了，中了人家的计了！"

黄天霸这阵儿一句话也不说，这脸气得煞白，"唉，赵大哥，您不是说这掌柜的，他就唯利是图吗？你眼神儿这么好，说他不像好人，你也没看出他是贼来呀。"

"他他他他……是呀……我一见面瞅着他，那个劲儿有点假，但是我没想到他他……他妈的他能办这事儿！"

"是啊，这样，给我鞴匹马来，我随后追！"

"别，天霸，往哪儿追呀？东西南北四个方向，你知道他跑哪儿去了？再者说了，昨儿晚上，咱都喝多了，躺到床上，睡得跟死猪一样，他们肯定不到天亮，四更天，他们就得走了。现在跑出一个多时辰去了，往哪儿追他也追不上了，他们绝不会慢跑！"

"唉……有没有人看见，那个白白的胖胖的，他在哪屋住？"

"他在哪屋住？问问……"

赵璧出去，一打听手底下的官军，其中有一位官军说了，说昨儿晚上，看他上那东间儿三号屋那儿住的。

"是吗？好！"

赵璧跟黄天霸以及关泰等人就来到东间儿，一看这屋子里边是空空的，床上的被褥根本都没动，但是在桌子上，写着一个字条儿。黄天霸伸手把这字条儿拿起来一瞧，字条儿是用墨笔写的，开头儿是"黄天霸得知：感谢相助，他日再报，愿你高升，后会有期。"下边就写了一个字儿，柳。

柳？

赵璧说："这字迹得留着，咱们可以按照这字迹，好抓人。"

"唉……"黄天霸把这纸叠叠，揣到了怀里。"赵大哥，那咱们下一步怎么办呢？"

"怎么办，呵呵，这事儿我看没有别的办法，咱就……回京师吧……哎！看看槽头上的御马丢了没有！"

马上吩咐人一看，所幸这御马没丢。

赵璧说："还行，这帮小子主要是顾着逃命，他也不想再把御马牵走了。御马找回来了，咱们回去见康熙皇帝，还算有个交代。不过，御马找回来了，盗马的罪犯没抓到，这也是个事儿啊。原来我想咱们回北京就去龙楼请赏，现在看来回去咱们还得领罪呀。咱们没有尽到职责呀，让已经被捉住打入木笼里边的盗马罪犯半道儿又跑了，如果人家要一细问，怎么让他们跑的？就说，咱们哥儿几个听说掌柜的请客咱们都高兴了，就跟人家在这儿喝，喝到半夜，都喝得五迷三道，最后倒到床上睡着了，第二天早晨起来，再看人家都跑了。你说我们这帮办差官，饭桶不饭桶哪！啊？"

黄天霸说："是呀，那，依你，我们得怎么说呢？"

赵璧说："这样，把他们这些个官军，都叫在一个屋来，一个屋装不开在外屋站着，听我讲。"

大家伙儿都集中到一块儿了，赵璧在这里间屋里，跟众位就说了："众位，事儿是明摆着，你们也都看见了，窦尔敦等人，被他们救走了。我们昨天晚上，就不该吃这饭，我们就该打自个儿俩嘴巴，怪自个儿嘴馋！干吗非得喝这酒？结果喝完了，误了大事儿。啊！我们现在，要回到京都，去复命哪。我们不能说因为贪杯恋盏，就丢失了罪犯，如果那样的话，我们大家就都没有面子，那么我们说什么呢？我教给你们啊，咱们统一口径，都得这么说。就说：我们来到了倚马村这个地方，住在这店里头了，晚上睡觉之后，不知不觉地就都昏迷过去了。这是黑店，这贼呢，用熏香，把我们全都熏过去了。我们一下子到第二天早晨起来日上三竿才醒，醒来一看，结果让他们把这些罪犯都救走了，就按我说的这口径来讲，哪个要是胆大包天，敢说喝酒误了事了，那我就说他一个人喝酒了，我们都没喝，这罪责就指到他身上。你们都听明白没有？"

这些官军在外边一听："都听明白了！"

"好，咱就这样办吧。——天霸，你看如何？"

黄天霸说："事到如今，只可如此了，走吧……"

黄天霸说："我纳闷儿啊，昨天那些老百姓，跑这儿给咱们送匾，那是怎么回事儿啊？"

赵璧说："我估计这个事儿啊，也都是这伙强盗他们假扮的，不会有老百姓给我们送匾，不信，你就了解了解。"

赵璧把这个店里头真正掌柜的找来，问这真正掌柜的，掌柜的说送匾的事儿我没听说。赵璧细想，也不可能有这种事儿。人家掌柜的说了，这地方对窦尔敦，都不太熟悉，不像昨儿那个"掌柜的"说的那样，哎哟，这地方被窦尔敦几次遭害，又说什么郝天虎到这儿还劫过他……冲他这一说一点出郝天虎来，证明他跟窦尔敦就同伙儿。

赵璧心想，这小子这戏做得可真足呀，跟真的一样！能把我这眼睛给搪过去，这应该说是高手儿。服他了！赵璧来到后边瞧了瞧那块匾，这匾也不能带着了！气得赵璧冲那匾踹了两脚。

于是，这一干差官，领着官军，带着御马，离开了倚马村镇，直奔顺天府。他们回到了京师之后啊，先到顺天府见施大人施世纶，向施大人施世纶复命。跟施大人说话的时候，黄天霸说的可都是实话。黄天霸觉得跟施大人不能说谎，他就在倚马村镇怎么住下被人家灌醉了耽误了事了，如实禀报。禀报完了黄天霸把赵璧编那瞎话也跟施大人说了。施大人一听，点了点头，"天霸，赵璧，你们也不要着急，这件事情既已如此，我们就想办法，再追拿窦尔敦。我想，窦尔敦被他们救走之后，也不会走得太远，我们立即刷写公文，四处追捕，说不定还能把他们拿得到。"

黄天霸说："窦尔敦可不同于一般的人，那是绿林当中的一个总首领，他一旦被人救走，再想把他抓回来谈何容易呀。"

施世纶说："我们追缉一下看看吧。"

于是顺天府出公文，四处捉拿窦尔敦。施大人呢，又亲自到内宫里边，见康熙皇帝，向康熙皇帝讲述了追剿窦尔敦的过程。当然，施世纶没说黄天霸等人是因酒误事，只像赵璧所说的那样，说他们中了贼人的熏香，昏过去了，所以，才让他们逃跑。康熙皇帝告诉施世纶，让他手下这一堂差官，三个月之内，把窦尔敦等逃跑的犯人抓获归案。

施世纶回来跟黄天霸等人一讲，黄天霸、赵璧、关泰等一干办差官，这心情就紧张起来了。三个月内破案，啊，破不了，这康熙皇帝大概要责问哪。于是众位弟兄在京城内，以及在四乡八镇到处出访，打听窦尔敦的下落。他们是深秋的时候回的京师，一直到第二年的开春儿，春暖花开了，这窦尔敦也没找着。黄天霸这一个冬天哪，瘦了十来斤，赵璧呢，这脸儿，也有点儿憔悴了。抓得着抓不着窦尔敦在其次，主要他们担心康熙皇帝对他们怪罪。这天忽然听到宫内传出来圣旨，让施世纶带着黄天霸，到宫中养心殿，康熙皇帝要召见。

一听到这个消息，黄天霸看了看施大人，"大人，康熙皇帝召见我们，是不是为了捉拿窦尔敦的事情？"

施世纶说："十有八九是为这件事吧。"

黄天霸说："大人，如果为了这件事，大人，您尽管就往小人我身上推，就说小人我等，没有什么本领，捉不到贼，有失职守，如果皇帝降罪，都由小人我们承受。"

"哎……"施世纶说，"你把话说到哪儿去了？皇帝降罪，能说你们承受我就不承受吗？啊？毕竟你们是给我当差的。这些个事你先不要过虑，到宫里边见了皇上，听听皇上跟咱们说什么。"

于是施世纶带着黄天霸，就进了宫，在养心殿朝见康熙皇帝。一见康熙皇帝的时候，施世纶他先看看康熙皇帝这面部表情，瞧瞧皇上今天这情绪怎么样，是高兴哪，还是不高兴哪？这脸上是有笑容哪，还是面沉似水啊？因为皇帝召见的时候，皇帝的情绪如何直接关系着大臣。如果皇帝情绪好，这大臣甚至说两句过头的话，皇帝都可以原谅；如果皇帝情绪不好，你哪句话说的皇上不爱听，说不定就降罪在你的头上。

施世纶一看今天康熙皇帝坐在那儿，这个面部表情非常自然，施世纶带领着黄天霸施罢了朝拜之礼，跪在旁边。

施世纶说："陛下，召见微臣，不知有何指派？"

康熙皇帝说："施世纶，黄天霸，你们平身，在旁边坐下吧。"

有人搬过两个绣墩，让他们在下垂首坐下，康熙皇帝说："施世纶，朕命你们捉拿盗御马的罪犯，如今多长时间了？"

这一问，黄天霸这个心就揪起来了，是啊，三个月限期，现在四个月了。黄天霸想大概皇上这茬儿还记着呢。国事那么忙，我们这个事儿，他还没忘。

施世纶说："陛下，已经逾期一个多月了。"

"找着没有哇？"

"陛下，尚未找到。是微臣才疏学浅，低能乏力，有愧于圣上的重委。"

"施世纶，你估计什么时候能找着这窦尔敦呢？"

"陛下，这……再容臣……一个月之期吧。"

"一个月之期？我看再给你三个月，大概你也抓不住这窦尔敦。四个月没抓住再一个月就能抓住吗？朕想，这个窦尔敦，乃是江湖上一个飞贼，逃走这么久的时间，再抓他也就不易了，对这个事，不着急了。好在把朕的御马已经得回来了，盗马的罪犯，什么时候抓住，什么时候再算他的账，你看如何？"

康熙一说这句话，施世纶这心里边就像开了两扇窗户一样，心想，哎呦，皇上真圣明，你瞧见没有？无限宽限！你随便儿，爱什么时候抓住就什么时候抓住。施世纶这个心情刚这么一放松，接着就听康熙又说："施世纶哪，今天朕把你召进宫来，是另有一件事情，这件事，比抓窦尔敦更重要。"

第二十九回　杀使臣苏州丢金蟾
　　接冤状万宅救少年

　　康熙皇帝在养心殿召见了施世纶和黄天霸，当问及对窦尔敦的追缉情况的时候，施世纶和黄天霸两个人，很为没捉住窦尔敦而心中感到愧疚，但是康熙皇帝并没有怪罪他们。同时皇帝还说了一句，对窦尔敦，可以无限期地捉拿，什么时候拿住都可以。施世纶听到这里，他心中感到很宽慰，暗想：皇帝圣明！可是就在这个时候，皇上又说了一句："我把你召进宫来，有一件比捉拿窦尔敦还重要的事情。"

　　施世纶心想，我说今天皇上态度那么好呢，敢情他又有事要找我了。施世纶在这儿听着。康熙皇帝说："施世纶哪，迷罗国国王给朕送了一件东西，这是因为皇太后要过生日了，他派人送来一份寿礼。这个寿礼，用他们那国家的话来说呢，我叫不上来，朕也没记住，但是翻译成我们大清国朝的话，叫炸海金蟾，据说这个炸海金蟾是一个玉制的东西，可能就像青蛙之类的吧。咱们国家管四条腿儿的叫青蛙，三条腿儿的叫蟾，它这个是不是三条腿儿，朕就不知道了，说这个东西，要放在水里，这水周围就咕嘟咕嘟要开了一样，可称是稀世奇宝哇！他派了一个使臣，带了十几名随从，带着这个东西，当他们走到了江南苏州，住在金庭驿馆以后，第二天早晨起来，他这个领头儿的使臣被人杀了，这炸海金蟾丢了。随从的十几个人，来到了京师，向朕已经禀报了。这件事，朕听了之后非常气愤，这有伤两国之交哇，也有伤我大清朝的尊严，也有伤朕的面子。苏州金庭驿馆里边儿，居然会出现杀害外国使臣盗取国宝的大案，而苏州府的知府，束手无策，也找不着是谁做的这个案，也毫无有线索呀。苏州这一堂官，据当地百姓们来看，说都是一些昏庸之辈，他们以权谋私，无心为民。当地百姓不时有上告的信，上告的书函，寄到了吏部，寄到了御史台。朕听到之后，可以说为此事几夜未寐，我就想起你来了。施世纶，记得当年你曾经受朕之封施不全，出任江都县令，在为官期间，破了很多奇案，那一带的百姓，对你是有口称颂哪。今天，在苏州出现了这样的一个大案，朕想派你去趟苏州，明察官宦，暗缉盗贼。苏州这堂官员，如果有贪污受贿，为害百姓，罪恶昭彰者，你可以就地查办。你就是奉朕旨意出朝的钦差，暂且在苏州府担任一任知府，何时能捉住盗国宝杀人的罪犯，你何时再还朝复旨。施世纶不知如何呢？"

康熙皇帝说完这一番话，施世纶一听，这又是一件大事儿，也是一件最棘手的事儿。把外国使臣给宰了，把进贡的国宝给偷走了，哪儿找去？这玩意儿说炸海金蟾，是个玉制的像小蛤蟆似的东西？这比那御马体积小得多呀，随便揣到哪儿，更不好找啊！但是，皇上要让他去施世纶能说我不去吗？更何况那窦尔敦你还没抓着呢，皇上一生气，怪罪下来怎么办？

施世纶说："陛下，既然万岁爷如此重看微臣，臣当竭尽全力而为之。"

"好吧，施世纶，收拾一下，安排安排，即刻登程。"

"谢万岁！"

当下康熙皇帝给施世纶写了一道圣旨，施世纶领着圣旨带着黄天霸回到了顺天府。施世纶马上把手下这一堂的办差官召集到一起，跟大伙儿说，这回要来趟下苏州。而且这次下苏州，比那回上连环套，捉窦尔敦盗的御马，要困难多得多，难题要多得多，这一路上还有一个"明察官宦，暗缉盗贼"，明面儿上，是奉旨钦差出朝，沿途之上，还得查访为官的清廉程度如何，康熙皇帝很重视这件事。

这些个办差官一听，大人既然要下苏州，我们大家就得全都跟着了。于是施世纶让诸位官差都各自做一番安排。

这回下苏州，要带谁呢？这一堂办差官，当然是一个不少，像王殿臣哪，郭起凤哪，这都得跟着。另外还有一个编外的老人家，铁臂熊褚标，也愿意跟着前往。同时呢，何路通又向施大人推荐了一个他最要好的朋友，姓哈叫哈三巴，这人是一个回民，少数民族，跟着一起前去。施大人考虑到此次抓差办案情况复杂，说不定会碰到什么意外，他就让黄天霸的夫人张桂兰，还有关泰关晓曦的夫人褚莲香，这两位女中豪杰巾帼英雄也跟着一起下苏州。

这一切都安排停当，各自准备好了，于是这一天，施大人乘坐着一抬八抬大轿，带领着一堂办差官，还有几十名随从衙役，由打京师动身，直奔苏州而来。

施大人由打京师动身，过卢沟桥，走良乡，这天来到了涿州地界。前边儿闪出一个镇子，这个镇子叫冯集镇。这冯集呀，镇子上边有这么千百户人家，大轿本应该是从这个镇子里穿过去的，不在这儿停留。可是施大人这个轿刚刚走到镇子口儿这个地方，就看顺着对过儿那个大街上，呼噜呼噜呼噜……来了一帮男女老少聚在一起的百姓队伍。这一伙儿老百姓来到施大人的轿前，呼啦的一下子，可着大道跪倒了一片。这一下子抬轿的，也不能走了，道队也不能行了，肃静回避牌也都停住了，施大人这个轿可就落下来了。就听前边这老百姓一起喊："大人哪，大人给做主吧，大人……"

这工夫施大人吩咐赵璧到前边看看，赵璧来到前边一瞧，哎哟，这是干什么？

"哎……众位众位众位……你们这是干什么？"赵璧这一摆手，一看头前儿啊，有这么两个人，扯着这么宽，有两庹多长的一个白布条儿，"我们要见施大人，我们听说施大人要下苏州，要见大人。"

"等会儿等会儿等会儿……"赵璧一看这白布条儿写的什么呀？白布条儿上写的是："本镇居民，呈请青天大老爷施大人：饶恕少年黑世杰过失杀人之罪。"什么呀这是？底下没词儿了。

赵璧说："你们这些人跪在这儿，就举着这么一白布条儿，这黑世杰是谁呀？啊？什么过失杀人之罪呀？我们都不知道哇，怎么跟大人回禀哪？"

这工夫就看前边这十几位一起张嘴："我说这位老爷您不知道，那孩子可不怨他，那个就说呢……那个……你说那万彪吧……他死了不能这样……就是这个……他那不是那么回事儿……他那个刀吧他这边儿那边儿……"

"哎……行行行行行……够乱的了，我说你们哪个是能说会道的？推出一代表，跟我说。"

"呃……我说……你……哎……老冯头儿……你去你去……"

这工夫在人群里边站起一位老者，这老头儿有六十来岁，花白的胡须，几步走到赵璧的跟前，"哎，这位老爷，这件事我能说得清楚。"

"你能说得清楚哇？好，那你跟我到大人轿前回话。"

"哎哎哎哎……"

赵璧领着这老头儿就来到了施公的轿前，"回大人……很多老百姓，把这轿拦住了。可能有件事儿，也不什么一个少年是怎么地过失杀人，也不知怎么回事儿，乱七八糟的，刚才您也听见了。呃……我都没听清楚，那您肯定更听不清楚了。呃……有这么一位他说他能说清楚，您让他跟您说。"

施公在轿里边坐着，已经把轿帘儿挑起来了，他看了看面前这老者，"老人家，轿前回话。"

这老头儿抢两步，扑通，往轿前一跪，"施大人，呃……我们早听说了，说您要从我们这儿路过，哎我们这儿吧，出了这么一件事儿，它是昨天的事儿，就昨天响午前儿啊，我们这村里边儿啊，有一个剃头的小孩儿，叫黑世杰，这孩子，大人，那才好呢，那才仁义呢。给我们这村里边啊，这上岁数人哪，剃头都从来不要钱，会剃头，会刮脸，会理须，这个小孩儿别提多仁义了。可是昨天中午哇，就给我们村这头号儿财主老爷万彪万员外，给他呀，呃……修面的时候，呃……也不知怎么回事儿，这个孩子呀，这个手法这刀没把握住，一下子把他的气管给拉断。这气管一拉断，你说那万员外让他给拉死了，你说人家那府里的人能饶得了他吗？万员外那儿子，叫万代发，这万代发呢，就把这孩子给抓起来了。说这个孩子是有意杀人，要杀害这个万员外。这个孩子就哭着跟他们说，说我不是有意的，我是走了手了，这一刀把他的气管给拉了。但是不管怎么说，这人命关天哪，但是呢，这万代发就把这孩子抓起来之后哇，把他绑到了他爹那个灵堂前边，皮鞭子蘸水呀，打了一夜，这孩子眼看就完了。他说非得把这孩子打死不可。我们这个镇子里边的老百姓哪，觉得这个事情不公平，我们就想找找官面儿，这官面儿人呢谁也管不了，再说了，人家万员外在官面儿上人家也吃得开。我们想哪，这孩子才十五岁，您想十五岁的孩子，他犯了这么一个错儿，那就至于是死罪吗？是不是？大人，听说今天您要从这儿路过，所以我们大家就一起都来了，想给这孩子求个情，请大人呢，您给明断一下这个事儿，能不能保住孩子这条命，大人哪，您是青天大老爷，我们大伙儿都知道，求您给说说话吧，大人，我给您磕头了。"说着话这老头儿咕咚咕咚跪地下就磕头。

老头儿在这儿一磕头，后边那些个老百姓一起不约而同地都跪下磕头。此情此景倒使施世纶感到有些惊异，施世纶心想：一个十五岁的孩子，是一个拿着刀剃头刮脸的，居然能引起全镇子的百姓为他求情，这孩子人缘儿可也不错。那么换言之，这本镇的最大财主，这万员外，他死了，居然这些人对他毫无怜悯之意。

施世纶说："老人家，您且平身，我问你这孩子现在何处？"

"哎哟，正在老万家在那儿挨打呢，眼看就死了！"

"好，如此说来，本部堂打道万宅。"

说话间，人抬轿起，这老头儿闪开道，这些老百姓也躲开道路，一起簇拥着这乘大轿，就奔万宅而来。

有老百姓给引着路哇，来到了万宅大门外，老万家院子里边正在办丧事，门口这儿挂着白纸方子，再加上院子里边正在打人，门口这儿围着一帮看热闹的。施大人这个轿往这儿一到，看热闹的人稀里呼噜地就都闪开了，施大人这轿就在万宅大门外落下来了。

施大人告诉黄天霸："天霸，你到院子里边看一看，是否果如百姓所说，如果有人正在打那个孩子，把那孩子和这家的主人，一起叫到轿前回话。"

黄天霸迈步就走进了这个清水脊的门楼儿，一看院子里边平放着一口棺材，在棺材旁边，立着一个柱子，柱子上捆着一个孩子。这孩子上衣被脱掉了，旁边有一个人，皮鞭子蘸水，正往孩子的身上狠劲抽打，啪啪啪啪……孩子这阵儿，已经耷拉了脑袋了。

黄天霸看到这种情况喊了一声："住手！"

"啊？干什么的？"

"干什么的？我们是奉旨钦差施大人南巡下苏州的道队，行到你们这个地方，听说你们这儿有人正在打人，施大人有命令，让你们这屋子里边的主人，再加上这孩子，一起轿前回话。"

"啊？"这小子们一听说奉旨钦差，都吓坏了，"啊……这……"

旁边过来一个人，大概这个就是那万彪的儿子，万代发。二十多岁，长得一脸横肉，来到黄天霸的跟前，他把黄天霸看了两眼，然后探身子往那大门外边瞧了瞧，那儿有一乘大轿，很多百姓在那儿簇拥着，就知道来者不善。"怎么着？您找我？"

黄天霸说："正是，施大人找你轿前回话，把这孩子松下来！"

"呃……好，把他放下来！"

他手下人就把这孩子给解开了，绑绳松开之后，这孩子强死赖活儿地在这儿站着，身子都有点摇晃。黄天霸说："孩子，来，跟我一起到轿前去见施大人。"

这万代发跟这孩子一块儿出了大门就来到施大人的轿前，一起跪在了施大人的面前，往这儿一跪。施大人在轿里边定睛一瞧，"你们两个人谁叫万代发？"因为刚才老百姓告状的时候已经说了。

这万代发就说了："大人，小人我叫万代发。"

"你因何殴打这孩子呀？"

"大人，他杀害我爹爹。"

"他杀了你爹爹？用什么杀的？"

"他用那剃头刀！"

"哦？孩子，你叫什么名字？"

"大人，我姓黑，叫黑世杰。我是剃头的，我也不是有意杀他，我这个刀哇，给他刮到脖子那儿，他的脖子上有个瘊子，有个瘊子一挡我这刀哇，我略微那么一使劲儿，那刀，吱儿，就下去了，这气管儿啊，就拉折了。"

施大人一听："看来这万财主，这脖子，长得不太结实。"

第三十回　冯集镇百姓拦钦差
黑世杰剃刀杀财主

　　施世纶把万代发和这剃头匠黑世杰带到了轿前回话。万代发呢，简单地诉说了事情的经过，当施世纶问到黑世杰的时候，这个黑世杰一回话，施世纶一听，暗想：看来这个万彪的脖子有点儿不结实呀。施世纶为什么要这样想呢？他觉得黑世杰这个回答里边有些蹊跷。是呀，这人世间，什么意外的事都有，有必然的事情也有偶然的事情，你比方说走道儿都摔跟头，常摔跟头，这是常事，但是说摔了一个跟头，把浑身上下骨头都摔错环儿了，这就很少听说。说吃饭噎着，这是常事，说一口气儿噎死了，这就少有了。这剃头刮脸说拉个口儿，这常听说，说这一个口儿把气管儿给拉断了，这还从来没听说。

　　施世纶瞧了瞧这个黑世杰，心中暗想：这个孩子，刮脸把别人的气管儿给刮断了，这似乎有点儿于理不合呀。但是，你说他不是刮脸刮断的，你说他是有意杀害？嗯？好像又找不出原因。这个工夫施世纶又瞧了瞧跪在旁边的万代发——万彪的儿子，施世纶想，就根据老百姓们，一起联名，大家伙儿拦轿，替这黑世杰喊冤，替黑世杰讲情，而对他父亲万彪之死毫无怜悯之意，证明他父亲万彪在这一带，为人一般，说不定也是一个作恶多端的人。尤其看这万代发，长得一脸横肉，说话语言混横，不像一个善良之辈呀。再瞧他这名字，啊？万代发。万代发？他们家是财主哇，一代发了还不行，还想发一万代，这是一个追求金钱的人家。

　　施世纶看了看这位万代发，"万代发，本部堂问你，你把黑世杰捆绑在这桩橛之上，毒打了一夜多，打得他死去活来，堪可毙命，本部堂到此，才得查问此事。你打算把这黑世杰如何处置呢？"

"老爷，他把我爹一刀给杀了，我得替父报仇，所以，我想打死他！"

"哦，你要替父报仇，你父和他有何冤何仇？"

"啊？冤仇……没什么冤仇哇……"

"那么，黑世杰，你与他父万彪，可有宿怨？"

"老爷，我们哪儿来的宿怨哪？我们啥宿怨也没有哇！"

"是呀，既然一无宿怨，二无冤仇，你又何谈替父报仇呢？"

"老爷，您想啊，他把我爹给杀了！"

"他把你父杀了，这属于过失犯罪呀，念他技艺不高，他又是一个孩子，所以一时不慎，做出了这么一件事情，也谈不上跟你父有仇哇。如果他要真跟你父有仇，故意地把你爹爹给杀了，这他就有大罪了。现在，只能说他是因过失而害了人。"

"那……那不行！那我……那我得打死他！我爹死了，我就得要他的命！"

"嗯……岂有此理！你爹死了，是由于他不慎致死，你要打死他，你就是故意杀人了。大清国的律条有一条规定：不准私设公堂，刑讯孩童。你就犯了这一条。本部堂今天是来得及时，倘若晚到一步，你如果把这个孩子打死，你要拿出钱来，赔偿这孩子的家属，同时，你还要给这孩子买棺椁，给他发丧出殡。弄不好就得跟你的父亲一块儿发丧。"

万代发一听，跟我爹一块儿发丧？头前儿是我爹那大棺材，后边是他那小棺材，我在前边打着幡儿在那儿哭爹，我又给我爹当儿子又给他当儿子？没那事儿！"呃……老爷，那依您说！"

"依本部堂所断，我想，你既然已经把他打得半死，应该说对你爹爹之死也算一层慰藉，你也就饶恕他了吧！至于说国法律条嘛，对这个孩子如何惩治……"

"啊对呀对呀……老爷，那个按照律条，对他得怎么惩治啊？"

"大清国的律条对不成丁之人，也无法加罪呀。他今年才十五岁，尚未成人，怎么惩治他呢？"

"老爷，那他把我爹就这一刀给拉死了，我爹就白死了吗？"

"如果不白死的话，那就让他赔偿你的损失吧。"

"行！老爷，您让他赔偿！"

"赔偿你多少呢？我看你家有这么一片宅院，也不是缺钱花的人家，让他赔偿三两五两的，大概你也不能收，这样，本部堂断他赔偿你雪花白银两千两，你看如何？"

"老爷，两千两，这倒不少，……不过老爷，他……他赔不了两千两，您看他这浑身上下，穿的戴的，这模样儿，啊？他两千两？他二百两二十两他也拿不出来！"

"哦，他家里没有钱吗？"

"您想他一剃头的他哪来钱哪，他没钱！"

"要是分期还给你呢？"

"分期……分期还给我那……那得多少年哪？"

"你估算一下。"

"我……我估算一下他起码……他这辈儿……下辈儿……起码得五辈儿吧，能还得起这两千两。"

"是呀，那恐怕为期就太远了。万代发，我想，既然如此的话，这两千两银子，你也不要等着要了，就这样如何呢？"

"那……那不就……那我爹不白死了吗？"

"依你说，应该如何处置呢？"

"那……赔钱赔不起，犯法还犯不着，你说我还打了他了，呃……要不……要不让他给我们家当仆人！我……我使唤他！"

"给你家当仆人，月俸给多少啊？"

"月俸？他又不是当官儿干吗还要月俸啊？"

"就说你每月给他多少钱吧。"

"呃……哦我还给他钱哪！我不给钱！"

"哪有使用仆人不给钱之理，万代发，这样吧，这件事情暂不算完，在本部堂把这黑世杰带到我的店房之内，我再详查细情。倘若其中再查出他的新的罪恶，我当从重处置。如若没有什么新的罪恶，这件事情就此了结，你意下如何呢？如若不然，咱们就按大清国的律条，逐一问罪，不但问他，也要问你。"

施公说到这里把脸色往下一沉，这万代发呀，心里边还真有点儿发哆嗦。他知道，面前审问他的这可不是一般的官员，这不是乡里边的保正，也不是县里边的县令，这是从京都里边来的京官。听说这位施大人威名赫赫，这是奉旨钦差呀。这位大人要是脸色往下一沉，想找寻我，那我有理也说不出了。干脆吧，就坡下驴得了。

"好吧，大人，这是您说这话，要不是您说这话，说什么我也不饶他！就依大人您了！呃……这这这……就此了结了……"

"好，来人，把这黑世杰带到轿后，在此处打尖！"

本来施世纶是不想在这儿住店的，结果碰上这么一个黑世杰的案子，只好在这个地方打尖住了店。找到一个店房住下之后，施大人还没等坐稳喝茶，就有手下的差人往里边禀报："大人，外边有老百姓派来的代表要求见您老。"

施世纶一看你别看这个镇子不大，这些百姓们倒挺活跃，拦轿喊冤完了，我住店了还找到这儿来了。

施世纶马上吩咐，让他进见。由打外边，进来了两个老者，一个五十多岁的，一个六十多岁的。这俩老头儿进来之后，先给施大人施礼，然后施大人吩咐赐座，有人搬过椅子来让俩老头儿坐下。施公就问他们："你们二位到此何事呢？"

其中一个老者说了："呵呵……嘿嘿……施大人，我们到这儿呢，还是……为那个……孩子的事儿，呃……在大街上，看见您哪，在那个老万家门口儿，把这个案子给问了，而且这种裁决，我们大家伙儿都拍手称快呀。不过呢，我们还有点儿担心，听大人您说呀，要把这孩子带到店房里边来还要继续审问，如果审问出新的罪行来，还要重办。呃我们就为这个事儿来的。大人，这孩子特仁义，在我们这个镇子里边，给很多人都刮过脸，剃过头，修理过胡子，这孩子还会修脚，哎哟，没有那么仁义的孩子。我们这回来呢，还想跟大人说另一件事儿，就这孩子，这一刀啊，呃……把那个万彪不是给拉死了吗？不怨这孩子，其实呀，这万彪哇，是他自个儿作的，报应！"

"嗯？何出此言？怎么是报应呢？这万彪他不好吗？"

"嘿……大人哪，这万彪哇，是我们这个镇子里边的一大害，所有的村民百姓没有不骂他的。他呀，净办什么事儿吧，远了霸人家地，近了霸人家妻。"

"何叫远霸地近霸妻?"

"在村子外边离他远吧,谁家那地要是跟他家那地挨得近,他每年春种秋收就慢慢就欺你那垄,欺着欺着就给你占两条垄过去。你要敢跟他争了,你争不过他,你要说打,他有打手,你要说打官司,他跟官面儿通着,所以说,这叫远霸地。近霸妻呢,他的左邻右舍的邻居,谁家那媳妇儿要是长得漂亮,让他一眼看见,他非得想办法给你霸占了不可,让你有苦说不出,是有冤无处诉。大人,这是今天您这京官儿来了,我们才敢说他呀,不是您这京官儿来了,我们这一肚子苦水都没地儿倒去!所以,我们老哥儿俩,受大伙儿的委托,特意到这儿来了,跟大人把这个事儿说清楚。现在呢,他人已经死了,就不用说别的了。所以我们大伙儿都说,他死得活该!黑世杰拿刀把他气管儿拉断了,这是老天爷对他的报应,您说怎么那么寸,他就刮到那儿,就把气管儿给他拉断了,啊?"

"哦,既然是这样,他人已死了,也就算了吧。"

"对呀,呃我们呢,是怕大人您再责怪那黑世杰……"

"好,此事自有本部堂以公论断,你们不要担心。"

"哎……好……大人,那我们就谢谢您谢谢您……知道大人您这儿也忙,我们就……不打扰您了……那我们就告辞了……"说着话这两个老头儿转身出去了。

两个老头儿走了之后,施世纶坐在屋子里边一边喝着茶一边暗想:这个事儿真挺怪啊!这么一个小小的剃头匠,居然在这一个镇子里边掀起轩然大波,嗯……

晚饭过后,掌上灯了,施世纶把黄天霸、赵璧,还有关泰、何路通这四个人找来了,在他屋子里边陪坐。施世纶说:"我打算再问问这个黑世杰,我觉得,今天白天他说的这件事情好像有些出入。"

赵璧说:"大人,您觉得这里边还有事儿吗?"

施世纶说:"好像是里边还有事儿。——把这黑世杰给我带来。"

手下差人就把这个黑世杰给带来了。

黑世杰这阵儿这个上衣呀,还没穿,为什么?不敢穿。这一宿打得遍体鳞伤,除了黑檩子就是青檩子,再就是血道子,身上都肿了,一穿衣裳他觉得疼,所以这孩子光着膀子来的。直溜溜儿地站到了施世纶的跟前，"小人给大人见礼。"

施世纶看了看这孩子，心想：也够可怜的，十五岁的孩子给打成这样。"黑世杰，我来问你，你是何方人氏？"

"回大人您的话，小人是滦县的，滦县哪，我们那庄叫万庄。"

"哦，滦县万庄的，那你怎么到这儿来了呢？"

"嗐，我学了这手艺，哪儿不去呀？学会了这个剃头了，所以转来转去就转到这儿来了。"

"嗯，你再给我说一说，你是怎么把万彪一刀拉死的？"

"大人，我白天不跟您说了吗？就是那么，给他刮那个脖子，刮着刮着，他那脖子上长个瘊子。这刀啊，到那瘊子那儿一挡刀，一挡这刀啊，我这手往这边一按劲儿，刺儿，这刀就进去了，气管儿就断了，当时呀，他就完了。"

"黑世杰，你跟本部堂讲，你说的都是实话吗？"

"呃大人，这都是实话呀，没有半句谎言。"

"我听很多人讲，这种刮脸的刀，要想拉断气嗓，不用很大的力气那是拉不断的。一个瘊子这么一挡，你这个手往下轻轻地一按，他这气嗓就断了，你觉得这件事情，讲得通吗？"

"大人，这个事儿……那让我咋说呢，这人世之上啥事儿没有哇？我也没想到，他那个脖子就那么……那么糠。我那个刀儿往里边一摁它就进去了，大人，真是这样哪！"

"黑世杰，今天白天本部堂是看你被打得遍体鳞伤出于怜悯才作出如此的判断，但是今天晚上你要不给我讲实话，我可要详查细问了！"

黑世杰听到这里，这眼圈里边转了泪儿，"大人，我说。"

第三十一回　诉过往黑世杰招供
　　　　　怜孤茕赵连城收徒

　　施大人在冯集镇的店房中夜审黑世杰，三言两语问询之后，这黑世杰小孩儿眼睛含着泪，跟施大人说："大人，我说。"

　　施世伦说："好，你从实讲来。"

　　"大人，我说是说呀，今儿白天，您不都说……我没罪了吗？"

　　"是呀！"

　　"那我要说完喽，那我还有罪没罪呀？"

　　施世伦说你只要跟我说实话，你就没罪。

　　"那万一我要是说了，我又有罪了呢？你说话算数儿不？"

　　施世伦说："当然算数儿。"

　　"我不信！"

　　"本部堂难道还跟你撒谎吗？"

　　"那，那，那咱俩拉钩儿。"

　　施世伦差点儿没笑了，心想到底儿是个孩子，还要跟我拉钩儿。

　　赵璧在旁边站起来了，"嗨，孩儿呀，你甭跟大人拉钩儿，咱俩拉钩儿。"

　　"你是谁呀？"

　　"我呀？我姓赵名璧字连城，我是施大人手下的办差官。"

　　"赵璧？你就是赵璧呀？"

　　"啊，怎么着，你认得我呀？"

　　"我不认得，我早听人说过，你们老家不是涿州的吗？"

　　"啊对呀。"

"这地方人都知道，都知道你在这京里边当官儿了。"

"啊对。"

"行，那我跟你拉钩儿，你说得算哪？"

"我说了算。"

赵璧跟这黑世杰俩人一拉钩，然后小孩儿站到那儿就说了，"大人，我跟您说吧，我呀，我不是这儿的人，刚才跟您讲了，我是滦县的，我们那万庄。我爹是一个赶脚的，就赶那小驴儿车，就干那个的。我娘呢，就在家里边干活儿。我们一家三口儿，我爹我妈加我这么一个孩儿。当初哇，实不相瞒，就这万彪哇，这小子就是我们那万庄的。在我们万庄哪，年轻的时候哇，他就是个小财主。在那个地方为非作歹，无恶不做。反正是我们那庄的人哪，没有不骂他的。我那年才几岁呀？刚记事儿，也就是五岁吧，听我妈告诉我说也就是五岁。我五岁那年哪，那天这个万彪上外边要账去了，要账回来的时候，就坐我爹那个小驴车，我爹啊，拉着那小子走了有那么好几十里地，到他家了。这万彪哇，下了车，不给钱。我爹就说了，你怎么不给钱呢？然后他就说了'我给你啥钱哪？咱们都是一个村里的，邻里邻居的，我给你钱？我给你个屁。'我爹就说了，邻居归邻居，对不？你想不给钱，你给两句好听的话也行哪，哦，你不给钱，结果嘛，还说给你个屁。还骂一句，我爹这个脾气也不好，所以我爹当时就给了他一拳，这一拳打了他个趔趄。这万彪这小子就说了，'好小子，你敢打我，你得等着……'然后哇他就走了，我爹呢也没把这当回事儿，赶着车就回家了。到家之后啊，半夜里，外边就有人敲门，我爹出去开门之后，进来四五个这个大小伙子，我当时小，我还记得他们进来之后啊，二话不说，薅住我爹往外走哇，我爹说你们这干啥干啥干啥，这帮大小伙子说，干啥？出去你就知道了。把我爹拽走了。拽走了之后，打那儿啊，大人哪，我就再也没见着我爹。我当时记得特别清楚，我娘吓得抱着我在这屋子里边直哭，我就扎到我娘怀里头哇我也哭。我们娘儿两个一直哭到大天亮，找我爹，打听，哪儿也打听不着。我娘知道我爹没得罪过人哪，要说得罪，也就得罪那老万家了。就找那万彪去了，上他家一问呢，那万彪说，'我还给你看着汉子？你这个老娘儿们，不把老爷儿们看住，你老爷儿们丢了找我，你找得着吗？'结果，我娘也没话说了。七天之后哇，乡里乡亲在我们村头那个河里把我爹的尸首给打捞上来了，我爹那尸首啊，都给泡浮囊了。我娘跟着我到那儿一看哪，我爹被打得遍体鳞伤，全是鞭子印儿啊。可想而知，那是打完了之后啊，给扔河里了。我娘是放声痛哭，哭得死去活来。我呢，别看我刚记事儿，但这事儿太大了，我心里边也记着。打这，我们娘儿两个就相依为命。我呢，后来到了七八岁的时候，我娘想让我上学，念了没有一年半书，念不起了，拉倒吧。但是我心里就想，我呀，得给我爹报仇。我娘也说，孩儿啊，你要是个有种的，你要有小子骨头，你就长能耐，长大了给你爹报仇。我说我有小子骨头，我长能耐，一定报仇。后来我到了十岁的时候，就到我们那个村东头，有个练武术的，叫花刀李四爷，我就找那个花刀李四爷去学武术。学了有三四年，可是我这学武术的工夫呢，万彪这小子，他就搬家了。他在我们那个村里边哪，待不住了，这个坏事儿他都做绝了。我们村的人哪，一提万彪，牙根都恨得半尺长。有好多人呢，都想半夜看他走道儿，给他扔砖头。万彪一看在村里实在没人性了，他就走了。后来我也不知道他到哪儿去了，我这武术我觉得练得也差不多了，我能给我爹报仇了，可是找不着这万彪了。我说怎么办呢？我得替父报仇，我得找着这仇人，我得有一个维持生计的能力呀。后来我们这村里面有一个剃头的，就教给我学剃头。在我学剃头的这工夫，我娘哪，这些年，窝憋在这心里边就成病。病倒在床，也没有什么钱治，也抓不起药，我娘哪，也死了。我娘死了之后，就剩了我自个儿一个人了。我就是个孤儿，我就想，这更好，我就一个人海走天涯，这万彪在哪儿我就找到哪儿去。这不是吗？我就学会这剃头了。学会之后，我就四处打听，摸着个线索，听说他到涿州这一带来了，我就也找到这儿来了。来到这冯集镇。听说他在这儿落户了，大宅院也置上了，地也买上了，原来那儿子他也带过来了，好几房媳妇儿。我呢，就以剃头为业，就在这镇里边儿转悠。我在这镇里边儿，大人，我是好人缘哪！给钱也剃，不给钱也剃。那天哪，这万彪就把我找他家去，让我给他剃头。他可不知道，我爹是被他害死的。他也不认得我了，我可认得他。我给他剃，我给他好好地剃。剃得这小子挺舒服。说了，小孩儿啊，从今往后哇，你就老给我剃头吧。我说行，我愿意伺候老爷。我也给他叫老爷，你别看他不是官，但是他也高兴。所以我就老给他剃。昨天，晌午前儿，他又把我找家去了，让我给他修胡子刮脸。偏偏他家里头没人，我一想啊，这个机会可就到了。我为什么学这剃头？我就是为了要找这仇人，现在我找到他了，屋里面没有第二个人，我想，我这个时候不给我爹报仇，我还等到啥时候哇？所以我就抓住他那个脖子那块儿，我就想哪，我报仇，不能说我是一刀把它给宰了，我得找个理由。我一看他的脖子上有个瘊子，我就想出来就拿那瘊子挡一下子，我就往下一抹，他这个气管也就断。所以这个刀走到那儿的时候我就想起他害我爹来了。我又想起我妈也窝憋死了，我们一家人让他害得家破人亡。我这报仇的心就来了，我把刀使劲儿往里一摁，一蹭，这小子那气管儿当时就完了。气管一断，他连扑棱都没扑棱，还赶不上个小鸡子呢！我把他拉死之后哇，他们的人都来了，我就说：我这不净心的，我没小心，把气管给拉断了。他那个儿子就不饶我，原来我想哪，他就是把我送到官府之中，我就找这个赖不清儿，我说什么也不承认是我把他杀的，他对我也没辙。可是万万没有想到，他这个儿子要私自报仇。把我绑在柱子上，一鞭子接一鞭子地就打。大人哪，说实在的，昨天晚上在那个柱子上挨打的时候哇，我心里就合计，看来我跟我爹是一个命运哪。我爹当年就是让他打得遍体鳞伤，扔到河里了。今天我呢，我虽然给我爹报了仇，结果他儿子又把我打得遍体鳞伤。说不定把我打死之后哇，也得扔到那河里。可是万万没有想到，大人今天您来了。您来了，您就把我的这个命就给救了。您救了……正因为您救了我的命，所以我觉得大人您是好人。我当着好人不能说谎，我把这话从头至尾，我就都跟你说清楚了。大人呢，您看爱咋办就咋办吧！反正我就是小命一条，给我爹也报了仇了，您愿意杀就杀，愿意留就留。说完了，"扑通，小孩跪在那儿了。

黑世杰这一番哭诉，那真是字字血声声泪呀。周围这几个人听得，眼眶里都转了泪花儿了。施大人站起身来，走两步到黑世杰的跟前，看了看他这遍体的伤痕，伸手把他搀了起来，"孩子，站起来，站起来。你跟我说实话就好，我不会加罪于你的。杀人偿命，欠债还钱，万彪的死，也是他罪有应得呀。"

"大人，有您这句话，那我就放宽心了。我谢谢大人，我再给大人磕头。"跪地上呼呼呼，给施世纶又磕了仨头。然后这才站起身来。施世纶瞧着黑世杰，："孩儿啊，看来你会点武艺。"

"欸，有那么两下子。不过呀，我那老师跟我说过，说我的功夫还不到家，还需要再投师访友。"

"哦，你老师说再让你投名师，再投谁呢？"

"我老师就说了，让我投哇，投赵璧。"

赵璧在旁边一听差点儿没蹦起来，赵璧心想：我头一回听说还有人把我当作武林中的名师的，啊？嘿，赵爷心里边挺高兴。他看了看黑世杰，"哎，我说孩儿啊，让你投赵璧干什么呢？"

"啊，我那师父说了，说是施大人手底下有一赵璧，这赵璧能耐最大。尤其我到这个地方之后，附近的老百姓，没有不知道你的。我心里想啊，我就找你，因为你武艺高强，还足智多谋，找你呀我不干别的，我就是跟你学一招儿。"

"哦，跟我学一招儿，学什么？"

"我就是跟您哪，学坏。"

赵璧一听没劲了，怎么能够跟我学坏啊？"咳？我说小子，你怎么跟我学坏呀？"

"啊不是不是，我这话说的不对了，不是说跟您学坏，就是说，大伙儿都说，说您哪，对坏人坏，对好人呢就好。所以我就觉得现在世上这坏人忒多了，我就跟您哪，也学点儿对坏人的这个坏。"

"那不叫坏，那叫智慧，那叫谋略。"

"啊，对对，我不会说，我想拜您为师，不知道您……收不收我这徒弟。"

"这……"

这个工夫施世纶看了看赵璧，"赵璧，你看如何呀？"

"大人，我听您的，咱个这回下苏州，呃……能让带这么一个孩子吗？"

旁边黄天霸刚才听孩子讲完这番身世，黄天霸油然产生一种同情之心。黄天霸凑到施大人耳根旁边："大人，我看这个孩子可以带着，怪可怜的，跟着咱们干点什么活儿不行哪？他又是个孤儿。"

"好吧，赵壁，这徒弟那你就收了吧。"

"大人，有您这句话，这徒弟那我就收啦。孩儿啊，行，我还没收过徒弟呢，从现在开始你就是我的顶门大弟子。你跟我好好地学武艺，你师父，可是一身真功夫。"

他一说这话，黄天霸等人在旁边绷着劲儿谁也不敢乐。心想，你就学吧。

"哎，就看你能不能学得去。宝贝儿，跪地上磕头。"

这黑世杰还真认真，扑通跪地上给赵壁磕仨头。

赵壁伸手把他搀起来，告诉他，"孩儿啊，从今往后，你要多给众位办差官效力。"

"好了，我记住了。"

"你跟我来。"赵壁把黑世杰领到自个儿屋里。进屋之后赵壁说了："孩儿啊，你光给我磕了头，还不算进门，我还得考考你。你不是要跟我学习智慧吗？我瞧瞧你的智能如何。你必须得把师父我骗一次，让我信了，这才算正式收徒。"

"是吗？还有这个事儿？"

"对！"

"嘿嘿，实不相瞒，师父哇，我已经把您给骗一次了。"

"骗了一次？什么时候？"

"就刚才。刚才我不在大人面前说我们那花刀李四爷让我投名师访高友，非得找您吗？"

"啊！"

"其实，那花刀李四爷没说过那样的话，我看您不错，我寻思给您戴一顶高帽儿，您就能收我。结果这一戴，您真就把我收了，我那就是说的谎，已经把您骗着了。"

"嘿"，赵壁说，"小子，冲这手儿，我得拜你为师！"

第三十二回　固安县过境逢迎
施不全占卦遭讽

赵璧在冯集的店房里面，收了一个顶门大弟子黑世杰。这个师父收徒弟跟正常人不一样，给徒弟提了一个要求，说你必须得把师父我骗一次，才证明你这个智慧够格。黑世杰张口儿就给赵璧来了一句，说我已经骗了你一回了。

赵璧还没明白，黑世杰告诉他，说："我当着施大人的面儿，说我们那儿的花刀李四爷呀，要让我拜您为师，我那是瞎编的。我就知道现在这人哪，喜欢戴高帽儿，我一看您这人不错，跟我还在那儿拉钩儿，所以我就给您戴顶高帽儿。这顶高帽儿一戴呀，还就真好使了，师父你呀就信以为真了。"

赵璧一听，"好嘞，小子，冲这手儿，我得拜你为师。"

"师父那哪儿行哪，您毕竟是我师父哇，我看出来了，师父您这智慧比我大得多，您是大海，我不过就是江河，您要是那酱里的蛆呀，我就是秃子脑袋上那虮子。"

"嗐！"赵璧说，"没有这么比喻的。"

"师父，无论如何呀，今后就得您多多关照了。"

赵璧说："好吧。"

打这儿开始，赵璧把这徒弟就算是收下了。到了第二天，施大人打这冯集镇动身继续前行。可是当施大人走到了固安县的县城的时候，前边什么河间府的、雄州的、沧州的，这些地方官员，纷纷都派来了衙门里边的干办，给施大人送来了书信和公文。所谓的书信公文，其实就是打听打听，奉旨的钦差老爷什么时候能到在我们的管区之内，我们好做好准备迎接您。施世纶看到这种情况心中暗想，我这回奉旨出朝，是明察官员，是暗缉盗贼啊。这一路上的地方官，我都要看看他们的政绩如何，看看民意对他们的反响怎样。如果要是这个样子，他们早早地预备好迎接我，我所到之处都是馆驿下榻，接风的酒，送行的席，那我跟老百姓就见不着啦，我就只能听到地方官员自己说自己如何如何，谁能说自己不好呢？真正想知道这些个地方官员为政怎样，还得从老百姓嘴里边得到。施世纶就跟这些个干办们说了，你们各自都回去，见你们地方官员州城府县的这些个县令们，知州们，跟他们说，就说我也许从你们那儿过，也许不从你们那儿过，要到你们那地方的时候，必定通知你们。

施世纶把这些个官员们打发走了，走了之后施世纶马上自己做安排，这轿哇，不坐了，一个是慢，再一个，太显眼。一乘八抬大轿，前后簇拥的道队，肃静回避牌，铜锣开道，往哪儿一走都知道这是一个大官出巡。所以这个轿，给我抬回北京城，把肃静回避牌全都给我装到轿里边一块儿抬回去。施世纶要改乘马，这样速度还能快一些。同时呢，施世纶准备要便装而行。我呀，别穿官服，打扮成平民百姓的样子，想要骑马就骑马，想要步行就步行。把他这些个道队这些个差官们，还有这些个衙役们，让他们一律改为便装，分几波儿往前走，约定好地点，今天到哪个地方打尖住店，你们先去，把店房给我安排好喽，我随后就到。就这样一地相聚，继续再行。

施世纶这么一行走，就使所有的地方官员都不知道他的行踪了，也不知道这位钦差大人什么时候能到在我们的管区之内。

由打固安县这一行进的时候，施世纶就改了这么一个办法。轿抬回去，他呢自己骑马，有的时候就步行，当然，黄天霸赵璧等几位主要的办差官都跟随着施世纶。至于说其他的办差官，都是分前后两拨，夹带着施世纶往前行进，因为他们得考虑到大人的安全。这一天，施世纶带着黄天霸等几位办差官，他们都装扮成做买卖的客商，行走就来到了新城县的地界。一进新城县这县城哪，施世纶一看，这县城里面三街六巷，买卖铺户，显得非常繁华。施世纶心想这个新城县，看来治理得不错。顺大街往前走，将走到十字街的时候，发现这个地方有一个热闹所在。就好像我们现在的一个商业市场一样，这市场里面，做买的做卖的干什么的都有。有卖焖子的，冲茶汤的，卖馒头的，烙大饼的，卖煎饼果子的，卖小枣切糕的，嚯，来来往往这老百姓不少。再往前走，一看道旁边还摆着几个卦摊儿。这里边有算卦的，有麻衣神相，有六爻，有揣骨相。施世纶对算卦的这个事情他很感兴趣，因为施世纶对易经也颇有点儿研究。他倒背着手儿就挨个儿看这卦摊儿，这卦摊儿上写什么的都有。这个写的是未卜先知，那个写的是直言不讳。走着走着，他发现有一张比较大的桌子，这桌子上面铺着一块蓝布，蓝布两头儿有两条儿宣纸，这宣纸上写着两行字。这边呢，写的是：三言两语说破人间天机；这边写的是：一看二看道出吉凶祸福。

哦，施世纶心想，好大的口气。三言两语，就说破天机，一看两看，就说出吉凶祸福。他往这个桌子后面看了看这个算卦的先生，这个人有五十多岁，长得比较清瘦，颧骨突出，两腮无肉，留着一撮儿山羊胡子，一看是一脸的憔悴，皱纹里面堆积着苦闷。在那儿乜斜着眼皮，手里边拿着一把扇子，连行人都不看，不知在那儿正琢磨什么事儿呢。施世纶在这卦摊儿前面这么一站，这位把这眼皮就撩起来了，"哦，这位，占卜一卦吗？"

施世纶看了看他这桌子上，那边摆着有卦盒，这边有砚台，有笔墨，还有几张纸。施世纶看了看身旁的赵璧、黄天霸、关泰、何路通，"算一卦。"

赵璧瞧着，"算吧掌柜的"。赵璧管他叫掌柜的，因为施世纶是化装来的。施世纶就在他这卦桌儿对面儿，有一个板凳，就坐下了。坐下之后他瞧了瞧这位算卦的先生，"先生，您是给我怎么算呢？"

"啊，怎么算，看相也行，批八字也可，批八字时间要长一点儿，看相吧，看相来得快。"

"先生，您给我好好端详端详，看看相，您瞧我这个人怎么样？"

这位算卦先生把施世纶从上到下拿眼睛扫了一遍，"你要问什么呢？"

"先生，请问，您看看我这前半生，运气怎么样？"

"你的前半生，怎么说呢，运气不佳呀。小运不好，你借不着你爹妈父母的光，从小儿没少受凌辱，啊，你这个人哪，是坎坎坷坷的一生，现在刚见点儿好。也不算大好，年近中年，也就是这样吧。"

"哦，呵，"施世纶说，"您瞧，我这个人有官运没有？"

"官运？呵……没有没有没有，你这个人哪，是心比天高命比纸薄哇。命里一尺，别求一丈，你是门坎儿就别当门框，你本来是椽子就不要当大梁，啊，都想当官儿，当官儿，那是随便什么人都可以当的吗？说实在的，够七品的，那就得是半颗天星下界呀，你怎么能当官儿呢？不但说你不能当官儿，我算着，你这个人还是个读书人，从你这个言谈举止来看好像你念过书，但是你不能考中。你最高最高也超不过乡试，对不对？"

施世纶点头，"对，对。你说得太准了。"

赵璧在旁边一听，他奶奶个孙子，你纯属胡说八道。最高最高还超不过乡试，你知道不知道，这是太学里边出来的，荫生进士底子，啊？赵璧心想，这样更好，我看你能说哪儿去。

施世纶说："您算算我这后半生，这官路还能不能通达。"

"后半生，你这官路哇，通达不了啦。走不了了，根据您这个举止相貌，您没有官相。您看当官儿的，他必须得有官相，您这个……容貌……恕我直言，足下长得是其貌不扬啊，身材五短，肢体搭配不好，五官甚是平常，怎能当官儿呢？啊？——您是干什么的？"

施世纶说："我是做买卖的，行商。您看我有财没有？"

"财还是有点儿，去年冬天，大概做买卖不顺，今年这一开春儿，你就开始顺了。现在你是求财有财，找人有人，一顺百顺。不过可有一样儿，恕我直言，奉告一句，今年一到了秋天，你就又开始不顺了。"

"哦，为什么？"

"你这步坎儿到了，人生是三穷三富过到老，人生都有三步运，你这步运是最次的一步运，马上到了。从今年秋天开始，你是一步不如一步，步步艰难，如履薄冰，到了明年的春天，你面临劫数哇。足下，恐怕明年四月这坎儿，你就闯不过去。你要得一场大病，我估摸着，这一病，你就起不来了，很有可能你这寿命就到此——终止。"

"哦，先生，如此说来，那我就活不过明年春天了呗？"

"差不多吧。"

"哎呀，先生，这个玩意儿还有治没有？"

"治嘛，可以破解破解呀，你是做买卖的，也不在乎几个钱，俗话讲，花钱免灾嘛。啊？如果你能拿出几个钱来，我可以给你破了。到了明年春天，你就挡住了。这一步运你过去之后，那你就平步青云了，做买卖，能发大财。"

"好，那得多少钱破解呢？"

"要想破解的话，不多，二两银子吧。"

"哎哟，二两银子？这可也不少哇！"

"你想哪，二两银子给你破一个大灾，让你越一个大坎儿，让你平步青云，发财致富，二两银子算什么呀？以后你能挣一百两一千两一万两呢。"

"好，那你就给我破解破解。"

施世纶一伸手，由打怀里头就掏出二两银子来，摞在桌子上了。"怎么个破解法儿？"

"我呀，给你写一道符，然后你拿着我这道符，再买一个纸扎的童子，把这符贴到那纸童子身上，到荒郊野外，你把它烧掉，你这个事儿，就算破解了。万无一失！"

"哦，那您给我写道符吧。"

"好！"说着话这位把扇子放下，拿过一张纸来，提起笔，就在那个墨盒里边把这个笔蘸了蘸，然后就在这张纸上他就画起来了。拐弯儿抹角，曲里拐弯，也不知道画的是什么玩意儿，最后把笔一收，摞这儿了。

"你把这道符好好带在身上，今天晚上最好是半夜子时，就把它烧了。"

"哦，"施世纶一看，心想这是什么符哇，啊？乱七八糟瞎画。施世纶把这个符叠了叠，摞这桌子上了，没往怀里揣。"先生，刚才您给我算的这个都准吗？"

"那还用说？到我这个桌儿上来算卦的，没有不准的。您说，我算的不准吗？"

"呵呵呵呵……我看，您差点儿。"

"差点儿？愿听您的指教。"

旁边赵璧就说了，"哎！我说算卦的，你甭愿听指教。我先告诉你，知道在你面前找你算卦的这个人是谁吗？"

"是谁啊？"

"嗨，他呀，他是顺天府尹，曾经当过淮安的漕运总督，现在是奉旨钦差，施世纶施大人，康熙皇帝赏赐他一品顶戴。你说他没有官运？他要再往上升，都没地儿升啦。小子，你说施大人明年春天就死，啊？要是死不了，可拿你是问。"

赵璧一说这句话，这算卦的先生再一看施世纶身旁边站的这几个人，尤其是他一看黄天霸跟关泰，那真是气宇轩昂，非同常人哪，这算卦的当时脸儿就长啦，不但长啦，而且脸儿还黄啦，腿肚子也转了筋了，身上也哆嗦了，"呃……这……哎哟……哎哟，您真是……施大人吗？"

施世纶很坦然地一笑，"你不要嚷，不错，我就是施世纶。"

"哎哟，施大人，我，我给您磕头喽我这就。"说着话他扶着桌子这就要跪。赵璧在旁边过来赶紧一搀，"哎……别跪，我告诉你，施大人这是微服私访，你要往这儿一跪，让老百姓一看，这怎么回事儿？这不把大人的身份就暴露了吗？"

"啊……啊对，是，呃……施大人，这这这这……我刚才那都是胡说八道哇，我顺嘴开河呀。我没办法，实在是逼的呀，我不得不这么做呀。"

"哦？你是被逼的？谁逼的你要这样做呢？"

"呃，跟大人您回呀，是小白龙啊。"

"小白龙，小白龙是什么人？"

"大人，我不敢说。"

第三十三回　张小龙强敛平安费
新城县统收过路捐

　　施世纶微服便装下苏州。走到新城县这个地方，在一卦摊儿上他算了一卦。这算卦的先生，算着施世纶活不到明年春天，为了给他破解破解，让施公拿出二两银子来，还给他画了一道符，告诉他，把这符贴到一个纸扎彩人儿身上，把这纸人儿烧了，这事儿就算解了。这个时候，赵璧他们等人在旁边，就点透了施世纶的真正身份。这一说出来，把这算卦的先生可吓坏了，体如筛糠，当时就要下跪。施世纶呢，告诉他，你不要害怕，你为什么在这做这种骗人的勾当？

　　算卦的先生就说了，说我这是被人家逼的，被谁逼的？被小白龙逼的。

　　施世纶说："这小白龙是谁呢？"

　　"这小白龙是谁呀？我不敢说。"

　　施世纶说："为什么不敢说呢？难道说这个小白龙，他有钱财，有势力？"

　　"欸，他是又有钱，又有势。"

　　"不要紧，你跟我说没关系，我是奉旨钦差，这一路上，查访的就是大清国的官员为政如何。不管说他是哪一届的官，不管他有多大的势力，他只要是为害百姓，我都要管。"

　　"您能管哪？反正，您是个大官儿，这个事儿呢，我知道，我也把您得罪了，我不该给您画这道符，要这二两银子。但是我得把这原因给您说出来，您别怪罪我，您得理解我这份心情。我们这儿有个小白龙，这个小白龙啊，是大伙都那么称呼他。他不是姓小叫白龙，他姓张，他叫张小龙。这个张小龙啊，其实他本身没什么，大人，主要他爹厉害。"

"他爹怎么个厉害呢？"

"他爹就是我们新城县的县令县太爷，张文伟，张大人。"

"哦，是你们这儿的地方官。"

"啊，我们这地方人，谁都得归他爹管哪，所以这个张小龙就仗着他爹是本地面儿的县官儿，在这儿为非作歹呀，想怎么干就怎么干。这小子因为长得呀，特白，他白得这个脸都没血色儿，跟石灰一样，所以老百姓就给他起一外号，管他叫小白龙。这个小子，那才不是东西哪，结交了一些狐朋狗友。他结交那些朋友，都是我们原来这新城县街面儿上的无赖之徒，打架斗殴的，拉破脑袋不要命的，都是这些人。结果，都成了他好朋友了。这小子呢，借着他这帮狐朋狗友这点力量，这狐朋狗友呢借着他这点儿势力，所以就在这新城县的街上，唉，横行霸道。你比如说，你看见没有，我这个卦摊儿，往后这几个卦摊儿，包括那边，什么那冲茶汤的，还是什么卖焖子的，就这些小摊儿啊，都得给他拿钱哪。"

"为什么给他拿钱呢？"

"就说的呢，他不讲理呀。其实我们这算卦的，摆摊儿的，按国家的捐税，我们都拿完了。可拿完了，他来了，他说你得给我再拿一份儿。"

"凭什么？"

"凭什么？他那天到我这儿来就这么讲的，我可一点儿没有掺糠使水，这是原话儿。一看我这卦摊儿，说：你这卦灵吗？我说我这卦就是生意糊口，灵不灵我不敢跟您那么说，我一看他来者不善。他就跟我说了：'行，想在这儿摆卦摊儿吗？你要想在这儿摆卦摊儿啊，咱们俩商量商量，咱俩三七分成吧。'我心里话，凭什么呀？我干吗跟你三七分成哪？我儿子我还没跟他分成呢！但是我一看他这势力大，来得挺横，带着好几个人，我不敢惹他，真要惹急了动起手来，他不得把我砸吧扁了啊？我说三七分成，那怎么个分法儿？他说，你这一天能赚多少钱？呃，你留大头儿，我要小头儿，给我三成就行，你留七成。他倒还不错，还给我留大头儿。我说您要三成，我说我这每天算卦这钱挣的不一边多呀？他说，'行，这个多了少了的，我都不在乎，咱就算个平均数吧，你呀，一天就给我拿五百钱。'您算算，他一天找我要五百钱，这可叫拿卦钱儿啊。唉，我说一天五百钱，是不是多了点儿？他说'五百钱还多呀？我告诉你，你给我拿这五百钱，这个有说道，这叫平安费。'我说，怎么个平安费啊？他说'你给我拿了这五百钱，我就保证你在这儿摆摊儿非常平安，什么事儿也没有，如果有谁到你这儿来捣乱，你就找我，我就把他给撵走了。如果说你要不给我拿这五百钱，说不定有谁到这儿要踢了你的卦摊儿，有谁算卦故意给你捣乱，甚至要有谁把你砸个腿折胳膊断，你可没地儿诉苦去。到那时候你想找我，我也不管，因为你没给我拿这钱。'我说大人，您听听，他这不是威胁我吗？他心里很明白啊，这点给我啦，那意思我要不拿这五百钱，我这儿啊，就摆不了摊儿了，说不定他就到我这儿来踢我这卦桌子。唉，咱们是平民百姓，没有势力呀，没办法，我说好吧，我说我就给您拿这五百钱。这不吗？天天他到这儿来拿这五百钱来。有时候他自个儿来，有时候他带着他那四个最好的弟兄——四大天王，上我这儿拿钱来。"

"什么？还有四大天王？"

"对，他一帮相好的呢，但是最好的有四个，贴身保镖，号称四大天王：大天王二天王三天王四天王。好嘛，都是彪形大汉，谁也惹不起。今儿个，跟您说句实话，从早晨到现在，我这呀，还没开张呢，一个来算卦的也没有。刚才您来的时候您不瞅见我闭着眼睛呢吗？我闭着眼睛哪，我没睡，我在那儿犯愁呢。我就合计啊，今儿不开张，这五百钱从哪儿出呀？所以，您就来了，您这一算卦，我一瞧您这穿戴您这长相，尤其您自个儿一说你是行商做买卖的，我就料定您趁钱，您要趁钱的话，我得想法儿把您这钱给抠下来，所以我就给您用了点儿江湖上惯用的纲条子，这纲条子是行话，就是很厉害的语言，我这很厉害的语言就是我说您明年春天活不过去。这句话说出来谁听着，谁都得别扭，这不是给您往心眼儿里边添腻嘛。你一听别扭呢，您就得问，有治没有？我说能破解，这破解您拿二两银子。我是给你搂得狠了点儿，找您要二两，其实一两也是它，因为我看您钱厚，可没想到这一下子撞到刀口上了，敢情您是大官儿。不过也不错，我把这事儿给您说明白了，如果您要能管得了，那可不是光管我一个人的事儿啊，给我们新城县所有的老百姓，都给管了。"

"哦？为什么给所有的老百姓都管了？"

"您不知道，这小子，就在新城县，领着这帮人，整天花天酒地，出入于花街柳巷，吃喝于酒馆饭肆，谁敢惹他？想给钱给你俩钱儿，不想给钱就不给钱。您还不知道哪，他呀，一高兴就把这几个哥们，就在城门洞那儿放一小桌，摆个凳子，在那一坐。凡属在这儿路过的人——你想咱这是南北的大道，每天做买卖的有的是——只要在那路过，都得给他拿捐。"

"拿什么捐哪？"

"这叫过路捐。"

施公一听，还有这种事儿吗？"过路捐，这不是国家规定的。"

"那当然啦，国家规定的那当然要拿啦，他这是他自个儿规定的。他在这儿告诉你就得拿过路捐。"

"为什么要拿这捐呢？"

"为什么？人那理由多了，我记得是他能说出一大串来，他说你在我这儿路过，走我这地皮，就得给他拿钱。"

"那么，这人们都给他拿吗？"

"都得拿呀，你敢不拿呀？不拿，就打你个腿折胳膊断哪。"

"那么，如果有官府人员在这里经过，他要让人家拿过路捐，这官府人员不得给他有一个说道吗？"

"……您就说明白呀，这小子他们都精着呢，他一瞅你是官府人员，他就不拦你了，也不找你要过路捐了。专门欺负那些平民百姓，您知道吗？到什么时候，我们这老百姓，老是挨欺负。唉，就像我这摆卦摊儿的，他找我要五百钱，我不给行吗？"

"哦。居然有这种事情，你说的不是虚假？"

"绝无虚假呀。唉，我现在正没辙呢，行啦，这二两银子您收着。"

"不"，施公说，"冲你这一说，我看你也挺可怜的，这二两银子你就收下来，你这个符呢我也不用烧了，那扎彩人儿我也不用买了。他要找你要钱来，你好打发他呀。"

"我打发他，这二两银子我得破开，要不然的话，你说这玩意儿，他要是来了，一高兴，就把这二两银子都给划拉走了。"

赵璧说："不用破，你就跟他说，今天没卖钱。"

"那哪儿行哪？那……哎哟，来了，您看见没有，来了。"正说着，这算卦的当时脸色就变了，用手往那边一指，施公和赵璧黄天霸等人同时往那边一瞧，一看那边晃晃荡荡来了五个人。

赵璧说："行了，他来了，你就更别给他钱了，他要找你要钱，待会儿我们跟他说话。"

"哎哟，您几位可千万别走哇，要是一走了，我告诉你，今天我就得要挨揍。"

施公一瞧由打那边过来五个人。为首的这个人，长得很有特色。这个人哪，有的长得有特色，有的没特色。所谓特色，就是人拿眼睛一搭，就看出来他这身上哪个地方突出。你比如说，有的人大眼睛，这一朝面儿，哎哟，这个人大眼睛，突出来了。说形体长得有特点，你比如说罗圈儿腿，说这人罗圈儿腿，一下子就看出来了。有的人呢，没有特色，一看上去很平常，过后儿就忘了，印象不深。

为头儿的这个人，有特色。不用介绍施公就知道了，这个人，肯定就是那小白龙。为什么？第一个特色，就是脸色特白。他这个白呀，不是那种细腻的白，没说嘛，像白石灰似的那种白，白里边透点儿青。第二个特色，你往他脸上一看这五官，突出两点，是眼睛和那牙。怎么个特点呢，长得是牛眼马牙。那眼睛像牛那么大个儿，咣里咣当，这牙像那马牙似的，特大，支棱着。所以说这个人，给人一眼望去，就能留下印象，忘不了。这个是谁？就是本地面儿的这位小白龙，其实他叫张小龙。头上梳着辫子，这个辫子在脖子里边盘着，辫帘子往后边扔着，身上穿着一身青，里边呢露着一个花衬衣，腰里边系着一个红褡包，足下蹬着薄底儿靴子。就这打扮儿，整个新城县街上，见不着，在他身后，跟着四个彪形大汉，一个个都是前胸宽臂膀厚，脖子黑赛车轴，长得一身腱子肉，颏胳膊根儿，大捶头。拧着眉毛瞪着眼睛，走道撇齿拉嘴，不但说嘴撇着，这腿还撇着，横着晃。奔这儿来了。

施公坐这儿没动，黄天霸等人在施公的身后也没动。这算卦的先生可在旁边就哆嗦上了。

就看这小白龙来到这个卦摊儿跟前儿，在这儿一站。"小子，怎么样？今天生意如何？"

这算卦的先生赶紧就站起来了，"少爷，呃，实不相瞒，今儿个，到现在还没开张呢。"

"什么？他妈的，没开张呢？这不就坐着一个吗？怎么说没开张啊？"

"少爷，这位刚坐下，我还没算呢。"

"没算这不也算开张了吗？啊？平安费钱先给我拿上来。"

"欸，少爷，您……您……您……这……咱商量商量好不好，您……您再等一会儿，等我把这位算下来，我再算两位，能凑齐这数儿，然后我给您。"

"我他妈在这儿要饭哪？啊？还在你这等一会儿，我每天找你要五百钱，这就是给你个脸，给你留着宽路呢，少他妈废话，快点儿把钱拿出来。"

"我……我，我实在是身上，我没有钱哪。"

这工夫，施公在旁边说话了，"哎，我说这位公子，你干什么找他要五百钱呢？"

"少管闲事。"

"哎？这位公子，你怎么这么说话呢，俗话说：路不平有人铲，事不平有人管嘛，我打听打听不行吗？"

"呀呀呀呀呀呀，什么？还事不平有人管。你看不平哪？你要管哪？啊？你是干什么的？"

"我是走道儿的。"

"走道儿的，你干什么的？"

"我是做买卖的，我是一个行商。"

"哦，你是行商哪，刚到这儿是不是？"

"啊。"

"住下了吗？"

"我住下了。"

"什么前儿走？"

"明儿走。"

"明儿走哇？行，你也得拿钱，小子，你知道吗？你从我这儿一路过，就得给我拿过路捐。"

施公说："过路捐？什么叫过路捐？"

"什么叫过路捐？就是你在我这儿一路过，你就给我拿钱。然后明天早上你就痛痛快儿快儿可以出城。如果你要是不给我拿这个钱，明天早上到城门洞那儿，还有人堵着你。我要是给你开一个条子呢，明天早上在城门洞那儿，就可以拿我这个条儿过去啦。"

施公一听他这过路捐还带收据的。"嗯。"施公说，"如果我要是不拿呢？"

"不拿你就出不去城门。"

"大清国朝有这个条律吗？"

"大清国朝？大清国朝干吗呀，我爸爸就是本县的县太爷，这一片地盘儿就归我爸爸管，我爸爸就是这一方的皇上。我是他儿子，我就是这一方的太子，我制定的这规矩，大伙儿就都得执行。有什么可商量的？啊？"

施公说："让我执行倒也可以，只是我为什么要给你拿这个过路捐呢？"

"为什么？道理多了，我告诉你，你在这儿路过，鞋上得沾土；你在这拉撒，有人得给锄；你走在街上，看小媳妇，包括你晚上睡觉打呼噜，这都得拿钱。"

施公说："我没听明白。"

"没听明白？我告诉你，你在我这儿一路过带走了土，这得拿钱；你在这拉屎撒尿我们给你收拾，这得拿钱；走在大街上你那俩眼睛睁着四处乱看，看我们大姑娘小媳妇，能白看吗？也得拿钱；晚上睡觉打呼噜影响四邻，你更得拿钱！"

第三十四回　四天王临街遭捆绑
　　　　　红顶子当头露峥嵘

　　小白龙让施公给他拿过路捐，施公就问他，为什么要拿这过路捐。这小白龙讲出四条道理：一个是从我这儿过，你鞋上得沾土。你拉屎撒尿得有人给你锄。你在街上看着我们这满城的小媳妇，睡觉你还得打呼噜，从这几条儿，你都得给我拿钱。

　　施公听到这里暗想，这个小子真是，难为他怎么想出来的这些个招术，想出的这些歪理。施公说："我问你，如果我都用不着你这个，我还给你拿钱吗？"

　　"用不着？你怎么能用不着呢？"

　　施公说："你想哪，你说从你这儿路过，鞋上要沾土，我不从你这儿走，我坐着轿，别人抬着我，我在轿里边坐着，我这鞋不沾土了吧？"

　　"啊！"

　　"你说，拉撒得有人儿锄，我从你这儿路过，我既不大解，也不小解。我还不在店里住了，立时就动身，这行了吧？你说我东瞅西看要看你们这城里边的大姑娘小媳妇，那么我坐在轿里，我把轿帘儿撂下来，我谁也不看，这行了吧？至于说晚上睡觉打呼噜，我不在你这儿过夜，自然我也就不打呼噜了。这还用拿钱吗？"

　　"啊？是呀！这可以不拿钱了。不过，你说坐着轿走，你小子长出来那坐轿的屁股来了吗？啊？就你这一堆儿一块儿，干巴拉瞎，曲里拐弯儿的，你还能坐轿？啊？哈哈哈哈哈哈……你真能跟我吹呀，小子，我看你那轿在扎彩铺里还没糊出来呢。等你死了之后，把那轿烧了，你上阴间再坐去吧，啊！"

施世纶一听，这个小子说话嘴可够损的，施公就站起来了，"你这个人怎么口出不逊呢？"

"口出不逊？他妈跟你这样儿的，哪儿有好听的？啊？你还说坐轿，你干吗？你唬我呀？啊？在这个地方，没有能唬住我的。"

施公把这脸往下一沉，"放肆！"施公在他的面前，要施展一下官威！这一个"放肆"，脸儿这么一沉，还真把这小白龙吓了一跳。呀？但是这小子马上就缓过劲儿来了，"嘿嘿，干什么呀？你干什么呀？跟我吹胡子瞪眼儿啊？我说你谁呀？啊？"

"我是谁？要报出我的姓名字号，只怕吓破你的狗胆！"

"嗬！你他妈敢说我是狗胆，我问你，你是谁？你报出个姓名字号我听听！"

"我告诉你，我姓施，叫施世纶。乃是爷家顺天府尹，奉旨钦差，出巡苏州，路经此处。"

"你谁？施世纶？奉旨钦差？啊哈哈哈哈哈哈……你他妈知道我是谁吗？"

"你是谁？"

"我是爷家的贝勒王子，康熙皇上那是我爹，我是皇太子。你信吗？"

施世纶心里明白了，这小子他没信，他没想到这是施世纶。施公说："你信口雌黄，我是真正的钦差，你是冒充的太子。你可知罪？"

他一说这句话，这小白龙根本就没服，"哼，我知罪？小子，我他妈知罪，你也管不了我……"伸手过来，就要抓施公。他这手往前这么一伸，想掠施公这脖领子，那能让他掠得上吗？施公旁边站的就是黄天霸，黄天霸打刚才就运着气呢，早想动手揍这小子一顿，一看他往这一伸手，黄天霸啪一伸手，把他手脖子就给抓住了，抓着手脖子往旁边这么一掰，这小子："呀？你是谁？"他往旁边一看黄天霸。黄天霸说："我是谁？我今天要管教管教你！"

与此同时，这小子往旁边一歪头，"上！"说了声上，他身后边，四个打手，四大天王，大天王二天王三天王四天王，头一个儿这大天王就过来了，大天王刚一上步，旁边关泰就过来了。关泰来到这大天王的跟前儿，一扬胳膊："站住！你要干什么？啊？"

"小子，你想干什么？你……"他过来给关泰就是一拳，关泰拿手一拨拉他这手脖子，咔的一下子，抬腿就是一窝心脚，就看这大天王把这手往下一抄，他抄关泰这脚脖子，啪，一把真给抄住了。他这手一扣关泰的脚脖子，他想给他拧个劲儿，他这手刚这么一搭，关泰这条腿被他扬住了，然后关泰这条腿往起一抬，嘿，嗵！这叫扁踹鸳鸯腿。这一脚正踹到心窝子上，噔噔噔噔……扑通，踹出去足有四十多步，才坐到地下。可是关泰呢，踹完他之后，啪，一伏身，关泰也躺到地下了，但是这个招术叫王祥卧鱼，关泰紧接着双腿往起一扬，一个叠筋儿，呗儿，站起来了。他站起来了，那大天王没站起来。为什么呢？这大天王往后退着，扑腾坐下了，按说，别看他身高膀大，完全可以立时就蹦起来，没蹦起来，这里边有个原因。他坐这地方不对，坐哪儿了？坐在一个茶汤摊的跟前儿。这茶汤摊哪，那边是一个条桌儿，把头儿呢，这是一个大铜壶，头前是一龙嘴，还有俩绒球。这冲茶的那大铜壶啊，底下是带炭火的，为了使这个壶里边的水温始终保持着一百来度，要不然那个茶汤它就冲不熟。冲茶汤的那掌柜的呢，这还有点儿技巧，拿过小碗儿来，把这个茶汤在里面调好了汁，青丝玫瑰什么都兑成了，然后把这个大铜壶一端把儿，哗，往起一撬，从这壶嘴儿里边这开水唰这一条线儿就出来了，这碗儿在那儿一接，哗——一碗茶汤就熟了。

今儿个这掌柜的呢，正好调好了一碗茶汤，这汁调齐了一端这铜壶嘴儿，哗一扳，像线儿似的这一绺开水，唰，就出来了，这掌柜的刚这么往下一端，这大天王过来了，退到跟前扑腾往这儿一坐，他那脑袋正好把这碗给碰掉地上。碗一碰掉地上，掌柜端碗的这手往回一撤，但是这个手他下意识地继续往上撬，往上一撬，顺着嘴儿，这一百来度的开水像线儿一样，唰——就下去了。大天王坐得也真是地方，坐这儿正好顺着这领子口儿，唰——出溜下来了。这一下子，后脊背都秃噜皮了。把这大天王烫的嗷的一声，哎呀——趴这儿他就不能动了。就那个关泰也没饶他，关泰一纵身来到跟前一拢他这胳膊，掏出绳子来，捆上了。

关泰把这个捆上了，那边还有二天王呢，这几乎是一块儿上的。

二天王往上一上步的工夫，何路通就过来了。何路通把他拦住了："你干什么？"

"哟？怎么着？啊？"这二天王敢情是摔跤的出身，往前移动都是跤步儿，两边晃着过来了。

何路通这一瞧，干什么？跟我来这个？啊？我不跟你摔跤。何路通上手一晃他这眼睛，来了一五花炮，嘿，这二天王没看明白何路通那拳从哪儿进来的，上下一舞，没划拉对，咣，一拳头打到前胸上了。噔噔噔……嘣，二天王也坐下了。二天王刚想起来，要来个鲤鱼打挺儿，鲤鱼打挺儿还没等挺起来，何路通就纵身到跟前了。噔的一脚就踢了个翻个儿，这磕膝盖一顶他这后腰，何路通拖出绳子来，捆上了。二天王也完了。

三天王也是同时往上上的。三天王刚要往上上，赵璧过来了。你看这赵爷，别看跟黄天霸等人在一起比较起来，这武术不算出众，要是打这些个地痞流氓，那还是绰绰有余。

赵璧过来一瞧这三天王，"欸？干什么？"

这三天王没把赵璧放在眼里。他一看赵璧，长得挺小个脑袋，瘦溜儿的，心想就你这样的？我一只胳膊就能打你俩。他往前一伸手，横着来个横推八匹马。这一靠山背，奔着赵璧就来了。赵璧一看他往这一来，赵璧往旁边缩颈藏头一抬腿，嗨！这一招儿，这名字叫兔子蹬鹰。赵爷这招术跟别人研究的都不一样，专门往那致命的地方打。兔子蹬鹰往哪儿蹬啊？专门往那小肚子底下那地方蹬。这一脚就给蹬上了。三天王噢儿的一下子就蹲地下了，赵璧到跟前，照他脑袋上，兔崽子，兔崽子，兔崽子……接着又是三拳，打得这位三天王有点儿晕晕乎乎的，赵璧拖出绳子来就捆这个。

可是与此同时，那四天王，奔黄天霸下手了。因为他看见黄天霸把这小白龙手脖子抓住了，这是同时发生的。他一抓，手脖子往旁边一掰，小白龙这一愣神儿的工夫，这四天王在黄天霸的身后就上来了。他上来一下子就把黄天霸的腰给抱住了。黄天霸这手抓着小白龙的手，觉着自个儿的腰被人抱住了，一瞧这小子抱着腰这脑袋在这儿伸着，黄天霸一抬这胳膊，嘿！一下子，正挤到他这耳根上。砰这一下子，这头一下，这小子就觉得这耳朵里边，嘣的一下，鼓膜破了。

这边这耳朵听不着什么了。黄天霸这一下挤还不算数呢，紧接着他拳头往下一砸，这边砸他脑袋，这腿往起一抬，嘿、哼——两头一碰，鼻梁骨又折了。就这两下，给致残了这位。抱腰那劲儿也不足了，他一松手，哼……这一哼哼的工夫，黄天霸把小白龙那胳膊往旁边一扭，这小子扑腾就来一腔蹶儿。他这来一腔蹶儿，黄天霸一转身，就把身后边这个抹肩头拢二臂给捆上了。

一捆上他，那个小白龙撒腿要跑。他刚想跑，关泰关晓曦，蹭蹭蹭，几个箭步就纵他前面去了，别动！这小白龙一转身再想往回来，黄天霸来到跟前啪啪俩嘴巴子，薅着脖领子跟提溜小鸡子一样，扑通，就倒地上了。回来！五位，全给捆上了。

刚才就这通打，老百姓站了一圈儿，"干什么的？卖艺的吗？""啊？不像！卖艺的不能打这么狠哪。"

旁边有人认识，"哎呀我说，坏啦，这不是小白龙吗？哎哟，少爷今儿怎么吃亏啦？"

"不能，少爷这是玩笑，这是跟他们一块儿玩玩儿。""不对不对不对，你看，那鼻子都出血啦，你瞧那个，哎哟，这几位，这四大天王都不行啦"。

把他们这五个人捆好了，这工夫施公看着他们，"来呀，把他带回店房。"

"哎。"这几位被绑着，跟着施公和黄天霸等人，就奔店房走来了。前面这一走，后面这些老百姓纷纷议论，"瞧见没有？你瞧见这干巴拉瞎那老头儿没？那是教师！你瞧那几位啊，那他徒弟。你看老头儿了吗？不用动手，你看人家倒背手儿走啦。嘿嘿，这几个小子，今儿让人家全给收拾啦。这回有热闹了呀。听着呀，这几位不定是干什么的呢，很可能是侠客。"

"嗯，我看像剑客。"

这老百姓说什么的都有，施公带着他们几个人就回到了店房之内。施公马上吩咐人，"把我的官服拿来。"施大人心想，我让你认识认识，你看看我到底是不是奉旨的钦差。施公把官服袍服穿戴齐整，就在自己屋中桌子后面一坐，吩咐："来呀，把他们都给我推进来！我要在此升堂！"

施大人也是气急了，这工夫，这五个小子一起都推进屋来了。这小白龙进屋一看，往上面一瞧，这小子当时脸可就变模样了。他一看，正面坐着的这位，也就是刚才跟他说话那老头儿，换了装束了，一看头上戴的那顶子，他认识。别的他不知道，大清国这官儿的级别，从这顶子上能够分出来。施公戴的这个顶子，是红宝石的顶子。这小子他知道，他爹戴的那个顶子，是镂银的顶子，那差着好几级呢。红宝石的顶子，这是一品顶戴，不是世袭的侯爵，不是国家一品的官员，敢戴这样的顶子吗？

这小子心想：坏啦。今儿个我是穷途末路，倒霉的日子到了。这真是钦差大人哪！哎哟，我跟钦差大人在大街上干起来了，我还要薅领子，哎哟，我这罪大了。敢情他也知道好歹，施公在这儿一拍桌子，"跪！"

"欸！"扑腾，这小子倒是听话，直不溜丢跪那儿了。"呃……大人，小人不知道是大人到此，小人要知道大人到此，我万万也不敢如此冒犯您老人家，小人我是有眼不识泰山，我是有眼无珠，我不是东西，大人，您多多原谅。"

"我来问你，你叫什么名字？"

"呃……我叫张小龙。"

"小白龙是你吗？"

"啊，那是他们别人称呼我的一个外号。"

"这个外号是别人送的，还是你自个儿起的？"

"那不是我自个儿起的，那是别人给我起的，后来我也那么叫。这县城里边老百姓常说一句话您不知道吗？不怕旱涝雹子风，就怕碰着小白龙。"他说完这句话马上后悔了。嘻，我他妈说这话干什么呀，这话对我没好处。

施公说："好哇，不怕旱涝雹子风，就怕碰见小白龙。这说明你作恶乡里，罪大恶极。"

"啊，没，我还不至于那样！大人，您甭管怎么说吧，您您您您多多海涵，多多原谅。看在我爹是本地县令的面上。"

"你爹叫什么名字？"

"我爹叫张文伟。"

"你的所作所为，你父可曾知道？"

"我父，我父他不知道，我爹忙着呢，一天到晚上家里求情的送礼的给钱的，他哪儿有工夫搭理我呀！"

施公一听，看来有贪官的父亲，就有一个作孽之子！

第三十五回　张小龙真言供恶行
县太爷假意审亲子

施公在店房里头审问小白龙，当他问到，你这样胡作非为，你父亲知道不知道的时候，小白龙说："我爹比我还忙，他整天忙着别人给他送礼，再不就是给他送钱"。

施公说："看来你爹也是个贪官哪，有这个贪官的爹，必然有这个作孽的儿子。"施公暗想，大清国朝的官吏，如果要都像新城县令这样，清朝的江山危矣。施公说："小白龙，我问你，你在市井商人当中，跟人家三七分成，受谁的差遣？"

"啊？受谁的差遣？我……谁也没差遣，就我给他们那么定的。"

"都是三七分成吗？"

"呃……不光三七，还有的……四六呢。"

"还有四六的？跟什么人四六分成？"

"四六？那个……卖焖子的，那卖抻条儿面的，那都四六，他们那利大。"

"哦？照此说来，你还有多大的分成？"

"最多就是四六，那还有二八的呢。"

"跟谁二八分成？"

"二八的……那卖柴火的，卖柴火的他挣不俩钱儿，就二八。"

"哦？那么你劫夺过路捐，这是受何人差遣？"

"啊？这个……我……这个，也不是受别人差遣，我们这儿人们老这么说，说靠山吃山，靠河吃水，做官儿刮地皮，我一合计，我也不靠山，我也不靠河，我爸爸当官儿我也刮不着地皮，干脆我就弄点儿零钱儿花得了，所以我就琢磨这么一招儿，我这几个哥们儿给我出的主意。"

"除此之外，你还有何罪行？从实讲来！"

"诶，我除此之外我还有什么罪行，我……我……我罪行，我……我也不知道我……我还有什么罪行，我……我……我总觉得我好像不少。"

"你如果给我从实招认，我或许给你宽处理，如果你要矢口不招，我在百姓之中了解清楚，一定对你严加惩处！"

"诶，大人，您放心，我……我……我……我招，我什么都说，我……我这要说了，您您您……您能轻饶我吗？"

"我可以从轻惩处。"

"从轻……从轻惩处，那还是反正也得惩处，我琢磨着我是得该惩处了。呃……大人，那么地吧，您就从轻点儿，我就都说了。"

"说！还有什么事情！"

"我，我还有什么事情，我也不知道我算不算犯罪呀，大人，我跟您说，我吧，你看，这几个，这都是我……我们的哥们儿，磕头拜把子的兄弟，我们这哥儿几个，那曾经是对天盟誓，有福同享，有难同当，我们是有饭一块儿吃，有尿一块儿撒，所以我们这哥儿几个那是掰不开的脚趾头，穿一条裤子，呃……经常出出进进地就在我们这新城县大街上，上饭馆吃饭去，你像什么那醉仙居，呃，那太白楼，那是最好的两个饭庄，我们常往那儿去，到那儿去之后吃完之后，反正是我们有时候给钱，有时候一抹嘴就出来了，那掌柜的反正他知道我是县太爷的儿子，也不敢找我要钱，您说……这算事儿吗？"

"你这叫仗势欺人！"

"欸，这是仗势欺人。对了，这是仗势欺人。"

"还有什么？"

"呃……还有，还有再就是，大人，你说我这人吧，我这人……别看二十好几了，我到现在吧，还没娶媳妇呢，别看没娶媳妇，反正我也没闲着，嘿嘿，大人，我们这哥儿几个，经常上那个花街柳巷转悠去，反正有时候，也花俩钱儿，有时候也不花钱，呃……不过呢，光那个，我好像还……还……还觉着还不……不解渴儿，我有一回走街上，我看人有一小伙子娶新媳妇，呵，我瞅那新媳妇真漂亮，我就盯上那新媳妇了，我跟这哥儿几个一商量，我说给……给我帮帮忙，他们说，行。那个……有一天，大概也就是，那新媳妇嫁过去，也就是六七天儿吧，她男人出去了，知道就新媳妇自个儿在家，我们这几个就进去了，我们这哥儿几个在外面给我看着人，我进去……我把这新媳妇就给划拉了，您说，这算事儿吗？"

"这叫欺压民女！"

"欸！对呀，是，这个，对，是，欺压民女。"

"还有什么？"

"还有……再有那回，那是我好像开玩笑，其实，您说，我上当铺里边我……我当一夜壶，嘿嘿嘿……我……我拿我们家的夜壶我上当铺里当去了，那个，那掌柜的说，夜壶哪儿有当的呀，这玩意儿不好写当票儿，我说我就当，这掌柜的结果就给我写一当票儿，我过俩月我又去拿去了，我赎当去了，他把那夜壶拿出来，我说这不是我的夜壶，我说我的夜壶那嘴儿是翡翠的，县太爷儿子那夜壶哪能使这么个破瓦片子呢，掌柜的说那您原来就这样儿的，我说不对，给掌柜的吓坏了，最后他找给我十二吊钱，那夜壶我也没要，我这跟他开玩笑，您说这……这算罪吗？"

"这叫敲诈勒索！"

"欸，敲诈勒索。是。再……再我还有什么事儿呢，再……再就是……再那个就是有一回在街上我看一大姑娘长得挺漂亮，我把那大姑娘堵那死胡同儿里头了，我们这哥儿几个在胡同口那看着，我把那大姑娘反正摸索了一阵，这事儿您就甭写了。"

"猥亵幼女！"

"欸，我……哎哟，哎哟，这官儿可真厉害，哪条儿都能上得去啊。我别说了，我够了吧？"

施公一边问着，旁边随身这书吏提着笔就在这儿写着，一条一条一条地全都给录了供。

"小白龙，我来问你，你父对你这样胡作非为，难道说就一点儿不知道吗？"

"我爹啊？我爹，他也不问我，反正，我也不找他。"

"你在这儿私扣行路税，你爹知道不知道？"

"他不知道，不知道，这事儿他不知道，我根本不跟他说。"

"嗯，你在商人之间窃利分成，他知道不知道？"

"他不知道，他也不知道，不过反正我爹知道我……我零花钱儿挺多，有时候他手头儿紧了还找我要点儿。"

嘿，施公一听，这爷儿俩这算凑齐啦。"来啊，把这张小龙，以及他这四个打手，拉到旁边，看押起来。马上到衙门里边，告诉新城县令，就说钦差到此，让他到店房来见！"

施公马上派手下人拿着行路公文到这衙门里边，告诉新城县令张文伟。这张县令，一听说钦差大人来到他的管区之内，而且住在店房里头，他还一无所知，这张大人当时吓得仨魂儿就走了俩。他知道，施公此次下苏州，沿途上，就是查访清朝的堂官儿的，你这官儿在这地方儿当的怎么样。当好了，就能提升，要当不好，你就下去啦，那可就是一句话的事儿啊。所以这张大人马上命人急急忙忙顺轿，急匆匆来到了店房，在店房大门外下了轿之后，忙忙地往里够奔，来到施公居住的上房屋，没进上房屋，先喊上了："钦差大人，钦差大人，卑职参见钦差大人来迟，钦差大人，您多多原谅"。说着话迈步就进了屋了，"钦差大人，卑职给大人见礼。"扑通跪下了，"钦差大人，不知钦差驾到，有失远迎，使钦差在店房里边……受此清苦，钦差大人，您多多海涵，卑职有罪，该死，该死。"

施公看了看这位张大人，"张大人，免礼平身。"

"呃……谢钦差，谢钦差。"

当他站起来的时候，施公才看了看这位张大人的长相。这位张大人敢情跟他儿子不一样，您看他儿子长得是牛眼马牙呀，这张大人是俩近视眼，看得出来，这眼睛老虚呼着。

"啊，啊，钦差大人。"

"来呀，赐座！"

旁边有人给搬过把椅子来，让这大人坐下。

"张大人，本部堂来得匆忙，未及告知。张大人，近来贵县民情如何呀？"

"啊……呃……大人，呃……贵县，啊，不是……"心想怎么我自个儿能说我自个儿贵县呢，我都吓糊涂了。"啊，大人，呃……鄪县……呃……鄪县民情尚好，近几年来，庄稼连年丰收，可以说谷黍满仓，这都是托万岁皇爷的福气。"

"嗯，市井上倒也平安吗？"

"呃……市井上倒也可以。大人，虽不说路不拾遗，夜不闭户，但是，很少有百姓争斗之事。"

"嗯，照此说来，这新城县张大人治理得是有井有条啦？"

"呃……不敢说，不敢说，钦差大人到此，还望多多指教。"

"好吧。本部堂到此，原想由此路过，但是由于时间太晚，在此打尖住了店。我刚才在这街上，碰到一个人，他向我索要过路捐，我想这大清国朝从没听说过有行人索取过路捐之说，不知道这是朝廷新下的旨意呢，还是贵县自己制定的章法。"

"嗯？呵，呵，呃……钦差大人，这件事情卑职还不曾听说，这里从来没有索要过路捐哪。"

施公说："我把这个人已经带到我的店房，粗略审问了一下，但是我想到，这是贵县管辖之区，我不能越俎代庖哇。所以我把贵县请来，打算把此人交与贵县，在堂上审问，我在一边旁听，贵县意下如何呢？"

县太爷一听，哎呀，这钦差大人是要看看我怎么问案哪，这是哪个兔崽子在这儿索要过路捐哪，啊？哎哟，我当着钦差的面，我得好好地把他问个明白。让钦差看看我这问案的水平。

"呃……钦差大人，既然如此，卑职情愿把此人带到堂上审问。"

"好，来，打道县衙！"

说话间施大人就站起来了，这县太爷马上让施大人坐他的这乘轿上衙门里边去，施公不坐。施公说："你还坐你的轿，我是骑马来的，我骑着我的马。"

施公告诉赵璧和黄天霸，把那几个人带到大堂上，同时要如此这般如此这般地嘱咐他们。赵璧记住了。施公骑着马，带着黄天霸、赵璧、何路通，加上关泰这四个人，一起就来到了县衙门。来到县衙门之后，这位县太爷诚惶诚恐，马上把施大人让到里边，到大堂上请施大人上坐："钦差大人，您请来上坐。"

施公说："不必啦，这里您是正堂，您来上坐。"

"卑职不敢，有钦差在此，卑职焉敢上坐，还是您来上坐。"

"不，您上坐。我就在旁边打一偏座。"

"呃……别别别，这样，把座位拉平，座位拉平。"说着话，这县太爷吩咐把座位拉平，让施公在旁边坐下。县太爷在正面端然稳坐，站堂的衙役是两旁排列，黄天霸、赵璧等人站在旁边。施公那书办呢，写完的那个东西已经交给施公了，施公是带在了身上。

县太爷坐在上边，回头看了看施公，"钦差大人，咱们现在升堂吗？"

施公说："你该怎么办就怎么办，我要看你问案。"

"钦。"县官心想：看我问案？就好像问我一样。哎，县官一拍桌子，"来，把冒收过路捐的人，给我押上堂来！"县官这气大了，心想：你什么时候冒收过路捐不行，单在这时候收，而且，你居然收到了钦差大人的头上，这不是给我眼睛里边楔棒槌吗？嗯？

这个工夫，底下那张小龙就被押上来了。赵璧呀，跟张小龙说了，说施大人讲了，你到大堂上，你要从实招认。跟施大人怎么说的，你就得怎么说。你要说错了一点儿，施大人对你的所作所为就要重新调查。重新调查完了再有新罪名，要加倍处罚。所以张小龙心想哪：我得有什么说什么，但是，这是我爹呀，我爹他审问我，他磨得开吗？唉，不管怎么说呀，我来吧。他走上来了，当他往堂上一走的时候，上边县太爷虚摸着近视眼，往下一瞧，心想：下边上来这个罪犯，怎么跟我儿子那轮廓差不多呢？啊？张小龙扑通跪这儿了。

"下跪何人？"

张小龙心想，爹呀？你都不认识我啦？啊？好眼神儿，"张小龙。"

这县太爷当时就一哆嗦，他这心里面马上就想到很多的事，张小龙，张小龙这是我儿子，我儿子冒收过路捐哪，啊？这罪可大啦。钦差大人知道是我儿子不？他大概是不知道哇？要不然的话，他得点破给我，他得说呀，这是你儿子，他怎么没说这事儿呢？他没说这事儿他就是不知道。既然他不知道，我就告诉我儿子，别承认我是他爹，我在这儿就来个公事公办，我把他审问完了，暂时押下，过后呢，这钦差大人，自然他就得走了，他是过路的官儿。他走了之后，我再善后处理，把我儿子给放出来，这也行。

　　想到这里，这位县太爷假装把这帽子正了一正，拿那手冲他儿子比画，那意思，你可别承认咱们是父子。他儿子这阵儿呢，瞅着他爹心里就合计：爹呀，您对我有办法没有哇，我说不说？他爹冲他这一摆手儿，他儿子心想，大概是让我别瞒着，都说呀，呵呵呵……

　　"呃……我叫张小龙。"

　　他说完这句话，这县太爷又一拍桌子，"大胆的张小龙，我问你，你可是收了过路捐了吗？"

　　"对，一点儿没错，我收了，我不但是收一回，收了好多回了。今儿个我一直收到了过路的钦差大人的头上啦。"

　　"我再问你，你还干什么坏事啦？"

　　"呃……我干的坏事可多了，刚才那钦差大人都说了，说我仗势欺人，我欺压民女，还敲诈勒索，是应有尽有……"

　　县太爷一听，我算玩儿完。

第三十六回　打亲子刮倒葡萄架
　　　　按国法发配沙门岛

　　这施世纶哪，制造了一个奇迹，愣让县太爷这亲爹审他这亲儿子。

　　县太爷张文伟一问他这儿子，他这儿子还是不打自招，说我仗势欺人，欺压民女，敲诈勒索，应有尽有。把他爹气得，有话说不出，是有苦倒不出。

　　他爹心想：好小子，今儿个你可倒真听话，我问你什么你就说什么，啊？他一拍桌子："我来问你，你都是怎么做的呢？"

　　他这儿子，就好像在店房里面跟施大人说的那话一样，一句不错地把他这点儿事就都给抖搂了一遍，整个儿是叙述一番。说完了之后县太爷一听，心中暗想，宝贝儿啊，行哪，你把你做的这点儿丑事儿都说出来了，有很多事儿连我都不知道，你怎么不跟你爹说呢？现在当着钦差大人面儿，他在旁边坐着，你就都说出来了，你说让我对你怎么办？

　　这个事情难办就难办在这里，县太爷呢他以为施世纶不知道他们是父子关系，县太爷还打算就在这钦差大人面前，他要摆出一副公正的样子，那么既然面前这个罪犯已经把自己的这些罪过都已经招认出来了，你县太爷得有个态度哇，如果说你要袒护他，你这官儿你还想做不想做？啊？他心里明明白白地知道这位钦差大人沿途上是查访这些官员的政绩来的，所以张文伟一拍桌案："大胆的刁徒，竟敢如此胡作非为，两旁人来，给我重打四十板！"

　　他一说这句话，他儿子这小白龙也愣了，小白龙心想：爹呀，你

228

怎么还打我呀，我都跟你如实说啦，你还动刑哪，你还赶不上那钦差呢。那钦差，我如实说了之后，人家说都宽宥于我。

正在这工夫，要打还没打呢，由打那屏风后面，呼的家伙，一阵风，就出来一人，谁啊？县太爷的夫人出来了。县太爷这夫人，那可不是一般的夫人，当年嫁给县太爷的时候，这夫人长得是年轻貌美，这县太爷在夫人的面前是自惭形秽，所以说，夫人说什么他听什么，夫人命不亚于将军令，就到在这种程度。年轻时候是那样，现在尽管夫人已经人到中年，有些人老珠黄，身体也有些发胖，由原来的一百二十来斤长到了一百八十来斤，但是夫人的威风未减，在家里边说什么，县太爷还得听什么。

今儿这夫人怎么出来啦？夫人在后宅那儿待着，闲么见地听说县太爷在前面升堂了，有那么一个小丫环，到前边去看了一眼，一眼就瞅见这县太爷正在审问他们家的少爷。小丫环赶忙就跑到后宅见了夫人："哎哟，夫人哪，今儿怎么地啦，我们老爷呀，审问我们公子呢！"

夫人一听："什么？这个挨千刀的，挨天杀的，他敢审问我儿子，这还了得吗？我们家里边就这么一块宝贝啊，那是他们家的后代香烟哪，他怎么地啦？"所以这胖夫人呼地一家伙由打后宅就出来了。从这影壁这儿一出来，带着一阵风，出来之后她是不容分说呀，用手一指这县太爷："我告诉你，怎么着？你审问我儿子？今儿你是吃错了药啦？你是抽风啦还是发烧哇？啊？我儿子怎么地啦？犯什么罪啦？用你在这儿审？你还要动刑，我看你敢打，你敢打他一下，我就揍你十下！"

夫人这几句话一说，当时县太爷半天没说出话来。要在平常场合，这县太爷早就满脸赔笑过去给夫人作揖了，今儿个不行，为什么？县太爷心里明明白白的，这旁边坐的是钦差大人哪。心想：老婆子呀，你不知道这是钦差吗？我这个顶子能够戴得住戴不住全在钦差一句话了，你在这个工夫出来给我添乱，这县太爷今天摆出一副不怕老婆的架势来："夫人，这是公堂，你出来干什么？"

他一说这句话，夫人一听这气大了，因为在那县太爷的嘴里边从来就没说过反驳夫人的语言，今天竟敢说出这样的话来，夫人用手一指："什么公堂？我不管你公堂私堂什么堂，打我儿子就是不行。"

县太爷心想，如果这个冤家我要不打他，不就让这位钦差大人笑话我吗？如果说我要听了夫人的话，这钦差大人得用什么眼光看我？县太爷咬着后槽牙，心一横，一拍桌案："来，给我打！"

他还说打，这工夫就看这夫人两个箭步就蹿到堂下，一下子就趴到他儿子身上了："你们要打打我！"这夫人也胖，把他儿子全面遮盖。他儿子趴在底下："妈呀，我压得慌，您，您，您躲开，您……您……您听我说，爹呀，您别打我呀，那钦差大人都说了，只要我从实招认，人家都不责怪我，都从轻惩处。那么今天我跟您一字不落地都说了，您，您，您怎么还要打我呢？"

他一说这句话，这县大爷在这大堂上坐着，当时就愣了。心想：怎么着？钦差大人都说了，小子，你管我叫爹，钦差也知道咱们是父子了呀？

他这一愣神儿的工夫，旁边施世纶就说了："大人，他不是你儿子嘛，啊？应该如何处理他呢？"

"啊，啊，大人，您知道这是我的犬子？"

"啊，我早已经知道了，在店房里边他就跟我讲了。你的儿子张小龙嘛，人送外号儿小白龙哪。"

"啊，啊，钦差大人，卑职教子不严，呃……是他在这儿招惹是非，违反国法，也牵扯到卑职本身，呃，呃……我也有罪责。呃……钦差大人，您万望多多地担待，钦差大人，卑职有罪。"说着话，这县太爷扑通在这儿给施世纶跪下了。

施世纶伸手相搀："欸，新城县令，快快请起请起，你坐你坐你坐。县令，你是新城县令，一县的父母官哪，你的这个儿子在新城县一带为非作歹，你如果说不知道，那谁也不会相信。有道是，不能正家，焉能正国？不能正己，焉能正人？你作为一县之主，你儿子在这里横行霸道，你不晓得吗？嗯？我刚刚到在这里，新城县的百姓都有这样一句话你听说过没有，这百姓们都说，不怕旱涝雹子风，就怕碰上小白龙。你看你儿子，是本地的一害啊。老百姓视他如洪水猛兽，你居然置若罔闻，难道说，你没有罪责吗？"

"是，卑职有罪，卑职有罪！"

"好吧，今天，你儿子的罪名，都已经如实招啦，我倒要看看你这父母官如何惩处他！你来判你儿子罪！"

县官一听，这，这不要我命嘛，让我判我儿子罪，我得怎么判哪？啊？我要判轻了呀，他就说我包庇我儿子；我要判重喽，我这心里疼得慌不说，我这老婆我也扛不了哇。但细一琢磨，一边是顶子官儿，一边是老婆，我要哪头儿啊，我得有取有舍呀，也罢，干脆吧，老婆我就别管她了，我还得先要这顶子官儿吧。我有这顶子官儿我就像个人儿了，我没这顶子官儿，我什么也不是呀。唉……"大胆的奴才，你背着你的爹爹竟在新城县里胡作非为，招惹得百姓唾骂，幸亏是钦差大人到此，要不是钦差大人到此，查访出你的罪行，说不定你再做出什么欺天之事呢，啊？本县今天我要重重地判你，我要判你一个充军发配沙漠海岛，重打四十，以观后效，来，给我——打！"

县太爷一说这句话，这工夫他这夫人在旁边站起来了，不敢说话了。为什么啊？这胖太太也知道好歹。一听说旁边坐那位，敢情是朝里边来的钦差大臣，她也知道钦差大臣举足轻重，牵扯到他这男人的官职的问题，所以，别看刚才哭闹，现在她不闹了。站在旁边瞅着打他儿子。

县太爷这一说打他儿子，两旁边站堂的衙役过来把这水火棍拿起来，把这小子往堂下一拽，褪下中衣，照着这屁股就打起来了。

按说，这县太爷的儿子要是挨打，掌刑的这手底下可得轻着点儿，那得有分寸。今天不行，掌刑的不但没轻，反而加重了。为什么？这个小白龙在新城县这一带是臭名昭著，没人不恨他，衙门里边的人都想置办他。碍于他是县太爷的儿子，谁也管不了他，今天好容易有钦差大人在旁边坐着给做主，县太爷又亲自下的命令，让打四十板子，能轻打吗？啪！啪！啪！啪……四十板子下去，打了一个皮开肉绽，这小白龙龇牙咧嘴爹妈直叫，这四十板子打完，一收刑："请大人验刑！"

这小子爬了两步往堂上一趴，县官儿把这近视眼眯缝着往下一看，反正看着虚么乎的，大概那屁股打破了血都出来了。

"奴才，今日堂上动刑，也是你罪有应得，来，把他给我拉下去，不日服刑!"

"是!"有人马上把这小白龙就拽下去。

小白龙拽下去了,还有跟着小白龙一起的那四大天王呢,县太爷马上判四大天王一起充军。县太爷心想:你跟他一块惹祸招灾,我让你们跟他一块儿走,跟我儿子做伴儿得了,你们一块儿去一块儿再回来。

判完了他儿子之后,知县站起来了:"钦差大人,呃……卑职如此处置,钦差大人意下如何?"

施世纶一听哪,还算行,算是以公判断,"新城县,你对你的儿子如此惩办,我琢磨他是罪有应得,你是秉公执法。"

"呵,钦差大人,下一步是不是该您判我了?您看我该怎么办?"

施世纶说:"这样吧,按说,应该摘掉你的顶子,念你能够秉公执法,给你儿子判刑发配,我先让你在这新城县留任一年,以观后效。"

"谢钦差!"县太爷心想,哎哟,幸亏我这么办,不然的话,我这帽子就摘下来了。

施世纶给他一个留任一年以观后效,也就是说这一年以后你要是还不好,我就把你撤了。

其实,一到这份儿上,这县官儿,那就得认真地当了。

当时,施世纶把这个事情了结之后,立即站起身告辞。这县太爷紧跟着往外送哪,把这个钦差大人送到衙门以外,千恩万谢。施世纶回转自己的店房。

县太爷回来之后把自己的老婆好顿埋怨,说你好悬给我闯下塌天大祸呀,你再闹腾闹腾,就把我这官儿给闹腾下来啦。他老婆拽着县太爷上后边,两口子怎么吵吵咱就不提啦。

施世纶回到店房之内,跟黄天霸等办差官就说了,你们看见没有,我们此行上苏州,微服私访跟乘坐大轿,那是截然不同的。我们坐在轿里边,什么也看不着,跟老百姓就像隔着一道墙一样,民情民风是一无所知。沿途上这些官员政绩如何你也不会得到一个真实情况。如今,我们便衣而行,所以,就能随时查看出各地地方官他们做得如何。

黄天霸说："大人，照您这一说，咱们下一步往前走，您就这么一直走下去了？"

施公说："对了，我们就这样便服而行。"

黄天霸说："大人，那好吧，就依着您。"

于是打这儿开始，再往前行进，这个施世纶就一直着便装，而且还老换装束。一会儿啊，打扮成一个做买卖的商人；一会儿打扮成一个算卦的先生；一会儿打扮成一个教书的；有时候呢骑着马，有时候还要雇条驴，就这么一站地一站地地往前走。可是时间一长哪，有些地方官员也知道这位钦差大人的行动规律了，说这位钦差大人是化着装来的，私访奔苏州，沿途上这些官员都加着小心。有的居然也看透施世纶了，尽管他便装，因为他带着黄天霸这么一帮人呢，这些个地方官也来迎接。施世纶一看这也不行，施世纶说我打算再改一个办法。

黄天霸说："大人，您打算改什么办法？"

施世纶说："再往前走，我打算单人私访。比方咱们到前一个站点儿，咱们约定好了，就到那个站点儿里边最大一个店房聚齐，我呢，先行一步，到在当地，查访民情民意，当我住下了，你们也到了，咱们再相聚。你看如何？"

黄天霸说："这可不行，大人，我们征山破寨得罪了很多绿林强盗哇，您知道在什么地方会碰见我们的仇人哪？万一发现了您，他要把您伤害了，那我们可担待不起。"

施世纶说："欸，我施世纶为官清廉，心可对天，我不怕有人加害于我。"

黄天霸说："您不怕我们可怕。"

施世纶说："我意已定，就这么走了。"

黄天霸说："您真要这么走的话，那得给您带一个人。"

施世纶说："你们非要给我带一个人的话，那我得挑选，我看我就带赵璧的徒弟黑世杰。"

黑世杰在旁边一听："对了，大人你要带我，那就万无一失。"

于是施世纶带着黑世杰，才要单人私访。

第三十七回　白龙鱼服走访民情
蹇足鹄面冲撞道队

　　施世纶要单人私访，尽管黄天霸赵璧等办差官对他这种行为表示反对，但是施世纶本人坚持要这样做，这就是施世纶的个性。施世纶，他觉得他一个人，就是私访在民间也不会出什么闪失差错。最后，商定由黑世杰跟着施大人走，要不然他们实在是不放心。

　　黑世杰一听说跟着施大人，那心里面非常高兴。赵璧特意把黑世杰叫到旁边嘱咐了一番，说："孩儿啊，施大人看上你了，让你跟着他。施大人可是单人私访，你可要多精神点儿，你得眼观六路耳听八方，不要让大人有半点儿闪失差错，如果有了一点儿闪失差错，到时候你可就吃不了得兜着。"

　　黑世杰说："师父，我还不知道这事儿吗？您就放心吧，我您还不知道吗？别看我人儿小，我心眼儿不少。"

　　"对"。

　　赵璧嘱咐完了黑世杰，让黑世杰跟着施大人每到一点儿就先行一步了。第一个点儿往前先行一步，施大人找一个大店房住下了，随后他们的道队人马来到这儿之后，到店房里边找施大人。第二个点儿，仍然这样走，也没有什么事儿。施大人跟他们也说了，他把名字还改了，不能叫施世纶，要到店房里一登店簿说是施世纶，那就会有人知道这是钦差大人，他改了个什么名字呢？改了一个叫方真清。施字儿有个方字旁，他就用的这个字儿，方真清取"访真情"之偕音，所以他们到在店房里边，后到这道队就先找这方真清、黑世杰在不在。

　　就这样走了两天，再往前走，前面那个点儿可就是山东地界的平原县了，他们在这个镇店里面住下之后，转过天来一大早，总是施世纶先走。施大人让黑世杰雇了一头小毛驴，这小毛驴牵过来之后，施大人上了驴，这黑世杰呢在后面跟着。赶脚的这位呢，在前面牵着驴走，黑世杰在地下走得时间一长了呢，这施大人就让黑世杰坐到他的身后，两个人共乘一头驴。黑世杰坐在大人的身后，跟施大人共乘一头驴的时候，这黑世杰心里边按捺不住一番激动，一边走着他就跟这施大人说："我跟您说呀，我这心里边，我就觉得呀，特别那么高兴。"

施大人说："你怎么高兴呀？"

"我就觉得好像我们家祖坟冒了三股青烟。"

"嗯？怎么回事儿呢？"

"我就觉得我能跟您坐一头驴呀，我回去我就能跟他们说事啦，他们谁能跟您坐一头驴呀？"

"别胡说八道。"施大人往前面一努嘴，心想，你没看那赶脚的在那儿呢吗？你别说着说着把我这身份给露出来。

"是呀，您放心，我心里有数儿，嘿，反正是我觉着心里边乐滋滋儿的"。

这位黑世杰敢情是个小话痨儿，这一道儿上嘚啵嘚，嘚啵嘚，跟施大人说起来就没完，把他小时候经过的那些事儿啊，想起什么来说什么，他还断不了条。施大人心想我带这么一个也不错，他倒能给我消烦解闷。

雇着这头驴就来到了平原县城。到了平原县的县城他们两个人由打这驴上下来付了脚钱，赶脚的走了，施大人领着黑世杰这两个人就进了平原县。先找了一个平原县最大的客栈，叫兴隆客栈，登完店簿，他们定了是两间上房，一个里间儿一个外间儿，黑世杰在外间儿，施大人在里间儿。到上房屋里面，这黑世杰马上献殷勤，命令店小二，快给我们打洗脸水。洗脸水打来，施世纶和黑世杰两人洗完了脸，这黑世杰也不等店小二进来，自个儿端着这盆，到外边把水就泼了。进来了，黑世杰就问："大人，您看咱们是不是得吃午饭了？"

施世纶说："是呀，咱们在哪儿吃呀？"

"要依我看哪，您就在这店里边待着，我呢，上街上瞧瞧，看看这街上哪个饭馆儿饭菜您适口儿，我就给您弄一大食盒，我就提溜着回来了，咱俩就在这店里边吃。这样的话呀，还安全还可靠，您要一出去呀，说实在的，我这心里边儿总是胆儿突的。"

施大人说："我恰恰跟你想的相反，我想咱们俩要上街上遛遛。"

"咋儿着？上街上遛遛？"

"对，咱们找一个饭馆儿吃饭，茶馆酒肆，这是老百姓吐诉真情的地方，说不定在饭馆里边吃顿饭，就能了解到这个平原县的地界为官，他的官风如何，他的民风如何，你看怎么样？"

"那也行，反正我听大人你的，不过呢，反正我要跟您上外边吧，要上饭馆吃饭吧，我这饭反正就吃不放心，我这心哪，老在这儿提溜着。"

"唉，你怕什么，你看我们两个人，都是平常百姓嘛，谁能注意呢？"

"哎呀谁能注意？那说不定有人认识你哪？"

"唉，不会有人认识我，走，咱们两个上街溜达溜达。"

"好，行。"

这黑世杰啊，敢情偷偷地还带着自个儿那把小剃头刀儿。他带那把剃头刀儿干什么呀？黑世杰小孩儿有小孩儿的心眼儿，黑世杰心想：我这把剃头小刀儿啊，我拿着，别寻思我这个人哪，啥也不会，真要是有人欺负施大人，别看我是小孩儿，我就拿这小刀儿，我就瞎划拉，划拉到血管上也能破，流血不止那也得死人。

就这样，黑世杰跟着施大人就上街了，走到街上，施大人倒背着手看了看这个平原县的街道，街市上人来人往川流不息做买做卖的，干什么的都有，他们就顺着街走往道两旁看，想找一个干净的饭馆，进去就要吃饭，还没等找着饭馆呢，就听大街对过儿，有铜锣开道之声，嘡——嘡——嘡——闪开，闪开，闪开，闪开……听着有人喊闪开，紧接着就看街上这老百姓稀里呼噜往两边儿躲闪，施世纶上站在道旁边看着，哦？这是要过官儿啊。黑世杰站在施世纶的身旁，"大人？这谁啊？"

"可能是本地的县令吧。"

"对。"

一瞧头前儿，肃静回避牌，有穿青挂皂的衙役，手里面提溜着水火棍。后面有一乘轿，在紧头前儿有两个人拿着鞭子轰赶行人，"躲开躲开，走，闪开——"啪——啪——啪——拿鞭子真打呀。这老百姓哗哗地往两边儿闪。

施世纶站在旁边，恰恰就在这个工夫，由打路旁边一个住家户的大门儿里边跑出一小孩儿来。这个小孩儿啊，也就是三四岁儿，看这个样子刚会说话刚能跑，这小孩儿噔噔噔就跑出来了，也看不出来是个小丫头儿啊还是个小小子儿，梳着两个小抓鬏儿，胖乎乎的长得挺可爱。这孩子他不知道这是过官儿啊，他跑到这马路当中瞪着俩小眼儿往对过儿就看着，他觉得对过儿来了那么多人挺好玩儿，可他哪儿知道，头前儿开道的这衙役过来了，手里边提溜着鞭子，老远他看见这小孩儿了。

"欻？谁家孩子？嗨，快让他走！"

他这么一喊，这孩子瞪着小眼儿好像有点儿害怕，他慢慢儿地往旁边就这么退，可是这孩子毕竟他退得慢，这孩子还没等退到道边儿上，就这开道的衙役提溜着鞭子走到跟前，抡起鞭子来照那孩子脸上，啪——就是一鞭子，孩子脸上就来了一道血印子。小孩呀，那肉皮儿长得非常嫩啊，能扛住他那鞭子打吗？啪的这一鞭子打完了，这孩子小嘴一撇，哇的一声就哭了。

小孩儿这一哭，这开道的丝毫也没客气，"谁的孩子，快点儿，抱走。"

他一说这句话，旁边施大人可生了气了，施世纶一看这还了得？啊？你有点儿太不懂人情了。施世纶过来把这孩子就抱起来了。

"你怎么这么打这孩子，啊？这是一个孩子，他不懂事呀！"

"呀？你的孩子是不是？你快点儿把他抱走，老爷要在这儿过，在这儿挡道，好狗还不在当道卧呢，你这孩子怎么不好好教育教育？"

施世纶说："我教育教育？我看你应该好好教育教育。"

这个工夫孩子他娘由打旁边大门儿里头出来了，出来之后就由打施世纶的怀里把这哭着的孩子接过去了，抱屋里哄去了。

把孩子抱走了，施世纶余怒未息。施世纶余怒未息呀，敢情这开道的来火儿了，"欻？我说这孩子是不是你的？"

施世纶说:"不是我的。"

"不是你的你他妈管什么闲事,啊?你快给我躲旁边去。"

施世纶说:"我问你,是哪个官员在此经过?"

"哪个官员?县太爷!躲开!"拿鞭子这么一比画,这鞭子梢扫了施世纶脸一下,施世纶拿手一扒拉他这鞭子,"怎么着?你还要敢打我吗?"

"呀?戗火?我打你能怎么的?我打的就是你。"啪,上去就是一鞭子,这一鞭子,是斜肩带臂抽下来的,虽然说他穿着衣裳呢,鞭子打到身上并没觉得疼,但是施世纶没受过这个。这是世袭侯爵,头上戴的是一品顶戴,谁敢打他呀?他打这一鞭子这后,旁边黑世杰急了,黑世杰由打旁边一转身就过来了,"哎?我说你这个小子怎么有眼无珠哇,拿着个鞭子瞎抽什么呀?你知道他是谁吗?"

"啊?他是谁?"

"我告诉你说,我要把他这名儿说来就吓死你个兔崽子,他呀,他就是……"黑世杰这一激动哪,他差点儿要把这钦差大人给说出来,他刚一说,他就是……施世纶拿手一扒拉他,"哎,别说。"

"咋不说呢?我偏说,他就是……我师傅!"黑世杰把词儿改了,他说他是他师傅。

这开道的一听,"他是你师傅?你是干什么的呀?"

"我是干啥的?我是剃头的。"

"啊哈哈哈,他妈你是剃头的,那他是大剃头的呗?他是你师傅,他教给你剃头,你剃头的在这儿起什么哄?你快给我滚!"他又一举鞭子,这工夫黑世杰就把自个儿那小剃头儿刀给拖出来了,黑世杰真想给这开道的来一刀,他这个小动作被施世纶发现了,施世纶心说孩子,你可别给他动刀哇,你真要这一刀给他开了,这事儿就麻烦啦。施世纶一招他,小刀儿他又掖上了。但是他人可就转到施世纶前边来了,他怕大人吃亏呀。他在前边这一站,拎鞭子这小子,"嘿?你他妈过来,你替你师傅挨揍哇?"他又一举鞭子,咱说过这黑世杰他可不白给,那是练过武术的,手里面也明白两下,他看他又一举鞭子的工夫,黑世杰拿这手一托他这手脖子,这手一捏他这胳膊肘儿,就掐这儿,正掐这麻筋儿上,嘎嘣这一下子,这举鞭子这小子,"耶?"这么一抖搂的工夫，那鞭子，黑世杰就夺过来了，黑世杰把鞭子拿到手里边举鞭子，啪——回手就给他来一下子。这开道儿的一看，"呀，你敢打我？"

黑世杰这一打他，呼啦……，那旁边的衙役就过来一帮哪，衙役一过来把这道儿一堵，一乱，后边儿老爷那轿就落了地了，县太爷在这轿里边坐着，县太爷姓冯叫冯志，是平原县令，冯县太坐在轿里边问手下人，"前面怎么回事？啊？何人挡道？"

手下的衙役有的到前面来了，"回禀县太爷，有两个剃头的，把您的大驾给挡了。"

冯志一听把脸往下一沉，"剃头的？好大胆，本县走在街上，剃头的也敢挡道，把他带到我的轿前！"

"欸。"衙役赶紧到前边吩咐，"县太爷有吩咐，把这两个小子带到轿前回话。"

黑世杰虽然打了那个人一鞭子，这些个衙役过来一围他的工夫，施世纶告诉黑世杰别夺人家鞭子，这鞭子又让人家夺回去了，当县太爷传下了口令，让他到前边回话的时候，施世纶看了看黑世杰，"走！见见他这位县太爷。"

施大人迈着方步，不慌不忙地就来到了县太爷的轿前，在这儿停足而站。他往这轿里边看了看这个县令。这个县令，有三十多岁，瞅那意思营养良好，面色粉白，胖乎乎的，颌下三绺短髯，两道长眉一双细眼，五官挺端正，像个当官儿的样子。

这县太爷看了看面前站的这施世纶，说实在的，施大人要从长像貌相看，那可是一点儿都不像当官儿的，干瘦干瘦的，走道儿还多少有点儿跛脚儿。要从衣着来看，更是极为普通，你要说他是一个剃头师傅呀，还真有点儿像。但是县太爷从这施世纶的面部表情，从他这精神气质上看得出来，这个人一点儿没把他这个县令放在眼里，站在轿前，根本就没跪，在他身后还跟着个小黑小子，这个小黑小子也站那儿没跪，这县太爷这气更不打一处来了，县太爷心想：好哇，在我这个县城管区之内，哪个黎民百姓见了老爷我不得下跪？啊？你居然挡了我的道，来到我的轿前，还立而不跪，这成何体统？

县太爷在这轿里边就问："我问你，你是什么人？"

施世纶在这轿前站着，"我是过路之人。"

"过路的？叫什么名字？"

"我姓方，我叫方真清。"

"你是剃头的吗？"

施世纶心想，黑世杰呀，你怎么说这么一句呢，啊？你说这句，你看我要说不是剃头的呢，这就不对了。

施世纶点了点头，"我是剃头的。"

黑世杰在旁边还说呢："对，我们爷儿俩都是剃头的，不光是剃头的，还是专门剃那些刺儿头的。"

呵，县官一听这话说的是有刺儿啊，是剃刺儿头的，怎么着？我是刺儿头哇？啊？你俩想给我剃剃？哎哟了得你了，"大胆，在本县面前，还敢这样油腔滑调。"

施世纶说："县令，跟您说吧，你手下的衙役太凶恶了，他不该打那三四岁的孩子，他是不懂人情的。我想孩子不懂人情，你的衙役应该懂人情，你衙役不懂人情，那么县太爷你应该懂人情哪？"

施世纶一说这句话，县太爷在轿里边坐着当时把眼睛一瞪，"放肆，你敢指责本县，两旁人来，把他给我抓起来，关进监狱！"

第三十八回　世袭侯爵屈身坐监
　　　　平原县令瞽目执法

　　这平原县令冯志，吩咐手下的差人，要把施世纶和黑世杰两个人抓起来送到监狱里去。他这命令一传，两旁边的差人呼啦就围上来了，这就要绑施世纶。

　　黑世杰可急了，黑世杰心想：咋儿着？要把我们大人给抓起来，关到监狱里去？这还了得啦？黑世杰就喊了一嗓子："我看你们哪个敢动！"

　　黑世杰这一嗓子，对这些衙役们来讲，一点儿威摄力都没有。衙役们心想：你个剃头的，你吵吵什么？啊？抓你那算什么呀？过来这就绑施世纶。施世纶这工夫冲着黑世杰低低地说了一句话，"孩子，别管，咱们爷们儿上他监狱里看看。"

　　黑世杰一听大人有这句话了，行哪，我就随着吧。衙役们过来之后把施世纶就捆上了，把黑世杰也绑上了。县太爷在轿里边坐着，用手一点："来啊，把他们两个先押到监房之中，等我回来再审问他们。"

　　"是！"有两个衙役，押着施世纶和黑世杰就来到了这县城的监狱。这县城的监狱是一个大院套儿，铁门。进了铁门之后，两边是东西两溜厢房，一共有十几间牢房，都编着号儿，一二三四五六七八九十……两溜是二十四间，正当中三间正房，那不是犯人住的，这三间正房里边住的是牢头和狱卒。两个差人把他们两个人押进来之后，就来到三号牢房，到三号牢房门外边，把他们身上的绑绳就给松开了。旁边有牢头过来，拿出钥匙把这三号的锁头一开，哗啦，锁链子往下一捅，这是个大木头栅栏门儿，木头栅栏门儿一开，"进去！"施世纶跟黑世杰这两个人就进来了。他们走进来之后，嘿！木头栅栏门儿一对，锁链子哗啦一绕，噶嘣，就锁上了。送他们俩进来的这两个差人跟这个牢头就说了："好好看住他们哪，这是新进来这么俩犯人，县太爷还没审问呢，等县太爷忙完了，回来再提审。"

"好嘞，您放心！"

这两个差人走了。这俩人进屋之后，施世纶仔细瞧了瞧，这屋子里边，一抽鼻子，一股发霉的味儿。瞧了瞧两边儿有两个小窗户，都不大，人钻不出去，这是透气孔。这牢房里头没有床，满地都是草，随便坐随便躺，特别阴暗潮湿。施世纶进来就坐到这草地上，黑世杰也坐这儿了。

"我说大人，这回我跟您出来，大概是我妨的，我这个人哪，命不好，让大人您坐监了，大人，您坐过监没？"

这施世纶哪，长这么大，还从来没坐过这正式的牢房。你想，施世纶那是什么出身哪？啊？那是施琅将军的儿子，世袭侯爵，人家当官儿都没用考试，荫生保送进国子监太学，一出任就是五品以上，哪受过这个呀。今天，施世纶觉得倒挺有意思。啊，没想到我施世纶居然混到这平原县的牢房里边来了，啊？施大人坐在那儿看了看黑世杰，"我呀，还没坐过监房。"

"我也没坐过，嘿嘿，大人，这里边可是不大好受哇，这是又阴又潮哇，大人，这里边我估摸着要待长了呀，这身上非得长疥不可。"

"嗯，我看，好不了。"

"大人，你说，他们能把咱们怎么地？"

"他呀，我看他能把我如何，我就等着他发落我呢。"

"对，这回，他放咱们咱还不出去了呢，咱就在这里边待着，我看他能咋儿办。"

"嗯。"他俩这么低低地说话，忽然从那墙角那个方向传来一声问话，"二位，因为什么事进来的？嗯？"

哟，施世纶仔细一瞧啊，在这阴冷的角落里边，敢情还有俩人呢。这俩人，须发都揎毡了，也看不出多大岁数来，这屋子里边挺黑，但是从面容来看非常憔悴，脸都发蜡黄色儿。

"哦，呵呵，我们是刚进来。"

"你们二位是因为什么事呀？啊？"

"因为什么事呀！其实不大一点儿事儿。走在大街上，老爷的道队来了，旁边有一个三四岁的小孩子，这小孩子不懂事，站到当间儿去了，这开路的衙役呢，拿那鞭子就给这孩子一鞭子，我看事不公，我就说了那么几句公道话，哼哼，就把老爷给惹急了，老爷一怒之下，就把我们给送到监狱里来了。这就因为这个。"

"哦。是因为这个啊？您贵姓啊？"

"我呀，姓方，我叫方真清。"

"哦，刚才我听这小孩儿直管您叫大人，您怎么叫大人呢？"

黑世杰心想，坏事儿了，刚才我叫大人是以为这屋里边儿没人呢，合着里边墙角还蹲着俩。"啊，对啊，我叫大人没错儿啊，他是我们家大人嘛，我是我们家小孩儿，我们家就这么称呼。"

"哦，您家里就这么称呼？请问您叫什么名字？"

"我呀，我姓黑，叫黑世杰。"

"哦，您叫黑世杰，欸？那既然是你们家大人你们家孩子，那你们俩这姓氏怎么不一样啊？"

"啊，这个，啊，是啊，那个……他是我舅舅。"黑世杰这瞎话是顺嘴往外流，他一说出这句话来，施大人在旁边差点儿没乐喽。心想，黑世杰，行，你现编倒赶趟儿。

施大人看了看这二位，"请问，您是因为什么进来的？"

"我呀，呵，因为一条狗。"

"啊？因为一条狗？因为一条狗，怎么您进来了？"

"嘻，别提了。跟您说呀，方先生，我们这位县太爷呀，大概您还不熟悉。您是外地的吧？"

"对，我是在此路过。"

"哎，难怪难怪。我们这位县太爷呀，有名儿的糊涂虫，什么案子也问不明白。但是你说他糊涂吗，他也不是真糊涂，他是装糊涂，他是谁有钱向着谁，谁有势力向着谁。您比方说我吧，哎，人在家中坐，是祸从天降来，平白无故地就摊上官司了。我们家呀是穷人，就指着种地。可是我们的邻居，那可是大富户。呵，人家大四合院，青砖瓦的楼房。为什么那么阔呢？人家家里边有阔亲戚，据说他舅舅，是当今皇上朝廷里边那皇宫里边的太监。这太监而且还是伺候皇上的太监，人家他那个太监舅舅啊，对他这外甥哪，非常疼爱。也不知道是哪年哪，说那皇上哪，送给那太监一只仙鹤，这个仙鹤可能是皇帝御苑里面养的玩意儿，可能人家皇上玩儿够了，一高兴，赏给这太监了。这太监大概也玩儿够了，把这仙鹤就赏给他外甥了。您可要知道哇，他这个外甥在我们这平原县这个地方儿，有那么一个御赐的仙鹤，那就了不得啦，全县城对他都得高看一眼哪。最绝的，这小子弄一牌，那牌上写着"御赐"俩字儿，套那仙鹤脑袋上了，没事呀，有时候把这仙鹤呀，就领出来了，让大伙儿瞧瞧，这仙鹤胸前牌上，挂着御赐，表示这是皇上给的。哎哟，我们这平原县，大伙儿都知道，他家有一只御赐仙鹤。他对这仙鹤呀，那就比他亲爹亲妈，那还尊敬。啊，精心地喂，经常给刷洗，什么时候往外放放，什么时候给关在笼子里头，专门有那么两个人伺候这仙鹤。你说呀也该着我倒霉，他也不怎么就有那么一天，伺候仙鹤这俩人就一眼没照看到，他这倒霉仙鹤，御赐的，就在那笼子里边就溜达出来了。溜达出来，你像你们那院子那么大，在院子里边转悠呗，它不，它出来了。上街上它要站站，想遛遛大街。这仙鹤一遛大街呀，你说我们家这院儿里边儿，养着一个黄狗。我那黄狗哇，就是看家的，这狗哇，就出来了。它没见过仙鹤那玩意儿，它一瞅那玩意儿，这什么呀？挺高的腿，挺长个脖子，这狗哇，就冲它哼哼。大概这仙鹤也不认得这狗，也许人家在皇宫里边没见过狗，所以这仙鹤呢，它也不跑。我们这狗过去，吭一口，叼脖子上了，把这仙鹤给咬死了。这仙鹤一死，人这家儿一回来，那就不依不饶喽，人家说这是御赐仙鹤，你把仙鹤咬死，就等于瞧不起皇上，多大罪名哪。马上就告了官，我们这县太爷把我就提溜到大堂上去啦。一问我，我哪儿知道怎么回事儿啊？我说我这狗它要咬，我也不知道呀，我说这狗它也不认得字儿，它也不知道那上面写的是御赐。哎哟，我说这两句话，那县太爷更急了，'好，狗不认得字儿，你不认得字儿吗？'我说我认得字儿，我要知道那狗惹祸，我就每天拿绳子把它拴起来了。"

"哦，你是因为这个被抓到监狱里来了。"

"对，你说我倒霉不倒霉啊。"

"啊，那位呢？"

"唉，我这个，更别提啦。我呢，也是个种地的，我老婆子出去给人家浆浆洗洗，给人家当仆人。我们这平原县里边，有个康员外。就上康员外家里边给人家当仆人去了。这不怕您笑话，我这老婆，长得还算挺漂亮。别看是乡下人，走在大街上，比他们城里人，也不逊色。这康员外啊，要不说这有钱的人哪，没有好东西，五十来岁了，唉，也不怎么就看上我这老婆子了。那天，就跟我老婆子说，哎，想着在我老婆子身上找点儿便宜。我老婆子别看穷哪，我们穷得有志气呀，我们给你缝缝洗洗，挣的是这辛苦钱儿呀，我不能丢这个人格呀。所以，我这老婆子就没答应他。这康员外就伸手动脚儿的，我老婆子就把他推到旁边去，跑出来了。你猜这康员外怎么样？哼，真阴损哪。愣说我老婆子偷了他们家的东西了，说偷他们家的钱了。哎哟，这一说呀，我老婆那是个耿直人，受不得委屈，一听这个呀，我老婆跟那康员外就吵起来了。这一吵起来，这康员外让他手下人把我老婆给打了。嗐，我老婆挨了打，那更窝火了，回到家里边就跟我说。我说呀，咱们不能忍这口气，咱们得告他，得找个说理的地方。我老婆上这衙门里边就告去了。这一告，县太爷就把那康员外也提到大堂上去了。县太爷就问案，这一问案咱就听明白了，这县太爷根本一张嘴，就在康员外那边站着呢。咱心里想哪，肯定是康员外给使上钱啦，县太爷是谁给钱他向着谁。这真应了那句话了，衙门口儿朝南开，要打官司拿钱来。把我老婆逼得急眼了，就把康员外对她无理的这件事，在大堂上就给他抖搂出来了，这一抖出来，您猜怎么着？这县太爷呀，一拍桌案，'胡说，康员外那么大岁数，能做那样无理之事吗？啊？分明，你做为一个仆人，你偷了人家的钱，你无理答辩，你想血口喷人，栽脏陷害，你诬陷康员外的清白。'你瞧瞧你瞧瞧，结果就这样，把我老婆给赶下堂来。我老婆回到家里边，一头栽到床上，这就病了。我老婆这一病哪，把我气得，我说我这口气往哪儿出呀？啊？我找他去。我到了老康家大门口儿啊，我转了三圈儿，我没敢进。咱们是种地的，人家家里边上上下下有的是奴婢，有都是看家护院的，咱上里边闹事儿，能有好儿吗？我寻思没好儿这气我怎么出呢？我上哪，城东边儿，他们康家大坟，我到他祖坟那，他们老祖宗坟前边有个碑，我冲他那碑上，我就吐唾沫，我拿脚踹那碑。我说你们老康家缺了德了，损了阴了，怎么生出这样的子孙后代来。我寻思在那儿我自个儿就撒撒气得了吧，没想到，我在这儿撒气还撒出毛病来了。人家家里有看坟的，看坟的出来一眼看见我，薅着脖领子把我拽过来了，说我到这儿干吗来了，说我偷坟掘墓来了。我说我说我就是在这儿撒撒气。说你撒气？到县衙门里边把我给告了，告了我一个偷坟掘墓之罪，把我送到监狱里边来了，我就这么进来了。您说说，这天底下还有讲理的地方吗？啊？"

施世纶听到这里心中暗想，平原县令，你这个官就是这么当的吗，啊？施世纶在监狱里边察访民情，此时刻的平原县令呢？平原县令在县城外头呢，干吗去了？去迎接钦差大人去了。他听说钦差大人今天到，又听说钦差大人是微服私访，在那儿等候。正等着呢，黄天霸等办差官呼噜噜呼噜呼……大家伙儿就都来了。平原县令一看道队到了，他赶忙走出轿来，在大道当中是施礼等候。黄天霸这阵儿马到跟前甩蹬离鞍下了座骑一捋缰绳，走在前面。

"前面何人？"

"啊，钦差大人，不知大人大驾到此，有失远迎，望乞恕罪。卑职是平原县令。"

"哦？平原县令，我不是钦差大人，大人已经进了城了。"

第三十九回　钦差进城形影茫茫
施公吃糠艰辛种种

　　平原县令冯志，来到城门外迎接钦差大人，结果呢，是黄天霸带领着一干众差官来到了近前，黄天霸由打马上下来之后，一见这个人在面前控背躬身，走近前一问，知道这是平原县令。黄天霸跟他说："我不是钦差，钦差大人现在已经是进了城了。"

　　冯志一听当时就一愣，怎么着？钦差进了城啦？我怎么没看着呀？怎么钦差进城了，那你们这帮人是什么人哪？他一愣的工夫，黄天霸微微一笑，"县令，钦差大人这一路之上都是微服私访哪，每到一个地点，他总是先行一步，我们跟随钦差大人的这些差官随后到达。如今，钦差已经到在你们城中，找店房住下啦。县令，对这件事情，你也不必过意，钦差大人不会怪罪你的，你就跟着我们一起进城去拜见钦差大人吧。"

　　"哦，呃……那钦差大人他住在何处呢？"

　　"我们有这样一个规定，每到一处，他总要住在此处最大的店房。"

　　"哦，那好好好，请问这几位老爷都尊姓大名？"

　　黄天霸说："我们都是跟随着钦差大人的办差官，我姓黄，名云字天霸。"

　　"哦，久仰久仰久仰，您是黄副将。"

　　"这位姓赵名壁字连城。"

　　"哦，久仰久仰，您是赵参将。"

　　黄天霸挨个儿这一指引哪，这位县太爷好像兔爷搞坠一样，这揖都作不过来了，挨个作呀。因为这些个办差官论职位、论级别，哪个都比他高。

您看这个县令对待那小孩儿如此骄横，对他的上级那是满面堆笑。这一圈揶作完了之后，"啊，那这样，咱们一起进城吧。卑职在前面引路。"

说着话，县太爷在前面迈步就走，黄天霸一看，你就这么走着进去呀？天霸说："县令，你不是坐轿来的吗？你坐在轿里，我们骑在马上，这不是更快一些吗？"

"啊，好好好，我坐在轿中，呃……是不是有些不礼貌哇？"

"欸，这没什么。"

"啊，那卑职坐轿，请诸位上马。诸位上马之后，卑职我再上轿。"

黄天霸他们众位办差官，他们一个个儿这才重新扳鞍上马，这位县太爷端坐在轿中，人抬轿起进了城门，就来到了兴隆客栈。在兴隆客栈的门前，县太爷这轿一落地，后面差官们下了马，跟着来的这些衙役们也就往店房里边走。县太爷为首往店房里边这一走，可把店里的掌柜的、店小二、店伙计都给吓着了。

掌柜的赶忙先给县太爷见礼，"哎哟……呃……老爷，您今天到我店房里边，不知有何贵干？"

县太爷一见店掌柜的，马上把这脸就拉长长了，这官架子马上就端起来了，敢情他这脸属外国鸡的，一会儿一变。"干什么来了？大概是钦差大人住在你这店里了。"

"啊？钦差大人住在我这店里了？呃……我不曾见到。"

"哼，你怎么能知道，钦差大人是微服私访。我问你，今天，你这个店房里边，都进来一些什么人哪？"

"啊，今天……从早晨到中午，住进来那么五六位店客，我没看出来哪位是钦差。"

"混账，那钦差跟一般人一样吗？啊？钦差自然有钦差的气质。那拿眼一搭就应该看出来，你这开店的掌柜的，对三教九流士农工商，是哪个层次的人，一看就应该看明白。"

"啊对对对，小人眼拙，小人废物，小人怎么就没看出来呢？"

"嗯，你估摸着，哪个人是钦差？"

"嗯，是啊，我没看出来呀，那个，您您您……"

黄天霸这工夫从旁边过来了，"掌柜的，到你这来住店的，不都得写店簿吗？"

"啊是是是，都写店簿。"

"把你的店簿拿来我瞧瞧。"

"哎，好!"掌柜的马上告诉账房先生把这店簿就拿过来了。

黄天霸把店簿拿过来打开一瞧，一看就看明白了，嗯，方真清，黑世杰。黄天霸说："就这两个人，这就是钦差大人，还有钦差大人带的随从，就这两个人。"

黄天霸这一点出名字来，县令在旁边一瞧，"哦，这方真清……"

"嗯，这是钦差大人的化名。"

"噢——高高高，实在是高！方真清，访真情也。啊，好好好好。呃……不知钦差大人上哪里去了呢？"

黄天霸说："就是呀，掌柜的，这两个人住在哪儿了？"

"哦，您说这二位，他们住在上房屋了。有两间屋，已经给他们号下了，但是这二位没在屋中。"

"到哪儿去了呢？"

"他们两个好像是洗完了脸，傍到中午的时候，他们就出去了。"

"旁边有个店小二说了，我听见他们两个人商量着，说上街上，上饭馆儿里面吃饭去了。"

"哦，吃饭去了。"县令在旁边一听，"吃饭去了？那钦差到此，怎么能让钦差上大街上吃饭去呢？啊？再说，这饭馆里边做的，那都是什么东西？怎么能对钦差的口味呢？来来来，快点儿，咱们上饭馆里边，寻找钦差大人。呃，这位老爷，您看，派一个人跟着卑职，我到街上去寻找。"

黄天霸看了看计全，神眼计全哪，计全这眼力特别好，"计大哥，您跟着这位县太爷，上街上去寻找一下大人吧。"

神眼计全说："好，我跟着!"

神眼计全跟着这位县太爷出了店房，就在这大街上挨个饭铺、挨个饭馆这么寻找，找了半天也没找着，磨转头又回来了。回到店房里头，这县太爷，着急。为什么？着急他见不着钦差呀。啊，慢待了钦差，他怕担罪名哪。把掌柜的又提溜过来了，"掌柜的，我问你，这钦差出你店门之后，没说上哪个饭店去吃饭吗？"

"他没跟我说呀！没讲哪！"

"真是废物透了。呃，请问，黄副将老爷，钦差大人他穿的是什么衣服？"

黄天霸说："他穿的衣服非常普通，就跟平民百姓一样。钦差大人穿的是个蓝布长衫，腰里边系着一个藏青色的褡包，脚下是青鞋白布袜子。跟随钦差那个随从是个孩子，也就是十五六岁的样子，长得比较黑，穿着一身青。"

"噢，噢，钦差大人他打扮成是干什么的呢？"

"钦差大人这次出来没说他算是干什么的，就好像是一般的行商做买卖的人。"

"啊，啊，那，那会是上哪儿去了？"县令在这儿一着急，县令的旁边有一个衙役，凑到县令跟前儿来了，趴到耳根子这儿："老爷，您想想，那俩剃头的像不像？"

因为这老爷把这俩剃头的抓起来给送监狱里去了，他这衙役还记着呢，他一说这句话，老爷突然一震，"胡说，钦差是钦差，怎么会成剃头的呢？"

黄天霸在旁边一听，剃头的？赵璧先搭茬儿了："哎！我说，什么剃头的？你跟我说说，怎么出来的剃头的！"

"呃，这位老爷，他是这么回事，今天卑职乘坐大轿，要出城等着迎接诸位，在半路上有这么两个人，倒是像一主一仆的样子。不过我细一问呢，他们是两个剃头匠。那个小孩儿自称是剃头的，他说，那个大人是他师傅。拦阻我的大轿，跟我的差役打闹了起来，是卑职一怒之下，我把他抓起来，关到监狱里了。我想，那绝对不会是钦差的。钦差大人怎么会成为剃头的呢？"

赵璧一听，十有八九那就是。赵璧心里明白呀，我那徒弟黑世杰是剃头的。也许今儿他一着急，把自个儿剃头的这职业报出来了，也是有的。赵璧心想我别告诉他，我也别跟他叫准了那就是钦差，咱到那儿看看再说。"我说，县令，这样吧，你把他押到哪个监房里头，什么地方儿啦？我们大家一起到那儿去看看，要是呢，那就把他接出来，要不是呢，咱再另行寻找。你看如何？"

"哦哦，那好那好，那，马上到监房里边去看看。"

说着话，众差官跟着这位县令又出了店房了。由打店房往县城监狱这道儿上走的工夫，这县令心里边可紧张了，冯县令心想：监房里边，但愿押的千千万万别是钦差呀，我说老天爷，真要那是钦差的话，我就够呛了，我这官儿当不了还不说，这命能不能保得住都两说着。哎哟，苍天保佑，千万别是钦差，老天爷保佑，钦差可别进监狱呀，我今天这是怎么地了，怎么开始脾气这么不好呢？他提着心吊着胆就来到了监狱，到了监狱，监狱的牢头还有监狱的狱卒一听说县太爷领着一帮差官来了，赶忙把这监狱的大门就开开了。开开门之后，县太爷就先进来了，"牢头呢？"

"老爷，小人在。"

"我问你，今天傍中午，给你送进两个人来，押到哪儿了？"

"啊，这两个人，押到三号，三号。"

"快点儿快点儿，领着我去看看。"

"哎，您来。"

牢头领着县令，县令身后跟着这帮差官就来到了三号牢房外。这个牢房咱说了，它是木栅栏门儿。隔着木栅栏门儿往里边可以看得清清楚楚。这屋里边现在干什么呢？施大人跟黑世杰呀，这两个人正在吃午饭呢。午饭给送的什么呀？一桶盐开水，一桶大眼儿窝头。这窝头还不是净面儿的窝头，是玉米面儿跟糠，两种东西合在一起做成的。这糠啊，能占百分之八十五，玉米面儿只占百分之十五。这窝头拿到手里边，你拿手一摸都扎得慌。里头净是糠净是麸子。施大人长这么大，可没吃过这种样儿的窝头。您看这黑世杰啊，那是穷孩子出身，他吃过糠咽过菜。施大人，那是侯爷府里边长起来的，哪吃过这个呀。今天，施大人也吃了，按说施大人咬咬牙横横心，我就宁可挨这一顿饿，等到晚上再说，也行。他不，他要吃。施大人心想，都说老百姓吃糠咽菜，生活艰难，我到底试试这吃糠咽菜是什么滋味儿。施大人把这窝头拿起来在手里一看，瞧了瞧那二位，"你们天天就吃这个吗？"

"对对，就吃这个呀。人家说呀，官家给送来的粮食呀，都让狱里边的牢头给克扣卖啦，就给我们吃这个，这是猪狗食呀。"

"哦。"施大人掰了一块扔嘴里了，扔到嘴里他就嚼，这一嚼没嚼两个儿，满嘴里面的唾液就全干了，施大人想往下咽哪，它不好往下咽，调动自己的生理本能用这唾液想往下送，结果唾液把这糠里边仅存的那点儿玉米面儿，细致的东西全涮出来，咽下去了。嘴里边剩的全是糠了，满嘴糠，想往下咽，噎得慌，咽不下去，施大人这糠在嘴里边来回直咕噜。他一边咕噜，往旁边瞅了瞅黑世杰。黑世杰那是受苦的孩子出身，他头一口扔到嘴里边，两边一涮，哼，他进去了。施大人看了看黑世杰，心想：这孩子比我强。这窝头他能咽下去，你看我，咽不下去。正在嘴里边涮糠的时候，县太爷跟众差官来了，这县太爷由打外边往里面一看，他不认得呀，是不是钦差呀。黄天霸、赵璧等人，他们认识呀。黄天霸往里边一瞧，"哎哟，大人，您怎么上这儿来啦！钦差大人，您受苦啦，快点开门！"

黄天霸这一下命令，这县太爷当时就觉得那脑袋嗡的一声，"啊，啊，好！牢头！快！门开！门开！"开门都不会说了，说成门开了。这牢头一听也哆嗦了，一看县太爷脸都黄了，脑门子上都渗出汗来了，腿也哆嗦。哎哟，这怎么的，出什么事儿了，赶紧这就掏钥匙。这钥匙一大串，掏出来之后，对这个对不进去，对那个也对不进去，对了好几把，最后好不容易捅进去了，拧了半天还是不对，又拽出来了，最终才找出来，捅到那锁头里头，咔嗒，哗啦，这锁链子紧着捅也捅不开了。为什么？捅过了劲儿，他又捅回去了。全乱了套了。

把这个牢门开开之后，黄天霸等人抢先就进来了，大家伙一起呼啦都跪下，"大人，我们给您见礼。"这阵儿，施大人这糠还没咽下去呢，"嗯嗯嗯嗯……"

施大人想我别遭这罪了，我干脆把它吐出来得了。这一口糠他吐出来往旁边一扔，"欸，你们快点起来快点起来快点起来。"

大伙都站起来了，再回头一看，这位县太爷，五体投地，在地下趴着呢："钦差大人，卑职下官有眼不识泰山，罪该万死，死有余辜，死了还该死。我竟敢把钦差大人抓到监狱里来，钦差大人，万望钦差大人高抬贵手，原谅卑职，有眼无珠哇，饶命吧。"

施世纶站在那看了看这位县令，"县太爷，请起，请起。"

"呃，卑职不敢起来，卑职有罪。"

黑世杰在旁边这阵儿可逮了理了，黑世杰掐着腰儿瞧着他，"怎么样？拦你轿的时候我不跟你说明白了吗？我们是剃头的，他是我师傅，你还不信，非要抓我们进监狱。我跟你说的好哇，我们是专门剃刺儿头的，今天你这刺儿头，我们就剃定啦。"

第四十回　知真情吓昏冯县令
列官仪入驻苏州城

平原县令冯志，万万没有想到，被他抓起来关到监狱里边的这两个人竟是钦差大人和他的随从。所以到监狱里边，他一见着施世纶，跪到地下，就不敢起来了，连连磕头请求饶恕。黑世杰在旁边就逮理了，手指着这位平原县令的脑袋："我不跟你说了吗？我们是剃头的，是专门剃刺儿头的。今天你这刺儿头，我就剃定啦。"

县令连连点头："对对对对，卑职该剃，卑职该剃。"

施世纶说："县令，您尊姓大名？"

"啊，小人我叫冯志，冯志。"

"起来吧！起来吧！"

"啊，是是是是。大人，我该死，该死。"

"不用说啦，我得谢谢你。不是你把我抓到这监狱里边来，我还真不知道这监狱里边是怎么回事儿。尤其是这县城的监狱，我从来还没进过，这一路上虽然微服私访，大街小巷哪儿都去了，就是还没进过监狱。你呢，把我领进来了。"

"呵……呵……大人，您就别说了，您别说了，我有罪。"

"我问你，监狱里边这犯人就吃这个吗？嗯？"施世纶伸手拿起一个窝头来，"这种东西是给人吃的吗？"

"牢头！"

县令一瞪眼睛，这牢头噌一家伙蹦过来，"哎……老爷。"

"你怎么就给这些犯人们吃这个？嗯？这是人吃的吗？你家里也吃这个吗？"

"呃……老爷，小人，我……我不吃。"

"真是……真是不像话。你等着，你等着，等着我这官要不丢，你看我要不跟你算账的。"敢情他现在想收拾这牢头哇，他还不敢了，他不知道这官儿啊，能做多长时候。

"钦差大人，是，这，这这都是他们做的，卑职实是不知。"

"啊，既然这样，到你大堂上说话吧。"

"好好，大人。"

县令马上转身，施世纶带领着众位差官，一起来到他的县衙大堂上。来到大堂上，施世纶在堂中一坐。施世纶在正面儿这一坐呀，这县令就在旁边站着。站在那儿，这浑身上下还直哆嗦呢。

"呃……大人，卑职我错了，什么罪我都领。"

"欸，咱们两个的事儿，咱先不说。县令，我问你，刚才这么一会儿的工夫，在这牢房里边，我结识了两个难友哇。这两个人，他们是因为什么被抓进牢房里来，你知道吗？"

"啊？哦，跟您那屋，是三号。三号里面那俩人，卑职……想不起来了。"

"糊涂县官，跟你说，其中有一个，是因为一只狗被抓进来了。我听他说，你们这个县里边，有一个皇宫里边太监的外甥，在这个县里边，也成了大户了。他家里边有一只仙鹤，说这只仙鹤是当今皇上赐给他舅舅的，他舅舅又给了他了，这个事儿你知道吗？"

"哦，有有有有，有这么件事情。"

"这个太监的外甥姓什么？"

"姓……姓杜。杜……杜……杜员外。"

"噢，还是员外。我听说他那个仙鹤的脖子上还挂一牌子，上写着御赐二字。"

"噢，是是是是。"

"御赐这两个字，是当今皇上御笔亲写的吗？"

"啊，那不是，那不是，那是他自个儿写的。因为他想，这个东西是皇上赐给他的，当然应该叫做御赐，所以他自己提笔写了那么两个字。"

"既然这牌子不是皇上写的，这个仙鹤戴着这么一个牌子，每天在街上摇来晃去，老百姓对它都望而生畏。我看，那个人家，养那狗倒也胆大，过去把它咬死了。这狗咬死仙鹤也就咬死了吧，你怎么把狗的主人抓起来要判罪呢？"

"对呀，对呀，狗咬的仙鹤，抓人家主人干什么呀？"

"我问的是你！"

"就是，不是东西，判的什么案子，不该抓！"

"不该抓怎么把人家抓进来了？"

"我马上就把他放喽。"

"就是啊，狗咬了仙鹤那是禽兽之争。顶多，你把那狗打死给它偿命也就算了，抓人家主人干什么？"

"啊是是是，大人您圣明。"

"岂有此理吧？"

"对对对，本来就不应该这么办！"

"好，你把那个人给我放了。"

"哎，我立即就放。来人哪，快点儿，把……把那个人给我放喽。"传命令下去，让一个差人上后边去了。

"我再问你，另一个难友儿跟我说，他的妻子，给一个你们这个县城里边的什么员外当仆人，这个员外挺大的岁数不老实，对他妻子想要强行非礼。人家的妻子不愿意，这员外就诬说她偷了他们家的钱，人家他的妻子跟这员外争吵几句，他居然敢打了她。他妻子到堂上来申诉告状，你是怎么问的？"

"啊，呃……这事我想不起来了。"现在，就这县令，什么都想不起来了。别说问这事儿，你就问他是哪天生日，他爹是谁，他都想不起来了，吓蒙了。

"这个员外到大堂之上，你是怎么断的案哪？你不是说，他的妻子就真偷了他的钱吗？我问你，他妻子偷了员外的钱，你有证据吗？"

"啊？啊对，我没有证据呀。"

"没有证据，怎么定案？"

"啊，就是呢。要不说呢，卑职糊涂，糊涂。"

"我再问你，后来，你说他妻子有意调戏那员外，使那妻子回家之后一病不起。而他的男人，想要出出自己郁结胸中的这口闷气，找那个员外，因为员外势力大不敢惹。上他坟地里边，对他祖坟那石碑踹了两脚，居然你问他一个偷坟掘墓的罪名，这个罪名，根据什么定的呢？"

"啊？根据什么？呃，就是啊，根据什么呢？"

"他偷坟掘墓有锹有镐吗？"

"没有，没有没有。"

"他偷坟掘墓是白天去的还是晚上去的？"

"呃，是白天。"

"白天有偷坟掘墓的吗？"

"啊对呀，白天哪有偷坟掘墓的？"

"那你是怎么问的这个案子呢？"

"啊对，卑职该死。要不我糊涂呢，糊涂，糊涂！钦差大人，这个事儿，也怪我，来人哪，快点儿把他放喽。看看监狱里边，你看看哪个不合适，就都放了得了。"

施世纶一看这县太爷快神经错乱了，他想把监狱里所有的人都放喽。施世纶一拍桌案："胡说！我是让你把监狱里边的犯人都放了吗？"

"啊对，都放了，还要监狱干吗呢！啊对对对。"

"我告诉你，你这个县令当得昏庸，问案糊涂，但是你手下的这些衙役们，却可以举着鞭子去殴打那三四岁的孩子，你可以下命令把奉旨的钦差捆绑进你的监狱，我来问你，你当如何处置呢？"

"啊，钦差大人，您问我得如何处置？我，我应该，我，应该……"咣，晕了。怎么地了？得病了。县太爷那个病在当时叫什么名大概谁也说不上来，今天有名，叫美尼尔氏综合症，眩晕。刚才由于精神过度紧张哪，这心脏哪，血液循环哪，都出了毛病，赶问到关键时刻，说你，也就是对你这个人得怎么处置，他害了怕了。这一害怕，咣，晕到地下了。旁边赶紧有人过来一搀扶他，"哎，老爷老爷，您怎么样？"揿拉前胸，捶打后背，一会儿的工夫他就缓醒过来了。脸儿也绿了，满脸的冷汗。

施公，在上边端然稳坐，一言不发。施世纶心想，我就不信你能死了，如果你要是死了的话，那说明你理亏心虚。可是一会儿的工夫，这县太爷他缓醒过来了。微睁二目往上一瞧，赶紧爬起来又跪下了。伸手把头上这顶子摘下来了，这手一托，"钦差大人，卑职罪该万死，您要问对我应该如何处置，第一步，先把我这县令罢了，下一步啊，就任凭钦差大人发落了。"

"好吧，你这顶子，先替我戴上。"

"啊？哦先戴上。"一着急，把后边那翎子就转前边来了，戴倒了。

"转过来。"

"哎！"人转过来了。

旁边有个差人，"哎，老爷，您这么地，您把帽子转过来。"这才给转过来。这县令又跪地下了，"钦差大人，您说！"

"这顶子先在你头上再戴几天，你的事情，我不忙着做以裁决，单等本部堂到苏州回来之时，估计也就是几个月的工夫，我再到平原县查问于你。在此期间，你要好自为之，如果，我要再查问出你有新的罪名，我定然不饶。在这期间，你要把你监狱里边所有的人犯，详审细查，不要使他们蒙冤受屈，能做到吗？"

"能能能能，卑职能。"

"好，如此说来，暂此作罢。"施世纶对他还是比较宽容，先饶了他了。因为施世纶一看他吓得这样，心里也多少有点同情和怜悯。心想，你这个县令对待老百姓，对待你的下属，拧眉瞪眼，骄横跋扈，对待上级就吓得这样，等我回来的时候我再看你。

施世纶就在平原县这个地方住了一夜。紧接着，带领着众位差官是继续行进。这一路上，施世纶所碰到的，也不都是贪官污吏。这里边呢，也有清正廉明的官员，对这些清官，施世纶，他要给予表彰。所以说，有清官则奖，有贪官则罚。就这样，晓行夜住，饥餐渴饮，是非止一日，施大人带领着众位差官，眼看着就到了苏州。

黄天霸等人跟施大人就说了，"大人，这回您到苏州哇，可不能再微服私访了。此次您到苏州，不像当年您上江都县。据说，您初任江都县县令的时候，就自个儿一个人儿，骑着一头驴就去了，结果接都没接着您。这回呢，您带着这么大的道队，您要是再微服私访，是不是，那就有点儿不应该啦？您应该官袍带履，预备齐整，到那块儿，等着苏州知府来接您。我想苏州知府肯定要迎接您进城。"

施世纶说："好吧，到了苏州了，咱们正儿八经地进他的苏州府。"施大人把官服都穿戴好了，坐在了马上，在众位差官的簇拥之下，直奔苏州府而来。

距离苏州府北门外八里地，这有条河，这条河名字叫天飞河。是在太湖里边甩出来的这么一条河汊子。这个河汊子呢，是给农田灌水用的，在这天飞河上边有一座桥，叫天飞桥。这个天飞桥距离苏州北门呢，也就是八九里地。古代年间，城外边，讲究有十里长亭，这是迎来送往的地方。那么这个天飞桥呢，也就自然形成了一个送别之地。苏州府的知府哇，听说钦差大人今日赶到，早已经带领着全堂衙役三班六房，自己乘坐着大轿，就在这天飞桥桥畔等候着。伸着脖子瞪着眼睛翘着脚儿往远处看，一等不来两等也不到。远远的看见施大人他们的道队来了，这苏州府的知府马上正正帽子，抖抖袍服，在这儿控背躬身，就等着了。施世纶这只道队堪可临近，当来到近处的时候，这位苏州府的知府——此人姓程，叫程方——程大人紧走几步来到前面，大道当中一站，抱腕拱手，"卑职苏州知府程方，迎接钦差大人来迟，望乞大人恕罪。"其实他早来了，来了足有俩时辰了，为什么还说迎接来迟呢？来多早都是来迟，这是谦虚话。他不能这么说，说：我早就到啦，你怎么才来？他不能那么讲哪。他一说这句话，施公在马上一捋丝缰，"吁，面前是苏州知府吗？"

"呃……正是卑职。"

施公马上由打马上甩蹬离鞍下了马，他下来了。施大人这一下马，随行的这些官员们也都下了坐骑，跟随在施大人的身后。

施公来到苏州知府的面前一抱腕："程大人，我来得鲁莽，望乞海涵。"施大人那是比较谦虚。按说，这位奉旨钦差，见着他这级官员，完全可以不必回礼。施世纶就是这样一个人，一向以宽厚礼节待人。施大人这么一还礼，这位苏州知府赶紧又深深一揖，"呃……大人，呃……快请到城中叙话吧。"

"啊……不忙，不忙。"施世纶倒背着手往四周围看了看，这苏州地界可以说，是青山绿水，风景旖旎呀。施世纶说："程大人，早听说过，苏州这个地方，有很多非常好的园林，旁边又有太湖，老百姓都讲：上有天堂，下有苏杭嘛。本簿堂今日到此，倒要好好看看你这苏州府哇。"

　　"应该，应该应该，等着我领您转一转。"

　　话刚说到这儿，施世纶一抬头往那边一看，嗯？很多老百姓在河边都往那个闸板上看，"那是看什么呀？"

　　苏州知道一回头，哟，这要给我找点儿麻烦。

第四十一回　何路通天飞河捞女尸
　　　　施大人苏州府罢酒宴

苏州知府程方哪，在天飞桥畔迎接钦差大人施世纶。正当施世纶下马之后，倒背着手儿跟这位程知府谈论苏州的景致的时候，施大人忽然发现，就在这个天飞河的下游不远处，有一个木闸板，木闸板的附近河岸上聚集着很多百姓，他们都一起往那木闸板的方向观看。施世纶就问这位程知府，"呃，那是怎么地啦？"

这位苏州知府程方扭项回头往那儿一瞧，苏州知府心想，那是干什么呀？怎么围那么多人哪？水里边有东西？那水里边会有什么东西？该别是有人吧？要是有人最好是活人，可千万别是死人。要是死人，偏偏赶到我迎接钦差的时候，这河里边再冒出一死人来，这不是给我雪上加霜吗？啊？这位苏州知府下意识地信口就说了一句："呃……大人，大概是孩童洗澡儿吧。"

施世纶说："虽然你这苏州地方天气已经暖和到了初夏，不过洗澡儿还不是时候吧？"

苏州知府一听也对，"噢，这样吧，咱们先到驿馆之中，您先歇息歇息，我让差人们到那边观瞧一下。"

"不，我们一起到那儿去看一看。"

知府心想，这位大人还挺好事儿，他想一块儿看看。"好吧，呃，好，如此说来，我们一同到那边去观看。"苏州知府陪着施世纶就奔着这河边走过来了。往这儿一走唯，这位知府程方告诉手下的差人，"快点儿把这些围观的百姓，把他们赶开，钦差大人过来了，能让百姓们站着在这儿看吗？"

这些差役们刚要过去赶百姓，施世纶说了："慢慢慢慢慢，不要把这些百姓赶走，就让他们在这儿看，又有何妨呢？"

"哦，好好好，大人心中总是萦系着民众，呃，好。"这样的话，百姓们也在这儿站着瞧。老百姓往远处一瞧：哎哟，官儿来啦。头前儿走的这是苏州府的知府，后边跟着这钦差大人。老百姓可不知道是钦差，但是瞅着这个气势，知道这是个大官儿。老百姓没被驱逐，但是他们也自动地往两旁边就闪开了。

施世纶和这位苏州知府程方来到河边，驻足观瞧。一看哪，这儿，是一个木闸板。这个木闸板是干什么的呢？是阻挡水流灌溉农田的。这个天飞河的水流下来之后，这个木闸板往下一放，水挡住了，它就往两边儿分，两边儿呢有水渠，水一进入水渠，就可以灌溉农田。当农田不需要灌溉的时候，把这个闸板一提，这水呢，又顺着河道走了。今天哪，大概是农田正需要灌溉，这个木闸板就放下来了，木闸板这一放下来，偏偏就在那木闸板的跟前，随着水的浮动，忽上忽下的，好像有一具尸体。施世纶站这儿一看就看明白了，那不是一个死人嘛。啊？他回头看了看这位程知府，程知府也看明白了，"是是是，呃……是一个死人。"

"还不快把他打捞上来。"

"欸欸，好。嗯……你们谁快下去，把他打捞上来！"

这苏州知府手下的这些个差人，敢情一多半儿都是旱鸭子，不会洑水。"呃……大人，我不会洑……"

施世纶那是急脾气，一看有两个说不会洑的，施世纶一挥手，"何路通，你过去把那尸体打捞上来。"

何路通，人送外号儿赛鱼鹰子，你算算这水性有多棒。何路通听到这里，赶紧把外边的衣服脱下去了，仅着内衣，来到河边，二话不说一纵身，旱地拔葱，噌——就起来了，这人一起来之后，俩手往下一扎，唰，下去了。往下一扎，这水花儿啊，一点儿都不大，就跟现在那跳水冠军一样。这一猛子下去之后，就到那闸板底下了。一会儿的工夫，就看何路通由打那水里边把脑袋露出来了，噗，"大人，这是一具女尸呀，怎么办？"

"快快把她救上来。"

"她……大人，她……她一丝没挂！"

"一丝没挂又怕什么，救人要紧。"

这何路通哪，这封建意识还挺浓重，一丝没挂的女尸他还不敢碰。施大人有这命令，何路通没办法，就把这具女尸由打水里边给捞上来，等捞到岸边的时候，把这个女尸横放在岸旁，大伙一看哪，这是一个十八九、顶多不超过二十岁的女子。人已经是彻底死了，瞧这意思啊，起码在这水里边得泡个三天以上了。施世纶马上吩咐找仵作，仵作很快被传来验看。仵作就是现在的法医，专门儿验尸体的。老百姓想往前拥，这个知府马上让差人挡着，不能随便往前拥，别把这现场破坏了。仵作检查一遍之后，向施大人禀报：说这个女子年纪约在十八到二十之间，这个女子是遭了强暴之后，被扔进河里的。脖项之中有紫印子，看来是被掐死的。但是身上也有几处伤痕，有发紫的发红的，女子的左脚呢，曾经拴过绳子，看来是把这女子弄死之后，扔到河里，左脚上拴了绳子，绳子底下坠了一个石头，让她沉到河底，不让她浮上来。后来不知什么原因，这绳子断了，这尸体才顺游而下，漂到这个天飞桥的闸板跟前，被闸板一挡，所以就浮到水面上来了，就是这么一个过程。

施世纶看完了这些，瞧了瞧苏州知府程方，"程知府，这件事情，你有所知吗？"

"呃……卑职现在尚无所知，卑职一定严加查问，捉拿凶手，给死者报仇。"

"捉拿凶手倒是应该的。不过，这个姑娘是谁家的孩子？也需要找到她的家人在哪儿。"

"对对对对，呃……进城之后，我马上就安排。"

"知府大人，我看，这具尸体不可在这里陈放，你让你的差人把这具尸体拉到衙门里边，找一个适当的地方，停放在那里，用芦席笘好，不许闲人到跟前去，这是你苏州的一件人命大案哪。"

"对对对，对对对。"

"好吧，到你的府衙里边观瞧一下。"

"好，大人，请！"苏州知府心里边别提多别扭了，心想：嘿，这谁家的姑娘，啊？你真会死，怎么专在这个时候死，你这时候一死，头一下子，先让钦差看见了。说明我这个苏州地盘儿治理得不好，一见面儿先来个人命案。没办法呀，这位钦差大人已经看见啦，也没有办法补救了。于是这个苏州知府程方跟施大人一起来到他的府衙之内，先请施大人和众位差官到府衙之中稍坐，施世纶就问："我们这些人住在什么地方呢？"苏州知府说，已经给您安排好了金庭驿馆，您在驿馆中下榻安身，一路之上鞍马劳顿，您应该到那儿休息休息了。

施世纶说："好吧。但是，知府大人，你要把那女子来龙去脉、案情始末尽快查清，报与我知。"

"是是是，卑职晓得。"

施世纶马上带领着众位差官就转到金庭驿馆。到金庭驿馆住下，大家都洗了洗脸，在房间里边休息了片刻。到了吃晚饭的时候了，这位苏州知府坐着大轿亲自来到金庭驿馆，来见施大人。一见施大人，苏州知府就说了，"钦差大人，您一路风尘劳苦，远道而来，按说呢，应该好好地休息休息。但是这一道儿上，肯定您受了不少的罪呀，到在这儿，要待一段时间，苏州城里边各方面的名流雅士，还有一些巨商大贾，都知道您是朝中来的钦差，再加上知府衙门里边三班六房，各方的首领，都想要见见大人。今天晚上，略备薄宴，给大人接风洗尘，就在我府衙之中，后边的半堂之内，大人能不能赏脸赐光。"

"噢。"施世纶说，"今天的晚饭，还要给我接风吗？"

"是的是的是的，呃……这是起码的礼节嘛。大人，您一定要去啊。"

"什么时候去？"

"呃……卑职在这儿等候，大人什么时候想动身，卑职陪着大人一同前往。"

"嗯，好吧。既然是知府的一番盛情，我施世纶自当要领啦。告诉手底下这些差官们，准备准备，一起到府衙之中，前去赴宴。"

施大人这一说呀，众位差官各自收拾利索之后，跟随着施大人，在这知府大人的带领之下，就来到了知府衙门的后院儿。后院这饭厅里头，该来的人早已经到了，摆了有那么十来桌，他们各自找好自己的座位，全都坐好。今天到这里参加这个接风宴会的人，都是苏州府的头面人物，都是社会的名流，都是社会的雅士，而且都跟这官面儿有着千丝万缕的联系，不够格儿的，那是没有资格进这屋儿的。他们在这儿企盼着施大人到来，当施大人往这饭厅里边一走，嚯，坐下的人呼啦全都站起来了，个个儿抱腕拱手，施礼迎接。

施大人向众位致意，施世纶走进来之后，就来到主桌上坐下了。知府大人领着黄天霸几位官差也坐在了附近。知府在施大人的下首坐下了，施世纶看了看这桌子上摆的东西，这菜上来了一半，冷盘儿上来了，热菜还没上来。一瞧冷盘儿这个架势，施世纶那是吃过见过的，就知道这宴席的档次不低。心想苏州知府看来给我接风洗尘这是早有准备呀。施世纶看了看这位程大人，"程知府，咱们下一步怎么办呢？"

"啊，钦差大人，您看，可以开始了吗？"

"我听你的，客随主便。"

"噢，好好好好。"程方站起来了，"众位，大家翘首企盼，盼望许久，终于到来的钦差大人，他是世袭侯爵，淮安漕运总督，顺天府尹，御赐封号施不全施大人，今天和我们诸位见面相逢啦。施大人这次从京师一来，一路之上鞍马劳顿，风尘辛苦啊。来到苏州啦，我们苏州知府衙门里头，略备薄酌小宴，给施大人迎风啊。施大人这一路之上察访民情，还要询问官府的政绩，这回来到苏州，要多待一些日子。我们苏州各级官员都得要等候施大人查访，就是我这苏州知府也在之内。愿施大人此次查访一切顺利，为此，我们——干一杯。"说着话，他把这酒杯端起来了，"施大人，您请。"

施世纶桌子跟前这儿放着一杯酒，但是这酒杯他没端，施世纶往周围看了看，半天没言语。这知府大人把这酒杯端起来是满脸堆笑看着施大人，当看见这位施大人不端酒杯这脸沉着的时候，知府这个笑容一点点儿地就收回来了，光剩干笑了，不是真笑了，嘴咧着，毫无笑意。

施世纶说："众位，我今天初次来到苏州，早有耳闻，苏州是一个风景优美的所在呀。这里有世代有名的园林，又有旖旎多姿的太湖。我本想到了苏州一定会很好，但是今天在苏州城外天飞河边，我先看到一具女尸，这个孩子才十八九岁，是被人强暴之后投河致死直到如今，尚不知凶手是谁，也不知她的家属是谁，知府大人，您现在问清楚了吗？"

"啊，钦差大人，还没问清楚，正在派人出去查问。"

"我施世纶有这样一个毛病，当我要看到百姓蒙冤受屈，还没有得以解脱的时候，我心里就难过。当我碰到棘手难办的案子，不能得解的时候，我就不愿意喝酒，甚至饭也不想吃。今天知府大人一番盛情，我自然是领了。但是这酒我是不能喝的，什么时候把这案子破了，我什么时候再喝。但是别扫了诸位的雅兴，诸位，尽请痛饮!"

施世纶坐下了，知府端着酒杯，唉，这滋味儿可太尴尬了，知府心想：哎哟，施大人，你这未免有点儿让人这个这个这个……心里过不去呀，啊？你……"呃，施大人这是一心为民，当听这案子之后，食不甘味，寝不得安，如此说来，那……我……我也不喝了，诸位，你们喝吧，你们喝吧。"

这其中有很多人那是专门喝酒吃饭的茬儿，一听说有这么重要的宴会，打昨儿晚上就没吃饭。今天早晨喝了两碗茶水，把胃口都刷干净了，到现在一听说这酒不让喝了，眼都直了。

第四十二回　黄天霸他乡遇故知
程知府旧讼迭新案

　　施世纶在苏州知府给他摆设的迎风酒宴上，是罢酒不饮。钦差大臣这一不喝酒，这苏州知府自然也就不能喝了。他不喝了，施世纶带来的这些差官们也都不喝。于是全堂的客人全都不喝酒了。这一来使这屋子里边这些个人都有点儿兴味索然。说实在的，今天参加这个酒会的，有不少人，那是酒宴专业户。当然，这词儿那年头儿没有，这是说书人给说的。什么叫酒宴专业户？有很多人，靠着某种机遇，靠着某个靠山，甚至靠着某一种技艺，走上了上流社会。他就在苏州府这一带，整天忙于社会上的这种应付，这儿吃，那儿喝，逢宴必到，逢请必至。所以这些人就养成一种习惯，要是一天不喝酒，就有一种失落感。今天这个酒席是尤为重要的一桌酒席，朝中的钦差大臣到了，尤其这位钦差大臣不是一般的人，是大名鼎鼎的施世纶，御赐封号施不全，这是一个显赫人物。他们觉得能参加着钦差大臣这个迎风宴会，对他们来讲，祖坟上都冒了三股青烟，后脑勺都闪了三次光，这都会载入他们个人的历史档案。将来他跟任何人一谈论起来的时候，他会说在某年某月在什么地方，我曾经见过钦差大臣施世纶，甚至于说我跟他碰过杯，还跟他说过什么，施世纶对我如何好，这都是谈话的资本哪。所以说他们来到这个酒会上，感到无上荣幸。可是今天，这位钦差大人不喝酒，这些人一看，完了。不喝酒自然也就不能碰杯，不碰杯自然也就不能说话，不说话将来跟人家再去说什么，所以这些位都在那儿瞧着那盘子里边的菜发愣。更有几位从昨天晚上就没吃饭，胃口都已经刷洗干净了的那些人呢，更觉得后悔了，早知那个昨天我就吃点儿得了。

可是就在这个时候，不知是哪一位，说了一句："我看咱们大伙儿既然是不喝酒，咱……咱就吃饭吧。啊，快点盛饭。"说话间饭端上来了，这些位各自端着碗，这就开始吃饭。

这一吃起饭来，它跟喝酒那个氛围就两样儿了。屋子里边只听稀里哗啦扒拉饭的声音，连说话的动静儿都没了。为什么呢？这个酒的作用没了。有人讲哪，说这酒就是一把刀，它可以剥掉人们的伪装，能露出他的本相。很多事情就是喝完酒之后，表面上端着那个劲儿全去掉了，露出本质来了。酒后吐真言，酒后露真情，酒后露本相，就指这个。也有的呢，借着酒盖脸儿，甚至正常情况下说不出来的话，也说出来了。可是今天这一不喝酒啊，光吃饭，大伙儿就都在那儿还端着。

都在吃饭的时候，还真就有这么一位把酒杯端起来了，他端着一杯酒走到了黄天霸的跟前，把这酒杯往黄天霸这桌子这一摆，"请问，您是黄副将吗？"

黄天霸一听，放下筷子抬头一瞧，一看面前站的这个人，上中等的身材，光头不戴帽。梳的那个辫子，漆黑明亮，身上穿着一身青，腰里边扎着双穗丝绦，足下蹬着薄底儿的靴子。看这个人，长得是气宇轩昂，长方脸儿，两道儿细长的眉毛是眉梢高挑，比较突出的是左眉毛眉峰那位置有一个高粱米粒儿大小的痦子，这个痦子在这眉峰上面长着，要用算命先生给他看相，这有个说道儿，这叫眉里藏珠。但是他这个珠哇，没藏住，上来了。鼻直、口阔，三绺短须，两个眼睛透出机警的光芒，黄天霸跟这个人一搭眼儿的工夫，瞅着好像有点儿面熟，想不起来是在什么时候见过。黄天霸就站起来了，"噢，请问，您尊姓大名？"

"哈哈哈哈哈，您先别问我，我先问你，你认识我不认识我？"

黄天霸还真就怕这位这么问，为什么呀？黄天霸没想起来在哪儿见过他。黄天霸一乐："呵呵，您……呵呵……"黄天霸心想，大概是我在哪儿见过，他问我认识不认识，我要说不认识，这好像让人家……有点儿冷落了。"哦，认识认识。"

"咱俩在哪儿认识的？"你看，黄天霸说哪儿有这样人哪，我说认识你就说你是谁就得了吧，还得问在哪儿认识的。

"呃……好像是……"

"好像是在哪儿？"

"呃，呵呵，恕我眼拙，我一时想不起来了。"

"哈哈哈哈哈，你呀，真是贵人好忘事啊，黄副将，看来你这是当了大官了，啊？把故交都忘啦。我问你，你老家是不是浙江绍兴府山阴县望江岗聚杰村的？"

"啊对对对对。"

"家里边的老爷子金镖黄三太，没错吧？"

"是啊，那您？"

"还没想起我来？啊？我再问你，你后脑勺上有个疤没有？"

"啊？啊！对对对，是有个疤。"

"这疤是什么时候摔的？是六岁啊，是五岁那年，对不对？"

"啊，你……你是那个，你是那个小轮子？"

"哎，你就是那佬儿。"好嘛，俩人儿把小名儿都说出来了。

这个工夫由打旁边，神眼计全过来了，计全一看黄天霸跟这个人这么一攀谈，计全走到跟前拿眼一搭，"赵忠！"

"哎哟，计大哥！你好你好，你看看，天霸，计大哥都能认得我，你怎么就把我忘了呢？"

黄天霸说："哎呀，这个，我这个人呢，就是……就是……哎呀，真是，这段时间太忙乱了，我这脑子不好使。"

"哎，说明我在你的头脑之中还是没有印象哪。"

神眼计全，这眼睛特别毒，不管在什么地方看见一个人拿眼睛一搭，过后儿就不带忘的。计全一点出赵忠，黄天霸就完全想起来了。他第一个先想起来赵忠的小名叫小轮子。怎么回事儿呢？这个赵忠哪，跟黄天霸想当初在他的浙江绍兴府老家是邻居。赵忠的父亲呢，是镖局里边的一个保镖的武士，跟黄三太交情不错。这赵忠哪，比黄天霸大那么三两岁，跟黄天霸小时候经常在一起玩儿，有一回啊，俩人儿爬上树上去掏老鸹，黄天霸呢，他不会爬树，但是他这个脾气禀性从小就这样儿，他不会爬他也愣往上爬。人家这赵忠哪，在头前儿爬树爬上去了，他随后跟着也往上爬扯，爬到树的半截腰儿，再往上爬他爬不动了，抱着那树哇，他在那儿不动弹。这赵忠呢，上到那上边够到那老鸹窝了，他伸手哇，往那个老鸹窝里边想掏老鸹，那里边有小老鸹崽儿，还有一个老老鸹。这老老鸹一看有一只手进来，当，就给他一嘴。这赵忠把这手往回一抽，一哆嗦，由打树上掉下来了。由打树上往下一掉，这赵忠呢，比黄天霸大两岁，所以掉下来，这脚落地之后他站稳了。黄天霸本来就不会爬树，正在树半截腰儿在那儿抱着呢，他一掉下来，他一哆嗦，啪，他摔下来了。他是横着摔下来的，后脑勺这磕一大口子，当时黄天霸回去还不敢跟自个儿爹爹讲，又怕讲完了之后爹爹揍他，这赵忠就抓起一把土给他糊在后脑勺那儿了。还别说，这把土哇，把这血给止住了，但是留了一个疤瘌，直到现在黄天霸也没跟他爹说过，这儿有一个疤瘌。因为那个时候老爷子也没在家，赶老爷子回来的时候，他这个伤也就好了，再就没提。所以这件事情，在黄天霸那幼小的心灵里边，印象特别深刻，因为这件事对他的大脑兴奋点是一个强刺激，所以他到现在还记着。记着这小轮子，但是大号黄天霸就想不起来了。神眼计全呢，他比赵忠还大两岁，那时候计全就已经是一个年轻的小伙子了，所以计全能点出他的名姓来。黄天霸万万没有想到在这个地方，能碰到青梅竹马时候的小朋友，黄天霸非常高兴，"哦，你，赵忠。对对对对对，计大哥这一说，我也想起来了。你怎么在这儿？"

"欸，咱上不了京师，当不了副将，就在这苏州混吧。"

这个工夫，就看苏州知府程方由打旁边过来了，"哎哟，您二位认识？"

黄天霸说："何止是认识啊，我们是从小儿的朋友，孩童时期一块儿长大的。"

"啊，太好了，太好了。黄副将，您知道吗？赵忠，这是我们苏州一带名流啊，苏州城里边没有不知道的，赵员外在这苏州城里边，有好几处买卖。赵员外，文，是举人；武，是解元。"

"噢，是这样哪。哎哟，赵大哥，您这混得不错呀。"

"不行哪，照你差远啦。你是副将哪，在京都哇。"

"哎，咱别谈这个，别谈这个。"说着话，黄天霸领着赵忠来到施大人跟前，特意为施大人引荐一下，施公一听："你们这是青梅竹马之交，他乡故知之友咗。好好好，你们应该喝几杯。"

这个时候赵忠跟黄天霸就说了："怎么样？天霸，施大人可都下命令了，允许你喝酒，咱俩得干三杯吧？啊？"

黄天霸说："好！干三杯，计大哥，您陪着！"

于是计全和黄天霸他们两个人一起举起杯来，跟赵忠一块儿就干了三杯，干完了之后，赵忠说了："天霸，到了苏州了，这可是到了我的家门口儿了，不管怎么样，也得上我家里边去看看，对不对？"

黄天霸说："那是当然。"

"就这两天吧，我一定把你请到寒舍一叙，不知道你能不能赏脸赐光。"

"大哥，您这把话说到哪里去了。您就不请我，我也要登门拜访。"

"好好好好好好，咱们在这儿就不用多说了。"接着这赵忠端着酒杯就往各桌上走，"众位，能喝的都把杯端起来吧，能喝的端杯！"赵忠跟黄天霸认识，再往各桌儿上一走，对他的脸上也好像增加了一分光彩。这各桌儿上有一些个酒迷们，有一些个酒漏子们，有一些个酒篓们，正找不着碴儿喝酒呢，一看这位赵忠把这喝酒的大门儿打开了，于是众位都把酒杯端起来了："啊好好好，赵员外，赵举人，来，干！干！"这酒就喝起来了。

这酒一喝起来，屋子里边的空气马上显得活跃了。各桌儿是杯盘相碰，大家伙儿是谈笑风生，等酒席散后，施世纶带领着黄天霸等人回转了自己的公馆。回到公馆里边，施大人这一夜都没睡好觉。为什么呢？施世纶真就是这样的人。当百姓有了什么疾苦，当他知道某个贫民有个大案未解之时，他会为此苦思冥想。施世纶在想哪，我这回到了苏州，本来是要查询丢失国宝之案，却又碰见这么一个女尸案。究竟这个案子从哪里入手，怎么样才能够得以破获，一直想到近四更天，才迷迷蒙蒙地睡了一觉。

早晨起来，洗漱已毕，还没等吃早饭，就看苏州知府程方先来见施大人。为什么？这程知府知道，还没汇报工作呢。昨天来了之后，慌慌忙忙地就摆了一个接见酒席，今天得跟施大人好好谈一谈他苏州的地面情况。这是奉旨钦差，来查访他的，看看他有什么政绩，有什么过错，有没有什么贪污腐化的行为。要不然的话，就得降级，查好了就能升级。但是苏州知府这点肯定，他升是肯定升不了了。因为施大人没到之前哪，这苏州知府，尽管说他知道在他管区之内丢失了国宝，他觉得这是一种意外偶然情况，他肚子里边背好了一大篇子腹稿，要向施大人汇报。汇报什么呀？他想跟施大人秉承，我苏州这一地带，这些年来是连年丰收，上合天心是下合民意，托皇上的洪福，敢说路不拾遗夜不闭户。是父子之间有所孝敬，兄弟之间又有和睦，邻里之间没有争吵，民风淳厚。他想了半天，一见施世纶，结果在天飞闸那发现了一具女尸，而且还不知道是谁杀的，他就觉得他这一篇子词儿什么也甭说了。因为说什么也没用了，这具女尸就成了钦差大人到苏州的见面礼。所以今天一见施世纶，这苏州知府一脸的不自然，"钦差大人，不知今日您有何打算？"

施世纶看了看这位程知府，"程知府，我来问你，给皇帝进贡的国宝在你这里丢失了，这件事情可有着落了？"

"大人，这件事情，下官一直派三班六房的衙役四处寻找，至今还没有什么线索。"

"噢。这国宝在什么地方丢的你知道吗？"

"呃，就是在金庭驿馆之中，也就是您住的这个地方。"

"嗯，毫无线索？"

"呃，有两个线索，后来查来查去它又没了。那就跟没有一样。"

"那么下一步，你打算如何呢？"

"我……我正是束手无策，要听大人您的。"

"嗯，那具女尸是怎么回事呢？"

"这具女尸我也正在查找，到现在也还没有着落。"正说到这儿，忽见有差人由打外面慌慌进来禀报，"知府大人，外边有人认领这具女尸！"

第四十三回　得尸源知一条线索
遣差役分四路查访

知府衙门里边有一个差人，走进屋来向苏州知府禀报，说："大人，有人认领那具女尸。"

苏州知府程方一听，就问这个差人："认女尸的是什么人？"

"呃，是一位员外，老两口子来的，住在东关，姓卢，卢员外。"

"噢，他先到衙门里去的？"

"对呀。他听说有一具女尸，找到咱们衙门，小人我们就领他到那儿一看，到那儿一瞧，这老头儿跪那儿就哭了。说这是他的女儿，叫卢玉梅，已经走失了三四天了，哎哟他要见你，他说要让您给报仇雪恨，给伸冤枉。"

"现在哪里？"

"我们知道您到这儿来了，把他也带到这儿了，让他进来吗？"

苏州知府程方说："钦差大人，您看呢？"

施公说："让他进来吧，我们一起问问他。"

"好，快点把他带进来。"

差人出去不大会儿的工夫，就看老两口子被带进来了。

这两个人一走进来，施公先用眼睛一搭，一看这个人，有五十多岁的年纪，从相貌上来看比较善良。老太太也是一个安善良民的模样。老两口子进来之后扑通就跪下了，先给知府大人见礼，又给钦差大人见礼。为什么他先给知府大人见礼呢？这个卢员外认得这位程知府。他不知道上首坐的这位是钦差。当程知府跟他指引的时候，他才知道。磕完了头之后，这老两口子是老泪纵横哪。"知府大人，钦差

273

老爷，您无论如何要给我们报仇雪恨。我这个女儿啊，哎呀，让我怎么说，这是我的掌上明珠，这是我的心尖儿啊。我们老两口子就这么一个女儿呀，万万没有想到，让谁给害的，给扔到河里头了。"

施世纶看了看这老夫妇，他们哭得过了一点儿劲之后，施世纶这才说："二位老人家，不要过于悲痛，我来问你，你的女儿叫什么名字？"

"我的女儿叫卢玉梅呀。"

"她是什么时候离开你家的？"

"这不是吗？算起来，这就是四天前的事儿。我这个女儿，平素当中哪，从来不出我那大门。可以说是大门不出，二门不迈，是深阁闺秀，我对她管教也比较严。这不是嘛，春暖花开了，哎，我寻思让孩子出去溜达溜达，就跟着我府中的一个丫环，叫春桃，她们两个人就出去了。打那一出去，就再也没回来。我派人四处寻找，哪儿也找不着哇。我们老两口子在家里边已经哭了两三天了，我就以为我这女儿啊，大概是不能活在人世了，唉，但是，就是死了，也得见个尸首哇，啊？我们就想，孩儿啊，你就是真死了，也得给爹妈托个梦哪，告诉我们你在哪儿啊，是被谁害的。这不是吗，昨天我们听说，打捞上来一具女尸，在这天飞闸附近，说在那个知府衙门里边放着呢，我们老两口子今天这才赶到这儿来看一看。我们在道儿上走着心里就想哪，但愿不是我女儿，就怕是我女儿。结果一看，真就是我女儿。你说这是哪个该天杀的他害我女儿呢？大人，您可得给我们做主哇。"说完了老夫妻跪地上是嘣嘣地直磕头。

施世纶说："老人家，不要过于悲伤。我问你，你的女儿可曾许配给人家了吗？"

"没有，还没有找到合适的人家呢。"

"噢，那么你家里边，平素当中，可得罪过仇人吗？"

"没有哇。我这个人，晚上睡觉扪心自问，谁都对得起。没有谁和我能有这么大的冤仇。没有没有。"

"哦，好吧。老人家，不要过于悲痛，你们把你女儿的尸首先抬回家去，盛殓起来。我和苏州知府一定竭尽全力，要破获此案。一旦抓住这杀人凶犯，会给你女儿报仇雪恨的。"

"好，好，老爷，我谢谢您，谢谢您。"老两口子给知府和钦差磕头谢恩之后，站起身来，由差人领着，出去了。

施世纶看了看苏州知府，"知府大人，这件事情你看应该怎么办呢？"

"啊，钦差，钦差大人，呃……卑职，实在是没有什么绝妙良策。我愿意听钦差大人的吩咐。"

"我看，这个案子，在苏州地界有很大震动。如果这么大的案子我们都破获不了，我们就枉拿爷家的俸禄，枉戴爷家的顶戴。"

"是是是是！"

"你苏州知府衙门里头三班六房，要全员出动。我手下的这些办差官，也都出去。咱们兵分两路，去寻找线索。每天咱们碰一次面，把寻找线索的状况，汇总一起，看看有没有可破案的途径。你看如何？"

"好好好，就依钦差大人。"

"另外，这国宝丢失案，你也要详查细询，这可是个大案。我此次下苏州，明说，是来查访沿途地方官员的；暗里，是缉拿盗宝的罪犯。"

"是是是是，我知道，知道。"

"快快回府去吧，速速准备。"

"是，卑职告辞。"

苏州知府站起身来走了。施世纶马上把手下这帮办差官聚焦到一起。施世纶跟众位商量：这件事情怎么办吧？一条人命案，暗地里还有一个盗宝案。这两者有没有联系，现在很难说，不管说它有没有联系，咱们现在哪个案子都得破。施世纶向大家就谈出了自己的想法。由于从北京城往苏州这一路上施世纶都是微服私访，而在微服私访过程当中，也发现了很多的事情。所以施世纶希望大家在这里还要化装出行，也是都微服私访，到民间，到街市去查找线索。

众位办差官一听，大人说的有理，咱们大家都出去，说不定在哪个地方，就能查找出线索来。那么出去，都得装扮成某种职业者呀，都干什么的？

朱光祖说："那这么地吧，我假装打把式卖艺的吧。"

金大力在旁边说话了。这金大力呀，平常很少说话，为什么呢？

一个是，这个人不太会说话，说出话来，大家也不大爱听，那语言很不生动。他自己也知道，这语言缺少魅力。另外呢，他看到众位办差官在抓差办案当中，都显露出来自己的本领，而他呢，好像是碌碌无为。今天，抖了抖精神，金大力说话了："大人，这样吧，我……我也出去一趟。反正我原来是撂跤场子的，我会摔跤。我就在街上，装扮成摔跤的，您看如何？"

施大人心想哪，这金大力要装扮成摔跤的，那是一点儿事儿都没有。为什么呢？他本来就是摔跤的，他不用装。但是又一转念，金大力这个人呢，心眼儿少一些，思维迟钝一些。他看了看朱光祖，"朱光祖哇，我看这样吧，你们两个一起行动，你也装扮成摔跤的吧。"

施大人这是有意地把这个精明人和那个迟钝人搭配一下。朱光祖一听，"好，金大力，咱俩一块儿去。咱俩要摔跤哇，你看保证，看的人特别多。你瞧你，在那儿一戳一站，好像个野人熊一样。你瞧我，在那儿一戳一站，跟一活猴儿一样。就冲这人熊耍活猴儿，他们也得看。"

"欸，别这么说，别这么说。那行，咱俩一伙儿，我挺愿意跟你去。"他们俩人算一伙儿了。

黄天霸说："大人，那么我也出去。"

"你不用。"施世纶心想，黄天霸出去呀，你装扮什么，也容易被人觉察出来。黄天霸这个人，在人群之中，有一种锋芒毕露的感觉，不容易化装。

黑世杰说了："大人，你说我咋儿样哪？我出去吧，我就呀，还是剃头的。我呀，带着贺人杰，我们俩是一伙儿的，您看怎么样？"

施世纶一听这也行，让黑世杰跟贺人杰两人一波儿，出去了。

这个时候，张桂兰、褚莲香这两位女将来了。张桂兰，那是口快心直的人，这一路上，别看她没显山没露水，跟着施大人出来，张桂兰这心里边就有一种想法，她心想：我这回下苏州，一定要在抓差办案当中，显露一下我们的本领。想当初，跟黄天霸在虮蜡庙上拿过费德功哪，那张桂兰曾经身入匪巢把费德功生擒活捉呀，心想这回下苏州，我应该显露显露我们这个巾帼英雄的力量。所以张桂兰跟褚莲香两个人一商量，主动找施大人，来要求上街上私访。

施公一听，"你们二位能干什么呢？"

张桂兰说："大人，您说吧，您说我们两个人能干什么吧。您让我们干什么，我们就干什么。"

施公说："你们两个女眷，我看这样，你就在街上走吧，你们逛逛苏州，看看苏州有什么好东西可买的，这就可以了。"

"就逛大街啊？"

"啊，逛大街，可不是白逛，你要在逛大街的过程当中发现线索呀。万一你走在大街上，到哪个买卖铺户里边，要撞着那杀人犯呢？"

张桂兰一听差点儿没笑了，心想：大人，您这是哄着我们玩儿哪？啊？那杀人犯脑袋上贴一条儿啊？我是杀人犯，让我们撞着了？张桂兰心里边也明白，施大人不好安排这两位女眷。这两位女眷还要主动请战，施大人只好这样回答他们。

"好吧，大人，就听您的。我们两个化化装，上街上，就全当是逛大街了。"好，这两位女将也出去了。

赵璧在旁边说："大人，您说是不是我也该出去？"

施公说："如果你要在公馆里边待着，这可就不对了。"

"哎，我琢磨是那么回事儿，我出去！大人，您说，我能干什么呢？"

"这个我不管，你愿意装扮成什么，就装扮成什么。"

"大人，我要装扮成一个算卦的，您觉着怎么样？"

"如果人家真找你算卦，你会算吗？"

"啊？我呀，会——嗐，跟您说，就在京都的时候，我跟那算卦的先生在一块儿混过仨俩月。他怎么个招术，他那话怎么说，怎么两头儿堵，怎么不能掉地下，那我都会。那江湖道，那叫纲条子，全懂。"

"噢，好好好。赵璧，你需不需要带一个人呢？"

"不用，就我一个人就行。"

"不过你可得小心点儿。你虽然可以装扮成算卦的，我生怕在这苏州城里边，碰上仇人哪。"

"仇人？这么老远，苏州也有咱的仇人？"

"这可不好说呀，如果碰见仇人，第一个就能先认出你来呀，因为你长得有特点。"

"得得得，大人您别说了，您别说，我知道，我的特点我明白，我不就脑瓜儿小吗？哎，那么行不行，你说，我戴一帽子，我整一大个儿帽子顶上。"

"那，看着特点就更突出了。"

"行啦，您就甭管我啦，即使有仇人发现了我，他要敢跟我动武，大人，您就瞧着，我指定给您逮一个活的回来。"

赵璧这阵儿心里边特别有谱儿。为什么？心想：施大人，您还不知道呢，我有外科手段。所谓的外科手段是什么？兜儿里边有药。赵璧想：哪个小子要跟我动上手，我能打则打，不能打把这药掏出来，噗一吹，你就得在我面前哼哼。我打着嘴巴子就把你拽回来了。于是赵璧就化装成算命的先生上街了。

这几位都出去了。单说这金大力跟朱光祖，两个人换了件服装，这金大力听朱光祖的。"朱爷，您说，咱们上哪儿？"

朱光祖说："你就跟我来得了。"在苏州街里边找了一个十字路口儿，看看旁边有一个空场之地，朱光祖就站在这儿了。"来吧，我说金大力，咱们两个在这儿打场子，得怎么打呀？"

"欸？这摔跤，这打场子，我没打过呀。"

"你不说你会摔跤打过场子吗？"

"我那阵儿没打过场子，我开过跤场。我是教一帮徒弟，用不着打场子。我也不是在大街上……教人家，我是在院儿里教。大街上这活儿我没干过。那朱爷您挺精明的，你……你不会吗？"

"闹了半天，你没卖过艺呀？"

"没有。"

"行！那，那怎么办呢？我先在这儿耍趟刀？给你把那人召集齐了，然后咱再摔跤。"

"呃，也行。那您就……先耍刀吧。"

朱光祖探臂膀，唰，由打身后把这把柳叶劈风刀就亮出来了。这小个儿，干干巴巴的像个小猴儿一样。你别看干巴，但是有一团精气神，这口柳叶劈风刀唰唰唰，一亮刀式，在这街头这么一比画，就有行人驻足。"哎哟，这是干什么的？"

"这是卖艺的。"

"这卖艺的绝啊，一般卖艺的扛着刀枪把子，得敲锣呀，得有话呀。这位先不说话，到这儿就练！哎，挺实在，咱们看看。"

朱光祖把这单刀在这儿就耍起来了，唰唰唰唰唰唰……一趟刀耍完了之后刀式一收，"众位，见笑啦。"这人哪，就围了不少，朱光祖把刀往地上一戳，"众位，我们是亲哥俩儿，在这儿打拳卖艺，啊，你们看看我们像不像哪？"

大伙儿一瞧，这可不像亲哥儿俩。朱光祖又说了，"我这刀练完了，下面呢，看他摔跤，该你的了。"

他一说该他的了，这位金大力呀，他也心实，"该我的啦，好！"他一薅朱光祖的脖领子，往起一提溜，呗儿，把朱光祖给举起来了。

朱光祖说"哎！你这干什么！"

"欸，该我的了嘛，我告诉你，我这叫摔跤。"他这么一比画，忽然站住了，咣，把朱光祖扔地下了，朱光祖抬头再看金大力，金大力两眼发直，往人群儿里边瞅着。"欸？这人怎么在这儿啊？"

第四十四回　金大力乔装遇疑犯
黄天霸赴宴全故交

　　金大力和朱光祖两个人街头卖艺，朱光祖把这刀练完了，金大力要摔跤了。这摔跤一个人儿不能表演，他必须得是俩人儿啊。所以金大力一薅朱光祖这脖领子，就把朱光祖给举起来了。您别看金大力这个人不会上房，不会高来高去飞檐走壁，但是此人有一个最大的特点，那就是力大无穷，挑水用缸。一般的人你别让他抓住，他要抓住你就跑不了了。所以这金大力抓起朱光祖来在上面这么一耍吧，跟耍小猴儿一样。耍吧着耍吧着，他忽然间咣，把朱光祖扔地上了。他直着俩眼，往那人群儿里边观瞧，"欸？"

　　这工夫朱光祖回头儿一看他，"你看什么呢？"

　　"欸，怎么他在这儿呢？"

　　朱光祖马上，腾就站起来了。"谁在这儿呢？"

　　"欸，他……走了。"

　　朱光祖一看，看见一个人的背影，正往人群儿外边儿走，"谁呀？"

　　"你等会儿，你等会儿我想想，我我……我见过他，这是挺重要一个人儿。"

　　"谁呀，挺重要？"

　　"你别忙，你别忙……"

　　这看热闹的一看，怎么着？练着练着碰见熟人啦？不练啦？大伙儿在这儿瞧着。

　　"我想想啊，反正我见过。怎么我马上想不起来是在哪儿。"瞅那人也走没影了，金大力忽然一拍大腿，"欸，我想起来了。"

"想起谁来了？"

"那个……咱们在那连环套，不是抓住那窦尔敦之后……"

"你低点儿声，爷爷……让大伙儿听见，咱们是干什么的？"

"啊对，咱们在连环套，不是抓住了窦尔敦，回来之后咱们不住店了吗？"

"啊！"

"住店，完了咱们不是第二天，那窦尔敦不就没了，让人救走了吗？"

"啊！看见窦尔敦啦？"

"不是，不是窦尔敦，那个开店那掌柜的你记得吗？长得白白的，胖胖的，有黑胡儿。"

"啊！"

"刚才我看就是他。"

"真的啊？"

"啊！"

"哪儿去了？"

"早没影儿了。"

"嘿，哎呀，众位，不练啦！"朱光祖急了。

这些看热门的老百姓都不知道怎么回事，这二位神经病是怎么着？怎么练着练着，看见个熟人就不练啦？大家伙儿很扫兴地都散开了。

这朱光祖扯着金大力就问："在哪个方向走的？"

"就那边，走，走，顺大街找——"

两个人顺着大街跑出了老远去，也没碰见那人。朱光祖回头问金大力，"你看准了没有，是他吗？"

"没错儿，他瞧着我好像还笑了一下，他笑那一下，我就看出来了，就跟在店房里看咱们大伙，嘿嘿，那么一笑一样。"

"哎呀，你呀你呀你呀，行啦行啦行啦，咱回去吧。"

朱光祖由打地上拔出刀来跟金大力两人就回转了公馆。回转公馆之后一见施大人。这阵儿黄天霸跟施大人正在屋中谈话，施大人说："你们两个人，回来得挺早啊？"

"对，这还不回来得早啊。碰见事儿啦。"

"碰见什么事儿了？"

"让他说！"

"施大人，我们碰见那开店掌柜的了。"

"哪个开店掌柜的？"

"您不知道，那个那个那个……天霸知道。"

黄天霸听这位金大力一说，黄天霸当时就警觉了，"真是他吗？"

朱光祖说："谁知道哇，这位老半天才想起来，赶再追也追不着啦。如果真要是那小子，我敢断定，那小子肯定是绿林中的一个头儿。不然的话，他不会安排得那么缜密，去救窦尔敦。时隔这么长时间，怎么跑苏州来了。是不是长得那模样相似啊？他看错了？"

黄天霸说："这也是有的，天下长得相似的人可太多了。金大力，你看着他像？"

"呃，我看像，对，对，也许他长得差不多，也许不对。"

"哎哟，行了金爷，咱就这么地吧。"正在谈论当中，外边黑世杰跟贺人杰，这俩小孩儿回来了。

施大人说："你们两个人怎么样？"

"哎，别提啦，我们俩在外边呀，没开张。这个地方一看我们俩小孩儿，都信不着，寻思我们这手艺不怎么样，连个刮脸的都没有。"

"啊，那你们就休息吧。"

再一会儿的工夫，赵璧回来了。

"赵爷，您这卦算得怎么样？"

"我呀，您还别说，今儿个，我还真算了一卦。"

"你给谁算的？"

"欸，有这么一年轻小伙子，也就是二十多岁儿，扯着我呀，那眼睛里边转着泪儿，非让我给算不可。我问，我说你算什么呀？您猜怎么着？他老婆跟人家跑了，他还知道是跟谁跑的，是跟他邻居一个小子跑的。他邻居这小子，说长得比他漂亮，这小子还会木匠手艺，说给他们家里边儿打家具，然后把他老婆给拐跑了。哎哟，这小子要死要活的，我瞅那样，说着话俩眼发直，眼瞅就能疯魔，他就问我：您算算，我这老婆究竟能不能回来。哎，我就假装地拿这手指头给他掐，我说我这叫袖儿里吞金。我算了半天，我跟他说了，我说你呀，甭着急，甭上火，该吃什么吃什么，该喝什么喝什么，回到家里边该睡觉您就睡觉。他说，我该，我该不了啦，我家里没老婆，我心里上火呀。我说上火她也回不来，你老婆呀，当中间儿跟你，这叫断缘，断缘是这么一骨碌，过了这一骨碌她自个儿就回来。她跟那木匠在外边儿过够了，她就回来了。他说那得多长时间能过够？我说我给你算着呢，你们断缘期限是三百六十四天半，到时候你甭找她，她就找你，准回来。他说真的吗？我说真的。嘿，这小伙子真高兴，乐乐呵呵地他就回去了。"

施公说："赵璧，你算的这玩意儿有准儿吗？"

"嗜，我呀，这就是给他一副开心丸儿吃，我起码能让他回家，安安稳稳地能过这三百六十四天半，要不然的话他就疯了。"

"噢，那要是到日子，他女人没回来，再找你呢？"

"三百六十四天半，施大人您知道吗？到日子没回来他找我？他找得着我吗？咱不早走了吗？"

"赵璧呀，你这可有点儿损哪。"

"嗜，什么叫损哪？这人在犯愁的时候，总得有个人开导开导，这一开导他心里边就像有个道儿似的，这也不算损，这也算积德。"

"嗯。"

一会儿的工夫，张桂兰、褚莲香回来了。这二位回来施大人一问，人家把苏州的大街逛了好几条。把苏州买卖铺户里边都卖什么，整整地点了一遍货。

施大人说："好吧。"

但是通过今天这一天，大家伙儿回来这一汇总，只有一点应该引起注意，这就是金大力看见的那个人。即使不是这个人，也得要多加小心。

施大人说："明天，你们再要上街的话，一定要注意，如果要是发现了这个人，千万别让他跑掉。"

黄天霸说："明天我也出去。"

赵璧说："天霸，你可不能出去。如果真要是这个人来了的话，很可能就不是他自己。也许有一伙儿强盗，绿林中的草寇，到了苏州了。他们此行是来者不善哪，从现在开始，你不能离开大人。"

黄天霸说："也对，有这个道理。"

休息了一夜，到了第二天，早晨起来，各自又都化装出访。一天过去，到了天晚，又回来了，如实地向大人一一禀报，没有什么意外，也没有发现什么线索，也没有再发现金大力所看到的那个人。到了第三天，大家伙儿又出去了，晚上回来仍然是一无所获。到第四天早晨了，大家正想要出去还没出去呢，公馆外边来了一个人，谁呀？那赵忠赵员外。赵忠要求见黄天霸和神眼计全，黄天霸一听，跟神眼计全两个人就出来了。在门口儿外边一眼就看见赵忠了，"哎哟，赵大哥，您怎么来了？"

"天霸，在那接风的酒席上，我不跟你说了吗？我要请你到草舍一叙呀。咱们是言而有信，君子一言嘛，今天我就请你到我家去。怎么样？能不能赏脸赐光？"

黄天霸说："赵大哥，您说话太客气了。我到在这里，早就应该到府上拜谒。不过，这两天大人忙于破案，我们这些个差官都特别的繁忙，过两天再去如何？"

"天霸呀，过两天？再过俩月，我想你也闲不着呀。你跟着钦差大人到苏州这儿来，肯定是公务缠身，哪天都有事儿。我看哪，就今天了，而且，你到我的府中去，我还有重要事情跟你说。"

"是吗？"

"欸，如果大人不让你去，我可以给你请假去，如何？"

"要这样的话，您在这儿稍等。"黄天霸看了看计全，计全说，"这样吧，你跟施大人说一声儿，咱们就去一趟吧。"

"好！"黄天霸转身进来之后跟施大人一说，施大人说你们两个是从小的弟兄，既然人家有这一番盛情，那你就去吧。

天霸说："我走之后，今天咱们就不要都出去了，留一部分人，在公馆之内。"

施大人说："这个事你就不用管啦。"

于是黄天霸跟神眼计全两个人出了公馆，跟着赵忠就来到他的住宅。走着来的，没骑马，也没坐轿。赵忠领着黄天霸跟计全来到他大门外，用手一领，"您看见没有？这就是我家。"黄天霸一看，嚯，这个大院套儿，好气魄。一望两边的院墙，看不着头儿。清水脊的大门楼儿，七磴汉白玉的台阶儿，两旁边有两个石狮子，黑漆的大门，上面钉的是风磨铜的菊花钉。风磨铜的菊花钉，每颗钉子那都不少钱哪，——风磨铜，有人说这种风磨铜赶上金子贵了，就因为这种铜拿风越刮越亮——大门开着呢，迎着大门，不是影壁墙，是一个挺大的太湖石。底下栽着爬山虎，顺蔓攀爬。

黄天霸一瞧这个宅院，点了点头，"赵大哥，您这宅院可是很讲究啊。"

"哎，跟你家的宅院恐怕差远了。"

"不，"黄天霸说，"比我家宅院强多了。"

"里边请，里边请。"赵忠领着黄天霸跟神眼计全两个人，就进了大门了。绕过太湖石之后，一看，是方砖铺的甬路，直通大客厅。两旁边东西配房，都是画栋雕梁。这甬路两边儿，摆着养鱼缸。一看这客厅门口儿，挂着一幅楹联儿。上联儿写的是：笔下生风，风吹太湖千层浪。下联儿配得是：刀光闪烁，光耀苏州百园林。神眼计全看了看这幅楹联儿点了点头啊，"哈哈，赵忠，你这幅对联儿，说明你这个人是文武全才啊。"

"哎，哪里哪里，快里边请里边请。"

进了客厅了，一看这客厅里边，周围的陈列摆设，无一不讲究。这边，是一个古玩架，上边摆着好几样稀有的古玩。那边，是八仙桌子太师椅子，在那八仙桌子的后边，挂着一个大挑山，上边是名人写的字，仔细一看是草书，这草书是怀素体，是怀素《自叙帖》，临摹的，非常像。配了一幅对子，上联是：自喜轩窗无俗韵，下联是：亦知草木有清香。对过儿呢，是一个书立，那里边摆着很多书卷。

黄天霸说："没想到，赵大哥的家里边，书卷气十足哇。啊？"

"嘻，我这叫附庸风雅呀，来，请坐请坐请坐。"

坐下来之后，赵忠马上吩咐献茶。这茶，是洞庭湖里的碧螺春，一喝就喝出来了。

神眼计全说："看来，赵忠，你在苏州可以说是首户人家。"

"不行不行，苏州比我强的人，还多得多呢。"

一会儿的工夫就吩咐摆饭。酒饭摆上来之后，就看赵忠先满满地倒了一杯酒，"没别的，天霸，计大哥，咱们是多少年没见面了，啊？这都是旧友重逢哪。孩儿提相识，现在也是而立之年才见面哪，啊？难得难得，来，为我们弟兄重逢，先干一杯！"

酒过三巡菜过五味之后，黄天霸就说了："赵大哥，我看你在苏州，混得是事事如意呀，您现在在苏州都干什么呢？"

"嗐，干什么呀？我在这苏州城里边呀，就开了几个买卖，开了个绸缎庄，开了一个古玩店，开了一个粮米油店，再别的就没干了。"

"哎哟，那就行啦，这……您可以说是日进斗金啦。"

"唉，什么日进斗金哪，无非是苟延残喘。"

神眼计全一听："哎哟，您这话说着我心里边可一动，您这样还苟延残喘，那我这样人就没法儿活了。"

"欸，您这不管怎么说，您是官面儿啊。"

"……我这官面儿照您比差远啦。"

"哪里呀。您跟着钦差大人往哪儿一走，啊，一呼百应，地方官员对您都是百般崇敬，我这个，就是一方的商人。在这个地方都知道我，离开苏州谁知道我呀？"

"嗐，"天霸说，"赵大哥，您在苏州这么多年了，这苏州近年来，地面上百姓如何呀？"

"啊？"

"这苏州知府，把苏州地界治理得怎样？"

"要谈这个呀，呵呵呵，怎么说呢，来，咱先干一个。这么讲吧，我可以用一句话，概括一下苏州府知府程方，这程方哪，他是个马谡之才。"

"哦？"

"言过其实，终无大用。熟读兵书，还得丢失街亭。"

"哦，您跟他熟悉吗？"

"我跟他呀，应该说是好朋友。正因为我跟他是好朋友，所以我才了解他，我才敢说这样的话。"

"哦……"

"他把苏州治理的，要听他说，那是一片阳光。要依我看，是一塌糊涂。你说他把苏州治理的呀，前些日子，国宝在这儿丢了；最近钦差大人一来，发现了一具女尸，我问你，这女尸的案子他破了吗？"

黄天霸说："没破呀。我们正为这事儿着急呢。"

"嘿嘿，今天我把你请到这儿来，就跟你说，这个事儿，你甭着急，杀人凶犯，我知道。"

第四十五回　故友宴赵忠透案情
旧仇家谢彪犯杀孽

　　这赵忠哪，在酒席宴上，对黄天霸和计全两个人，说出了一句足以使他俩人震惊的话。赵忠说："你们要寻找的那个杀人凶犯，我知道。"

　　神眼计全听到这儿，把赵忠看了一看，"赵忠，你是不是喝多了？啊？"

　　"欸，怎么喝多了？我说真的，是，我知道。"

　　黄天霸说："不对，赵大哥，您真要是知道的话，为什么您不去跟苏州府的知府说呀？嗯？为什么我们到这儿来的当天，您不跟我们说呢？怎么单单今天在这酒席桌上，您才跟我们说这句话呢？"

　　"哎，天霸，你有所不知呀。你们刚一到苏州，你说我就到你们跟前儿，就说我知道杀人犯啦？啊？我能那么干吗？再说了，我想跟天霸你见一面儿，我看你对我如何，还认不认识小时候这朋友，如果你要跟我不认识了，当了官儿了，架儿大了，不理我了，那么这个话我也就不说了。我要看看天霸你这人，身居高位，本性改没改。今天，我请你到我家里边来喝酒，你来了，这是瞧得起我。正因为这样，在酒桌上我才跟你说这句话的。掏肺腑之言，如果说今天我去请你，你以什么为托词，说什么也不来，这事儿呀，我也就不说了。"

　　"哦？赵大哥，您知道这个杀人凶犯是谁，那么又为什么不跟苏州知府说？"

　　"我跟他说呀，没用。这苏州知府哇，那就纯粹是一个废物，傻小子不认得大豆腐——白肺。我跟他说完了，他也抓不住，他要抓不住哇，弄不好了，还得给我惹一身麻烦。"

"怎么呢？"

"天霸，跟你讲吧，这杀人凶犯，跟我是朋友。"

"跟您是朋友？您这不是开玩笑吧？"

"怎么能是开玩笑呢？这是真的。"

"赵大哥，如果他跟您是朋友的话，您点出他是杀人凶犯，您这不把朋友给卖了吗？"

"哈哈哈哈，天霸呀，我跟你说吧，你赵大哥这些年闯荡江湖，也是饱经风霜呀，对人世上朋友之间的事儿，我颇有感怀。朋友，这是统称俩字儿。这朋友里边，可分着各个等儿呢。朋友之间，有知己朋友，啊，有萍水之交的朋友，还有相依的朋友。知己朋友，比方说咱们哥儿俩，这就是知己朋友。从小的时候，咱们一块儿上过树，掏过老鸹窝，你那后脑勺上摔了个疤，我今天还记着，我跟你一提起来，你还认识我，还能叫出我的小名儿来，轮子。我能叫出你的小名儿来，佬儿，这叫知己朋友。从小就认识，谁怎么回事儿，都知道，穿着开裆裤呢，就都互相了解了，儿时的真诚直到今天还保持着。"

"再有一种呢？"

"再有一种就是萍水之交的朋友。你像我在苏州府，大大小小，也算一个知名人士，往往有很多人慕名而来，跟我一见面儿，就套近乎。咱们不能表示冷落呀，对不对？咱也跟人家假亲假热。实际上心里边并不热，表面上是一种礼节性的，这叫萍水之交，一面之识。还有一种呢，是相依的朋友，这种相依的朋友最多。比方我吧，我在苏州城里边，我又有买卖，同时呢，我又结交官府，天霸，我什么事儿都不瞒着你。我要做买卖嘛，这商界我得有朋友，没朋友，我这个买卖就做不活。那么我本身又有点儿功名，是吧？我是文举人，武解元，跟官府之中，自然呢，也就有些来往。同时呀，跟官府中的来往，还直接影响到我这个生意能不能做得兴隆。再者说呢，我是练武之人，武林之中又有相交的朋友，这武林中的朋友就复杂了。这里边呢，有的在官府里边当差，有的属于绿林中人。绿林里边这些人，你不能得罪他，他找你来了，你要瞧得起他，他也不能加害于你，甚至于说呀，有的什么事儿啊，你通过他们，还能够得以解决。你要把他们得罪了，你就不能得好儿。有句俗话说呀，宁得罪十个君子，不得罪一个小人，绿林之中这伙人，这都是帮小人。只能跟他往来，嘻嘻哈哈，跟他像有点儿依附关系，有的时候他求你办点儿事儿，但是不能动真的。所以说我这朋友里边，有若干档次呀。我跟你说这个杀人犯他是我的朋友，他就跟我属于那种相依之交的朋友，他是绿林中人。"

"哦？他叫什么名字？这人在哪儿住？他是干什么的呢？"

"哎呀，这个人，姓谢，单字名彪。按说，在这苏州城里边，不知底细的人，还都管他叫谢二爷。开一个大绸缎庄，这绸缎庄有个名字，叫三虎绸缎庄。三虎，就是因为他这名字，虎字加三撇儿，三虎为彪。这三虎绸缎庄，买卖不错，他呢，因为官私两面都通着，这个人做事也很灵活。

别人都管他叫谢二爷，我心里有数儿，暗地里，他是个江洋大盗，他可不光开绸缎庄买卖，背地里什么事儿都做，只要顺手，他就敢干。我光提这谢彪啊，大概你还想不起来，他哥哥肯定你知道。"

"谁？"

"他哥哥，当初就在直隶那一带，那是有名的大盗，一支桃，叫谢虎。"

黄天霸一听当时就一激灵，暗想，一支桃谢虎，是被我抓住的，是死在我的手下。"啊，谢虎的兄弟？"

"对，天霸，他对你有杀兄之仇哇。他可没少骂你，当着我的面儿，尽管他骂你，我假装不知道，就好像我跟你素不相识一样。咱俩这层关系，他不明白。"

"嗯嗯嗯。"

"这个人，在绿林当中有一个外号，叫寻花蜂。好色，好像寻花那蜜蜂一样，一见着头发长的，漂亮女人，他就走不动了。我为什么说他是杀人犯呢，我有一足够的凭证。"

"哦哦？这凭证在哪儿？"

"你听我说啊，他呀，偶尔就找我来，约我上外边去玩儿一玩儿。吃酒啊，练武哇，逛逛风景儿啊。那天，他领着我到外面，上太湖坐游船。在太湖的游船上，我们两个呢，在船上饮酒，当时还有另外两个掌柜的，一共是四个人。我们在这儿喝着酒的工夫呢，游船的那头，有这么两位女子，一个是小姐，一个是丫环。就这谢彪哇，一眼就看见那小姐了。那小姐长得是真有几分姿色，挺漂亮。完了，这谢彪就说了，你看咱们四个人，啊？四个和尚，在这儿喝着酒，一点儿情趣都没有，在这船上呢，你想找个弹唱歌舞的，一时又找不着。你瞧那边那俩姐儿没？咱把她叫过来，让她陪咱们喝点儿酒，怎么样？我说素不相识的，人家能过来吗，你仔细看看，那可不是青楼女子，人那是正经人家的姑娘，弄不好给惹翻儿了，这就不好办了。那谢彪哪在乎那个呀，就说没关系，咱给她点儿钱，怕什么呀！结果这谢彪就过去了，过去他就腆着脸跟人家说，啊，二位，看来是一个小姐一个丫环啦，您二位，请到我们这桌上坐着喝两杯酒怎么样？人家把那脸儿一沉，根本就给他来一大窝脖儿。这一个窝脖儿，这谢彪是一脸的不自然，回来了。坐到我们这桌儿上，我就跟他说，我说怎么样？挨碰了吧？啊。谢彪把那嘴一撇，你瞧着，大哥哟，她不是在这儿把我窝脖了吗？我还就下定这主意了，非把她弄到手不可，我让她逃不出今儿晚上去。他这话可说了，后来，我们这游船靠岸之后，人家那小姐跟丫环上岸先走了。我们四人一分手，我眼瞅着这谢彪瞄着那姑娘的后影儿他就走下去了。后来怎么着我可不知道了，但是我敢断言，那姑娘逃不出他的手。这个人办事我知道，心狠手毒。天霸，我就给你提供这一个线索，足以说明，他就是杀人凶犯。而且他办什么事儿，不留后患，干净利索。他肯定把那个姑娘给霸占强暴之后，又把那姑娘给杀害了，就扔到河里了。我呀，上那苏州府的衙门里边去了一趟，我特意看了看那具女尸，我一看那具女尸，就是那天在船上我们碰到那姑娘。我看到这里，我这心里边上下翻腾哪，天霸，不管怎么说，咱们是正经人哪。到什么时候，咱们这良心，得摆到当中间儿。我就想着，十七八岁，如花似玉的那么一个大姑娘，你谢彪就那么手狠，嗯？你把人家强暴完了，弄死就扔到河里啦？这玩意儿，对得住天理吗？但是我不敢说，我怕说出来之后抓不着他，就麻烦啦。"

"嗯，大哥，依您说，这个事儿得怎么办呢？"

"怎么办哪，我跟你说完这些话，我跟你得讲明白，第一点：你可无论在任何时间地点，什么场合，都不能说是我跟你说的。你要把我暴露出去之后，那你将会给我引来杀身大祸。这谢彪可是在绿林之中广交朋友，他有一个联络网哪，他究竟认识多少绿林大盗，我也说不清楚。甚至我跟你说，就是皇帝丢失那国宝，在这个地带丢的，我都怀疑跟他认识的人有关系。也不见得是他偷盗的，盗宝之人，说不定他就认识。"

"嗯嗯嗯。"

"第二，你如果想破这个案子，必须先把这个谢彪，你把他抓住。你是先抓人后问案。"

黄天霸说："现在，还证据不足哇。我仅是从您这儿听到的这么一点线索，我又不能把您说出去，我凭什么抓人家呢？"

"那就完了，天霸，我怕就怕你这手儿。你说，我跟你说的这个线索，你又不敢把我说出去，所以你还不敢抓他。你要不敢抓他，那干脆，这事全当我跟你没说，你就让谢彪自己去逍遥法外。如果说你想试探性的，我要访一访这谢彪，我找点儿证据，你只要跟他一贴边儿，这个小子，那鼻子比狗的都灵，他自个儿就明白了。看势不好，把脚一跺，他走了，哪儿找他去？天涯海角，到处都是他存身之地，你这案子就没日子破了。"

"照您这一说，必须得先抓他？"

"对，先把他抓住。我都担心，你们这帮差官，能否抓得住他。你要把他抓跑了，不但说你这案破不了，我天天家里边就得加强看宅护院的。他会怀疑到我的身上哪，弄不好，他来找我算账。"

"啊，赵大哥，好，冲这手儿，我得谢谢您。来，干一个！"

"好，干！"

黄天霸在赵忠家里边吃喝完毕之后，跟神眼计全两个人跟赵忠告辞。回来走在路上，黄天霸就问计全，"你看这个事情应当怎么办？"

神眼计全说："怎么办？不跟别人说得跟施大人说，如果不跟施大人说，这个事儿就不好往下做了。听听施大人怎么个意思。"

两个人回到公馆，先来到施大人的寝室，跟施大人一讲。施世纶一听，有这样一件事情。噢，谢彪，寻花蜂，是谢虎的兄弟，施世纶说："天霸，依你之见呢？"

黄天霸说："我斟酌再三，觉得，好不容易发现这一个线索，可不能让它断了。那就得按赵忠说的那样，先把这谢彪抓起来。"

"那么这个谢彪，现在在三虎绸缎庄吗？"

"啊，他是三虎绸缎庄的掌柜的。"

施世纶说："这样，你先打听打听，这谢彪是否在家。如果他准在绸缎庄，没有出门儿，明天，可以这么做。你们派几个人，到那儿去抓他。但是，可不要明火执仗地到那儿去抓他。你们必须化装前往，要设一个圈套，使他自然而然地被你们抓获。"

"自然而然？"

施世纶说："你看这样怎么样？"施大人当时对着黄天霸就说出了一个自己设计出来的计谋。当把他自己的想法跟黄天霸说完了之后，黄天霸一伸大指："大人，您说的有道理。就按您说的这么办！"

黄天霸立时派神眼计全又上赵忠家里边去了一趟，去一趟回来之后告诉黄天霸，赵忠证实，谢彪就在家里，没走。明天白天，就可以动身去抓他。

到了第二天早饭以后，黄天霸找来了几个人。找的有王殿臣、郭起凤、哈三巴、何路通、关泰关晓曦、赵璧赵连城，又找来了金大力。把这几位找到了一起，黄天霸跟他们就把施大人所设的那个计谋讲述了一遍，而且各自做好了分工。黄天霸把金大力叫到跟前，说："金爷，今天，你跟着我走。"

金大力说："好嘞，我就听你的，就这么办。"

黄天霸再一次嘱咐几位，今天要抓这个人，是一定要活的，绝不能要死的。

赵璧说："好哩，来吧！"

几个人一起动身，才要三虎绸缎庄，活擒寻花蜂。

第四十六回　金大力搅闹绸缎铺
黄天霸挑衅寻花蜂

　　黄天霸等几位办差官，做好了充分的准备，各自分工。他们决定，要上这三虎绸缎庄，去捉拿谢彪。临走之前，黄天霸强调了一句，一定要捉活的，可不能要死的。因为这个谢彪，需要他的口供。现在没有充足的证据，没证据把人要再给抓死，这事可就不好交待了。当他们离着三虎绸缎庄还有一段距离的时候，黄天霸说："各位，都各自行动吧。"在正面进绸缎庄的就是黄天霸跟金大力两个人。剩下那些位准备从绸缎庄的两侧，进胡同，四周围都给他站好了岗，生怕这谢彪由打这院子里边纵身逃跑。因为他不是一般的人，这是一个飞贼呀。据赵忠所讲，他也是武林中的高手，能够高来高去飞檐走壁。一旦这一下子没抓住把他抓跑了，再想让他归案，那可就困难了。

　　各自都行动了。黄天霸领着金大力，这二位从这三虎绸缎庄正面这门脸儿就进来了。这三虎绸缎庄一大溜儿，是五间房的趟子。出来进去，还真有不少的客人。里边是一溜儿栏柜，栏柜后头那货架子上摆着各种丝绸锦缎。因为当时的苏州府在全国来讲，那是纺织品的集散地，黄天霸跟金大力两个人进了这三虎绸缎庄，先站在这儿，用眼睛浏览一下。这栏柜后面，有那么三四个伙计，在非常认真地打点着买东西的顾客。黄天霸跟金大力从栏柜的这头儿就一点儿一点儿地往那边儿溜达，看！这栏柜上边，也摆着丝绸布匹，翻翻这个，看看那个。这几个伙计，开始呢，是打点着别的要买东西的顾客，当有的顾客买完了走了的时候，有这么一个小伙计看见黄天霸跟金大力两个人在这儿看货，就主动过来："二位，您想买点儿什么？"

黄天霸说："你这个……苏州锦缎……最好的，多少钱一匹？"

"呃，最好的，最好的十五两银子。您瞧这个，"说着话从打这货架子上，啪——拿下一匹来，唰，撂这儿了，"这个您看怎么样？您拿手摸摸。"

黄天霸拿手一摸，有大钱儿厚，心想，这锦缎是真不错。黄天霸摸了摸这东西，看了看金大力，"你瞧这怎么样？"

"呃……我看看。"金大力把这大手就伸出来了。金大力这手练过金钢指重手法，摔跤的出身，抓过铁砂子坛子口儿，就这手指头，这上边都是茧子，跟钢钩子一样。摔跤，讲究一把掏上你，你就挣不出去了，休想挣开。金大力把这个锦缎拿到手里面，他使劲地这么一捻，"哎哟，这玩意儿也不结实哎。"他这一捻，愣给捻出一窟窿来。

旁边那小伙计一瞧，"呃……"

"你看看，这什么呀，这都过性了，这不结实。"

"呃……这，您看，您再看看这匹。您瞧这，这个，这怎么样？这颜色比那个还鲜艳。哎。"

"是吗？我看看！这，这个也不结实呀。"又一窟窿。

"这……哎……这个它是……这也不结实，可说的呢，您看，您还要什么样的？"

"黄天霸说你拿那个我看看，那红的。"

"哦，好。咱这苏州锦缎是刚进来的货，他不能不结实。欸？我捻着没窟窿哪？"

"敢情，你不使劲儿，要一使劲儿它不就有窟窿了嘛。你看？这不是嘛？这不是窟窿嘛？这玩意儿一捻就一个窟窿。这要穿上，穿上拿手要是一使劲，这不他就……"好嘛，这么一捻，快成筛子底儿了都。

这小伙计一看，"这，唉，这个，哎哟，我们这，这，这怎么说呢，再没有比这结实的了。"

旁边有一个小伙计，打刚才就拿眼睛往这边扫着，"欸，二位，您看看有合适的没有，要没有合适的呢，等着什么时候我们进来新货，再告诉您一声儿行吗？"

黄天霸说："这叫什么话？到你这个绸缎庄里边买东西来了，你就应该货物齐全，我等你进新货，我有工夫等你吗？我现在买这东西就准备马上要做，我的夫人要过生日，过生日给做件新衣裳，听说你这个三虎绸缎庄货物比较齐全，可到这儿一看，怎么净是些个糟货啊？"

"这不是糟货，您这，就这位？就您这个儿您这手指头？就您这一捻，什么布也扛不住您这么捻。您这么一捻，都得出窟窿。您这手上有功夫。"

"怎么着？照你这么说，我这是故意给你捻成窟窿？本来你这货就不好，你怎么能说我故意给你捻成窟窿呢？我又不是来给你找别扭来的，我们这是到这儿来买东西来的。"

"欸，这……这……"

黄天霸说："我问你们，你们掌柜的在哪儿呢？让你们掌柜的出来。"

"欸，好好好好好，我找我们掌柜的去。"这小伙计心想，我知道，这俩小子是到这儿来找别扭的，甭问，可能我们掌柜的，不知在什么时候把他们给得罪了，今天是故意找上门来。这事儿，就得掌柜的出头。小伙计转身跑进了后院儿。后院儿，敢情这寻花蜂谢彪正带着那么六七个徒弟在那儿练功呢。寻花蜂谢彪手中拿着一柄丧门剑，一般的宝剑是三尺长，他这丧门剑三尺五寸，比那一般的宝剑要长，短剑穗儿。他手中拿着这柄丧门剑正跟这些弟子讲呢，"这口剑，它的优点长处，就是它剑身长。同样的剑，你跟他相同近击，你就先能刺着他，他刺不着你。你比如说，这一撩阴剑，上去之后，唰，再一转……"刚么一举这个剑，小伙计过来："掌柜的，掌柜的！"

"这——怎么回事儿？啊？"

"掌柜的，前面儿，来俩买布的。"

"混账，来俩买布的你找我干吗？"

"不是，这俩买布的跟人不一样，这二位到这儿是找别扭来了。咱们那苏州锦缎那是多好的货？到他们手里边儿，有一大个子，拿手一捻就一窟窿，而且抱怨咱们那货糟了，不是好货。我说让他过两天来吧，他还不干。有一个，那个，三十多岁，长得挺白净的，他说，

296

要找掌柜的，我估摸着，掌柜的，这是上咱们这买卖这儿来找碴儿的，您得看看去。您要不看看，我估摸这俩人就不能走。"

"哦？还有这种事？我去看看！"说话间，他把这剑交给徒弟了。谢彪一转身，跟着这小伙计就奔前边来了。前边这个门脸儿通后院儿，有一个门儿，门上挂着白布的软帘，这谢彪，啪，一挑这帘儿，走出来了。他在这儿驻足一站，黄天霸跟金大力两个人在栏柜外头，也看见这掌柜的了。一瞧这个人，年纪在三十来岁，长得体态魁梧，黑黝黝一张脸，两道粗眉毛，一双大眼睛，鼻直口方，给人一个突出的感觉，他这边这个眉毛，有点儿往上挑着，这个眼睛也有点儿往上斜。是因为什么原因造成的呢？因为他在这个地方有个刀疤，这一刀看来当年剁得挺深。由于这伤口一愈合，所以就把这个肌肉给扯起来了，这一扯起来，就使他这边这眉毛和眼睛吊起来了，显得这个人更增加了几分恶相。连鬓络腮短胡子茬儿。出来之后这眼睛一斜楞，让人看上去就不是好惹的。"哪位要买布哇？"

黄天霸在拦柜外边站着，"哦，我要买布。您是掌柜的吗？"

"对，我就是掌柜的。怎么着？听说您对我这铺子里面的货物很不满意吗？"

黄天霸说："不是我不满意，是你这货物不好。我不满意？我想，不管是谁到这儿来买东西，他也不会满意。"

"嗯，我这货物怎么个不好法了？"

金大力在旁边就说了："你看看，你看看，刚才把这个你拿下来你瞧瞧，拿手一捻就是一窟窿，"

这工夫有小伙计从货架子上啪——啪——，把那两匹布就拖下来了，往这柜台上一扔，"您瞧瞧吧，掌柜的，这刚捻的窟窿，您看您看您看！"

"嗯，这是谁捻的？"

金大力在这儿一掐腰："我捻的！"

"你是买布来了，你还是练功来了？啊？我告诉你，你打听打听，访一访，我这三虎绸缎庄，在苏州府，是有名儿的货真价实，在我这儿买回去的货，没有不满意的。你把我这苏州锦缎，在上面捻了这么多的窟窿，你这是练功来了。我也是武林中人，我懂这个，你要拿我

297

这东西练功，别说这个，就是铁片儿，就是钢板，也扛不住你这么捻哪？啊？你能拿手把它捻出窟窿来，我还能捻出来呢，你瞧！"这小子拿起这锦缎来，他使劲搓搓搓搓搓，他比金大力搓那工夫多了一点儿，也把它捻得发了麻溜儿了。"你看？你穿衣裳不就穿到身上吗？你还没事儿拿那衣裳在那儿捻哪？有你这么买货的吗？啊？"

"欸？要买东西得要个结实呀！"

黄天霸说："就是，你这个东西不结实，你还强词夺理。"

掌柜的说："不是说强词夺理呀，什么东西什么用。你比方说这茶杯吧，"他一伸手，由打旁边就拿过一个杯子来，瓷的，"你说这个东西，它是喝水用的，你说它有毛病吗？没有璺儿，也没漏。你要是喝水，它就派上用场了，如果说你要拿它练功，那这个玩意儿它也不结实，你也说它不是好货。瞧见没有？这一茶杯，能喝水吗？"啪——这谢彪故意地一使劲，就把这茶杯啪——给捏碎了。这也是对黄天霸和金大力两个人一种暗示，谢彪心想：小子，你跑我这撒砖撩瓦撒土扬灰儿，你把我这苏州的锦缎捻得一个窟窿接一个窟窿的，你不要以为我好惹，我给你露一手让你瞧瞧，这茶杯我能把它捏碎，他啪——捏碎了。

他这一捏碎了，金大力在旁边一瞧，"呵？行哪。你这个茶杯把它能捏碎了，你说这个玩意儿它是好货是坏货？"

"那我说这个茶杯也不错。"

"不对，那要是喝了茶水，万一手指头一使劲，它要是啪，碎了，把手指头拉了呢？那能是好货吗？"

"您要这么说哇，那您就得使铁茶杯，您就得使钢茶杯，铜茶杯。"

"那什么东西它都得是结实的好，比方说就你这个栏柜，"这个栏柜前边哪，有这么一溜挡板儿，本来钉得是很结实，金大力一抓这挡板儿，"这栏柜，你比方说它要是不结实的话，咔——金大力一把把这挡板儿就掰下一条子来，"这里外它不就都过人儿了吗？"

金大力这一来，这掌柜的可就火儿了，谢彪一掐腰："欸？朋友，我问问你，留个大名，从哪儿来，今天来到我这三虎绸缎庄是冲谁来的？说明白点儿。"

黄天霸在旁边把腰间大带一撩，啪，往后边一掖，"掌柜的，既然把话挑明了，咱就不用蒙着不用盖着，冲谁来的，就冲你来的。"

"你是谁？"

"我是谁？咱们两个先分个上下高低，然后再说我是谁。"

"我什么地方得罪你了？"

"你自个儿知道！"

"哦，你要是不把事情给我说清道明白，那我可有点儿犯糊涂。"

"犯糊涂，一会儿让你明白。"

"是这么说？"

"对了。"

"好！后边请！"

"头前带路！"

黄天霸跟他这一较上劲了，这谢彪一转身啪一挑这白布软帘，就奔后院了。黄天霸跟金大力两个人随后也就跟进来了。绕过栏柜进了后院儿，往后院儿一看，好家伙，后院还有好几个徒弟，正在那儿有拿着刀的有拿着枪的，有举石锁的有举墩子的，正在那练功呢。

黄天霸是面无惧色，来到后院儿这儿一站："怎么着？谢彪，你说，咱们两个是怎么来？"

谢彪一挥手："来，把那剑给我。"

他徒弟在旁边正比画这剑呢，赶紧把这剑就递过来了，"给您了师傅。"

谢彪把剑接拿在手，啪，手中一擎，一捋剑毫，"朋友，是先报名儿，还是先过招儿？"

黄天霸紧接着，噌，把单刀就亮出来了。"咱们是先过招儿，后报名！看刀！"唰，这刀奔着前胸就扎过来了。就看谢彪用这宝剑，一点黄天霸这腕子，黄天霸抽刀还击，啪啪啪啪啪啪……两个人在院子里边就比画上了。两个人由前屋进了后院儿，没有三言两语，动手就打，这院子里边他这几个徒弟全都愣了，"嘿？这怎么回事？""这怎么的，师傅在前边领进二位来就干起来了？"

"就说的呢？欸？这干吗的？这是以武会友哇？还是真打呀？"

"不知道哇。"

黄天霸跟谢彪两个人在这儿打了有十几个回合，这个工夫，由打

299

前边溜溜达达又进来两位，谁啊？关泰跟赵璧。这两个人哪，是第二批进来的，关泰进来一看，黄天霸跟谢彪两个人起手来了，他伸手由打腰间就把折铁倭钢刀给拽出来了，把刀往手中一擎，往前一纵身，来到黄天霸的跟前，"闪开，让给我！"

黄天霸往旁边一撤步，关泰就上来了，关泰往上刚这么一走，这工夫谢彪双手一荷丧门剑，正好原想刺黄天霸，这一看关泰上来了，"小子，爱谁谁吧，看剑！"这一剑往前一扎，关泰往旁边一闪身，一荷这口单刀，咔嚓，把这剑，削掉了一截儿。

第四十七回　擒谢彪众差官有功
抗刑法寻花蜂无供

　　关泰关晓曦纵身上来，替下来黄天霸，跟谢彪两个人动手。谢彪一合这丧门剑，奔着关泰就扎过来了。关泰往旁边一斜身，一摆这口折铁倭钢刀，咔嚓一刀，把这丧门剑给削下这么一块儿来。这谢彪哇，可没想到关泰这是一口宝刀。关泰这口刀，削铜剁铁斩金剐玉，杀人好像切豆腐一般，剁他这个剑，那是太轻松了。没用使多大劲儿，一下子，就给剁下一截儿来。谢彪刚才还跟自己的徒弟在那夸耀呢，说这丧门剑的特点，就因为剑身长，一般的宝剑三尺，我这三尺五。可这剑往前一捅，咔嚓，正好儿，把那五寸给剁下去了，剩三尺了。

　　谢彪一看这剑剁掉一块儿，当时心里边一惊：哟，这小子这是宝兵器，我可得小心点儿。还没等他更往深处想，关泰这刀，用手一荷，唰，搂头盖顶这一刀，就劈下来了。谢彪拿这剑刚想往外一搪，这剑举了半截儿，他抽回来了。谢彪心想：我不能搪，我这剑往上一搪，他那刀咔嚓，把我这剑又削掉一截儿，把脑袋还得削掉一块儿。剑削掉一截儿不要紧，脑袋要削掉一块儿那可就完啦。他这剑刚往上一比画，赶紧撤身往旁边躲。他这一躲，关泰这刀砍过来，唰！又一刀。两个人是打在了一起。他俩人打到一起没有五六个照面儿，谢彪这气，哪儿来的气呀？谢彪心想：周围好几个徒弟，都在那儿站着，你在这儿看我们卖艺呢？啊？你师傅在这儿被几个人在这儿围着，你们怎么还在那儿站着？还不上哪！谢彪一边儿跟关泰打着，一边儿他就喊了一声："你们这几个小子都是死人吗？啊？怎么不给我往上上？"

　　谢彪这一喊，他这几个徒弟心里边这才明白：哎呀，对呀，这咱得上哪，这是来咱们这儿找别扭来的，咱们得把他们撵出去呀。"对，弟兄们，抄家伙。"说了一声，这个抄起枪来，那个拿起刀来，稀里哗啦就往上上。他们往起这一上，你想，黄天霸赵璧跟金大力，他们能在那儿闲着吗？金大力一看没有应手的家伙式儿，低头一瞧，这地下呀，放着一石墩子，当中间儿一个大木梁，两旁边儿两个石磨盘，这玩意儿是举重用的，又叫杠铃。这个墩子是多重的呢？是一百二十斤的。这一百二十斤的墩子，就让金大力给相中了。"欸，这玩意儿我来吧。"他一哈腰，呗儿，把这墩子就抄起来了。一百二十斤的墩子，在金大力那手里边，就好像十二斤重一样。金大力一看他这几个徒弟往上这一上，金大力就把这石墩子抢起来了，"啊……小子——"就这一转悠，稀里呼噜，就躺下四五个。闪腰的，岔气的，脊椎骨破裂的，腰间盘脱出的，全不能动了。金大力把这石墩子这一耍，这几个徒弟这一趴下，旁边有那么两三个也不敢上了。赵璧把那红锈宝刀也拽出来了，赵爷把这红锈宝刀手中刚一拽出来，旁边正好有一个徒弟拿着三节棍上来了，哗啷一抖三节棍奔着赵璧一打，赵璧心想：我抓那个主犯谢彪我抓不着，收拾你们这些人骚干子零碎儿我还不行哪？啊？赵璧往旁边一闪这三节棍，照他那软肋上，"看刀！"噗，快，一刀就点上了。赵爷这刀要是扎上，跟一般刀扎上还不一样。所说的是红锈宝刀，其实他那不是宝刀，红锈倒是真的。一尺二寸五的刀，上边长得全是红锈，刀尖那块儿磨得是飞刷倍儿快。噗！扎进去，连锈也进去了，这伤口是指定感染，因为有锈。所以这一刀扎上之后，看这小子是："哎哟！"哎，三节棍扔了。赵璧过去，嗵！一个扫堂腿，就把那小徒弟给踢躺下了。黄天霸这工夫手中荷着单刀，他盯着关泰关晓曦和谢彪两个人，黄天霸正想要上去双战谢彪，此时刻的寻花蜂谢彪心里边就明白了，谢彪心想：不好，看来来者，他们是早已经计划好了的，进行了周密的安排，冲我是下了狠手，我要跟他们在这儿硬战，恐怕要坠入他们的罗网之中，事到如今是三十六招走为上计。光棍不吃眼前亏，我走吧！

谢彪跟关泰打着打着虚晃了一剑，关泰拿刀一划拉的工夫，谢彪一抽剑，转身形，噌——一纵身，他上了房。黄天霸在旁边是早有准备，一看他上房，他刀交左手，一伸手，由打镖囊里边就拽出两支镖来。这两支镖，用那手指头夹着，冲着房上边一甩手，看镖！啪——两支镖是一块儿出来的，心想，打上一个就行。黄天霸他称金镖黄，向来是镖不虚发，啪这一出去，这谢彪到在房上，脚步还没等站稳，这镖就来了。他感觉到有暗器来了，他下意识地往旁边一闪身，躲过去一支，另一支镖，噗，正钉在腿上。他一咬牙，哎哟，他这个脚一踏瓦垄还想走，与此同时黄天霸紧跟着就纵身上来了。

黄天霸纵身来到房上，一抬腿，咔的一脚，就把他那受伤的腿给兜起来了，谢彪一个翻身倒个跟头，由打房上又下来了。黄天霸紧跟着一荷刀，噌——纵身形，他也下来了。谢彪这回下来，再想上房，上不去了，为什么？腿已经受伤了。这工夫黄天霸跟下来之后，把谢彪摁到地下，拽出绳子来，抹肩头，把他就捆上了。

把谢彪双臂捆好之后，往起这么一提溜他，谢彪站在那儿，怒目相视，"你们到底是干什么的？"

黄天霸说："事到如今，就跟你说明了吧，我们是奉旨的钦差，施大人手下的办差官，到这儿来抓差办案，就是抓你来的。"

"你们抓我？我犯了什么律条了？我犯了什么法了？"

"犯什么法，犯什么律，到衙门里边自然你就知道了。跟我们走一趟吧。"

"哼！我看你们是抓错人了。"

"抓错人了？我们绝不能枉抓人，抓你就有抓的道理。少说废话，走！"

这工夫他这几个徒弟，虽然是负了伤，一看师傅被绑起来了，还都围过来了，"哎呀，师傅，您到底是怎么地啦？"

"我告诉你们，不要害怕，今天，别看他把我绑着出去，我让他们拿轿把我抬着送回来。总有那么一天，你们在这儿等着。"嗬，这谢彪，不含糊，被绑了，一点儿没减他的威风。

谢彪跟黄天霸等人由打他这个绸缎庄里边就出来了。在两边胡同进到后边去的哈三巴、何路通、王殿臣、郭起凤，他们又都出来了。几路人都会齐之后，黄天霸说："押他回公馆。"就把这谢彪押回了施大人的公馆之中。

押回到施大人的公馆之后，先向施大人禀报，谢彪已经被抓来了。施世纶一听，抓谢彪抓得倒很痛快，到那儿是手到擒来呀，今天晚上晚饭后，要审问。等到晚饭以后，施大人就在自己公馆里边设大堂，两旁的办差官在这儿陪审，站堂的衙役是两旁侍立，应用的刑具都扔在大堂上。施大人马上下命令："来，把谢彪带上堂来。"下面有差人把谢彪是推推搡搡，来到堂上。谢彪，虽然身遭绑绳，来到大堂之上，立而不跪。

"你是谢彪吗？"

"对，我就是谢彪，三虎绸缎庄的掌柜的。喂，你是谁？"

"本部堂，是奉旨钦差，施世纶。"

"施世纶，你是奉旨的钦差？你就是皇帝老子来了，你也不能抓我这无罪之人。"

"谢彪，你敢说你无罪吗？"

"当然！我行得正做得正，正大光明，奉公守法，何罪之有？"

"谢彪，见了本部堂，因何不跪？"

"我无罪，跪你干什么？"

这工夫金大力由打旁边过来了，"无罪有罪，你也得跪！"说完照着腿弯，咣——一脚，这谢彪就跪那儿了。跪那儿之后，他也不想起来了，跪那儿就跪着。

"谢彪，我来问你，近日，你做了什么非法之事没有？"

"我？没有！"

"敢说没有？"

"就是没有！你说我做了非法之事，你为什么不给我指出来呢？"

"谢彪，我问你，天飞闸前那一具女尸，卢玉梅卢小姐之死，与你可有关吗？"

"哈哈哈哈……施世纶，如果你要说那个卢小姐之死与我有关，那你就把证据拿出来。她死她的，与我什么关系？我知道谁害的她？你们是不是破不了案了，啊？你想拿我当替罪羔羊？把我抓来了？我问你，是哪个不是东西的人，说我害了她？你把那个人拿出来，我跟他当堂对证！"哈，这谢彪说话一句比一句调门儿高，一句比一句这个嗓门儿大。

施世纶说："你不要高喊！有理不在声高，我问你：头几天，你在太湖上乘坐游船，这件事情有没有？"

"有哇！"

"你跟何人乘坐游船？"

"我？我跟我的朋友！"

"你的朋友都有谁？"

"我的朋友，有两个姓赵的，一个姓张的。粮米店的赵掌柜，还有苏州城里边的有名人物，赵忠赵员外，还有一个，就是西关绸缎庄的，张掌柜的，怎么着？"

"你们在乘坐游船的时候，可曾在船上喝酒？"

"喝了，喝酒犯法吗？"

"我再问你，在喝酒之时，你们干了些什么？"

"没干什么，除了喝酒就是吃菜，除了吃菜就是喝酒。再不就是我们几个人在那儿闲谈。天南地北，古往今来，想起什么谈什么。"

"不对，同船上就有那个卢小姐和她携带的丫环春桃，这两个女子你们可见到了？"

"啊？啊……我见到了。见到又怎么样？"

"你对这两个女子有什么行为？"

"没有什么行为，当时，我们在那儿喝酒，觉得四个男子，索然无味，我就说了，我说把那两位请到我们这边来，一起陪着我们喝两盅。结果我过去，我叫了她们，她们不过来。我想，人家不赏这面子，那也就得啦。所以我就还回来，继续喝酒啊。"

"你是光说的这样儿的话吗？"

"啊，我就说的这个，我再也没说别的。"

"大胆！细想想！说没说别的！"

"我……我再没有。"

"你不是曾经说过吗，你说今天晚上一定要把这女子占有，有没有这种事情？"

"啊？这话……这话，我想不起来了。"

"仔细想想。"

"仔细想想，仔细想想，也许能说出来。那么，我说出这些话来，怎么样？你就断定，那个女子是我害的吗？"

"你既然说过这样的话，那么，后来下船之后，那个女子在前面走，你在后面跟着。你跟着那女子，上哪里去了？"

"啊？我随后跟着？我随后虽然跟着，那她走她的，我走我的，我并没有对她加害呀，这你能赖得着我吗？"

"到在关键时刻，难道说你敢矢口否认吗？你既然有那句话，恐怕下一步就有你的行为。还不从实招来！"

"行为？我问你们，我有什么行为，谁看见了？啊？你说我把那个女子给害了，在什么地方害的？我是用的什么手段害的？啊？你光这么说不行哪，捉贼要赃，捉奸要双，如今你没有证据，你这就像往我头上愣扣屎盆子，我不能承认！"

施世纶说："看你是个刁钻之徒，想是不用刑具，尔不能招。来，两旁，给我重打四十板。"

"是！"衙役过来之后，把他往旁边一撂，褪下中衣，就把这板子举起来了。这板子啪啪啪啪——四十板子，没有一下儿走空的，没有一下儿走轻的。一下顶一下，四十板子下去之后，打了一个皮开肉绽。但是有一样儿，四十板子打下去，就这谢彪哇，在刑具之下，连吭一声都没有。

黄天霸等人在旁边瞅着心想：这可是贼骨头贼肉，审问案子就怕碰见这样儿的人。四十板子打完儿了："大人验刑！"

施世纶在上边往下观看，"谢彪，你有招无招？"

这阵儿，谢彪让两旁边的衙役架着他，又跪起来了。这阵儿，他不像刚才那样气焰嚣张了，但是皱着眉毛，怒视施世纶，那目光里边，仍然含着多少种的不服。"施世纶，你想四十板子就把这人命案了结，你就破了吗？嗯？你休想！我没招。那女的不是我杀的，我就是没招。"

施世纶说："来，再打四十！"

这四十板子，那比头四十板子可就严重得多呀。在那四十板子前提下再打四十，这就是雪上加霜火上浇油，一般的人受不了。可是这四十板子打完了之后，谢彪仍然是一声不吭。

施世纶拍案一问："谢彪，你可有招？"

谢彪一抬头："无招！"

第四十八回　赵璧奉命攻心提审
谢彪瘐死验尸疑毒

　　施世纶在大堂上，对谢彪是连用两次大刑，这谢彪还是不招。施世纶一拍桌案，吩咐差役："把谢彪给我押下堂去，看押在苏州府的监房之内。"

　　两旁边差役过来，把这谢彪架起来往堂下就走。两次用刑哪，这谢彪，两条腿都已经吃不住劲了，被两个差人架着，几乎是拖着这两条腿走下堂去。

　　谢彪押下去了，施世纶马上找来了随行的医生，告诉这医生，你要带上好枪棒药，到那监房里边去，给谢彪看看棒伤，一定要给他上上，不要让他伤势恶化。医生奉命走了。

　　施世纶为什么要这么做呢？因为这施大人知道，这谢彪哇，被捉的时候，挨了黄天霸一镖。身上带有镖伤，又挨了两次打，这要是一般的人，在大堂上就得给打昏过去，弄不好就杖毙身亡。这个谢彪幸亏是绿林中的强盗，贼骨头贼肉，就这么折腾，没服软儿。所以施世纶派这个随行的医生，要给他看伤。施大人生怕这一夜之间有了意外，他要死了呢？这不就麻烦了吗？好容易找到这么一个线索，这不就丢失了吗？施大人派完了医生之后，他就把黄天霸、赵璧、朱光祖、关晓曦这四个人留下了。施大人把他们四个人叫到自己的书房之内，施公说："你们看，明天我们这个案子，得怎么问好呢？"

　　黄天霸说："依我看，这个小子，他是咬定了牙根儿不招认了。非得把他这嘴撬开不可，明天，别光打板子，换点儿别的刑具，给他上夹棍。"

"上夹棍他要还不招呢？"

"还不招？咱们再想别的办法。人心似铁非似铁，官法如炉真如炉。刑具到，我想，一定他得招认。"

赵璧在旁边一听："得得得得，天霸，你这说法儿不对。大人，依我之见哪，明儿个，无论如何，这刑咱可不能再用了。您别看今儿个他在大堂上咬着后槽牙根儿瞪着眼珠子愣说无招，他这劲头儿挺足，到那监房里边蹲这一宿，他就完了；霜打的茄子，他就蔫了。嘿嘿，明天哪，您要再接着用刑，真有可能他就死了。他要一死了，咱们可就没辙了。大人，依我之见哪，像这种人，您跟他完全用硬的，也不行。"

施公说："对，赵璧言之有理呀。这是一个滚刀肉。可以说是蒸不熟也煮不烂，明天我想这样，我们把他的棒伤给缓解缓解，明天我们对他进行一番攻心之战，我们跟他仔细讲一讲道理，晓之以理，动之以情。从诸多方面跟他谈论一下，和他谈话之间，从他的谈话话语之间找寻出新的线索，你们觉得如何？"

朱光祖把这阴七阳八的小胡子一捻，"对，大人，我听您的。您这是高见，我也是觉得，明天不能再打了。"

"好，明天我不问他。"

"您不问，谁问？"

施世纶说："明天问他这事儿，我就交给赵璧吧。赵璧，我想你会能很好地问他。如果让天霸问他……"

黄天霸说："大人，可千万不行，我要一问他，他一问我是谁，我要说我是黄天霸，他什么都不能说了。而且他还能骂我，因为他哥哥是谢虎，死在我手里了。现在他不知道我是黄天霸，要是他知道我是他的杀兄仇人，他就得跟我玩儿命。"

"是啊。赵璧，你能说会道，也能抓住他的心理状态，我看这个事儿，就交给你啦。"

"哎哟，大人，您可真信得过我。"

"当然啦，我要信不过你，能把这重任委于你身吗？"

"嘿，好咧。既然是大人信得过我，那我今天晚上哪，我就好好地琢磨琢磨，我看明天从哪个地方儿，打破缺口儿，问出他的口供来。"

"好。天色不早啦，咱们都安歇吧。"

几个人各自归自己的房间去安歇。这赵璧呀，回到自己房间，没睡觉。把他这徒弟黑世杰叫来了，叫到屋子里边就跟黑世杰说了："孩儿啊，你师父我接受了大人一个重任。"

"什么重任呢？"

"嘿，明天要让我审问那谢彪。今儿个大堂上你看见没有，这个小子是蒸不熟煮不烂哪，这么打，他愣没招，一个字儿都没吐出来。大人改主意了，明天，要让我给他来个攻心战。我要晓之以理动之以情，好好地劝慰他，从他的言语之间再掏索出点儿别的线索。"

"师父，那我琢磨您办这个事儿，那是绰绰有余呀。"

"不行，对待这个人，我得多加点儿小心，我想今天晚上，咱们爷俩好好商量商量，你估摸着，我能不能把他口供问出来？"

"那我哪儿知道啊，那你能不能问出来，那我又不是那贼。"

"不，咱爷儿俩呀，在这儿来个假设。"

"假设什么？"

"假设呀，你就是那谢彪，明天呢，我就开始问你了，咱们两个一替一句地试试，看看他能不能招得出来。"

"哦，您拿我当那贼了，是不是？拿我当那贼行，您就问吧。试试看我能不能招。"

"咱们现在开始，就过堂哪！"

"哦，好，您说。"

"谢彪！"

"咋儿着？"

"我问你，昨天大堂上，打的你这板子，疼不疼？"

"咋不疼呢，打身上能不疼吗？"

"你有招无招？"

"那么疼那我能不招吗？我招了！"

"招啦？哦……你害的那卢玉梅是怎么害的？"

"咋儿害的？那个卢玉梅我看她长得挺漂亮，她在前边走我就在后边跟着，到我们家门口儿了，我就把她扯到我们家里去了，扯到家里去我就摁床上了，她不答应。她不答应，我就把她掐死了，掐完了我就扔河里了，这不结了吗？"

赵璧说："明天这谢彪就能像你这样吗？啊？就这么痛快，我这一问他就招啦？"

"是啊，我知道他怎么地呀？我也不知道他到底是怎么说呀？他不会这样……不会这样还会怎么样哪？"

"他会怎么样哪？我琢磨着他肯定要巧言令色。哎，他为自己辩解。"

"啊，那您再重新问。"

"谢彪，这个女子，卢玉梅，是你所害不是？"

"卢玉梅？我从来没见过卢玉梅。"

"他今儿都说他见着了。"

"是啊，见着了。他不都说了吗？她前面走他跟了两步，他就看不着她了。她走了，再往哪儿去我就不知道了。"

"行行行，你这小子，不跟我好好配合。"

"师父，你不知道，这个事儿啊，你要这么问不是吗？我也没法回答，因为啥呢？因为我不是谢彪。他心里怎么想的，我怎么知道呢。我倒觉得有这么个主意。"

"什么主意？"

"你明天哪，就别问他那卢玉梅是不是你杀的？是不是你见着了？这么一问哪，他说啥也不招。"

"那得问什么呢？"

"你从旁边问哪。"

"从旁边儿问？"

"啊，您比方说吧，你就问他，你参妈是干啥的？有媳妇没有哇？有儿子没有哇？嗯？您不说了吗？要晓之以理，动之以情。咋叫晓之以理动之以情？你就从这家庭这个口儿跟他谈，这个口儿打开之后，谈来谈去，谈得你们两个之间的感情哪，他就近乎儿了。这感情一近乎儿呢，你再谈别的就好办了。同时从他这个家庭里边的这个人员之间呢，你可以探到一点别的线索。慢慢儿的，再绕来绕去，再往这个正题儿上绕。"

"嘿，小子，你这招儿可真对。对呀，先跟他谈个家长里短儿。"

"哎——"

"好咧，小子，明天这样，咱爷儿俩一块儿问他，行不行？"

"我看行，不过有一样，要是口供问出来之后，这功劳算谁的呢？"

"哦，你还跟你师父争功？"

"啊不是那个意思，就是那个大人得知道这里边有我点儿主意。"

"行行行行行，这事儿我指定跟施大人说。"

两个人第二天早晨起来，洗漱已毕，这赵璧就找黑世杰来了。"小子，走吧，跟我上这监房里边看看。咱先把这谢彪提出来，问他。"

"好咧。"

"昨天晚上又好好想了想没？"

"我想好了词儿了，您放心。"

师徒两个由打公馆里边出来，就来到了苏州府的衙门。到衙门里面往后边走，找着监房，一说是钦差大人派来的，监房里边的牢头赶紧把这个房门就开开，让他们两个进来了。一问昨天晚上送来的那个谢彪押到哪儿了，说押到这二号房了。来到二号房的牢门之外，往里边一看，这谢彪在那烂草堆里边躺着呢。

赵璧说："把这门打开。"

狱卒过来，把这门打开了，呱，往旁边一裂，门开开了。

赵璧先问了问狱卒："昨儿晚上，我们派的医生来了吗？"

"来过了，给他上的药。上完了药大概就不疼了，睡着了。"

"嗯。走！"赵璧跟黑世杰两个人进来了。这阵儿看他呀，绑绳已经去掉了。进了牢房，绑绳就已经解开了，好像是睡了。

"谢彪，起来吧，谢彪，哎！"一踢这腿，不动弹。哟！赵璧伸手一摸这鼻子这儿，没气了！

"呀，死啦！"

黑世杰一听，"咋儿着？死了？哎哟，真的，这怎么回事儿啊！"

狱卒在旁边一看，当时脸儿也吓白了。"啊，不能哪，昨天晚上上药的时候，他还好好的呢。"

真的，凉了都。这个人已经断气了。

赵璧说："快点儿，把你们牢头找来。"

牢头过来赵璧一问，牢头也不知道怎么回事儿。说："没有什么人来啊，我们这个牢房门是看得很紧的。"

赵璧说这可了不得了，得马上禀报大人知道。赵璧带着黑世杰马上回转公馆跟施大人一说，施大人带着黄天霸等这些个众差官一起来到了牢房之内。施大人一看，果然，谢彪死了。施大人马上吩咐仵作前来验伤，看看他是怎么死的，是不是由于昨天堂上用了大刑，他受刑不过而死。

仵作检验了一遍，从头上到脚下检验完了，仵作向大人禀报："跟大人回禀，这谢彪哇，从头上到脚下，除了身上的棒伤脚上的镖伤之外，再无别的伤痕，看来很有可能是受刑不过，杖毙身亡哪。"

"杖毙身亡……"施世纶把这医生又叫过来了，说，"昨天晚上你给他上药了？"

医生说："我上药了呀。您看这伤势上，我上的药还有呢。"

"你上药的时候谢彪怎么样？"

医生说："我上药的时候这个人好像没有事，他毫不在乎。他还说，明天你就是再打，他也没有招认。"

"哦？既然上药的时候，他毫不在乎，为什么现在他死了呢？仵作，你再给我重新检查一遍。"

仵作就是法医呀，这法医过来又从头上到脚下又检看了一遍，仍然没有发现什么。这个工夫站在施世纶身后的神眼计全走了过来，神眼计全哪，那眼力特好。计全来到谢彪的跟前，他俯下身来，从头上到脚下，挨个部位地看。计全看着看着，忽然间，就在这个谢彪的臀部，被这个棒伤打得最严重的部位上，发现有一个黑点儿，这计全用手一按："欸？大人，这儿有个东西。"

他马上告诉这个仵作，仵作近前一瞧，果然，在这个棒伤里头，有一个黑点儿。这仵作伸手把这个东西就给拔出来了。拔出来一瞧，有二寸多长的，是一颗钉子。这钉子可不是往墙上钉的普通钉子，这是特制的一种钉子。三角形儿的，大头儿，小眼儿，这尖儿特别锋利。这钉子拿出来，仵作马上一经验证，这钉子上边有毒，这是一根毒钉。

计全说："大人，你看到没有，有人给他身上打了一根毒钉，而这种毒钉是一般人没有的，谁能来打这个毒钉呢?"

施世纶说:"是啊。计全，你们是练武之人，这种毒钉，你们认识吗?"

计全说:"我见过，但是这种毒钉不是一般人都能练的，这种毒钉是弩钉。有一种暗器叫弩，这弩分各种，有紧背低头花装弩，有膝盖弩，还有盘肘弩。这种毒钉哪，我看它很像是盘肘弩上的毒钉。这个毒钉我好像是在什么地方……好像在什么地方见过，我怎么想不起来了……"

施世纶看了看黄天霸，"天霸，你见过这种东西吗?"

黄天霸说:"这种东西我记忆当中好像没见过，我见过几回低头花装弩，那东西上面用的那是弩箭，比这个要长，这是一种特制的暗器。"

"嗯，这个暗器是怎么打在他身上的呢?"

计全说:"这个事情很好办。只要使这种暗器的人，他有高来高去的本领，在夜晚之间，跳进监房，来到他这个牢房门外，隔着这个栅栏门儿，就可以用弩，直接打到他的伤处。打上之后，用不了多久，他就完了。更何况他身带棒伤，这毒药的药性最容易发作，他就是这么死的。"

施世纶说:"照这么说来，昨天晚上是有人进来了?"

"对!"这话刚说到这儿，计全一拍黄天霸，"天霸，你往这儿来，"他把黄天霸叫到旁边低低的声音趴在耳根那儿，"天霸，我可想起来这弩钉了。"

"谁?"

"一定是他!"

第四十九回　验毒钉赵忠露马脚
掩身形英雄查蛛丝

　　谢彪死了，而且发现，是用一根毒药弩钉给打死的。但是这根毒药弩钉来自何处，现在找不出根据来。神眼计全把黄天霸叫到了旁边，低低的声音跟黄天霸说："天霸，我想起来这弩钉了。"

　　黄天霸一听，你想起弩钉来了，肯定那就知道是谁打的弩钉哪，"你说是谁啊？"

　　"一定是他！"

　　"一定是他，他是谁啊？"

　　"哎呀……不过但愿不是他。"

　　"我说你急人不急人，你快点儿跟我说，到底是谁？"

　　"你记得不记得，当年你小的时候，跟着赵忠经常在一块儿玩儿啊，后来赵忠就长大了，长大之后，他跟着我师父老爷子天天练功，有一天，老爷子发现他的胳膊肘上绑着一个东西。老爷子问他那是什么东西，他说他跟别人学的，盘肘弩，一种暗器。那盘肘弩上边能往外边打钉子，那种钉子就是这种钉子。当年我看见过，而且他还给老爷子打着看了。因为老爷子问他的时候我在当场，老爷子就说，你打一个我瞧瞧，他把这玩意儿一盘，啪——打出一个去，钉到那树上了，老爷子伸手刚要摸，他说您别动，那上面有毒。老爷子当时就急了，就把他训斥了一顿。说你练武艺，练暗器，练镖练甩头练袖箭，这都不要紧，但是你练的这个东西里边加有毒，你这就让人瞧不起你，在江湖当中，让人就对你下眼看待。呵，当时把他好顿搂，搂得这小子脸儿也长长了，汗也下来了。后来呢，他当时把这盘肘弩就解下来了，就交给老爷子了。说我以后再也不用这玩意儿了。我在那儿可见过。不过事后再也没看他使这东西，赵忠搬家以后，咱们再也没见过他呀。你怎么会知道他离开老爷子会再也不用它呢？如果要是赵忠，这事儿可就麻烦啦。天霸，连施大人都知道，你跟赵忠是发小儿的弟兄，青梅竹马呀，能是他吗？"

黄天霸说："这么多年了，他还练那玩意儿吗？"

"这可不好说呀，因为我从他那儿想起来了，不得不怀疑。"

"好，这件事情得跟施大人讲。"

"你跟施大人讲？"

"那当然。你不跟大人讲，这直接牵扯到破案哪，如果说他这一死，咱这不就没有线索了吗？这件事儿，跟大人商量商量，我不怕这个。"

黄天霸过来跟施世纶就讲了，跟施大人讲完了之后，施大人当时听了，脸上毫无表情。"嗯，嗯，嗯，好吧，先把这谢彪，尸首盛殓在棺材里。但是不要掩埋，停放在监房之中，我们先回去。"

施世纶带着众位差官就回到自己的公馆之内。来到自己的书房，把黄天霸、朱光祖、赵璧、关晓曦，应该说这四位是他的骨干力量，也是他最可信服的人叫到了一起。

施世纶说："天霸刚才跟我讲，他说计全想起来这赵忠小的时候曾经练过这种盘肘弩。我看，会不会是赵忠做的这件事呀？也很有可能就是赵忠做的，你们信不信？"

这几个人当时都愣那儿了，同时又看了看黄天霸。

黄天霸说："大人，我也在想，这个赵忠跟我相见之时，那是一番热情哪。他乡故知，幼时的好友，对我这番热情，我感觉到心里有点儿怪不落忍的。他请我到他府上吃饭，而且又是他主动提出来，他知道谁是杀人犯。这个谢彪是他给我提供出来的，那么会不会是赵忠有意地移花接木，借刀杀人呢？"

"就是呀，不过，我们没有证据，还不能马上把他抓获。"施世纶说："这样吧，对赵忠这个人，我们要好好查访查访。不是明察，而是暗访。天霸，你和朱光祖能不能夤夜之间，到他的家中，探看一下？看看赵忠他在做什么，他在说什么。一定在暗地里，一定要不

316

被他发现。如果说，这个赵忠在家中，毫无破绽，那么你们就再回来，我们再另寻别策。如果说夜探赵忠的府邸，在他背地里和他的家人之中的谈论里，能找出什么蛛丝马迹，然后咱们再顺蔓摸瓜，最后，把他擒来。"

天霸说："行，大人，现在看来，只能这么办了。"

黄天霸跟朱光祖两个人商议好了，准备今天晚上，就去到赵忠府里边探看。白天好好地休息，同时两个人也研究了一下怎么样的行动。黄天霸跟朱光祖有一个共同的想法，那就是今天晚上到赵忠的府邸去，一定不要被赵忠发现，一旦他发现了，还不能认识我们。那怎么办呢？除了换夜行衣之外，两个人是青纱蒙面，用青纱把这脑袋罩上。把俩眼睛这儿，抠两个窟窿，只能把这目光透出来。别的地方，你看不着，长什么模样儿，你看不清楚。所以这就以防万一，跟赵忠要是真正对了面儿了，让他认不出是谁来。

两个人吃罢了晚饭之后，黄天霸跟朱光祖就商议，朱光祖说："几更天动身？咱得早点儿去。你如果三更天动身，到他那院里边之后，人家都睡觉了，咱听人打呼噜去啊？咱就是晚上到他家里边，没睡觉之前，听听赵忠跟他家里边人上上下下的，都谈论什么。从这谈论里边找寻一点儿线索，咱不是干这事儿吗？"

黄天霸说："那就定更天去。"

"对。定更天去。"

黄天霸说："定更天去可有点儿危险，他们全府的人，不管是丫环婆子老妈儿家丁，都没睡。"

"就是呀，正因为都没睡，所以他们才有活动哪。"

"也对。"

他们在定更天的时候，一切收拾紧趁利落，青纱蒙面罩好之后，背单刀挎镖囊。黄天霸和朱光祖两个人离开了公馆，直奔赵忠的府邸。

幸亏赵忠哪，请黄天霸上他那儿吃过饭，黄天霸对他家住的那地方是记得很清楚，而且赵忠这个宅院，比一般的宅院又大，占地一大片哪，老远一看就知道这是一个大家主儿。黄天霸跟朱光祖来到赵忠的府邸之后，不能走正门，他们从侧面一个小胡同里边进来了。进到胡同里边，黄天霸和朱光祖两个人往胡同两头儿一瞧，没有行人，没有动静。两个人这才一抬头，看了看他这宅邸的院墙。这院墙比一般老百姓的院墙都高，但是黄天霸和朱光祖两个人都是高来高去的功夫，这院墙对他们来说算不得什么。

黄天霸看了看朱光祖："谁先上？"

朱光祖说："我先上。赵忠不认识我，我先探个头儿，往院里边看看，方便的话，我冲你一摆手儿，你再上。"

"好咧。"

朱光祖体轻如燕，他一猫腰，旱地拔葱，蹭——就蹦上来了。胳膊肘一拐墙头儿，往院里边一看，院子里边非常静，好像没人。根儿底下瞧瞧，这儿也没有动静。一摆手，黄天霸紧跟着噌——一纵身，也上来了。两个人趴在墙头儿这儿，往里边又仔细地审视了一遍，没有动静。唰——腿往下这么一悠，轻轻地落在了墙里。两个人下来之后，朱光祖低低的声音问黄天霸："他在哪儿住哇？"

黄天霸知道那天请客的那是客厅，黄天霸想，咱们就奔他那客厅吧，"你跟我来。"

"欸。"

朱光祖跟着黄天霸贴着墙根儿往前走。当走到当中间儿这大客厅的时候，黄天霸停下了脚步，听了听这院子里边有没有人来回行走。等了一会儿的工夫，就听有人说："赵员外，您要茶吗？"

客厅里边有人回话："给我沏一壶来。"

"哎，您等着。"

黄天霸冲朱光祖示意，先等会儿，这儿有送茶的，咱别跟送茶的碰上。跟送茶的一碰上，他要一咋呼，咱就白来了。等了一会儿，好像这送茶的来了，把这茶壶放到桌子上，转身就出去了。这时候黄天霸跟朱光祖才绕到赵忠这客厅的后边。来到客厅的后墙外头，一看哪，这大客厅后边有窗户。黄天霸跟朱光祖两个人，一个人把一个窗户角儿，把这窗户角划一个月牙小窟窿。黄天霸隔睒着这个眼，朱光祖是隔睒着这个眼，两个人往里边观瞧。一看，赵忠正在那儿喝茶呢，这碗茶倒上之后，把茶碗刚刚端起来，往嘴里边抿了一口，把这碗又放下了。就见由打外边慌慌张张走进来一个家丁，这个家丁脸色非常不好，由打外边进来一见赵忠，这嘴嗑嗑巴巴地都说不出话来了。

"啊，啊，赵员外爷，出事儿了。"

"出什么事儿了？嗯？"

"员外爷，那个，那个，你让我看的那人，她跑了。"

赵忠这茶碗，啪，就扔桌子上了。"跑了？什么时候跑的？"

"呃，呃……我估摸着，可能就是今天晚饭以后。"

"她怎么跑的？你跟我说。"

"她怎么跑的，这，我给她送完了饭吧，可能是我出来的时候忘了锁门了。忘了锁门了，我这个臭脑子我就没记住，可是现在，刚才，晚上到那儿我给她送点儿水去，我一看那门开着，屋里边空了，那肯定是走了。"

"院子里边找了吗？厨房，厕所，配间儿，花园，所有的地方，你都给我看了吗？"

"我，我都找了一圈儿啦。而且我还告诉一个贴己的家丁跟我一块儿找，哪儿也没有。"

"院子，前门儿，她能出去吗？"

"前门儿，前门儿她大概出不去，前门儿有人儿把着。"

"后门儿呢？"

"后门儿我到后花园看了看，也不知道谁出去了，那个门儿是开着的。"

"啊，行啊，我说水生，你可真对得住我呀。你把她放跑了，知道这意味着什么吗？"

"我知道，我知道。"

"她这一走了，咱们两个，就摊上塌天大祸了。"

"啊，是是是，小人我知道这重要，所以我，我我向您来禀报。"

"你废物，我拿你当精明强干的人看待，万万没有想到，你把这个事儿给我办到这样。嗯？你这两件事儿办得都不漂亮。"啪——啪——说着话，啪啪俩嘴巴。

黄天霸和朱光祖两个人在外边听着，互相用目光交流了一下，那意思是：他说的是什么事儿啊？跑的是什么人哪，啊？就听屋子里边的赵忠又说了："我告诉你，你马上给我出去，必须把她给我追回来，今天晚上你要是不把她给我追回来，回来我就活剥了你的皮，快去！"

"啊哎哎，好好，员外爷，您放心，头拱地，我也得把她追回来。"

就看这个家丁慌慌张张地出去了。黄天霸心想：这可是个好机会啊，你出去追人，我们出去追你，把你捉住之后，问问你要追谁，说不定这就是一条我们要寻找的重要线索。他冲着朱光祖一使眼色，两个人由打后窗户这儿就绕出来了。绕出来在墙角这地方停住脚步，盯着。一会儿，就看刚才那个家丁哪，手里边提溜着个灯笼，由打旁边那个甬路，匆匆忙忙地就奔后院儿走去。他奔后院这一走，黄天霸和朱光祖斜着，就来到这个院墙里头，由打院墙里一纵身，噌，翻墙而过，出去了。在墙外的小胡同，也奔后边。当他们在后院儿门口儿那儿刚一停步的时候，就看见那个家丁打着灯笼正好由打那门儿里边出来。出来他把这后院儿的门儿那么一带，打着灯笼顺这条小胡同他就往前走，脚步非常匆忙。黄天霸看了看朱光祖，拿手一点画，朱光祖蹭蹭蹭，几个箭步，就从他脑袋上边蹦前面去了。这家丁还愣呢，觉得脑袋上边一股轻风，嗯？怎么回事儿？一看前边站一个人。朱光祖这工夫把刀就拽出来了，把刀一横，"站住！"

"啊，你，你要干什么？"他转回身刚要往回走，黄天霸单刀也亮出来了，"不许动！"

"啊，啊，你们要干什么？"

黄天霸和朱光祖两个人一起往他旁边一靠近，啪——黄天霸把他这个右手就抓住了。朱光祖过来，啪——把他打着灯笼这手抓住了。"把灯笼放下！"

"啊，哎，你你你你你……你……"

"小子，跟我们一块儿走一趟吧。"

"啊，你们是干什么的？"

"别嚷啊，你要一嚷，看见没有？这是刀，往脖子上一抹就能进去。还要命不要？"

"啊，啊，那好吧，让我上哪儿？"

"让你上哪儿？让你上哪儿你就上哪儿！走！"

朱光祖和黄天霸两个人扯着他，由打胡同里边出来，就回了公馆了。回到公馆之后先告诉手下差人，"把他看住！"向施大人禀报，说今天晚上，我们到赵忠府里边去，应该说是不虚此行。赵忠是怎么怎么怎么怎么在大厅里边跟这个仆人讲说的什么。

施大人一听，"好，马上把他给我带来。"

有差人马上就把这个家丁带到屋中，当这家丁一进屋的时候，往上一看，他这脸色就变了。

施公说："我来问你，你叫什么名字？"

"啊，我，奴随主姓，我叫赵水生。"

"我来问你，你打着灯笼，要寻找何人？"

第五十回　黄天霸闻言追水生
张桂兰连夜救春桃

施大人连夜升堂，把赵忠的家丁带上来了。一问这个家丁，叫赵水生，奴随主姓。

施大人接着又问他："你深更半夜的，打着灯笼，要到外边找寻何人？"说到这句话的时候，施大人故意地啪——一拍桌子。

这赵水生哪，在下边跪着，俩眼就有点儿发直，"呃，啊，您问我找寻谁呀，呃……那你们都是谁呀？你们这是苏州府衙门里的人吗？"

旁边的赵璧说了："哎，我告诉你，这儿呀，不是苏州府的府衙。不过比这苏州府的府衙可大多了。看见上边坐着这位没？这是奉旨的钦差，到苏州来查访的，施世纶施大人。"

赵璧说完这句话，就看这个赵水生，他这个脸色有一个轻微的震动。尽管这个表情非常细微，但是也被赵璧看到了。

"啊，施大人，您是钦差，小人给大人见礼。"

"赵水生，你说，你打着灯笼要寻找什么人？"

"大人，呃……要寻找，我们府里边的一个丫环。"

"你们府中的丫环？她……跑了吗？"

"啊，对。我们是把她看押起来了，结果她跑了。"

"府里的一个丫环，怎么还要看押起来呢？"

"呃，大人，是这么回事。我们这个府里边有这么一个规矩，这也是我们赵员外爷给定的。不管是丫环使女、家奴院工，谁要是犯了错呢，赵员外就可以把他搁一屋子里边，给看押起来，看押几天呢，然后再把他放了。这个丫环呢，她犯了错了，所以把她看押起来了，没到日子，她自个儿就跑了。"

"在什么地方看押？"

"在……在后花园，我们赵员外爷的那个藏书楼。"

"哦？这可倒是一个文雅的所在呀。我来问你，这个丫环，她犯了什么错了呢？"

"这丫环，这丫环她，她，她，她给我们员外爷送茶的时候，打了一个茶杯。"

"一个茶杯？你们赵员外爷家趁万贯，身值万贯，这一个茶杯算得了什么？至于如此动怒吗？"

"呃，呵呵，钦差大人，您有所不知，这个茶杯呀，它不是一般的茶杯。您知道，我们赵员外特别好古玩，在这苏州城里边，开的有古玩店，他开的那古玩店是咱这苏州城里边最大的古玩店了。所以赵员外家里边使用的这些个东西呢，也有很多是值钱的。他那个茶杯，据说是宋朝景德年间烧的江西瓷，所以那茶杯赵员外特别喜欢，结果让这丫环就给打了。"

"哦，这丫环叫什么名字？"

"这丫环，这……欸，我也不知道她叫什么名字。"

"哦，那么茶杯打了之后，把丫环看押到藏书楼，谁给丫环送饭呢？"

"就是我呀，我天天给她送饭送水呀。"

"今天，她是怎么跑的？"

"我也不知道怎么跑的，反正是我送完了晚饭，可能我忘了锁门了。我出来之后，我老半天才想起来，我再回去一看，再一看，门开了，人就没了。我们赵员外爷急了，所以就让我呢，去给她找回来。"

"我来问你，你家赵员外在客厅里跟你曾经说过这样一句话。他说：如果这个人要跑了，你们两个都将摊上塌天大祸。说这句话，是什么意思？"

"啊，这……"这家丁心想：这句话这大人怎么听着了？"啊这句话，这句话那是这么意思，赵员外可能是说，这丫环如果要是跑了之后，万一要投河觅井，她要是死了，这不就是一条人命吗，这一条人命这不就是人命官司吗，人命官司，这不就是……塌天大祸吗。"

"赵水生，你对本部堂所说，可真是实话吗？"

"呃……呃……我，是，是实话，是实话。"

"没有半句谎言吗？"

"没，没有……小人当着钦差大人……不敢撒谎。"

"赵水生，我来问你，这个丫环犯了什么错？"

"她，她打了茶杯。"

"因为什么把她看管起来？"

"把她看管起来就因为她打了茶杯，那个茶杯是宋朝的，是景德年间出的那茶杯，所以才把她看管起来。"

"放在什么地方？"

"在，在那个后花园，就在赵员外那藏书楼。"

"丫环叫什么名字？"

"这丫环，她她她叫春桃……她……"

这一紧问哪，突然脱口冒出一春桃来。"丫环叫春桃。"当春桃两个字儿说出来之后，他这个脸色唰的一下，马上就黄了。"春桃……春桃……我记得是春桃。"

"春桃，想想是她吗？"

"啊，对，大人，她她她可能是叫春桃了。"

"这春桃，她会逃向何方哪？"

"呃，这，小人我不知道。"

施公看了看黄天霸，又瞧了瞧赵璧，"你们听见没有，他那个丫环的名字叫春桃。"

"春桃？欸？这名儿好熟哇。"

黄天霸说："就是哇，春桃……"

施世纶说："你们这案子怎么办的，啊？陪着那卢小姐卢玉梅一块儿出去那丫环，不是叫春桃吗？"

"对呀，大人，嘿，您真好脑子。"

一说这句话，再看这赵水生在那儿跪着，这脸儿都绿了。

施世纶一拍桌案，"赵水生，我来问你，你所说的这个春桃，可是那卢员外之女，卢玉梅的丫环吗？"

"啊？这……小人我不知道什么卢员外，什么卢玉梅的，我就知道那是我们府里边的丫环。"

"赵水生，事到如今，你不要为你的主人遮遮掩掩的了，赵忠的事情本部堂已经有所察觉，要不为什么把你今天晚上带到这里呢？你要识时务的，快把这件事情从头至尾给我详细说来，你刚才分明是在巧言令色，为你的主人辩解。这个春桃绝不像你所说，因为打了一个茶杯，就被看在藏书楼中，一定是另有原因。我问你，那卢小姐，是不是也曾经在你们的府中？"

"啊，我，我……"

"你也要知道，这件事情，绝不会轻易把你放过了，你还是从实招来，本部堂可以根据你从实招认，对你不追罪责。"

"啊，好，好，大人，你容小人……我好好想想行吗？"

"好，我容你细细想来，想完全之后，跟我从头至尾备诉经过。"

"哎，大人，我……我我站起来，我在这儿溜达着想行吗？"

"好，可以站起来。"

"哎。"就看这赵水生站起来了，他就在这屋子里边站着。这边瞧瞧，那边看看。"这个事儿，看来这个事儿我得说了。我要不说，钦差大人，您，也不能饶了我。不过，钦差大人，您就是怎么宽宥我，我自个儿心里明白，我也是死罪呀。啊，钦差大人，是，那丫环，她是春桃。"

说到这儿就看这赵水生突然间一转身，就顺这屋子噔噔噔……就跑出去了。他往外边这一跑，黄天霸那是非常利索的，黄天霸一纵身随后就追。这小子在前边跑，跑到院子里边，他一眼就看见影壁墙了，这影壁墙旁边是青砖的砖角儿，就看他一歪脑袋，照那青砖的砖角儿，哪——一下子就撞上了。正是太阳穴这个部位，致命之处，一头撞上，扑通——倒那儿了。黄天霸到跟前一薅他脖领子，再看，眼睛都已经定了，嘴里边血都出来了。

"我怎么也活不了了……"完了。

黄天霸气得一跺脚，"唉……"心想，我怎么就没盯住他呢，我怎么就没想到他会要自杀呢。

回头来一见施大人，把这情况一禀报，施公跟着出来走到跟前一看，施世纶马上转身回到自己的屋中，“天霸，事不宜迟，由此看来，那个丫环春桃并没有死，在他们府中被囚禁着。春桃今天由他的府中逃出来了，这件事情要想破案，只有把这春桃找到。找到春桃，一切都迎刃而解。那么这春桃逃出他的府中，会往什么地方去呢？我们必须分头去找，刻不容缓。天霸，你和朱光祖，你们两个马上到那卢员外的家中，看看那春桃是不是回家了。如果要是回家了，马上把那春桃带到这里。另外，快把张桂兰、褚莲香，我们这两员女将找来。”

黄天霸到后边把张桂兰、褚莲香找来了。张桂兰、褚莲香以及神眼计全，一干办差官全都来了。施大人特意嘱咐张桂兰和褚莲香，说你们两个人也算作一路，马上出去，寻找这逃走的丫环春桃。

张桂兰、褚莲香啊，自从跟着施大人下苏州以来，一直觉得自己没有用武之地。今天一听说寻找这一个女丫环用着她们了，那张桂兰是格外的高兴。今天，施世纶可以说是调动了全员人马，不但说把张桂兰、褚莲香这两位女将调动起来了，就连跟随着来的这一路上根本什么事儿也不参与的老褚标，也给找来了，说老爷子今天晚上你也帮着忙吧，四处帮着寻找这个丫环。

几路人马都派出去了，张桂兰、褚莲香临走的时候问施大人，说：“这个丫环长的什么样啊？有什么特点没有哇？”

施大人说：“我也不知道，她就是一个丫环，反正是一个女子。你不妨在夤夜之中要碰见单身一个人行走的女人你就打听打听，反正你也是女的，问问也没什么。”

张桂兰一听，跟褚莲香两个人就出去了。几路人马派出去之后，黄天霸跟朱光祖两个人先奔卢员外的家中。深更半夜的去敲门，啷啷啷这一敲门。卢员外两口子正在屋子里边睡觉呢，院子里头停了一个大棺材，这棺材就是小姐卢玉梅的棺材。这老两口子，这两天是天天哭自己的女儿，哭得是神志昏沉，今天呢，好容易想睡这么一觉儿，结果外边敲门来了。老员外先穿好了衣裳，出来一开门，黄天霸跟朱光祖两个人站在门外：“老人家，我先跟您说，我们是奉旨的钦差施大人派来的，你们府里边不是有一个丫环叫春桃吗？她不是跟着你的女儿一块儿出去的吗？”

"啊啊，怎么着？找着她了？"

"现在这个春桃有下落了，您甭问在什么地方，但是这个春桃在别人的府里边跑出来了。我先问你，这春桃回到您这儿来没有？"

"没有哇，到现在我也不知道春桃在哪儿啊，如果春桃要回来，那就什么事儿都清楚了。"

"那好，我们现在继续去找。不过，您说说，这春桃长的有什么特征？"

"春桃这孩子，她……哎哟，没什么特征，个子不太高，也不算胖，也不算瘦，她穿着一个丫环们惯穿的那个大坎肩儿。孩子长得不算漂亮，是一般的人。如果说特征嘛，呃……有一点，她……没缠足，是一个放足的孩子，因为她从小儿没有爹妈，是个孤儿，让我给收养来了。"

"哦，好。老人家，打扰您了，您休息吧，我们去找她。"

黄天霸跟朱光祖转身又出来找春桃。哪儿找去？就根据赵忠他们家庭所在的这个位置，按照四个方向，分头去找。

他们分头去找，单说这张桂兰跟褚莲香。张桂兰、褚莲香这两位女将，今天一听说让她们去找春桃，特别高兴，兴致盎然。张桂兰背着单刀挎着镖囊，褚莲香也是全副武装。两位女将顺着奔太湖的这条路就走下来了。也不知道是因为什么，张桂兰凭着自己的第六感觉，就觉得好像这春桃要是由打他家里边跑出来，说不定就奔着去太湖那个方向跑。嗯。所以这两位女将黉夜之间往前走，现在就已经三更天了。三更天这个苏州府的街上就已经没有行人了。张桂兰跟褚莲香一边走一边说："你别看夜静更深，街上没有行人，更容易找。一旦有一个走道儿的，要是女的，咱们就不妨过去问一问。"

褚莲香说："就是呀，哎呀，咱们俩女的，可别碰上坏人哪。要碰见坏人……"

张桂兰说："我就怕碰不着坏人。要碰见坏人的话，我就好好收拾收拾他们，好解解气。说实在的，我告诉你褚莲香，我到这儿之后，一发现那具女尸，我这气就不打一处来。这些男人，真坏，把人家祸害了不说，最后还给害死了，扔到河里。什么东西，嗯？别动……"

两个人正说着话呢，张桂兰突然发现由打对面走来两个人，越走越近，仔细一看，不是俩人。头前儿这人哪，还背着一个呢。后边有一个，甩着手儿跟着。张桂兰心想，背着这个人，是男的是女的？

张桂兰这位，那是性格开朗，拿得起放得下，说打就唠的茬儿。张桂兰在道当间儿一站："等等。"一扬手，头前儿背人的那位："欸，干什么？你们干什么？"

"我打听个事儿，刚才你们二位，看没看见一个女的？"

张桂兰说着话就动了手儿了。干吗动手儿啊？他发现前面背着的这个人哪，这脑袋上盖着一块布，张桂兰啪——一撩这块布，一看背的是个女的，张桂兰当时心里就高兴了。"这是谁呀？"

"你管是谁呢，这是我妹妹。"

就在这个工夫，被背的那个女子就喊了一声："快点儿救命哪……"

这一声喊救命，张桂兰抬起一腿，噔的一下子，这一脚正踹到背人的这个前胸这儿，这一个窝心脚踹的这小子扑通——就坐在地下了，那个女子站在了旁边，张桂兰一看，我找的就是她。

国家出版基金项目

抢救出版工程

中国传统评书

主　编　田连元

执行主编　耿柳

双镖记（下）

田连元　编著

春风文艺出版社

·沈阳·

第五十一回　得人证施公问春桃
知真凶差官捉赵忠

　　张桂兰这一脚，就把背女人的那个人，给踹得坐地下了。这一脚怎么踹这么狠？张桂兰，那是凤凰张七的女儿，武林高手。想当初三试黄天霸，就黄天霸跟张桂兰比武都不分上下。动起手来，张桂兰那是蝎子钩儿马蜂针，狠茬儿的。这一脚踹得那个一坐地下，这女子就站在她旁边了。张桂兰定睛一瞧，我找的就是她。没错儿，这个，就是那春桃。因为她看她穿着个大坎肩子，张桂兰倒不知道春桃有什么特征，但是这坎肩子，说明了她的身份。

　　张桂兰走到她跟前，问了一句："你是不是春桃？"

　　就看这个女子点了点头。

　　"好啦，我找的就是你，跟我走！"张桂兰一说跟她走，那是俩男的，那个男的被踹得坐地下捂着胸口，旁边还有一个呢。

　　旁边这个男的一伸手，噌——把单刀拖出来了。"哎，你是干什么的？啊？你跑这儿来管这个闲事，这是我们府里边逃走的丫环。你算老几呀？她是你什么人？"

　　张桂兰一看那个把刀亮出来了，张桂兰往后退了半步，一伸手，唰——把刀也亮出来了。"怎么着？这是你府里边的丫环？这是我要找的丫环。你呀，给我放老实点儿，走你们的道儿，咱们互不相扰，把人交给我。如果你要想跟我争这个人，可没你的好儿。"

　　"哎哟，哪儿来你这么一个小老娘们哪？你深更半夜的你敢出来瞎溜达，我看你也不是好人。"

　　"对呀，我本来就不是好人，你知道我出来是干什么的吗？我是来找嫖客的。"

"嗯？"张桂兰一说这句话，还把这小子吓一跳。这小子一看这是个茬子呀？说话什么也不在乎！"你……"

"你给我躲开。"

"我躲开？你给我躲开！"唰——他一摆刀，奔着张桂兰前胸这一刀就扎来了。一刀往前一扎，张桂兰一看刀到这儿了，拿刀背儿往外一磕，啪——这刀一磕他这口刀，唰——这刀顺着往里边这么一撩，这小子往后一撤身。张桂兰这刀一刀没撩上，接着横着一扫，奔他脖子，呜——就扫过来了。这刀一扫过来，这小子一缩颈藏头，这一刀没扫上，唰——斜着一劈，这小子往旁边提溜一转身，略微慢了一点儿。在脑袋这儿，斜着给削掉了一块儿，这么大的头皮，上边还带着一撮儿头发。啪这块头皮一掉，这小子拿手一捂，一看血出来了，他撒腿就跑。蹲地下那个，挨了窝心脚的那位，本打算在那儿俩手捂着那儿缓缓劲儿，一看那个一伸手就完啦，撒腿就跑，这个捂着前胸噔噔噔……也跟着跑了。

张桂兰看了看褚莲香："妹妹，咱领着她回去。"

张桂兰、褚莲香这两个人，领着这春桃，就回到了施大人的公馆。回到公馆之后哇，几路派出去的人还都没回来。张桂兰、褚莲香一见了施大人，一说把这春桃给找着了，施大人高兴，张桂兰自己那是喜得心花怒放哪，心想：看看，张桂兰、褚莲香我们这女眷跟着施大人下苏州也不是没有用，关键时刻也是解决大问题的。

施大人一看春桃找了，就问这春桃："你是叫春桃吗？"

就看这春桃在这儿站着，一言不发，两个眼睛直勾勾地瞅着施世纶，好像听不懂他的话一样。

"我来问你，你是春桃吗？"

张桂兰在旁边一看也愣了。"欸？不对呀，刚才在道儿上我问她的时候，她搭话啦，她说她是春桃哇。她点头儿啦，而且她喊救命啦。"

"是啊，你为什么不说话呀？"

"你们是谁呀？"

张桂兰在旁边一听，知道这孩子给吓坏了，已经不敢随便说话了。张桂兰说："春桃哇，我告诉你，有什么话你就在这儿说，有什

330

么苦你就在这儿诉，有什么冤你就在这儿讲。在你面前问你话的这个人，是奉旨钦差下苏州察访的施世纶，青天大人哪。"

张桂兰一说这句话，就看这春桃丫环扑通跪到地下，放声悲恸。春桃这一哭哇，那是发自肺腑的一种委屈。施世纶让张桂兰跟褚莲香她们两个人劝慰了一番。老半天，这才止住了哭声。也就在这个时候，派出去各路的人全都回来了，都说没找着。可是回来一看，人家张桂兰已经把春桃找来了。于是春桃就向施大人讲述经过。

怎么回事儿呢？那天这春桃，跟着小姐卢玉梅，主仆二人一块儿到外边游玩。的确，就如赵忠所说，她们到在太湖边儿上，乘坐一只游船。在这游船上边，碰到了赵忠等人在这儿喝酒，其中也有这谢彪。谢彪也真是到这边跟她们说过话，要请小姐到那边陪着喝两杯。人这小姐呢，是正经人家的女儿，就没有给他好脸儿。这个谢彪呢，也是自己觉得挨了窝了脸皮有点儿挂不住。但是这船靠岸之后，她们主仆二人下了船了，那个谢彪并没有在后面紧跟着她们走。相反，紧跟在她们主仆二人身后的，倒是这个赵忠。这赵忠跟着他们走出一段路来，这赵忠抢两步就走到她们前边来了，赵忠就跟这位卢小姐讲了，这位小姐，我跟你说，你们现在处境危险哪。刚才你在船上，不是有一个人到你跟前请你过去陪酒吗？你没答应，你知道那个人是谁吗？那个人，那可是苏州的一霸呀。那是有名的谢彪，三虎绸缎庄的掌柜的，而且又是武林中的高手哇。他刚才已经发下誓言啦，说一定要把你们两个人抓到他家里去不可，他随后就跟着要来啦，你们两个人哪，快点儿跟我走，跟着到我家里边，躲避一小会儿。等着他找不着你们啦，也就算了。然后再从我家出去，我送你们回家。他这么一讲呢，这丫环跟小姐一听，说这是个好人哪。尤其是一看赵忠，这个人衣冠楚楚，相貌堂堂，一点儿不像坏人。所以这主仆二人就信了赵忠的话了，跟着赵忠就上他府里来了。从后门儿进来的，进了后门儿，赵忠就把她们让到了藏书楼。这藏书楼是赵忠藏书的地方，这楼上楼下一共是四间房，这赵忠把小姐让到了楼上，让丫环春桃在另一个房间里边待着。而在这个时候呢，还有他的心腹家丁赵水生，赵忠让赵水生看着春桃，不准她出来。赵忠在另一个屋子里边，就对卢小姐强行非礼，这丫环春桃在这个屋子里边可以听到卢小姐在那屋的呼救之声。过了很长一段儿时间，那屋儿的呼救声音已经没有了。赵忠过来了，把这丫环春桃叫到那屋去了。丫环春桃进屋一看，卢小姐浑身上下一丝不挂已经死在了床上。春桃当时吓得妈呀一声，就昏过去了。当春桃醒过来的时候，这春桃她头脑非常清醒。她知道，小姐已经死了，下一个就是我了。究竟灾难会不会降临到她头上，她自己当时没有预见。春桃临时想了一个救急措施，她装傻。她好像是这一惊吓之后，她就傻了，什么也不知道了。直勾勾的两只眼，就看着这个赵忠，当时赵忠一看这个丫环长得也一般，就告诉那个赵水生，说你呀，把她看押在那屋儿，别放她出去。就这样，这春桃被看押在屋子里。春桃在屋子里边坐着一动也不动，她就在那装傻充愣，好像是看见小姐尸体，给她吓得痴呆了。尽管这样，这赵水生哪，把春桃锁那屋子里，一天给她送三遍饭，给她送两遍水。就这样，让春桃在这屋子里边待着。

后来，春桃自个儿就想啦，我得想办法逃出这个地方去，但是一直没有得机会。偏偏就打昨天晚上，这赵水生来给她送晚饭的时候，也不怎么往外一走，就忘了锁门了。也是由于春桃呢，天天在屋子里边老实地待着，使赵水生对她就放松了警惕。春桃一看逃跑的机会来了，赶忙就由打这个楼里边出来了。出来之后就是后花园，偏巧这后花园的角门儿还没锁，春桃由打这角门儿里边就逃出来了。春桃长了个心眼儿，她没有直接回卢员外的府，她心想哪，我如果从打这儿逃出来要回到卢员外的府中，这赵忠很可能派人到那儿去找我。而且半路上，也可能就追上我了。即使我跑到卢员外的家里边，赵忠这个人，有权有势，说不定到卢员外家里边还能把我害了，我呢，偏偏不往那儿跑。她换了个方向，奔太湖边儿上跑。为什么要奔太湖边儿上跑呢？因为她有一个最至近的亲戚，是她的姑夫，在太湖边儿打渔为生，她想投奔她姑夫。她奔太湖边儿上跑，这苏州府离太湖边儿还有一段距离。这天是越来越晚，开始的时候儿，是这赵忠派人追春桃，第一批人就是赵水生。赵水生被黄天霸等人给劫持到公馆里边来了，赵忠在家里边等赵水生老半天不回来，他还不放心，又派了第二批人。这第二批人就是分几路寻找了，当然了，寻找春桃的人，也不知道春桃是有什么过错。其中有两个人奔太湖方向跑，就碰见张桂兰了，就这么一个过程。

春桃如泣如诉讲述了这几天的经过，施大人一听，真相大白呀。这赵忠，是一个衣冠禽兽，披着人皮的狼哪。施大人马上看了看黄天霸，"天霸，事不宜迟。"

这个时候天已经放亮了，施公马上告诉黄天霸、朱光祖、关泰、赵璧以及一干众位办差官：只把王殿臣、郭起凤两个人留在公馆之内，你们马上够奔赵忠的府中，想办法把赵忠给我抓获到案。

黄天霸一听，"好，咱们立即行动。"

施公说，"只恐怕我们现在行动，都已经晚了，你们是越快越好。"

施大人着急，黄天霸更上火。黄天霸心想，这个从小儿跟我长起来的发小儿的弟兄，闹了半天是这么一个人。不管什么发小儿弟兄不发小儿弟兄，现在咱们是以公相待了。

当黄天霸等众位办差官来到赵忠府门外的时候，天就已经大亮了。黄天霸过来敲门，哪哪哪一敲门，另外几位办差官，把他这个府，四面都已经看住了。

这一敲门的时候，里边有人把门开开了。咕隆咕隆大门一开："哦，您——"

"我叫黄天霸，我是奉旨钦差施大人手下的差官。今天，我特意要见你们的赵员外。"

"噢，您，您要见赵员外，您……等我往里边给您通禀一声。"

"不用通禀，我直接要见他！"黄天霸现在还等着通禀吗？一扒拉这家丁，迈步就进来了。黄天霸一起来，关泰关晓曦随后就进来了，赵璧、朱光祖跟着进来了。这四位从正门儿走进来了，绕过这太湖山石顺着甬路直接奔客厅。来到客厅的时候，一看客厅没人。嗯？黄天霸他们奔后院儿，打听他们府上的家丁："你们赵员外在哪儿住？"

家丁说："我们赵员外在后院儿，靠东边儿那房，西边那房他也住，那正房也住，他说不定住哪间屋儿。"黄天霸等人来到后边挨个屋儿里一找，赵忠已经没了。嗯？黄天霸就问他府中的家丁："你们赵员外哪儿去了，啊？"

"啊，不知道哇！他昨天晚上还在呢。"

其中有一个家丁说了："赵员外可能今天，哟，可能是四更来天吧，走啦，他说有急事儿。"

"他怎么走的？"

"怎么走的？坐车走的。套的车。"

"你们员外夫人呢？"

"员外夫人也在车里边坐着。呃……他们走得挺急，这事儿，看来是十万火急。"

黄天霸又往后边搜找，找来找去，找到厨房了。一看那厨房的大师傅，老早的正在这儿做准备呢，锅里边煮的这样的肉那样的肉，黄天霸就问这厨房的大师傅："你们赵员外哪儿去了？"

大师傅一听："不知道。我们赵员外，在前边呢吧！"

黄天霸说："你们赵员外已经走了。我问你们，你们在这儿做饭是给谁做的？"

"啊？我们这饭，欸？赵员外走啦？不能不能不能不能，那一会儿就能回来。"

"你们怎么知道一会儿就能回来的？"

"你看，我们员外昨天就已经嘱咐我们了，说今天中午他要请客，最要好的朋友谢五爷要来。谢五爷到这儿来，说他们有什么重要买卖。要送货呀也不是干什么，那，他哪能走呢？谢五爷来了，那谁接待呀？"

黄天霸一听谢五爷，黄天霸知道，这谢五爷肯定就是赵忠他自己曾经跟他讲过的，谢虎，谢彪，谢五豹。这谢五豹跟他做买卖，什么买卖？是不是跟盗取国宝这件事情有关系呀？那说不定哪，嗯——黄天霸当时就看了看这厨师，"你们员外爷中午肯定回来？"

"嗯嗯，肯定回来，肯定回来。他昨天跟我们说得好好的，让我们一定要准备好。谢五爷对吃喝儿是特别讲究的。"

"嗯，好吧。"黄天霸一转身，由打后边就到了客厅。到客厅里边跟朱光祖、赵璧、关晓曦等人商量。黄天霸说："看见没有，这赵忠哪，他是匆匆忙忙跑的，还没有来得及向他手底下的这些家丁们进行布置呢。不过他也不敢布置，一布置，他怕走露风声。所幸，这儿有一条新线索。后面厨房里边正准备待客，今天中午他要请客，要请谢五爷到这儿谈买卖送货。你说这是怎么回事儿？"

赵璧说："天霸，这可是天赐的良机不可错过。咱们不能动地方，谢五爷往这儿来送货？他到这儿来送货，咱们就在这儿等着他。"

黄天霸说："好嘞，前后都给我把好，谁来了，是只许进，不许出。"他们就在这儿等着，傍到中午的时候，就听院子里边有人说话："赵员外在吗？"紧接着摇摇摆摆地由打外边就走进一人。

第五十二回　捉拿赵忠恰逢谢五
　　　　　冒充掌柜要诈金蟾

　　黄天霸带着几位办差官，到赵忠家里边来捉拿赵忠。这赵忠哪，他跑了。

　　黄天霸得知赵忠今天中午要请客，请谁呢？要请谢五爷。黄天霸推断，这个谢五爷，大概就是谢五豹。据他们手下人讲，今天中午他们两个人有一笔买卖要谈，这谢五豹要来送货。黄天霸想要了解了解他来送的是什么货，要谈什么买卖。

　　黄天霸根据自己的推断，他料定赵忠哪，原来没想逃走，所以才安排了今天中午请客这件事儿。后来事态发展严重，赵忠一看刻不容缓必须得走了，所以他就来了一个仓惶出逃。

　　赵忠走了，后边那厨房里边还准备饭呢，黄天霸跟几位差官一商量，大家在各自的位置全都埋伏好了。黄天霸就在赵忠的客厅里边，等着他要请的客人到来。傍近中午了，听见院子里边有人说了一声："赵员外在家吗？"黄天霸心想：可能是谢五豹来了。

　　黄天霸在客厅里边端然稳坐，没言语，随着外边这一声问，接着就见有一个人走进了客厅。这人一走进客厅，黄天霸定睛一瞧哇，他认定这人不能是谢五豹。为什么呢？从穿戴打扮，再从这个人的精神气质来看，他不像绿林中那赫赫有名的谢五豹。外边走进来的那个人有五十多岁的年纪，首先说从这岁数上就不对了。头上戴着一顶青丝织的小帽儿，这辫子梳得是油儿黑锃亮的，别看五十来岁的年纪，脸上有皱纹，但是头发一点白的没有，身上穿了一件宝蓝色的长衫，腰里边系着二指宽的寸带，这个寸带呢，是双垂灯笼穗儿，穗旁边坠着两个翡翠的小环儿。这个人足下蹭着一双墨履，衬着白布袜子，手中拿着一把沉香木镂花儿的小扇儿，这把扇子可很讲究。瞅这个面容，四方脸、细眉毛、细眼睛、鼻正、口方，两撇燕尾黑胡儿。这个人从头上到脚下拿眼一搭，就是一个买卖人。此人拿着这个小扇儿溜溜达达，从从容容地走进客厅，拿眼睛那么一踅摸，一眼就看见黄天霸了。

"哎哟，呵呵，您好。"他不认识黄天霸，打了个招呼。黄天霸坐那儿没动，冲他点了点头，"您来啦？"

"啊，哈，来啦来啦。呃……赵员外呢？"

"赵员外，赵员外上后院儿了，他一会儿就来。"

"噢。"

"您坐。"

"哎，好好好好。"看来这个人到这儿不认生，自个儿拽过一个木凳来，他就坐下了。他看了看黄天霸，"啊，哈哈哈，呃，请问您尊姓大名？"

黄天霸看了看他："你先别问我。我问，您是哪位？"

"我，哈哈哈哈哈，我是赵员外手下的。赵员外在苏州城开了一个最大的古玩店，您知道吗？这古玩店有个名字，叫旷古斋。我呢，就是这旷古斋的掌柜的，我姓孙，我叫孙思全。"

"哦，久仰久仰。"黄天霸心想，来的敢情不是谢五豹，这是古玩店的掌柜的。古玩店的掌柜的到这儿来干什么来呢？我得摸摸底。"哦，孙掌柜，您到这儿来有什么事呢？"

"啊，今天赵员外让我来的。您——看这个穿着，看这个打扮，您是不是谢五爷呀？"

黄天霸一听到这句话，这脑子里边啪——飞快地旋转，心想，这个孙掌柜，他没见过谢五豹，所以才把我错当成谢五了。黄天霸暗想：干脆，我就来个顺水推舟吧。黄天霸一点头："是！"

"哎呀，谢五爷，久仰久仰哪，久仰您的大名哪，赵员外说啦，今天要请谢五爷吃饭，听说谢五爷手里边有一件价值连城的宝物？"

"对，不错。呵呵呵呵……孙掌柜，您在这旷古斋干了几年啦？"

"哦，在这旷古斋，干的年头儿不多，但是我们家经营古玩，这可有了年头儿啦。从我爸爸那辈儿就干这行，到我这儿，已经是两辈儿了。"

"哦，照此说来，你对古玩这个东西是很有研究了？"

"啊，不敢说很有研究，啊，略知一二，这么讲吧，一般的什么古玩玉器，什么名人字画，它是真品是赝品，啊，它还是模拟的仿效的，只要摆到我的面前，我拿眼这么一搭，就能看得明白。"

"哦，照这么说，赵员外今天把你找来，是帮着来鉴定一下我身上带的这东西。"黄天霸其实身上什么东西也没有，这纯粹是信口在这儿编。

孙掌柜一听："啊，哪里哪里，可能是赵员外让我帮着一块儿来看看，赵员外对于古玩的东西呀，他不太懂。"

"嗯，真要是这件东西摆在桌子上，你能看出真伪来吗？"

"能！这可不是跟您夸大话，那还是能的，啊。比方说吧，一样的珠子，这珠子是什么珠子，我拿眼一看，我就能明白。啊，龙珠在颌下，蛟珠在皮内，蛇珠在口中，蚌珠在腹内，龟珠在盖上。位置都不同，那珠子的成色也不一样，我拿眼一瞧就明白。您拿一块玉来，我就能认定，它是岫玉，它是独玉，它是锦玉还是蓝田玉，要是这点儿本事都没有，我就不能在这古玩店里边当掌柜的了，对不对？您比方说吧，我今天这身穿戴，您看我头顶戴的这块玉了吗？这块羊脂玉。这块羊脂玉，就是来自独山的玉，哎。您看我这把扇子吗？这叫沉香扇，真正的沉香木。这种扇子，到了夏天，你用手摸它，汗出得越多，这香味儿就越大。这个东西要是假的话，你过一个伏天，它就没味儿了。我这个东西，你就是十年八年，老有这种香味。我这身上，就没有假货，您看我戴的这翠圈儿没？这个翠圈儿，我这叫活翠。翠有活翠有死翠。死翠，你看这个翠上这个绿，怎么摸它怎么蹭它，它不带长的。我这是活的，我没事拿手就在这儿捻，捻来捻去，将来我这整个儿的圈儿，全都是绿的，这就叫活翠。"

"哦——"黄天霸说，"看来您真是行家里手。"

"哈，不敢说不敢说。哎？谢五爷，听说您这东西可是外国货？"

"你听谁说的？"

"我听我们赵员外说的。我们赵员外跟我讲，您得这个东西，我

338

们赵员外还给您帮忙了呢。"

黄天霸心想：好啊，赵忠，敢情你跟谢五豹，你们两个人是合伙作的案。既然提到是外国货，甭问，那就是迷罗国进贡来的这件国宝，炸海金蟾呢。黄天霸心里高兴，暗想：施大人为寻找这国宝废寝忘食啊，今天线索出来了。"是呀，是外国货哇。"

"我听说，叫……叫什么蟾?"

"嗯，叫炸海金蟾。"

"哦，好名字好名字。呃，谢五爷，赵员外上哪儿啦?"

"他上后院儿了，一会儿就过来。"

"呃，谢五爷，您……您能不能，把这宝物先拿出来，给小人我看看，一饱眼福，让我长长见识?"

"哈哈哈，这不行，必须等赵员外到这儿。"

"呃……啊，对对对对对。您这可以说是奇珍异宝，稀世奇宝哇，不能随便儿往外拿。这我可以理解，可以理解呀。哈哈哈哈，那，我就在这儿等着吧。"

"不，你别在这儿等着，你到西下屋去等着。"

"啊? 我到西下屋? 我为什么到西下屋?"

"让你到西下屋你就到西下屋。来人!"黄天霸一声召唤，外边关泰关晓曦进来了，"怎么着?"

"把他请到西下屋休息。看住他!"

"啊?"这阵儿这掌柜的当时就有点发愣了。孙掌柜站起身来，看了看黄天霸，又瞧了瞧关泰，"哎，这，这，这……这是什么意思?"

黄天霸说："我告诉你，你放老实点儿，我不是谢五豹，我叫黄天霸。"

"啊? 哦……哦，您是黄天霸?"

"对，今天在这儿，我等的是谢五豹。待会儿谢五豹来了，我再请你过来。先到西下屋儿委屈你一会儿，请你不要乱说乱动。你要敢在西下屋儿里边出一点儿声音，脑袋要掉了，我可就不管了。"

"啊，啊啊，好，好，那我就……我不出声的，我从现在开始，我就是哑巴啦。啊，好。"

这位一转身被关泰押着奔了西下屋儿去了。

他出去之后，黄天霸坐在这儿暗想：好哇，今天不虚此行哪。虽然没有抓住赵忠，但是从这个旷古斋掌柜的嘴里边已经得知，这国宝就在谢五豹的手里边。黄天霸马上把赵璧叫过来了，告诉赵璧吩咐人到外边调官兵，要把这个老赵家的宅院四面包围。可有一样，虽然是包围，不能形成真正的包围之势，谢五豹还没来呢。如果官兵把这个宅院一包围，待会儿谢五豹要来了，发现有官兵包围着，他就不会进来了。官兵调集来之后，分散在他的宅院的四周，不能让行人看出来形成包围之势。

赵璧明白了，马上吩咐手下人回去调官兵。赵璧呢，还有朱光祖，再加上其他几位差官，都在这个客厅的周围，巡风瞭哨，就等着谢五豹的到来。

此时此刻黄天霸坐在屋子里边，他等着，他盼着，他盼着谢五豹能够来到客厅。可是天到中午了，这谢五豹还没来。黄天霸站起来了，他有点儿不耐烦了，在这屋子里边来回踱步。黄天霸心想，也许这赵忠，他出去之后，先告诉谢五豹了？知道他的事儿犯了？谢五豹今天不来了？要不我们就撤吧。又一转念，先不能撤，再等一等。我想赵忠慌慌乱乱逃走，他恐怕来不及通知谢五豹。嗯，那么我在这儿还得等一等。谢五豹要是来了，他跟我一见面，那么我以什么身份出现呢？想到这里黄天霸突然脑筋一转，他把自个儿身上这镖囊就摘下来了。镖囊摘下来放到这座位这儿，把自个儿背背这单刀也摘下来了，也放在这座位这儿。放这儿之后，一转身，他就坐那上头了。身上没带武器，黄天霸刚一坐下，就看客厅这花棂子门儿咣唧一下子，推开了。由打外边两步就走进一个人来。黄天霸一看走进来的这个人，风是风火是火的，来势凶猛。黄天霸断定，这个人，他就是谢五豹。

一瞧这个人，光头不戴帽，这大辫子在头上面盘着，辫边披着。身上穿着一身绛紫色的短衣襟，腰中扎着大带，底下兜裆滚裤，是薄底儿快靴。身背后背着一把单刀，斜挎着是镖囊。这镖囊在右边挎着，黄天霸认定，这个人会左手镖。长得紫微微的一张脸，两道浓眉，左边这道眉毛，中间这个位置也不知道是刀疤呀还是天生自带的，是断的，这眉毛当间儿有道沟，两只大眼睛叽里骨碌来回乱转，里边透着凶光。蒜头鼻子，塌山根，大嘴叉，厚嘴唇，连鬓络腮短钢髯。这位是一脸的凶气，尤其他这张脸，这脸不但长得大，而且还不平，这脸上整个儿净坑。

黄天霸一看，好凶恶的相貌。

这个人由打外边一进来，停足一站，"哎，赵员外呢？"

这是不是谢五豹？果然是谢五豹。这谢五豹今天来得晚了一点儿，但是谢五豹到赵忠家里边来，从来不走大门，总是翻墙而过。他自个儿找地方，不是在这边翻，就是在那边翻，要不在后边翻，绝对是不走正门儿的。今天，他是从左边这个小胡同儿里边，看了看左右没人，翻墙进来的。他对赵忠家里边非常熟，进来之后，直接奔客厅。因为他知道，每次到这儿来，赵忠都是在客厅这个地方等着他。毫不客气，推门就进来了。他一看这屋子里边没有赵忠，他一眼就看见黄天霸了，"哎，赵员外呢？"

"哦，您请坐，您请坐。"

谢五豹拉过一个机凳儿，坐那儿了。"我问你，你是谁？"

"哦，我是赵员外手下的。"

"赵员外手下的，你叫什么名字？"

"啊，请问，您是哪位？"

"哈哈哈哈哈哈……不认识我？嗯？我姓谢！"

"噢，久仰久仰，"黄天霸故意把自己的锋芒收敛，假装成一副买卖人的样子，"您就是谢五爷吧？"

"哈哈哈哈哈哈，对，我就是谢五豹。"

"哦，我跟您说，小人我姓孙，叫孙思全。我就是赵员外分号店铺里边的一个掌柜的，您知道赵员外在苏州府开了一个旷古斋古玩店吗？我是那儿的东家。赵员外特地今天把小人招呼来，陪您吃饭。"

"噢，你就是那古玩店的掌柜的，我问你，你对古董玩器能鉴别出真假吗？"

"当然能鉴别出真假啦，听说谢五爷您带件儿东西来？"

"对，我带了件东西来，要等着你给我鉴赏鉴赏。"

黄天霸心想，我等的就是你这个炸海金蟾。

第五十三回　带刀伤急逃谢五豹
　　　　中药毒误迷朱光祖

　　黄天霸在谢五豹面前，他冒充旷古斋的掌柜的，孙思全。黄天霸想要从谢五豹的嘴里边探听出他是怎么盗取的国宝炸海金蟾。当谢五豹一听说坐在他面前的是旷古斋古玩店的掌柜的的时候，谢五豹看了看黄天霸："嗯，看来赵员外还不太信我。"

　　"啊，请问，谢五爷，您这个炸海金蟾是个外国货？"

　　"对，没错！"

　　"小人斗胆说一句，是真的吗？"

　　"怎么还能假的，啊？我跟你说，我得这个炸海金蟾，这是把脑袋拴到裤腰带上，玩儿了命才得过来的。"

　　"哦，听赵员外说了。请问，您是在哪儿得来的？"

　　"在哪儿得来的？你问这干吗？啊？"

　　黄天霸发现，谢五豹警觉了，他一警觉，我不能再追问了。"啊，我只是那么顺口问一问，谢五爷，那么这件东西，您今儿个带来啦？"

　　"带来啦，当然带来了，我要跟你们赵员外当面谈谈，我想出手，让他给个价儿。"

　　"您真出手吗？"

　　"看他这价儿给得怎么样。要合适，我就出手，不合适，哈哈哈，对不起，我让他开开眼，转身我就走啦。这不你也来了吗？你也跟着瞧瞧，这玩意儿，我就琢磨着，它是旷世奇宝。你那不叫旷古斋吗，我这叫旷世宝。"

　　"谢五爷，您能不能把这东西先拿出来，让小人我看看，开开眼界。"

"你想看看？呵呵呵呵，这玩意儿能随便儿掏出来看吗？跟你说吧，孙掌柜，这东西，我在肋条上拴着呢。谁一拎，扯得我心肝儿疼，我能随便儿给你看嘛。啊？这东西要是一丢了，那等于丢了半壁江山哪。对我来说，我就指着这玩意发大财呢。"

"是是是，这样儿，您要怕丢，您拿出来，您在那儿坐着，在手里边拿着，我瞧着，您看如何？"

"哦？你非要看看不可？"

"是呀，我是搞古玩的，我对这个稀世之宝哇，我特别喜欢。即使您不卖给我，您让我看一看，也让我长知识长见识。我还从来没听说过这种东西。"

"想看看吗？"

"我想看看。"

"好！"谢五豹站起来了。谢五豹往怀里边一伸手，"哎，你往这边儿来。"他冲黄天霸这么一摆手的工夫，黄天霸下意识地可就站起身来了。站起身来，黄天霸跟着往前走了那么两步，谢五豹往侧面儿一转身，"嗯？我问你，你是谁？"谢五豹一眼就看见黄天霸屁股底下坐那单刀跟镖囊了。谢五豹心想：你是那个旷古斋掌柜的吗？旷古斋掌柜的为什么还带着单刀带着镖囊呢？这是绿林中人哪。谢五豹把伸到怀里边这手马上就撤出来了。他下意识地一伸手，噌，把单刀就亮出来了。"你是谁？跟我说？"

黄天霸此时刻忽然意识到自己走这两步走得太错误了。我不该站起来，让谢五豹看出我的破绽。事到如今，也不用藏着，也不用掖着了。黄天霸说："你问我是谁吗？"

"对！"

"我，我就是——"说到这里，黄天霸往后退两步一转身，右手扯单刀左手抄镖囊，呛，嗨，这镖囊提溜起来一绕，唰，过来，"黄——天——霸——你家黄老爷。"

黄天霸报出这三个字来之后，谢五豹一惊："什么？你是黄天霸？好哇，黄天霸，我与你有杀兄之仇。我拿你不着寻你不到，我恨不能吃你的肉喝你的血，没想到今天在这里我们两个冤家路窄，狭路相逢。黄天霸，今天你休想再出去这个屋子！"说到这里谢五豹一荷单刀，纵身形往前唰一刀，就劈下来了。这一刀斜肩带臂奔着黄天霸往下一劈，黄天霸缩颈藏头往旁边一闪身，用刀往出一架，嗨！看刀！两个人就在屋子里边打起来了。

他们两个在屋子里边这一打起来，客厅外边周围有几位办差官。赵璧呢，就在客厅门口儿左边那儿待着呢。赵璧马上又通知了朱光祖，告诉朱光祖上房上边，压住房顶。别让这谢五豹由打屋子里边出来上房跑了。朱光祖上了房了，赵璧往怀里边一伸手，就把自个儿的解药瓶掏出来了。掏出解药瓶先往自个儿那鼻子眼儿那抹了点儿解药，然后把这解药瓶又揣到怀里。接着就把那个哼哼药掏出来了，往这手心儿里边倒了不点儿，把那药瓶儿又揣起来了。赵璧心想，我这个药，当药引子使呀。一般来讲我是不能使用的，我舍不得用，我师傅给我说只够用那么几十回的。今天碰见的这个人，这是谢五豹哇，这是盗国宝的贼。小子，今天赵大老爷赵璧，可得要露一脸，待会儿天霸在屋子里边能把你活擒还则罢了，要是不能把你活擒，但等你往外一跑的时候，我照你面前，我噗——就这一口气儿，这么一吹，让你兔崽子在我面前就哼哼起来没完，我打着你嘴巴子就把你领走了。然后把炸海金蟾得出来，往施大人面前这么一交，嘿！赵璧心想，师父哟，今天要借您这个药的力量啦。赵璧在手里边托着这药，就等着谢五豹由打屋里边出来了。

谢五豹跟黄天霸在这屋子里边就打斗起来了。这一打起来，黄天霸深深地感觉到，谢五豹这口单刀，受过名人指教，高人的指点。这口刀是刀锋凛冽，一刀紧似一刀，一刀快似一刀，跟黄天霸是既有远冤是又有近仇，唰唰唰唰唰唰唰……黄天霸摆刀招架。黄天霸在某种程度上来说，自感觉到在刀招儿上没有谢五豹那么狠。黄天霸暗想，干脆吧，我给他来一镖得了。逢强智取，是遇弱活擒嘛。

黄天霸刚一产生这种想法的时候，谢五豹他也有他的心理。谢五豹为什么这么来势凶猛，谢五豹心里头想：坏了，屋子里边黄天霸在这儿，绝不会是他一个人，我在这里如果跟他打斗时间一久，外边就被人家包围啦，窗户门儿都封锁住之后，我就走不了啦。趁这工夫，我快点儿跑吧。他打着打着，忽然间冲着黄天霸这刀，往头上一晃，唰——这刀这么一晃的工夫，黄天霸拿刀往外一架，谢五豹把刀往后一撒，就在这一撒刀的时候，这个手往镖囊里边一伸，就拖出一支镖来。看镖！啪——迎对面，左手镖一甩手，这镖就出来了。黄天霸还没等用镖呢，谢五豹这镖就出来了，镖往黄天霸这儿一打，黄天霸往旁边一闪身，啪——这一镖就钉到墙上了。黄天霸不能回头往那儿看，回头那儿一看镖的话，人家又来一支镖，就得给他钉上。黄天霸一荷刀刚想要追谢五豹，这工夫谢五豹刀交左手，一伸手，就把这铁梨木的杌凳抄起来了，冲着窗户外边喊了一声："谢某出去了！"咔——说了声儿出去了，这杌凳咔嚓一下子，就把那花棂子窗户打碎了，掉院子里了。这杌凳出去之后，在那西下屋正看着那掌柜的关泰，也听见客厅里边打起来了。关泰手中提溜着折铁倭钢刀，他就不看那掌柜的了。心想那个掌柜的是个文人，你就不看着他，在这个时候他也不敢跑。更何况外面官兵已经把赵忠的宅院全都给包围了。关泰手中提溜刀定睛一看，客厅里边咔嚓一声响，窗户就碎了。又听有人喊出去了，关泰纵身形一步就到跟前儿了，到跟前儿一摆刀他刚想要剁，一看，是那铁梨木的凳子。关泰知道，这是个虚招儿。就在这一瞬间，谢五豹这身子也真够利索的，铁梨木的凳子扔出去之后，就手儿一纵身，噌——由打这窗户里边儿，他就钻出来了，蹿到房檐之下。谢五豹蹿出来刚落到房檐下边，赵璧呢，这手里边拿着药呢，这手拿着药，这手拿着红锈宝刀。赵璧一转身就看见谢五豹了，好小子，你哪儿跑！赵璧往前一赶步，他冲着谢五豹想要吹，他刚想要吹这个药，这谢五豹就手儿一旱地拔葱，噌——上房了。谢五豹往房上这么一纵身的工夫，房顶上是朱光祖。朱光祖手中一荷这口柳叶儿单刀，盯着呢。一看这小子由打里边出来了，他纵身往房上这么一蹦，朱光祖把刀一摆，嗨——他想搂头盖顶这一刀，让他蹬房檐蹬不着，就把他给剁下去！可是这一刀剁的，就差了一步，谢五豹往上一纵身，跟他差两步之远，朱光祖这一刀没剁着他。这刀没剁着他，谢五豹喊了一声，谢五豹这脚蹬到这房檐上，"看镖！"说了声看镖，他这是虚的，手里边拿着刀呢，这左手一抖，说了声看镖。朱光祖一听到看镖，朱光祖知道他们两个距离太近了，这种近距离，如果镖打出来，那是很难躲得开的。所以朱光祖往旁边一闪身，脚没蹬住，身子略微一斜，由打这房上边啪一个翻身倒个跟斗，他下来了。

朱光祖是不想下来的，结果由于要躲他这空镖，他下来了。这件事情哪，别看我叙述得这么长时间，也就在一瞬间是同时进行，谢五豹上来了，朱光祖就下去了。朱光祖脚一落地，正赶上赵璧这药就吹出来了，噗——他也没看着是朱光祖掉下来呀，谢五豹上去了，他晚了一步儿。这药也出来了，朱光祖也落下来了。阿嚏！哼……他给朱光祖吹上了。这朱光祖冲着赵璧就哼哼起来了，赵璧气坏啦。赵璧一看，"嗐，你怎么下来了。"赵璧一回身，正看见这谢五豹。谢五豹在房檐上往下观瞧，"哼，怎么样，谢某走了！"

赵璧把这小刀儿一摆，"休走，我追你！"

"你追我，看镖！"他说了声儿看镖，他这回可真抻出一支镖来，他是要打赵璧。这镖抻出来往赵璧那儿一甩，赵璧往旁边一闪身，"看刀！"

赵璧由于这口药给朱光祖吹上了，所以赵璧有点儿急了，赵爷可从来没这么急过，今天他来了个绝的，他把这红锈宝刀出了手了。他嗖的一下子，这事他也就那么寸，前赶后错，他说看镖他说看刀。这刀是出来是飞上来了，谢五豹这镖也出手了。在出手的一瞬间，谢五豹还有点儿犹豫了，怎么犹豫了？他发现底下上来个东西，看刀？谢五豹心想，怎么把刀扔上来了？与其说是刀吧，还不像刀，谁那刀能这么短哪？他哪知道赵大老爷这刀那是红锈刀，就一尺二寸五长哪。谢五豹这一晃神儿的工夫，他这镖往下打的也不准了，可偏巧他就不动地方了。赵璧这一刀，嘣——正给谢五豹是扎到臀部。嘭的一下子，这红锈宝刀就给戳到这了。戳这儿之后谢五豹自觉得不好，转身就跑。谢五豹转身这一跑，赵璧由打下边纵身形，他就上了房了。赵璧一边儿跑一边儿又掏药，他那意思我再弄点儿药，我非得追上你给你吹上不可。赵璧掏药这工夫，谢五豹能带那刀走吗？他一跑那刀在那蹾跶蹾跶的他难受哇，谢五豹跑出没有两步，把这刀拔下来一甩手冲着赵璧"给你！"心想我要你这个破玩意儿干什么。他都没看清楚那是什么玩意儿，知道是把刀，啪地一甩出来，赵璧没等掏药，一看刀来了，啪——往旁边一闪身，啪，把刀接住了。他刚想追，这工夫黄天霸跟关晓曦已经上了房了，黄天霸说："你快看看朱光祖，别管啦！"

黄天霸气坏了。黄天霸出来一看，心想：怎么弄的，赵璧，你这是来帮忙抓贼吗？你这不是来给添乱吗？啊？你怎么给朱光祖把那药吹上啦？这朱光祖是我们的主力，结果在那一劲儿直哼哼。

黄天霸跟关晓曦两个人追赶谢五豹，赵璧也知道自个儿那事儿办得不对，由打那房上噌——下来了。小刀往自己腰里边一别，朱光祖还在那哼哼，赵璧一看，朱爷呀，朱爷……赶紧由打自个儿腰里边把那解药掏出来了，倒出来一点儿，把这朱光祖抱住，把这解药往他鼻子那那么一抹。朱光祖一边哼"哼，阿嚏——我说赵璧，你刚才弄的什么玩意儿，你让我闻上了？"

"啊，哈哈，我跟你闹着玩儿呢。赵璧心想这事儿我还不能跟他说，我要跟他说出来之后，他肯定跟我急不可。哈，没事儿没事儿没事儿，这不就好了嘛！咱们开个小玩笑！"

"哎，贼呢？"

赵璧说："不用你追啦，天霸和关泰，他们俩追去了。"

"啊，哎哟。"

这个工夫黄天霸和关泰关晓曦紧追谢五豹不放。谢五豹这腿脚儿可不慢，但是黄天霸跟关泰两个人腿脚儿更快。谢五豹由打赵忠的宅院里边出来，跳到了平地上，关泰跟黄天霸两个人同时也跳到了平地上。两个人两口刀，往前追赶。谢五豹这阵儿，屁股这让赵璧给攮了一刀，伤口还有点儿疼痛。谢五豹想，我今天无论如何，我可不能让他们把我抓住，我要让他们把我抓住，我这些天的这个工夫可就白下了，身上我带着宝贝呢。他们抓我倒不见得那么迫切，得宝贝倒是真的，谢五豹由打胡同里边就跑到了大街上。当他来到大街上，这街上正好儿是一个菜市场。这谢五豹就打这菜市场里边横穿竖穿的，在人群里边来回穿着走。黄天霸和关泰关晓曦也一直跟着。谢五豹回头一看甩不掉这两个人了，他左跑右跑最后跑出了苏州的东门，刚一出苏州东门，一看东门外边有几个赶脚的。那儿有几匹脚力，有驴，有马。谢五豹一看有一匹红马在那儿，他几步到跟前，一捋缰绳。把缰绳带过来，马上扳鞍纫镫，啪——拿这刀照马后座就是一刀。这赶脚的一看赶紧："哎哎哎，你上哪儿……"

谢五豹说你别管，咔嗒咔嗒咔嗒咔嗒……跑了。

第五十四回　治刀伤求医花家桥
触旧事伤情殷丽娘

　　黄天霸和关泰两个人追赶谢五豹出了苏州的东门。这谢五豹他可真急了，东门外正好有几个赶脚的，这里也有驴，也有马。赶脚用的那驴和马叫走驴儿，走马。谢五豹看见一匹红色的马，他不容分说走到跟前，捋过缰绳，扳鞍纫镫他就上去了，这马主从旁边儿走过来正想要问您上哪儿，谢五豹根本连搭理他都不搭理他。把刀一摆，啪——的一刀，照着马后座儿就是一下子。这一刀哇，就给那马后座儿，也就是那马的臀部，给剁了一口子，这匹马负伤而逃。咔嗒咔嗒咔嗒咔嗒……

　　谢五豹这一跑，黄天霸跟关泰两个人也跟着就到了。黄天霸一看谢五豹骑着马走了，旁边还有两匹走马呢，这两个马主儿呢，正笑话那个人儿呢："你看看你，你也不看准了……"还没等说完这句话，黄天霸跟关泰两个人一使眼色，也容不得工夫了，来到跟前把这两匹马一捋就过来了，黄天霸扳鞍上马，关泰也上了马。这二位一看："哎，你们上哪儿？"黄天霸说我是奉旨钦差的差官，回来再跟你算账。咔咔咔咔咔……裆里一较劲，这匹马咔咔咔咔……追下来了。关泰跟黄天霸，这两匹马是紧追不放。

　　谢五豹在前面骑着马一边儿跑，他一边伏身回头观瞧，哟！好家伙，这俩小子也抢过两匹马来，跟上我了。看这样子，今天想不让我跑哇，不让我跑我也跑，咔咔咔咔咔咔……谢五豹心想，我顺着大道就这么跑，看这个样儿他能把我追上。黄天霸跟关泰两个人在后边已经是下了决心了，今天要不追上谢五豹，那是绝不甘休。正所谓上天

348

追到凌霄殿，是入地也追到水晶宫。黄天霸想，好容易见到他了，既是罪犯，又有赃物，都在他身上呢，抓住他，这次到苏州来，这案子就全结了，能容得了他吗？可是谢五豹呢，他心里也明白，他们俩要把我追上，那我就全完了，我可不能一个劲儿顺这条道儿傻跑。他忽然间发现前面有一片密松林，谢五豹心想，干脆吧，咱进树林儿吧。他脚尖一领镫，这匹马咔咔咔咔咔咔……就进了树林了。树林里边是杂草丛生，是树木琅琳，这匹马跑进树林里边，速度可就慢下来了。但是慢下来了，后面追者，对前面看着可就困难了。他这匹马往前跑着，这工夫黄天霸跟关泰两个人一齐催马也进了树林了。就在他们进树林的时候，谢五豹这匹马已经到了树林当间儿了。谢五豹往前面一看，一看面前有棵大松树，这棵松树斜长出一个枝杈儿来。谢五豹一看这个枝杈儿，心中暗想，我不能再跑了。他裆里一较劲，这匹马就来到松树的枝杈儿下边了，当来到枝杈儿下边的时候，谢五豹由打马上站起身来脚尖儿一点镫，双腿一使劲，往上一纵身，蹭——啪——他把这枝杈儿就给扳住了，两脚一甩镫，唰——双腿往上一悠，比猴儿都灵，他上了树了。这匹马咔咔咔咔咔咔……由打树下就过去了。谢五豹紧跟着由打这树上噌——噌——噌——三蹿两纵，纵出去十几棵树远。在一棵高大的松树上边，借着密匝匝的松树枝，隐住了身形。

回头一看的工夫，关泰和黄天霸那两匹马咔咔咔咔咔咔……已经在他刚才扳树杈的那棵树底下跑过去了。因为黄天霸和关泰两个人光关注前面那匹马啦，他们两个人骑着马往前追追追追，那匹马已经出了树林了，关泰和黄天霸两匹马也出来了，当他们出来的时候，发现马上没人。黄天霸此时刻才知道，中了谢五豹的计了。黄天霸跟关泰两个人急催座骑就撵上这匹红马，黄天霸来到这匹红马的跟前，顺手一捋这匹马的缰绳往旁边一带，吁——把这匹马带住了，周围观瞧，找不着谢五豹了。

黄天霸由打马上跳下来了，关泰也下了马了。黄天霸把这三匹马都交给关泰，他手中提着单刀四处寻找，找了老半天也没找着。

关泰说："这样吧，看来这小子是跑了，不定从哪儿跑的，可能在树林里边。如果我们往树林子里边再回去找他，有这工夫他已经跑远了。咱们只可回去啦。"

黄天霸这气，恨不能给自己俩嘴巴。心想，黄天霸，你一辈子抓差办案，没办过这种丢人的事儿。眼看着在你眼皮子底下，你就愣让他跑了，"好！回去吧！"这回回去，还得替那谢五豹给这脚力钱呢，这匹空马，人跑了。

黄天霸跟关泰两个人带着这三匹马往回走。此时刻的谢五豹，还在那棵高大的松树上边呢。隐住身形之后，他由打镖囊里边抻出来两支镖，一个手里边一支。他借着这密松枝往下边观瞧，心想，如果一旦你俩把我发现了，要想上这树上来抓我，我就拿镖打你。可是他远远地看见黄天霸跟关泰，两个人带着马匹往回走，过去了。谢五豹自个儿心中暗暗地庆幸：哼哼哼哼哼，这叫天不灭曹啊，哈哈哈哈……镖往镖囊里边一装，又沉了一会儿，他由打这树上噌——下来了。下来之后，谢五豹这才想起来屁股上的伤疼。嗬，他妈的，我这么一晃的工夫儿，那个小脑瓜儿那小子弄把什么破刀攘到我这儿了，啊？怎么这么疼，嗯？走，上哪儿呢？这个地方是出苏州的东门，跑出这么老远来了，嗯，大概是到了昆山县地界了。欸？谢五豹忽然想起一个人来，这是跟他经常来往的一个好朋友，就住在昆山县花家桥，有一个人姓殷叫殷启。哎，我找殷启去吧，殷启这小子，手里边还经常有一些个金枪药，我到那儿，让他给我上点儿药，好使我这个伤口及早愈合。我把伤养好了，再下一步行动。

这一道儿上，谢五豹是不骂别人儿，就骂黄天霸。骂完了黄天霸，接着他又骂赵忠，干吗骂赵忠啊，那赵忠不是东西。你约我今天中午到你家去，你怎么不露面儿啊？你这小子是让黄天霸抓起来了还是怎么的？就这样，谢五豹来到了花家桥，花家桥镇的东边有一个小院，这就是殷启住的所在。谢五豹进院儿之后，先把院儿这门儿关上、插上，奔上房屋。这殷启在上房屋正睡觉呢，谢五豹进来一看殷启还没醒呢，抓住他脚脖子一抖搂，"哎快起来快起来快醒快醒……"这一抖搂殷启由打这床上扑棱就起来了，"哎哎哎……谁？干什么你？"

"干什么，我找你来了，干什么。"

"哎哟，怎么的啦？出什么事儿啦？"

"没出事儿，差点儿没把命搭上。"

"哦？差点儿没把命搭上，因为什么？"

"因为什么？唉！这个赵忠哪，不是东西。"

"欸？那不是你好朋友吗？你怎么骂他？"

"我骂他？什么好朋友？他差点儿没把我送了！"

"怎么的啦？"

谢五豹把自个儿的经过简略地这么一说，殷启一听当时一愣，"怎么？黄天霸来了？"

"啊。施世纶，黄天霸那伙子人，到苏州了。"

"哦——哎哟，这事儿我头一回儿听说。"

"头一回儿听说，这回你就小心点儿吧！你要是过去有什么事儿，可别碰上黄天霸。"

"哎哟，我有什么事儿啊，我没什么事儿。你……上我这儿来，打算在这儿待两天？"

"待两天不待两天咱先别说，我这地方疼，你快看看，有没有刀伤药，金枪药，给我上点儿。"

"怎么的啦？中镖啦？"

"不是！那小子那个脑瓜儿不大，叫什么赵璧吧，小脑瓜儿赵璧，就那小子。我一上房的工夫给我飞一刀，这刀攘上了，真疼。"

殷启说："我这儿，哎呀，我这刀伤药剩一点儿，我给你上上，你看看怎么样！"

"好！快快快快，快上。"

殷启把这刀伤药拿出来，小心翼翼地给这谢五豹上上。上完了刀伤药，谢五豹往这床上一躺，"哥们儿，没别的，给我做点儿好吃的吧，今天我在你这儿过夜了，我在这儿待两天。把伤口愈合之后，然后再走。"

殷启说："随便，咱们哥儿俩谁跟谁啊。"

殷启这就下去给他做饭，谢五豹真就在殷启这儿住了一夜。第二天早晨起来，谢五豹翻身一起床，刚想要下地穿靴子，这腿一动，"哎哟，哎哟……我说殷启呀，你给我上的什么药？啊？没上错吧？"

"怎么能上错呢，我跟你有仇哇？"

"那怎么，这个更厉害啦？"

"是吗？我看看。"谢五豹让殷启一看这伤口，殷启一瞧："哎哟，我说，我说谢五爷，他这刀可太厉害了，他这刀是什么刀哇？你这玩意儿，感染了，有点儿要化脓，都肿啦！"

他哪知道赵爷这刀的厉害呀，红锈宝刀。人那刀尖儿挺快，后边都是红锈，这锈跟着一块儿扎进去，能好得了吗？

谢五豹一听："那肿了，你那药也不好使，你还有好使的药没有？"

"没有了，再要好使的药可没有了。"

"那怎么办哪？你给我想点儿辙呀！"

"那……我给你请个大夫？"

"不行！能请大夫吗？这时候连面儿都不能露。官面儿肯定四处捉拿我，我在黄天霸的眼前挂了号了，施世纶肯定也知道了，连我盗国宝那个事儿都抖搂出来了。我现在，成了名牌的大盗了，我不能露面儿，绝不能找大夫。"

"那你不找大夫……"殷启说，"要说熟人，还有一个。这样吧，上我妹妹那儿去吧，我妹妹就在村西头儿住。"

"你妹妹？欸，我早听说你有个妹妹，是不是叫殷丽娘？"

"对呀，殷丽娘。"

"你妹妹，不是专门儿研究药的吗？"

"是呀，所以我说领你找她去呀。"

"欸，那好那好，找她去。"

"可有一样哪，我妹妹脾气怪，到那儿之后哇，我先进屋，我妹妹要答应之后，你再进去。"

"没事没事，走走走走……"

谢五豹跟着殷启两个人由打这小院儿出来，就奔村西头儿走。来到村西头儿，有一个大院子，这大院子院儿里边，敢情是个两层儿的小楼儿。楼上楼下，一共是六间房。殷启领着谢五豹进了这大院子之后，把院门儿关上。殷启前边走，"你在院儿里站着等着我哇，我上里边先给你问问。唉，你不知道。我妹妹脾气怪，还惹不得。我告诉你，我妹妹比我本事大。"

"是吗？好，我等着。"

谢五豹在这儿站着，这殷启上了楼了。时间不大的工夫，由打楼上就下来了，"嗨，谢大哥，真不错，我妹妹今天开面儿了，赏给我个脸儿，请你上去。"

"好，走！哎呀……"谢五豹瘸着腿，跟着殷启就上了楼了。来到楼上，一进这绣房，谢五豹先抬头观瞧。一看绣房里边，站着一个年约三十许的女子。这个女子，别看是三十来岁了，如果说她是徐娘半老，风韵尤存，尚且不够。三十来岁，看上去却像二十五六的，长得的确是漂亮，这种漂亮不是那种妖冶，而是那种典雅文静。

谢五豹这个人，在江湖上，那是什么事儿都干哪，采花盗柳，他也不是不来。他见过不少女子，却从来没见过这样一个女子，谢五豹暗想：早听说殷启有这么一个妹妹，挺漂亮的，今日一见，名不虚传。谢五豹今天是摆出一副假正经的样子，搭上一眼之后，再不能死乞白赖的，往人肉里盯啦。这工夫殷启先给指引了一下，"妹妹，这就是我说的，谢大哥，谢五豹。"就看殷丽娘走两步到跟前，微微一笑，轻轻地道了一个万福，"哦，谢大哥你好。"

"啊，贤妹，打扰你了，打扰你了。"

"谢大哥，您怎么的了？"

"哎，别提啦。我呀，跟他们开玩笑，比武。这一比武吧，不小心，那小子那刀出了手了，我没躲开，就攮到这儿了。给攮上了，我开始没当回事儿，结果呢，这个……孬发了，可能是化脓了，肿得我挺难受。他还没有药，他说的，妹妹你这儿有药，妹妹，帮个忙吧，啊！"

殷丽娘说："好吧。谢大哥，您趴到床上，把这伤口，给我让出来吧。"

"欸，这……这刀攮的不是地方，让妹妹你给我上这伤，大哥有点儿……怪难为情的。"

殷启说："得了得了得了，咱们自己弟兄，不用客气。把裤子脱下来。"

"哎，唉……"谢五豹这阵儿还觉得有点儿抹不开，把裤子中衣儿往下一褪，就露出这伤来了。殷丽娘搬过一个凳子坐在床边儿，由打旁边就把自个儿那小药包儿拿过来了。小药包儿打开之后，到外边端进来一碗盐水，她用一块棉花蘸着这个盐水呀，先给这个谢五豹擦这伤口。盐水一擦这伤口，它杀得疼啊，谢五豹在那咬着牙，还不能出声儿，这才显出来是光棍豪杰。如果拿盐水一杀，就叫了妈啦，那叫什么英雄哪，啊？"嘶——嘿！"

"疼吗？"

"啊，哈哈，不疼不疼不疼，你就尽管来吧，刮骨疗毒，我都不带出声儿的。"

"是呀，早听说谢大哥的大名。"盐水擦完了之后，她就开始给他上药。拿这银簪子上药，一边儿上药哇，殷丽娘就问："哎呀，怎么伤得这么重哪？"

"哎，别提啦，妹妹，主要是呀，我就是恨这黄天霸，我要不是因为黄天霸呀，还不至于这样。"

他一说这黄天霸，正赶上殷丽娘拿这个银簪子给他上药呢，上着上着，一说黄天霸，殷丽娘当时就这么一惊，这一惊的工夫这银簪子可就扎下来了。这一扎下来，谢五豹可忍不住了，"哎呀，妈耶！"

第五十五回　鸳鸯镖结成鸳鸯侣
生死盟翻作生死仇

　　殷丽娘哪，给谢五豹是上药治伤，当她上药的工夫，忽然听谢五豹说了一句黄天霸。这一说黄天霸三个字，殷丽娘这个银簪子就往里边扎了一下子，她不是有意的，这是一种下意识产生的动作。往里边这一扎，这谢五豹可受不了了，谢五豹刚才一直逞英雄，盐水杀不出声儿，给上药也不出声儿，往里这一扎，他可出了声儿了："哎哟，妈耶！"

　　他这一叫妈，殷启在旁边开了个玩笑："哎，五哥，这是妹妹，不是妈。"

　　谢五豹一听都快哭了，"哎哟，我说殷启，你缺德吧你就，啊？你当着妹妹的面儿，你给我这么往上连，啊。我说妹妹，刚才这下怎么着？你是看看哥哥有没有骨头，是不是？"

　　殷丽娘脸儿一红，"哎哟，谢大哥，对不起您了，我这手哇，刚才也不怎么的了，往里边动了一下。"

　　"嘿哟，动得好，动得好。这下儿说不定哪，能扎透，血要一出来，大概就没脓了。"

　　"您放心吧，我这药给您上上，这回准好。"

　　殷丽娘把这药给他上好了，用一块药布给他盖好，谢五豹转过身来，把衣服系好，"哎呀，妹妹，谢谢你啦，劳驾你啦。"

　　"这说到哪儿去啦，都是自己家的人。哎，谢大哥，刚才您怎么又说出黄天霸来啦？您刚才不是说跟他们比武比的，这刀扎着您了吗？"

　　"唉，为什么比武啊？为了练一个绝招儿。为什么要练这绝招啊？

练这个绝招儿，为了要对付黄天霸。"

"黄天霸？是哪个黄天霸？"

"还有几个黄天霸？大清国大名鼎鼎就那么一个黄天霸，赃官施世纶施不全，手底下的狗爪牙。黄天霸，别人管他叫赛罗成，我们管他叫短命鬼儿。这黄天霸，到苏州啦，也不知到这儿来抓差办案，还是干什么，我们绿林里边众位英雄豪杰，都气坏了，准备着，要黄天霸的命，所以我就练了几个绝招儿。没练好，他们给我在这儿来一刀。"

"噢，是这么回事。他们就在苏州府住着呢吗？"

"啊，就在这儿住着呢，妹妹，你认识黄天霸吗？"

"不认识。"

"啊，这个人哪，没有那么坏。我大哥，谢虎，就死在他的手下。我跟他有杀兄之仇，不共戴天。"

"噢，我说的呢，一提起黄天霸，您恨成这样。"

"哎呀，怎么着，殷启？咱们走哇？"

殷启说："走吧。妹妹，这药还用不用换？需要换的话，你把那换的药给我，我就给他换了，他在我那儿住着。"

"好吧"，殷丽娘站起身来，又给他拿了两包要换的药。告诉他哥哥应该怎么换。

殷启拿着药，搀着谢五豹，由打殷丽娘这绣楼上可就走下去了。他们两个下了绣楼，殷丽娘把他们送到院门儿以里，出了院门儿之后，殷丽娘把院子门儿一关，咕隆咕隆咕隆，三道插关儿都插上了。转身回转到自己绣楼之上，把房门也虚掩上，坐在床沿，殷丽娘直勾勾的两眼半晌无言。闺阁中，这位年轻的少妇，她思想起来一幕幕不断的往事。

这殷丽娘怎么回事儿？这殷丽娘是黄天霸的妻子。当初黄天霸跟施大人，下山东赈济灾民回来之后，走在德州地界。德州地界有一个霸王庄，霸王庄里边有一个恶霸叫黄隆基，为害一方。施大人把这黄隆基给逮住了。黄隆基手下有一个恶奴叫乔三，老百姓对他恨之入骨。黄天霸朱光祖赵璧等人去抓这乔三，结果一抓他的时候乔三跑了。跑到哪儿去了呢？跑到离他们那儿不远有个地方叫殷家堡，跑到殷家堡去了。当时朱光祖跟黄天霸就讲过，说要想抓这乔三，就得你一个人儿上殷家堡去。人一去多了，乔三一知道，兴许就从那儿又跑了。你要上殷家堡，去找殷家堡里边的庄主，也是我的老师，江湖上人送外号九爪苍龙，他叫殷洪。你找殷洪老爷子去，你一去，准能行。这个乔三哪，跟殷洪的大儿子，殷龙，两个人关系不错。他跑到他家去了，你就直接找殷洪，让殷洪找他儿子，把乔三献出来。殷洪只要跟殷龙一说，他儿子还非常怕他爹。

黄天霸就这样到殷家堡去了。见了殷洪，一报他自己的字号，一说我是黄天霸，我爹是黄三太，老爷子殷洪是非常高兴。这就把黄天霸让到屋子里边，而且把自己最疼爱的女儿殷丽娘找来了，给黄天霸引见。老头儿跟黄天霸当时论英雄，说现在全天下都称豪杰英雄，究竟有几个英雄？黄天霸不敢回答。老头儿告诉黄天霸，如今这世上，只有两个半英雄。黄天霸当时还一愣，说这两个半都谁呢？老头儿就说了：一个是黄三太，算个整个儿的；再一个窦尔敦，也算个整个儿的英雄；我本人算半拉。这老头儿还挺谦虚。黄天霸当时听了之后，觉得很可笑。老头儿当时让黄天霸跟他的女儿殷丽娘，两个人是切磋武艺，各自都练练刀，各自都表现一下镖技。镖打金钱，镖打飞鸟儿。黄天霸当时就觉得殷丽娘这个女子是与众不同。比完了武之后，老头儿才问黄天霸，你干什么来了？黄天霸跟老头儿说，说我在抓一个逃犯，这逃犯叫乔三，跑到您这儿来了。乔三跟您的大儿子殷龙两个人是好朋友，现在您的大儿子把他给藏起来了。

老头儿一听，当时就把大儿子殷龙找来了，手里边提溜着藤条，问殷龙有这事儿没有？殷龙不敢隐瞒，当时跟爹就说了，"有。有个乔三，投奔我这儿来了。"说现在哪里？你马上把他给我献出来。殷龙说："不行，他到我这儿之后，又看一个朋友，两天之后才回来呢。"老头儿说："好，两天之后他回来，你把这个乔三，用绳子给我捆上，送到德州施大人大堂上，你去领罪。你窝藏逃犯。"殷龙不敢违背父亲的命令，点头儿答应下来了。

就这样儿呢，老头儿让黄天霸回去了。结果黄天霸回到德州等了三天，这殷龙没把乔三给送来，所以黄天霸自己二到殷家堡。可是这一回黄天霸到殷家堡来的时候呢，偏赶上老头儿殷洪没在家。因为老头儿最要好的朋友病危了，老头儿去见最后一面。临走的时候还嘱咐殷龙，"你可想着呀，把乔三给送去。"老头儿这么一走，这个殷龙，这府里边就没有他怕的人了。殷龙一听说黄天霸来了，其实殷龙把乔三就藏在他的屋里。结果殷龙跟他手底下这帮狐群狗党密谋，打算要要黄天霸的命。他们在屋子里边正喝酒，就把黄天霸诓进屋中，摔杯为记，一起动手。黄天霸当时在这屋子里边踢开窗户就跑出来了，这伙子人往后就追。黄天霸就跑到殷宅的后院儿，殷宅的后院儿，当时就有小姐的绣楼。黄天霸就跑到小姐的绣楼上，钻到殷丽娘睡觉这屋里去了。黄天霸进到这屋儿之后呢，楼下这帮人就想要上楼，偏赶上殷丽娘在后院儿练完了武回来，一看自个儿的哥哥带着这么一帮杂七杂八的人要上绣楼，殷丽娘不让他们上。

后来殷龙就说了，说有一个人跑你楼上去了，我们要抓他，他是个贼。殷丽娘说，这个不用你们上楼，我去。小姐自个儿上楼了。上楼到自己的房中一看，屋子里边儿没人。为什么呀？黄天霸钻到这姑娘床底下去了。在床底下，他拿手哇，抓着那个床带，把身子绷起来了。所以往床底下一划拉，也没有人。姑娘反过头来，告诉他哥哥，我屋子里边没人，不用你们来搜查。但是殷龙呢，不死心，妹妹的楼他还不敢上。因为老头子殷洪有过命令，你们这两个当哥哥的，一个殷龙一个殷启，你们俩没事儿，不准随便上你妹妹那绣楼，男女有别。所以妹妹把这脸儿这么一绷哪，殷龙就不敢上楼了。但是他在楼底下，就围住了，不动地方。心想，我看你黄天霸怎么出来。

小姐上楼之后呢，不知道黄天霸在床底下。这姑娘殷丽娘刚练完了武艺，在屋子里边，让丫环打来一桶水，还洗了个澡。洗完澡之后，姑娘在床上坐着换完了衣服，想要换鞋，这工夫往床底下一找鞋，才发现黄天霸。黄天霸感到非常难堪，由打床底下钻出来。殷丽娘一看，哎哟，这不是黄大哥吗？黄天霸说是我，刚才我就藏在床底下。姑娘一看黄天霸，当时脸就红了，想起刚才自个儿洗澡来着。哪儿有这么办事儿的，啊？这男的在床底下，我在屋里洗澡。黄天霸也知道这事儿对不住小姐，黄天霸就说，是你哥哥要杀我，我现在马上就走，你还放心，这件事情，到死，我也不能往外传扬。

黄天霸要下楼的时候，姑娘就说了，你不能走。因为姑娘知道，他爹没在家，他哥哥那是心狠手毒的人，黄天霸如果就此下楼，被他哥哥抓住之后，那是九死一生。黄天霸说我要不下楼，不走，这我在这楼上怎么待呢？姑娘出自一片好心，说，你就在这儿藏着吧。于是姑娘就把黄天霸留在自己的绣房之中。

黄天霸在这儿整整地蹲了一夜，这一夜跟姑娘是天南地北，他们就聊。姑娘呢，对黄天霸很赏识，既赏识他的人品，又赏识他的武艺。因为她爹爹曾经说过，我这女儿要找女婿，必须得人品好，武艺好，还得声誉好。这几点黄天霸都具备。两个人尽管说谈了一夜。但是在这一夜当中，殷龙在底下，没少下功夫。他开始派一个叫长臂猿孙四的，扒着这个楼梯，想往上看看，看看姑娘的屋子里边有人没有。孙四这小子刚把脑袋往上一露，殷丽娘眼观六路耳听八方。一看他露出个脑袋来，抖手一袖箭，穿头皮上了。这孙四嗷的一声，掉下去了。殷丽娘就手喊了一声：有贼！下边有的人真把孙四给按住了，一看不是黄天霸，是那孙四。所以殷龙再也不敢张罗往楼上来看了。

等到第二天了，殷龙就想：黄天霸要在楼上待着，你不得吃饭吗？你往楼下一打饭，打饭的数量多少，我就可以断定楼上有没有黄天霸。可偏偏就在这个时候，老头儿殷洪回来了。老头儿殷洪这一回来，这姑娘可就有救儿了。来到楼上，黄天霸出来给老爷子跪倒磕头。老头说这是怎么回事儿呢？你怎么在我女儿的楼上待着？黄天霸就把整个儿的经过如实向老头儿禀报。

跟老头儿禀报完了之后，老头儿这气不打一处来。既生殷龙的气，又生殷丽娘的气，也生黄天霸的气。老头儿说这事儿怎么说呀？啊？黄天霸一个大小伙子，在我女儿这个楼里边整整地待了一宿，传扬出去，好说不好听。黄天霸在老爷子跟前就谢罪，说您看着办，怎么惩处我都领了。老头儿一看，这么的吧，你是认打还是认罚？黄天霸说："您说，打怎么论，罚怎么说？"

老头儿说，要论打，那我就把你活儿活儿打死。

"认罚呢？"

老头儿说："要认罚呀，你在我女儿这个绣楼里边待了一夜，传扬出去好说不好听，我女儿，就给你了，嫁给你了。"

黄天霸说："只怕我配不上小姐。"

老头儿说："你还真配不上。不过有一点哪，配不上我也将就了。

因为有这么一个事儿，杵到这一步了。"

黄天霸只好点头就答应了。

黄天霸点头这一答应，殷龙在旁边不说好话呀，殷龙说："爹呀，这多难听呀，我妹妹要是出嫁的话，得明媒正娶呀，让黄天霸回到德州之后，派媒人来，明媒正娶，八抬花轿，把我妹妹抬去。"

老头殷洪没同意。殷洪，那是个知情达理的人。老头儿心想，这事儿别声张了，就这样儿吧。就这么样，让黄天霸跟殷丽娘就地拜堂成亲。当夜，就把黄天霸就留住在这里。两口子拜了花堂，在这儿入了洞房了。入完了洞房之后，第二天黄天霸跟殷丽娘分别之时，由打自己镖囊里边，掏出来一对儿鸳鸯镖来，这对鸳鸯镖是当年黄三太老爷子亲自给黄天霸打造的，这可不是杀人的武器，这是定情之物。因为他们家是武林中人，定情的东西都与众不同。这对鸳鸯镖合在一起看着是一对儿，分开是两个，钢镖金环儿。这个金环儿上，錾的是小篆体的字：黄云；那个金环上錾的也是小篆体的字，天霸。黄天霸把带有天霸的这个镖，自个儿带起来了，带有黄云两个字儿的镖，交给了殷丽娘。这就说明夫妻两个人已经成婚了。镖给了殷丽娘了，黄天霸告诉殷丽娘，"我回去之后，不能马上禀报大人，因为我抓差办案之际，办案收妻，我是有罪的。我得蒙着大人，等到得便有机会，我跟施大人再讲。"殷丽娘也同意了。

就这样，黄天霸回了德州，把那乔三，也捆着带走了。黄天霸心里痛快了，这殷龙心里不痛快呀，殷龙半夜到德州，他去救乔三，使了一个调虎离山之计，接着他要去行刺施大人，结果行刺施大人的时候，黄天霸在屋儿里头呢。殷龙进去一行刺施大人，黄天霸黑夜间发现有一个黑影儿进来了，手里边提着刀。黄天霸抖手一镖，就把这殷龙，给打死了。

第五十六回　珠胎暗结潜踪影
玉树初生改姓名

　　我们在上回书里边讲述了殷丽娘的身世，正说到他的大哥殷龙哪，到德州去行刺施公，结果在黑暗之中，被黄天霸抖手一镖，给打死了。

　　黄天霸可不知道这个行刺者是他的内兄，掌起灯光一看，才知道是殷龙。黄天霸这阵儿，是有话不好明说，因为他跟施大人没讲自己在殷家堡招亲的事儿。如果要说了招亲的事儿，办案招亲犹如临阵收妻，那是要受惩罚的，正因为他没说这件事，所以说他今天打死了他的内兄，也不敢跟大人明讲。但是施大人呢，知道殷龙他父亲老隐士殷洪，那是一个深明大义的人，正是因为殷洪不娇惯他的儿子，所以才能使乔三被擒。黄天霸跟施大人就讲了，这件事情最好是我把他的尸首送到殷宅，因为黄天霸想到了，有很多话呀，需要亲自跟殷洪去说，在施大人面前不好讲。

　　施大人答应了，最后呢，赵璧陪着黄天霸，押送着殷龙的灵柩，就够奔殷家堡。

　　把殷龙买了口棺材盛殓起来拿车拉着，走到半道儿上，在树林里边，黄天霸跟赵璧就把自己跟殷丽娘已经成亲的这件事儿说明白了。因为黄天霸知道，这件事不能蒙着赵璧，你就是蒙着赵璧，到了殷家堡，这事情也得抖搂开。

　　黄天霸说出来之后，赵璧一听："我明白了，好兄弟，你这是把这事儿跟我说清楚了，让我给你好好地圆全圆全。"

　　黄天霸说："就这意思。"

所以他们两个人押着殷龙的这灵柩来到了殷家堡一见到老爷子殷洪，把这个事情一说明，殷洪那真如是五雷轰顶一样哪，当时老爷子就不知所以了。尤其是这棺材在这院子里边一停，棺材盖打开，殷洪跟殷丽娘这爷儿两个趴到棺材这儿一看殷龙这死尸，老头子当时差点儿就没晕过去。

　　你别看他这个大儿子不学好，老头儿有时候也打他也骂他，但是他打他骂行，别人把他这儿子一镖给钉死这儿了，那老头儿心疼哪。俗话讲，庄稼看着人家的好，儿子是看着自个儿的好。不管怎么讲，这孩子那是春天的花儿秋天的果儿，是他亲生自养的。

　　老头儿看完了尸首之后老爷子是放声痛哭，最后老头儿就质问黄天霸，说黄天霸，你是我的姑爷，你怎么能把我儿子给打死？

　　黄天霸当时呀，无可分辩，黄天霸说："老人家，他半夜去行刺施大人，我不知道是他行刺，我以为是别处来的刺客，所以，我手下没留情，抖手一镖，就置于死地，掌起灯来之后我才知道是他。千不怪万不怪都怪我自己太疏忽，老人家，我之所以把灵柩亲自押送到这里，我就是接受您的惩处来了，您对我怎么办都行。您这个儿子，我知道，是您的爱子，您肯定心疼，这样吧，我就一命抵一命——"黄天霸跪那儿了，要让老爷子把他杀了。

　　这老爷子当时气得把刀就亮出来了，殷洪把刀往外一亮的工夫，旁边儿殷丽娘跪下了，殷丽娘冲她爹就说："爹呀，您把我先杀了吧，这事儿怨我。我要不把黄天霸藏在我这楼上，咱们也结不了这个亲，结不了这个亲也种不下这种仇……"

　　殷丽娘跪那儿求着一死，老头儿看了看殷丽娘心里边明白：她哪是要求一死呀，其实这是给黄天霸讲情呢。我要把黄天霸杀了，这殷丽娘不就守了寡吗？这边是女儿，这边是姑爷，棺材里边躺的是儿子，老头儿把脚一跺："行了！你们谁也别死，干脆，我死！"

　　老头儿把这刀往脖子这儿一担，这就要抹脖子。老头儿刚一要抹脖子，这工夫赵璧过来把老头儿的手脖子抓住了。赵璧说："你们谁也别死，我死！"

　　赵璧一说这句话呀，把这三位都镇住了。老头儿就纳闷儿了，说："你死什么呀？"

赵璧当时就讲了："您想哪，您这个儿子，到德州公馆里边去行刺施大人，他本身可就犯着死罪呢，啊，他本应该死，可是偏偏是黄天霸把他打死的，这就牵扯到黄天霸了。黄天霸这个事情还没跟施大人讲，跟施大人一讲，施大人要怪罪下来，黄天霸也有罪。你看，他非得让我跟着一块儿往这儿来，我要不知道这个事儿就都好办了，我一知道这个事儿就把我也圈到这里头来了。你瞧到在这儿，你也要死是他也要死，她还要死。最后你们仨都死了，我回去怎么跟施大人交差呀？我要如实地说，我这事儿没办好；我要给他瞒着，抖搂出去施大人说我知情不举——反正我也有罪了。你们这事儿办得就不地道，你们如果这么一死，就等于把我赵璧这个送葬的给埋到坟地里了！"

　　老头儿一听，说："那你说得怎么办呢？"

　　赵璧说："现在唯一的最好的解决办法，你这儿子，是您的亲生儿子，您也喜欢他，但是，这小子不学好儿，论罪他该死。如果不是黄天霸误杀了他，他暗杀施大人这个事儿，可是株连九族的事，那么说殷龙被抓的话，您全家就都得死，甚至于黄天霸也得跟着倒霉。

　　赵璧这么一劝，当时老爷子觉得有理，忍住了悲痛，只好把大儿子殷龙就入土安葬了。殷启后来回来才知道大哥死这个消息，殷启这个人呢，跟殷龙不一样。老头儿经常说这么一句话，说"大儿子不学好，二儿子随风倒"，这殷启呀，办事儿没准主意，一会儿是好人，一会儿是坏人，是哪头儿硬哪他往哪头儿偏，就这么一个人。所以殷启一看哥哥死了，他也没说什么。

　　黄天霸和赵璧在殷家堡这儿呢，他又待了一天，黄天霸临走的时候，就跟老爷子，跟自己的妻子殷丽娘曾经说过，说我现在不能马上跟施大人讲。我得跟着施大人，这一路回到京城，找到一个恰当的时机，我再跟施大人讲我们两个的事儿。但是殷丽娘跟他说："你可不能太晚了。"

　　黄天霸说："你放心，也就是半个多月，我指定给你带信来。"

　　就这样，黄天霸回转德州，跟着施大人就回了北京了。黄天霸回了京师之后啊，没用多久，他就给殷丽娘写了封信，这信中说呢，说我现在还没有找到跟施大人说这句话的机会。

　　黄天霸为什么不说呢？黄天霸这个人是什么事儿都想要争强好

胜，要脸儿，不愿意让人说他个不字。他总想自己要立一个大功之后，趁着施大人高兴的工夫，再把招亲的这个事儿跟施大人讲了，来个将功折罪。可是一直没找到这样一个机会。黄天霸把这封信托人就捎到殷家堡来了，捎到殷家堡来接信的这个人恰恰就是殷洪手底下的这么一个家丁，这个家丁也是护院的一个人，长臂猿孙四。

这个孙四啊，就是黄天霸藏在殷丽娘的楼上，那天晚上殷龙让他爬到楼上偷偷看看，让殷丽娘给来了一袖箭，把头皮给穿个窟窿，就那小子。这个小子呢，打挨了那一袖箭之后，心里边就有点别扭。并且过去呢，他对殷丽娘在心灵深处怀有一种好感，他本人心里边也明白，殷丽娘不会看上他，但是呢，他这叫癞蛤蟆想吃天鹅肉，老虎看月亮——着急够不着。尽管他够不着可以呀，但是殷丽娘这一嫁给黄天霸，他心里边产生一种嫉妒，尤其是由此他还挨了一袖箭，这心里边就更恨黄天霸。黄天霸派人送来这封信，由他接到手里头了。他打开一看，是黄天霸给殷丽娘写来的信，这小子呀，这封信就没往外献。不但没往外献，他提起笔来，给黄天霸以殷丽娘的口气回了一封信。这信上怎么说的呢？他说你黄天霸走了之后，我又细想了一番，我觉得我们两个不能成为夫妻。你黄天霸杀死了我的大哥，嗯，我怎么能跟杀兄的仇人白头偕老呢？周围对我的舆论压力就是太大了。所以，我现在已经嫁给了本地的富商，是个绸缎商人，准备跟他南下苏州了，我爹爹也是告诉我这样做的。所以我给你写这一封信，从今往后，咱俩就一刀两断吧。这信里边大致就这么个意思，这小子把这封信就给黄天霸带回来了。

黄天霸一看到这封信，这心里边就别提多窝火多别扭了，说实在的，黄天霸从心里边是特别喜欢殷丽娘，因为殷丽娘她不是一个一般的女人，黄天霸觉得，她除了有惊人的武艺之外，她还有一种特殊的魅力。她在芸芸众生的女子里头，有一种超尘脱俗的飘逸之感。黄天霸跟她虽然是一夜夫妻，正是平民百姓所说的那句话，一夜夫妻百日恩哪，百日夫妻似海深。黄天霸把殷丽娘那个印象牢牢地记在头脑之中。可是万万没有想到殷丽娘给他回了这么一封信，黄天霸是刚强汉子，心想，既然是你不愿意跟我成其连理，那也就罢了。

黄天霸因为公务繁忙，把这个事儿撂下了。撂是撂下了，心底放不下，时时在心里边还想起来殷丽娘。后来呢，跟着施大人，淮南查漕运，半路上丢金牌，在凤凰岭结识了张桂兰。凤凰张七把自己的女儿许配给黄天霸的时候，黄天霸说自己尚未娶妻。他为什么这么讲呢？他打算把殷丽娘这件事就忘却了，不再提了。因为这个，张桂兰直到今天还以为黄天霸跟他是初婚。

黄天霸打这之后把殷丽娘这个事儿，就算是忘掉了。可是殷丽娘这头儿呢，根本不知道黄天霸来过信。黄天霸这一去，三四个月没有消息，老爷子殷洪也着急呀。老爷子着急在什么呢？在于殷丽娘，别看跟黄天霸结婚一天，她怀孕了，三四个月，已经显怀了。黄天霸跟殷丽娘拜堂成亲，老爷子又没让左邻右舍知道，老头这个意思呢，黄天霸快点儿回来，八抬大轿把殷丽娘抬着走，这个事儿冠冕堂皇地出现。结果黄天霸一走不来消息，自己的姑娘肚子大了，这邻里们看着可就好说不好听了。老爷子真正是着急上火，当时老爷子就想，我上京城找黄天霸去。但是殷丽娘，那是个刚强志气的人，跟自己的父亲就说了，说爹呀，您别去找他，我想哪，这个姓黄的，他是个忘恩负义之人，走了就把咱们爷们忘了。既然他把咱们忘了，咱们干吗上门儿去找他呀？上门儿的买卖不值钱，咱不去了。

老头儿说："你不去了……那这……这……这怎么办呢？"

姑娘说："这个，您就甭管了，到时候我想办法。"

老头儿知道，自个儿女儿刚强志气，如果说我不去找黄天霸，很可能，她能寻短见。万不得已，老头子想了一个救急的法儿，说这样吧，咱哪，搬家。

老头儿在苏州府有一个好朋友，住在昆山县花家桥，花家桥这也是个武林之地，此人姓花，单字名通，老头儿就想起这好朋友来了。他说干脆吧，我领着你，咱搬家，看朋友去吧。

就这样，老爷子带着殷丽娘，领着殷启，就够奔苏州，来到花家桥。那么德州呢，殷家堡这片庄院呢，就留给了那个长臂猿孙四，让他在那儿给看着。同时嘱咐孙四，一旦黄天霸要来了信儿，马上给我们到苏州送信儿。别说黄天霸不来信儿啊，黄天霸来信儿这孙四他也不能给送信儿啊，老头儿就没看透这坏人。

老爷子领着自己的女儿就到了花家桥，在花家桥买了两处宅子，一处是大宅院，就是现在殷丽娘住的这个院儿，另外呢，给自己儿子买了一处宅子。为什么分两处？老头儿想，在殷启这个院儿里边儿，要开武馆教徒弟，用这个来维持生活。老头儿闯荡一辈子江湖，是颇有家私，有点儿积累，但是家趁万贯，不如日进分文哪，老头儿想，我到在这个地方，准备在这儿落足了。

在花家桥落足之后，跟自己的老朋友经常来往，刚谈到这孩子的时候，也就是说谈到殷丽娘的时候，老头儿就给编了个瞎话，说我这个女儿啊，在德州那边，嫁了一个主儿，跟我们同姓，也姓殷，叫殷天化，哎，是个很好的小伙子，读书之人，结果成亲之后没出七天，心疼病暴病而亡，人死了。女儿呢，就守了寡了，但是，还怀了身孕，所以我把孩子就带到这儿来了。这么一来呢，他挪了一个地方，花家桥的人都不知底细，大伙儿也就不再细问这件事情了。

老头儿在花家桥这儿安身住下来之后，天天在殷启的院子里边教了一伙徒弟，在这儿教徒弟为的是不打扰他的女儿。这样一来，殷丽娘怀胎十月，就生下一个男孩儿。这个孩子一落生，长得那模样跟黄天霸是一样一样的，老头儿一瞧，说这是一个冤孽种哪。但是毕竟这是外孙子，老头儿心里边高兴，没出满月呢就请了一个算命的先生来，给这孩子算算，看看他命运如何。算命的先生这么一掐算，说你这个孩子可了不得，九岁上就能发迹。老头儿一听："好嘞，就冲你这一算，我就给这孩子起个名字，叫九龄。"

殷丽娘说："那就叫他黄九龄？"

老头儿说："不啊，他姓殷哪，叫殷九龄。"

第五十七回　老殷洪命绝存遗恨
小九龄硎发有慧根

在上回书里我们讲述殷丽娘的身世的时候，说到黄九龄降生，但是老爷子殷洪，说他得叫殷九龄。因为呢，殷洪在苏州这一带跟自己的朋友们都讲过，他女儿是嫁给姓殷的，生儿子自然也得姓殷。另外一个原因，也是一个最主要的原因，老头儿殷洪哪，发现自己这二儿子殷启，背着他还偷偷摸摸地跟那些绿林上的朋友有往来。殷洪知道，黄天霸在绿林当中得罪了很多仇人，如果说，绿林中的人，要知道这孩子是黄天霸的一条根，是他的后代，这孩子养不大，不定哪个小子心狠手毒，背地里就把这孩子给害死了。

这孩子，一来二去可就长大了，两三岁的时候，咿呀学语，显得就格外地聪明，长得也讨人喜欢，老头儿很喜欢这三辈人哪，整天就摆弄自个儿这小外孙子。赶到三岁以后，这老头儿就开始给他耗腿崴腰，教他练武功了。殷洪这可是武术大家，所谓大家这就不是一般的水平，不光说十八般兵器样样精通，而且他精通一门拳脚，就是螳螂通臂，这是螳螂通臂的专家。而且老头儿还精通销簧埋伏，有很多庙宇带销簧的，山上的洞府带销簧的，都是由这老头儿亲自设计和安装的。老头儿还精通许多的暗器，什么镖哇，袖箭哪，飞抓呀。他把这身本事都传教给殷丽娘了。你看殷龙、殷启，这是俩儿子，老头儿没怎么教，为什么呢？老头儿看不上他们俩，觉得这俩儿子，不给他争气，净跟些不三不四的人交往。老头儿这本事不教给他们，主要是怕他们学会了这些真本事去胡作非为。可是自己这个外孙子，这老头儿可是爱如掌上明珠哇。

这九龄，从三岁开始，这姥爷就教给他练武术，一直练到九岁了，老头儿就盼着这孩子能够飞黄腾达，因为算卦的先生说了，说这孩子九岁就能飞黄腾达，结果没看出怎么飞黄腾达来。老头儿把这孩子就送到了学堂里边，找了一位私塾先生教他念书。就在九龄九岁这一年，老头儿得病了，一病不起，眼看着一天是不如一天了。老头儿病危的时候特意把殷启和殷丽娘叫到了床前。老头儿嘱咐殷启，说："殷启呀，我呀，看来不行了，我死之后，你这妹妹就交给你了，你要好好地照看你妹妹。你妹妹这件事，只有你知道，黄天霸，他把你妹妹忘了，但是，孩子没罪，这孩子是个好孩子，你一定要帮着你妹妹拉扯这孩子长大成人哪。不让他姓黄，让他姓殷，长大之后让他给我们老殷家也光宗耀祖。我看出来了，这孩子将来一定能出息，就冲他现在学武术这个灵劲儿，肯定，他将来不当官，在武林当中，也是一名高手。可有一样儿，你得保护好你妹妹，你结交了那些个绿林道，我不是不知道，我就睁一只眼闭一只眼，现在我已经要死了，我不得不给你点透。你这个冤家，如果说由于你结交这些绿林道里的狐朋狗友，哪一个人得知了，这九龄是黄天霸的后代，要把这孩子给害了，我在阴曹地府变成厉鬼也要把你活捉去！"

殷启听到这儿吓得扑通就跪到地下了，"爹呀，您放心，我就是再糊涂也不至于糊涂到那种田地，您一死呀，家里边哪，我就是顶梁柱了。我是家里边的男人，有什么事儿，我出头露面，不让我妹妹出头，您尽管放心好了。我这外甥，我一定把他拉扯成人。"

老头儿说："你给我对天盟誓。"殷启跪在老头儿的病榻前对天盟了誓，老头儿这才算点了点头，接着就把殷丽娘叫到床前，老爷子抓着殷丽娘的手，热泪盈眶。老头儿说："孩儿啊，爹我对不住你呀，千不该万不该，我不该做主张把你许配给黄天霸，黄天霸是一个负义之人！爹本想，多活几年，能陪着你，可万万没想到，阎王爷要让我去了。我死了之后闭不上眼睛哪！"

老头儿说到这儿，眼泪流下来了，殷丽娘趴在爹的跟前放声痛哭。殷丽娘说："爹呀，生死由命富贵在天哪，这是我的命不好，怎么能怨您呢？我该着这样，我现在觉得也挺好，有这个孩子呀，我觉得就是我一个依靠儿。我一定要把这孩子拉扯长大成人，我今生今世就这么过了。"

殷丽娘这么一说，老头儿这眼泪，流得更多了，老头儿说："孩儿啊，是我把你给害了。"

殷丽娘说："您不能这么讲。"

最后老爷子把九龄又单独地叫在床前嘱咐一番，老头儿最后是含怨死去。老头儿这一死呀，一家人是放声痛哭。

把老头儿发送了之后，这样的话这哥儿两个呢，就等于分开住了。殷启呀，有时候到殷丽娘这儿来看看，但是不经常来。他知道，自个儿的妹妹有个性，妹妹也有点儿瞧不起他，说这个二哥，虽然不像大哥那样胡作非为，但是二哥这没准主意劲儿也够呛。今儿跟这个好，明儿跟那个好，有些个绿林道里边的朋友，经常跟他往来。

殷启别看没准主意，但有一件事儿有准主意：不能坑害自己的妹妹，不能连累九龄。所以殷启很喜欢这外甥，有时候领着九龄呢，还特意跟那些绿林道的朋友在一块儿欢欢欢欢。这朋友们有人就问呢，"你这外甥叫什么名儿？"他说："我这外甥叫殷九龄"。

九龄这孩子呢，特别聪明，特别伶俐，而且武艺超群。这些绿林中的人哪，一看见九龄这身功夫，大家都非常惊异，说这哪是这么点儿孩子应该有的能耐呀，啊？这孩子，人小心大，这么小的岁数，有这么高的本领，这将来长大了之后，侠客都挡不住，他得是剑客，有的说他得是剑仙，他得够剑魔……这些绿林中人说什么的都有，但是殷启可从来没敢说这是黄天霸的儿子。

就这样，他们就在花家桥这个地方，过着默默无闻的生活。殷丽娘呢，自己也想了，就打算抱守终身了。殷启偶尔也跟自个儿的妹妹说过，说妹妹，你……就打算这么一辈子了吗？看要不有合适的我给你搭桥一个？

他不说这句话还好，一说这句话，殷丽娘立时把脸儿就拉拉下了，说二哥你要再说这话，我可把你撵出去。打这儿，殷启不敢再说了。

殷丽娘唯一的希望就寄托在九龄的身上，这九龄，念书也比较聪明，在学校里边，十几个学生由一个私塾老师来教，数他功课好。这个老师呀，开始不知道这九龄哪，有一身好功夫。因为他姥爷曾经告诉过他：在学校里边，不要露你会武功。所以老师对九龄那要求非常严，有时候，他背课文就背错了一个字儿，老师也得拿板子打手。那天哪，老师刚把他那手板子打完了，下了课了，这些小学生在院子里边玩儿，有一个小学生放风筝，这风筝也不知怎么就挂在那房脊上了。这小学生就着急呀，说你看这风筝挂到上边了怎么办？这小孩子们就说，那得搬梯子，搬梯子爬到房顶上把那风筝好摘下来。有的孩子就要去借梯子，借了两家没借着，放风筝这小孩儿急得跺脚儿直哭。偏巧这孩子跟九龄呢，两个人还挺好，九龄当时一着急，干脆，你们别找梯子了，我去拿。一跺脚，噌，他上房了——这轻功露出来了——到房顶上把这风筝摘下来扔下来，一纵身下来了。不但把学生们吓坏了，把老师也吓直眼了。老师心想，以后这孩子可不能打手板子了，这孩子这哪是学生啊？这是个侠客！他们家准是有一堆剑客，要不怎么能教出这样的人来呢？啊？

　　黄九龄在这几个同学当中呢，有一种义气，哪个同学软弱受欺，他就给拔疮，所以在这里边，他就等于是个孩子头儿一样。

　　黄九龄是天天上学去读书，殷丽娘呢，在家里边，除了伺候黄九龄给他做饭之外，自己这身功夫，可没放掉，二五更的苦功夫，仍然在苦学苦练。殷丽娘心里这么想的，我这身武艺，绝不能扔掉，这是我父亲传给我的，我要把它练得更深更高，而且要把这身本事，再传给我儿子。可是万万没有想到，今天，她二哥领着谢五豹上她这儿来上药来，谢五豹在话语之中透露一个黄天霸到苏州了。

　　谢五豹要不说黄天霸到苏州了，殷丽娘本来的生活过得非常的平静，当谢五豹一说出来黄天霸跟着施大人已经来到苏州的时候，真是一石激起千重浪，使殷丽娘这平静的心灵，掀起了层层的波澜。当谢五豹跟殷启两个人走了之后，殷丽娘坐在屋子里边，老半天不言语。她痴呆呆的两个眼，她回想着那一幕幕的往事。就想起了在殷家堡，黄天霸是怎么逃到了她的楼上，她怎么把黄天霸藏在楼上，两个人在一夜之间，都谈的什么唠的什么。后来她爹做主，把她许配给黄天霸，洞房花烛夜，那一夜之间的亲密感情，黄天霸临走时候，跟她那依依惜别的情意呀，如今想起来，历历在目，言犹在耳，可是万万没想到，这黄天霸人一走，就把这件事给忘了。都说是痴情女子负义汉，果然不假呀。

殷丽娘慨叹自己是红颜薄命，殷丽娘想：姓黄的，你走了之后你就不要我了，这也没什么，你给我送个信儿来，啊？怎么连一纸文书你都没工夫写吗？黄天霸，我看来，你是个薄情人！我口口称你为夫郎，实际上你是个豺狼心肠。殷丽娘这阵儿，坐不稳站不牢啊，她忽然想起来，我上苏州？我去找你？我到底问问怎么回事儿，你为什么打这一走就不给我音信了？又一转念，我为什么要找你呢？我找你，因为你现在是副将老爷，我巴结你的大门口儿啊？算了吧，你心里没我，我干吗还要去找你呢？

尽管如此，但是殷丽娘，这心情非常复杂，因为她和黄天霸之间，的确有真实的一种爱，爱呀，这爱里边就复杂。你看繁体字那个"爱"，是一个"受"字拆开当间儿加一个"心"，"心"字旁边还多一撇儿，就是说把这"心"塞到俩人当中间儿还得支住，不能让它出来。互相接受心，这才叫"爱"。如果要没有了这个"心"，就光剩了"受"了，这就要苦受，煎受，熬受，难受。现在殷丽娘，就是在这儿难受。殷丽娘是坐不稳站不牢，最后，拿出一张纸来铺到这儿，提起笔来，蘸着砚台里边的墨汁，她下意识地在这纸上就瞎划拉，划拉的是自己的心中之言。在上边写：黄天霸，黄天霸，黄云，天霸，你好狠心，痴情女子负义汉，你音信皆无，我恨你，怨你……就胡乱写呀，一句一句不挨着，全是她凌乱的思维在纸上头泼洒。

可是她写着写着，自己就感到难受了，父亲死了，主心骨儿没有了，如今又听见黄天霸到苏州了。苏州府离我这花家桥可不算太远哪，可是现在，我却跟他见不着。他知不知道我在这儿呢？殷丽娘把笔撂下，眼泪就下来了。

自个儿又一转念，我因为刚强志气，我干吗要哭哇？现在黄天霸，连想我都不想我，我在这儿掉这个泪，好无价值。殷丽娘就想，我想你有什么用呢？我这个泪为你流，流得有什么用呢？牙一咬心一横，不哭！殷丽娘哪，一歪身子，就斜倚在床榻之上，扯过枕头来往头后边这么一垫，眼睛瞅着房顶，虽然说不哭，不想，不想也得想，这是割不断理还乱的事儿。可是她由于刚才哭，这精神上有点儿疲劳，躺在床上不大会儿的工夫，她昏昏沉沉地就睡着了。

她睡着了，外边那九龄放学了。这孩子每天放学之后，进屋儿都是先给娘施个礼，这是有规矩的，殷丽娘是教子有方哪。今天呢，黄九龄跟往常一样，背着小书包，来到母亲的楼上，来到楼门外，停足一站，"娘，娘!"叫了两声，屋子里边没有动静儿，九龄轻轻地把这个帘子掀了一个缝儿，往里边一瞧，一看自己的母亲哪，倒在床上睡了。九龄心想：嘿，每天可从来不睡觉哇，今儿个干什么累了? 这小孩儿一挑帘子他就进来了。进来之后，把这书包摘下来挂到墙上，转身来到这桌子跟前儿，仔细一看，这桌子上摆着几张纸，这纸上写着字：黄天霸，黄天霸，黄云，黄天霸，我恨你，痴情女子负义汉……哟，黄天霸是谁? 我妈对他如此憎恨，我宰了这个兔崽子!

第五十八回　殷丽娘教子识身世
黄九龄寻父背慈萱

九龄放学回家，发现自个儿的母亲睡着了，他往桌子上边一看，就看到了殷丽娘刚才在纸上划拉的那些字儿。九龄一看这字儿，写的：黄云，黄天霸，我恨你……什么自古红颜多薄命，什么你是薄情郎……乱七八糟的，划得满张纸上都是。

黄天霸？九龄心想，这黄天霸是谁啊？招惹的我母亲对他如此憎恨？我母亲还从来没说过对谁这么恨呢，这一定是藏在心底不往外说的话，今天在这纸上流露出来了。我宰了这个兔崽子！

九龄气坏了。这九龄，那是个孝子，对他的母亲，那是百依百顺，殷丽娘对九龄，管得也相当严。九龄这个思想体系呀，应该说，从小的时候一记事儿，主要是从他姥爷那儿接受来的。老爷子殷洪呢，闯荡一辈子江湖，有一副侠肝义胆，所以他的言谈举止，甚至于他的带口语儿，经常说的话，对九龄这个幼小的心灵里边，都产生了影响。九龄跟这老头儿一样，老记着，路见不平拔刀相助，大丈夫应该广交天下豪杰挥金似土，这是老头儿经常说的话。那么老爷子死了之后呢，九龄今年已经是十二岁了，老头儿死了过了三年了，这后三年主要接受他母亲对他的教育。殷丽娘这个思想，基本上是秉承她父亲这个思想体系，要教育自己的儿子，长大了，闯出一番事业来，作为一个大丈夫，要光宗耀祖，流芳百世。那么九龄的思想深处呢，也多多少少地受他舅舅一些影响，因为他经常跟着殷启呀，跟那些绿林里边的人在一块儿打连连。殷启，对九龄，明面儿上来说，也教他学好，作为舅舅，也希望他自己的外甥，说将来你能做官儿，但是殷启接触的那些朋友，就不是这些话了，哎，就是说不管怎么着，咱们得乐乐呵呵一辈子，有时候骂这个当官儿的，有时候骂这世道，所以九龄呢，潜移默化之中，对他们那些东西也接受了一些，但主导思想体系还是他的外祖父，还是他的母亲。尤其九龄心目当中，对自己的母亲，特别的崇敬。孩子越大了，懂的事儿就越多了，他觉得自己的母亲的确不容易，天天伺候他上学，包括对他的衣服缝连补绽，哎哟，自个儿的母亲……他觉得全天下最好的母亲就是他的母亲。所以当他看到母亲对一个人如此憎恨的时候，九龄自然也就引起憎恨。

九龄拿着这张纸儿，在那儿端详，就琢磨："黄天霸？这个人在哪儿住？我晚上，我拿把刀，上他家去，我把他杀了。"可是又一转念，"我母亲对他干吗这么恨呢？"他拿这个纸儿哗啦哗啦这么一响啊，这工夫，殷丽娘醒了。

殷丽娘由打床上扑棱就坐起来了，"九龄，你回来了？"

"哎，娘，呵，我回来了。"

"九龄，快去吃饭去吧。"

"啊，好！我吃饭去。啊哼……娘，您这……这纸上写的是什么呀？"

"啊？"殷丽娘忽然间看见桌子上这纸了，殷丽娘想，这种东西我怎么没收起来？让这孩子看见了。殷丽娘过来把那纸就抓过来了。"看这干什么？"欻欻欻，她就撕了。

殷丽娘撕呀，九龄一点儿也没抢，在旁边儿瞅着，"呵，娘，那黄天霸……在哪儿啊？"

"啊？你看见了？"

"啊，我都看见了，刚才我进来我全看见了，您撕了也没用，我都记住了。"

"孩子，记这干什么呀？"

"娘，我问你，您说这黄天霸现在在哪儿？"

他这么一问哪，殷丽娘就下意识地回答了一句："黄天霸呀，呵，他在苏州呢……"

"哦，他在苏州哇，好，你等我吃完饭……"

"干什么？你要干什么？"

"我吃完了饭哪，我今天晚上我就上苏州，我找这黄天霸去，我把他宰了！"

"冤家，说什么胡话！你宰人家干什么？"

"宰他干什么？因为您恨他，您那纸儿上不写着呢吗？您说他狠心，对不对？还写了那么多话，我都全记着呢。娘，您跟我说，这黄天霸，他是不是欺负您了？啊？您跟他是什么时候结的仇？您跟我说明白。我知道，您报不了仇，我给您报仇。现在，我准能把他杀了！"

九龄说这个话可不是吹牛，别看今年才十二岁，九龄这身功夫是有很多成年人比不上的。因为这老爷子殷洪，对他自己这外孙子可以说是倾囊而赠，一点儿不带保守的。更何况，还有殷丽娘天天在监督他练功。

九龄一说这句话，殷丽娘坐那儿半晌无言，眼眶子里边儿又转了泪儿了。她看了看九龄，心里在想：孩子十二了，他毕竟是老黄家的后代香烟哪，我能说这一辈子我就老蒙着他吗？我不告诉他他姓黄？让他老记着自个儿姓殷？嗯？孩子十二岁，聪明过人，什么事情他都知道，我应该把这实情跟他讲了。要不然的话，他看到我在纸上写的这些字，会引起他的猜疑。这个孩子，不像一般的孩子，你料不定他会办出什么事儿来呀。"九龄啊，你想要知道这黄天霸是谁吗？"

"啊，我想要知道。他是您的仇人？"

"唉，"殷丽娘叹息了一声，心想哪，我应该把这件事情跟他讲了，他已经十二岁了，我要不跟他讲，这个孩子聪明伶俐，说不定这里边儿会产生什么误会，他办出什么意料外的事情。"九龄哪，你想不想知道黄天霸是谁呀？"

"我想知道，您说。"

"他……不是娘的仇人，更不是你的仇人，事到如今，我不得不说不得不讲了，他是你的……生身之父哇！"

这句话一说出来，九龄当时就愣了，两个小眼睛就发直了。这孩子这两个眼睛特别传神，他长得特别像黄天霸。两条细长的眉毛，这双眼睛，亮而有神，黑眼珠儿像墨点的一样，这白眼珠儿像蓝染的一样，怎么跟蓝染的一样？他这白眼睛不光是白，里边还透着一点儿蓝，皂白分明，显得清澈如清泉。通天的鼻梁儿，薄薄的嘴唇儿，这嘴唇儿，唇若涂朱，红扑扑的，这小孩儿长得漂亮。今天这两个大眼睛一愣直瞪瞪地瞅着他母亲，心想，怎么地了？我姓殷哪，我叫殷九龄哪，怎么我爹是黄天霸？

这九龄哪，他的外祖父去世之后，上学的时候，他的老师还给他另取了一个名字，叫殷仕锦，仕锦，仕途之仕，锦绣之锦。就是说呀，你好好念书，将来仕途锦绣，能当官儿。尽管起了这么一个非常响亮的名字，但是，近三年来，同学们一直管他叫九龄，这个大号，还很少叫他。所以今天九龄心里面还在想：我叫殷九龄，我有个大号叫殷仕锦，我怎么又姓黄了？"娘，您这是……怎么回事？"

"孩儿啊，这是真的，我跟你说……"殷丽娘就把她自己跟黄天霸这一段姻缘过程，从头至尾当讲的对孩子就都讲了。

黄九龄在这儿坐着直瞪瞪两个眼睛听自个儿母亲跟他说，就好像听故事一样，当母亲把这一番话都讲完了，黄九龄把这小眉头一皱："娘，照您那么一说，我爹他现在来了？"

"对，他来了，就在苏州呢。"

"那既然他来了，您怎么不去见他呀？您问问他，到底怎么回事儿？为什么走了之后，连个信都不跟您捎？您跟他说呀，他儿子都长那么大了！"

"唉，九龄，你爹心里头没有我，我怎么能去主动找他呀？孩子，今天我之所以把这件事情跟你讲清楚，我就是让你知道，你不姓殷，你姓黄，你是黄天霸的儿子，同时我也要让你小心，千万跟任何人不要透露你姓黄。咱们家里边儿，只有你舅舅知道你姓黄，再就是我知道你姓黄，再一个，就是我原来的丫环，现在不在咱们家中的那春玲，她知道你姓黄，剩下再没有人知道了。你可千千万万别透露出你是黄天霸的儿子，如果，黄天霸认了你这个儿子，你跟你爹走了，那你可以姓黄，要在我这儿啊，你就永远姓殷。我跟你这么说完了，孩子你要明白，等着娘死了那天，你可以去投奔你的父亲。"

"娘，干吗等您死了呀？我现在就他去！您不找他，我找他讲个理儿，我问问他，究竟怎么回事儿？"

"大胆！你这个冤家，你要敢找他去我把你的两条腿打折！"

"行，咱不找他去，娘，咱有他也吃饭，没他也吃饭，对不对？

您跟我告诉明白了，我心里也知道了，反正我姓黄，我是他儿子，我是他儿子，我根本没见过他，我也不认识他，我也没这个爹，我就有妈。我说呢，在学校里边儿同学们议论起来，都说自个儿爹怎么怎么地怎么地，我就说我爹我没见着过。其实我爹敢情还活着呢，行，他不配当我爹！娘，您放心，从现在开始，咱就别提这段儿了，我呢，好好念书，将来长大了，我做官儿，做官儿，我把您接到京都去，到那个时候，我再去找黄天霸。问问他，当初怎么回事儿，这行不行？"

"那是后话，你快吃饭去吧。"

"好嘞！吃饭去。"

黄九龄站起身来，高高兴兴地上厨房吃饭去了。这小孩儿，虽然说表面上看着如此轻松，这个事儿好像就过去了，但是他心里边儿，可没过去。黄九龄心想：哈，黄天霸，虽然你是我爹，不过你这爹当得不够格儿，为什么把我妈就这么扔到这儿了？啊？你现在在苏州府做高官，我妈现在是平民百姓，啊？你在那儿骑马坐轿，我在这儿，就当一个没爹的儿子？你把我妈扔到这儿不管了究竟因为什么呀？我娘哪，自尊心强，不愿去找去，我呀，非得问明白不可！我上苏州，我找你去！

他心里这么想的，但是表面儿上全然没露出来，这小孩有心计，吃完了饭，躺在床上睡觉，第二天早上起来去上学。告诉自个儿的娘，"哎哟，我这早点……吃饭不赶趟儿了……您给我点儿钱，我上外边买点儿吃……"殷丽娘给他点儿散碎银子，九龄走了。晚上放学回来了，跟自个儿娘是在一个床上睡。第二天早上起来，又找娘要点儿钱，说吃早点。接着这三天，殷丽娘也暗地里观察这黄九龄，看九龄有没有什么异样表现，这三天看他出来进去得非常自然，好像把黄天霸这件事就都已经淡忘了。殷丽娘想：这孩子，毕竟是孩子，什么事儿就是一阵儿，过后儿他就忘了。她哪儿知道，这孩子，他根本没忘。到了第四天晚上了，躺在床上的时候，这黄九龄哪，就问殷丽娘，"娘哪，当初您跟我爹，在殷家堡的时候，你们两个比镖啊，比刀哇，我爹那镖，到底怎么样？"

殷丽娘说："你爹的镖法非常好。"

"他比我怎么样？"

"呵，孩子，他比你呀，怎么说呢，应该说比你强。"

"我不信！"

"你呀，爱信不信，将来也许你有见着他那天，到那时候，你跟他比试比试。"

"嗯，行。"

黄九龄跟自己的母亲谈论这个事儿，谈着谈着，他就打上呼噜了。其实每天他不打呼噜，今天黄九龄故意轻微地打小呼噜，殷丽娘心想这孩子今天可能是跑累了，你看轻微地打上呼噜了，殷丽娘一翻身呢，就也睡着了。

殷丽娘睡着了，天到三更多，黄九龄他可没睡，这孩子要不说有心计呢，他看自个儿的母亲已经睡熟了，轻轻地由打床上他起来了，慢慢儿下了地，穿好了衣服，穿上自个儿的小靴子，一伸手，由打这墙上，把那镖囊摘下来了。

黄九龄会打镖，会撒飞抓，会打袖箭，但是镖囊里边没有袖箭筒，只有镖和飞抓两样东西。把这镖囊斜了一挎，墙上有自己一口小单刀，这口小单刀，是他的外祖父给他特意打造的。别看刀比正常成年人使的那刀短一点儿，但是，格外的锋利，是夹钢打的，那是真家伙。他把这小单刀摘下来，在身后一背，腰中的小裙包煞了煞紧了紧，这两天吃早点的银子，攒着呢，加上过去以前攒的一点儿零花钱，一共兜里边儿有十二两银子，黄九龄心想，走，找我爹去！

黄九龄轻轻地来到房门里边儿，把这门插关儿开开了，把门拉开，转身退步出来，把这房门一带。这房门刚要带严的时候，留了个缝儿，往那床上，他深情地望了一眼正在熟睡的母亲。九龄心想：娘，我可走了！我去找我爹去！我问明白了怎么回事儿，我非让我爹用轿来接您不可！他把门就带严了，黄九龄轻轻下楼，这小孩儿，一身好功夫，下楼，一点儿声音都没有。

他离开了花家桥，奔着苏州府的方向，顺大道就走下来了。一直走到天亮，前面就来到了陆家浜。黄九龄这个时候，他犹如笼中的小鸟是展翅腾飞，犹如脱群的小马在原野上奔驰，觉得周围的空气都是那么新鲜。哎呀，好！这回书也不念了，学也不上了，上苏州府——找爹去！

第五十九回　路远初经尘与土
城高卧看星共斗

　　黄九龄由打花家桥偷着跑出来，打算要到苏州府去认父，如今他这心情，就好像羁鸟腾飞，小马撒欢儿，特别地高兴。这是他头一次离开自己的母亲，涉足人世。他看着周围这一切，都是那么新鲜，都是那么好玩儿。一边走着一边心中在合计：这苏州府，听说离这儿可也不算近，我得打听着走，别走错了道儿。

　　前边就到了陆家浜，他刚要进这个镇子口儿，忽然发现在道旁边儿围着一帮人。小孩儿好奇心盛，心想：干什么的？到里边瞧瞧。一扒拉众人，他就挤进来了。挤进来一看，在这路旁边儿，跪着娘儿俩，一个五十多岁的老太太，还有一个不到二十岁的大姑娘。这娘儿两个跪在那儿是满脸的泪痕，黄九龄呢，从小儿就养成这么一个毛病，见着干什么的事儿啊，他弄不懂的，总想把它问个明白。他在这块儿瞅着，心想：这是干什么的娘儿俩？因为什么事儿在这儿哭啊？啊？就看这个老太太说了："众位呀，行行好吧！行行好吧！给赏个席钱吧，啊！我男人哪，昨天早晨刚刚去世，我们家穷得是四壁空空，一无所有，你说……能让他就这么暴露着天儿给抬出去吗？赏几个席钱，我把他卷着，抬到漫洼野地里也就埋了。权当行好积德了，众位，哪位行行好？给两个儿吧……"

　　黄九龄一听心里明白了，哦，他男人死了，没钱买棺材，要买口席，这席，都没有，所以让大伙儿给钱。

　　黄九龄回头看了看这些个看热闹的人，一个掏钱的也没有，心想，你们这些人心好狠哪，啊？她男人死了，发送不了，你们不会给帮两个儿吗？

黄九龄这么瞅着的工夫，一看旁边儿有一个人掏出五文钱来，"唉……怪可怜的……"道一个可怜，如此而已。旁边儿有的人，嘬了嘬牙花，"唉……实在是难哪……"转身儿倒背手儿走了。

黄九龄这气，心想，光说个难就走了？啊？这叫帮忙吗？哼，你们不帮忙，我帮！我外祖父说了，大丈夫，应该路见不平拔刀相助，应该挥金似土仗义疏财。想到这儿他过来了，"老人家，您在这儿……跪了多长时间了？"

"我呀，打昨天上午就在这儿，两天了。"

"这席钱凑够了吗？"

"还没凑够呢……"

"您干吗非买席呀？您不兴买口棺材吗？"

"哎哟，小壮士呀，买席都凑不够钱，哪有钱买棺材呀？"

"行，别在这儿跪着了，怪难受的。"一伸手，他从镖囊里边，一抓就掏出十两来。"给您，十两银子，够不够买棺材的？"

他把银子往这儿一放，这老太太当时就吓愣了，"呀……"老太太直瞪瞪两个眼瞅着黄九龄，她心想：这个小孩儿，也就十来岁啊，他怎么一出手就拿出这么多钱来？这是哪家的阔少爷吧？啊？"哎哟……这位少爷，"这小壮士马上改成少爷了，"……哎哟……这位少爷，您……您给我们这么多钱，那……"

"你看你看，给你钱你就拿着吧！拿着你去买棺材去，别在这儿跪着了，怪可怜的。你们也别看了，都走吧！"黄九龄往后一扬手儿，他都给赶走了。然后自个儿迈步往前继续行进，一边儿走着，心里边儿高兴，心想：我外祖父老说，应该挥金似土仗义疏财，我从小就想，将来我长大了，我也挥金似土仗义疏财。从来没挥过，今儿挥一把。呵，行，你看，我这十两银子给她，这老太太都愣了。呵。心里边舒服，高兴。啊……又一琢磨，我一共就趁十二两银子，这兜里边就还有二两银子，二两银子，到苏州够不够？也不知道有多远，差不多吧。嗯，行，有点儿钱就得呗。

黄九龄继续往前走，傍中午的时候想起吃饭来了。得吃顿饭哪，上哪儿吃饭？啊？一看前边又有一个村子，进村之后，靠大道旁边，摆着一个木条案，敢情这儿是卖吃食东西的。有那么两三个人，坐在那儿正吃呢。黄九龄来到这个条案的旁边，看看人家都吃什么，一瞅在那碗里边儿，放那东西看不出是什么来，粉红颜色的。

"哎哟，这是什么呀？我妈没给我做过，我这回出来得长长见识，"掌柜的，你这卖的什么玩意儿？"

"这个？呵，这位少爷没吃过吧？这叫桃花饭。"

"桃花饭？什么叫桃花饭？"

"嗨！我说这位小少爷，大概没吃过这东西吧？桃花饭哪，这是明朝海瑞海大人上咱们这儿来的时候吃过的东西呀，啊，馋了吧？好吃，桃花色。"

"哦……多少钱一碗？"

"这个？十五个大钱。"

"哎，给我来一碗！"

黄九龄坐这儿了。这位掌柜的给盛了一碗端过来了，黄九龄给了人家十五个大钱，拿起筷子来往这嘴里边一划拉一嚼——什么叫桃花饭哪，敢情这个桃花饭，就是用那个饭嘎巴，用红酒把它一浇，拿佐料一调，做成的一种东西——黄九龄虽然没吃过，但是咬到嘴里边儿，他明白了，嘎吱嘎吱……哎哟，这不就是饭嘎巴吗？啊？搁点儿色，弄点儿佐料，这就是桃花饭哪？嘿，真会起名！这外头真有意思呀，还有这玩意儿，等我回去告诉我妈，让我妈也给我做个桃花饭，用那饭嘎巴……它怎么是红的呢？研究了半天，继续再吃，吃完了之后，黄九龄站起身来继续往前赶路。

这一天哪，黄九龄就走到了昆山县的县城，进了县城之后，觉着这肚子又有点饿了，黄九龄暗想：进了县城了，这是昆山县哪，县城里边肯定有大酒店，到酒店里边儿来一顿儿，啊，叫几个菜。我看我舅舅经常和他的朋友们，在一块儿一摆就摆好几个菜，在那儿又喝酒又划拳的，特有意思。今儿个没人跟我划拳，我自个儿来几个菜，我尝尝，都什么味儿。嗯，对！迈步就进了一个酒楼，小孩儿十二岁单崩儿下酒楼，这还是少有的事儿。他往这酒楼里边儿一走，跑堂的赶紧过来："哎哟，呵，你……干什么？"

"吃饭。"

"哦，吃饭？呃……吃什么饭？"

"你这儿有什么饭？"

"咱这儿啊？哈哈，包办南北全席，要什么有什么。"

"是吗？那好，我来几个菜……"说着话黄九龄迈步就走。

"哎……你怎么……"

"我上楼上。"

"哦，您还上楼上，好，请！"跑堂的直端详黄九龄，心想，这小孩儿是干什么的？说不定哪，这是大家主儿的孩子，要不然，你看他呀，不能这么牛气！别看孩儿小，还迈着方步儿来的，"好……上楼上楼上楼……"把黄九龄让到了楼上。让楼上之后，拣了一张干净桌子临窗，黄九龄就在这儿坐下了。"来，给我上菜！"

"哎……小爷，您上菜……您要什么菜呀？"

"要……"黄九龄不会点菜，他不知道这菜都叫什么名儿，"要……哪个菜好吃？"

"呵，小爷，咱这儿有最有名儿的菜——八宝豆腐。要不要？"

"八宝豆腐？"黄九龄心想，我妈给我做过咕嘟豆腐，炖豆腐，辣豆腐，还没吃过八宝豆腐呢！行！"来一个！"

"好嘞！阳澄湖的螃蟹，您不来点儿？"

"来一个！"

"哎，您再来个……四喜丸子……"

"啊行！"

敢情这跑堂的点什么，他要什么，他弄了六个菜，这六个菜，他也不知道多少钱哪，一会儿的工夫就给上来了。跑堂的问了一句："喝酒吗？"

"不会！你给我上饭！"

"好嘞！"跑堂的一会儿把这饭就给上来了，黄九龄就坐这就开吃，吃完了之后把筷子一撂，一抹嘴，"啊……算账，多少钱？"

跑堂的过来跟他一合账，"您这个，一共是一两五钱六。"

黄九龄一听，兜里钱刚够，再多要一个菜，大概就不够了。把兜儿里的钱掏出来给人家，人家给他找了五十钱，黄九龄把找的他这五十文钱装到兜里边儿溜溜达达他就出了酒楼了。出了酒楼一看天色将晚，心想，我得住店哪，听人家说，在外边出门儿，晚了，得打尖住店。住店得多少钱？不知道，问问。

顺大街往前走，一看旁边有一个客栈，转身往这客栈里边一走的时候，这店小二就出来了，"哎哟，你干什么？找谁？"

"不是找谁，我住店。"

"住店？你大人呢？"

"大人？没大人，就我自个儿。"

"哟，"店小二心想这谁家孩子？真舍得呀，就这么一个小孩儿自个儿就出来了。"呵呵，那你住店的话，想住什么样的房间呢？"

"我问你，住店多少钱吧？"

"多少钱哪？咱这儿的这个散床哪，是二百钱住一宿，您要包单间儿啊，是五百钱一宿。"

"哦，好！我再上那家再看看，太贵。"

黄九龄由打这家店房出来了，心想，二百钱一宿，散床那是最便宜的了，这五十文钱他肯定不让我住哇。哎，再打听打听。

又打听一家，差不多，都这价码儿。黄九龄心里边有点儿犯难了，哎哟，瞧这意思，今天晚上住不了店了，这钱不够哇。住不了店怎么办呢？哎呀，我听我舅舅说，他们那绿林中的英雄有不少哇，都在树上能过夜，要不就是上什么城门楼子那上边过夜去。哎，这昆山县有城门楼子吗？我上城门楼子底下睡一夜，现在天儿已经热了，正凉快儿。对！就这么办！

想到这里，黄九龄就奔这昆山县这城门这儿来了，来到城门旁边儿，顺马道他就上了城墙了。

天色已经黑下来了，上了城墙之后，找到这个城门楼子这儿，在城门楼子底下，他在这儿就躺下了。九龄躺下之后，仰面朝天看着天上的星斗，一会儿的工夫，天到定更。听更梆一响，哪，一更天了。九龄在这儿躺着，他身子底下是城墙上的砖，觉得特别硬，跟家里边儿那暄软的褥子比差远了，身旁边没有自己的母亲，他头一次感觉有这么一种孤独感。哎哟，我妈这阵儿知不知道她儿子在这儿，城门楼子底下睡觉呢？啊？唉……我妈要知道哇，一定得疼得掉眼泪，是呀。

这阵儿他妈掉没掉眼泪他不知道，他眼泪淌下来了。唉……又一琢磨，对，男子汉大丈夫，就得要闯荡江湖，建功立业！这是我姥爷说的。在这儿睡算什么呀？我舅舅说了，他们的人还有在树上睡的呢，我比他们强多了。对！

黄九龄一边儿想一边儿还自我安慰，想着想着，睡着了。在这个城门楼子底下，他睡了一夜，第二天早晨起来，打扫了打扫身后边这土，自个儿揉了揉眼睛，按照往常，当妈的已经把洗脸水给打过来了。在这地方哪有洗脸水啊？搓了搓脸，一琢磨，不洗了，就这么样。哎呀，早晨起来得吃饭哪，肚子里边儿咕噜咕噜咕噜咕噜咕……叫唤呢。又一转念，早饭别吃了，省一顿吧，留到晌午，一块儿吃，那还省钱。摸了摸兜里边儿五十文钱，心想这五十文钱够吃一顿饭的吗？绝不能再下大饭店了，就得找那小摊儿吃。小摊儿吃还分吃什么，要是贵了，也不够。溜溜达达顺着马道他下来了，在这街上走，一边儿走，他一边儿合计，怎么吃那个又便宜，还能解饿的那种饭。他无意中发现道旁边有一个茶馆儿，挑着一个白布幌儿，上边写的一个茶字。茶馆儿，嘿，黄九龄心想，这茶馆里边儿喝茶，喝茶这玩意儿便宜，一壶茶，能喝好几碗。那玩意儿到肚子里边儿，也占地方啊，来个水饱儿，行！想到这里一转身，他进茶馆儿了。

这茶馆里边儿，按说早晨和中午之间，到这儿来喝茶的人，都是上岁数的人，起码是中年人，没有小孩儿进来喝茶。茶博士一瞧，"哟，呵，这位少爷，您……"

"喝茶。"

"哦……喝茶？哎，这这这这这这……"

黄九龄长得有人缘儿啊，这茶博士一瞧，这是谁家的小子？啊？长得虎头虎脑的，挺好玩儿的，他自个儿来喝茶，甭问，这是阔家主的孩子，讲究，在家里边就喝茶。所以到外边来，他自个儿敢来喝茶。"哎，您请这儿坐。这儿……还清净。"

"好了！给我沏一壶。"黄九龄坐下说。

"哎，呵，您想喝什么？"

"我先问你，一壶茶多少钱？"这回先问价了，生怕带的钱不够。

"这一壶茶，十五个大钱。"

嘿，黄九龄心想，喝两壶还有富裕，嘿嘿，"先给我来一壶。"

"哎，你要喝什么样的茶？"

"你看着办，什么茶都行。"

"好嘞！"

茶博士去不多时，给沏了一壶茶放这儿，然后呢，又放一个碗，接着，由打那屋子里边儿，又出来一个年轻的姑娘，这姑娘就是十七八岁，穿戴得非常干净，长得也比较漂亮。这姑娘端着一碟子瓜子儿还有一碟子花生，把这两碟子干果儿端到黄九龄的跟前，"少爷，您要这个吗？"

"这多少钱？"

"这个，这两碟儿，一共是二十个大钱。"

"二十个大钱……十五个……三十五……行，摞这儿吧。"

这姑娘把这两碟儿干果儿放这儿了，转身又跟着那茶博士忙活去了，正在这个工夫，忽然听见门外边有人咳嗽了一声："嗯哼——有人吗？"由打外边走进四五个人来，他们拣了一张桌子坐下之后，为首的这个一拍桌子："快点儿，让那妞儿给我上茶！"

第六十回　渔色淫贼滥出风月调
仗义九龄初试螳螂拳

这黄九龄，因为腰里没有钱，在昆山县的茶馆儿里边，他要以茶代饭。坐到那儿，要了一壶茶，要了两碟干果儿，正在这儿要喝茶的工夫，忽然间就看由打那茶馆儿的门口外边稀里呼噜地进来四五个人。这四五个，那是带着伸脚风进来的，为首的这个人进到茶馆儿里边拣了一张桌子在旁边坐下，一拍桌子："要茶！让那妞儿给我沏茶！"

头一句话就说让那妞儿给他沏茶，黄九龄知道哇，这茶馆儿里边，伺候客人一共俩人，有一个年轻的小伙儿茶博士，另外一个十七八的姑娘，这姑娘长得不错，那栏柜后边还坐一老头儿，肯定是茶馆儿的掌柜的。黄九龄别看岁数不大，但是知道的事儿可不少。黄九龄因为接触的人是多方面的，他一听这个人说让那妞儿给他沏茶，黄九龄听这个话就觉得耳朵特别别扭。黄九龄说，这话说得扎耳朵，怎么专门让那妞儿给他沏茶呢？黄九龄定睛看了看说话的这个人，他一瞧这个人哪，也就是二十多岁的年纪，多说不过二十七八岁。头上梳个大辫子，这辫子在脖子上边盘着，辫穗子在前边耷拉着，辫穗子下边坠这么几颗珠子，也不知道是珍珠哇，还是仿制品。令人特别感到奇怪的是，这个人在耳朵这个地方还夹了一朵花儿，人家都是姑娘戴花儿小子放炮，他这小子戴着一朵喇叭花儿，也不知从哪儿刚掐下来的，还挺鲜。身上呢，上身穿的是灰串绸儿的一件上衣，斜护领，上边绣的是不断蔓儿的爬山虎儿，下边穿着一条十三罗的裤子，衬一双粉缎白底儿靴，这个靴子头儿上哪，有的是绣云子头儿，有的绣万字不到头儿，他这个靴子头上绣的是大蝴蝶。腰中系着双穗儿丝绦，这灯笼穗儿在旁边儿坠着还有两个坠饰。这个坠饰的东西是什么呢？是一对儿玛瑙的鸳鸯。你再瞧这张脸，黄沙沙高颧骨瘪腮帮儿有点儿大下巴，眍䁖眼高眼眶子，这双眼睛是鹞鹰眼。怎么叫鹞鹰眼，您看那鹞子跟那鹰那眼没？往那儿一瞪的时候，老像在寻找猎物。这小子这两只眼睛就是那鹞鹰眼。你一看这个人，这就是一个采花问柳的专业户儿。身旁边跟着四个打手，这四个打手，有个穿着一身青，那个穿着一身古铜，那个穿着一身紫，那个穿着一身红，整个儿一四色笔。这四个人哪，都长得是体态彪悍，这是他四个保镖。而且这四个人，是哥儿俩哥儿俩，一个叫王大，一个叫王二，那个叫任五，那个叫任六。

那么当中间儿簇拥的这位少爷他是谁呢？这少爷可是昆山县里边老百姓无人不知无人不晓的，赫赫有名的这么一个人。他本身倒没有什么名望，只是他攀上了一门好亲戚，他的姨夫，是城里边文学殿大学士兼户部侍郎。这个小子，他姓孙，叫孙士德。正因为他借他姨夫的这光，在昆山县这一带走到大街上，那简直就是摇着膀子横胯，谁也不敢惹他。一天到晚吃饱了没事儿，就出入于花街柳巷茶馆儿酒肆当中，是没事儿找事儿没碴儿找碴儿，看着谁别扭就动手打，瞅着谁不顺眼就张口骂。昆山县里边的老百姓一看见他老远儿就躲着，视他简直就像洪水猛兽一样。

今天哪，这孙士德也不知怎么高兴了，溜溜达达出来到这个茶馆儿里边来了。你要说他不知道吗？也不是不知道，是由于他手下的人，就那王大，昨天到这儿来喝了一回茶，回去跟孙士德讲，说那茶馆儿里边可有个妞儿长得真漂亮，不信明儿你去看看去。这小子一听，今儿个就来了，所以进来他坐到这儿之后，就先喊："让那妞儿，给我沏茶。"

他一喊这句话，旁边那姑娘急急忙忙地提溜一个铜茶壶就过来了。一看这桌子上边没有茶具，这姑娘走到半道儿转身又回去了，拿了一个洗干净的茶壶，把茶叶放好了，盖上茶壶盖儿，这手端这茶壶，这手提这铜壶，就走到孙士德的跟前，把这茶壶往桌子上一放，这姑娘连眼皮儿都不敢撩。她一拿这壶盖儿啊，她就想往里边给沏这水，姑娘这手刚那么一拿这壶盖儿，还没等提溜这壶，这孙士德一伸手，把姑娘这手就给搌住了。"嘿嘿……姑娘，这个壶，它有点儿太小了，你看看，我们五个人喝这么一壶茶，啊，一人一碗都分不上啊。呵姑娘，啊，给我换一壶大的，啊，用那大茶壶，多沏点儿，我在这儿要多坐会儿，知道吗，啊？哈哈哈……"

他一边说着，闲不贴的那个脸，就瞅着姑娘，在那儿讪讪地就那么笑，这手指头摁着姑娘这手，他还不闲着在那儿直动弹。这姑娘的手让他摁住了，当时这姑娘脸腾地一下子就红了。"啊……好……呃……您松手，我给您换壶去。"

"好！涮干净点儿，啊，听见没有？嘿嘿嘿……"这才把手抬起来。他把手一抬起来，姑娘端着这茶壶，就上旁边去了。一会儿给他换了一个宜兴出的那个长筒壶，抓了把茶叶放里边，提溜这壶过来了。往桌子上一放，把这壶盖儿掀起来，她拿这铜壶，想要往里边沏水，哗——这一壶沏到八分满的时候，这孙士德在这儿瞅着姑娘，他哪是喝茶呀，他是看人来了，"呵呵呵，哎……别沏太满了呀，你要把水沏洒了，我可要罚你。"

姑娘沏完了，把这壶盖儿往这儿一盖，把壶盖儿往这儿一盖的工夫，他这手又伸过来了。"呵，姑娘，这茶叶有点儿少吧？到那边再给我下点儿茶叶。"

这姑娘满心对他烦哪，但是，又不敢流露出来，"好，您等着……"

这姑娘转身到那边又抓了一把茶叶，掀开壶盖儿，扔里边了，盖上。

这孙士德在这儿瞅着姑娘的背影儿，"呵呵……哎呀你说这茶沏的呀，先放了一把茶叶，沏完了之后又后扔了一把茶叶，这茶叶一半会儿也下不去呀，哎，我说那姐儿，过来，给爷再把这茶倒上，我这儿等着喝，知道吗？"

他这一说，这姑娘把那铜壶放下，转身又过来了。这一切黄九龄都看得是历历在目，黄九龄在旁边那个角儿上坐着，黄九龄本来自个儿想要喝茶，结果他这茶叶不想喝了，瞪两个小眼睛就往桌子这边看，心想，这小子要干吗呀？他要笑那姑娘呢，哎呀，二十多岁这么一个大人，一点儿道理也不讲，嗯，一点儿礼节儿都不懂，什么样子！嗯？你别看黄九龄孩儿小，他那脑子里边，倒充满了一些个道德观念。

就看那个小子把姑娘叫过来，这姑娘提起这个铜壶来，给他们挨个儿往这碗里边倒，往这碗里边倒水的工夫啊，这小子在那儿坐着，叨念："倒好了呀，可别洒到桌子上，你要把这个水洒到桌子上，那你就不算是卖茶的，啊。我喝茶有个规矩，桌面上不兴见水……"

他这么一说呀，这姑娘倒水心里边就有点儿紧张，越是紧张嘛，这壶嘴儿里边倒的这个水还偏偏就往桌子上洒了这么一点儿。倒完了，把壶往这儿一放，"你看你看你看……怎么样，洒了吧？嗯？快点儿，你拿那抹布来给我擦干净了。桌子上有水，我这茶喝着不痛快。"

这个姑娘心里想：怎么今天他跑我们茶馆儿来了？我们算倒了血霉了。姑娘一转身到那边拿过一块抹布来，就来擦这水。这么一擦水的工夫，由于心情紧张，偏偏把一杯茶给碰倒了。这杯茶这么一倒，姑娘赶紧拿手一扶这碗，洒了一半儿。这水洒了一半儿就顺着桌子面儿啊，就往下流。水顺着桌子面儿往下一流，正往孙士德那个方向流，孙士德在这儿坐着，正流到他这个大腿根儿这裤子上，湿这么一片。按说水流到这儿，他应该快躲呀，他不，他在这儿坐着瞅着。"哎……哎……哎……看见没有？我这可是十三罗的裤子，哼，流到我这大腿根儿，给我湿了这么一片，这怎么说这个？啊？姑娘，有你这么卖茶的吗？你是成心，要往外撵我是不是？"

他这一说这话，姑娘当时就愣在那儿了，"哦……呃……这位爷，我们可不敢往外撵您呢，我实在不是成心的，我不小心，这水洒了……"

"不小心？你怎么跟别人小心，单跟我不小心呢？啊？你瞧见没有？这儿都湿了，我怎么往外走哇？不知道以为我尿裤子了呢！"

他这一吵吵，旁边那老头儿加那茶博士都过来了，一块儿冲这位少爷赔不是："哎哟，呵，这位少爷，实在对不起对不起，呃，这样，呃快点儿，拿个毛巾来我给这位少爷擦干净了……"

"不行！拿毛巾？你拿毛巾往我这儿一擦一蹭，那上边净毛儿，哇，多难看哪？"

"呃那个……那……少爷……您说那怎么办，要不您这裤子……哎哟……也不能让您脱下来……"

"就是！脱下来在这儿，我多寒碜？我光穿裤衩儿？"

"哎呀……是……少爷……您说怎么办，就怎么办……"

"怎么办？我湿了这块，啊，让那妞儿过来，拿手给我捂到这儿，给我捂干了。然后我再走！听见没有？过来！捂这儿！"

这小子一说这句话，这姑娘当时那脸腾地一下子就又红了。姑娘站那儿，不动，姑娘心想你太欺负人了，你湿到那个部位让我过去拿手给你捂着，捂干了？这姑娘有多少话想说，但是强压着胸中怒火，她不说。可这小子呢，把这腿担在桌子角儿这儿，"过来呀！怎么着？你要是不给我捂干了这块湿，我把你这茶馆儿就全他妈给你砸了！你信不信？捂！"

旁边这王大、王二、任五、任六，把腰一掐，"快点儿快点儿快点儿……告诉你，孙爷让她过来，这算什么呀？你就过来吧。给捂干了得了。"

老头儿在旁边也觉得这个事情不好吩咐这姑娘，"呃……孙爷，您……您多担待，她是个姑娘家……"

"姑娘家怎么地？姑娘家她也不能把这水洒到我这裤子上哪，我们至于让她这样吗？"

这个时候黄九龄在旁边一看，这小子太不是东西了，啊？黄九龄站起来了，他走过来了，来到这桌子跟前，冲着这个孙士德他一抱腕，"哎，我说这位大叔，这位大叔，呃，您听我说两句好不好？"

这小子的腿在这儿担着，看了看黄九龄，把这嘴一撇，"你是谁呀？啊？"

"呵，我呢，是在这儿喝茶的，呵，呃，这位大叔，这样吧，呃，您这裤子湿了，你说让这位大姐姐给您捂干了，她也不方便，这样……我给您捂干了行不行？啊？"说着话黄九龄伸出小手儿来就要往这儿捂，这小子一扒拉黄九龄，"躲开！你他妈哪来这么个小王八蛋？"

他这一骂小王八蛋，黄九龄当时心里这火儿就上来了。黄九龄，那脑子反应非常快，他还脸上带着笑，"呵呵，哎，大叔，您怎么骂我小王八蛋呢？您看，您说我是王八蛋，我管您叫大叔，照这么一来，您不成了大王八蛋了吗？"

"哎……你小子骂我！"

"哎……你要不骂我，我怎么能骂您呢是不是？您这么大应该比我懂礼貌，您看我比您小哇，我得跟您学呀，您怎么教，我就怎么学。"

"好！嗬……"这小子把这个气儿啊，就冲着黄九龄来了，他腾一家伙站起来了，"啊……你是干什么的？啊？"

"您看我像干什么的？"

"我看你呀，我看你他妈像要饭的。你这么小小的年纪单崩儿一个人出来，还背着个单刀还挎着个镖囊像真事儿似的，是不是你们家是打拳卖艺的呀？那就是沿街讨饭的，知道吗？你跑这儿别管爷的事儿，你把爷惹恼了，我可要教训教训你。"

"呵呵，真的吗？您要教训教训我呀？您要教训教训我，真要动手儿的话，咱可说不上谁教训谁。"

"嗬！哎哟，你看你他妈黄嘴丫子还没褪净呢，你敢跟我说这个大话。"

"您别看黄嘴丫子没褪净，可专门斗那老鹞鹰。"

"好啊！来，管教管教他！还用我上手儿吗？"

他拿手这么一比画，旁边这王大就过来了，王大过来冲着黄九龄这脖领子伸手就抓，他过来一薅他脖领子，黄九龄拿这个胳膊肘儿这么一挂他——，黄九龄用的叫螳螂拳，这是老爷子殷洪之亲自传授，本宗本派，一点儿掺假没有，黄九龄这胳膊肘儿一挂他的胳膊，嘿！螳螂拳哪，就像那螳螂一样。他拿这胳膊肘儿一挂他，啪，顺他眼睛就叨过来了。这螳螂双钩，嗒这一叨，这小子一抓他，没能怎么地，哪，一看这手来了，叨上了。没叨在眼珠儿里边，要叨在眼珠儿里边就把眼仁儿给抠出来了。幸亏这小子眼睛闭得快，眼睛一闭的工夫，哪的一下子，叨在眼皮上了，当时两眼流泪，眼睛睁不开了，"哎哟……"他一捂眼睛，就转到旁边去了。这工夫那王二就过来了，王二过来一抬腿，嘿！他这一腿奔着黄九龄这腿就踹来了。他想往下踹，黄九龄把这腿，啪，往起一收，他这一脚就踹空了。黄九龄这腿就手儿反弹回去了，这一腿踹的是有弹力，有个说道儿，这叫螳螂弹腿，嘿！这一下子正踹王二这膝盖上，这一踹他膝盖上，这小子就觉得膝盖一阵巨疼。怎么回事儿？膝盖骨旁边儿有个半月板，这一脚正踹到半月板上，半月板断裂。哎哟，这一捂腿他就不能动了。旁边任五、任六就要往上上，黄九龄心想，今天，我把你们都教训教训！

第六十一回　无分文落魄昆山县
怀绝技打劫黄天霸

在茶馆儿里头，黄九龄这一脚哇，把王二那膝盖的半月板给踹裂了。王二扶着膝盖，当时就瘸了。这个工夫任五、任六这两个人，一块儿就上来了。

任五、任六，可没把黄九龄放在眼里，心想，我们这大小伙子，成天还要举石锁练墩子，而且各种门儿的把式都练，让这么个十来岁的孩子要把我们都打了，那我们不显得太废物了？任五过来一伸手，这手这么一晃黄九龄的眼睛，是一拳就过来了。黄九龄看他这一拳来了之后，一不慌二不忙往旁边一闪身子，啪，俩手把他这手脖子给抓住了，往怀里一带，这胳膊肘儿一顶他这个肘关节，嘿！咔！就听非常脆的一声，咔的一声，折了。这位当时，这胳膊就不会动了，这胳膊不会动了，这三个就都让黄九龄给制到这儿了。

这三个被制到这儿，就剩这任六了，任六一看，呀！任六这阵儿心里可就有点儿胆儿怵的。任六心想，哎哟，这小子厉害啊，这小孩儿是哪儿来的？他这把式可是能人传授的，这可不是一般的今儿种上明儿出来的把式，一定是哪个剑客传授，要不就是哪个侠客的徒弟！他心里边有点儿发虚，心里边这一发虚他往上走得就慢了，旁边那孙士德朝那小子后屁股就是一脚，"你上哪！"哪，一踢他，这小子一看，是福不是祸，是祸躲不过，我也得露两手儿，好！他也不知怎么打，俩手一块儿捯着上来了。

黄九龄一看他这两个拳头捯着往上来，黄九龄往旁边一闪身，噌，一纵身，非常敏捷地纵出圈外。他往旁边这一纵身，这任六以为黄九龄怕他呢，"好小子，我……"他想追，刚那么一追的工夫，黄九龄往兜囊里边一伸手，掏出一样东西来。什么呀？这是他妈妈殷丽娘教给他的一招绝艺，这叫亮银鹰爪抓。这是一件暗器，那个样子就像鹰爪一样，五把钢钩儿，磨得特快。这个鹰爪的爪心这个地方，是一个机关暗销儿，他把这个东西一扔出来，这抓是张着的，只要是碰到你脑袋也好，碰到你手碰到你身上任何部位也好，一碰上，他往回一掖这绳儿，这抓马上往回就收，而且越收越紧。

黄九龄心想，我让你们挨个儿都尝尝，我身上带这玩意儿都什么滋味儿。所以他纵出圈外之后一伸手把这抓就掏出来了，他翻身一抖手，嗨！唰，这抓就出来了。这小子想追黄九龄，刚一想追就觉得有一个东西迎面来了，他缩颈藏头，往下一蹲，往下一蹲他躲得过去吗？那个部位正好儿啊，这抓往下一落，哪，正好儿抓他脑袋上。一抓住脑袋，后边是小孩儿手指头粗的绒绳儿，黄九龄使劲往怀里这么一带，嘣，就把头皮给抠起来了。抠起来头皮之后这小子觉着一疼，"哎呀……"他往下一打坠儿，黄九龄略微这么一松，呗儿，往起一带，噌，人没起来，把头皮给抓出五道沟来。这血哗的一下子从四个方面一起往下流，整个儿这脸上像红头老千儿一样。黄九龄把这个抓往怀里一带，突——很快一捯，往兜囊里边一装，一看这小子捂着脑袋，光喊疼了。黄九龄伸手在桌子上抓起一把茶壶来——这茶壶里边还有一壶茶水，这是刚才有人喝完了剩这点儿的——黄九龄把这茶壶抓起来之后，朝着那小子的脑袋嗖的一下子就摔过去了，啪，这壶在他脑袋上就开花了。这脑袋上本来抓了五道沟就有伤，这茶壶过来，啪，这一震，再拿茶水这么一烫，这小子抱头鼠窜，嗷的一下子又跑出去了。

这四个打手，让黄九龄打得都跑到茶馆儿外头去了，这四个人往外一跑，这孙士德，就不敢在屋里边待着了。孙士德心想：哎哟，这是个小爷小祖宗哪，我这四个打手，可是从来没丢过这个人，没现过这个眼，没栽过这个跟头，今天没想到在十来岁的孩子面前，栽了跟头了，既然他们都跑了，我何能在此久待乎？他赶忙转身往外要走，刚想一走，黄九龄一个箭步就跟上来了，一伸手，就薅住这孙士德的脖领子，薅住脖领子往后边一带，你给我躺下吧！底下一钩腿，扑通，这孙士德就躺地下了，躺到地下之后这小子还想挣巴着起来，这腿往起一扬，黄九龄拿脚一踢他，他就脸朝下了，黄九龄拿膝盖一顶他的后腰，别动了！嗯！把这胳膊，就给拧过来一条。

"哎……哎……我说……你想怎么着？"

黄九龄把这胳膊给他拧过来之后，这手，一托他的胳膊肘儿，"这条胳膊你还想要不想要？"

"哎……我要……我要……小爷……小爷……咱们好说好说……哥们儿……哥们儿……咱们商量商量……"

"我问你，你姓什么？"

"我姓孙。"

"叫什么名字？"

"我叫……孙士德……孙士德呀。"

"孙士德？"

"哎对对对，人们都管我叫孙爷……"

"孙爷？你本来就姓孙，你还要叫爷，你到底是孙子还是爷爷呢？"

"我……我是……我是孙子还不行吗……您留我这胳膊……"

"留你这胳膊，啊？以后还往茶馆儿里来不能？"

"我我……我不来了……"

"你要再来呢？"

"我……我再来我是孙子还不行吗？您饶了我饶了我……"

这个工夫旁边那茶馆儿的老掌柜的就过来了，这老头儿来到跟前冲着黄九龄直作揖，"哎哟，呃，这位小爷，您看在我的面上，呃，你就把这孙爷给饶了吧。"

"什么孙爷？别叫孙爷！"

"呃，对对对对，那……那看在我的面上，你就把这孙……饶了吧……"老头儿一琢磨这话也不对呀，怎么把孙饶了啊？但是已经这么说出来了。

黄九龄这儿还拧着胳膊，"我告诉你，你听着，这茶馆儿，我隔三差五就来一趟，以后我要再看见你小子再在这儿兴风作浪，没事儿找事儿，我就把你两个螃蟹爪子摘下来！"

"哎……好好好好好……您放心，我以后再不来了……"

"起来!"黄九龄站起来了。

这孙士德,站起来之后,"咳……呵……那我走了……"

"滚!"

"哎……我滚呢……"

"站着走!"

"哎……"这小子由打这茶馆儿里边赶紧就出来了,刚一出茶馆儿门儿,一看那四个保镖在那儿、五个人撒腿就跑。

他这几个人走了,黄九龄回身看了看那老头儿,"老爷子,您别害怕,过两天儿我再来一趟。"

老头儿心想:爹呀,你可别来了,你知道今儿个你打的这是谁吗?在昆山县还有敢打他的?你把他给打了,他到昆山县县衙里边说句话,就能领着一帮官差来了啊。"哎哟,小爷,您过两天也别来了,您快走吧。我跟你说,你惹了大祸了,这是我们昆山县的天儿啊,他姨夫在朝里边当京官儿,谁都不敢惹呀,你把他给揍了,你可千万别来,快远走高飞吧。"

黄九龄一听,哟,看来我是闯祸了,嗐,管他祸不祸的,我先把这兔崽子揍一顿我痛快痛快。"好嘞,老爷子,回见!……茶钱没给您呢……"

说着话往兜里边一掏,把兜里边所有的这点儿零钱哗啦往桌子上一抖搂,都倒这儿了。"都给您吧,够不够就这些了。"

黄九龄迈步由打茶馆儿里边出来了,他由打茶馆儿里边出来,直接往前够奔,打听着往苏州的大道,出了昆山县往前走出来有十几里路的工夫,这道上人烟稀少,道两边都是密密的树林。黄九龄这阵儿才发现,有一个严重问题亟待解决,什么问题?浑身上下一个子儿没有,中午饭该吃了,没钱吃,肚子里边已经是空落落的了。

黄九龄把腰一掐,在道边儿一站,这怎么办哪,该吃饭了,没钱,这不要饿着吗?要是饿着一会儿半会儿的还行哪,这离苏州还老远呢,我得想法儿弄点儿钱呢。怎么能弄点儿钱呢?嗯?事到如今,举目无亲低头无故,我找谁要谁也不能给,找谁借谁也信不过我,唯一一条道儿,这就像我舅舅常常说的那个话:要钱自取呀。他们经常说呀:咱们这个钱哪,都在所有的人兜里边装着呢,随时要,随时拿。他们说这叫劫道。劫道，我姥爷跟我妈可说过，不管怎么着，不能当贼呀，一辈儿为贼，辈儿辈儿为贼。但是，现在我没辙了，我劫一回道儿吧，就凭我这身本事，我怎么也能劫着一个，我劫一个财主，劫一个有钱的。对！我劫这一回，这一辈子再不劫了。就这样，劫吧！

黄九龄一伸手，噌，把这柳叶小单刀亮出来，在道儿上一站，我看看我劫谁。往大道两边一瞧，没有走道儿的。黄九龄想：怎么我劫道了，没有走道儿的呢？嗯？……来了一个……他赶紧一缩身子，就进了树林了。

黄九龄在树林子里边，隐住身形，往道儿上看，一看由远而近，来了个推小车儿的，这小车儿上，摆的都是些瓦盆子瓦罐子，独轮车，吱吱……推着过来了。

黄九龄一瞧，这人不能劫呀，一个卖瓦盆儿卖瓦罐儿的，能挣几个钱哪，啊？在我们村子里的时候，有一个老王二，他就是卖这个的，成天因为吃不上饭，饿得直哭。行了，我把他让过去吧。这位推车的过去了。

又待了一会儿，一看由打那边又过来一位，这位身上背着个木头箱子，箱子后边花红柳绿的也不知弄的什么玩意儿。黄九龄一看，这小子像有钱的，身背后背着箱子，啊，对，劫他！

噌，一纵身由打树林子里边他就出来了，在大道当中一站把刀一横，"站住！"

他这一喊站住，把对过儿那位吓一哆嗦，"哟……哦，你你你……你干什么？"

"告诉你，我是劫道儿的，有钱吗？掏出来！给我撂下！"

"哦……"这位也发现，站在面前这个劫道儿的，是个十来岁的孩子，心想，十来岁的孩子你也敢劫道儿？嗯，大概是有两下子。没两下子，他绝不敢单人一个拿着刀在这儿劫道儿。"……这位小爷，呃……我跟你说……我呀，不是有钱的人……我是闯江湖的……应该说……咱们都是一抹子的……"

"少说废话，什么一抹子两抹子，我不懂，有钱放下！"

"哎，我没有钱，你看这玩意儿，我会变戏法儿，你信不信？"

"变戏法儿？"黄九龄从小儿就爱看别人变戏法儿，"你会变什么戏法儿？"

"你看哪，你看哪……"说着话，往这兜里边一伸手，掏出一球儿来，"你看这球儿没？哎你看，这玩意儿，没了……你再瞧，又出来了……哎……"

他果然就是个变戏法儿的艺人，他拿着个球儿左晃右晃，黄九龄呢，一看真有意思，"哎，你还会变什么？"

"我还会变什么？你看哪，我这手，空的，什么都没有吧？啊？瞧，走，嘿，走！"说着话拿手一领，呗儿，从这祆袖子里边拖出一个绳子头儿来，这绳子头儿上边哪，都是小彩旗儿，红的绿的蓝的紫的……啪，这绳子头儿一拖出来，有一尺多长，"哎，这头儿给你，这头儿给你……"

黄九龄这工夫把这刀在这手拿着，他另一只手就把这绳子头儿接过来了。接这绳子头儿在手，他刚这么一拿，这变戏法儿的一转身儿就过去了，"你瞧着啊，你看能抻多长啊……"突儿……突儿……突儿……突儿……他一边儿往那儿抻，一边就能够变，从这个袖筒里边突儿突儿往外就秃噜，黄九龄瞪着俩小眼睛拽着绳头儿就看着。"哎哟，哎哟，还有吗？还有吗？还有吗？"

拽出有三四丈远，就看这变戏法儿的突然把这绳子头儿往外一拽，"回见吧，小爷们儿……"噔噔噔……他跑了。

黄九龄提溜这玩意儿，嗯……啊……刚才这变戏法儿的把我给骗了，啊，好坏……一看道旁边儿啊，这儿有块石头，黄九龄就坐这石头上了。等着，我就不信不来人。

他刚刚一坐下，就听远处，有马蹄声音，小翻蹄儿，走中步儿，这马走得不快。黄九龄定睛一看，由打远处来了一匹银鬃马。马上边端坐一人，头上戴着马连坡儿的草帽儿，身上穿的是灰串绸的长衫，腰中系着丝鸾大带，大带叠起来，在这里披着，而且这长衫底襟儿撩起来，在这边挂着，身背后背着单刀，斜挎镖囊。这个人长得也就是三十多岁，四方方一张白脸，两道剑眉一双虎目，鼻直口阔，好派头儿啊。由远而近这马越来越近了，黄九龄一端详，他断定了，面前来者，不是当官儿的也是一个大财主。哈哈，这是天不绝我，我就劫他！

黄九龄就站起来了，手中把这单刀一荷，噌，一纵身，在大道当间儿一站，"你站住！"

喊了一声站住，骑马的来到面前一捋丝缰，吁——来的是谁？副将老爷黄天霸！这黄天霸怎么来了呢？上回黄天霸跟关泰关晓曦两个人追赶谢五豹追到这一带就追没了，黄天霸跟关泰回去向施大人如实禀报。施大人现在就已经明白了，那么天飞闸那具女尸，那就是赵忠所害，这国宝的丢失，以及杀斩使臣的罪犯，就是这谢五豹无疑。而现在，当务之急，就是要把赵忠和谢五豹这两个罪魁祸首是尽快捕获。

这些天来，施大人，加上苏州府知府全堂衙门的三班六房所有的差人，全员出动，四处查找这两个重要罪犯的线索。几天来，都转遍了，没有消息，最后黄天霸说了，那么我还奔昆山县那个路线，到那儿去查访查访，到昆山县，找昆山县县令再细问细问。

就这样黄天霸跟赵璧、朱光祖三个人一块儿出来了，可是朱光祖跟赵璧两个人呢，没吃早饭，走到半道儿，他们两个想吃早饭，黄天霸性子急，说你们俩先吃吧，我先走一步，咱们昆山县见！

他们两个在这儿吃早饭，黄天霸骑着马就先来了，没想到被黄九龄就给劫住了，黄九龄在大道当中一站，把单刀一横，这叫儿子劫爹。

第六十二回　劈面不识父和子
交手便分输与赢

　　黄九龄在树林外大道当中，把单刀一横，把黄天霸这匹马就给拦住了。他喊了一声："站住，我是劫道的!"

　　黄天霸一将丝缰，吁——带住这匹坐骑，他在马上端然稳坐，是一动没动。他定睛往马前看了看这小孩儿。黄天霸一瞧这孩子，穿着打扮是与众不同。这孩子，头上绾着日月双髽髻，身上穿着浅灰色的短衣裤，腰中系着一巴掌宽的丝带子，上边绣的是万字不到头的花儿。脚下蹬着一双软帮底的小靴子，身背后背着单刀，斜挎着还有镖囊。圆乎乎的一张脸，长得是细皮嫩肉，细长的眉毛大大的眼睛，这两个眼睛好像黑宝石一样，通天的鼻梁，薄薄的小嘴唇，小嘴唇还通红。你瞅那个肤色，每一个细胞都闪烁着欢越跳跃的样子。年轻哪，孩儿小哇，嘀，精神饱满，与众不同。黄天霸跟黄九龄这一打眼，可以说是一见缘。

　　人和人一见面，有一见缘，有一见烦，有一见平。一见平呢，素不相识，萍水相逢，俩人一握手，哦你好你好，过后，谁也不记得谁了，平平常常就过去了。一见缘，两个人一见面一握手，哦，你好你好你好，欤，就瞅着对过那个人，由打心里边就喜欢，觉得这个人说什么话我都能信，他办什么事儿我都信得过。这一见烦呢，就是俩人一见面儿，连手都不想握，瞅哪儿哪儿别扭，心想这个人儿啊，后八半辈儿我再也不想见他了，这就叫一见烦。

　　可是今天黄天霸跟黄九龄这两个人一见面，这叫一见缘。黄天霸瞅着这个小孩儿，嘿! 长得讨人喜欢。为什么呀，这有骨血关系呀，这是亲父子呀，他能一见烦吗？黄天霸瞅着这个小孩儿心想：这孩子把这个小单刀儿一横，站到这个路当中他要劫我，他要劫道。嘿嘿！黄天霸想，今儿个你可是劫着了，我还没碰着过这么小的孩子敢劫我的呢。想我黄天霸十几岁出来就闯荡江湖，大龙山占山为王落草为寇，号称江南四霸天哪！那可以说绿林中跺跺脚四方乱颤。后来我投奔了施大人弃暗投明，如今当上副将老爷了，可这行里边的事儿，那还有我不知道的底细吗？啊？心想，孩子，今儿个你要劫我，这可是圣人门前卖百家姓，老爷面前耍大刀，吹鼓手跟前舞扯喇叭，鲁班面前耍斧子。行，你算劫到行家里手了。

黄天霸在马上坐着，还面带着微笑，"呵，孩子，你要干什么呀？"

黄九龄那是煞有介事，把刀横着，"我告诉你，我是劫道的，有多少钱，给我撂下。少说废话！"

"哈哈哈……哦，你是劫道的？孩子，你多大啦？"

"甭问我，你管我多大干什么，反正比你小。"

"哈哈哈，这倒是，你比我小。我问你，谁让你劫道的？是你爹妈让你这么干的？你还是受人唆使呢？像你这样的年纪，应该是在房里边好好读书哇！啊，读孔孟书，达周公礼，将来赴试赶考，得中状元，还许能为国增光，光宗耀祖呢，啊？你怎么走上这一行了？怎么拿着刀在这儿劫道哇？"

"少说废话，有钱没有？有钱就撂下，没钱，把你马撂下。"

"哟！好家伙，你这胃口不小哇。你还敢劫我的马，你知道我是谁吗？"

"我不知道你是谁，用不着问你是谁，我就要钱！"

"好，你不问我是谁，我倒要问问你是谁，你姓什么叫什么？家在哪儿住啊？"

"我啊，哈哈，不能告诉你，没家没业。"黄九龄心想：你干吗？你跟我套近乎，你问我家在哪儿住，我告诉你，然后，你到官府里边告发了，官府来人，上着我们那儿抄家去？没那事儿，哪儿有劫道还告诉人家地址的？"不告诉你我家在哪儿住！"

"叫什么？"

"叫什么？没名没姓儿！"黄九龄心想，我不能告诉你，我告诉你，我姓黄，我叫黄九龄，我爸爸是黄天霸，是副将老爷，我是老爷的儿子。老爷的儿子……当贼？劫道？哪有这事儿啊。这要让我爸爸黄天霸知道，那还不得把我宰了呀？啊？这事儿我可不能跟他说！哼，没名没姓儿！

"人生在世，哪能没名没姓儿呢？"

"你非要问个名姓儿啊，告诉你，我姓干，就一个小名儿，叫干老儿。"

"哈哈哈哈……孩子，你想讨便宜，啊？你这么小小年纪，你想给谁当干老儿啊？嗯？"

黄九龄心想，这小子挺精哪？我告诉这名儿他不念，"我告诉你吧，有名姓我也不能跟你说，你快点儿吧！"

黄天霸说："好吧！既然你劫道，大概你家里边日子过得很贫穷，没有钱度日了，你呢也不用劫道。你说，需用多少钱，我给你！"

"你？"黄九龄心想，他给我？我要伸手一要这钱，这等于是他赏赐给我的，我手背朝下手心朝上，找他要钱，我是要小钱儿花的？嗯？他给我我不能要，我就是劫道。我非得凭我的本事，我把他劫了，我把他兜里有多少钱，都掏出来，我留下。这才是我的本事呢，把他吓跑了。对！"你给我？用不着施舍，我就要你兜里所有的钱。"

黄天霸一听，哼？心想，这个小孩儿，他可挺霸道哇，他想要我兜里所有的钱。"孩子，恐怕我兜里边有的是钱，你劫不走吧！"

"怎么劫不走？咱们就看本事吧。我说你别在马上坐着，你下来！"

"我如果要不下去呢？"

"你不下去？你不下去我让你下去。"黄九龄说着话，几步就来到跟前。他伸手就来抄黄天霸的这个脚脖子，他想抓住他这脚脖子一使劲，给他摔下去。黄九龄来到黄天霸的马跟前一伸手刚一抄这脚脖子的工夫，黄天霸在马上一看，我还真不能在这儿坐着。他急忙甩丝缰一甩镫，一翻身，由打马上就下来了。

黄天霸这一下来，黄九龄往旁边一撤身，手中把单刀一横，"过来，你要服了，就把钱给我撂下，要是不服，跟你小爷咱就比试比试。"

黄天霸跳到马下，这马的缰绳搭到马脖子上，这匹马连拴都没拴。这马呀用不着拴，这是黄天霸久骑的座马，主人在这儿它就不走。黄天霸来到黄九龄的跟前，一看他手里边拿着小刀儿，黄天霸说："孩子，真要劫我也行？你那口刀可得胜得了我，要胜不了我，这道儿你可劫不成。"

"行。你把那刀亮出来。"

"我还用亮刀吗？我空手能把你那刀夺过来你信吗？"

"呀呀呀呀呀呀……嘿！你也不怕风大闪了舌头。你空着手儿就能把我这刀夺过去，啊？好，那你就夺夺试试！看刀！"黄九龄说着话往前一纵身，唰就是一刀，照着黄天霸就劈过来了。黄天霸往旁边一闪身，黄九龄紧接着唰唰唰唰——接着就是三四刀，这几刀，来势凶猛，刀锋凛冽。唰唰唰唰——这几刀，黄天霸当时心里就一惊，哟，黄天霸暗想：这小孩儿厉害呀，啊？一看这刀是出手不凡。黄天霸开始以为这个孩子不定跟谁学了三脚猫儿，四门斗儿，金丝盘葫芦儿，会那么两下子呢，拿着个小刀夯着胆子，就来劫道儿来了。这一动手，黄天霸想，我要空手夺刀，大概我夺不了。

黄天霸往旁边一撤步，唰——把自个儿的单刀亮出来了。黄九龄在旁边一看，乐了："嘿嘿！怎么样？空手夺不了吧？我让你拿刀你也得败！看刀！"唰——一刀奔着黄天霸前胸又扎过来了，黄天霸拿刀往外一磕，两个人啪啪啪，打了一起！

黄九龄心里边也有点儿惊异，黄九龄心想：这小子他真会呀。哎哟，我这劫道儿碰一硬茬儿，他这刀比我不次呀。黄天霸一看这孩子这么点儿年纪，这刀能练到这样，这样将来长大成人，必定是一个武林高手哇。两人打了有二十个回合，黄天霸突然间虚砍一刀纵出圈外。"停！"

"怎么着？"

"小孩儿，你这刀真不错。这刀咱俩就不要比试了，比比拳脚怎么样？"黄天霸到现在，从心态上来讲，还是拿黄九龄当一个孩子耍着玩儿。黄天霸总觉得，你，总不是我的对手。黄九龄可非常认真，他把刀一横，看了看黄天霸，"怎么着？刀赢不了我，比拳脚哇？好！你先把刀插上。"

黄天霸心想，这个小孩儿心眼儿挺多，让我先把刀插上。他生怕他把刀插上之后我拿刀先剁他。黄天霸把刀往身背后一别，"怎么样？"

黄九龄把刀也插在身背后，"行！来吧，过来吧。"

黄天霸说："好，我让你先进招！亮式吧！"

"亮式？好！瞧！"黄九龄就亮了一个螳螂式。

螳螂拳！啪一亮这式，黄天霸一看：哎哟？这个小孩儿拳脚也出手不凡，啊？你瞧这个架式，年纪很小，但是拳脚招式出来很老辣。

黄天霸说："请！"

黄九龄往前一纵身，"嗨！"唰——这手就过来了。黄天霸摆拳相迎，两个人插拳绕步就打在了一起。黄天霸跟黄九龄这一打，一伸手就打了十五六个照面儿，啪啪啪啪啪啪啪啪……黄天霸一看哪，这孩子可了不得，这不知道是谁家教的这么一个孩子精，可惜了这身功夫没用到正地方哪。黄天霸跟黄九龄一边打着一边心中暗想：我不能在这儿跟他久战，我在这跟他打着要时间一长，后边朱光祖跟赵壁他们俩就上来了。他俩上来一看，我让这么个十来岁的孩子给劫在这儿了，比画了半天都没赢了他，我黄天霸也丢面子，嗯？黄天霸暗想，干脆吧，我别跟你在这儿耽误时间，我也别让你劫我，我走了。

黄天霸跟黄九龄打着打着，他故意的，就往这匹马的身旁凑合，他这脚步往后退，黄九龄可没注意这个，黄九龄是步步紧逼。啪啪啪啪啪……连拳带脚，像暴风骤雨一样。黄天霸打着就来到战马的跟前，他突然间啪——这手往前这么一晃，接着底下一个扫堂腿，黄九龄往起这么一蹦的工夫，黄天霸一转身，扪丝缰扳鞍上马，啪——咔啦啦啦啦啦啦啦……这么一转身的工夫，就上了马了，利索。黄天霸心想，我让你看看，我走得多潇洒。可是他没想到，黄九龄急了，他这一上马这么一走，黄九龄在旁边双脚一落地，"呀？你想走哇，你哪儿走！"黄九龄伸手由打兜里边就把这亮银鹰爪抓掏出来了，他抖手照着黄天霸那脑袋嘿——嗖——这抓就出去了。

黄天霸，这叫艺高人胆大，今天轻敌了。没料到这么点儿个孩子还会使暗器呢。这飞抓一出来，那抓得是真准，这事情就发生在这一瞬间，黄天霸这匹马刚那么一走，他这抓跟着就过来了，嘭——正抓到黄天霸那脑袋上。这一下子，把那马连坡儿的大草帽给抓透了。把头皮连头发都给抠住了，黄九龄一拖这绒绳，"嘿——"往回一拖，黄天霸那马是前走，他这抓抓住脑袋是往后搋，黄天霸又没加那份儿小心，觉着脑袋上一疼，欸，一闪神的工夫，啊咣——让黄九龄把黄天霸由打马上就给拖下来了。这一拖下来，摔得还太寸了。刚才他们两个人在这儿比武较量，辗转腾挪，这个地面儿很宽敞很大。单说黄九龄呢在道旁边一块石头上曾经坐着休息过，他往下一拖，由于这个惯性，黄天霸由打马上飞身仰着就下来了，这脑袋正磕那石头边儿上。啊哪——扑通——轻微脑震荡，不算太重，但是这一下子，把黄天霸给磕蒙过去了。

咣——后脑勺磕到石头上，黄天霸当时就觉得这脑袋嗡的一声，眼前一片漆黑，什么都不知道了，躺那儿了。

黄天霸这一倒那儿，黄九龄把那飞抓一松开，先捯了捯绳子，装兜里边。来到跟前一看：哎？哟！黄九龄一看，坏了，脑袋磕到石头上啦？这小子磕死啦？呀，磕死要让官府知道，这可是人命关天哪。这怎么办哪，啊？他看了看大道两边儿没人儿，黄九龄心想：我快跑吧。他摸了摸黄天霸这兜儿里边，把黄天霸兜里的银子全都掏出来了，往那个马褥套里边一放。牵过这匹马来，回头看了看黄天霸，还在那儿躺着呢。他扳鞍上马之后，啪——一巴掌，掉转马头，奔着苏州府的方向，咔啦啦啦啦啦啦……就来了。

他往前催马正走着，走出没有多远儿来，对过儿来了两匹马，谁呀？朱光祖跟赵璧。这两位吃完了饭，骑着马得撵黄天霸呀，可是他们俩看见对过儿有一匹银鬃马奔这儿来了，这黄九龄他们不认识，他们也不会想到黄天霸被劫了。这马跟他们这两匹马交错而过，咔啦啦啦啦啦啦……过去了。

黄天霸，在那儿还倒着呢，老半天的工夫才缓醒过来。睁眼之后，黄天霸站起身来，只觉得有点儿天旋地转，啊？再一看，马没了。黄天霸心想：哎哟，我号称江南四霸天，是久打雁的主，今天让雁啄了眼了。

第六十三回　黄天霸羞愤寻短见
得月楼杯酒解饥肠

　　黄天霸被劫了。当他苏醒过来之后，一看，马没了，那小孩儿没了，再一摸自己兜儿里边的银子钱也没了。黄天霸暗想：我这可是久打雁的主儿，今天被雁啄了眼了。他回想了一下，我是怎么从马上摔下来的呢？好像有个东西把我抓住了，抓住我的头部了。

　　他一看，身背后那草帽儿在地下放着，捡起来一瞧，草帽儿上有个窟窿，觉得脑袋有点儿疼，拿手一摸，这头上有伤，是拿那五把钢钩给挠的，血顺着脖颈子已经流下来了。黄天霸一摸这血，哦⋯⋯这是鹰爪钩哇！飞抓！嘿，这小孩儿飞抓使得不错呀，居然把我能抓下马来，把我真劫了！

　　黄天霸站起来了，觉得这个脑袋还有点儿轻微的眩晕，黄天霸倒背着手儿就走进了树林，自个儿心中暗想，丢人哪，啊？栽跟头！一会儿朱光祖跟赵璧要是上来，要一问我，马呢？怎么回事儿？我说让个十来岁的孩子把我给劫了？一抓把我抓下来的？抓了个头破血流？磕了个晕头转向？最后孩子上哪儿去了我也不知道？哎哟，黄天霸，你是抓差办案的差官老爷，你跟着施大人到苏州，还来办案来，来抓贼来，连十来岁的小孩子你都抓不住哇！这传扬出去，好说不好听哪！黄天霸，你这功夫怎么练的？嗯？练哪儿去了？你纯粹是蒙事！废物！啪，啪，给自个儿来俩嘴巴。打完这俩嘴巴还不解恨，黄天霸是个性非常强的人，没脸活着了！我不好跟他们说，死了得了！

　　一抬头，瞅见那树哇，旁边有一个树杈儿，有一人多高，黄天霸心想：我吊死这儿吧！我栽跟头栽到了家了，我怎么不至于栽到一个孩子手里头。就这样！他在旁边儿寻摸一块大石头过来了，站在这石头上，唉……行了！黄天霸活到今天，就算够份儿了，也够本儿了，该着结束了。他就想把腰里边这带子要解下来，他想往上搭，正这工夫，赵璧跟朱光祖来了。

两个人骑着马追黄天霸，追到这个树林外边的工夫，他发现这石头旁边那草帽儿了，草帽儿在这地下放着呢，赵璧跟朱光祖同时看见了。"吁——我说朱爷，看见没有？这不天霸的草帽儿吗？"

"哎！"

"人呢？"

"人哪，是不是上树林里边方便去了？"

俩人由打马上下来之后，把马拴到树上，赵璧往里边一瞧，哟！一看黄天霸站那石头上，正冲那树杈相面呢，正准备要解那带子呢。

赵璧一看，这怎么地了？啊？"天霸，怎么地了？"

黄天霸一回头，心想，他们来得可真够快的。

赵璧走到跟前，"天霸，你站在石头上干什么呀？啊？冲着树端详什么？想上吊啊？什么事儿想不开呀？跟我说说，快点儿下下下下来下来下来……"

黄天霸这个脸色不好看，赵璧跟朱光祖两个人同时发现了，朱光祖捻着自个儿这阴七阳八的小胡子儿，"……哟，天霸，你这脸上怎么有血啊？"

"唉……二位哥哥，别提了，丢死人了！"

黄天霸找了块石头坐下，赵璧跟朱光祖俩人在旁边站着，"天霸，什么事儿丢死人了？"

"我没脸活着了！"

"别别别别……跟哥哥说说，啊，究竟怎么回事儿？"

黄天霸就把刚才的事情经过，从头至尾跟赵璧朱光祖备述了一遍。说完了之后，赵璧听完了把这小脑袋儿一摇："呵呵，天霸呀，你呀，可真是真是呀，聪明一世糊涂一时呀。哦，就为这点儿事儿，你就想要上吊哇？啊？想要寻死？你死了之后，你觉得你这个名声就挣过来了？比方说你上吊一死了，传扬出去了，别人说，说黄天霸怎么死的呀？到时候必然问这原因哪，说黄天霸，因为走到半道儿上，让一个十来岁的孩子把他给劫了，钱也劫走了，马也劫走了，他没脸儿活着了，上了吊了。这不更丢人吗？啊？"

黄天霸一听，"是呀，赵大哥，我这心里边，它总是别扭这个劲儿……"

"嗐，甭别扭，天霸，我跟你说，这是你该着有这么一步背运。智者千虑必有一失，愚者千虑必有一得，别说是你，就是那孔圣人想当年，还被困陈蔡呢，何况咱们哥儿们弟兄哪。啊？谁这一辈子，老是一帆风顺哪，啊？一点儿逆境，一点儿窝囊事儿都摊不上啊？那没有的事儿！天霸，这样吧，马他不是骑走了吗？我想这孩子，他既然敢把这马骑走，那就注定，他这案子非犯不可。"

黄天霸说："这个孩子，是个惯盗！"

"他有多大岁数儿？"

"我看也就是十二三岁。"

"他惯盗能盗几年呢？"

"嗯……起码儿还不得有几年哪！"

"哦，他从六七岁就开始盗？一直盗到现在？啊？行了，这事儿不用细追究了，你放心，这件事情，仅限在咱们圈儿里边这些人知道，绝不能往外给你传扬。你顾全脸面，我们大伙儿还都顾全脸面呢。天霸，你是咱们这伙儿人里边的头儿，咱们的头儿要栽了跟头丢了面子，我们这脸上也无光哪。单有一样儿，回去呀，咱们得跟施大人禀报，让施大人跟苏州府的知府，加上昆山县的知县，让他们都四处查找，查找这个小孩儿，敢劫黄副将的这孩子。"

"唉……行！"

"天霸，想开点儿啊，可别再寻短见，你要寻了短见，我们这伙儿人怎么办？咱案还破不破了？国宝还找不找了？杀人犯还追不追了？"

"唉……是呀，是呀，赵大哥，该我不死，亏你们来了。"

"嗐，废话别提，走！哎，我说朱爷，咱们两个刚才来的时候，跟咱们走了个迎对面儿一个小孩儿骑着马过去，是不是就那小子？"

朱光祖说："对呀，就这一晃的工夫过去了，我也没细看哪，我觉得是个小孩儿。一闪过去了，我心里还合计呢，这谁家孩子呀，这么点儿孩子还骑这么一匹马。你看我就没想到，我要想到当时把他截住不就结了吗?"

"就是呀! 行了行了行了行了……后悔药儿不能卖,走吧!"

黄天霸跟朱光祖赵璧他们三个人,回来了,黄天霸跟赵璧同乘一匹马,昆山县也不去了。黄天霸想,到那儿怎么去呀?见了昆山县知县怎么说呀?所以他们三位就回转了苏州。

他们三个人往回走,黄九龄呢,骑上这匹马,是马上加鞭,咯噔咯噔咯噔咯噔……这就快多了,一口气,就跑进了苏州府。

进了苏州,到城里边了,黄九龄高兴,由打马上,腾,跳下来了。摸了摸,满腰儿都是钱,褡套里边也有银子,黄九龄想,这回好,这道儿劫得漂亮,劫了一个大茬儿。这小子呀,肯定是个财主,要不他就是个当官儿的。嗯,我呀,得先找个店房住下,找店房住下之后,安排好了,然后上街吃饭,吃完了饭,打听打听这个苏州知府衙门在哪儿,到那衙门里边,去找我爹,找黄天霸。这回我爹要一见着我,肯定高兴哪。一看他儿子,骑着高头大马,满腰儿是钱,啊! 嘿!

黄九龄心想,这回我得住一个阔点儿的店,一看旁边有一个大店房,叫泰安客栈。黄九龄来到这客栈门口儿一站,往院儿里边一瞧,有一个店小二就跑出来了,"哎哟,这位少爷,您……住店吗?"

"住店。你这儿单间儿多少钱哪?"

"咱这儿单间儿半两银子。"

"好嘞,给我包一单间儿。"

"就您自个儿啊?"

"啊,怎么着? 嫌人少哇? 一间房给你一间房的钱,你管我人多人少干吗呀? 我带来娃子的话,你一间屋还装不了呢。"

"欸……是是……我没这意思,少爷,您里边请!"这店小二心想,别看这孩儿小,说话可不小,厉害,看来这是阔家主儿的孩子。

黄九龄牵着马就进来了,把这马缰绳往这店小二手里边一扔,"你那儿有拴马的地方吗?"

"哎有有有……我给您拴到后院儿槽头上。"

"行!"

店小二把马拴到槽头上,领着黄九龄,就到了这个房间里头。给黄九龄打过洗脸水来，黄九龄洗完脸之后，坐到屋里边自个儿琢磨琢磨还乐，"嘿嘿，真好玩儿，啊，哎呀，这人让我一抓就抓住，抓了个仰壳儿，他晕过去了还是死了呢？他可千万别死了，他要死了呀，这事儿可就大发了，人命关天哪，这官府之中非得抓我不可。但愿他是晕过去，他晕过去一会儿还缓醒过来，缓醒过来他自然也就走了。嗯，差不多。哎呀，我也住店，住单间儿，还有人打洗脸水伺候我，真有意思——主要是得有钱哪，没钱怎么也不行哪！"

他在这房间里边休息了一会儿，觉着这肚子里边有点儿饿了，该吃晚饭了。黄九龄心想，上街吃饭去，顺便看看这苏州府，大街上什么样儿，对！

黄九龄又一转念，我要上街吃饭哪，我得带着这马，这马要在店房里边，万一，那马主儿，他要是回来呢？到这店房里边发现这匹马了，嗯？那不就把我也发现了吗？这匹马我得走哪儿带哪儿，对。

黄九龄由打这房间里边出来了，店小二一瞧，"哎哟，少爷，上街吗？"

"对，上街吃饭！"

"哎，咱这个店房里边也带饭……"

"你这饭不好吃，我上街溜达溜达，把我那马给我解下来。"

"那马刚给您喂上，您干吗解下来……"

"你管得着吗？我这个马走哪儿带哪儿，我这个马是宝马，我怕丢了。"

"好好好好……"店小二赶紧到槽头上把这马又解下来了，心想这孩子，折腾，把马缰绳递给黄九龄。

黄九龄牵着这匹马，就出了店房了，他顺着大街往前走，黄九龄就看着苏州府的街景。这地方是又有旱道又有河道，苏州街景，那是别有一番风味。

黄九龄一想，我上哪个地方呢？走到十字街这儿，他发现把着十字街街口儿这儿，有一座大酒楼，上写三个字：得月楼。嗯，这地方不错，在这儿吃点儿饭？好！

这酒楼下边，有两溜拴马桩，黄九龄把这马，就拴到这拴马桩上，然后，正了正衣服，嗯哼……大摇大摆地就往酒楼里边走。之所以大摇大摆，是因为自个儿兜里边银钱特多，胆子就壮，气势就足。他往里边这一走跑堂的就过来了，"哎哟，这位少爷，您吃饭吗?"

"啊，吃饭! 你们这儿……饭菜好吃吗?"

"呵，当然了，咱这儿是苏州府有名的大酒楼，吃什么有什么。"

"好嘞，我要上楼上吃行不行?"

"楼上吃? 行! 您请……"

"头前带路。"

"哎，好。"

跑堂的头前带路黄九龄随后就跟着上楼了，上了楼之后，跑堂的拣了一张靠窗户的桌子，把这桌子给擦抹干净之后，"少爷，您坐这儿怎么样?"

黄九龄在这桌子旁边一站，探身形往下边一瞧，凭街俯瞰，这是个好地方。黄九龄就在桌子旁边坐下了。"你们这儿有什么好吃的，给我往上上。"

跑堂的站在旁边，"呵，少爷，您爱吃什么?"

"我爱吃什么呀? 我……"黄九龄不会点菜，由打家里边出来这一道儿上啊，倒是吃了点儿嘛儿，黄九龄顺嘴就往外说，"我问你，你们这儿……有没有那个……那个……那个叫什么来……"

"啊什么? 您说，那叫什么?"

"哎……我吃那玩意儿那个……挺好吃的……哦四喜丸子有没有?"

"哦四喜丸子? 呃……四喜丸子有哇，有四喜丸子。"

"呃，还有那个，桃花饭有没有?"

"桃……桃花饭……"他这一问桃花饭哪，把这跑堂的给问住了，黄九龄这桃花饭哪，是在路旁边，那小摊儿上吃的，焦饭嘎巴儿。这儿哪有哇? 这是大酒楼哇! 跑堂的愣了半天，"桃花饭……桃花饭……呵，咱这儿没有。"

"还大酒楼呢! 大酒楼连桃花饭都没有……哼，真是罢了……八宝豆腐有没有?"

"哎八宝豆腐有，八宝豆腐有。"

"八宝豆腐，四喜丸子，剩下的，你看着我爱吃什么你就给我上什么得了。"

"哦……您爱吃什么就上什么……那行，那我就掂配着给您上。"

"行!"

"您要几个菜?"

"嗯……八个吧。"

"您吃得了吗?"

"你管我吃了吃不了干吗? 我看看就给钱!"

"嘿，好好好好好……"哎呀，跑堂的心想，这是个小糟爷儿，家里边肯定是财主，有的是钱，跑外边败坏来了。

跑堂的给他掂配了八个菜，一会儿的工夫，把这菜就摆上来了。

"少爷，您喝酒吗?"

"酒? 嗯哼……"黄九龄心想，我记得我舅舅，经常跟他朋友在一起喝酒，我始终也没喝过那酒什么味儿，"你这儿有什么酒?"

"烧黄二酒，要什么酒有什么酒。"

"都有名儿没有?"

"呃……有，状元红、透瓶香……"

"透瓶香……给来一瓶透瓶香。"

"哎，您等着。"

一会儿跑堂的给提溜一坛子酒来，把酒杯，羹匙，骨碟儿都放好了，"哎，少爷，您还用什么?"

"不用了。"黄九龄看了看那酒坛子，"这透瓶香它也不香哪!"

跑堂的说:"那要是您现在闻着香那就跑了味儿了，我给您打开。"

把这个酒坛子打开之后黄九龄果然闻见酒香，正这工夫，就听楼下边楼梯响，噔噔噔噔噔……由打楼下走上两个人来，走上来的是谁呢? 正是赵璧和黑世杰。

第六十四回　见马识人赵连城搬兵
因酒搭话黑世杰交友

　　黄九龄在苏州府十字大街得月楼上，要了八个菜还有一坛子透瓶香，他要充填他这辘辘饥肠。从早晨起来就没吃饭，中午本打算弄壶茶水来个水饱儿，结果这茶水还没怎么喝就跟人家干起来了。最后呢，他把黄天霸给劫了，兜里边有了钱了，现在是晚饭了，所以黄九龄这肚子里边，已经是饿得咕噜咕噜直叫唤了。八个菜摆到桌子上，瞪眼儿一瞧，他恨不能把这八个菜一块儿都划拉那肚子里边去。

　　黄九龄正准备要在这儿喝酒，突然听见楼梯响，由打下边走上两个人来，走上来的谁呀？正是赵璧跟黑世杰。

　　赵璧跟黑世杰他们两个人怎么来了？咱说了，赵璧、朱光祖、黄天霸三个人，不去昆山县了，半道儿上一转身回来了，回到了苏州府到公馆里边，就向施大人，把整个儿的情况给汇报了一下，说黄天霸在半道儿上被一个小孩儿给劫了，头部受了伤了，马匹丢了。跟施大人这么一说呀，施大人当时是颇为震惊，施公心想，苏州府的地面儿可是够乱的了，啊？我们到这儿来，刚一到这儿就碰上一个人命案，紧接着想破获那个盗宝的案子，还没等破获，这黄天霸又被一个小孩儿给劫了？哎哟，这可太出乎意料了。凭黄天霸的阅历，凭黄天霸的本事，这身功夫，怎么会让小孩儿给劫了？可是眼下这就是个事实摆在面前了。

　　施大人告诉赵璧："这件事情哪，不要让苏州府知道。"

　　赵璧说："您放心，我也是这么想的。"

　　两个人是不谋而合，为什么要这样做呢？施大人想到了，如果要让苏州府的知府一知道，一听怎么地？你们那个办差官里边最厉害的副将老爷黄天霸，让一个十来岁的小孩儿给劫了？脑袋还负了伤了？哎哟，看来你们这个钦差大臣，带来这帮人也不怎么样，说你们有能耐，看来能耐也不大。就怕他们瞧不起这些人。施大人想哪，这个孩子虽然劫了黄天霸，事出有因，可能是这黄天霸，他疏忽大意，不过这个案子得尽快的破。如果说这孩子把黄天霸劫了，马给劫走了，我们在短期之内连这个案子都破不了，传扬出去，这也不好听。

施公就问赵璧："赵璧，你看这个事情应该怎么办呢？应该在近几日之内，很快地把这个案子先破了。我想，劫马的是一个孩子，他毕竟不是一个惯盗，我们如果连这个孩子都抓不住，那恐怕我们就为世人耻笑了。"

赵璧说："就是啊，大人，我也想这个事儿呢，据天霸讲哪，这个孩子，他劫了他的马，可能是奔苏州府的方向来了，说不定，那孩子现在就在这苏州城里头呢。我看这样，这件事情，不惊动苏州知府，就咱们这些办差官，分头出去行动。咱就在苏州城内到处转悠转悠。孩子把这马劫了，这是个大目标，他把这匹马劫了之后，肯定，要不卖了他就得自个儿骑。只要有这匹马，那就能找到这个劫马的罪犯。"

施公说："好，我看这样，你们兵分几路，立即出动，不可耽误。"

赵璧呢，就跟黑世杰，这师徒二人，算是一拨儿，那么关泰和朱光祖，哈三巴和何路通，金大力和贺人杰，他们是各为一组，于是立即就出动了。

黄天霸没出动，因为黄天霸摔这一下子，这脑袋老觉得有点儿晕乎乎的，其实他有点儿轻微的脑震荡，再加上脑袋上边还负了伤了，拿那药布给缠上了，出去转悠，让别人瞧着也不好看，又怕别人问，说副将老爷您怎么负了伤了？怎么回答呀？一回答把这个事儿就抖搂出去了，所以黄天霸在屋子里边养伤。

赵璧跟黑世杰呢，这师徒两个人，出了公馆，顺着苏州府的大街，就往前溜达。一边儿溜达着，这黑世杰跟赵璧就说："我说师父哇，你说我这个当徒弟的，跟你在一块儿也待了这么多天了，你觉得我这个徒弟咋样？"

赵璧说："孩儿啊，你这徒弟呀，当得还真不错，有眼力见儿，会办事儿，不光我，就是这些办差官，甚至于说施大人，对你呀，都颇有好感。不过……也不是百分之百的好，也有点儿别的议论。"

"咋着？对我还有别的议论？议论啥呀？"

"议论什么呀？议论你这小子，岁数儿不大，心眼儿太多了，有的时候多得吓人。你呀，往后也得装点儿傻。"

"是啊，我自个儿啊，以后啊，我就装糊涂，对不对？"

"也别装糊涂，有的时候哇，心里边想到，嘴里别往外说，心里边一想，嘴里就一说，人家就觉着你这孩子，就太精明了。"

"是。"

这两个人在街上转悠到吃晚饭的时候了，黑世杰说了："师父啊，前边到了十字街了，这个苏州府十字街有个得月楼，你知道不知道？"

赵璧说："我听说了。"

"人家说这个得月楼的饭菜呀，做得是特别的香，师父，我这个当徒弟的，也从来没有正儿八经地孝敬孝敬师父，到晚饭时候了，咱爷儿俩还不得吃点儿饭呐？是不是？我看哪，就上那得月楼，我请您来一顿怎么样？"

赵璧一听，把这小脑瓜儿一晃，"嘿，宝贝儿，你请我来一顿啊？哎呀……你是想请我吃饭哪还是你想让我请你吃饭？"

"咋这么说呢？我是请你吃饭！"

"你请我吃饭？你小子现在，还不算是正式的办差官，啊，每月就不领这俸禄银子，你说当师父的，这也是参将的级别了，到时候月月领饷，完了你请我在这得月楼吃顿饭，这还不是一般的饭庄，到上边就得花俩。回去你跟众差官一讲，大伙儿不得笑话你师傅哇？说你师父这叫什么师父哇，啊？根毛儿不拔，这不成了玻璃耗子琉璃猫了吗？啊？干脆吧，我请你吧！"

"你请我？行！你要请我的话，等我挣了钱，我再请你！"

"嘿，小子，真会说话。咱就上这得月楼……你想吃什么吧？"

"嘻，你老人家要请客呀，我就没的说，你给我买什么我就吃啥。"

"行，你……哎，等会儿，你先等会儿，你瞧那匹马没？……"

师徒两个说着话的时候，赵璧一抬头就看见在得月楼下拴马桩上拴着的那匹马了。赵璧认识这匹马，黄天霸骑的这匹马，这些办差官都熟悉呀。"瞧见没有？"

黑世杰一看："哟，真的！这不是我那个黄叔叔他骑的那匹马吗？"

"对呀，有马必有人哪，嘿，小子，该咱们爷俩儿要露脸，十有八九，盗马的这小孩儿，就在这酒楼里呢，他也在这儿吃饭呢。"

"对，师傅，咱就把他逮住！……"

"先等会儿，沉住气，爷们儿，咱们爷们儿办事儿，那还得四脚落地，稳扎稳打，你明白吗？别看他是个小孩儿，你可别把他当小孩儿，我估摸着这个孩子，一定是受过人指教唯。天霸那是多大能耐？他能把天霸给劫了，把他给摔晕了，最后把马给偷跑了，这绝不是个善茬儿啊。咱爷儿俩，未必能够抓得住他，咱先别管这个，咱先进去看看，看看他在那儿没有。"

所以这师徒二人，就进了这得月楼了。一进得月楼，跑堂的过来打招呼，"哎哟，二位，呵，您吃饭？您是楼下还是楼上？"

"我问你，是楼下清静啊还是楼上清静哪？"

"当然楼上清静了，您请楼上……"

"好嘞……哎……跑堂的你过来……"

"哎，哎，您有什么事儿？"

"你门口外边，拴着那匹白马，那是谁的？"

"哦，您说在那拴马桩上拴那马呀？呃，是一位小少爷，他骑来的。"

"这人在哪儿呢？"

"在楼上，我给他安排的，靠窗户有张桌儿，在那儿坐着。"

"他在那儿吃饭呢？"

"啊，吃饭呢。"

"他是刚来呀，还是早到这儿，这饭眼看就吃完了？"

"哦……刚来的工夫不大，他要了七八个菜呢，还要了一坛酒，我把这酒刚给他送上去，他现在也就是刚吃。"

"嗯，好，他在楼上，那我也上楼上，我打听他这个事儿，不许跟他说，听见没有？"

"哎，好您……呵……呃……您请……"

"头前带路。"

"是！"

跑堂的头前儿上了楼了，所以赵璧跟黑世杰，两个人也上了楼了。上楼之后，赵璧倒背着手，用这目光，在这楼上边就巡视了一圈儿。转到这边，一看靠街那个窗户前边有张桌子，桌子旁边坐一小孩儿，桌子上边，摆着一桌子菜。赵璧一看，甭问，就这小孩儿。

黄九龄哪，这阵儿一看见酒菜呀，顾不得看周围的环境了，也不关注楼下是谁上来了，把这个酒啊，自个儿倒了一杯。他自个儿还真没喝过酒，这是学着大人，要摆谱儿。黄九龄端着酒杯，他在那儿看，心想，我舅舅他们老喝这玩意儿，这玩意儿喝完之后我看他们还就精神，啊，然后又说又笑的，我尝尝这个……这酒不怎么样，这玩意儿，这也不好喝呀。

赵璧呢，就在黄九龄对过儿那桌子那儿坐下了，黑世杰也坐这儿了。黑世杰瞧了瞧黄九龄，看黄九龄这个年龄哪，还没有自个儿大呢，黑世杰心想，这个小子，这胆儿不小哇，还没我岁数大呢，呵，就敢劫我的黄叔叔？

赵璧说："跑堂的过来。"

"哎，您二位用点儿什么？"

"你呀，给我来四个菜，给我来一壶酒。"

"哎，四个菜，您怎么要？"

"掂配着来就行，我就不用看你们这菜单子了。"

"好嘞！"跑堂的转身下去了。

跑堂的一走，黑世杰在赵璧对过儿小声嘀咕："师父，你请我吃饭，就来四个菜呀？"

"怎么着？四个菜多吗？"

"多吗？我不是说多了，你瞧见旁边那位没？人家一个小孩儿，人家要八个菜。您好，请我吃饭来四个菜，哎哟，师父，您可够抠气的。"

"小子，我告诉你，咱们爷们儿今儿个可不是上这儿来吃饭来了，办大事儿来了。"

"我知道。你想咋着？"

"咋着？我跟你说，我给你要四个菜我让你自个儿在这儿吃，我得走。"

"您上哪儿去？"

"我上哪儿去？我得搬人去，我得上公馆里边多叫来几个人，到这楼上边，形成包围之势，我还得告诉这官军，把楼下都给看住了。这不是一般的人，这孩子，如果在这儿咱一抓抓不好把他给抓飞了，由打楼上跑下去骑上马，他就得远走高飞，那下子，天涯海角不可寻觅，这一抓必须得准，懂吗？"

"师父，我真服了你了，真高哇！"

"那当然了，要不怎么当你师父呢？"

"哎，真的，不过有一样哪，您要是一走，如果在您走的这工夫，那他要是走了咋办？"

"为什么把你留这儿啊？嗯？我走了之后，你想法，你得把他给我稳住，一直等到我把人找来再上楼，这才能行呢。如果你要稳不住他，放跑了，回来我就拿你质问。"

"哎哟我的妈呀，这个事儿还是……这个麻烦了……"

"麻烦了？这是显露你能耐的时候到了，啊。来来来，等着……"

一会儿的工夫，四个菜端上来了，一壶酒拿上来了，这菜跟酒刚摆在这儿，赵璧假装一摸身上，"哟……唉……行了行了行了，你在这儿先吃呀，你在这儿先吃，我回去拿钱去……"赵璧站起身来，他下楼了。

赵璧走了，黑世杰一掉转身子就坐到赵璧这座儿了，正好儿看见对过儿的黄九龄。他一看黄九龄，自斟自饮，拿那个酒杯呀，直端详，端详半天喝一口，还直皱眉头。

黑世杰瞅着黄九龄，他面带笑容，这目光他老看着黄九龄哪，黄九龄无意中一抬头，一看对过儿有个小黑小子，这个年龄层次跟他差不多。小孩儿嘛，就是这样，年龄层次相同，这感情就易于沟通。他一看那小黑小子瞪眼儿瞅着他，笑么滋儿的，黄九龄呢，也下意识地给他一个回应。嘿嘿，一呲牙儿。

他这一呲牙儿啊，黑世杰就问了一句，"咋样？那个玩意儿好喝吗？"

"哎，嘿，不好喝。这玩意儿，辣。"

"是吗？"黑世杰就站起来了，过来了，来到黄九龄这桌儿的跟前儿，"你才多大呀？你咋就喝酒啊？"

"我呀？我也头一回儿喝，我才十二。"

"你十二啊？嘿，还没我大呢！我呀，十五了。"

"哦，你十五了？呃……你是干什么的？"

"我是干啥的？嘿，跟你说，实不相瞒，我呀，是剃头的，嘿嘿，刚才那个，那是我老师。"

"哦，你剃头的？我听你说话的口音，不像这边的人哪。"

"可不咋着，我是直隶的，我是直隶滦县的。我学剃头，那个呀，是我师父。我们爷儿两个这一道儿上哪，就剃头为生，由打这直隶呀，一直就剃到了江南。啊嘿，剃了老了头了。这不是吗？我师父今儿个想请我吃顿饭，结果呢没带钱，回店房里头哇，去拿钱去了。呵，哎呀，这个酒这个东西，它好喝吗？"

黄九龄说："你尝尝。"

"哎呀，这玩意儿也不怎么好喝呀。"黑世杰抿了一口说。

"不好喝咱俩就试着喝呗，你把你那菜也挪过来。"

"好嘞！"黑世杰到那桌儿把自个儿那四个菜也搬这桌儿上来了，黑世杰心想，师父哎，你可快点儿来呀，要不然的话呀，我这可就没词儿了。

第六十五回　用稳军要抓黄九龄
因轻敌错行朱光祖

黑世杰跟黄九龄两个人坐到一个桌儿上来，相对饮酒。黑世杰搭搭讪讪地，就跟黄九龄在这儿套近乎，黄九龄呢，觉得黑世杰这小孩儿，也挺好玩儿，尤其听他说话这，他感到挺新鲜。再加上黄九龄，自从由打家里边出来，到现在，一直是一个人行动，好不容易在这儿碰见一个小伙伴儿，他觉得，在这个思想感情上好像有这么一种依托。

黄九龄紧着给黑世杰倒这酒，"来来来，你喝你喝……"

"哎行行行行行……这个东西呀，我也不敢多喝，听说这个玩意儿要喝多了呀，他就迷糊，他一迷糊了呀，就容易说错了话，你懂得不？"

"我也听说过，我看见过，我舅舅经常喝酒，喝醉了呀，他们有时候，就打就闹，有时候还动真的呢。"

"就是嘛，那咱俩可别喝醉了打起来，是不是？咱俩要是打起来，那就没意思了。"

黄九龄说："咱俩不能打起来，咱俩慢慢喝呀，哎，我说，你那个师父一会儿要回来的话，让他也过来，咱们一块儿喝。"

"行，行！我那师父……咋还不回来呀？……"黑世杰心里着急呀，黑世杰心想，师父哎，你要回去找人去，那可不是一会儿半会儿的工夫哇，这个玩意儿，你说我在这儿陪着人家喝酒，人家待一会儿的工夫吃饱了喝足了，人家一算账要走了，你说我咋办呢？我在后边扯人家衣裳襟儿不让人家走？哎哟没有这层道理呀。黑世杰灵机一动，心想，我得想办法把他给绊住了。"呃……我说这位小朋友，你贵姓啊？"

"我呀，我姓殷。"

"姓殷，叫啥呀？"

"我叫殷仕锦。"

"哦，殷仕锦，哎这个名儿挺好。"

"挺好啊，你贵姓？"

"我呀，我姓黑。"

"您叫什么名字？"

"我这个名儿啊，跟你还真差不多，要是这个姓不是说两样的话呀，咱俩就像哥儿俩一样了，我叫黑世杰。"

"哦，真的啊，我叫殷仕锦，你叫黑世杰，哎……对对对对对对……那……你们怎么跑这儿来了呢？"

"别提了，我们老家那个地儿啊，这日子不好混，剃头，剃头又没有几个剃的。再者说了，一样剃头，人家给那个钱给得少哇，不好混了，再说我们那个地方，剃头的也多，做不上买卖。尤其我们这地儿，有个剃头王，你知道不？剃头王哪。"

"哦……剃头的还有剃头王？"

"当然了，他是王子，我们那个地儿，谁也剃不过他。"

"哦……他在那儿一待，你们就没有生意了？"

"那可不呗。这个剃头王哪，不光说他净给老百姓剃头哇，还给皇上剃过头呢！"

"啊？还给皇上剃过头？他怎么能给皇上剃过头呢？"

"他反正给那皇上剃没剃呀，别人谁也没看着，反正他自个儿说，他说那年哪，到了京都了，顺天府，他拿着那个剃头那个唤头哇，在大街上就嘤儿，嘤儿……就那么走，走着走着，就出来个人儿，就说了，说剃头的，你给皇上剃过头吗？这个剃头王说，我没给皇上剃过头。人家说了，行，今儿个皇上要剃头，你就给皇上剃一个吧。完了把那个剃头王哪，就叫到那皇宫内院里去了。"

"哦，皇上剃头还满街找吗？"

"那可不！他把他叫到皇宫内院里边之后，这个皇上把他叫过去，说你给我剃头吧。这个剃头王啊，就给皇上剃了个头。给皇上一剃头哇，这个小子就长见识了，回到我们老家，就吹起牛来了，说我见过皇上，我给皇上剃头了。人家就问他呀，说你给皇上剃头，那个皇上，他长得啥样哪？他穿啥戴啥呀？剃头王就说了，说我们这皇上，我看见了，戴的那个黄帽子，穿的那黄袍子，皇上那脸儿都是黄的，那头发也是黄的，眼珠儿都是黄的，那手指盖儿都是黄的，要不怎么叫皇上呢？"

黄九龄一听："是吗？真那样吗？"

"那谁知道哇！他那么说的。他说皇上皇上，就那样。完了剃完头，他说皇上哪，还管他一顿饭。"

"吃的什么呀？"

"吃的啥呀，他说了，吃的啊，是黄米饭，给他拌的黄瓜。"

黄九龄一听："黄米饭黄瓜？这还没我吃得好呢！"

"谁知道呢，可能这皇上啊人家也没什么好东西给他吃，打那之后他回来，就吹起来了，俺们那伙儿谁也没见过皇上哪，反正就知道皇上全是黄，他就成了剃头王了。"

"哦……"

"这个剃头王还有那个本事呢，还能治人呢！"

"怎么能治人呢？"

"我们那个村儿啊，有条河，那个河呀，有个渡口，那个渡口哇，过去呀，是老百姓大伙儿摊钱，在这个渡口哇，做了一只船。后来我们村儿里有个财主，就把这个船哪，哎，他就给霸占了。谁要上这个船，你就都得拿钱，不拿钱你就不能过河。这么一来不是吗，村儿里老百姓哪，没有一个不骂街的。但是，骂街那都是在背后里骂呀，当着那财主面儿敢骂吗？人家有钱有势呀。这剃头王哪，那天就有点儿气不过，剃头王就提溜个桶，那个桶里头哇，有点儿那个漆，漆知道不，就是刷门的那黑漆，哎，那黑漆还不多，也就是三两黑漆，三两漆，提溜着三两漆，就上了船了。上了船这个船走到河当间儿，这管船的，就打钱了，摆渡不收过河钱，都得掏钱！你猜怎么着啊，这剃头王一听，怎么着，找我要钱？剃头王就说了，说我呀，我没钱！我浑身上下，你要搜出来的钱就都归你。结果他们一搜，没钱！没钱咋办呢？剃头王说了，浑身上下，要能卖俩钱儿的东西，我这点儿漆，一共是三两，三两漆，给你们吧。结果那管船的，心够黑的，就把这三两漆呀，他就给搂过来了。搂过来之后，这船一靠岸哪，这剃头王到了衙门里边，就把他给告了。剃头王说了，说他这个摆渡哇，坑害百姓，我呢到那儿坐了一回船，结果，他在那上边找我要三两八银子。县太老爷一听，咋着？在船上过那么一趟河，完了就找他要三两八银子？好大胆！当时就把那个财主，就找到那大堂上去了。到大堂上，这剃头王给他作证，县官儿就问了，说你这个人好大胆哪，怎么过一趟河，你就要三两八钱银子？完了这个财主一听，谁说的这是？剃头王在旁边就说了：'我说的，你就找我要三两八银子。'哎哟，这财主一听哪，当时跟那县太爷就说了，说老爷，他呀，那是胡说八道哇。我怎么能找他要三两八银子？这个小子他就给了我三两漆！老爷一听，三两七跟三两八那才差多不一点儿啊，啊？给了你三两七，给了你三两七那也多！那也得打！这老爷就给他揍了二十板子，打完这二十板子呀，这财主还在那儿辩解，说老爷呀，他给的我不是三两八银子，他就给了我三两漆！老爷一听，你再说这话我还揍你。三两七比三两八就差那一点儿咋着呀？我还他妈打的就是你这三两七的！……"

黄九龄一听就乐了，"哈哈哈，这挺有意思哎，哎我说，你再给我讲一个！"

黑世杰在这儿坐着是搜索枯肠啊，把自个儿肚子里边所会的玩意儿是连笑话儿带蒙儿啊，一起往外抖搂，一边抖搂着黑世杰那个眼珠子来回直转哪，心想哪，师父哎，你快点儿来吧，你要再不来呀，我不知道说什么好了！一会儿的工夫我就捯捯我们家家谱得了……

两个人在这儿一边儿说着话一边儿喝着酒，正在黑世杰提心吊胆的工夫，听见下边楼梯响，噔噔噔噔……赵璧回来了！

赵璧呀，回到了公馆里边先见施大人，把这个情况跟施大人一说。施大人马上吩咐人，把各路的人全都召回来。还没等去召，派出去的人都回来了，大家都回来吃饭了。回到公馆里边之后赵璧跟他们就说，说已经发现线索了，那匹白马就拴在得月楼的楼下，黑世杰在那儿把那小孩儿已经稳住了。为了稳妥起见，咱们大家伙儿一起去。

于是乎，王殿臣、郭起凤、关泰关晓曦、哈三巴、何路通、朱光祖、贺人杰，包括这女眷张桂兰、褚莲香两位女子，也过来了。

张桂兰、褚莲香说，我得看看这孩子，是个什么模样儿，能把黄天霸劫了，到底是何许人也。

最后就连老爷子褚标，也跟着要一同前往。褚标说："这个小孩儿，我也得见识见识。"

赵璧一看，跟这几位先商量好了，说："咱们上那儿去呀，可不能一打呼地全都上了楼了，往楼上一走，这孩子就容易给惊着。孩子一看，形势不妙，说不定，他就能跑了。咱们哪，单崩儿着来，我先上去，你们随后呢，一拨儿一拨儿地往楼上去。好在这是饭口的时候，你们都假装是吃饭的客人，各自找桌子坐好了。朱光祖，这事儿交给你了，看到了时候，你先过去盘问这孩子，一声号令，四面包围，这孩子，他就跑不了了。"

朱光祖说："嗜，一个小孩子，至于这样吗？……"

"哎……我说朱光祖，这你可不能轻敌呀，你要知道，这不是一般的孩子……"

"他不是一般孩子怎么地，他是哪吒呀？啊？他能上天吗？"

赵璧说："不能上天的话，恐怕你也不好捉他。"

朱光祖说："其实呀，就多余担心，用不着去那么多人，我一个人去，准能把他抓来。"

"行行行行行……我不能听你的，咱还是大伙儿去。"

就这样，大伙儿都来了。来到得月楼的楼下，赵璧说："你们在底下慢慢地一拨儿一拨儿上啊，我先上去……"

赵大老爷赵璧就这样上来了，赶上来往旁边一瞧，耶！赵璧心里高兴，哎呀，我这徒弟黑世杰是有两下子，他怎么搭咯的，俩人凑一个桌儿上来了，啊？"哎呀，怎么着，你们凑到一块儿来了？"

黑世杰一看："哎哟，师父，请过来，请过来！请过来坐这儿！"

"哎，好！"赵璧过来了，在桌子这边就坐下了。他看了看黄九龄，"哎哟，这位小英雄，从哪儿来呀？"

"嘿，师父，别提了，我们两个唠得可好了。呃……师父，你来杯酒？"

"哎我不喝不喝不喝不喝……"

黄九龄一看："呵，呃……这位大叔，我给您倒杯酒吧。哎来来来，再拿个酒杯来。"

跑堂的又拿个酒杯来，黄九龄给赵璧倒上一杯酒。

赵璧把这酒杯挪到自己跟前儿，看了看黄九龄，"怎么着，你们俩认识吗?"

黄九龄说:"我们俩不认识,我看你这个徒弟,说话挺有意思的,我就把他叫过来了。我们两个在这儿,连吃带喝,还挺好的,您这一来了呢,一块儿,这不好吗?"

"好好好好好……"

"还有你这徒弟呀,可会讲故事讲笑话儿了,给我讲了好几个了,特别好听!"

黑世杰说了:"我讲故事讲笑话儿,照比我师父那差老了,我师父那才能讲呢,我师父,在这儿连讲三天三夜,也没有头儿!"

"是吗?这位大叔,你也给我讲!"

"呃……行行行行……慢慢来,我也给你讲,马上讲想不起来啊,呃,来,咱俩不容易在此相见,先干一个。"

黄九龄把酒杯端起来了,赵璧跟黄九龄先干一杯酒。

"哎呀,我给你讲个什么呢?我给你讲一个……小孩儿的故事吧,啊……"赵璧拿眼睛看,看什么?看都上来了吗。

随着赵璧,这几位陆续就都上来了。怎么?着急呀,都想见到这小孩儿。上来之后各自找桌儿,全都坐下,一个桌儿上坐俩的,一个桌儿上坐仨的,一个桌儿上坐一个的。朱光祖呢,是挨着黄九龄这个桌儿坐下的,刚才赵璧跟黑世杰就在这桌儿上坐着。

朱光祖坐到那儿之后,捋着这阴七阳八的小胡子,先看了看这黄九龄,朱光祖心想,嘿,这小孩儿,长得可挺乖的呀,挺招人喜欢。

他刚一坐这儿,跑堂的过来了,"哎,客爷,您要什么?"

"我?咳……"朱光祖不是来吃饭的,他是抓人来的,他顺嘴就说了一句:"一壶酒,俩菜。"

"哎,呃……什么菜?"

"掂配着来。"

"哎,好!"跑堂的转身到关泰这边来了,"哎哟,客爷,您要什么?"

关泰也盯着黄九龄,他一听朱光祖说了这么句话,关泰是顺口搭音,"啊……一壶酒,俩菜。"

"哎……哎,好您……"一瞧褚标在那儿呢,"呵,客爷,您用什么?"

褚标说:"一壶酒,俩菜。"

"哎……啊……"一看着何路通在这儿呢，"呃……您用什么？"

"啊？一壶酒，俩菜。"

哎？跑堂的一听今儿什么日子呀？这儿位都商量好了，全都一壶酒俩菜？"哎，好嘞……一壶……"哎？一壶酒俩菜都是什么菜呀？你们都一样吗？

跑堂的正在这儿愣着的工夫，朱光祖就站起来了，朱光祖心想就这么一个孩崽子，在这儿干吗呀？啊？煞有介事像怎么着似的，干脆把他抓起来得了。朱光祖溜溜达达就过来了，来到这桌子跟前儿，看了看赵璧，瞧了瞧黑世杰，假装不认得。他朝着黄九龄一点头，"哎，这位小朋友……"

"嗯？您认识我吗？"

"我不认识你，我打听打听，楼下边拴着的那匹白马那是谁的？"

黄九龄说："那马，是我的。"

"是你的吗？啊？"

"是我的。"

"不对吧，这话你敢较真儿吗？真是你的？"

"当然是我的。"

"那匹马我看是你偷的，哼，小朋友，我告诉你，小小的年纪，你应该学好哇，啊？念书，上学，将来科考，得中，这是正路子。你怎么学偷学抢啊？啊？你那马从哪儿来的我可知道，现在，你可走不了了，瞧见没有，这楼上这几个人，都是我们的人，我是衙门口儿里的。跟我走一趟，到衙门口儿里把你偷马的经过，是谁咳使让你偷马的这事儿，都给我说清楚。孩子，你要把这个事儿说清楚道明白，还不能怪罪你，如果说不清道不明，连你爹妈可都有罪！"

黄九龄听到这里之后，他突然由打桌子后边就站起来了，"怎么着，我跟你走哇？好，我跟你走！头前带路……"

朱光祖往旁边一闪身的工夫，黄九龄一纵身，噌，由打这窗户里边就蹦出去了。他蹦到楼下了。朱光祖一看他由打窗户里边蹦出去，一转身，噌，他也由打窗户里边出来了。

黄九龄双脚一落地，由打镖囊里边拖出一支镖来，一甩手，啪，噗，镖打朱光祖。

第六十六回　朱光祖跳楼中飞镖
黄九龄临街打群雄

　　在得月楼上，朱光祖要捉拿黄九龄，但是黄九龄，早有了警觉。这些人上来各自找桌子坐下的时候，黄九龄就觉察到了，事情不妙。当朱光祖走到黄九龄的跟前，一说他是官府中的人，要带黄九龄走的时候，黄九龄站起身来，噌的一下子，由打楼窗这儿他就蹿出去了。

　　黄九龄一蹿出去，朱光祖随后紧跟着也蹦出来了。朱光祖那么想，我们这么些个成年人，要抓不住这么一个孩子，那不让人家笑话吗？更何况，朱光祖此时刻那叫艺高人胆大，高来高去，走高楼大厦如履平地，朱光祖蹿蹦跳跃向来都像四两棉花落地一样，曾经夜探过连环套。他能把黄九龄放在心里头吗？

　　朱光祖想呢，你从窗户里边蹦出去，我随后由打窗户里边也蹦出去，你一落地我就落地，啪一薅脖领子我就把你逮住。可是他把事情想得太简单了，黄九龄的动作非常敏捷，他双脚一落地的工夫，顺手由打镖囊里边就拽出一只镖来，这只镖往外一拽，回身一抖手，啪，往上就是一镖。

　　这一镖往上一打，朱光祖正好由打楼窗里边蹦出来，这人还没落地呢，半空中呢，正悬着的工夫，这镖上来了。这一镖，正钉到朱光祖这大腿里子这儿。

　　这镖往上打，朱光祖连躲都没法儿躲，因为他在半空中悬着呢，这工夫，你怎么再往旁边儿躲呀？那就得硬挺着挨这一镖。噗的一声，这一镖就给朱光祖钉上了。当朱光祖双腿一落地，朱光祖这腿一发软，差点儿没跪在那儿。拿手一扶这地，朱光祖心想，哎呀嗬！气得朱光祖一捋这小胡子，暗想，万万没有想到哇，我栽到这孩子手里头了。

黄九龄抖手，啪，这镖打完了之后，一转身，他就奔那个拴马桩子这儿来了。他想解下来那匹白龙马，跨上马就跑哇。可是黄九龄往这跟前儿一走，一瞧这马旁边站一大个，谁呀？金大力！

这金大力，向来不会上房，跟着这些个办差官抓差办案的时候，他不是堵大门儿就是堵后墙，手中拿着条镶铁棍。今天金大力到这儿来呀，没上楼，金大力呀，被分配到在这儿看着这匹马。金大力拿着这大铁棍一看这小孩儿过来了，"哎……小孩儿，别上跟前儿来啊，上跟前儿来，我告诉你，我这一棍把你就拍打死了。"

黄九龄一瞧，嘿哟，这儿站着一个显道神呢。黄九龄纵身到跟前，一摆刀，唰，就是一刀。这一刀奔金大力这一刹，金大力拿这镶铁棍往外一开，"嘿！"呜的一声，这棍是带着风的。黄九龄赶紧把刀往下一撤，黄九龄心想，这个大个子劲头儿肯定小不了，我这刀要碰到他那棍上，非给我磕飞了不可。所以他把刀往下一撤，九龄想，我要骑马，看来是骑不了了，他们早有安排，楼下也准备了人。

黄九龄一回身，他想顺着大街跑。这是个十字街，当黄九龄跑到十字街当中的工夫，这他才发现，四个道口儿，都已经被封死了，派来的官军，都堵严了。很多办差官，形成了一个包围圈儿，楼上边这些个差官们全都下来了。各执兵器，把黄九龄是围在当中。

黄九龄把刀手中一端，往周围一看，哎哟，这全是抓我的呀？好家伙，你们这些大人欺负小孩儿啊！啊？

黄九龄在这儿不动，张桂兰和褚莲香，这姐儿两个，也在人群儿里边，张桂兰一看，哎哟，劫黄天霸的就是这个小小子儿啊？啊？哎呀这小孩儿长得可挺漂亮哪，也不知在哪儿长着爱人肉儿，让人一看见就由打心里边儿喜欢。

这工夫，赵璧在旁边，告诉王殿臣、郭起凤，"你们哥儿两个，从两侧过去，把他抓住，可别伤着他呀，一定要抓活的！"

王殿臣、郭起凤这哥儿两个各自把单刀就亮出来了，一左一右，两个人一纵身，一起过来了。俩人一起过来，来到黄九龄的两肋，"别动！小孩儿，事到如今你跑不了了，啊，快点儿把单刀扔了，把镖囊摘了，跟着我们，一起上衙门里边服罪。"

"你们干什么？你们两个干什么？"

"我们两个干什么？我们是苏州府衙门口儿里的，要抓你！"

他说的是苏州府衙门口儿里的，错就错在他没说是施公施大人手下的。他一说是苏州府衙门口儿里的，黄九龄这脑子里边有这样一个概念，他到苏州这儿，来找他爹，他爹呢，是在奉旨钦差施世纶手下当差。如果他们两个要说是施世纶手下的，也许黄九龄这阵儿就打听他爹了。一听说苏州府的，黄九龄心想，我不能让你苏州府的人把我抓住。你们要把我一抓住，将来我爹一知道，他这个儿子，还没露面儿呢，就先犯了罪了，这不好说呀。所以黄九龄把单刀一端，"你抓我干什么？"

"你是盗马之贼！"

"胡说八道！那马是我们家喂的，怎么是盗马之贼呢？"

"少说废话！我告诉你小孩儿，你要不听话的话，我们两个人两口刀，可把你伤着了！"

王殿臣、郭起凤一拿这话想威胁威胁黄九龄，他哪儿知道，这孩子天生胆儿大，根本就不怕威胁。黄九龄拿刀看着他俩，"哦，你们要拿刀把我伤了呀？你们要把我伤了，那你就得给我抵偿兑命，知道吗？看刀——"

黄九龄说着话，啪，奔着王殿臣就拿刀一点他，王殿臣这工夫拿刀这么一荷，郭起凤在那边，光注意王殿臣了，郭起凤在那儿提着刀瞧着，哎哟，他一愣，他心想，这小子，这刀啪往前一递的时候，这刀出势猛烈啊，嗯，这孩子是受过名人指教的。他这一愣神儿的工夫，殊不知，黄九龄这一招儿叫声东击西。啪，这刀一点，他这手哇，由打镖囊里边就扽出一只镖来，几乎是与此同时，啪，啪，这镖奔郭起凤这儿来了。郭起凤净愣神儿了，在这儿赞赏：他这刀出手……哟——，噗，这一镖给他钉上了。

郭起凤一转身，就往人群儿里边就败下去了。他这一败下去，王殿臣那儿也慌了神儿了，黄九龄这刀，照着王殿臣，唰唰唰，里撩外挑，三下五除二，刷一刀，把王殿臣这头巾给削掉一块。王殿臣一捂脑袋，转身，撤下去了。

428

王殿臣这一撤下去，黄九龄把刀往回一抽，一抬腿，噌噌——其实他没杀人，故意卖这范儿——在这靴子顶上蹭了两下，"哪个还来？我告诉你们，单打独斗，有一个算一个，我不怕你，别看你们都是大人，我是小孩儿。不信咱们就照量照量！"

黄九龄这一叫唤，赵璧在旁边儿一瞧，哟，这孩子手底下可真利索呀。赵璧旁边站的是老褚标，赵璧一捅褚标，"老爷子，这么办这么办这么办这么办……"

褚标一听点了点头，"好。"褚标这可是老江湖，人送外号儿绿林里边的《百家姓》，江湖上的《千字文》，绿林中江湖道，所有的规矩所有的人，差不多他都见过他都知道。

老褚标悄悄把自个儿身背后背的这刀摘下来了，镖囊，也摘下来了。这样呢，一看一个花白胡须的老头儿，长得四方大脸，富富态态的，一脸的和善相儿，就好像他跟官府中这些人哪，都没有关系一样。

褚标由打人群里边出来了，来到黄九龄的跟前，"哎……孩子！孩子孩子孩子孩子……你这是从哪儿来呀？啊？你要干什么呀？"

黄九龄拿着刀，一看对过儿来一老头儿，这老头儿，须发飘然，长得倒是一脸和善。但是黄九龄也提防着呢，心存戒意，他往后退了两步，"干吗？老人家，你要干什么？"

"呵呵呵呵呵……孩子，我跟你说呀，我，就是这大道旁边那买卖里边的掌柜的，啊，我可不是衙门口儿里的人，跟你讲，我姓褚，大伙儿都知道，我是褚掌柜的，啊。今天，在我门口这儿，围着这么多的人，我不知道是发生了什么事儿了，结果一瞧，是大家伙儿围着你这么一个孩子。宝贝儿，你从哪儿来呀？到这儿你要干什么呀？啊？他们为什么要抓你呢？"

"老爷子，您不知道，我从我家来，我家是昆山县那边的，我到这儿来，我要找个人，他们不知道为什么，说我是盗马贼。这马，那是我们家自个儿喂的，怎么能说我是盗马贼呢？嗯？他们想跟我动硬的，欺负我孩儿小哇？不行！就是到衙门口儿里边，我也得跟他们说道说道，老爷子，您说对不对？"

"对！对！孩儿啊，话说得有理，说咱们爷儿们是什么都行，说咱们爷儿们是贼，那咱们可不答应！贼，多难听啊，啊？这人们最看不起的就是贼，何况你这么小小年纪，怎么能当贼呢？嗯？"

褚标这说话，实际是在吸引黄九龄的注意力，这是赵璧出的主意。赵璧那意思呢，你呀，过去，跟他说，套近乎，唠家常，把他的注意力吸收到你这边来。然后让神眼计全，由打黄九龄的身后，悄悄地拐过去。一个孩子，只要是一近身，哗，连胳膊一抱，他就没辙了。抱住他之后，就手儿就能把他捆上。

赵璧这个招数这叫声东击西呀，所以老褚标呢，稳稳当当的，在这儿跟他说，"呵呵呵呵……孩子，呃……咱不是贼，那你家是干什么的呢？啊？"

"干什么的？我们家，种地的。"

"种地的。你姓什么呢？"

"我姓殷。"

"叫什么名字呢？"

"我叫殷仕锦。"

"哦，殷仕锦。哦这名字是不错……"老褚标跟他一边儿说着话，他一边儿拿这个目光扫了一下，看了看黄九龄的身后，看那计全过来没有。

神眼计全，那腿脚也很利索，他在黄九龄的身后，一点儿一点儿的，他就上去了，眼看着要靠近黄九龄了。老褚标呢，这阵儿显得又格外地沉稳，"哦，那么你家里的父母让你到这儿来，要找谁呢？"

黄九龄说："要找谁呀？呵，跟您说，要找的这个人哪，我不能跟您讲，我要跟您一讲了啊，这事儿它就——不好办了——"

啪，黄九龄那是真机灵，他从褚标这个目光里边就断定身后边过来人了。而且那是练武艺练的，身后边来人？知道！武术练到一定程度那是眼观六路耳听八方，光看前边能行吗？感觉出后边来人了，黄九龄说说着话，突然一转身，啪，抖手一镖。计全可倒没防备。这一镖往后边一打，计全往旁边一闪身，神眼计全，那也够利索的了，略微一迟慢，啪，把耳朵垂儿给打豁了。

这工夫计全身后边的看热闹的人，呼啦倒了一堆。为什么呀？他们一看这镖来了，说不上给谁钉上呢，所以人往旁边一闪，这一片

430

人，都倒地下了，爹哭娘叫，好一阵乱。计全呢，耳朵垂儿这一杵上，他转身，也往人群儿里边撤。

黄九龄这工夫一回身，把刀一端，"我告诉你老爷子，我是看您这么大岁数了，要不然的话我就给您一刀，您这事儿办的对不对？您勾引我，让我跟您在这儿说话，身子后边好上来人，来抓我，你是不是官面儿里边的人？你跟我说明白！"

老褚标这阵儿还让他闹了个大红脸，老头儿心想，万万没有想到这个小孩儿那么机灵哪，啊？这是机灵鬼儿透灵碑儿小金豆子不吃亏儿，阎王爷的小外孙儿，急死鬼招儿啊。老头儿想，你看我真没得话说了……

老褚标这一没词儿，旁边关泰关晓曦过来了，关泰心想哪，就这一个孩子我们大伙儿都抓不住，啊？别丢人了，还使计策呢，使什么计策？关泰想，我把他抓住吧。

关泰一伸手把腰中这口折铁倭钢刀就亮出来了，关泰把这口宝刀一提溜，噌，一纵身过来了。"哎，孩子，听我的话，马上服绑，跟我上衙门里边请罪去，如果你要不跟我去请罪的话，今天我可就不能饶你了。知道吗？"

黄九龄一看，面前站着一个红脸儿的，长得很派谱儿，手中拿的那口刀，也有点儿与众不同。"你是谁？"

"我叫关泰，再多的你就别问了，你跟我走不跟我走？"

"我不跟你走！"

"不跟我走？我要强让你跟我走！"

"嗬，你强让我跟你走哇？那行！你得胜了我手中这口刀，你要胜不了我手中这口刀，那你就跟我走！"

关泰一听这个孩子好厉害，"好，你过来！"

"我过去怎么着？看刀——"唰，他拿刀这么一晃，说了要扎，没扎，哗，砍下来了。

关泰心想，这孩子打架可是够狡猾的，他噔，拿宝刀往外一架，唰，斜着一刀砍下来，黄九龄滴溜往旁边一转，关泰一看这孩子是身形利落。

两个人这一动上手，没打十几个回合，关泰心里边暗伸大指赞美，心想，这个孩子，谁教他的？教他练武的这个人，一定是武林中的佼佼者，不然的话教不出这身本事来。关泰这口宝刀哇，按说，本可以把黄九龄这口小刀哇，给削了。但是关泰关晓曦那个人，磊落大方，为人仗义。关泰心想，这么一个孩子，我为了抓他，我用这宝刀，把他那小刀再给削了，削完了才把他抓住，不显得我关泰这本事太一般了吗？啊？所以关泰呢，他用这个刀，他跟黄九龄打着，并没削他的兵器。但是他不削兵器，他想把黄九龄给抓住，还真就一半会儿的抓不着。

两个人在这儿一打呀，这街面儿上可就越来人越多了，包括在那河里边摆船的，听说这个地方有热闹，把那船靠了岸也都上来了。大街上走道儿的，也都围过来了，一瞧干什么呀？说抓一个小孩儿。

这工夫关泰战黄九龄不下，旁边儿赵璧心里边也着急了，赵璧心想，这个孩子就这么难拿吗？嗯？他忽然灵机一动，走两步来到了张桂兰的跟前，趴到张桂兰的耳根这儿，"桂兰，这个事儿啊，可就得你办了，你这么办这么办，然后这么办……"

张桂兰一听："好吧，那就看我的！"

第六十七回　小九龄当面称寻父
黄天霸强项不认儿

　　黄九龄镖打十字街，把苏州府闹了一个是沸沸扬扬，十字街这个地方，围了一圈子人，又有官兵，又有百姓，紧里边是各位办差官，可是他们就抓不住这个十二岁的孩子。

　　赵璧突然灵机一动，他来到张桂兰的跟前，跟张桂兰耳语了几句。张桂兰一听，点了点头，"好吧，这事儿……看我的！"说实在的，张桂兰自从看见黄九龄，由打心里边往外喜欢这孩子，这孩子有人缘儿。张桂兰跟黄天霸结婚十年之久，没生孩子，所以张桂兰现在看见这个小孩儿啊，她由打心里边，有一种说不出来的感觉。她听赵璧跟她一出这主意，张桂兰觉得可行，她伸手从背后把自己这口单刀拖出来，张桂兰手提单刀一纵身，就来到了关泰和黄九龄两个人的当中。

　　两个人正好一亮式儿的工夫，当中间儿有一空当，张桂兰来到两个人当中，把刀一横，她冲着关泰，"嗨，别这样，对待一个十几岁的孩子，犯得上这样吗？"

　　她跟关泰这么一横哪，倒把关泰闹愣了，关泰一看，欸？心想，怎么地大嫂？你怎么跟我来这么一句？

　　张桂兰说完这句话，冲他一使眼色，"怎么着？你们欺负这孩子！快退回去！我跟这孩子说话！"张桂兰就等于站到黄九龄的一边了。

　　她一使眼色，关泰心里边就明白了，哦，这大概又是一条计，关泰一转身，噌，纵身形，上人群儿里边去了。

　　张桂兰这才一转身，把单刀往身背后一插，"哎呀，孩儿啊，把刀收起来，我不是来抓你的，我也不是来打你的。你放心吧，我不会

433

欺负你。我有话跟你说。咱们两个好好谈谈行吗?"

黄九龄一看,他在跟关泰两个人酣战当中,黄九龄心里也在合计,这红脸儿的这刀很厉害,我赢,恐怕很难。黄九龄在他们那一带,所碰上的这个人,一般的武艺都赶不上他,今天头一回碰见这么一位硬手。黄九龄正在心里边合计呢,我要赢不了他,略微一失神,说不定他就把我给抓住了。偏偏在这危难的时候,出来这么一位女的,这女的还冲着他说话,把那红脸儿的给搪走了,转过身来,对他是满脸的和气,叫他孩子,要跟他谈谈。黄九龄啊,心里边有一阵发酸,小眼睛里边转了泪了。怎么转泪了?他想起他娘来了。黄九龄想,我要知道找我爹这么难哪,那我不该来!我应该叫着我娘跟我一起来!但是他看见张桂兰,他就联想到他的母亲。

张桂兰对黄九龄真是发自肺腑的一种喜欢,张桂兰问他,"你跟我说,你到这儿到底是干什么来了?啊?你那匹马,是不是劫的别人的?"

"我问你,你是哪儿的啊?"黄九龄反问一句。

"孩子,我都跟你说实话吧,刚才这些人哪,都是官府里的人,我呢,我是钦差大人手下的人,我跟着钦差大人施世纶,奉旨下苏州,我是从京师来的,从皇上那儿到这儿来的。有什么话,你尽管跟我说,有理你就跟我讲,我能给你做主。孩子,听清楚了没有?"

黄九龄一听,她是从京师来的,她是跟着施大人来的,那我爹也是跟施大人来的,那肯定,她是跟我爹在一起的!"哦……你是跟着钦差大人来的?"

"对呀!"

"那……真的吗?"

"当然是真的了,孩子,你跟我说,你叫什么?姓什么?你找谁?到底是干什么来了?"

"好……要这么说,我就跟您说实话,刚才那些人,他们都不是好人……"

"对,对,他们不是好人,那你跟我说,我给你做主。"

"那行……我就跟您讲……婶娘,您是好人。"

他叫了一声婶娘,这孩子嘴挺甜,这一声婶娘,也不知怎么地,把张桂兰叫得这心里边有点儿酸楚之感。"孩儿啊,好,你说吧,你找谁吧？"

"我问您，您既然是跟钦差大人来的，那钦差大人手底下，有没有一个……叫黄天霸的？"

"黄天霸？有哇！有个叫黄天霸的。"

"嗯，那行，我就找他来的。那您是……干什么的？"

"我是施大人手底下一个官员的夫人。"

"哦，您是夫人，那那那那……那您也是大官儿了，那行，我就跟您说，我找黄天霸。"

"你找黄天霸？你为什么要找黄天霸？"

"因为……他是我爹！"

张桂兰一听，当时就一愣，这心里边咯噔一下子，张桂兰心想，怎么，黄天霸是他爹？黄天霸跟我结婚的时候，他可说过，他跟我是第一次结婚哪，前房没有夫人哪。前房没有夫人，哪儿来的孩子呀？他居然孩子这么大了？张桂兰又一转念，这个事儿啊，可别莽撞了，这孩子这么说，还不定是怎么回事儿呢。"哦，他是你爹，那么，是干爹呀，还是亲爹呢？"

"怎么是干爹呀？亲爹！"

"亲爹呀？你……姓什么？"

"我姓黄啊。"

"你叫什么呀？"

"我叫黄九龄。小名儿叫九龄，大名儿叫黄仕锦。"

"哦……那么，黄天霸是你爹，你爹他老家是什么地方的？"

"我爹呀，浙江绍兴府，山阴县望江岗聚杰村的。"

张桂兰一听，对呀，这一点儿没错儿。"我再问你，你爷爷是谁你知道吗？"

"我爷爷？江湖上人送外号儿金镖黄三太，我爷爷当年在绿林当中，他是赫赫有名的人物。想当初，在海子红门，镖打过猛虎，救过康熙皇帝。康熙皇帝赏给我爷爷一件团龙马褂儿，我爷爷经常在我们家里边，设摆龙衣会，天下英雄，没有不敬仰的。我爷爷黄三太，我爸爸是黄天霸，我是黄九龄。"

"哦……"张桂兰听到这里，老半天没词儿了。周围这些个差官老爷们，瞪眼瞧着也都愣了。赵璧在旁边晃着小脑瓜儿，心想，这怎么回事儿呢？怎么在这儿冒出这么一儿子来？嗯？

偏偏就在这个工夫，人群儿外边来一人，谁？黄天霸来了！

黄天霸呀，今天大伙儿出来，谁也没告诉他，因为黄天霸这头上有伤，拿那个药布还缠着呢，他脑袋呢，还多多少少有点儿晕晕乎乎的。咱没说吗，轻微脑震荡，在家里边休养呢。

今天赵璧等人全都出来了，黄天霸无意中由打公馆里边往外一走，发现院子里边怎么都没人了？一打听，说是偷马的那个小孩儿啊，被堵在酒楼上了。黄天霸一听这气就不打一处来，黄天霸说："好哇，这个小兔崽子，你敢上苏州府里边来晃荡，偷了我的马上苏州府里来转悠，你多大胆子？我得瞧瞧去，我得亲自把他抓住！我不但把他抓住，而且我得把他爹也抓住，他这个儿子，肯定是受他爹的唆使，不然的话，不能这么点儿就做贼，而且有那么大的本事。"

黄天霸带着这么一肚子气，由打公馆里边出来了。来到这十字街这儿一看，好家伙，这人围得里三层外三层。黄天霸在外边一问，说那小孩儿被围在当中间儿，黄天霸这才一拨拉众人，"闪开闪开闪开闪开……闪开闪开……众位，借光借光……"大家伙儿两旁边一闪，黄天霸就进来了。

黄天霸一进来的工夫，正是张桂兰跟黄九龄两个人相对无言的这一瞬间，黄天霸这一出现，关泰在旁边一瞧，"哎哟，天霸，你怎么来了？"

"啊，我来了。"

黄天霸一说话，张桂兰就听见了，张桂兰一回身，"你来了？"

"我来了，"黄天霸一看，"怎么还没把他抓住？"

"抓不住哇，这孩子本事太大了，天霸，我刚才问了问，他说来找他爹来的。"

"找他爹来的？行啊，把他爹找着，一块儿抓起来！"

"哼哼……一块儿抓起来？你知道他爹是谁吗？"

"谁呀？"

"他说他爹是黄天霸。"

"啊？"黄天霸一听，什么？这是我儿子？啊？简直是岂有此理！黄天霸就溜达过来了。"他说他爹是黄天霸？嗯？小孩儿，你说你爹

436

是黄天霸吗？"

黄天霸过来这一问，黄九龄定睛一瞧，哟，黄九龄说，坏了，我劫的那个人来了。那脑袋上还缠着药布呢，那是我一抓给抓的。这个人是谁呀？黄九龄瞪着俩小眼儿瞅着，"啊……是呀，我爹是黄天霸。"

张桂兰在旁边儿瞅着，张桂兰扑哧一声乐了，"孩儿啊，你知道他是谁不？他就是黄天霸！"

"啊？"黄九龄一听当时这心里边就紧张起来了，哎哟，他是我爹呀？他就是黄天霸？那我把我爹劫了？哎哟，黄九龄这个工夫别提多后悔了，"他是黄天霸吗？"

"错不了，孩子，跟你说，他就是副将老爷黄天霸，不是你把他劫的吗？他那匹马，不是你给劫过来了吗？"

"啊，对呀，您……您是黄天霸吗？"

"是啊，我是黄天霸，我问你，你是谁？"

"爹！我是您的儿子！我叫黄九龄哪，我大名儿叫黄仕锦，我这么老远到这儿来，就是找您来的！爹，我可万万没有想到，在道儿上我把您给劫了，那我是万万没有办法，我没有钱了！我头一次劫道，就把您给劫了！爹，您原谅我吧，老人家……我给您磕头了……"

扑通，黄九龄到跟前，扑通就跪在这儿了。

他跪在这儿一磕头哇，黄天霸倒背着手，看着黄九龄，黄天霸心想，好哇，这是哪儿来那么一个野杂种？你跑到这儿来冒认官亲，你管我叫爹，尤其是当着张桂兰的面儿。黄天霸清晰地记得，当年在凤凰岭，凤凰张七给黄天霸说亲的时候，那是赵璧为媒，施大人作证人哪，说得好哇，黄天霸是第一次结婚，头房夫人，啊？你小子跑这儿冒充我儿子，这个事儿让我说不清道不明，哪儿有的事呀！

黄天霸看黄九龄往这儿一跪的工夫，黄九龄这阵儿可就是毫无戒备呀，孩子以为，这是亲爹到了，他由打心里就感觉格外那么近，格外那么可信，所以就没有戒备之心，就在黄天霸跟前跪这儿了。黄天霸刚才有这番想法，再加上想到在树林子里边黄九龄把他劫了，给他抓了这么一抓，使他丢了人现了眼，这个脸至今也挽不回来，这气是不打一处来呀，黄天霸一抬腿，照着黄九龄的前胸，嗙，就是一脚。这一脚是铆足了劲儿踢的，幸亏是黄九龄，要是一般的孩子，这一脚就能给踢死。正踢到这个胸坎子这儿，当的一脚把黄九龄就给踢蹦起来了。这个孩子起来之后一个翻筋斗，哗，站在这儿了。小孩儿脸儿都黄了，眼睛里边含着泪，他看着黄天霸，"爹……您……您不认我？"

"滚！谁是你爹？弟兄们，你们在这儿愣着干什么？还不过去把他给我抓住？"

黄天霸说这句话，大伙儿谁也没动，这些弟兄们心想，这到底怎么回事儿？是真的是假的？啊？

黄九龄这阵儿，眼里边转着泪儿，他拿小手儿抚着胸口，"爹，您想踢死我呀？啊？您想要我的命哪？您知道吗？我妈为您守了这么多年，她容易吗？今天我是背着我娘出来的，我寻思，我见了您，替我娘给她诉诉苦，没想到，您这么狠！不怪我娘骂你是狠毒虫！好了！"黄九龄别起来的单刀噌可就拽出来了，"我不要你了！我走！"

黄九龄一转身，他想要走。这工夫赵璧在旁边一看，不能让这孩子走，让这孩子一走，这事儿弄不明白了。赵璧在人群儿里边出来了，"慢慢慢慢慢……宝贝儿，别走别走，听我说两句儿行不行？"

所幸啊，赵璧自从在酒楼上跟黄九龄一见面儿，他没暴露自己的身份，直到现在，黄九龄还以为他是一位剃头匠，是那个小黑小子的师父，黄九龄一看见赵璧，这心里边还真有点儿好感。"师傅，您要干什么呀？"

"哦，孩儿啊，你听我说，别听他们的，啊，这事儿咱得弄明白再走，这黄天霸，到底是不是你爹？"

"他是我爹！"

"是你爹？孩子，事到如今你就得跟我说实话了，别看我是剃头匠，但是，这官府里边我有人，我能给你挣这脸。孩子，跟我说，你娘叫什么名字？啊？"

"我娘？我娘叫殷丽娘，我大舅叫殷龙，我二舅叫殷启，我姥爷叫殷洪。"

赵璧一听，殷丽娘，殷启，殷洪，殷龙，哎呀，他就想起来当年在德州殷家堡的这件事儿，赵璧把小脑瓜儿一晃，心想，这事儿……它可要麻烦。

第六十八回　绑亲子黄天霸负气
怜总角张桂兰温言

　　黄九龄镖打十字街，大闹苏州府，使得这么多的官兵还有百姓，再加上施大人手底下这一堂办差官，把这个十二岁的孩子围在当中，竟然对他毫无办法。

　　黄天霸来了，但是，黄九龄管他叫爹，黄天霸不承认这儿子，狠狠地给了他一脚。就这一脚哇，在黄九龄这幼小的心灵上，留下了一抹创伤。黄九龄不打算找这爹了，说了一句孩子话："我不要爹了。"

　　黄九龄转身要走，这个工夫小脑瓜儿赵璧过来了。赵璧，就以这个剃头的师傅的身份问黄九龄，说你妈妈叫什么名字？黄九龄向赵璧这一说，他妈妈叫殷丽娘，他姥爷叫殷洪，他大舅叫殷龙，他二舅叫殷启。

　　一说出这几个名字来，赵璧当时站到这儿就是一愣，他把这小脑瓜儿一晃荡，赵璧心想，哎哟，这事儿可要麻烦！

　　为什么呀？因为当年黄天霸，在殷家堡招亲的那个事儿，这么多的办差官里头只有赵璧一个人知道。因为赵璧呀，他跟黄天霸一起上殷家堡，送的殷龙的灵柩。在一路上，黄天霸把招亲的事儿跟赵璧说了，而且告诉赵璧，得给他保密。用现在的话讲，这是黄天霸自己的一段个人隐私，不能随便往外抖搂。所以赵璧呢，言而有信，直到今天，没跟任何人讲过。可是黄九龄把这话一说出来，赵璧当时心里边就一动。赵璧心想，哎哟，天霸可跟我说过有这么一件事儿啊，我也见过那老爷子殷洪，我也见过那殷丽娘哪。后来据天霸跟我说，说殷丽娘人家主动地不跟他了，给他写了一封绝情信哪，这事儿就了了。

怎么今儿又冒出这么一个孩子来呀？

赵璧瞧了瞧这黄九龄，心想，你还别说，这孩子呀，长得跟黄天霸可一个模样儿。一算这年头，差不多也对劲儿，这真是黄天霸的儿子？这要真是黄天霸的儿子，这张桂兰，那可不是好惹的。这个事儿，那可是兔子驾辕——要乱套。不管怎么说呀，我得把这孩子稳住，得把这个事儿问明白了。要就在这儿问，这可不是好地方，周围这么多人，千人瞅万人看，又有官兵又有老百姓，我们在这儿问这孩子究竟怎么回事儿，这孩子不懂事，嘀里咕噜再都说了，这大伙儿一听着，四处传闻哪，哎这可不行！赵璧来到黄九龄的跟前，满面堆笑，装出了一副非常亲切的样子，"宝贝儿，我跟你说呀，你对这剃头的老师傅，信得着信不着？"

"我信得着您，您是好人。"

"哎，你说我是好人的话我就跟你说实话，啊，我呀，不是剃头的。"

"您不是剃头的啊？你也跟我撒谎，你们这些大人都骗小孩儿……"

"哎……孩子哎，不是骗你，我跟你说实话就不骗你了。我姓赵名璧字连城，我也是跟着施大人到苏州来的，我是施大人手下的办差官。跟你说呀，孩儿啊，你爹黄天霸呀，跟我，我们都称哥儿们弟兄。你不说他是你爹吗，我就权当他是你爹，行不行？孩儿啊，这个事儿，得说明白，你要不把事情的始末缘由说清楚道明白，你爹他不能认你这儿子，啊。要想说明白呢，这地方，这么多人围着，不是说话的地方，跟着我走，上施大人那儿去，见施大人，你当着施大人的面儿，把你们家那个事儿啊，跟他好好地叨念叨念，这行不行？"

赵璧跟他在这儿一说话，黄天霸在旁边就急了，"赵大哥，您在这儿干什么？您跟他说那个干什么？这哪是我儿子？我根本就没有儿子！"

"哎……天霸，有儿子没儿子咱别在这儿吵吵行不行？咱见施大人去……"

"赵大哥，您这个还不懂吗？这就是我的仇人，给我派来这么一个小杂种，愣跑这儿充我儿子，想给我搅乱了套……"

"行了行了行了……别吵吵！天霸，这事儿你交给我办行不行？孩儿啊，你看如何？"

黄九龄看了看赵璧，瞧了瞧黄天霸，又瞅了瞅张桂兰，这个小眼睛儿滴溜地乱转，这个孩子现在呀，他也没有主意了。毕竟那是一个十二岁的孩子，他从他的整个儿思维系统发育还不够健全呢，此时此刻黄九龄站在众人的跟前，这小眼睛里边，一会儿一转泪儿，是一会儿一转泪儿。他感到自己很孤独，他感到没有依靠，他后悔自己不该到这里来。

这个工夫张桂兰在旁边走过来了，"孩子，是，他说得对，你跟着我们呢，上施大人面前去，在施大人面前，把事情讲清楚。"

张桂兰有张桂兰的想法，张桂兰想，黄天霸，到底怎么回事儿？你还有前房夫人？还有这么个孩子？你现在想着把眼睛一瞪，就把这孩子撵走，这事儿就算拉倒了？没那么简单！张桂兰想，我得把这孩子带到施大人跟前，把这个事儿抖搂清楚了，让施大人给评断个公理。所以她过来说这话。

张桂兰一说这话，黄九龄瞅着张桂兰，黄九龄这阵儿啊，就瞅着张桂兰是一个可信服的人，"这位婶娘，那行，我听您的，那我就……跟您去见施大人。"

赵璧说："好！好孩子，你呀，不应该管她叫婶娘，你知道她是谁吗？她就是，你爹黄天霸的夫人叫张桂兰，你应该管她叫娘。"

赵璧一说这句话，黄九龄当时又是一愣，这小眼睛眨巴眨巴，看着张桂兰半天没说话。黄九龄心想，我管她叫娘？她是我爹的媳妇儿啊？那我妈呢？那我妈也是我爹的媳妇儿啊，我妈……应该比她早哇。但是这孩子，他聪明，心想，现在我得依靠这两个人，我得去见那施大人，瞧这个事儿啊，见了施大人，才能说清楚。"娘……"叫了一声娘，这小孩儿扑通，跪这儿了。

这一跪，把张桂兰跪得好难受，这心里边，说不上是一种什么滋味儿。是喜悦，是辛酸，简直是困窘窘酸楚楚，好像打翻了五味瓶，那么一种感觉。但是张桂兰，过来伸手把黄九龄搀起来了，"孩子，起来起来起来起来起来……走吧，上施大人那儿说去。"

这阵儿黄九龄的头脑当中就觉得施大人就是公理的代表，现在这件事情只有这施大人，能给他做主了。"那好，那我跟你们走……"

黄天霸说："不行！你们就这样带他去见施大人吗？啊？这个小东西，他背着单刀挎着镖囊，到那儿把施大人给行刺了怎么办？"

"嘿哟，天霸，行行行……你还真想得周到，我说孩子，这样，你要见的这施大人哪，是奉旨钦差，那是大官儿啊，从皇上那儿领了旨意到这儿来的。施大人要说让你认这爹，你爹就得收你这儿子，所以非常关键。宝贝儿啊，那施大人，要见他的话，就不许带兵器的，你把这刀和镖囊都摘下来，我给你收着，怎么样？"

"那么我刀跟镖囊都摘下来？"

"对呀，要不然你就见不着施大人。"

黄九龄一听，"你们……你们不是骗我呀？让我……把刀和镖囊都摘下来，我赤手空拳了，然后你们就把我给剁了，把我杀了，要不然就把我抓住了，你们也不领我去见施大人，是不是这样哪？"

"哎呀，孩儿啊，你这心眼儿太多了，我这么大的人，我能骗你吗？"

张桂兰在旁边也说了，"孩子，我们不会骗你的，你只要刀和镖囊摘下来，我们马上领你去见施大人。"

"那……那您给我对天盟誓……"他冲着赵璧，让赵璧给他盟誓。

赵璧一听，"好！宝贝儿，为了让你放心，我就给你对天盟誓：老天在上，我赵璧在下，今天，我要是，用谎言哄骗这个十二岁的小孩子，那我就……天打五雷劈，别五雷我天打六雷多一雷，行不行？"

赵璧一说这句话，黄九龄好像是信了，"那好……"一伸手，把后边小单刀摘下来了，交给了赵璧，镖囊也摘下来了，也交给了赵璧。"这行了吗？"

"哎，行了，孩儿啊，跟我们走吧。"

黄天霸一听，"慢着！这么走怎么能行？你过来，我搜搜你身上，还有没有别的暗器。"

这阵儿黄九龄，对自己这个爹，已经没有什么好感了，但是呢，他又知道，这是我爹，我也不能说什么。把小手儿一举，黄天霸给他摸了一遍，身上再没有什么暗器了。"你这么走不行，要想见施大人，得把你绑起来！"

赵璧一听，"天霸，这么个孩子，用不着绑……"

"他可不是一般的孩子，他会全身武艺，他到那里见了施大人，赤手空拳，说不上他能做出什么事情来。"

"好好好……孩儿啊，听你爹的，绑就绑上吧，啊！"

"行！"黄九龄倒剪二臂，这工夫黄天霸一伸手，拖出一条绳子来，把这绳子啪一抖搂，黄天霸捆黄九龄捆得呀，比一般人还紧。为什么呀？这阵儿黄天霸，他还不相信这是他儿子。他使劲地往里这么一勒，黄九龄这胳膊往前这么一提，"呀——"妈呀一声这一叫唤，张桂兰在旁边过来了，"你躲开！你跟这么个孩子耍什么威风哪？我给你松开点儿，行了，走吧。"

黄九龄回头狠狠地看了一眼黄天霸，黄天霸狠狠地瞪了一眼黄九龄，心想就你这个小兔崽子把我劫了，弄我脑袋上给抓了五道沟，嗯？谈说出来，大家伙儿都得背地笑话我……他这个气儿，还没消呢。所以说，他们押着黄九龄就奔着公馆里边走过来了。

这个时候，街上这些个官兵，加上众位差官，也都跟着往公馆里边来，官兵各自散去，老百姓一看这热闹儿完了，大伙儿也都散开了。

金大力呢，早已经把黄天霸的那匹马牵在手里了。这位这手提溜着棍，那手牵着马，一块儿跟着往回来。

原来受伤的这几位啊，什么郭起凤哪，挨了一镖，朱光祖呢，腿上挨了一镖，神眼计全，耳朵这儿挨了一镖，计全这个伤最轻，计全那是轻伤没下火线，一直在这地方看着。朱光祖跟郭起凤这两位呀，早已经回去了，回到公馆里边歇着去了。尤其是朱光祖，腿上这一镖，把这镖起出来之后，他找那医生给他上了点儿药，在自己那个屋子里边坐着，一听说外边这些办差官把那小孩儿给逮住了，进了院子了，朱光祖瘸着就出来了，一眼他就看见赵璧了，"哎，赵爷，把那小子给抓住了？"

"哎，抓住了抓住了……"

"嗬！得好好问问他啊！是谁教的他？这小子手可够黑的呀，我这一镖，打得可够疼的。这小兔崽子，等着我得好好收拾收拾他……"

"哎别价，别这么办……我说朱爷，你知道他是谁吗？"

"谁呀？"

"这是天霸的儿子。"

"什么？天霸的儿子？"

"哎……没错儿！"

"你敢断定吗？"

"那可不！"

"胡说八道！我没听说……"

"你没听说？呵呵，这个事儿啊，有戏了，你慢慢看吧。你先回屋待着去，要愿意看就瞧瞧……"

朱光祖说："我得瞧瞧……"他瘸着腿，也奔施大人这屋来了。

这工夫，让黄九龄站在院儿里边，张桂兰看着他，赵璧跟黄天霸等人来到施大人的住室，跟施大人一禀报，说抓住了这小孩儿，这个小孩儿就是劫夺黄天霸的那个小响马。

施世纶一问，说这个小响马来自何处呢？赵璧就来到了施大人的跟前，低低的声音说："这事儿得大人您详查细审，别人是问不了的。大人，您最好是亲自升堂。"

施公一听，好吧，于是连夜就在大客厅端坐，这就是大堂了。两边都是施大人的亲信差官，衙役们呢，全都退去了。这是赵璧跟施大人打了招呼了，说这件事情，不宜扩大影响，少数人知道就可以了。

施大人在正面端然稳坐，吩咐一声："把那孩子给我带上来！"外边，张桂兰就把黄九龄领进来了。

黄九龄在施大人面前这么一站，施公定睛一看这孩子，十二岁的孩子，长得是蛮有人缘儿的，蛮精神的，身遭绑绳。施大人看了看赵璧，"赵璧，这么个孩子，还捆着他干什么呀？绑绳给他松开！"

黄天霸一听，"大人，这绑绳松不得，他全身武艺呀，要把绑绳松开，怕有不测之事。"

"哎……这个孩子，不是他自己服的绑吗？"

"啊……啊是啊……"

"既然是自己服的绑，他的兵器，你们又都给收缴了，他身无寸铁，还有什么不测之事能发生呢？如果说，这么十几岁的孩子，身无

444

寸铁，在我的面前，也发生了不测之事，那就说明我手下这些差官们，也太没有本事了，对吗？"

黄天霸一听，不言语了。

"来呀，给他松开。"

张桂兰过来，给黄九龄把这绑绳就松开了。给黄九龄绑绳松开之后，黄九龄摸了摸自己的胳膊，张桂兰低低的声音说了一声，"跪下……"

黄九龄看了看上边坐着的这个人，甭问哪，这个人就是那施大人，我爹都得归他管哪，黄九龄就跪到这儿了。"小人给大人见礼……"

"你叫什么名字？"

"我叫黄九龄。"

"你叫黄九龄？"

"我大名儿叫黄仕锦。"

"哦……你到这里来干什么？"

"我找我爹！我爹是黄天霸，我爹他不认我……"

施大人听到这里，仔细看了看黄九龄，心想，他爹是黄天霸？你还别说，这孩子跟黄天霸，长得还真一样。

第六十九回　旧信犹存黄天霸拒子
元配何在张桂兰泼醋

　　施大人听黄九龄一说，他爹是黄天霸，他仔细端详了一下这小孩儿，施大人心想，你还别说呀，这孩子长得跟黄天霸还真一样。

　　施大人这个判断是毫无错误的，那因为黄九龄的的确确那是正宗的黄天霸的儿子。俗话讲哪，他种上谷子不出高粱哪，那能跟他不一样吗？

　　施大人瞧了瞧九龄，"黄九龄，你说你爹是黄天霸，那么你爹，不承认有你这个儿子哪。"

　　"您不知道，我爹他不知道。"

　　施大人差点儿没乐了，施大人心想，你爹不知道你知道？啊？哪有这种道理呀？"孩子，你爹不知道什么呀？"

　　"我爹不知道……我的事儿。"

　　"哦……你从头给我——讲来。"

　　"好，大人，那个……我问您，当初，您不是去过德州吗？"

　　"是哪。"

　　"您去德州，德州不是有个霸王庄，霸王庄里边有一个恶霸，叫黄隆基，黄隆基手底下有一个恶奴，叫乔三，这事儿您知道吧？"

　　"哦……对对对对，我知道我知道……"

　　"后来，这黄隆基被您给抓住了，那乔三跑了，您不是让我爹黄天霸去追赶那乔三吗？"

　　"啊……对对对对对……"

　　黄天霸在旁边一听，用手一指，"你这是跟谁说话呢？啊？"黄天

446

霸心想，你怎么对施大人一句一问哪？我们对施大人说话都不敢这么说呀！你像问施大人一样。

小孩儿没感觉到这个问题，黄九龄一听，"嗯……那……那我问问怕什么！"

施大人说："天霸，这个事情你不用管，他愿意问我就问我，我愿问他就问他，与你无关。"

黄天霸心想，你看看，这事儿我还管多余了，黄天霸在旁边坐着，不言语了。

"孩子，你说，追赶乔三怎么地了？"

"他不那么回事儿吗？追赶乔三，那乔三哪，跟我大舅殷龙，两个人是好朋友，乔三就跑到我大舅家去了。我爹呢，听着这信儿之后，呃……就上我大舅家，去找这乔三去了，结果呢，就碰见我姥爷了。我姥爷叫殷洪，我姥爷在武林当中，是大伙儿都佩服的人物。我姥爷呢，一见着我爹呢，还跟他熟悉，因为我姥爷也认识我爷爷。跟我爹唠起来之后呢，呃……就把我妈叫出来了，我妈呢，跟我爹两个人，还比过武，还练过镖，然后我姥爷一看呢，就高兴了，完了就问我爹，说你干什么来了？我爹跟我姥爷说了，说我是来抓乔三来了。乔三呢，跟殷龙，是好朋友。我姥爷一听哪，就生气了，就把我大舅叫来了，问这乔三在不在。我大舅就说了，乔三，出去看朋友去了。我姥爷就说了，你呀，三天之内，把这乔三，给我交出来，让天霸带走。就这样呢，我大舅就答应了。答应完之后呢，我爹，就上您那儿去了，等了三天，结果没去，我爹二番又回来了。再回来的时候哇，我姥爷没在家，我姥爷有一个要好的朋友哇，快要死了，我姥爷去看望去了。结果，我爹二番这一来呢，正赶上乔三跟我大舅，他们一伙儿朋友在屋儿里喝酒，他们就想把我爹给弄死。所以当时，他们把我爹就诓到这屋子里边去了，假装让他喝酒，结果他们要杀他，我爹就跑到后院儿去了。跑到后院儿之后，就跑到我妈的楼上去了，我妈就把我爹在楼上藏了一夜，我大舅我二舅他们这伙儿人，想抓我爹也没抓着。第二天我姥爷回来了，我姥爷一听，我爹在我妈屋里边待了一夜，这事儿传扬出去，那多不好听哪，最后我姥爷就说了，干脆吧，就把我女儿，给你吧。我妈，就跟我爹，就成亲了。他们在那儿，就

447

拜了堂，入洞房了，入洞房……大概就打那天，就有我了……"

旁边众位官差们一听，扑哧一声，大伙儿都乐了，心想，这孩子，说到哪儿，他什么事儿都知道。

"完了入完洞房了，可能第二天，我爹就带着那乔三，就走了。我爹带乔三走了之后，完了，我大舅就生气了，我大舅晚上上德州城里，就去救那乔三去了。结果一救乔三，他要刺杀施大人，那施大人是不是您？是不是你呀？"

"啊对，就是我，就是我。"

"哎，他去了，要刺杀您没刺杀，我爹把他当坏人了，也没看清楚是我大舅，一镖，把我大舅打死了。最后，我爹呢，就把我大舅的灵柩给送回去了。一见我姥爷，我姥爷就火儿了，我姥爷当时要杀我爹，我爹也认头让我姥爷杀，最后我姥爷一看也舍不得杀了，把我爹杀了，我妈怎么办呢？我妈在旁边也要死，我爹也要死，我姥爷也要死。当时，有一个……对……有一个……对，就是赵璧，有他，在那儿劝的，就拉倒了，把我大舅就埋起来了。埋起来之后，完了我爹临走的时候，跟我妈就说了，说，我走之后呢，很快的，我就给你来送信儿，我就派媒人来说媒，然后拿大轿来抬你。我姥爷也说了，说这件事儿呢，是越快越好。结果打那儿，我爹走了之后，就再没信儿了，一点儿信儿也没有了。后来，我妈在这殷家堡就待不了了，我姥爷说，我妈那阵儿就有我了，有了我，让邻居看见不好看，我姥爷就带着我妈带着我二舅就搬家了。由打德州殷家堡，就搬到苏州花家桥，到这儿，来投老朋友来了。我们家就在这儿，落了户了。落户之后，想着等着我爹的信儿，结果我爹，一直到今天，也没有信儿。我现在都长这么大了，他还不知道我是他儿子呢！施大人，我长大之后，我在学堂里边念书，我那些个同窗学友，都有爹，他们都说，他爹怎么地，他爹怎么地，就是我没爹。开始，我不姓黄，我妈告诉我说我姓殷，我叫殷九龄，我叫殷仕锦，那是我姥爷给编的瞎话，说我妈妈，在德州那儿嫁给一个什么叫殷天化的，嫁给他之后，没几天儿，就死了。其实哪这么八宗事儿啊？根本没这么回事儿，就是为了遮人耳目。这后来，那天，我放学回家，看见我妈在那纸上，写了好多黄云，黄天霸，我恨你……我这才知道，我姓黄，我妈跟我把这事

448

情才说了。你说我要不说，你们是不是都不知道？"

施大人一听点了点头，"嗯，是呀，你要不说，我们就都不知道哇。"他抬头看了看坐在旁边的黄天霸，"天霸，这孩子说的这话，是真的吗？"

这阵儿黄天霸这个脸色可有点儿不好看了，为什么？黄天霸在殷家堡结亲这个事儿直到今天，他也没跟施大人说，因为他知道，因公结亲，犹如疆场上临阵收妻一样，这是要受惩罚的。正因为他怕惩罚，所以没讲。今天黄九龄在大堂上一说这番的言语，就勾起了黄天霸对往事的思念。黄天霸想起来，是呀，殷丽娘曾经在楼上救过他的命，这事儿是真的！黄天霸心想，这孩子呀，他怎么记得那么清楚？比我还清楚！他哪儿知道哇，这孩子是听他娘说的，在殷丽娘的心灵当中，对这段往事，那是历历在目，每一个细节都记得很清楚。这是跟这孩子讲说的时候，不能讲得过细，但是孩子特聪明，讲了一遍就记住了，完全给口述出来了。

黄天霸一看施大人问他，现在不能说不知道，黄天霸站起来了，"唉……大人，这件事情……有，不过……还有出入。"

"哦，出入先别说出入，我就问你，有没有？"

"有……"

"赵璧，这件事你作证哪？"

赵璧一听："哎，大人，呵，大人，这事儿啊，我作证。呵，是真的。这一点儿掺假都没有，这孩子，嘿，这记性真好！呵，他这事儿全给说出来了。宝贝儿啊，你说的是一点儿都没漏，大人，真是这么回事儿。送殷龙的这个灵柩的时候哇，走到半道儿上，天霸跟我说的，天霸跟我说了实情了，让我呢，给他隐藏这段私情，别跟您讲，怕您怪罪。可是后来这个事儿呢，就撂下了，撂下了他没说我就更不能说了。大人，小人我有罪，我不该在这个事儿上来蒙骗大人。"

"赵璧，当年离开殷家堡之后，你没想着提醒天霸，给人家家里边送封信吗？"

"呵，大人，这个事儿……"

黄天霸把话抢过来了："大人，我离开殷家堡之后，回到京师，我就给她写过一封信，可是，我这封信给她写去，换来的一封信，是绝情之信，这封信，直到现在我还留着呢，大人，不信您可以看一看。"

"信在何处？"

"呃……就在我的行囊之中。"

"马上把它给我拿来。"

黄天霸转身回到自己的住室，一会儿的工夫，从行囊之中把那封信拿来了。黄天霸还倒是一个有心人，当年，就是长臂猿孙四代替殷丽娘给他回的那封信，黄天霸一直留到今天。他把这封信拿来之后，双手呈献给施世纶，施大人把这封信抽出来打开一瞧，果然是一封绝情信。从这信里边说的，这殷丽娘已经另嫁给一个贩绸缎的大买卖商人，跟黄天霸，从此断绝往来了。因为黄天霸杀了她的大哥，"我不能跟杀兄之人白头偕老"，这么一封信。

施大人看完了这封信，把信叠好了又装起来了，放在案头，"九龄哪，这封信，是你母亲给你爹写的，你母亲说，她又嫁给了一个贩绸缎的商人……"

黄九龄一听："不对！大人，我知道，我母亲根本就再没嫁人！从我记事儿那天，我们家里边就是我姥爷，再就是我二舅，别的男人，都很少上我们家院儿里去，我母亲怎么会嫁人呢？"

"孩子，你毕竟小哇……"

"我小？别看我小，我什么事儿都知道……"

黄天霸说："你胡说！你什么事儿都知道？你母亲还兴嫁给绸缎商之后，就生的你呢！"

"不是！"黄九龄急了，一瞪眼睛瞅着黄天霸。

赵璧在旁边心想，天霸呀，这玩意儿看来是赖不掉的，他这一瞪眼睛，黄天霸一瞪眼睛，这爷儿俩眼睛瞪一边儿大，这模样儿更相似了，哈哈。赵璧心想，这阵儿黄天霸在气头儿上，我可不能说这话。

这工夫施大人一听："天霸，你说这件事应当怎么办呢？"

"大人，我看这样吧，他一个孩子，跟他说不清道不明——我问你，如果你说，你是我的儿子，那么你必须回到家中，把你母亲叫来，给我说清楚，到底是怎么回事儿？到底是真是假！"

"行！"黄九龄扑棱站起来，"大人，那我就回家，我叫我妈去，让我妈来，问问怎么回事儿。"

施世纶说："孩子，天色已晚，今天回家不行了，你呢，先在侧室，休息一夜，明天早晨，你不是骑着你爹的马吗？"

"对！"

"那么你还骑那匹马，回转花家桥，把你的母亲接来，你就说，本部堂有请你母亲到此一叙，知道吗？"

"好，那就这么样，那……那……"

"来，黑世杰，贺人杰，你们两个，陪着他，到你们的房间里边住宿。"

俩小孩儿，一个十六的一个十五的，贺人杰和黑世杰过来了。黑世杰一笑，"嘿嘿，小兄弟儿，走吧，咱们一块儿睡觉去。"

黄九龄这工夫仔细一看，"哎，你不是那剃头的吗？"

"对呀，我就是剃头的，我是给钦差大人剃头的，走吧。"

黑世杰、贺人杰领着黄九龄走了，这儿走了之后哇，施大人还没等说话，张桂兰由打旁边过来了。张桂兰这阵儿脸色可就不好看了，"大人，您还有什么事儿吗？"

"桂兰，我没什么事了。"

"您没什么事儿了，我有点儿事儿得跟您说说。"

"哦？桂兰，你有什么事啊？"

"大人，事到如今，这是天亮了下雪——也明白了，我张桂兰这些年一直在葫芦里边装着，今天我才算清楚。您还记得吗？当年，在凤凰岭，我爹凤凰张七，把我许配给黄天霸的时候，跟您说过的话。"

"哦，说过的什么话？"

"大人，您想想，我爹可就我这么一个女儿，当初为我找女婿的时候，我爹说，我的女儿，得要人好、心好、武艺好、相貌好、人品好，五好。五好丈夫全天下找不着，最后是我自个儿找的，我三试黄天霸，盗您的金牌，就为了跟黄天霸结亲。施大人，如果您要不健忘的话，您应该记得，您可是主婚人哪！——赵大哥，您可是媒人！"

赵璧在旁边一听，"对对对对对对……这事儿错不了，那阵儿我是媒人，这是一点儿不假的。"

"今天我当着您这媒人和这主婚人，我得把话说清楚，我张桂兰

451

当时就有这么一条儿，我嫁人，我绝不当二房。当时黄天霸跟我怎么说的？他说他没有妻室，从未结亲。正因为这个，我张桂兰才嫁给他黄天霸。如今事过十年，现在又蹦出这么大一儿子来，大人，合着我张桂兰，这是给人做填房哪，人家原来有这么一位，不光是原来有，人家是现在还活着，不光是现在还活着，还有这么大的儿子，大人，您说，让我在这儿怎么待呢，嗯？施大人，事到如今，说不了讲不起，我张桂兰要离开这儿……"

"哎……桂兰，何出此言，你要上哪儿去？"

张桂兰说着话就站起来往外走，"大人，我上哪儿去？我收拾收拾东西我回家，回我的凤凰岭，让黄天霸把他元配夫人接回来，大人，我请您给我们写下一个字据，我们两个从此分道扬镳！"用现在的话说，她要让施大人给她判离。

第七十回　黄九龄倔强请生母
殷丽娘悲愤忆旧情

　　张桂兰向施大人提出来，让他给立一个文书，她跟黄天霸要分道扬镳，用现在的话说呀，请施大人给他们判离。不过，张桂兰这个女人，那可不是一般的女性，那是一个性格开朗，宁折不弯的人，这与她会一身超人的武艺，有着直接关系。

　　张桂兰一提出这件事情来，施大人一听，"桂兰，你这么聪明的一个人，怎么说出这种糊涂话来了？啊？如今，我带着众位差官，来到苏州，我们来，为寻找丢失的国宝，重任在肩哪，偏偏出现了这么一个孩子，这件事情尚未查得水落石出哇，你急的什么呀？啊？究竟这孩子，他是不是天霸的，孩子的母亲，是不是当年天霸认识的那个殷丽娘，这都在两可之间，事情尚在五里云雾之中，你何必自己在这儿给我添乱哪？啊？桂兰，听我的话，如果说，这件事情真正查明了，再说你的事儿，你看如何？"

　　赵璧在旁边也过来了，"桂兰哪，这一道儿上，施大人对你印象可不错哇，就说桂兰这个人哪，好脾气，啊，一道儿上也给大伙儿帮了不少的忙，包括咱们抓差办案。怎么今儿个，你跟着添乱哪？啊？桂兰，你呀，先沉稳沉稳，你说，万一这里边要有个差头儿，不是那么一回事儿，你走了，你后悔不后悔呀，啊？"

　　张桂兰一听，"好吧，要这样的话，那我就再沉沉。"张桂兰一转身出去了，张桂兰这心里边，对黄天霸，可是有了看法。

　　这个工夫黄九龄呢，已经跟贺人杰黑世杰这三位小将，在一个屋子里边，聊起来了，三位唠得挺热乎。黄九龄就问，"你们到这儿来都干什么了?"这贺人杰跟黑世杰就跟黄九龄讲了,说施大人这回下苏州啊,是为了给皇上寻找国宝,迷罗国进贡,有一件国宝,叫炸海金蟾。走到苏州这个地方哪,这个使臣被杀了,国宝就丢了,施大人哪,带着这帮人,就找这国宝来了,到现在还没找着呢!

黄九龄一听这件事儿啊,他听得非常认真,他觉得这件事情很新鲜,他听还未曾听说过,小眼睛儿瞪着,忽闪忽闪的,琢磨老半天,"炸海金蟾是个什么东西?"

"谁知道哇,不知道什么东西呀!"

黑世杰说,"这个金蟾哪,我估摸着呀,可能就是个蛤蟆,人家说了,四条腿儿叫蛤蟆,是三条腿儿的叫蟾,这个炸海金蟾大概就是那三条腿儿那蛤蟆。"

"嗯……嗯嗯嗯……"

"这个事儿你就甭管了,赶明儿个,你就把你娘接来就行了。"

这三个小孩儿在一起是谈谈唠唠,一直唠到将近三更天,这才睡觉。四更天,黄九龄就醒了,为什么?他归家心切,他急切地需要把他的母亲接来跟黄天霸当面儿对证,把这事情好弄清楚。

黄九龄起来之后,没惊动那两个,他自个儿出来,槽头上把这匹银鬃马牵出来,悄悄地出离了公馆。黄九龄这个时候,那赵璧的刀,镖囊,都已经早还给他,他翻身上马之后是马上加鞭,出离了苏州府,苏州府这城门早晨刚一开的时候他就出了城了。这匹马是四蹄蹬开,一溜烟儿,咔啦啦啦……回到花家桥。

赶到花家桥的时候,中午刚过,来到自己的家院门外边,甩蹬离鞍下了马,牵着马,就进了院门。回手把这门关上,马呢,在旁边儿拴好。黄九龄上他母亲这个楼上走着的工夫,心里边就盘算了,哎呀,我娘这要一见我,那非生气不可呀。自个儿掐手指头算了算,他是大前天晚上走的,大前天晚上走的,前天晚上,是在昆山县住的,昨天晚上,是在苏州府住的,连来带去这就是三天哪!我三天没露面儿,我娘得惦记着我呀,唉,不管怎么说,也得见我娘,反正是我见着我爹了。我跟我娘一说,我娘一高兴,说不定就不怪着我了,对!

黄九龄上了楼,来到房门之外,听听屋子里边,屋子里边没有动静儿,殷丽娘干什么呢?殷丽娘坐在那儿啊,正在痴痴呆想,三天了，这孩子没影儿了，上学堂里边问，没来上学，殷丽娘是到处乱找，没找着他。殷丽娘坐在屋里，她可没哭，殷丽娘这是一个倔强的女性，殷丽娘在想，这孩子能上哪儿呢？啊？十有八九，他找他爹去了，上苏州府了？未必，这么点儿个孩子，他有那个胆子吗？那么没上苏州府，他又上哪儿呢？难道说，有人把他的身世给透露出去了？知道他是黄天霸的儿子，绿林中黄天霸的仇人，把这孩子给劫持走了，要要他的命？把他杀了？殷丽娘现在是什么都想，她自己想哪，也许哪天晚上，把这孩子的尸体，就给我扔到院子里头了，告诉我。能那样吗？如果那样的话，我殷丽娘这命，可就太苦了。

正在这儿胡思乱想的工夫，听楼梯有声音，一听这声音，殷丽娘就知道，黄九龄回来了。天天放学回来，一上楼，这当娘的耳朵就能听清楚，这是自个儿儿子的脚步声。殷丽娘心想，这个小冤家他回来了，我问问他上哪儿去了。黄九龄站在这门外边老半天没动静儿，听听屋里没声音，轻轻地他在外边喊了一声，"娘……"

殷丽娘一听是黄九龄，"进来！"

"哎。"一挑帘儿，黄九龄就进来了，"娘……呵呵……您挺好的？……呃……您……惦记着我了吗？……"

"九龄，我问你，这三天你上哪去了？"

"呵……娘，您猜，您猜我上哪儿去了。"

"我没工夫猜！跟我说！"殷丽娘一回身，由打床头上就把这藤条子拽过来了，大姆手指头粗的藤条。你看殷丽娘，对黄九龄可不是不管，你别看是独生子，管得非常严，动不动就打藤条子，在身上给他排一遍。

殷丽娘的藤条子一拽出来，黄九龄吓得扑通就跪那儿了，"娘……您等会儿等会儿等会儿……您听我说……我上苏州了，我见着我爹了！"黄九龄先把这关键部位的话说出来，这句话一说出来，殷丽娘这藤条，还真就没往下打，"哦？你上苏州了？你见着你爹了？"

"对，娘，我见着我爹了。您高兴不高兴哪？"

"谁让你上苏州找你爹去了？"

"嗯……嗯……没人让我去，那……那不是您跟我说过，您说我爹是黄天霸吗？您说我爹已经到了苏州了吗？我一听，既然我爹来了，那我是他儿子，那我应该去找他，再说，我应该去找他，那您也应该去见他呀，您……您们老两口儿不得……嘿嘿……不得团圆团圆吗？……"

"混账东西！你上苏州府，怎么不告诉我一声呢？我以为你死了呢，我以为别人把你杀了呢！"

"嘿嘿……娘，谁敢杀我呀，你儿子这身本事，你也不是不知道，他们敢杀我？没有一个能伤得了我的。"

他这一说上苏州了，殷丽娘反而要急于知道他上苏州见黄天霸的整个儿过程，是怎么回事儿。殷丽娘的心里边，也想着这些事，"好吧，你要让我不打你行，从头至尾，详详细细，跟我说说，你是怎么见的你爹。一件事儿不行给我落，包括你做的好事儿和坏事儿。"

"哎，我都说，我要跟你撒谎，我不是好东西。"

"说！"

"好！呃……娘，那天晚上吧，我就出去了……"黄九龄就把他到苏州府这一路上以至于到了苏州怎么镖打十字街大闹苏州府，最后施大人怎么审问他，黄天霸又是怎么说的，跟殷丽娘是细讲了一遍。说完了之后，黄九龄瞅着殷丽娘，"娘，你听有意思没有？嗯……我真见着我爹了，反正我爹就说了，让我回来接您，让您上那儿去，还有那施大人，钦差大人，那老头儿可好了，那老头儿说，他说：'你跟你娘说，就说本部堂的意思，请她到苏州这儿一叙。'娘，咱走哇，我给您雇辆车，我骑着我爹那马，咱们一块儿上苏州。"

"唉……九龄，我问你，你见着你爹的那夫人张桂兰了？"

"啊，我管她叫娘，挺好的，她对我挺好……"

"好哇，那就好……"殷丽娘这眼睛里边转了泪了。

黄九龄一看殷丽娘眼眶里边转了泪，这小孩儿非常不理解老娘此刻的心情，"娘，您怎么……您怎么哭了？那……我见着我爹了，你们马上要见面儿了，您应该高兴哪！"

"你是孩子，你什么也不懂，娘我一点儿都不高兴，是呀，你娘命太苦了，十三年，我自己独守空房，苦受煎熬哇，从北迁到南，为了谁呀？我就是为了拉扯你呀，你是老黄家的根哪！如今，为娘把你拉扯长大成人了，你也知道你爹是黄天霸了，你找你爹去这应该，将来你长大了，你也应该找你爹，你毕竟是黄家的后代。我就想啊，你娘这么多年，受得这个苦，遭得这个罪，可是黄天霸，他呢？另娶新欢，玉堂金马，他是一点儿忧愁都没有，把娘早就忘了。孩子，他怎么说的？"

"让我接您，您快去吧！"

"娘不去。"

"您怎么不去呢？施大人都接您……"

"施大人接我哇，呵，那是客套话，礼节上的语言，不得不那么说。黄天霸，现在已经有了妻室了，他把我忘了，我不会上赶着登他这门口儿。他是副将老爷，他拿的是官饷，吃的是皇粮，如果要让娘去的话嘛，你来不行。"

"那得谁来？"

"黄天霸来，黄天霸自个儿来都不行，再让他带着那张桂兰来。娘得问问黄天霸，这张桂兰，跟我，我们谁是头大的？嗯？谁是正房夫人？嘻……孩儿啊，为娘给你说这个，好像多余了，你这个小孩子，你不懂得这个，就这么说吧，回去，你见了你爹黄天霸，你就说，我娘不来，要想来的话，得要黄天霸和张桂兰他们两口子到这儿来接我，问一些事儿，跟我说清楚。为娘我别的不生气，我就生气你爹这个人。他走了之后，给我书不捎信不带，鱼沉雁渺，一去无返，到头来呢，他倒来个猪八戒抢家伙——倒打一耙，哦……说是我给他写了封信，说我嫁给一个绸缎商，嗯？黄天霸，这纯属拿着不是当理说，这叫强词夺理，编笆造模！他想把这责任推到我的身上，好像是因为我给他写了一封信，哦……他才又娶的张桂兰，嗯？我根本就没有那个信！由此看来，黄天霸这个人，他不是个好人。娘不怪别的，我就后悔当初，怎么错看了他，我在那绣楼上，我不该把他藏起来。那晚上我要不把他藏起来，你大舅他们就把他乱刀分尸了，他就没有今天了，张桂兰也嫁不着他了。过去的事我就不说了，这世上没有卖后悔药的。孩子，行，你是你爹的儿子，我没白拉扯你。你大了，翅膀硬了，知道找你爹去了，去吧，找你爹去吧，这儿，你用不着回来了，逢年过节，要想起你娘来，托个人儿，给我带点儿东西，看看我就行了。"

黄九龄一听，我娘这话里有味儿啊，"呵，娘……您……您别那么想，我不是找我爹把您忘了，我想的是，让您哪，跟我爹……你们团圆……我又有娘又有爹，这多好哇。我要是找我爹，没有我娘，那我……那我……那我也不行哪，是我娘把我拉扯长大的，娘，您可千万别这么想。"说到这儿，黄九龄眼里边转眼泪了。

黄九龄这一转眼泪，殷丽娘这眼泪也出来了。殷丽娘，她坐在这里，半晌无言，这眼泪往下流淌。殷丽娘这一哭，黄九龄在这儿跪着也哭，最后黄九龄站起来了，"娘，行，既然这样的话，我不去了，我不找我爹了，我从现在开始，我天天上学，我就守着您，这还不行吗？"

"不！你要去！孩儿啊，你到那儿见了你爹，说清道明，还我清白。孩子，这回去，我给你拿一样东西，你爹一见这样东西，他一定会认你的。"

"是吗？"

"是！"说着话殷丽娘一回身由打这箱子里边取出一个红布包儿来，啪啪啪，把这红布包儿打开一看，黄九龄一瞧，哟，这是怎么回事儿？

第七十一回　对笔迹施公察伪信
合金镖天霸认旧姻

　　殷丽娘哪，告诉黄九龄，再返苏州，去见你爹黄天霸。同时殷丽娘跟黄九龄讲，说我呀，这回给你带一件东西去，你把这件东西给黄天霸一看，你爹就认你了。说话间一回身，她由打箱子里边拿出一个红绸子包儿来。把这红绸子包打开之后，给黄九龄这么一看，黄九龄当时就一愣。哟？这怎么回事儿啊？他一看在这红绸子包里边包着一支镖。这支镖哇，跟一般的镖不太一样，打造得比较精致，是一支亮银镖。那上面凿龙錾凤，尤其镖后边那环儿，是赤金的。环儿后边坠着一个红绸子，这红绸子由于年头儿久远，已经多少的有点儿褪色了。

　　黄九龄看着镖愣了，"娘，这镖怎么回事儿？"

　　"孩儿啊，这支镖，是想当初，为娘我在绣楼上救了你爹之后，我们两个成了亲，第二天他临走之时，给我留下的一支镖。他说，这是他爹黄三太交给他的，鸳鸯镖。这鸳鸯镖不是武器，是专为定亲用的。我这个镖的皂金环儿上边有两个字，是黄云；他那个镖的金环儿上也有两个字，是天霸。这两支镖对在一起，你瞧见没有，这支镖这边儿多少缺一点儿，他那只镖那边儿也缺一点儿，合在一起是完整的，这是一对儿双镖。他说以此作为我们两个人的定亲标记。没想到他走之后，把这件事他就忘了。孩子，娘我可是一直把这支镖保留着，你把这支镖带去，你问问黄天霸，他那支镖还有没有。如果说他有那支镖，两支镖相对，你就承认他这个爹。也许黄天霸娶了张桂兰光顾了高兴了，把原来那支定亲的镖也丢了，如果他没有那支镖，孩儿啊，你就别认他这个爹。你就回来，把这支镖，也给为娘我带回来！你如果按娘说的这样去做，你就是我的儿子，你不按我说的这么做，你就不是我儿子。"

"哎，娘，我一定按您说的去做，您把这镖给我吧。"黄九龄伸手把这镖就接过来了，这红绸子好好包了包，带到怀里。"娘，那……您还让我干什么？"

"你这一去，我给你带一封信，把这封信亲自交给黄天霸，也可以让那施大人看一看。"

"哎，你写吧。"

殷丽娘铺上纸，提起笔来，研好了墨，把这笔蘸饱了。殷丽娘拿这个笔半天没往下写。她在琢磨，我写什么呢？我怎么写呢？我写离别之情？我写对你痛恨之情？怎么写都觉得不合适。最后她一琢磨，好吧，她提起笔来，写了一首诗。写的什么诗呢？"鱼沉雁渺信茫茫，十三春秋叹珠黄，痛悔西楼怜悯泪，人笑东郭救黄狼。"写完之后，晾干了，叠好了，装在一个信封里头，把这封信就交给了九龄。"孩儿啊，到那儿去，把这封信交给他，看看他说什么。"

"哎，呃……我琢磨这回去呀，那我爹那肯定就能认我了。要认我之后，他跟着我那娘来接您，那您去不？"

"孩儿啊，你是个孩子，你不知道大人这里边的事儿。你就按娘说的这话跟他们讲，他爱怎么做就怎么做，去吧。"

"那……那我在这儿再待一天。"

"好，再待一天。"

黄九龄在家住了一天，第二天一大早，骑上这匹马又返回了苏州。黄九龄返到苏州府来到公馆门外，下马之后牵着马进来，把马拴到槽头上。黑世杰跟贺仁杰这两个小孩儿先发现他了，小伙伴儿跟小伙伴儿别有一番情感。

"怎么着？回来啦？"

"回来啦。"

"怎么样？"

"嘻，该拿的都拿来了。"

黄九龄直接到施大人这儿来，要求见施大人。有人一往里边一禀报，施大人一听，"让九龄进来！"把黄天霸、张桂兰、赵璧等有关的差官，也都叫到了身旁。

黄九龄进来之后先给施大人施礼，"呵……大人，我回去见了我娘了，我跟我娘也说了。"

"哦，你娘来了吗？"

"我娘……她没来。"

"她怎么没来呢？"

"我娘说……"黄九龄哪，他是个孩子，不知道这话呀，哪句该说哪句不该说，她娘怎么告诉他的，他直接就怎么说了。"我娘说，要来的话，得让我爹跟我娘一块儿去接她，她才来呢。"

黄天霸在旁边一听，这脸儿当时就有点儿变了。

施大人听到这里点了点头，"哦，你娘还说什么了？"

"我娘还说了，我娘说，有件儿东西让我带来，给我爹看看，他就能想起来当年的事儿了，他就能认我了。同时我娘，还给我爹带了一封信。"

"哦？把这件东西你拿出来吧。"

"大人，这，先给您看。"小孩儿心眼儿多，心想说，我先给大人看，这里边最大的官儿就是这位施大人，他是钦差，他管着我爹，我先让他看完了之后再给我爹看。连这镖带信，一块儿就呈递给了施世纶。

施大人先是把这红绸子包儿接过来，打开一看这支镖，把镖放在旁边，又把这封信抽出来打开一看，这上头是一首诗。施大人一看这首诗呀，点了点头。心想：万万没有想到，这武林中的女人，还颇具文采呀，这首诗写的不错。上面写：鱼沉雁渺信茫茫，就说跟黄天霸两个人分手之后，黄天霸一走犹如鱼沉雁渺，信没了，茫茫无知了；第二句：十三春秋叹珠黄。十三年了，没见面了。殷丽娘感叹自己韶华逝去，人老珠黄了。殷丽娘说，我已经老了。尽管按岁数按年龄她还不算老，但是毕竟是青春已经过去了；第三句：痛悔西楼怜悯泪。殷丽娘就说哇，非常痛悔，我悔得都掉眼泪，为什么后悔？当初西楼，就是她的绣楼上，我不该对你黄天霸那样的怜悯，我不该救你。我让你藏在我的床底下，我豁出去我哥哥对我四面那么围堵，豁出去外界舆论对我人格上的污蔑，我把你救下来了；最后这句：人笑东郭救黄狼。这是引用当年东郭先生救黄狼这个典故，我把你黄天霸救了，结果你不是人，你是一只狼。子系中山狼，得志更猖狂。救了你之后，十三年过去，你把我忘了。我把孩子给你拉扯大了，孩子找你去，你还不认，你是狼子之心。当年黄狼哪，就说东郭先生据说救那狼是个黄色的狼，而这儿呢，她恰恰引用到黄天霸的身上，你姓黄的一只狼。所以说施大人看这首诗之后，心想，这个殷丽娘可不简单哪，她有如此的文笔。然后施大人看了看那镖，"九龄，这镖怎么回事儿啊？"

"大人，那镖，那是当初我爸爸给我妈的镖，我爸爸手里边还有一支呢。我妈说了，我爸爸如果有那支镖，就拿出来对一下，鸳鸯镖能对得上，我就认我这爹。要对不上哪，他不认我这儿子，我还不认他这爹了呢。"

嘿，施公一看，这问题还严重了。他给翻过来了，他要不认他了。施公看了看黄天霸，"天霸，这支镖你认识吧？"

黄天霸把这镖接过来，一瞧，那能不认识吗？这是当年他爹黄三太给他的，鸳鸯镖定亲之物。"大人，这是我们家的镖，我认识。"

"那支镖你有吗？"

"有！"黄天霸把这镖放下，转身回到自己的住处，把他那支镖拿来了。因为那支镖他不是随身带着，不在镖囊里边装着。随身带着那玩意儿他怕万一抖手扔出去呢？所以，自从跟殷丽娘定亲之后，黄天霸把这支镖就单独保管。今天，他把这支镖拿来了，交给了施大人。施大人把这两支镖手中一擎，双镖一对，正好严丝合缝儿。黄九龄在旁边站起来，也走到跟前看着，周围很多差官也都一起瞧着，这支镖，打造得真是精致绝伦哪。"好东西！"

"嗯！"

施大人一看这对镖对上了，这边儿，金环儿上是黄云，这边儿金环儿上是天霸。"天霸，你看见没有，这你还有何话说？"

"大人，这是我的镖！"

"好，这支镖给你，这支镖还还给你。"施世纶接着由打案头上，就把黄天霸给大人看的那封信拿出来了。这封信就是长臂猿孙四写给黄天霸的那封信，是以殷丽娘的口气给他写的，说殷丽娘嫁给绸缎商人了，不嫁给黄天霸了。施大人把这封信拿出来，信纸打开，他又把殷丽娘刚写的这首诗，这封信摆在这儿。两封信摆到一起，施大人一看这个笔体，那是截然不同。殷丽娘那个字写得非常清秀，而那长臂猿孙四写那个字儿，犹如螃蟹爬的相似，这两个字根本不能比呀，一看就知道是两个人写的。

"天霸，过来你瞧瞧，你看这两封信是一个人写的吗？"

黄天霸来到跟前一看，"大人，这两封信不是一个人写的。"

"由此看来，当年给你写这个信的人是谁，有待查考。但是有一点肯定，它绝不是殷丽娘写给你的信哪。天霸，这里边恐怕产生了误会了。"

黄天霸此时刻是如梦初醒，"呃……是啊。大人，是产生误会了。"

赵璧在旁边一瞧，"天霸呀，这回你还有什么说的？啊？人家殷丽娘当年没给你写信，这封信不知是哪个王八羔子写的呢，啊！现在这封信才是殷丽娘真正写的。天霸，殷丽娘这些年来为你可不容易呀，一直守着等着你，盼着你，盼到今天，儿子来了你还不认。这可有点儿不对劲儿吧？现在镖也拿来了，字迹也对证了，你还说什么呀？天霸，这是不是你儿子？嗯？"

黄天霸此时刻是半晌无言，那就叫没词儿了。

赵璧在旁边瞅了瞅黄九龄，又看了看黄天霸，"天霸，有句话可不该我说呀，在十字大街上这孩子一露面儿的工夫，我就瞅他是你儿子。因为他长得跟你太一样了，就像一个模子里边抠出来的一样。啊？我知道，天霸你这个人，是要面子的人。你的儿子在道儿上把你给劫了，把你脑袋抓出五道沟来，你觉得心里边窝火憋着气，你见着这孩子你就想要揍他。其实，这算不得什么呀？啊？俗话说，长江后浪催前浪，一代新人换旧人哪。小马撒欢嫌路窄，大鹏展翅恨天低，初生牛犊不怕虎，长出犄角顶他爹。嘿嘿，九龄，还不跪下叫爹。"

赵璧一说这句话，这时黄九龄才正式地跪下，"爹——"

这一声爹叫的，黄天霸肺腑之中也是一阵酸痛。"孩儿啊，起来吧！"黄天霸伸手把黄九龄搀起来了。

施大人在旁边瞅着点了点头，"天霸，这回你得承认这儿子啦。"

黄天霸说，"是呀，他是我的儿子。九龄，挨个儿跟你叔叔见礼！"

黄天霸这领着黄九龄，给这些个差官们见礼。叫叔叔的，叫大爷的，挨个儿鞠躬磕头。这还没等引见几位，外边褚莲香进来了，"大人，大人，您快去瞧瞧去吧。"

"怎么回事儿？"

"桂兰那儿收拾东西呢，她说马上要走！"

"哎呀——"施大人一听坏了。这儿你认下了，张桂兰那儿也明白了，张桂兰要走哇，"赵璧，天霸，你们快去，快去劝劝她。"

赵璧一听，"嗨嗨，真是按下葫芦起来瓢哇。走吧走吧，天霸，天霸，走走走，走走走走……"

赵璧拉着黄天霸就来到了张桂兰的住宅。一看张桂兰，包袱已经包起两个来了，正准备再收拾其他的零碎物件。赵璧进来了，"哎哎——桂兰，怎么着？这干吗？要上哪儿啊？啊？"

"呵，我该走了，我现在都明白了。黄天霸，这回，你也没说的了吧？啊？这是你亲儿子，当然了，殷丽娘是你前房夫人，她往这儿来，那只是早晚的事儿了。她要一来，你说我们两个人在一起，你心里不别扭吗？就你心里不别扭，我心里也别扭啊。黄天霸，怨我，怨我当初没长正眼睛。"

黄天霸说："桂兰，你听我说——"

"行了，我听你说的不少了，这十来年我净听你说了。正因为我听你说，所以我才上了当，受了骗了，你还有什么说的？你躲开！"

这工夫赵璧就过来了，"哎我说弟妹呀，你不听他的你听听我的怎么样？"

"你的，你的我也不听，我今天是非走不可！"

第七十二回　黄九龄至诚留母
朱光祖离奇中毒

　　黄九龄和黄天霸对上了这一对鸳鸯镖，这才确立了真正的父子关系。黄天霸把这儿子认下来了，可是他媳妇儿张桂兰不答应了。张桂兰收拾东西要走，黄天霸跟赵璧两个人来到张桂兰的住室，一看张桂兰正要准备起身了。

　　黄天霸劝张桂兰："桂兰，你看我，你听我说几句话……"

　　张桂兰说："我不听了，你那话呀，我听了十来年了，再说什么我也不信了。"

　　张桂兰还要往外走，赵璧说："弟妹，这样吧，天霸的话你不听，这大伯哥的话，听两句行吗？啊？我这话大概不是听了十来年了吧？"

　　"是呀，赵大哥，你是我们两个人的媒人，到现在，您这个媒人当得怎么样，您自个儿心里有数儿。您还想跟我说什么呀？"

　　赵璧说："不是说别的，我说桂兰哪，你们结婚十来年，夫妻两个，凭心说，啊，对我这个媒人是挺尊重的。你们两口子这十来多年，架也没少打，嘴也没少吵，是不是？"

　　"欸，赵大哥，您这话说的不对呀。我跟黄天霸结婚十来年，我们可没吵过嘴，没打过架。"

　　"是吗？没吵过嘴，没打过架呀？哈哈哈，那就好哇，说明你们两个夫妻非常和谐，不说是举案齐眉，也得说是相敬如宾，既然是这样，两个好夫妻，为什么今儿要分开呀？嗯？桂兰哪，一日夫妻百日恩，百日夫妻似海深，你们两个夫妻都已经十来年了，那比海深还深，海里边打窟窿，那就是深得不可测了。怎么着，今天你就牙一咬心一横，把眼一瞪，你就走啦？啊？你走了之后，天霸这日子怎么过呀？啊？本来是夫妻两个合合美美的，耳鬓厮磨，朝夕相处，如今，忽然走了一个，剩他自个儿单崩儿，你这心里边能落得下吗？啊？"

"赵大哥，这话你就甭说了，我走了之后，马上这不就有人来了吗？还有殷丽娘呢，那是他的元配夫人哪，他这回啊，齐全了。别看我跟他十来年，但是我这个人，没给他生男育女，这儿呢，他儿子也长大了，把他妈再接过来，人家家里边正好儿，恰当团圆。我呢，给人家倒地方。"

"哎，桂兰，你听我说，他这个不是倒地方的事儿，人家殷丽娘要是来了，跟你肯定那就叫和睦相处，桂兰，一妻二妾，人皆有之，就是你跟殷丽娘在一起过，我想，肯定你们能互相谦让，是一个更好的和睦家庭。"

"赵大哥，我跟您说句痛快话吧，您留我的心意，您留我的这番情感，我都领了。但是可有一样，我绝对不能在这儿待。您还记得吗？当年您做媒的时候，我爹跟您也说过呀，我爹说了，我这个女儿，要找什么样的？要找人好、心好、相貌好、武艺好、品德好，必须具备这五好。相中了他了，但结果呢？他品德不好，他跟我说的都是瞎话。赵大哥，您把话说到这儿，我得把话也跟您点透了，您这个媒人，当年当得不够格儿。当年，您跟我什么都说了，说黄天霸这么好那么好，简直他就是一个完人，他就没有缺点没有毛病了。可最重要的一点您没跟我说呀，他是娶过妻的，在我之前他有人殷丽娘哪，就是您知道这件事，而就是您没跟我说，您对得住我吗？嗯？赵大哥，我这个人就这样，别看我是一个女子，我是一个烈性女子，我跟一般的女人不一样，我从小就立下这样的志向：我要嫁人的话呀，我要嫁给皇上，我就得是正宫，我要嫁给一个随便的男人，我就得是正室，我绝不当偏房，绝不当二房。这是我从小的志气，可是这人哪，志气越大，命运越不好，正因为我有这个志气，所以，让我把这事儿摊上了。摊上怎么办呢？天不怪地不怪，怪我自个儿的命。赵大哥，您就别拦我了，我回转凤凰岭，我找我爹去，后半辈儿我嫁不嫁，你们都不用管了。我回到家中，就在我爹的旁边，尽足我一份孝道，这就得了。什么话也别提了。"

"哎，我说桂兰，你听我说，是，当初这个事儿吧，我应该跟你呀先说了，可是因为当时吧，我琢磨这事儿一说了吧，就怕你不乐意，我就觉得你跟天霸两个人，那是太般配了。可是现在吧，这，我不说，我一看这又不对了，我当初说就好了。桂兰，这么样，咱商量商量，你给大伯哥半拉脸儿，你就在这儿再待一个月。一个月之后，你如果觉得心里边还别扭，那个时候你再走，行不行？我多了不留，就留一个月。"

"赵大哥，我知道你这意思，你想让我在这儿留一个月，让我再适应适应。在这期间呢，你就把那殷丽娘也接过来了，看看我们两个在一起过得和和睦不和睦，是不是？您放心，我不能在这儿待，我何必再待这一个月再走呢？我眼下走不更痛快吗？我们两个人谁也不见谁，啊，免得互相别扭。不是说我看着她别扭，说不定她来看着我还得别扭呢。你说说，她要来了，我们两个怎么论呢？谁是大谁是小哇？谁是先的谁是后的，嗯？这样的话呢，给天霸也添麻烦，行了，我这就走了。"

张桂兰这话说得很轻松，但是此时刻她的心情，可是很沉重的。赵璧一看，坏了，凭着赵璧这两片子嘴，可是没有他说不通的事儿，没有他办不成的事儿。可是今天，在张桂兰的跟前，这就叫碰了一个不软不硬的钉子。

黄天霸，这阵儿是有嘴插不上，他自个儿心里明白，说什么，张桂兰也不能听。甚至于说，黄天霸一说话，张桂兰听着就来气。正在赵璧没辙的工夫，黄九龄来了。这黄九龄哪，在前边也听人说了，说张桂兰要走，所以九龄就奔后边来了。黄九龄奔后边这么一来，赵璧一看，"欸，桂兰哪，你先等会儿，你看看，九龄来看你来了。"赵璧冲着黄九龄一使眼色，那意思：小子，今儿个可就看你的啦，这张桂兰能不能走，就看你会不会办事儿了。

赵璧冲他一使眼色，那黄九龄别看孩儿小，那心可不小，什么事儿都明白。黄九龄在张桂兰面前一站，"娘，您要上哪儿啊?"

张桂兰一看黄九龄，说心里话，她很喜欢这孩子。但是她又一琢磨，我还必须得走。"九龄哪，你在这儿啊，好好地侍奉你爸爸，啊，呃……我回趟家，到家里边去看看。"

赵璧说："孩儿啊，你娘这一走哇，回去可就不回来啦。"

赵璧一说这句话，黄九龄一听，"娘，您怎么走哇，您回家不回来了？您是不是因为我来了？娘，如果要是因为我来了您就走，那这都是我的错。娘，您别走，您可千万别走。您要走了之后，我爹怎么办哪？娘，您放心吧，我回去，我回家见我娘，我告诉她，我让她也不来了。您就在这儿吧，我走。娘，我走还不行吗？娘，您可千千万万的……别走。"扑通，黄九龄给她跪下了。

黄九龄这一跪下，小眼睛里边这一转眼泪儿，张桂兰可就站住了，她这个腿迈不动了，走不出去了。有道是，这感情的力量，那要比金钱的驱使更厉害。黄九龄这一跪到那儿，张桂兰瞅着这孩子，"孩子，不是因为你来我走，是因为我该走了。"

"不，我知道，您就是因为我来您才走呢。您别走，我这就走了，我给您磕个头。"黄九龄嘣着磕了个头。站起身来，转身他就要走。

张桂兰一把把他抓过来，"儿啊……你别走。"

"那您呢？"

"我也不走了。行吗？"

"那您也不走，行！"

赵璧在旁边一瞧，嘿！罢了！这孩子，长大了肯定能出息。

赵璧看了看黄天霸，"天霸，瞧见没有？这孩子可比你强多了。你在旁边，就那么拦都没拦住，看见没？三言两语，人就把他娘留下了。"张桂兰回头看了看黄天霸，"行哪，姓黄的，我看这孩子的面，我留下了。"

"弟妹，合着大伯哥这脸，都赶不上这孩子。"

"赵大哥，这个，您还别挑这个眼。这孩子不管怎么地，他跟我说的可都是实话，不像您似的，蒙着盖着，不跟我说真的。"

"嗯，那对，那可也是，九龄哪，行啦，你就算立一大功。"

黄天霸一看黄九龄这一跪，把张桂兰给留下了，黄天霸由打心里边，对自己这个儿子也有点儿佩服。"九龄哪，既然是你把你娘已经留下了，这样，我领着你呢，见见你几位叔叔，尤其是受了你的镖伤的那叔叔，得去赔不是道歉。"

黄九龄一听，"那好吧，那我跟着您去。"

黄天霸在这儿领着黄九龄，就挨屋儿地拜访。拜访谁呀？先见神眼计全。神眼计全这耳朵这儿，让黄九龄一镖，给打豁开了。虽然伤不重，但是这儿也上上药，也用布给包上了。黄九龄一到神眼计全这屋里边，进屋就先行礼，行完礼之后，就跟他说了："计伯父，我对不住您，您看，我拿镖，把您耳朵给打了，您原谅我吧。"

这阵儿计全也知道了，这是黄天霸的儿子。计全说："孩儿啊，没什么，啊，呃……你这镖把我打伤了，说明你这功夫到家了。要不然的话，一般的人还打不上我呢。"

"您说哪儿去了，您还怪我不怪我？"

"哎，不怪你不怪你，都是自家人嘛，大水冲了龙王庙，一家人不认识一家人，这个没什么说的。"

由打计全这儿出来之后，又到郭起凤这儿。郭起凤这镖伤比较重。镖已经起下来了，药也上上了，郭起凤在床上正倒着呢。黄天霸领着黄九龄这一走进来，先给郭起凤施礼："郭叔叔，您看，我把您给打了，您您您，您怪罪我不？"

"哎，孩子，嗐，怪罪什么呀，都是自家爷们儿，你怎么还那么客气。这都是你爸爸的主意，对不对？你爸爸这个人呢，就是礼节多。得，这支镖还在这儿呢，物归原主。欸，我把这镖给你带回来了，怎么样？咱们爷们儿够意思吧？"

黄九龄一看，"哎哟，您把这镖给我，我都磨不开接了。"

"那有什么的，留着好打别人哪。记住，别老打我就行。"

"呵，叔叔，那您原谅我了，我谢谢您！"黄九龄把这镖接过来，装到镖囊里了。

最后，来到朱光祖这屋。朱光祖这镖哇，是打在这大腿里子这儿了。朱光祖呢，坐在床边儿上，这个腿，担在桌子上，就这个架儿在屋待着呢。黄九龄一进来，先给朱光祖施礼，黄天霸也跟进来了，黄天霸站在旁边不言语。黄九龄就说了，"朱伯父，我给您施礼了，我把您打了，我不应该把您打了，我是以小犯上，您能原谅我吗？都怪小侄儿，我错了。"

"孩儿啊，我原谅你不原谅你，也得原谅你呀。啊？你这小子把你爹都劫了，什么事儿没有，别说打你伯父了，啊？不过你这小子这镖，可也真行，这镖，你跟谁学的?"

"这镖，这镖，这镖是跟我姥爷学的。"

朱光祖一听，"跟你姥爷学的?哟，那咱们爷们是一师之徒哇。"

黄天霸一听在旁边就乐了，"九龄，知道吗?你朱伯父是你姥爷的徒弟。"

"哟，是吗?哎哟，朱伯父，敢情您跟我姥爷也学过。"

"是呀。我跟你姥爷学徒那阵儿啊，你这小子，还在漫天云儿里边逛荡呢，不知道上哪儿投胎呢。呵呵。可没想到，这若干年以后，你姥爷也真能耐，又教出你来了。把你教出来之后，好打我，啊?呵呵，行!行行行行行!你这个镖法，我看哪，比我都高。一般来说，这个人要是活动着，由打楼上往下跳的工夫，悬到半空中，能打准，这可不容易。我从楼上往下这一跳，你把我这一镖就给钉上了，我当时都想哪，这小子，手法儿够辣的。嗯，哎呀，不过有一宗哪，你姥爷教你这镖法的时候，这是不是点穴镖啊?啊?"

"你怎么说点穴镖?不是点穴镖，我就是一镖就打的，我根本没想到穴道。"

"不对!这里边肯定有穴道!这镖打上之后，这镖我也起出来了，啊，药也上上了，伤口也包扎上了，疼倒是不疼，他就一个劲儿地发麻，我就想啊，肯定打到穴道上了，不打到穴道上，他不会发麻。"

黄九龄听到这里，当时这两个眼睛就直了。

"您，您觉得发麻呀?"

"啊，怎么着?"

"真的?"

"怎么着?发麻不对呀?"

"不是不对，那镖……"

"那不在那桌子上，那盘子里放着呢。你看看，那不是你的镖吗?"

"哎。"黄九龄过来，由打盘子里，把这镖就拿过来了，提溜着这镖绸子一看，"哎哟，朱伯父，坏了!"

"怎么坏了?"

"这个，这不是我的镖。"

黄天霸说："胡说八道，那不是你的镖，怎么在你那镖囊里边放着？"

"这个呀是我二舅给我的，我二舅有个朋友送给他那么一支镖，我二舅把这镖又给了我了，他告诉我让我见识见识，他说这是毒药镖，这个毒药镖还不是一般的毒药，它是特制的一种毒药给煨的，说用这种镖打到人身上之后，当时死不了，一百天之后准死。这叫百日追魂镖。我装到镖囊里边，我也没把它单独放着，一抖手，怎么把它拿出来给我朱伯父打上了……"

朱光祖在旁边一听，"好哇，孩儿啊，我还能活仨月。"

第七十三回　求解药嗫嚅寻二舅
瞒祸事殷勤见谢五

　　黄九龄来探望朱光祖，发现打在他腿上的那只镖，是毒药镖。这支毒药镖哇，还是特制的，是他二舅的朋友送给他二舅，他二舅又转赠给黄九龄的。黄九龄跟黄天霸和朱光祖当时就说了，说这个镖有个名字，叫百日追魂镖，跟一般的毒药不一样，一般的毒药镖打到身上，用不了几天，毒力一发作，他就死了。这镖呢，慢性发展，毒气一点儿一点儿地归心，一百天，这人是准死无疑。

　　黄九龄把这话说出来之后，朱光祖一听，"行哪，孩儿啊，我还能活仨月。仨月，九十天哪。孩子，咱们爷们儿是有缘份儿，你说你那镖囊里边那么多镖，你伸手一掏，就把这支掏出来了，而且一打就给我打上了，你说咱们爷儿俩，这不是前世跟今世两辈儿修的吗？"

　　朱光祖这话说得轻松，黄天霸在旁边吃不住劲了，"冤家，你怎么带毒药镖哇？江湖上都讲究不准使用毒药暗器，谁让你带的？"

　　"那我也不知道，我二舅给我的，寻思让我开开眼界。"

　　"你个混账东西，你这一镖要送你朱大爷的命哪！"啪——过来就一个嘴巴。这一个嘴巴一打，黄九龄当时这半拉脸就红了，他回头看了看黄天霸，不敢言语，因为他知道自己做错事儿了。

　　朱光祖在旁边一看，"哎，天霸，你这干什么呀！你打孩子干吗呀，啊？孩子也不是成心竟意儿的，非得抽出这毒药镖来给我用上，我跟他说这是笑话，哎呀……天霸你可真是……"

　　"不，这个畜牲，他不学好，他跟着他二舅一块儿打连连，绝对学不了好。"

"哎，天霸，不这么说话哇。孩子小，不懂事，你跟他一说这话，那孩子心里边负担太重。他二舅，二舅怎么地？他二舅，不是你内兄吗，啊？跟孩子别说这个！宝贝儿，我问问你，你二舅给你这毒药镖了，他没说这种药有解没解啊？"

"那，他没跟我说哇，就光给我一支镖，他跟我说，你开开眼界，让你看看。我二舅还说，你要真有仇人的话，偷着就给他来一镖。打上这一镖，一百天以后才能死呢，他们也找寻不着你。因为一般的镖，要是带毒的，都是三两天就死。"

"没提有解药？"

"没说有解药。"

"孩儿啊，这世上啊，有一正就有一反，相生相克，都是这道理。他既然研究出这种毒药来，肯定就得有解药。你呀，回去，见你那二舅啊，你打听打听，有没有解药。如果要有这种解药，想法儿把这解药淘换来，啊！给你伯父我上上。如果说你问准了，说这种药哇，就是专门儿研究这么一种，打上光死没治，这回来呀，跟伯父也告诉个信儿，啊！咱们爷儿俩呀，这仨多月儿，在一块儿好好地待待，好好地处处，啊！伯父死了之后，绝不埋怨你，因为孩子你跟我没仇，当时拽这镖出来，也是慌慌张张瞎拽出来的，啊，别往心里去，别担惊别害怕。也别听你爹的，我跟你爹，我们是至近的弟兄，咱们爷儿们就更别提了。"

朱光祖一说这句话，黄九龄一听，"那……伯父……那您能原谅我，那就行。您放心！我马上就走，我立即回去，我找我二舅，问问有没有这种药。"

"哎，快去，来得及，仨多月呢。幸亏这药研究的是慢药性子，如果要三天，这可就不赶趟了，知道吗？三天，你去一趟再回来，伯父就完啦，嗨嗨，你就得给我送葬了。"

"您放心，伯父，我一定抢在您死之前回来。"

"嘿，会说话，好宝贝儿，你要是仨月都不回来呀，那可就对不住伯父了。"

"呃……"

黄天霸说："说的什么话！"

"对，我现在也不知道说什么话好了。"

"好，你快去，快回去。"黄天霸嘱咐九龄。

"好，我马上回去。"

黄九龄当时，由打朱光祖这住室里边出来，回到黄天霸的住室，跟张桂兰这么一说，张桂兰一听，哎哟，这孩子，真是苦命的孩子。多大个人哪，摊上的全是麻烦事儿。好容易把这爹认下来了，结果这一镖，又拽错了，打到朱光祖身上，打了个毒药镖。张桂兰说："你自个儿一个人儿回去能行吗？"

黄九龄说，"那我就得自个儿回去啦，我上我爹这儿来，我还不能跟我二舅说哪。跟我二舅一说，我二舅交的那些人朋友，都跟我爹大概不对付，我妈跟我讲过。"

黄天霸一听也对，这殷启呀，想当年，就跟他大哥是一个道儿上的。大爷殷龙二爷殷启嘛。老头儿曾经评价过，说大儿子不学好，二儿子随风倒。殷启倒不是纯不学好，而是一种随风倒的人物。这工夫黄九龄只好跟黄天霸、张桂兰以及这个众位差官，都告辞，向施大人告别。黄九龄说，我得回去淘换那个镖伤药去，连马都不能骑了。黄九龄考虑到了，如果要骑着黄天霸的那匹马，一见他二舅，他二舅一发现那匹马，马哪儿来的呀？黄九龄没法儿解释。要说是他爹给的，这就露了馅儿了。所以黄九龄还按原来的这身打扮，背单刀挎镖囊，单身一个离了公馆。

临走的时候，这两个小朋友往外相送，一个贺人杰、一个黑世杰。贺人杰说不行我们俩跟着一块儿去。黄九龄说不行，你们谁也不能跟我一块儿去，不能露出破绽来。黑世杰说，"这么着吧，如果要是你自个儿不行哪，需要我们帮忙，你就给我们带个信儿，这中不？"

黄九龄说："这中！"

于是黄九龄离开苏州府，就往回赶路。黄九龄赶回到花家桥的时候哇，是第二天了。第二天中午的时候，黄九龄到了花家桥了，没敢回自个儿的家，为什么？怕自个儿的母亲盘问他。一听说他用毒药镖把朱光祖给打伤了，他的母亲绝不能轻饶他，非得是一顿暴揍不可。因为殷丽娘教导过黄九龄，不准使用毒药暗器，越是这样教导他，这个小孩儿的心理，他产生一种逆反状态，他越想要见见这个毒药暗器是什么东西。结果他二舅给他那么一只毒药镖，他拿这玩意儿当了宝物了，在这镖囊里边放着。如果说今天跟自个儿的母亲一说，他用毒药镖伤了人了，那殷丽娘绝对饶不了他。所以黄九龄想，不能回家呀，我得直接奔我二舅他们家。

殷启呢，就住在花家桥的东街。黄九龄来到东街口儿这个地方，殷启这个小院儿的门外，站在那儿往院子里边儿瞧了瞧，一看这个门虚掩着，两边儿没人。黄九龄一推门进来了，把门轻轻地关上了，奔他上房屋走，堪可走到上房屋跟前了，由打那窗户里边，传出了划拳的声音。就听，"俩好！六六！全到了！五魁！"哟，我二舅跟谁在这儿喝酒呢？黄九龄轻轻地就站住了。他挪到窗户根儿这儿，仔细听着屋子里边是几个人，仔细听，好像就两个人。"来来来，喝！"

"喝！"

"干！""干！"

"我说啊，殷启，今儿晚上去不去，啊？"

"呵呵呵，去……我总觉得这个事儿，它不大好。"

"嘿呀！有什么不大好的？殷启，你别他妈跟我装蒜，啊？你有那个为什么不娶个老婆？"

"我这个，不娶老婆他有不娶老婆的原因。我这……这个事儿，我多少年不跟着做了。"

"你做了啊，也不跟别人说！他妈的，今天我这是感谢你，报答报答你。我要不是报答你呀，我还不告诉你这个信儿呢，这事儿，有俩人儿一块儿去的吗？"

"那……那要不……"

"要不什么要不，你就跟我去！你这个小子，耍了多少年光棍了，啊？光棍难，光棍难，一床被窝闲半边，自个儿做饭，自个儿洗碗，有病躺在床上还没人管。大瞪着俩眼，只好看天，嗨嗨，你小子那个心情……不过这些年，你也不会是真正当光棍儿，说不定到哪块儿寻花问柳，什么事都干，只是别人不知道。如此而已，对不对？来来来，干干干，睡一觉，啊，晚上定更天，咱俩动身。"

"好！来！"

黄九龄一听，他们俩说的什么？乱七八糟的，晚上上哪儿？什么光棍儿难？是他舅舅殷启跟另一个人在那儿说话，喝酒呢。听这意思他们晚上有件事儿要办，黄九龄假装不知道。来到房门这儿一推门就进来了。他上殷启这儿来，多咱，不带在外边打招呼的，推门儿就进。吭！把门儿一关，进里间屋儿。

一进里间屋儿，殷启一回头，"哟！九龄哪，这小子，你怎么来了？"

"舅舅，我找您有事儿。"

"有事儿？有什么事儿？"

"有……有件挺大的事儿。"

这工夫黄九龄才看了看坐在殷启对过儿的这个人，这个人长得相貌凶恶。谁？谢五豹。咱不是说嘛，这个谢五豹，让赵璧那红锈宝刀给攘到臀部，他负了伤了。负伤之后，化了脓了，找到殷丽娘那儿，去上过药。这几天哪，这伤势好了。伤好了之后呢，谢五豹今儿个到这儿来找殷启，报答他来了。不过他这种报答方式还有点儿与众不同，两个人对坐饮酒。黄九龄不认识谢五豹，看了看谢五豹，黄九龄不知道叫什么。

殷启在旁边说了："九龄，这是你谢叔叔。"

"哦，谢叔叔你好。"

谢五豹端着酒杯，瞪着贼眼睛，他瞅着黄九龄，"这小子，是谁的孩子？啊？"

殷启说："这个，这是我外甥。"

"哦？你外甥？你外甥，那就是殷丽娘的儿子了？"

"对呀！"

"他姓什么？"

"他？呵，他姓殷哪！"

"胡说八道！你妹妹姓殷，又嫁了个姓殷的？"

"对呀！就这么回事儿呀。他爸爸叫殷天化。"

"殷天化，干什么的？"

"干什么的？原来是个读书的。嘻，我妹妹这命不好，嫁过去之后，没几天，得了暴病就死了。这不嘛，留下这么一条根，有时候常上我这儿玩儿来，跟我，这就没说的！"

476

"哦，这么回事呀，哈哈哈哈哈……呃，叫……"

"殷九龄！大名叫殷仕锦。"

"哦，九龄九龄，来，过来过来过来，干一杯干一杯！"

说着话，谢五豹由打这床上下来，到外间屋就拿过一酒杯来，放桌子上，"来来来，干！小子，咱们三个人，先干一个！"

黄九龄一看，"呵，呃……呃谢叔叔，我不会喝酒。"

"不会喝酒？不会喝酒得学着喝，嗯？有你这样的舅舅，你不会喝酒能行吗？啊？将来要在江湖上，要闯荡吗？先得学会喝酒，嗯，吃喝嫖赌，都得学会。"

殷启一听，"哎，我说谢五豹，你别这么告诉我外甥好不好，啊！吃喝嫖赌，让我外甥都学？"

"哈哈哈哈哈……我呀，是说这意思，孩儿啊，你呀，别学吃喝嫖赌，别跟你舅舅、我，啊？我们这样的学。我们——也就是好喝点儿酒，别的……也都没有，呵呵呵呵……小子，记住，万恶淫为首，百善孝当先，做人要行得正，做得正，正大光明！啊……敲一下叮当响，那才叫真正的大丈夫。嗯！记住，不义之财不可取，不正之心不可生。为人，要这样做人，明白吗？"

"嗯，知道，知道。"

殷启在旁边说："我这外甥，就是，从小儿就是一团正气。孩儿啊，你就跟舅舅学，没错！刚才，你谢叔叔说那个，你舅舅全做到了。不义之财不取，不正之心不生，绝不能奸盗邪淫，绝不能采花盗柳。你就记住舅舅对你这番教导，这就可以了。"

"是，是，舅舅，不过有一个事儿，我得跟您说。"

"什么事儿？"

"那个，您不送给我那支镖吗，我呢，跟我们同学在一块儿玩儿，我们同学都知道我会武艺，有时候他们让我给他练练。这不那天，我那同学就说，你那个镖，打得准不准？我说我这镖当然准啦。他说你怎么准法？我说，我这镖，你点到哪儿我就能打到哪儿。他们找了一棵树，他拿那粉笔，在那树上就画一圈儿，画一大圈画一小圈，说你能打到那小圈儿上吗？我说能，我说你看着。我回身啪一镖，打上了。他们觉着挺好玩儿的，就让我接着还打，结果，我这一接着打呢，打到第四镖上，有一个小孩儿，他就过去，帮着我拔那镖。我就没留神，一抖手，我那镖就出去了，结果那镖，就打他胳膊上了。打他胳膊上之后我才发现，那支镖是毒药镖，就您给我那镖。我记得您跟我说过呀，那种镖打到身上，不是叫百日追魂镖吗？一百天就得死吗？"

"啊，是呀，给那孩子打上啦？"

"打上啦，打上之后，我把那镖就取出来了，把那镖我敛和起来装到镖囊里边儿了。我也没敢告诉那孩子那是毒药镖，可是那是我同学呀，这两天，他就老吵吵那胳膊麻，说麻的都到这儿了，上什么药也不好使。我就想起来，你跟我说的那句话，我来找您来了。舅舅，那镖，那是谁给您的？"

"哎哟，孩儿啊孩儿啊，你怎么拿那毒药镖可哪儿瞎打呀，啊？那是瞎打的吗？那个镖呀，是直隶沧州柳家营，白面判官柳青，最近到苏州来了，那是过去我的好朋友，到苏州来，住到龙潭寺了，跟龙潭寺那大和尚他们俩至近。是他给我的那么一支镖，他特制的一种毒药，那种东西打上，那是非死不可呀！"

"那就没有解药吗？"

"解药？据我所知，他给我镖的时候说过这样的话，他说我这镖打上必死，没解儿！"

第七十四回　陆家浜进淫贼采花
黄九龄护同窗报信

　　黄九龄跟殷启一说，他用毒药镖把他的同学给打伤了，问这种毒药镖有没有解药，殷启说呀："那直隶沧州柳家营的柳青跟我讲过，说他炮制的这种毒药，打上没解儿，必死无疑。"

　　殷启一说这句话，可把小孩儿黄九龄给吓坏了。黄九龄当时站在那儿，瞪着两个大眼睛就傻了，这眼睛里边就转了泪儿了，"那没治啦？哎哟，那没治了，那我那同学怎么办呢？"黄九龄哪是哭他的同学呀，心想我那朱伯父不就完了吗？仨月之后，那不就发丧出殡了吗？

　　黄九龄眼里边这一转泪儿，旁边那谢五豹端着酒杯说了："哈哈哈，孩儿啊，别哭，别听你舅舅说，什么直隶沧州柳家营柳青那毒药没治，怎么没治？啊？江湖上绿林中这些人，每当研究一种毒药暗器的时候，他先得研究出解药来，研究完了解药，他才能再研究这毒药。如果说他研究这种药之后，没解儿，万一他自个儿不小心，要给自个儿弄上怎么办？啊？自个儿就在那儿等死呀？没那事啊，这世上啊，没有没解的事儿。哎，他跟你舅那么说呀，他那叫卖关子，吓唬人。我告诉你殷启，明儿个，咱就上龙潭寺去一趟，到那儿见到柳青，你甭问，我跟他说，姓柳的别跟我整这套，他肯定有解药。孩儿啊，别哭别哭，指定能有，我就能给你要来。"

　　黄九龄一听，"啊，呃……谢叔叔，那我求求您了，那……您帮着给要来。"

　　"哎，你放心，你放心，宝贝儿，吃饭吃饭！喝酒喝酒喝酒！"

黄九龄就坐在这了。一会儿的工夫，黄九龄自个儿先吃饱了。看了看这二位，酒兴未尽，举着杯还在那儿喝呢。

　　殷启说："九龄，吃饱了吗？"

　　"我吃饱了。"

　　"吃饱了回家吧！"

　　"二舅，今儿我不能回家。"

　　"为什么呢？"

　　"我回家我要一见我娘，我娘要知道我拿毒药镖，伤了人了，非打我不可，我不敢回去。您知道，我娘最不让我使用毒药暗器。"

　　"唉，那怎么办？住在这儿？"

　　"我就住在这儿！"

　　"行，你愿意住这儿就住这儿。嗯，晚上，你在那头儿睡，啊，我们俩靠这边，行不？"

　　"好，那就这样。"

　　这二位呀，在这儿推杯换盏，左一杯右一杯，喝起来没完了，这酒一直喝到日色偏西。黄九龄在旁边瞅着，一会儿出来一会儿进去，待得这个心里边这难受，百爪挠心。

　　黄九龄说："二舅，那……什么时候上那龙潭寺呀？"

　　"龙潭寺？嘿，孩儿啊，今儿个不能上龙潭寺了，上龙潭寺，得绕过苏州呢。多远哪，啊？今儿个，你就在这儿住了，明天一早晨，咱们一块儿，上龙潭寺。我领着你去，这还不行吗？"

　　"那行，那今天我就在这儿住了。呃……您这酒还不喝完哪？"

　　"小孩子，你别管大人的事儿，啊！你要是困喽，你就上床，先睡觉。"

　　"那我先睡了？"

　　"行，你先睡。"

　　黄九龄在这地下磨悠了半天，最后他上床了，和衣而卧。拽过来枕头往那一放，他往那儿一倒。其实呀，黄九龄毫无有困意，为什么没有困意呢？黄九龄，他觉得有一件事儿需要搞明白，就是刚才他没进屋在窗户外边听见他们两个那一番对话。黄九龄听他们两个说那话的意思，今天晚上他们要办一件什么事儿，而且这里边还是谢五豹对他二舅的一番报答。小孩儿好奇心盛，黄九龄倒在那儿，他自个儿心里合计：他们办什么事儿呢？晚上上哪儿呢？还得半夜出去，嗯？嗯，我可不能睡，我得盯着，我看他们俩上哪儿。

黄九龄闭着眼睛，假装在那儿睡着了。就听这二位啊，一边儿喝，一边儿说："嘿嘿嘿，我说，今儿晚上哪，让你开开眼界。你呀，你小子没见过这么漂亮的。"

"哎，我说，低点儿声，这儿有孩子，让他听着不好。"

"嘻，小孩子，倒那儿就睡着啦。"

殷启问："睡着啦？再起来吃点儿？不吃啦？"

黄九龄一听问他，更假装把这个呼吸的声音弄大点儿。

"我说，真的那么漂亮吗？"

"我告诉你，你一看见，你——由打心里往外，就得喜欢她，马上就把你是哪天生的，都忘了。"

"至于嘛，至于嘛。"

"那当然了。"

"我说，这事儿能行？"

"怎么不行呢？你跟我去，万无一失。"

"这事儿也不那么好办吧。"

"有什么不好办的，我呀，那是干这个的行家里手儿。这些年没干别的，来，干！"

两上人喝酒一起喝到傍定更天的工夫，黄九龄在这儿躺着一动不动，还在那儿忍着呢。黄九龄心想：怎么他俩这酒喝起来没完了？天都黑下来了，你俩该走了。

这工夫就听谢五豹说了，"哎，收拾收拾，走。"

"早点儿吧？"

"不早，还得走到那儿呢？"

"行。"

"换夜行衣呀，引人注目那个颜色都不能带。"

"好！"

两个人站起身来，各自换好了夜行衣，把单刀在身背后一背，镖囊斜着一挎。

"带得这么全吗？"

"那当然得带得全啦，以防万一呀。万一要是出了事，咱得跑哇。"

"行！"

"这小子睡了没有？"

"这阵儿可睡实着了。九龄？九龄？"

"睡了！"

两个人嘀咕一声，由打屋子里边出来，轻轻地把门一带，就出院子门了。

黄九龄在这儿躺着，这耳朵听着院子里边他俩的脚步声：出了院子门了，把院子大门带上了，走了！黄九龄扑棱——由打床上就起来了。他把自己的单刀按了按，镖囊扶了扶，心想：你俩走了，嗨嗨，我随后跟着。

黄九龄由打这屋子里边就出来了，出来之后，也来到院子这儿，他没走院门儿，黄九龄一纵身，噌——胳膊肘一挎墙，双腿一飘，打院子里边儿就出来了。贴身形，往远处一看，一看那二位，奔着陆家浜的方向跑去了。黄九龄一看，噢，他俩要上陆家浜，我也跟着。黄九龄靠着道边儿，一俯身，噌噌噌噌噌噌……跟下来了。他两个小眼睛紧紧地盯着他们两个。就看他们两个在头前儿走了一段路之后，突然停住了脚步，回头看了看，黄九龄赶忙往旁边一斜身子，躲在道旁边一棵大树的后头，看着他们俩。一看他们两个回头看了看，继续往前走，黄九龄随后继续往前跟，就来到了陆家浜。

到了陆家浜这儿，一进这个镇子，这是镇子的南口儿。进了这个镇子的南口儿之后哇，就看他们在靠右手的一个院子的大门儿外，停住脚步。黄九龄一看他们停住了，他也在一个房子的房山头儿这儿，隐住自己的身子，看着他俩。他俩在这大门儿外面啊，看了看这大门儿，好像拿手朝着大门儿的旁边指画了指画，互相点了点头儿，一转身，就奔着这院子的旁边一个胡同里钻进去了。他们俩一进胡同，黄九龄也跟着来到了这个大门的切近。当黄九龄在这大门跟前儿一站的时候，呀！黄九龄心想：这是我同学家！我有个同学叫高三极，这高三极他们家就住这儿，我上他们家玩儿过。他有俩姐姐，一个叫高金萍，一个叫高银萍，他俩姐姐长得特漂亮，一个十七的一个十九的。我舅舅上人家干什么来了？不是什么好事儿！嗯！黄九龄才十二岁，毕竟是个孩子。他对这件事情不太明白，是一种朦胧状态，因为那个时候那个孩子，他不像近代这个孩子，开化得这么早，他接受的各个方面的教育也没有现在这孩子那么全。但是黄九龄影影绰绰，朦胧间觉得他二舅跟那谢五豹是办坏事儿来了。

他在大门外仔细看，他们往旁边看什么呢？一瞧在大门这把角儿这个地方，用那白粉笔，画了几笔兰。就那个兰草啊，画了那么几笔。黄九龄一看，哦，这是暗号。白天就踩准了，晚上上这儿来。我听我二舅，他跟他的朋友讲过这样的事儿，白天留暗号儿，晚上上人家来，好！黄九龄一转身，跟着也进了胡同了。

当黄九龄刚一进胡同儿口儿的时候，他就发现谢五豹跟殷启他们两个人，唰——翻身已经进了院子了。黄九龄就手儿来到胡同里头，一纵身，胳膊肘儿一拐这墙头儿，往里边伸着小脑袋看，一看哪，殷启跟谢五豹两个人，就奔着那边儿那上房屋去了。黄九龄心想，他们俩上那上房屋干什么？噌——双腿一飘，黄九龄就进来了。来到院子里边他一纵身，嗖——就上这东房了，他在东房那房坡上趴着。他看着殷启跟谢五豹，心想：你俩上人上房屋儿，要去干什么呢？看他们两个人在上房屋儿那窗户外边直转悠。

上房屋儿里边儿有东里间，西里间儿。这两间屋子里边儿好像都有人，人影摇摇，好像他们两个人没敢往里进，转到那个房子的后面去了。黄九龄想：你们上后面，准是在后窗户外面蹲着呢。一会儿的工夫你们想进去吗？啊？黄九龄想：你们要是上后窗户那儿，我就上前窗户那儿瞧瞧。他由打这个东房上唰——一飘身，由打房山头儿上就纵下来了。他轻轻的，高抬脚轻落步，就来到这窗户根儿这儿了。黄九龄把这小姆手指盖儿，把窗户捅了个小窟窿，隔睐着眼睛往里边一看。一看这里边儿坐着一大姑娘，黄九龄还认识。正是那同学的大姐，叫高金萍。这姑娘哪，可能是正在摆弄着，要做鞋，找那鞋样子。在一个书本儿里边，找那各种花儿，那鞋样子，找了半天，找出两个来，这姑娘哪，就冲那间屋儿喊了一声："银萍，走哇，到前边儿去问问咱娘，看看这个行不行。"

就听对过儿那屋儿里边，那姑娘也应了一声："走吧。"

接着就看这两个姑娘，由打这屋子里边就走出来了。俩姑娘由打屋子里边走出来之后，她往外一走的工夫，黄九龄赶紧一撤步，就躲到房山头儿这儿了。看两个姑娘奔前边儿去了，黄九龄又绕出来了。绕出来，他还趴那窗户那，在刚才捅那小窟窿那儿往里边看。心想我看我二舅跟谢五豹他俩要干什么。

就在这工夫，发现屋子里边儿那后窗户，上半截窗户是开着的。噌——噌——由打后窗户那儿进来俩人。黄九龄看见了，是谢五豹跟殷启。俩人跳到这屋子里边儿之后，屋子里边灯光还亮着呢，就看他俩到屋子里边，周围直看。

"哎，这屋儿挺香啊，一股脂粉味儿。"

"真的。"

"怎么样？"

"漂亮！真漂亮！"

"我说，这样哪，今晚儿，咱俩一人一个。天助我也，看见没有？她俩上前边了。你上那屋儿，床底下藏身，咱在床底下一待。待会儿这俩姑娘得回来，她们睡着了之后，咱来一熏香，把她熏过去，然后出来，齐了。"

"好咧！"

"你上那屋儿！"谢五豹一指殷启，殷启就奔那屋儿去了。

谢五豹呢，在这屋儿转悠转悠，然后，来到姑娘这个绣床跟前，啪——一挑床帘，钻床底下去了。

黄九龄一瞧，哦，你们就办这事儿来啦？啊？上人姑娘那床底下蹲着去？黄九龄又跑这间屋儿来了，把窗户纸捅了个小月牙窟窿，往这里边一看，一看他自个儿那二舅，往床底下正钻呢。啊，两人都在床底下藏好了。

黄九龄把腰儿一掐，心想：这事儿怎么办？他们跑床底下去了？嗯，这是我同学的姐姐呀，这事儿我不能让你们两个人得逞。我找我同学去！

黄九龄一转身奔前边儿来了。前边儿这屋子里边这姐儿俩呀，正跟她娘，在那研究这鞋样子绣什么花儿呢。黄九龄知道他同学在哪屋儿住，奔那西下屋儿就去了。到西下屋那么一推门，往里一走，黄九龄那个同学高三极还真愣了，那小子就说："哎呀，欸？殷九龄，你怎么来了？"

"啊，串门儿来啦。"

"嗨，你这小子，串门儿怎么深更半夜串门儿？"

"那怎么着，什么时候不兴串门儿啊。啊？我告诉你啊……你们家都什么人在家？"

"什么人？我爸，我妈，还有我姐姐。"

"你们家再没别人啦？"

"再有……还有我两个舅舅在这儿呢。"

"行行行，我告诉你，你们家要出事儿。"

"我们家要出事儿？"

"欸，你不知道啊？"

"不知道，要出什么事儿？"

"我告诉你，我呀，今天晚上，在院子里边正练功，我就突然发现，有两条黑影儿，在我门口儿跑过去了。我看这两条黑影儿跑得慌慌张张，不像好人，我随后，我就跟出来了。我跟着这两条黑影儿，一直就跟到你们这儿来了，跟到你们这儿来之后，他就进你们院子了。"

"是吗？"高三极这小孩儿一听，当时脸儿就白啦，"上我们院子来啦？在哪儿呢？"

"上你姐那屋儿去了。"

"哎呀，那我得告诉我爹我妈呀。"

"不行！他们俩都带着刀呢！你爹你妈一去，弄不好就得伤着他们。"

"那怎么办哪？"

"我告诉你，你这么办这么办，然后再这么办！"

"行！"

黄九龄心想：舅舅，对不起，今儿个我得想法儿治治你！

第七十五回　排兵布阵九龄神机
##　　　　　扬汤熏烟二贼狼狈

　　黄九龄给他这同学高三极呀，出了个主意。他出这个主意，主要是想把谢五豹和殷启，给治一下子。高三极听黄九龄说完这主意之后，他点了点头，"那好吧，九龄，那我领着你，跟我爹妈见见面。"

　　"好吧。"

　　他领着黄九龄，就来到了他爹妈的住室。这个工夫，他的父亲母亲跟他两个姐姐，正在这儿研究怎么做这鞋呢，他那两个舅舅呢，在另一间屋子里边喝茶呢。他领着九龄这么一进屋儿，老头儿老太太一看，认识，因为九龄呢，经常跟着高三极上他家里边来玩儿。

　　老头儿一瞧："哎哟，这不九龄吗？"

　　"是我，老人家您好。"

　　高三极就说了，"爹呀，我跟您说呀，咱家出事儿了。"

　　"啊？"老头儿就怕听出事这俩字儿，这老头儿是一辈子的老实人，五十多岁了，没跟任何人吵过嘴，没跟任何人打过架。偶尔在街上要有这蹭鞋踩袜子的事儿，别人要冲他瞪眼睛，他就跟人家就连点头儿再龇牙儿，你想跟他打架，你都打不起来。老头儿天生就这种好脾气，如果说是鱼，他就是那黄花鱼，光溜边儿。如果说是鸡，他就是那老实鸡，抢不上槽子盆儿。老头儿甭说自个儿家里边儿摊上事儿了，就是邻居别人家谁出了事儿，他都吓得够呛。要听说谁家死一个人，他脸先吓白了。所以今天一听说他家出事儿了，老头儿当时就愣了，"呃……咱家出什么事儿了？啊？"

　　"爹啊，您让九龄跟您说吧。"

黄九龄就过来了，"老伯父，我跟您说呀，是这么回事儿。我看见两个人哪，跑到您家那后屋儿去了，钻到两个姐姐住的那床底下去了。"

"啊？"老头儿当时这脸儿就吓黄了。"孩子，你……你看准了吗？"

"没错儿！我跟着他们呢。"

高三极在旁边说了："爹，九龄有功夫，会蹿房越脊，同学们都知道，您就相信他吧。"

"啊……"老头儿心想，我越相信他我就越害怕呀。"啊……孩子，那他上我们家床底下干什么去？"

"那谁知道哇。我想，他要钻到床底下去，绝不是为了干好事儿啊。偷盗窃取呗，要不就打算找便宜。"

"啊，你说这……这，这怎么办哪？你说我这个人，我从来没得罪过谁呀！"

黄九龄说："老人家，您还用得罪谁吗？您不惹他，有的时候他就惹你呀。"

"啊，你说这……这……这可怎么办呢？"

"我看这个事儿啊，您得想一个救急的办法。"

"呃……要不这样儿，我马上找咱们镇子里的里正，要不我就雇头驴，我上那昆山县。"

"不行啊，您要上昆山县，一去一回，那不就天亮了嘛。"

"啊，就是啊。那你说得怎么办呢？"

"这样吧，想办法啊，把他赶跑了。"

"赶跑喽？那他们钻到床底下去了，咱们一赶他能跑吗？"

黄九龄说："我给您出个主意，您就按我这个主意办。"

"哎哎哎，你说。"

"你们家里边有兵器没有？"

"兵器？兵器是什么？"

"就是刀枪剑戟。"

"哎哟，我们家哪有那个呀，我们家要有刀就是切菜刀，除了切菜刀什么也没有。"

"行！你们家现在有几口儿人？"

"啊，这不，我们老两口子，呃……我两个女儿，这我儿子。再就是，那屋了，还有他两个舅舅。"

"行了，足够了。你们各自找点应手的家伙式儿，把这两个姐姐那个绣房哪，前后，把他围住。别让那俩人跑了。"

"哎哟，那两个人，听你说，又是背着刀，还挎着什么镖囊，那肯定是会武哇。那他要会武的话，我们都什么不会呀，他一出来，非得把我们打趴下不可。"

"您别害怕，您记着，做贼心虚。他到那一来，是想偷东西，钻到床底下，他本身就害着怕呢。您一咋呼，他准跑。"

"呃，那他怎么出来呢？"

"这您甭管，你就准备好就得了，快点儿，找家伙什儿。"

黄九龄这一吩咐，这老头儿老太太还真听这孩子的。马上把那边他俩舅舅也叫来了，大家伙儿马上找应手的武器。两个姑娘哪，一伸手，抄起剪子来了，一人一把剪子。你说这个玩意儿能顶武器使吗？这就是给自个儿壮胆子。这两个舅舅呢，一个抄起扁担来了，一个把顶门闩抄起来了。老头儿老太太这老两口子，拿什么呀？老头儿到厨房里边把切菜刀拿过来了，老太太把擀面杖抄起来了。老头儿拿这切菜刀哇，一紧张都不会拿，刀刃儿朝上，刀背儿朝下，这么拿着。黄九龄一看，"您把那刀得翻过来，您要是这么的话，弄不好把您自个儿就拉了。"

老头一看，对，我也是哆嗦了。"哎，还怎么地？"

"您就甭管了。我说高三极，咱们两个去，马上奔那绣房。你们都跟我来！"

"欸，好！"

俩小孩儿领着这一家人，就来到了绣房这儿了。三间房一明两暗，黄九龄低低的声音告诉他们，"你们光拿这玩意儿不行啊，你们想法儿，有没有锅底下那个热灰，你们扒一簸箕，啊？"

"欸，热灰也有，那锅里边还炖的有排骨呢。"

"这排骨什么前儿烧的？"

"今天晚饭时候，大概那锅排骨呀，还能挺热，还挺烫的。"

"对，把那排骨汤，你们淘一盆，端着。如果说看着他们要从窗户里边往外跑，你们就往这脑袋上浇。行吗？"

"行。"他那俩舅舅挺利索，把那扁担跟顶门闩扔了，到在厨房里边，那大锅里边炖的排骨汤，晚饭时候吃的，现在呀，还不算凉。应该说要是浇到身上，这玩意儿还挺烫。一人淘了一盆排骨汤，端着，就在那后窗户外边蹲着等着。

黄九龄告诉高三极，"哎，你弄点儿干柴火来。"

"好!"高三极那小孩儿，一会儿敛和一捆干柴火来，就放到外间屋儿了。

黄九龄再告诉高三极，"你去上外边儿，薅点儿那个蒿草，蒿子。"

"行!"这高三极出了院门儿，绕到那个墙后头，一会儿薅了一抱子蒿草。刚薅下来的，那还湿着呢，就放到这干柴火上了。

"有红辣椒没有，你们家?"

"嘿!我爹就爱吃辣椒，我们家有的是那红辣椒。"

"提溜点儿来!"

"欸!"又提溜两串子红辣椒来。"怎么着?"

黄九龄说："咱俩就这么的呀，这么说这么说，你听见没有?"

"好好好。"高三极嘴里边叨叨咕咕地就进了屋儿了，"哎呀，今天晚上怎么这么多蚊子，啊?这蚊子太多，干脆，熏熏蚊子，把它都熏出去。姐啊，我给你把蚊子都熏完了，然后你们再进来，听见没?"

高金萍、高银萍这姐儿两个在院子里边就应着，"好，我们等着，快点儿啊。"

"哎。好咧!"

这一说熏蚊子，躲在床底下的谢五豹跟殷启，一个在东间儿，一个在西间儿，他俩可都听见了。谢五豹在床底下趴着，心想：嘿，啊……姑娘进屋儿之前先要熏蚊子，把蚊子熏完了之后，姑娘再睡个安稳觉儿，好!蚊子熏干净啦，等姑娘上床睡着啦，我用熏香再把她一熏，我就出来啦，还没有虫子叮蚊子咬，挺好。

他两个人在床底下一听这消息还挺高兴。这工夫黄九龄就告诉高三极拿那引火之物，就把这干柴火芯儿点着了。当中间儿是干柴，一点就着，在外间屋儿点的。这干柴一点着儿之后呢，上边儿压的是湿蒿草，它这玩意儿，这湿蒿草拿这干柴一烧，它沤烟哪，它不着哇。这一沤烟，屋子里边的烟就开始腾起来了，东西两间屋儿啊，前后窗户，都关着呢。按说熏蚊子应该把窗户打开，屋子里边烟一多呢，把这蚊子都熏到外头去了，然后再放窗户。今儿个不价，生怕这烟儿跑了，把这前后窗户都堵严喽，外间屋儿这儿就开始沤，两边儿这门呢都开着。这蒿草的烟往起一起，紧接着黄九龄跟这高三极，把这两串辣椒，就扔到上头了。扔上之后，"走——"黄九龄跟高三极俩人撤身就出来了。

出来之后，黄九龄把单刀往外一拖，手中一荷这口刀："给我盯住了呀，待会儿肯定有出来的。要出来，你们就连喊带吵，带嚷，然后就往他脑袋上打，往他脑袋上浇。"

"哎。"老头儿说，"我知道啦。"老头儿拿着切菜刀在这儿，还没看见人呢，他先吓哆嗦了在这儿，一个劲儿直哆嗦，心想：他要出来的，你等他出来的，你看着，他要出来我拿刀剁他。我剁他……我往哪儿剁？我往脑袋上剁？哎哟，那往脑袋上一剁，那一下子不就剁开了吗？那不得流血吗？那多害怕呀！啊？老头还没等剁人呢，把他自个儿吓够呛。

这工夫屋子里边的烟是越沤越大，越沤越大。而且这上面一放辣椒，这辣椒烟儿也跟着就出来了，呜呜——往两边这个屋子里边一蹿，开始的时候，他们蹲在床底下，还闻不着，一会儿的工夫，就觉着这个烟顺着床帷子这缝儿就往里灌，再一会儿的工夫就全都进来了。这连蒿子草的烟再加上烧辣椒的那个烟，辣蒿蒿的，呛鼻子。谢五豹跟殷启这两个人在床底下蹲着，心想：哎哟，这是熏蚊子吗？啊？这熏蚊子，怎么熏这么厉害呀，窗户开没开呀？啊？哎哟！受不了啦，这纯粹这叫熏活人。"呜——呜——咳咳咳咳咳咳咳——咳咳咳咳咳——"

俩人在床底下绷不住劲了，就咳嗽起来了。

俩人在床底下这一咳嗽，外边老头儿跟老太太吓够呛。"哎哟，真有人。咳嗽了，咳嗽了！"老头儿一边儿说一边儿往后退。黄九龄心想：您别害怕呀，您得顶住。

"哎，哎谁在屋儿里头？快出来，你再不出来，我可进去啦！"

这殷启在那边儿床底下心想：谢五豹，咱俩还在这儿忍着吗？咱俩都这么咳嗽，人家都听到啦，这一听到，咱们就不能在这儿待着啦，快走吧。谢五豹呢，还想呢，也许再挺一会儿就能挺过去？他哪儿知道，还有个挺过去？不把他俩熏出来，那是绝不罢休的。

殷启受不了了，殷启心想：这个没事儿可不能找事儿，这罪也遭不起呀，我得往外走。咳咳咳咳咳咳——殷启一伸手，先把这刀捥出来了，由打床底下一俯身，他就出来了。他一出来，朝那屋儿喊了一嗓子，"我说谢大哥——受不了啦，我走啦!"不光咳嗽，眼睛这泪也出来啦。

他们这个走，没走前窗户，当然一般来讲都得走后窗户，这是一种规律。后窗户出去就是院墙，翻出院墙就该往外跑了。殷启这一打招呼一喊要走，谢五豹在床底下一听，真他妈的废物，再挺一会儿就得了，你走了我在这儿待着干什么？我也走！谢五豹由打床底下也出来了。谢五豹心想：这叫大熏活人哪，快走！谢五豹是常干这种事儿的人，可以说是贼胆包天。他一抬腿，噌——的一下子就把后窗户给蹬开了，蹬开后窗户之后，他提溜着刀往外一纵身。殷启呢，在那间屋儿的后窗户那，也往外蹦。

俩人同时往外一蹦，后窗户外边他这两个舅舅，一人端着一盆排骨汤，一瞧，"哎哟，这人真出来了!"哗——这排骨汤就过来了。谢五豹和殷启做梦也不会想到，后窗户外边有两盆排骨汤在这儿等着他。两个人毫无准备，一出来，哗——的一下子，"噗——什么玩意儿这是——"也不管这个了，他一纵身，噌——就上了墙了。翻身跳到墙外，哧哧哧哧哧——俩人就跑。

他们两个人往外一跑，黄九龄提溜着单刀，告诉这老两口子，"老人家，你们在这儿等着，我去撵这俩小子去。"黄九龄一纵身，噌——的一下子，翻身跳出墙外，随后边就撵。他提溜着刀随后这一撵，头前儿殷启跟谢五豹回头一看，后边好像有人追呀。两个人一看后边儿有人儿追，他跑得就更快了。蹬蹬蹬——一口气儿，就跑出了镇子口儿。他们跑出镇子口儿之后，黄九龄在后边提溜着刀还撵。黄九龄心想，我看你们俩，见着我的面儿说什么。

他们两个在前边跑着跑着，回头一瞧，后边追着的这个人还是紧追不放。俩人心想：哎呀，这家伙，还不依不饶的呢，回家！一直跑到了花家桥。到了花家桥，来到殷启住的这个院门外了，一看后边这个人跟过来了，殷启心想：好哇，你不就一个人吗？我们是俩人儿，

491

我们还怕你吗？"亮家伙，把他收拾到这儿！"

谢五豹把刀往外一抽，刚一拉架子，黄九龄跑近了。殷启一看，"哎？九龄？"

"啊，是我。正是我。"

"走走走走，进院儿进院儿。"

两个人二话没说，一推门进院儿了。进院儿就进屋，黄九龄跟着也进来了。进来之后，黄九龄一看这二位这模样，黄九龄扑哧一声就乐了。

"哈哈哈哈……二舅，我说谢叔叔，你们二位怎么这样啦？"

"啊，噗！排骨呀！嗐，整一脑袋排骨，怎么回事儿这是。啊？我说九龄，你小子干什么去了，啊？"

"你问我干什么？你们俩干什么去了？"

"我先问你干什么去了？"

"你问我干什么去了？"黄九龄说，"我这人有个毛病，我睡觉，晚上哪，好梦游！我妈常说我犯这病。我今天晚上我睡着了，我做了个梦，我就觉得我同学找我上他家玩儿去，我就跟着我这同学到他家了。到了他家之后呢，我就看着他两个姐姐了，他两个姐姐一个叫高金萍，一个叫高银萍，两个大姐姐呢就给我们讲故事。后来我就觉得有两个人呢，钻到那两个大姐姐床底下去了，我说不要紧，我说我不怕，我说我把这两个小子赶跑了。完了他们家里边人，就点火，就沤蚊子。这一沤蚊子，一会儿的工夫，我就觉着这两个人由打床底下就跑出去了，我这随后边就撵。我撵来撵去，就撵到咱们这院儿里边儿来了。呃……哈，舅舅，我没想到，怎么撵来撵去是你们俩呀？啊？你们俩干什么去啦？你们上那老高家，有什么事儿啊？"

"我……"殷启说，"他是呀，我们两个……呃……我说，五豹，你说，咱们两个，怎么回事儿？"

谢五豹说："啊，是啊，就是……你说呢？"

"这个，你小子怎么拿刀追我们俩？"

"啊，是呀，我记住您说的那话啦。应该是不义之财不可取，不正之心不可生嘛，不许采花盗柳嘛，所以我就追你们俩。"

殷启说："他是因为这事儿，我跟你一样，我们两个今天晚上，也是——梦游！"

第七十六回　龙潭寺草莽齐集
罗汉会九龄亮技

黄九龄把殷启和谢五豹两个人，追回了花家桥他们自己居住的这个院子，殷启和谢五豹一问黄九龄，说："你深更半夜的干什么去了？"

黄九龄说："我有个梦游症，我做了个梦，找我同学去了。"

反过来黄九龄问殷启跟谢五豹，"那您二位干吗去了？怎么让我撺这儿来了？"

殷启让黄九龄逼得是实在没辙了，殷启心里想，我是当舅舅的，而且刚对黄九龄进行了一番教育，告诉他为人的宗旨，应该怎么做人。结果，他就发现我们两个人去采花盗柳去了，这实在是有点儿太栽面儿。所以殷启呢，逼得没辙，他也来了一句，"我们俩……也是梦游！"

黄九龄一听就乐了，"哈哈，二舅，看来这梦游不光是我有这毛病哪，你们俩也有这毛病。那就是说咱仨人一块儿梦游，游一块儿去了呗？"

"哎，对啦。"

黄九龄说："舅舅，您说我今儿个做得对不对？啊？"

"啊，呃……对呀，对对对……"

"我梦游做得也对吧？"

"啊……对！"

谢五豹不说话，心里边可暗暗琢磨，他瞅着黄九龄，心想：这孩崽子，他不是个好东西，嗯？他愣说自个儿梦游，他真梦游吗？啊？他梦游，那个事儿办得能那么清楚吗？啊？屋子里边点的那个蒿草，

493

大概还搁辣椒了，要不搁辣椒我不会呛得那样，这招儿可太损了，最后他用一个梦游，全给我们搪塞过去了，逼得我们跟他一块儿梦游。嗯？哎呀，这个小孩儿我可得小心点儿。谢五豹心里边对黄九龄，可是怀有戒心了。

殷启对黄九龄那是毫无办法，"行哪，孩子，那躺下睡觉吧。"

"我说，二舅，您跟谢叔叔你们俩人，你们那身上带的那，好多好吃的，您给我点儿呗？"

"行啦，这玩意儿还能吃吗？这也不什么，炖的排骨汤，你看弄得我，全身都是。我说咱俩洗洗，换衣裳。"

谢五豹跟殷启两个人把衣服换了，洗了洗，也准备要睡觉。睡觉之前，谢五豹就说了，"明天一大早，咱们可得奔龙潭寺呀。"

殷启说："那当然啦。"

"这孩子，他还去吗？"

黄九龄扑棱坐起来了，"我得去啊，我得去上那块儿，找人家要镖药去。"

谢五豹说："孩儿啊，明天最好你不去，因为明天进龙潭寺，可不是往日进龙潭寺，明天是我们大人有一个聚会，到那儿一般的人就进不去了。"

"有什么进不去的？你们大人能进，我小孩儿就能进。"

"你小孩儿进，就怕到时候人家有几个条件，你要进不去，就把你拦回来了。"

"那不要紧，实在要是那几个条件我做不到的话，那么我自个儿就回来。"

"行行行行行，那就睡吧。"

商量好了之后，黄九龄才倒在床上睡觉。殷启跟谢五豹，两个人平静了平静心情，接着也睡了。到第二天一大早，殷启谢五豹领着黄九龄，离开了花家桥就够奔龙潭寺。一天的路程，当他们走到龙潭寺的寺院的时候，天已经傍黑儿了。一看这龙潭寺，是好大的一片寺院，黄九龄一瞧，这个地方儿我还来没来过呢。他问殷启："二舅，咱们上这儿干什么来了？"

"小孩子你就别瞎打听，大人领着你上哪儿去，你愿意跟着你就

494

走，到那儿你一看就明白了。"

"好好好好好。"黄九龄在这儿跟着，就进了这个庙门了。一进龙潭寺的这庙门，往里边一看，这座庙，是三进的大殿，两旁边，还有东西禅院。他们往里走的工夫，一看出出进进的，有些个小和尚，忙忙活活地端着托盘，上面有碗有碟子，好像这里边要请客。黄九龄在他这小心灵里边纳闷儿啊，心想：我听说这寺院里边的和尚一般都是吃斋吃素呀，怎么这儿端着盘子碗，好像要大摆宴席一样。欸？我看看，到底他们今儿要干什么。

他们就来到了西禅院的院门外。这个西禅院是有一个门儿的，但是今天呢，禅院这个门儿是紧闭着的。殷启跟谢五豹两个人，在这西禅院的院门外一站，黄九龄站在他们身后。一看禅院门口儿这站着一和尚，这和尚有三十来岁，穿着黄色的袈裟，双手合十："弥陀佛，二位施主，你是来参加罗汉会的吗？"

殷启看了看谢五豹，谢五豹一腆胸脯，"不错，我们两个是来参加罗汉会的。怎么着？"

"哦，二位施主，请进！"

"请进？把门开开呀，不开门我们怎么进呢？"

"哈哈，弥陀佛，弥陀佛，二位施主有所不知，今日参加罗汉会的人，一律不走这门。"

"那走哪儿啊？"

"从这墙上越过去。您抬头观瞧，这罗汉会第一道关，就是你们要翻墙而入。"

"啊？"谢五豹抬头一看，这个西禅院的院墙，足有一人半多高。这个墙头上边哪，摆着三口刀，这三口刀也不怎么是用砖头挤的呀，还是用泥临时堆的，这刀刃都朝上。啊——谢五豹明白了，这是对参加今天罗汉会这些人物的一个考验。如果你能从那个墙上面翻过去，那刀刃刮不着你碰不着你拉不着你，就说明你这功夫够了一定的高度了。你要翻不过去，轻说，就来个开裆裤，要重说，就得拉个口子。哎哟，这谁出的招儿？这可够损的这个。谢五豹看了看殷启，"怎么样？咱们能过去吗？"

殷启瞧了瞧这墙，又看了看上面那刀刃儿，"咱试试吧。"

"不过，这孩子……可不行哪。宝贝儿，看见这个吗？这你过不去了吧？回家吧！啊？那药的事儿啊，我替你说。"

黄九龄一瞅那墙，"呵，你们俩要能过去，我就能过去。"

嗯？谢五豹一听，"这小子能有这本事吗？"

"你们先过去我看看，我看你们怎么过，你们过完了我再过。"

"哎？好好好好……"谢五豹心想：过这个玩意儿，可不在话下。我先过一个给你瞧瞧。"殷启！"谢五豹往旁边一闪身，把这大带紧了紧，看看这高度，啪——撩起大带往这儿一掖，"瞧着，嗨——"噌——上头一提溜腰，噌——的一下子，一纵身，俩腿一蜷，就由打这墙上，唰——过去了！

谢五豹跳到里边之后，喊了一声："殷启，看你的！"

殷启没有谢五豹这功夫好，但是事情逼到这一步上了，他不能说我看太危险，我回去了，那就有点儿太栽面儿了。殷启心想，铆一把劲，助跑一阵，翻过去。他先跑出老远去，由打老远往这儿跑，噔噔噔跑到跟前，啪——来一个虎跳垛子，噌——一纵身，噌，他是那么横着飘过去的。那刀刃哪，把这裤子蹭了一下，拉了这么长的一个小口儿，别人看不着，他自个儿知道，反正蹭着了。噌——跳进来了，谢五豹一看，"行！殷启，看来这功夫，还没扔。"

"哎，就这么回事儿吧。九龄，怎么样？你要能过就过，不能过就回去呀！"

黄九龄在外边一听，"您等着吧，看看我能不能过去。"黄九龄把腰中的带子煞了煞，把单刀别了别，把这镖囊稳了稳。小孩儿退出去十几步，他噔噔噔跑到跟前一叉手，啪——一个垛子旋蓬，一个跟头由打上边就翻过来了，这跟头翻进来之后，使里边的谢五豹和殷启两个人看得清清楚楚，他翻这跟头，这身子离那刀刃还有一尺高，比他们两个跳得高。嗖——落下来了。这下子，谢五豹更愣了。哟——谢五豹心想，这小崽子厉害呀，啊？这是个小飞贼这是，比我都溜，嗯？"哎哟，九龄，有两下子。"

"嘿嘿，让您笑话了，这两下子，算不得什么。"

"嘿——好牛，往里走。"

三个人刚想迈步往里走，一看对过儿又站一和尚。这和尚一伸手："二位，您是来参加罗汉会的吗？"

"啊，是呀。"

"请您打前边那磬。"

他们往前一瞧，前边有一个木头架子，这木头架子上面吊着一个磬。这磬哪，是倒吊着，拿绳儿这么拴着，在那儿悬着。

"这是什么意思？"

这和尚手里边拿着一支镖，"您拿这镖哇，得打到那磬的正当间儿，这磬哪，才能发出一个响亮的声音，这磬发出这个声音非常清脆，镖一落地，里边就有人喊请。如果您这个镖要打歪了，噌棱一下子，磬响这个声音不是正音儿，这说明您这个镖没打到正点儿上，里边哪，就不喊请了。那您呢，就自动退出。"

呀，谢五豹一看，今天的这个招术想得挺绝呀，这谁出的这主意点子，啊？

"好！把镖给我！"

这和尚提溜这镖就递给谢五豹了。谢五豹把这一支镖在手中一拿，谢五豹镖法好。啪——"看着！不就打那磬的正中点吗？听那个清脆的一声响吗？"

"对对对。"

"看着！嗨——"他突然这么晃着晃着一瞄准儿，一转身，啪——一抖手，这支镖唰——这磬是圆的，在上边吊着呢，这种东西这个镖要不打正了，就容易出溜，出不来那种清脆的响声儿。啊当儿——一镖打正了。

就听院子里边有人喊："哪位？里边请！"

谢五豹这一镖打完了之后，露出一副扬扬得意的样子。"哈哈哈哈哈……殷启，我先走了呀！看你的！"谢五豹迈步进去了。

那和尚过去把这镖捡起来了，提溜着递给殷启了。殷启把这镖接过来，哎呀，说实在的，殷启这个镖法，照比谢五豹，那可差远了。殷启这个人就这样儿，练功，从来不吃苦，所以他的爹爹就看不上他。今天，到在用真功夫的时候了，他自己有点儿后悔了，后悔也不行哪，也得打呀？拿着这镖，唉，看我的哈。抖手嗖——一镖，这镖哇，就在那磬的边儿上，蹭着过去了。哼。这磬哪，轻轻的有点儿声儿，大概院子里边的人连听都听不着。这镖过去了，这一过去，殷启一掐腰儿，"完了，今儿我得回去。"

黄九龄在旁边就过来了，"二舅，别管那个，我给你打！哎哎哎，你把镖给我捡过来。"

那和尚一看，和尚把镖捡过来了，递给黄九龄了。黄九龄把这镖接过来了，"我打响了之后您往里进，接着我再打。"

"哎，对对对，这倒是个招儿！"

黄九龄把镖手中一擎，"看着呀看着呀看着呀！"嘿——黄九龄这个绝，在腿底下掏过去的。在腿底下这一掏，这镖啊当儿——里边又有人喊："哪位？里边儿请！"

"二舅，你进去！"殷启噔噔噔，他进来了。殷启进来之后，黄九龄把那镖又接过来了，"你再瞧我这个呀……"嘿嘿嘿——他这个更绝，下着腰打出来一镖，啊当儿——里边又有人喊："里边儿请！"黄九龄晃晃荡荡地进来了。

黄九龄进来之后，谢五豹一瞧，"行哪爷们儿，你这镖打得不错呀！"

"哎，对付事儿吧。初学乍练，您多担待。"

"嘿！好好好好好！"谢五豹、殷启跟黄九龄三个人，就往旁边这禅房里边走。当他们走进禅房的时候，发现这禅房里边摆了两桌丰盛的酒席。两个人这一进来，旁边有一个大和尚，这和尚过来了："哎哟，五豹，你来啦？"

"我来啦！我请的朋友，这是殷启，这是他外甥，殷九龄。"

"哦，弥陀佛，弥陀佛，二位里边儿坐里边儿坐。"殷启领着黄九龄拣了一个座位就坐下了，谢五豹挨着他们坐在这儿了。一会儿的工夫，一看陆陆续续地进来几个和尚。又进来一个人。这个人，四方脸儿，白白的，胖胖的，留着三绺墨髯。这个人一进来之后，谢五豹站起来跟他打招呼："柳大哥，您来啦？"

"哦，五豹，你来啦。"

"欸，我也是刚到。"

"好好好好好，这位……"

"这是我的好朋友，殷启！"

"哦——久仰久仰久仰！"这个人转身上上垂首去坐了。

谢五豹低低的声音跟殷启说："殷启，认识他吗？"

"啊？"殷启说，"我不认识，看着面熟。"

"面熟？这个人就是直隶沧州柳家营的白面判官柳青，认识他吗？"

殷启说："熟悉这名字，我们两个人见过面儿，不太熟。"

黄九龄在旁边一听："二舅，您跟他不太熟？您不说那毒药镖是他给您的吗？"

"嘻，是他给的，不是他直接给我的，是他给的这里边庙里的那二管家智通，智通和尚我们俩熟，那智通又给我的。"

"啊，这么回事儿啊。那……那我得找他要解药哇。"

谢五豹说："你先等会儿，孩子，你小孩子的事儿得往后放放。"

"怎么小孩子事儿，我那同学要死了怎么办？"

"你那同学一时半会儿死不了，百日追魂镖，得够一百天他才死呢，这日子还长着呢。"

"那也不行啊，那万一到了日子，他要是治不好了呢？"

"你别忙啊你别忙，今天大人的事儿办完了，然后再办这孩子的事儿。"

"好！"黄九龄看着。就看柳青在那桌子后边儿站起来了，瞧了瞧这两张桌儿上坐了这么多人，柳青轻轻地咳嗽了一声："诸位，今天我柳青，由打柳林川赶到这里，是奉了大寨主铁罗汉窦尔敦的命令，到这儿来办一件事。要办的这件事，就是要杀死黄天霸，行刺施世纶！"

第七十七回　窦尔敦传令杀官反徊
龙潭寺定计调虎离山

　　白面判官柳青，在所谓的罗汉会上，宣布了他此行苏州的来意。他是奉铁罗汉窦尔敦的委派，到在这里打算要杀死黄天霸，刺杀施世纶。柳青当众就讲了："弟兄们，咱们都是绿林中人，交情过命。今天到这儿来的，都是过心的，不过心的人，也不往这儿请。大家都知道了，黄天霸这小子，他实在不是东西，他如果说是什么公伯王侯，宦门之后，这咱们也算罢了。黄天霸，他也是绿林中里的，他也是闯江湖出身的。想当初，他在大龙山占山为王落草为寇，哥几个号称四霸天。可是后来，他投靠了施世纶，把那脸儿一变，他就跟咱们成了仇敌了。这些年来，我们绿林中的英雄，没少死在他手里头，啊？他拿九黄、七朱，恶虎村镖伤二友，拿于六，抓于七，郑州庙拿谢虎，蚂蟆庙拿费德功，最后连环套居然把铁罗汉窦尔敦我们的总瓢把子给抓住了。说实在的，窦寨主，那是为了众位弟兄的活命，所以才俯首就擒。正因为这样，绿林中传扬开来，对窦寨主的为人，都得挑大拇哥，都得说是这份儿。窦寨主这次被抓住之后，那是多危险哪，啊？眼看着那就人头落地。呵呵呵，幸亏我柳青，听到这个消息之后，会集了一帮哥们儿弟兄，在半道儿的店房里边儿，假扮成店东，把黄天霸这帮人诓进了店里让他们住下，我给他们摆了几桌酒席，给他们灌得晕晕乎乎的，深更半夜，我就把窦寨主这伙子弟兄救走了。到现在，他黄天霸、赵璧等人，大概还在鼓里边蒙着呢，不知道是我柳青办的这件事儿。窦寨主对我此举，那简直是感恩戴德呀，时时挂在嘴边儿上。所以这回上苏州，也派我来了。我呢，跟窦寨主，那可以说就是一个人。窦寨主现在，已经在直隶雀山柳林川，又已经招兵买马了，手底下又有二百多名喽啰弟兄。本来打算到京城里边儿，去找黄天霸，要报连环套之仇。去找施世纶，要取他的项上人头。可是后来一打听，这施世纶带着黄天霸，以及他手下这一堂的办差官，下苏州出访。所以呢，窦寨主就把兄弟我派出来了。来到这里，打算会集苏州地面上的过得着的朋友，聚在一起，让施世纶跟黄天霸来到苏州，就别再回去了。打算把施世纶和黄天霸的人头，要带回柳林川，给窦寨主看看。我想，在座的诸位，大概也受过黄天霸之害。今天把几位找到这里呢，我就当众宣布，今天晚上，我们就打算采取行动。诸位，不知道有没有这种决心，有没有这种胆量，啊？兄弟我把话也说在头里，临行之时，窦寨主给我带了一点儿东西，现在呢，我当众宣布一下……"说着话，他一伸手，搬出三个包裹来，撂到桌子上。"跟诸位讲，这个，二百两黄金；这个，一百两黄金；这个，一百五十两黄金。这是三份儿赏钱。在座的诸位，哪位要亲自动手把施世纶的人头砍下来，二百两黄金这包袱你就提溜走。哈哈，哪位要把黄天霸的人头砍下来，一百两黄金这包袱你就提溜走。那么这儿还有个一百五十两黄金的包袱，这个赏钱要给谁呢？这个应该说这是一个额外赏钱。施世纶这个赃官，他手底下这堂办差官，是个个儿可恨。可是这里边儿有一个特别令人可恨的，让我们恨得牙根儿半尺长，还不解渴的，这就是那小脑袋瓜儿赵璧。赵璧这个小子是太不是东西了。施世纶呢，当然，他是大清国的官儿，手里边儿掌握着权势，他为非作歹，我们恨他。黄天霸，是我们这里边的叛逆之人，他还有点儿真功夫，我们恨他。这种恨都是正常的恨。对赵璧这小子，我们是从邪里生出去这么一股恨。这个赵璧，在连环套，窦寨主可是吃了他的大亏了。这个小子，也不知是怎么混的，弄到连环套里边儿去了，把连环套里边弄了一个乱七八糟。破山寨的那天，就是他闹腾的，他鼓吹被抓住的那些个喽啰，请窦寨主服绑。正因为这样，窦寨主才被绑的，险些窦寨主丧了命。要不是我救窦寨主，窦寨主就等于间接地死在赵璧之手。所以，我们这些弟兄们都说，这个小脑袋瓜儿赵璧，你别看他那个脑袋长得像个蒜头儿似的，长得像核桃似的，你别看它那么点儿，他那脑袋里边儿装的全都是坏水儿，全都是馊主意，歪点子。所以，窦寨主说了，谁要把赵璧那小脑袋儿砍下来，给一百五十两黄金，比黄天霸那赏钱还多。"

他在这儿一悬赏哪，黄九龄在那儿坐着，小眼睛滴溜溜的，他瞅了瞅殷启，殷启呢，这个脸上，可多少有点儿变模样。因为提到黄天霸呀，殷启可知道，我这外甥是黄天霸的儿子，这个秘密他从来没往外边透露过。殷启现在有点儿担心哪，殷启心想，幸亏我们这是在这贼窝里边，没有一个人能知道这个底细呀，就看当天这个氛围，如果要有一个人站起来一说，说这个就是黄天霸的儿子，立时这帮小子就得抽出刀来把九龄给乱刃分尸。所以殷启替黄九龄害怕，他看了看九龄，心想，可能我这侄儿自己也不知道他就是黄天霸的儿子。

黄九龄倒没害怕，他心里生气。黄九龄瞪眼儿瞅着，心想：兔崽子，你们敢骂我爹？行，咱们走着瞧！骂我爹，你们骂不算，等着我慢慢儿地把你们一个儿一个儿地都收拾了。黄九龄心里是这么想的。

这工夫看柳青在那站着说完了这番话，看了看这些人，"诸位，对我这个说法儿，你们有什么见地？敬请发表高论。"

这工夫谢五豹站起来了，"对！柳大哥说的言之有理，黄天霸，他不光说跟我们绿林众位豪杰为仇作对，他跟我谢五豹更是不共戴天。我大哥，一支桃谢虎，死在他手里了。我的二哥，寻花蜂谢彪，也被他杀害了。我们哥三个，两个死他手里了。我谢五豹今天，我就听柳大哥的，你说怎么走，我就跟着你走，你说怎么去，我就跟你去。杀黄天霸，杀施世纶，我走在最前边儿。"

"好！"

"不过有一样儿，柳大哥，今天来的这些弟兄们，有的认识，咱们有的可不认识呀。"

柳青说："那不要紧，我给你们都指引指引。这位呢，这是龙潭寺里边的大主持，智能和尚。他可不是真正的出家人，原来也是我们绿林中人，金盆洗手之后，在龙潭寺里安身。这位呢，是二住持叫智通。那位，是他们的弟兄，名叫智悟、智明，有这四个人，在龙潭寺里边，给我们创立了这么一个环境，我们大家尽可以在这里安身。愿意出去，到外面该做什么做什么，愿意回来，这里可以安身住宿，就什么也不怕了。这位，大家都知道，这是苏州府的名流，对外官称是赵员外，他叫赵忠。"

一说赵忠，黄九龄在这旁边瞪着小眼儿，仔细地看了看。黄九龄听见黑世杰和贺人杰跟他讲过，施大人到苏州，第一个发现的杀人犯，就是那赵忠，跑了，不知道跑哪儿去了。黄九龄心想，这小子敢情在这儿呢，啊？哎哟，今天我来得太必要了，我应该想办法把这个消息给送出去。

他挨个儿指引完了之后，就听柳青又说了："诸位，今天既然来了，谁也别走了，我们马上在这儿开怀畅饮一番。吃喝完毕，二更天后，我们就到苏州府，今天晚上，就去杀施世纶，宰黄天霸。诸位，知道今天晚上怎么行动吗？嗯？我这两天，在苏州城里边儿，天天在街上逛荡，我是踩盘子打眼儿啊。先看好了施世纶住的那公馆周围的环境，我发现，施世纶住那公馆，在他的东面，那家人家，是一个盐店的大掌柜的，盐店那个掌柜的他姓范，这个范掌柜的家里边，有那么几个护院的，而且颇有家财呀。我们呀，就上这范掌柜的家里头，劫夺他的钱财，他肯定不让咱们劫夺呀，他有几个护院的，一定要动手。动手他们也不是我们的个儿，我们要让这范掌柜的一家人连喊再吵，要让他们喊救命，要让他们喊救人。这样一来，住在隔壁的施世纶就会听得着，根据施世纶跟他手下办差官这些人的脾气，听见这个院子有人喊救命，他肯定过来帮忙。黄天霸等人要是一过来，我们就跟他在这个院子里边儿来一场酣战。我们在这儿把黄天霸等人吸引住之后，另派弟兄在那个院子里边儿就可以行刺施世纶了。施世纶周围没有保驾的了，施世纶他是一个文官，必死无疑。有道是捉蛇打七寸，擒龙先擒头，施世纶要是死了，黄天霸这伙子人，那就全都乱了套了，然后我们再分而歼之。诸位，你们说我这个主意怎么样？"

在座的这些个人一听，"好！高见，就按您这主意办！"

"好了，既然大家都同意了，那么咱们就坐下来喝酒！"说到这儿，柳青先给各位都斟上酒，然后举起酒杯来，"干！"

说了一声干，这酒都喝了。黄九龄的心情可紧张了。黄九龄一听，怎么着？今天晚上他们要行动？要去杀施大人？而且还使了这么一个计谋？黄九龄就有点儿坐不住了。黄九龄心想：这怎么办呢，我得想法儿，我出去，我给他们送信儿去。黄九龄想动弹，殷启一招黄九龄的大腿。黄九龄那个意思，我得走哇。殷启趴到黄九龄的耳根这儿："小子，这个时候你可不能走哇。你要是一走，他们就对你起了疑心了，这个时候谁也不能出去，连上茅房都不能去。"

这时候就看白面判官柳青端着酒杯挨个儿敬酒。这一圈儿酒敬完了之后，黄九龄想：我得问问他那解药的事儿。黄九龄说，"这解药的事儿，我去问问他？"

"你别问！谢五豹，你去问问。"

谢五豹说，"好好好好……"

谢五豹站起来了，来到柳青的跟前，就看他嘀咕了几句，柳青就走过来了。"怎么回事儿？谁要找我？"

九龄就站起来了，"呃……我要找您……柳叔叔，他那么回事，我，我……我用您给我二舅的一支镖……"

"我给你二舅一支镖？"

这阵儿殷启站起来，把这个镖的来龙去脉说明白了。

"噢……怎么地啦？"

"那，那……那支镖吧，我那个……把我同学给打伤了，他中毒了。中毒了，我就问您，您有没有解药，您给我一包，我给我那同学好治治。"

"啊，你想要解药啊，孩子，你可要知道，这解药可不能随便儿给你呀。"

"呃……是……您说您说，怎么才能给我？"

"怎么才能给你呀？现在不能给你。你今天是怎么进来的？"

"我跟我舅舅进来的。"

"你……是翻墙进来的？"

"啊对！"

谢五豹在旁边说了："这孩子，好大本事儿，甚至于说，比咱们都强。"

"是吗？是咱们自己人吗？"

"没错！咱们自己人！这是殷启的外甥！"

"嗯！好！小子，你跟我今天晚上上苏州城里边先杀黄天霸去，把黄天霸杀完之后，回来咱们再谈这解药的事儿。怎么样？"

黄九龄当时没词儿了，黄九龄心想：我就不跟他去，容易引起他的疑心哪。那我说跟他去？我跟他去杀我爹去？又一转念，我得跟他去。我得空儿啊，提前得给我爹他们送信儿，这才能行呢。

　　"那好吧，您可说话算数哇。"

　　"哎，好说好说，回来咱们再说。"

　　他们这些人在这儿喝完了酒之后，马上开始行动。白面判官柳青行动之前，先有一个分工："这样，我，谢五豹，再带上两个和尚智明、智悟，咱们这四个人哪，进苏州之后，就奔那个范掌柜他们家里头去，咱们去行抢，这四个人，足可以把他们家给划拉喽。足可以让他们叫苦不迭，让他们哭爹喊妈，让他们喊救命。另外让赵忠赵员外，因为赵员外擅打暗器，据说赵员外这盘肘弩打得是与众不同。你，去行刺施世纶。另外呢，派殷启陪着赵员外，还带着他小外甥。"

　　也不知他怎么想的，把殷启跟黄九龄派给了赵员外了。安排完了之后，他们连夜行动进了苏州城。进苏州就来到了施大人居住的行辕公馆，到在这里是兵分两路。黄九龄一看这赵忠跟他是寸步不离呀，黄九龄心想：我的天哪，我怎么想办法儿，得给施大人送个信儿呢。

第七十八回　群贼环伺犹谈诗
半夜围攻遽扬声

　　他们几个人进了苏州府之后，兵分两路。柳青、谢五豹再加上智明、智悟，他们四个人，去到那个盐店范掌柜的家去敲门。而黄九龄呢，跟着这位赵忠，还有殷启，他们三个人准备着要刺杀施公。这个时候，黄九龄那是最着急。黄九龄心想：他们今天晚上要刺杀施大人哪，这个事儿真要是成了，那我就有了罪过啦。我应该尽快的，及时地把这个消息报告给施大人，或者是报告给我的父亲黄天霸。可是现在黄九龄脱不开身，他又不能自己脱离开赵忠，自己先去报信儿去，这一报信儿自个儿的身份暴露之后，那个解药就更没法儿要了。黄九龄在想，我不能让他得逞，让他刺杀施大人刺杀不成。

　　黄九龄跟着赵忠，再加上殷启他们三个人，就来到施大人居住的公馆旁边这胡同里。走进胡同之后，赵忠抬头看了看这公馆的院墙。公馆的这个院墙哪，跟一般民房的院墙不一样，比民房的院墙要高一块。赵忠瞧了瞧这院墙的高度，他回头看了看黄九龄，"哎，九龄，这院墙你能上得去吗？"

　　黄九龄一看，"这个？没事儿！这一蹦不就上去了嘛。"

　　"能上去呀？能上去你先上去。你胳膊肘挎着院墙往里边看看，瞧瞧他这院子里边儿有没有巡更放哨的，人多不多，然后给我们打招呼，我们再上去。你小孩儿，比我们利索，眼神儿也比我尖，怎么样？"

　　黄九龄一听，心想：这赵忠这小子，拿我做试探？"行！我先上。"黄九龄由打这院墙外边一纵身，噌——胳膊肘一挎这院墙，挂到这儿了。探身往院子里边一瞧，一瞧这院子里边儿没什么动静。他这拴的这院墙这个位置，正好儿是这公馆的后院儿，两边儿是配房，那边儿是正房。在正房房山头紧把着墙角儿那个地方，那是个厕所。黄九龄一看那厕所是矮墙头儿，嗯，黄九龄冲他们一使眼色，拿手一摆划，这意思你们在那边儿上。黄九龄发坏，他让赵忠在厕所那地儿上，赵忠不知道。殷启呢，挨着黄九龄这儿，殷启一纵身，噌——一拔身子，他也拴在院墙这儿了。赵忠就在紧那头儿，就在厕所旁边，一纵身，胳膊肘一拴院墙，一伸脑袋，咳——又骚又臭。这味儿，足足地来一口，噎得赵忠打了个嗝。黄九龄在那点点头，假装不知道。那意思咱进去，上这房坡。赵忠跟他一点头，这三个人同时上了院墙之后，由打院墙一纵身，就纵到这个配房的房坡上了。

来到配房的房坡上，他们趴到房脊这儿，探着半拉脑袋，往那正房屋里边斜着看。一看那正房屋哇，一大溜是五间的房趟子，屋子里边儿是灯烛辉煌。东里间儿里头，正是施公施世纶在里边坐着看书呢。说是看书呀，其实他是在审阅文件，什么文件？最近苏州城里边很多老百姓，给施公施大人送来了不少的信件。这施世纶钦差大臣刚到苏州的时候，老百姓很不以为然，没把他当回事儿，也没有这么多的群众来信。可是施世纶到在这里，马上把天飞闸的这个案子紧紧地抓住不放，又把赵忠给吓跑了，施世纶为官清廉，做事认真，很快地就在苏州城里边儿百姓之中传扬开了。于是相继而来的，就是百姓们给施世纶送来了很多信。这信哪，有的是化名的，有的呢，是匿名的。这信里边大多数儿，都是检举揭发现任苏州知府程方的许多罪恶。这里边儿说程方勾结社会黑势力，勾结绿林道，怎么贪污受贿，有的是有理有据，而且还有时间有地点，每天都能接着这样的信件。

施世纶今天正在这儿拆看这些群众来信呢。施世纶的旁边啊，还坐着一个人，谁呢？是小白龙刘虎。

咱这一段时间，说这些个差官们办案的时候，可没提刘虎。为什么没提刘虎呢？因为自从下苏州以来呀，这刘虎，由施大人又委派了一个新任务。什么任务哇？施大人下苏州带了两箱子书，这书得有人看管。以往出门儿看管他这些书籍的，是自己的家人施安。这回呢，施安由于身体有病没跟着出来，所以这个活儿，施大人就交给刘虎了。小白龙刘虎这个人，按说文化水平不算太高，念过几年私塾。《百家姓》《千字文》《三字经》都念过，有的也忘了。但是自从施大人委给他这个任务以后，他成天看着施大人这些书哇，没事儿他也把那书翻着看。最近，这刘虎文化水平见提高，而且还经常能背那么几句唐诗。他自以为，哎呀，这个书还是应该读哇，多读书多懂礼呀。所以刘虎呢，在施大人旁边，就等着施大人不定什么时候一高兴，说你把哪本儿书给我拿来，他好给施大人找那书去，他陪伴着施大人。

施世纶在这看着这个信，看着看着，这眼睛有点儿累了。把这个信件往旁边这么一推，"刘虎哇……"

"哎，大人，您累了吧？累了您该歇着啦，天色不早了。"

"噢，我问你，最近，我听说你也在看书？"

"啊，呵，我也在看书，不过我看书跟您看书可不一样。您老看书哇，您老是办大事儿，我这个看书呢，就是为了消遣。哎，就解闷儿，玩儿。"

"哦，看什么书了？"

"我呀，最近，我正在研究唐诗。"

施大人一听哪，差点儿没笑了。心想：刘虎哇，你还在研究唐诗。啊？就你认识那俩字儿，你还要研究唐诗吗？"刘虎，你这唐诗研究得怎么样啊？"

"你还别说呀，大人。这个唐诗呀，你不读的时候啊，你不知道，这不是一读吗，敢情这里边是大有学问哪。"

施世纶心想，这都是废话，还用你说吗？唐诗晋字汉文章哪，这是中国的文化宝库。"那么，你会背几首唐诗吗？"

"我不光背啊，我还得研究。我就研究他这个诗呀，写得怎么样。"

"噢，你正在研究谁的诗？"

"我谁的诗都研究。我发现有的那个诗呀，他写的那个字儿啊，不够洗练。"

施大人一看他这本事不小，他给唐诗挑出毛病来了。"噢，哪首诗不够洗练？"

"你比方说那首诗吧。这个清明时节雨纷纷，路上行人欲断魂；借问酒家何处有，牧童遥指杏花村。你说就这首诗，我就琢磨着，他用的是七言，其实五言就够了。你比如，清明时节雨纷纷，你非得点上清明时节干什么呀，非得清明节下雨吗？那别的节就不兴下雨吗？那谷雨的时候就不兴下吗？是吧？要依我说，就是干脆，就是时节雨纷纷；哎，还路上行人欲断魂，这都是废话，行人他自然是在路上，他在屋子里边躺床上那是睡觉呢，是不是？就叫行人欲断魂，是吧？借问酒家何处有，就是酒家何处有，走道儿的就问了，遥指杏花村。这就是一问一答，不用说那个。你说这个是不是比他那更洗练？"

施世纶一听点了点头，"你说的这话呀，也有点儿道理。"

"这还有一首诗，那杜甫写的是谁写的，杜甫吧，啊？说两个黄鹂鸣翠柳，一行白鹭上青天；窗含西岭千秋雪，门泊东吴万里船。我就琢磨这个，哪句话都该去俩字儿。两个黄鹂鸣翠柳，干吗非得两个啊？啊？那仨就不兴鸣翠柳啊？要是一堆呢？是不是？我就说黄鹂鸣翠柳，白鹭上青天，窗寒千秋雪，门泊万里船。这不就结了嘛。我是没生到唐朝哇，我是要生到唐朝哇，我就找那个杜甫杜先生哪，我就跟他研究研究，我就让他商量商量，我就说你这个词儿应该再去俩字儿。"

施世纶说，"你呀，纯属在这儿醉雷公上锅台，胡劈一锅粥。"

"大人，我这闲着没事儿给你说个笑话哩，解闷儿呀。其实人家那个诗都传颂多少年了，你看我这么一说，他就能改得了吗？"

他们两个人在这儿说着话，房脊上的赵忠看着，心想：那个院儿里得动手打起来之后，把这院儿的人调到那边儿去，我才能动手刺杀施世纶。那个地方现在怎么地了？这个时候，那个院儿人已经进去了。谢五豹跟柳青，再加上智明、智悟，他们四个人来到大门外。这俩和尚今天晚上可不是和尚打扮来的，也没穿袈裟，也没穿僧袍，也不是剃的光脑袋。他们用一个青布绢帕把这秃脑袋给罩上了，身上穿的是夜行衣，肋下挎着戒刀，完全是一副强盗模样，吃斋行善那个模样没有了。他们来到大门这儿，柳青先过来敲门，啪啪啪！"开门！"啪啪啪啪啪啪！"开门！"敲门声非常急切，这工夫就听大门里边有人说话：谁呀？这么晚了敲门干吗那么急？"

"有事儿，快点儿，找范掌柜的。范掌柜的在家吗？有急事儿！"

"哦，你等着你等着。"咕隆，这大门刚这么一开，柳青一抬腿，一步就进来了。伸手，就把这门役的脖子给掐住了，啪——一掐住，一扣喉，往这儿一抠，这位"呃！"这一掐，这位就说不出话来了。柳青一使眼色，谢五豹由打旁边过来，拖出绳子来，由打后边把胳膊一拧，先捆上了。捆上往旁边门房儿里边一拽，这门房儿里边支大梁柁有两根儿柱子，把他扯过来就绕到这柱子上了，"不许吵吵，吵吵就要你的命。"

一看桌子上，有一块擦桌子用的抹布，"张嘴！"

"啊，你们……"

"少说废话！你张嘴吧！……"给塞嘴里了。谢五豹把刀手中一擎，往他脖子上一担，"告诉你，你要是敢在这儿瞎扑腾，让别人知道了，我出来之后，先把你脑袋砍下来，懂不懂？"

"呃，呃，呃……"这门役吓坏啦，大气也不敢哼啊，更何况嘴已经堵上了，想哼也哼不出来了。这时候就是舌头硬能把这块布能顶出来，他都不敢顶了。

"在这儿等着呀，没你的事儿。——走！"

柳青、谢五豹再加上两个和尚，他们四个人直接往里走。往里走的工夫，把大门回手关上了，插上了。往里走直接奔上房屋。上房屋里边儿，这范掌柜的正在那儿算账呢。这儿有个算盘，范掌柜这个算盘很讲究，整个儿一个玉石的。一打这算盘珠，噼里啪啦噼里啪啦噼里啪啦，发出这声音都那么清脆。这范掌柜的，年纪不到四十，留着两撇燕尾黑胡儿，瞅那个肤色白皙的，保养得比较好。头上的头发黢黑铮亮，梳了这个辫子在后边垂着，是有条不紊。范掌柜的在这儿这边儿看着账本儿，这边儿打算盘，在手指头这地方夹着一只毛笔，旁边放着有砚台。身后边儿就是一张床，床沿儿上坐着一个女的，这就是范掌柜的夫人。

范掌柜的这个夫人，比范掌柜能小个那么七八岁，瞅那个意思也就是三十上下。这是一个热爱生活，非常好美的女人。范掌柜的在那忙着算账呢，他媳妇在那儿干吗呢？对着镜子，这手拿着镊子，正在那薅眉毛呢。瞧这眉毛哪个地方长得不规范，她打算给它挨个儿地规矩规矩。

正这个工夫，这四位由打外边儿就进来了。柳青第一个进来的，手里边提溜着刀，柳青这口刀，叫亮银柳叶劈风刀，他这口亮银柳叶劈风刀是夹钢打做的，跟别人不一样。刀背贴边儿是双血槽，杀人死得快。柳青提溜着刀走进来之后，在范掌柜的跟前一站，"你是范掌柜吗？"

范掌柜的在这儿夹着这笔正在这儿扒拉算盘呢，噼里啪啦噼里啪啦，"啊？噢，啊……是是是，我姓范。啊，几位，你们有什么事？"

"少说废话，告诉你，我们几个人，今天到你这儿来，没别的，找你借俩钱儿花，痛痛快快的呀，咱们是明白人别说糊涂话，有多少钱，都给我拿出来。"

"哦，哦，呵呵，好，呃……几位，要多少？"

"要多少？你想让我谈数儿啊？哈哈哈哈，你这个大掌柜的，我要跟你谈个数儿，你扔出点儿来就把我们答对走啦？是不是？告诉你，没数儿，今个儿你家里有多少要多少，给我拿。抽屉里边，被卧底下，箱子柜子都打开，拿拿拿，快点儿！快点儿！"

"哎……好好好……谁……"

这几位提溜着刀一进来，眼珠子这一瞪，坐在床上这范掌柜的夫人，拿着那镊子，正薅着齐根儿眉毛，她不想往下薅，她是想那么捋一捋，一哆嗦，呗——薅下一块来。"哎呀，你们这是……"

"别嚷，我告诉你，你要敢嚷，我就宰了你！"

"哎哟，那……好好好，几位几位，你等着，你等着呀……呃……我这就给你们找钱。呃……哎呀，这个……这……银票你要吗？"

"什么都要！有什么要什么。"

"欸……好……呃……这里边这都是手纸，你们就不要了。你看那个床底下，好像那里边还有点儿钱。"

这工夫他媳妇转身上床底下翻钱去，偏巧旁边那屋子里边就是范掌柜手底下四个保镖护院的。这四个保镖护院的有一个上厕所，从门口儿一过，一看，"哎？干什么的？"

他这一问，范掌柜的这才喊了一声："有人要劫夺钱财，快点儿动手！"

这一声喊，四个保镖的一块儿就出来了，这阵儿柳青一听，好咧！只要你们一喊，我们就求之不得啦！跟你们打个热闹翻天，然后好刺杀施世纶！

第七十九回　趁空隙赵忠射毒钉
扶危局九龄蹬瓦片

　　柳青和谢五豹等人，到范掌柜的家里边来劫夺钱财。其实他的目的不是来劫夺钱财，柳青哪，这是定的一条声东击西之计。柳青是这绿林当中比较有智谋的一个人，要不当年窦尔敦被抓住之后，他怎么能够设法把他给救出来呢？柳青闲得没事儿，还真读过两天《孙子兵法》。今天这个招术，就是从那《孙子兵法》里边学过来的，柳青来劫夺钱财，是想让那范掌柜的造成一处声势，让他们吵起来闹起来，引起隔壁公馆里边施世纶的注意。把黄天霸等办差官都引到这边儿来，好便于赵忠他们行刺施世纶。所以他让他翻这钱财，柳青哪，一点儿都不着急，就在这儿瞅着他。保镖护院的一发现了，柳青心里边儿更高兴，心想：我就是要让你们手下人发现。

　　这四个保镖的当时各执棍棒就跑到院儿里来了。拿着棍子棒子，喊着："哎，你快出来，你们干什么？"

　　柳青手中把单刀一横，"好，我看看你们这几个保镖护院的有多大本事！来！"

　　这四个人噌——噌——噌——一块儿都蹦出来了。柳青、谢五豹各执单刀，那两个和尚手使戒刀。跟这四个保镖护院的就动手打起来了。他们这一动手打起来呀，这屋子里边儿这范掌柜的也着了急了。他生怕这四个保镖的打不过这四个人哪，这范掌柜的心想：那把门儿的哪儿去啦？啊？哪怕多一个人那也是多一份儿力量哪。范掌柜的，喊吧："快点儿来人哪！快来人哪！"他这一喊快来人，他这夫人在旁边也喊上了，范掌柜的这夫人哪，敢情是好嗓子。这位夫人，那是个

512

头面人物儿，经常跟着范掌柜的出入于社交场合。会唱歌儿，擅唱流行歌曲。你说那个年头有流行歌曲吗？就是那个时候的流行歌曲。而且嗓子天生的甜润。由于她这个嗓子天生好哇，每次当一唱歌儿的时候，就要受到周围听歌儿者的赞扬。一看就是那个年头儿没有卡拉OK，没有夜总会，也没有歌厅，也没有迪厅。她没有地方展示去，怎么办呢？有时候就在家里边哪，冲着她男人，自个儿就开一个独唱音乐会。给她男人是左唱一首是右唱一首，唱得她男人是在旁边摇头晃脑，拍手叫绝，连连称赞："哎呀，我夫人这嗓子，绕梁八天哪。"绕梁三日都不够了，得绕梁八天。他夫人于是就得到了一份满足。所以正因为她这嗓子好，今天喊救命也用着了。她这一着急，再加上害怕呀："救命哪！快点儿，抢钱财啦!"她这一喊还带旋律的，她把那歌跟那玩意儿都混到一块儿了，吓得她自个儿都转了向了。

你还别说呀，她这个嗓子由于响亮哪，穿透力特别强，由打这个院儿就直接传到那院儿去了。那个院儿那施大人正坐在这屋子里边跟小白龙刘虎俩人研究唐诗呢。施大人听小白龙刘虎谈唐诗谈得很有意思，忽听见隔壁那个院子里边儿有喊救命的声音。

"这谁喊呢？刘虎，嗯？"

"对，是那个院儿，怎么地啦？有人砸明火抢钱吗？要图财害命啊？那……"

"刘虎，你快告诉天霸他们，让他们到那边儿看看。究竟发生了什么事情了。"这是很自然的。别说是施世纶，但能有良心有正义感的人，要听见有人呼救之声，绝不会是袖手旁观哪。

没等施世纶传命令，黄天霸、赵璧、关泰、计全这四个人，先从自己的屋子里边儿出来了。

黄天霸一听："在哪儿喊？"

赵璧说："就那边儿，就那边儿，走，咱们过去瞧瞧。"不能走大门啦，这哥四个一纵身噌——胳膊肘挎墙双腿一飘，唰——出了这个院子就奔那边儿了。他们奔那个院儿去了，这工夫，院子里边儿又出来几个人。谁？金大力。金大力是不会上房，这位是摔跤的出身，但是有一把子力气。金大力出来之后，把腰儿一掐在院子里边站着，"哎，上哪儿？上哪儿哎？用不用我，要用我的话，快点儿搬梯子呀，

513

我好过去。"

张桂兰跟褚莲香两个女将也出来了。张桂兰一看："哎呀，金大力呀，用不着你过去，你就在这院儿里边儿就行啦。"

朱光祖负伤，没出来。王殿臣、郭起凤两个人也出来了，老褚标也出来了。褚标出来之后，告诉王殿臣、郭起凤："天霸他们不是过去了吗？咱们可别再走了呀，这个院子里边儿不能离开人，施大人还在这儿呢，得保护大人的安全。"褚标那毕竟是久闯江湖的人哪，眼睫毛都是空的。一听隔壁那边儿有喊救命的，褚标马上先想到了施大人的安全。他这一句话，把张桂兰、褚莲香、金大力等人都给提醒了。

"对！咱们在这儿保护施大人，让他们过去看看吧。"这几位在这院子里边不动了。

他们在院子里边不动，那边儿那几位纵身就过去了。黄天霸跟关泰关晓曦两个人跳到院子之后，各自把单刀一亮，再一看，那四个护院的，都已经不行了。有一个耳朵让人削掉半拉，有一个让人一脚踹得岔了气儿，蹲那儿起不来了。剩下那俩呀，刚好奔着大门那儿跑去了，要逃命。柳青、谢五豹再加上那两个和尚，手中拿着刀，正在是飞扬跋扈得意扬扬的时候，一看由打墙那边儿噔噔噔噔蹦下几个人来，柳青一眼就先看见黄天霸来了。柳青心想：行啦，这叫引鱼上钩。黄天霸，你不是过来了吗？我们这就成功了一半儿了。

黄天霸跳到院子里边儿，把刀一端："你们这干什么的？啊？深更半夜，为什么私入民宅？"

在屋子里边儿范掌柜的跟他媳妇儿还在那儿喊呢，"快点儿救命吧，他们要抢我们的钱哪，要杀人啦——"

黄天霸说："你们想要抢钱杀人？是这样的吗？"

柳青手里边提溜这口刀，看了看黄天霸，"呵呵呵……不错，今天晚上我们来到这里，想借他点儿银子花。怎么着？你是那院儿的，你管得着这院儿的事儿吗？啊？你这不是仨鼻子眼儿多喘一口气儿，狗拿耗子多管闲事儿吗？嗯？"

黄天霸一看面前站着的这个人，他这个说话，这个姿态，他忽然想起来了。哎哟！这个人这不是我们在连环套捉住窦尔敦之后，走在半道儿上住到店房里边那开店掌柜的吗？就是那个掌柜的，在我们第二天早上起来还没等醒，把窦尔敦给救走了！哎哟，我拿他不到寻他不着，万没想到在今天在这儿冤家路窄我们俩碰了面儿了，"我问你，你是谁？"

"我是谁？你甭问我是谁，我先问问你是谁？"

"我，是跟随钦差大人下苏州的副将老爷，黄天霸！"

"啊，黄天霸，哈哈哈哈……听说过听说过听说过，有这么一个人。我呢，我也告诉你个名姓儿，我姓柳，我叫柳青。黄天霸，最好这个事儿你别管。如果这个事儿你要非得拉这个横车，管这个闲事的话，跟你可没有好处。"

黄天霸说："路不平有人踩，事不公有人管。这是一个公理，我焉能不管？你们快快被绑，如果不然的话，你黄老爷要亲自动手了。"

"被绑？哈哈哈哈哈……那好，要想让我被绑，你得胜了我手中这口刀。"柳青把他柳叶刀一亮的工夫，黄天霸往前一纵身，唰——摆刀就砍，柳青举刀招架。

黄天霸跟柳青两个人打起来了，谢五豹一端刀的工夫，关泰关晓曦纵身就过来了，摆单刀跟谢五豹打在一起了。那俩和尚提溜着刀，赵璧把这红锈宝刀就拖出来了。赵璧心想：嘿，就好像事先预备好了的一样，我们也不知道这边儿是来了四个，我们就过来四个，一个对一个。赵璧把这红锈宝刀一摆，过来跟这和尚智明就打到一起了，计全呢，就跟智悟打到一起了。这四个人在院子里边儿叮——喤——叮——喤——兵器相碰的声音，打得这热闹。在远处一听，这院儿里头就好像铁匠铺一样。这工夫这范掌柜的两口子就站在门口儿那儿，俩眼瞪一边儿大，在这儿瞅着，都瞅傻了。一看，哎哟我天哪，这才是高手呢。我请来的那保镖护院的，那都是吃闲饭的，到了关键时刻他用不上哪，啊？你瞧那两个，瞧那废物，跑了俩还蹲下俩。

黄天霸跟柳青两个人争战足有十几个回合，不分输赢胜败。这工夫哇，那边儿的赵忠，他开始行动了。赵忠在那个房脊上趴着，看着那正房屋，当黄天霸等人奔那个院儿去了的时候，赵忠一看这个院子里边，赵忠心想：不行，这正面儿不能行动。一瞅褚标、张桂兰、褚莲香，再加上金大力，还有王殿臣、郭起凤，他们都在这院儿里边儿来回巡视，保护着施公呢。这怎么办哪？那边儿打起来了，我这边儿下不了手，我这不白来了吗？再者说，在龙潭寺里边儿，我也把大话吹在这儿了，我说我赵忠到这儿，指定得要施世纶的命。我就是不能亲手拿刀把他杀喽，我靠我这盘肘弩，这上边这毒药钉，也能把施世纶活活地给打死。只要这毒药钉钉到他身上，他就必死无疑呀。现在看来，我正面儿下不去，我从正面儿一下去，院子里的人就看见我了。他一瞧施大人住的那正房五间，后边呢，就是院墙，院墙和后房山当中间儿有一个窄胡同儿，赵忠想：那个窄胡同儿里边它不会有人巡视，我呢，从这儿跳出他院墙，在那院子外边我绕到他那后院墙，然后由打后院墙再上他那后房坡，上他那后房坡之后，我来一个倒吊蝙蝠，往屋里边儿给打一毒弩，就要了施世纶的命了。对！想到这里，他看了看殷启和黄九龄。黄九龄现在是盯着赵忠呢，黄九龄心想：这小子他想出什么馊主意？一点头，赵忠一回身，噌——由打这个配房的后房坡一纵身，就纵这院墙外边儿去了。轻功甚好，纵到院墙外边儿脚一落地，连点声儿都没有。黄九龄嗖——就像个小猫儿一样，也跟着跳下来了。殷启呢，他一下子纵不出去，由打这后房坡一纵，先到这墙头这儿，拿胳膊肘儿一挎，双腿一飘，这才落下来。

“上哪儿？”

赵忠说：“我告诉你们，院子里边的正面，是不好刺杀施世纶了。跟我走，绕后面儿去。你们瞧我的！”

“哎！”黄九龄跟殷启两个人跟着赵忠就顺着这个公馆的院墙，往这后边儿绕。绕到后院墙的外头，赵忠把这单刀往这胳膊肘后边一藏，为的是避光。他一纵身，噌——胳膊肘一挎院墙，往下边一看，果然，这个院墙跟这个后房山当间儿，是一个小窄胡同儿，这胡同儿里边儿没有人巡视。赵忠一摆手，黄九龄跟殷启，两个人随后，也跨上院墙了。赵忠一纵身，就上了正房的后房坡了，黄九龄跟殷启两个人跟着也上了后房坡。上了后房坡之后，黄九龄在那后房坡上斜着，看赵忠，“你想怎么办？”

赵忠心想，你敢在这儿跟我说话，这时候你略微声儿一大，前边那院子里边人就听着啦。那还了得吗？嗯？那意思：你看我的！赵忠把这单刀往身背后一背，他由打这后房坡这儿，掉过头来，头朝下，他就往下爬。爬着爬着，这上半截身子就下去了，这两个脚呢，上面一钩，正钩到房檐上。这招儿叫倒吊蝙蝠。您看这个蝙蝠这种动物哇，当它睡觉休息的时候，它绝，它吊在树上吊着，头朝下，那么睡觉。他这一招儿呢，就是按照蝙蝠这个招术学来的，仿生学。他这个脚挂着房檐，身子整个儿地悬起来，悬下去了，而头朝下，正好就吊在窗户这个地方。赵忠用这手指盖儿，把这窗户纸划了个小窟窿，隔睐着眼睛，头朝下倒着往里看。往屋里边一看哪，小白龙刘虎哇，还跟施大人在那儿研究唐诗呢。刘虎在那儿坐着跟施大人就说："你说呀，您说这个春眠不觉晓，处处闻啼鸟，夜来风雨……"

赵忠心想：春眠不觉晓，我让你死了不知道，你瞧着吧。他胳膊这儿绑的那个能打弩钉的那个盘肘弩，早已经捆好了，来的时候就做好准备。他看好了施世纶正好是背朝着后窗户，而小白龙刘虎就在施世纶的旁边。赵忠在这儿吊着，他比画了比画，拿这胳膊肘一量跟施世纶那个距离，心想：就这个距离就行。只要是我一摁，啪——的一下子，绝对有效。我接着这打他三个弩钉，一个打不上，这三个弩钉，指定有一个打上。有一个打上，你施世纶小命儿就算交待了。

他这儿正要使劲儿摁这弩呢，黄九龄哪，在那房坡上头，瞪眼儿瞅着他。黄九龄心想：这小子干什么吗？要刺杀施大人？啊？吊在那儿啦，脚钩到房檐上啦？噢……要使这弩，这还了得吗？黄九龄看准了他那个脚哇，钩到那房檐上的那瓦楞子上，这瓦呢，古代年间的建筑都是那种灰瓦，一串一串的。黄九龄一看，你要把施大人给打上，那我这个罪孽就大了，我能让你打上吗？就在赵忠刚要一摁弩的时候，黄九龄一蹬那个瓦垄，嗯，足有十来片子瓦，一块儿哗啦……往下这一哗啦，赵忠那个脚也挂不住了，由打那上面头朝下，咣当他就下去了。

赵忠是一点儿准备都没有哇，他哪想到会是给他来这么一下子，他头朝往下一栽，他脚往下一落地，腾——刚一站地上，这就有动静儿了。这一有动静儿，屋子里边的小白龙刘虎反应非常敏锐，噗——一口气把灯就吹灭了，"有贼——"说了一声有贼，前院里边众位英雄呼啦一下子，就奔这胡同儿里来了，奔胡同儿里边这一来，赵忠一看，我得跑！他一纵身想上房，黄九龄正好刺啦——又一脚，又下来十来块瓦，啪……咣……他坐地下了。

第八十回　地躺镖计全带伤
龙潭寺九龄卧底

　　赵忠行刺施世纶哪，未能得逞。不但说未能得逞，他自己本人，又让黄九龄把他由房上给端下去了。而这件事情可悲又悲在赵忠还不知道黄九龄是故意把他给端下去的。赵忠这脚头一下没钩住，掉下去了，他以为是自己这功夫没到家。二番往上一纵身的工夫，一摞瓦又下来了，他因为不是黄九龄举起瓦照他脸上打的，而是拿脚他顺着瓦垄给蹬下来的，赵忠在这一瞬间心里边儿还在想：这可能是九龄这孩子功夫不行，趴到房坡上没趴住，一脚把这瓦给端下来了。但是这瓦连瓦带土，砸到脑门子上了，扑通一下子，他就坐到地上了。这一坐地下，不但说脑门子上挨了一下子砸，眼睛还睁不开了呢，那瓦是带着土下来的，把眼给迷了。赵忠坐到地上，"哎哟！"他这一闭眼睛，小白龙刘虎在屋子里边儿早已经喊了，一喊有贼，前边的老褚标、张桂兰、褚莲香，包括金大力，他们分两路，由打这个后边儿的胡同，就都进来了。

　　大个子金大力头前儿跑过来了，他一看，在地下坐着一个人。赵忠要不是迷眼睛，他完全可以站起身来一纵身翻过墙他就跑了，正因为迷眼睛了，这眼睛睁不开，他这一揉眼睛的工夫，听见两边脚步声临近了，赵忠他伸手往背后就摸这刀。刚一摸刀的工夫，金大力就到跟前儿了，金大力伸手，嘭——把他这手脖子就给抓住了。"哎，别摸刀啦，你过来吧！"金大力，那是名不虚传，金大力金大力，那就是大力，别人挑水使桶，他挑水使缸，您琢磨琢磨他这劲头儿有多大？那是重量级的。他抓住赵忠这胳膊往后这么一拧，赵忠想反抗，那根本就一点儿力量都没有了，就手儿就背过来了。"哎，来来来来，快点儿，谁有绳子？"

老褚标一看，他自己身上没带绳子，把身上这丝绦解下来了，过来就把赵忠给捆上了。

赵忠被捆上之后，那个院子里边儿，还正打得热闹呢，比刚才打得更热闹。为什么呀？刚才是四对儿，单对单，这阵儿，又过去俩人，谁呀？前院儿的俩小孩儿，一个是贺人杰，一个是黑世杰。

这黑世杰呀，最近一个时期正在加强自身修养，苦练过硬本领。因为自从跟着施大人下苏州以来，黑世杰深深地认识到，自己所会的这点儿本事，远远不够用。他也练过武术，但是他学的这武术要跟这些办差官相比，那叫小巫见大巫。正因为感觉到自己的不足，所以他下决心要好好练练功夫。最近这些日子，他跟贺人杰开始学，让贺人杰教给他练单刀，黑世杰就老这么讲，他说："你看我是个剃头的出身，我就会耍剃头刀，那哪能行哪，啊？将来要抓差办案，我不能拿剃头刀去剃头去呀，所以你教我练单刀吧！"

贺人杰教他练这单刀哇，最后他就找到关泰那儿去了，关泰关晓曦等于替赵璧教徒弟。关泰这个人，老实厚道，而且刀法出众，关泰教他练了一趟六合刀。这黑世杰把这趟六合刀学会了之后，天天那是下二五更的功夫，晚上练早晨练，这黑世杰真铆上劲了。今天呢，他们两个人正在前院儿这儿练武呢，隔壁那边儿有呼救声音，黄天霸等人一过去，黑世杰跟贺人杰俩人一商量，"咱们俩也过去瞧瞧呗？发生了什么事儿啦？"黑世杰手里边儿正好提溜着一口小单刀儿，两个人纵身形，胳膊肘儿一拐墙往那边儿一看，哎哟，打起来了。

黑世杰说："得！咱们俩过去帮帮忙哪！你看见没有？他们都是单打独斗，咱们俩要是过去呢，这不就给他们添一膀之力吗？"

"好嘞！"贺人杰手中一提溜短链铜锤，两个人同时飘身就纵过来了。这边儿啊，赵璧正跟和尚智明打，计全正跟和尚智悟俩人打。那边儿呢，一个是战谢五，一个是战柳青。这黑世杰跳过来之后，手中把小片刀儿这一提溜，黑世杰心想：我当然先得帮我老师呀，我要不帮我老师的话，那我老师还不得挑眼？该说了，我这教这徒弟教的呀，你怎么胳膊肘朝外拐呀？黑世杰一纵身来到赵璧的跟前："师傅啊，闪开，杀鸡焉用宰牛刀，今天有这剃头刀就够了。"

赵璧一听他徒弟过来了，赵璧也知道最近他徒弟正在跟关泰学刀。赵璧一撤身，手中把他的红锈刀一提溜，"好啦，小子，看你的。"

黑世杰噌——纵身就过来了，智明手中一横这戒刀，还没等定睛看的工夫，黑世杰这口单刀过来照着他这脑袋上，"剃头——"一刀就劈下来了。这一声剃头，把这和尚吓一跳，和尚心想：他妈的，怎么打着打着出来一个剃头的？啊？怎么他这办差官里边什么人都有？喳——的一下子拿刀往外一架。"刮脸儿——"黑世杰呀，他是出于他自己这种专业，他老忘不了，这一动起手来，嘴里边还带口诀的。喊着剃头，喊着刮脸儿，这和尚心里就合计：这小子是干什么的？嗯？这是怎么回事，嗯？怎么回事儿？一会儿奔脚去了，"修脚——按摩——"黑世杰一边儿打着一边儿嘴里边儿不闲着。黑世杰就是这么一性格呀，这嘴里边一天到晚地老唠叨着，今天跟这和尚动手打起来，他也这样。他不是这么一吵吵吗，反而使这智明和尚心里边有点儿方寸紊乱。智明和尚心想：哪有这么打的，啊？你打就打呗，你嘴里边儿瞎唠叨什么？啊？

这玩意儿就好像两个人下象棋一样，你看那下棋的那个，两个不言语，绷住了劲，半天走一步，思路不乱。如果要其中有一个嘴里边唠叨唠叨老说这个道那个，对方那个一会儿他就乱了。这个玩意儿，打仗也是，黑世杰今天呢，他这嘴里边老唠叨，唠叨对他自己本身来讲不起干扰作用，但是对那和尚来讲，可就起干扰作用了。打着打着，这个和尚跟黑世杰动手的工夫，略一闪神，黑世杰这口刀唰唰唰唰唰——一刀，把和尚脑袋上戴那头巾给削下来了。这头巾一下来，还把头皮给削下去了那么一片儿。这头巾啪往地上这么一落，和尚这大秃瓢儿就露出来了，这秃瓢儿一露出来，黑世杰一看："哟！甭剃头了，这小子是剃完了来的。"和尚一听这气就更大了，和尚心想：今儿个咱们不能在此久战，一会儿的工夫那院儿的人可就都过来了，估计这阵儿，如果要杀施世纶是不是也杀得差不离啦？咱们还打吗？

和尚就问柳青："弥陀佛，扯乎不扯乎？"

柳青在那边儿喊了一声："扯乎！"说了声扯呼，这是绿林里边的行话，那意思咱跑。和尚一听这句话，转身形纵身上房，这智明就跑。

那个智悟呢，他跟计全俩人儿打。跟计全打着的工夫，贺人杰这一上来，一摆短链铜锤，他把计全给替下来了。替下了计全，贺人杰摆锤跟智悟打在一块儿了。计全赶从这边儿替下来之后，计全过来来帮黄天霸。黄天霸跟柳青两个人打着，两个人打得是难解难分，而且在争战之中，黄天霸心中暗想：这个小子的刀法可是有点儿与众不同，他这个招术出来，显得格外地刁钻阴狠。黄天霸想，绿林之中使刀的我可碰上了不少，这个柳青，跟别人的刀法，有独到之处。此人一定是受过名人的指教高人的点拨。黄天霸正在打得难解难分的时候，计全过来了，"天霸，让给我。"

神眼计全过来一摆刀，奔着柳青唰一刀就剁下来了。他这一刀剁下来，柳青已经喊了一声扯乎了。那边儿的谢五豹呢，跟关泰两个人打着，关泰拿这口刀老要削谢五豹那刀，但是谢五豹故意地躲着。一听着扯乎，谢五豹一纵身也往外跑。这个工夫柳青呢，啪——朝着计全点了一刀，他点了一刀之后往旁边一闪身子，故意地卖了一个破绽，把这条腿闪出来了。其实柳青这要使一个暗招儿，他把这腿闪出来之后，计全一看他这腿露出来了，计全拿这刀唰——一砍他这条腿，这工夫柳青把这腿一抬，"嗨——"嘡——的一下，拿刀一磕他这刀，他嘡——一脚，这脚跟刀是一块儿起来的，就看柳青这脚一起来的时候，这条腿好像是没站稳，往前一打出溜儿，他扑通，坐地下了。计全一看：小子，这是该着你倒霉，脚底下没根儿你坐下了，你坐下了，"哪儿跑——"他双手一荷刀，他往下要扎他。

这工夫就看柳青往这边儿一翻身，这一翻身的一瞬间，他这么一翻身，那面看是背面儿，其实就在一翻身的工夫，这只手把镖就拖出来了。这叫地躺镖，这是柳青的一个绝招儿。柳青心想，我撤是撤了，临走临走给你们留个纪念，让你们知道知道，白面判官柳青不是白给的。所以柳青他一翻身的工夫，"嗨！"啪——甩手一镖就出来了。

这一镖，一般人你躲不了，一个是距离太近，再有一个他这翻身的这一瞬间是背着你拖的镖，你防不胜防。计全呢，号称神眼计全，那个眼神儿特快，今天也就是计全，要换换第二个人，这一镖就给打死了。计全反应很快，他一转身，嗖——这一镖来了，计全略微往旁边一闪身，噗！这一镖正打在了华盖穴上。

计全往后一退身，"哎哟！"哎哟了一声，就看柳青一个鲤鱼打挺噌就蹦起来了，"走——"这四个人噌噌噌噌噌——纵身出去啦。黄天霸等人荷刀想追，但是刚一出这院子，黄天霸吩咐一声："回来！"黄天霸暗想，不知道这几个人身后边还有没有援军，他们要是来了两拨儿呢？咱们一追的话，这不上了他当了吗？所以黄天霸跟关泰他们等人转身又回来了。回来之后一看计全，计全这手扶着这镖，"打上了！"

"怎么样？"

"没事儿，离着心还远着呢。"

这阵儿黄天霸安抚了一下这位范掌柜的，范掌柜的对黄天霸几位差官那真是千恩万谢呀。"哎哟，几位呀，亏了你们几位来了，你们几位要不来的话，今天晚上哪，我们家的家产尽绝啦，全让他们给劫走啦。"

黄天霸说："你以后要多加点儿小心就是了。"

"哎，好好好好好……"

黄天霸他们这弟兄几个人翻身回来了。回到这边儿的工夫，这才发现把赵忠已经给抓住了。抓住赵忠，旁边金大力看着赵忠，不撒手哇。搋着他，说："小子，你甭想跑，想上房，除非把我也带上去。你把我带不上去的话，你今儿就走不了了。"金大力抓着赵忠，就在廊檐下旁边站着。

这个时候，施大人在屋子里边端然稳坐，一会儿黄天霸等众位弟兄就回来了。跟施大人一禀报，说计全负了伤了，让柳青给打了一镖，施大人马上吩咐，快点儿请医生给他起镖上药。

计全上旁边去治伤去了。黄天霸跟施大人如实禀报了整个情况，黄天霸说："看来，今天晚上他们这个行动，这是早已经预谋好了的。他们这叫声东击西之计，现在明白了，让我们到那边儿去跟他们打，而这边儿下来人要刺杀施大人。幸亏我们今天布防严密，不然的话，大人还真就有了危险了。"

恰恰在这个时候，黄九龄回来了。黄九龄跟殷启两个人一看赵忠被捉住了，他们两个出去了。走到半道儿上，黄九龄跟殷启就说了："二舅，您哪，在这儿等等我。我得回去瞧瞧，赵忠跟咱们是一伙儿的，他刺杀施世纶，已经被人家可能是捉住了。看看是死是活，咱们得得个准信儿啊，我回去看看。"

殷启说："孩儿啊，人家把赵忠抓住了你还有胆子回去看看？人家再发现了你把你抓住呢？"

黄九龄说："您放心，他绝抓不住我，我也不下去惹他们。我就在房上面瞧瞧，他怎么对待赵忠就得了。"

"那行，你快点儿回来呀，我就在这儿等着你。"

黄九龄说："好！"

就这样，九龄回来了。其实黄九龄回来，他可没让赵忠看见他。金大力抓着赵忠在这廊檐下站着，黄九龄绕到后边儿先见天霸。黄天霸一看见九龄，"九龄，你怎么样？这镖药拿来没有？"

黄九龄就把自己这两天的经过事情跟黄天霸一讲，黄天霸说这个事儿你得跟施大人说一说，领着九龄来见施大人。进屋之后，九龄先给施大人见礼。

施大人说："九龄哪，你上哪儿去了？"

黄九龄把自己的经过一讲，"我现在已经到龙潭寺里了，我跟这伙子贼已经混到一起了。我找他们要这镖药，这个镖药啊，就在柳青的手里，但是柳青他说，让我今天晚上跟他到这儿来行刺您，如果要是能够成功，回去就给我镖药。现在看来没成功，他给不给我还两说着呢。施大人，我跟您把这事儿说完喽哇，我是想这样儿，我还跟着二舅，回那龙潭寺。到那里边儿，我跟他们在一起，我看他们都干什么。如果说他们再来行刺您，我就及时给您报信儿。"

"哦……孩子，照这么说，今天是亏了你跟了来了？"

"欸，大人，那可不呗，那赵忠，就是我把他从房上给踹下来的。"

"啊……九龄，你可立了一大功哪！"施大人看了看黄天霸，"天霸，还让九龄上龙潭寺去吗？"

黄天霸说："让他去吧。我想这个孩子，在龙潭寺里边，算做是我们的耳目。"

施大人说："不过这龙潭寺，犹如这地名儿一样，这可是龙潭虎穴呀，把孩子送到那里边儿去，犹如在虎嘴里边放一块肉，随时都有被吞掉的危险哪！"

黄九龄说："大人，我不怕！您尽管放心，他们吞不了我，弄不好的话，我把他们五脏六腑，给闹个翻天。"

"唉，好吧。九龄，你到在那里边儿，可千万不要意气用事，一定要多加小心，看势不好，就快点儿回来！"

"行！大人，爹，那我走了。"黄九龄辞别了施大人和黄天霸，他转身回去找殷启他走了。

这儿黄九龄走了，施大人马上吩咐天霸："连夜升堂！审问赵忠！"施大人心想：赵忠，你这个道貌岸然的伪君子，我刚到苏州府的时候，你还迎接我，你还跟黄天霸攀朋友，闹了半天你就是最大的罪魁祸首。"来！把赵忠给我带上来！"

说了一声把赵忠带上来，外面金大力推推搡搡把赵忠就推进来了。推到当中之后，赵忠是立而不跪。

施世纶一拍桌案："赵忠！所犯下滔天罪恶，快给我从实——招来！"

第八十一回　犯凶案熬刑赵忠
抢民女冒名赵璧

施世纶连夜升堂，要审问赵忠。金大力把赵忠推到堂上，施世纶一拍桌案，问赵忠："赵忠，你所犯下的滔天罪行，给我从头招认。"

赵忠在那儿是立而不跪："呵呵呵，施大人，您是奉旨钦差，您说我犯下了滔天罪行，我哪儿那么大的罪呀？您说我究竟犯什么罪了？"

他说这句话的时候，金大力在他身后边儿过来了，照他那个腿弯那儿一脚，"跪下！"哪一下子，这赵忠跪那儿了。

施世纶说："我问你，我刚到苏州，天飞闸上发现的那具女尸，那是卢员外的女儿卢玉梅，不是你所害吗？嗯？"

"哈哈哈，施大人，唉——这件事情怎么说呢？您说是我害的，那就是我害的。但是，您有证据吗？"

施世纶说："证据，早已经有了。你府里边的那个仆人，已经被我们捉来了，他就是证据。"

"他在哪儿呢？您把他叫来，当堂我跟他对证，我听听他怎么说。"

施世纶一想："他这一说呀，还真就把我叫住了，他那个仆人已经自杀了。看来这赵忠做事阴狠毒辣，就连他手底下的仆人，也都不敢背叛于他，大概要是背叛了他，就得不了好死。"

施公说："你的仆人，是要跟你当堂对证的，不过不是在今天晚上，我会给你安排一个时间。赵忠，我再问你，谢五豹偷盗国宝炸海金蟾，此事与你有关，对不对？"

"炸海金蟾这国宝我没见过呀，哈哈哈，施大人，您要是问案的话，您得把赃证俱全的时候再问我，炸海金蟾什么样？我不知道哇！

您说他偷盗国宝与我有关，怎么与我有关呢？您把那谢五豹抓来，我也想跟他当堂对证。"

"赵忠，我再问你，如果你没有罪恶的话，你为什么要撇下家什，万贯家财不要，而只身逃跑呢？"

"哈哈哈，施大人，您怎么说我只身逃跑哇？我不是只身逃跑，我是看朋友去啦，这些日子没回家。噢，就因为我走了，您就以为我跑啦？我是畏罪潜逃哇？不是不是不是，我这不就回来了吗？"

"呵呵呵呵……赵忠，你回来了，怎么偷偷儿地上我这房上来了？意欲何为？"

"我偷偷地上房上来，你说我是练武出身，我呢，想看看天霸，保护施大人尽心不尽心。我偷偷地来，天霸能不能发觉得到，如果他要觉察到了，这说明天霸功夫到家了，觉察不到，那说明他保护施大人还不够格儿。"

"嗬！"施大人心想：这赵忠哪，啊？你可真会狡辩。"赵忠，你既然是来偷偷儿地看我，因何身带暗器？"

"这——暗器……"

这工夫黄天霸就过来了，把他衣服就撕开了，盘肘弩就露出来了。"赵忠，这不是你的盘肘弩吗？"

"啊，呵，这是我的盘肘弩。不过，咱们都是武林中人，就像你平常挎着镖囊一样，兴你挎镖囊，就不兴我带盘肘弩吗？"

黄天霸说："赵忠，咱们两个可是从小一块儿长大的弟兄，用你的话说，我们一块儿上树掏过老鸹。事到如今，咱们可不得不公事公办了，你这个事情办的，实在是整脚。你愣说这是你随身携带的暗器，你用这暗器打死过一个人。知道不知道？"

"我打死谁了？"

"打死谁了？那寻花蜂谢彪，在监房里边，就是让你打死的。你这个盘肘弩，是用毒药煨的毒钉，本来我们想第二天继续审问谢彪，结果在监房里边儿你就把谢彪给打死了，你想杀人灭口。"

"哈哈哈……天霸，咱们可是发小儿的弟兄哪，你别给我来一个破墙万人推，破鼓万人捶，看我今天被绑了，什么赃都往我身上安。怎么能是我打死的呢？使盘肘弩的不是我一个人哪，这天下绿林中还有很多使盘肘弩的，那天晚上我来打他，你看见了？啊？"

"赵忠，你这个盘肘弩可是从小时候就练过，我爹就因为你练毒药盘肘弩申斥过你，你还记得吗？"

"啊，那是多少年前的事儿了，哈，反正是呀，我倒了霉了，你们就都往我身上推。往我身上推也行，施大人，如果苏州府很多案子您都破不了的话，您就都往我身上来吧，我赵忠一个人儿都承担了！"

他一说这句话，施公一拍桌案，"大胆！我看你赵忠分明是巧言令色，用意刁钻。两旁人来，大刑侍候！赵忠，你可要知道，人心似铁非似铁，官法如炉可是真如炉！你就是铜打铁铸，在重刑之下，也能让你软化。"

"呵呵呵，施世纶！"这工夫赵忠也不客气了，直点施世纶的名字了，"施世纶，我赵忠倒想要领教领教你的官法如炉！想动什么，来吧！"

"来！两旁给我重责四十大板！打！"

"是！"

两旁站堂衙役刚要过来打四十板子，忽然听见赵璧在旁边说话了："慢着！施大人，不管怎么说呀，这赵忠跟天霸，那是从小儿的弟兄，他们两个一块上树掏过老鸹，跟黄三太还练过武艺，这也是有一份情面哪。今天，他既然不招供，您就要动刑。要动刑打四十板子，这玩意儿，那板子炖肉，滋味儿可是不好受哇。你说要把他这臀部打个皮开肉绽，躺不好躺，坐不好坐的，那多难受哇。大人，我给他讲个情吧，您别打板子啦。"

"那依你之见呢？"

"不用打板子，您啊，给他拶指！"

赵忠在旁边一听，心想，这小脑袋瓜儿，你就损吧。开始的时候赵璧说那话，赵忠还以为赵璧给他讲情呢，一听说别打板子，拶指，就是拿拶子夹手指，那比打板子疼多啦。赵忠嘴里不说心里骂，心想：赵璧，你等着，我如果能在这里脱身逃出去，我绝饶不了你。

施公说："来！拶指侍候。"

有人过来，把他这绑绳给他松开了。绑绳松开，这俩胳膊在前边儿绑上了。绑上之后，把那拶子就拿来了。小木头棍在这儿一夹，皮条儿当中间儿这么一勒，夹一下是十指连心哪，赵忠咬着牙满脑袋是汗，一会儿的工夫就躺到大堂上了。

施世纶一看，问赵忠："有招无招？"

赵忠看了看施世纶，"嘿嘿嘿，施世纶，无招！"

施公一看，不能再动刑了，这种刑具，不能复用。要再用一次刑，这个人就得昏过去。施世纶马上吩咐，把赵忠押进监房，严加看管，这是一个重犯，可不能让他跑了。

这儿把赵忠押起来了，施世纶告诉众位差官，各自回房休息，单等着明天再继续研究如何破案。众差官各自都回去了，第二天早晨起来呀，施大人在公馆里边儿，洗了脸漱了口吃完了早饭，正在自己的屋子里边儿看书呢。每天施世纶都有一个读书的习惯，不管多忙，早晨起来他总得要看看书。正在看书的工夫，外面有一个差役往里禀报，"大人，启禀大人，咱们这个公馆门口外边儿，来一老头儿，说要找大人，他要告状。"

"告状？这老头儿有多大岁数？"

"这个老头儿，有五十多岁吧，长得很淳朴很老实的。"

"他状告何人呢？"

"他说状告咱们手下的差官。"

"嗯？有这等事？让他进来。"

黄天霸说："且慢！大人，我出去先瞧瞧。我看看来人，他的身上有没有暗藏什么兵器。"

黄天霸暗想，在这时候得多加小心哪。这个苏州地面儿可是实在太乱了。黄天霸跟着这个报事的就出来了，来到公馆的大门外一看，那儿站着一老头儿，五十多岁年纪，穿着非常破旧，这个老头儿，从他这个精神气质来看，是那种老实厚道的人，老头儿在那儿站着。

天霸在这儿站着一看这老头儿，"你，找谁呀？"

"呃……我问问，施大人在这儿吗？我听说奉旨钦差不是在这儿住吗？"

"你是哪儿来的？"

"我就是这苏州城里的。楼门以里，拙政园旁边，我开一个茶馆。我那茶馆儿叫春霖茶馆，我是茶馆一掌柜的，我想见见施大人。"

"你找施大人有什么事呢？"

"我跟施大人想说说，我想要……我想要告状。"

"你告谁？"

"我告……您是谁呀？"

"我是施大人手下的差官，我姓黄，叫黄天霸。"

"哦，您姓黄啊。我也告施大人手下的一位差官。"

"你要告谁呢？"

"呃，这我不能跟您说，我跟您一说了，您不让我见施大人了。这非得我见了施大人我才能说呢，你给往里边儿能不能通禀一声？"

"等一等。"黄天霸过来，把这老头儿从肩头往下摸了一遍。一看这身上没带兵器，"来吧，你跟我进来。"

"欸，欸，好！"

这老头迈步跟着就进来了。进来直接来到施大人的住室，黄天霸进来了。这工夫呢，赵璧、关泰等人，也在施大人这屋儿呢。因为施大人把他们叫来了，施大人说有一个人来告状，听听他来告谁。

这几个骨干力量向来都是参与施大人的问案的。施大人一看这老头儿进来了，黄天霸来到施大人的跟前，"大人，就是他。哎，这位老者，上面儿就是施大人。"

这老头儿一看，"哎哟，您就是施大人哪？欸……我给您磕头。"扑通，这老头儿就跪下了，趴在地上真磕，嘣嘣，每个头都见响儿的。

施大人一瞧："啊，老人家，免礼免礼。请起来，来，给他赐座。"

"哎，我可不能坐，这地方哪儿有我坐的地方哪，周围这都是老爷，我是个茶馆的掌柜的。呃，施大人哪，您是钦差大臣，您到苏州之后，我们这苏州老百姓都传扬开了，都知道施大人，您为官清正哪，为民做主哇。施大人，我今天到这儿来，我想跟您说个事儿……"

"老人家，不要慌忙，坐下慢慢儿说。"

"欸，好，嘿嘿……"有人给看过座来了，老头儿坐下了。"呃，施大人，您这屋儿的人，我说行哪？"

"说吧，这都是我手下的亲随官员，不妨事。"

"哎，他是这么回事儿。我吧，开了一个春霖茶馆，我呀，还有一个女儿。我这个女儿啊，叫何七姐，呃，我呢，姓何。我们爷俩在这开茶馆呀，也开了那么几年了。呃，我这女儿啊，实不相瞒，施大人，她长得应该说是有那么几分姿色。呃，反正远近的，都知道我这女儿啊，是个漂亮姑娘。呃……我女儿命不好哇，漂亮姑娘生到我这个人家儿，也没什么福气，这卖茶为生哪。施大人您来了之后啊，您手底下有一位差官，他就天天儿呀，老爱上我们那儿去喝茶，有时候隔一天一去，有时候呢，挨天儿都去。到那儿一坐一喝的，他就是半天儿，完了我女儿就老给他续水，倒茶的。长了，他就搭咯着就问，就问我女儿多大了，问我女儿找婆家没有。那天他就问到我了，他问到我，我说我女儿已经有主儿了，呃，嫁给一个卖烧饼的，那烧饼王他儿子。他说，你嫁给一个卖烧饼的，有什么出息呀，你这女儿，就干脆嫁给我得了。我说，哎哟，我说那都已经给人家，就过了喜帖了，那都是说好了的事儿了，我不好给人家悔婚哪。他说，没事儿，他说那施大人会给我做主的。你知道施大人，那是钦差吧？钦差，那就是奉皇上的圣旨来的，钦差说句话，那就是如白染皂，板上钉钉哪。呃，施大人一说，那边儿那婚，就拉倒了，就悔了。然后呢，就跟着我，可以吃香的喝辣的，受不了罪。但是，我跟我女儿一说呢，我女儿没看上，她不愿意。我女儿这一不愿意呢，我就作了难了。那天我就跟他说了，我说我女儿她不愿意嫁给您。结果您这差官一听，当时他就火儿了，他说：好，她不嫁给我，也得嫁给我。她愿意嫁给我也得嫁给我，不然的话，我就给你个好看让你瞧瞧，我让你这茶馆也开不成。说完他走了，以后再来的时候，他就老找我的碴儿，有的时候哇，我姑娘在那续水的时候啊，他得便了就摸一把手哇，往身上掐一把呀，我姑娘就吃这哑巴亏儿，也不敢言语。"

"哦？有这等事？"

"可不是嘛。开始我不敢来找您，后来我们那个邻居就说了，说这个事儿啊，您得跟施大人说说，看看这个人得怎么办。我是那么想的施大人，您手底下这个差官呢，当然是属您管了，我听您的。您要说，我女儿非得嫁给他，那我就嫁给他了。如果您要说不嫁，那就您给说句话。"

"他叫什么名字？"

"呃，施大人，您这差官，他叫赵璧。"

第八十二回　蒙冤屈赵连城守店
卖风情何七娘送茶

　　这名字说出来之后，坐在旁边一直听这老头儿说话的这赵璧，气得那鼻子都快歪了。听到半截腰儿上，他心里还合计呢，这人会是谁呢？最后万万没想到是他。赵璧听完这老头儿一报名字，气得这小脑袋在那一个劲儿直晃荡。尽管赵璧是一个智慧型的人物，但是听到这番话，他也有点儿承受不住了。

　　施大人听完老头儿一说这名字，施大人暗觉得好笑。心想你要说别人儿，我还能信，要说赵璧，这可太离谱儿了。赵璧这些日子根本就没出这公馆，怎么会上你那茶馆里边，去相你那闺女去呢？

　　施大人故意地看了看赵璧，"你，怎么办这样的事呀？"

　　"哎哟，我说大人，我也要告状了。"

　　"你告谁呀？"

　　"我告谁呀？我就告那冒充我那小子，他这是污我清白，大人，您可得给我做主。"

　　"赵璧呀，这件事情，我看你也说不清楚了。我说这位老丈，你叫什么名字呀？"

　　"呃，大人，我姓何呀，我叫何忆舟。"

　　"噢，何老丈，这个赵璧，他长得什么样儿啊？"

　　"这赵璧呀，这赵璧，他长得上中等儿，呃，身体挺魁梧，有点儿络腮胡子，长那样儿，看着还挺凶的。呃，就这模样儿。"

　　"他天天上你那儿去吗？"

　　"天天儿去呀，到那儿一坐差不多就半天儿。"

"哦，他说他叫赵璧？"

"啊。"

"他说他是哪儿的人哪？"

"这个我倒没问哪，反正他说是跟着您一块儿到苏州来的，是您手底下的办差官。"

"呵呵呵呵，何老丈，我手底下倒是有一个赵璧，但是这个赵璧，他长得可不像你说的那个样子。"

"噢，那那那……他长什么样哪？"

"他长得什么样？你来看！他就是赵璧。"

施大人往旁边儿用手一指，这老头儿往旁边一瞧，"哟，您，您是赵璧？"

"对了，没错儿，我就是赵璧。姓赵名璧字连城，祖籍直隶涿州，我是在京城长大的。江湖上人送外号红锈宝刀侠，现在是陪伴着施大人下苏州的参将老爷。你看他长得跟我一样吗？我是赵璧。他说他也是赵璧？"

"啊，对，他说他也是赵璧。"

"那不对，他那是假冒伪劣，我这是名牌正宗。"

赵璧一说这句话，老头儿把赵璧又好好端详半天，"哎哟，你们两个差得可是太远了。"

"就是呀，你说这真赵璧跟那假赵璧他能一样吗？我说老爷子，你这话说的可都句句是真。"

"哎哟，我哪敢撒半句谎哪，我到这个地方撒谎，那是有罪的。"

"嗯，行哪。你这一说我心里就明白了，十有八九啊，我赵璧这些年来，在绿林道里边得罪了不少人，肯定是我的仇人对点子，跑你那个茶馆里边去败坏我的名誉。你今天这一来倒也好，我非得瞅瞅那'赵璧'什么模样不可，我说施大人，咱是不是得往那儿看看去？我得见识见识我这对点子，他长得什么样！他为什么要冒充我，冒充我办点儿好事儿还行哪，冒充我跑那儿抢男霸女，这怎么能成哪？这不但是败坏我的名誉，也是败坏施大人您的名誉呀！"

施世纶说："是呀，连城，你跟着这位老丈，到他的茶馆去看一看，究竟瞧瞧是何如人也。如果说真是绿林中人，你就把他给我捉获带到此处。"

"好咧，这个事儿好办。"赵璧马上一摆手，把黑世杰叫过来了，"徒弟，过来过来过来。"

"师父，咋着？"

"听见了吧，现在有人败坏你师父的名誉，你师父得到那儿瞧瞧，你跟着我来一趟。咱们爷儿俩一块儿到那儿，你看看你那假师父是什么模样儿，然后帮着一块儿把他逮来。"

"好。"黑世杰把自个儿那口小单刀儿挎到腰里头了。师徒二人叫着这老头儿，"你头前给我带路。我们两个跟着你马上就去，我问你，那个'赵璧'都什么时候到你茶馆来？"

"哎哟，我跟您说呀，我不知道他是个假的。其实我往这儿来的时候，他就在我那茶馆里边儿坐着呢，他要不在那茶馆里坐着，我也不敢出来呀，我这是抽空儿出来。他要不去，我还不敢往这儿来，我生怕他也在这儿，跟他要碰上，我就不好说了。"

"你放心，他根本就不敢往这儿来，头前带路。"

老头儿领着赵璧跟黑世杰，他们一起就出了行辕公馆。往前走，老头儿这个茶馆开设就在苏州城楼门之内拙政园旁边，这个茶馆不大，远远地看去，是那么几间小平房儿。门口儿上边还横挂着一个匾额，上面写着是：春霖茶馆。两旁有一副对子，一看是用那木头刻写的。上联写的是：三江不如太湖水；下联配的是：五岳当属黄山茶。赵璧跟黑世杰两个人跟着这何忆舟就走进了这茶馆，走进茶馆赵璧一瞧哇，这茶馆里边比较简陋，有那么几张竹桌子，还有那么十几把竹椅子。这屋子里边儿没有喝茶的，那边儿有一个柜台，柜台后面有一个茶壶碗架子，里面摆着茶壶茶碗。

赵璧心想，这屋儿里头也没那"赵璧"呀，你怎么说这儿有"赵璧"呀？赵璧停足一站正往周围观察的时候，就看这老头儿进来冲里间屋儿喊了一声："七姐啊，七姐，我要请的人来了。"

就听屋子里边有人清脆地答应了一声，"哎！"走出来一个二十岁上下的大姑娘。

赵璧一瞧，哎哟，这姑娘由打里间屋儿往外一走，就显得光彩照人。这脑袋头发是油黑油黑的，梳了一个蝴蝶髻。什么叫蝴蝶髻呀？

她这个髻鬏呀，它不是圆的，是那蝴蝶翅膀形的。你在远处一看呢，就好像那脑袋上边趴着一个大蝴蝶一样。这蝴蝶髻鬏在头发根儿底下，镶着一把兰花。这把兰花是浓香型的花，她这脑袋上镶着把兰花往跟前儿一走，这香气扑鼻，犹如现在那甩上法国香水儿一样。这姑娘身上，上身穿着一件粉红色苏州绸的上衣，窄袖口儿，狗牙绦子镶边儿，斜大襟镶的是一串儿野玫瑰，是刺绣。下身穿的是水蓝色的宽脚儿的裤子，裤腿脚儿这地方绣着两朵大牡丹。再往底下看，宽裤脚下边盖着隐隐约约时隐时现的一对三寸金莲。这三寸金莲穿的是红缎子绣花鞋，鞋上边绣的是喜鹊登梅。这姑娘长得这模样儿，圆方方的一张瓜子脸，瞧这个肤色，是最好的一种肤色。什么叫最好的肤色？人的这个皮肤分几种，有油皮肤，有干皮肤，有粉皮肤。油的呢，有油脂；粉的呢，天生你看粉嫩嫩的；干皮肤呢，就干巴拉瞎的。那么这姑娘这脸上的皮肤呢，是油粉干三合一的皮肤。哎，你瞅着，怎么瞅她就怎么那么顺眼。两道细弯的黑眉，这眉毛特别地齐整。一双大眼睛，这眼睛哪，眼眶子有点儿往里抠，用现代人审美观点来说，她长了一对欧洲眼。这两个眼睛大而有神，眼睛来回一转的时候，犹如秋波闪烁，一顾一盼，可以勾魂摄魄。端正的鼻子，这鼻子是鼻如无骨。再看这嘴唇，长得非常红润，唇若滴露。什么叫鼻如无骨，这鼻子，尤其是女人的鼻子，它长得光端正不行，它还得丰满，就好像这鼻子没长骨头一样。如果说这鼻子非常端正，瘦骨嶙峋，有架子在这儿支着都看得明明白白，这鼻子它就不好看了。这嘴唇呢不但是红润，而且还不发干，犹如滴露的牡丹，哎，这样的嘴唇看上去它才好看。这姑娘一笑的工夫，露出了一嘴细碎银牙，牙齿非常白，而且非常齐。

赵璧一看，都说苏州出美女呀，今日一见，是果不虚传。就这个女子，可是够美的了。她是那么妖媚动人，在那眼神一转一动的时候，又透出那么一点儿妖艳。就看这姑娘出来了，一看见那老头儿，"爹，您回来啦。噢，这是您要请的客人？"

"哎，孩儿啊，我跟你说吧，这才是赵璧呢。每天来到这儿跟你说话那个，那不是赵璧。"

赵璧故意地自个儿把这架儿端上了，心想：甭管怎么讲，我也是参将老爷。"嗯，我就是赵璧赵连城。"赵璧一端起来，这脑袋就逛荡了。黑世杰在旁边一捅他，心想，师父哇，你这脑袋别逛荡啦，一逛荡就显得没身份了。他这么一捅赵璧，赵璧感觉出来了。

就看这姑娘冲着赵璧跟黑世杰扑哧一笑，"哎哟，照这么说，这么多天，我天天见的还不是赵璧呀？您才是赵璧呢，您快请坐。"

"没得说，没得说。"赵璧坐下了，黑世杰在旁边也坐下了。这姑娘马上就到那柜台那儿给沏了一壶茶端过来了，拿俩茶碗放到他们跟前，把那个茶倒到碗里边，然后把这个茶掀开茶壶盖又倒到壶里边冲兑了一下，接着又把这两碗茶给他们满上，把茶壶撂那儿。姑娘跟他爹爹何忆舟，爷儿两个坐到他们对面。

姑娘就说了："爹呀，您早回来一步儿，就看见他了，他刚出去。"

赵璧说："我问你，刚才这个'赵璧'就在你这茶馆里边坐着呢吗？"

"啊，您没来的时候他就在这儿呢。"

"嗯。他说了些什么？"

"他说什么呀？他什么也不会说，最近这两天到这儿来呀，就跟我说些个不三不四的话。"

"他还干什么了？"

"还干什么？再就给我哼哼唱一些个难听的歌。"

"净唱什么歌啊？"

"就唱什么，《光棍难》哪，什么《小寡妇叹五更》哪，就唱这个。"

赵璧心想：兔崽子，我赵璧就唱那歌儿？啊？你这不糟改我吗？

"哎……好，他这回走了，说什么时候回来？"

"他说呀，这不是快晌午了吗？他去吃饭去了，他说一会儿就回来。"

"哦哦哦哦，一会儿就回来。世杰，咱俩在这儿等着他，今儿个我是非见见他不可，我要不见着他，今儿晚上回去我就睡不着觉。"

"就是呀，师父，不光说你想见见，就我呀，也想见见。"

"行，咱们在这儿等他。"

老头儿何忆舟在旁边说："哎哟，我说赵老爷，您要见他，在这外边儿坐着不好哇，您呀，上那里间屋儿。上里间屋儿啊，那不有个白布软帘儿吗？放下来还能挡着您，您从那软帘的缝儿里边可以往外看。一会儿呢，他就回来了，他回来之后往这儿一坐的工夫，您再出来，跟他见面儿，您看怎么样？如果您要在外边，还兴他要认识您

535

呢？他在门口儿一晃，看见您在这儿坐着他再吓跑了。"

"也对，有这层道理。世杰，来，我端着壶你拿着碗，咱上里屋儿。"

赵璧站起身来端着壶，黑世杰拿着那俩碗就进这里间屋儿了。这里间屋儿啊，看来又是他们的住处，还是厨房，放着很多的杂乱东西。到里间屋儿这姑娘跟进来，给搬过一个凳子来，让他们坐下。把这桌子上这东西往旁边给挪了挪，腾出点儿地方来，擦抹干净，让他们把这茶壶茶碗摆这儿。

"你们二位在这儿坐一会儿啊，呃，你们吃不吃什么点心，水果？"

"啊不用不用不用不用，你忙你的，外面如果来喝茶的，你尽管招待你的茶客，不用管我们俩。"

"好啦，您在这儿坐着呀，一会儿我来给您兑水。"

这姑娘跟老头儿一转身儿就出去了，半截儿白布软帘儿在这儿放着。赵璧把这帘儿一撩，往外一看，外间屋儿每一张茶桌儿，如果说有人来的话，他都会看得清楚，这位置挺好。赵璧端详了端详这里间屋儿，这里间屋儿也不大。靠那边儿呢，摆着一张床，这边儿也摆着一张床，看来这是爷儿两个睡觉的地方。赵璧往后边儿一瞧，这后边儿有一个后窗户，他探身形往窗户外边儿一看，这窗户外边儿底下就是一条河。苏州这个地方是河渠水道很多，这条河靠岸这儿有一只船在这儿放着。赵璧一看，哦，这地方不错啊，水旱两路，怎么走都方便。赵璧又回来了，在这一坐，端着茶碗一边儿喝着茶，一边儿听着外间屋儿的动静。

"哎呀，你说什么事儿没有？啊？还有办这种损事儿的。"

"师父哇，你知道这咋回事儿不？就因为我师父您名儿啊，忒大了。您这个名儿一大不是吗？有的人啊，就想冒名顶替。"

"就是呢！"

"欸。"

刚说到这儿，就听外间屋儿有脚步声音。就听这姑娘说了一句话："您来啦？"

"啊，来啦。"坐下了。赵璧把这半截白布软帘撩了个缝儿往外一瞧，哟！甭问，这小子就是那"赵璧"。

就看那个人坐下之后一回脸儿，往这后屋儿看了一眼。赵璧一看当时一惊，"呀！是他！"

第八十三回　冒姓名郝天龙设套
换囚犯黑世杰遭绑

　　赵璧在春霖茶馆的后屋儿啊，等候着冒充他的这个人。等了一会儿，听见外间屋儿有人说话，有脚步声音，进来人了。赵璧打开这白布软帘，嵌一个缝儿，往外一看，这个人坐下了。他往外一看的工夫，这个人一回头，赵璧正看见这个人的模样。赵璧心想：哎哟，敢情是他！

　　是谁呀？是赵璧的顶头儿的仇人，原来在连环套窦尔敦手下的寨主，郝天龙。赵璧攻打连环套的时候，那阵儿郝天龙是水寨的寨主，赵璧到连环套里边儿做内应，跟这郝天龙动手交战的工夫，他得过来那种哼哼药，第一个就先给他使上了。这郝天龙由于闻了赵璧那哼哼药，所以才被擒的，没想到这郝天龙今天在苏州府出现了。赵璧当时心里边就咯噔一下子，心想：是他呀？是他冒充我？这就情有可原啦，这小子肯定恨我恨得牙根儿半尺长哪。赵璧想既然是郝天龙来啦，那我不能在这屋儿里边待着呀，他就看那姑娘跟郝天龙好像在那儿说什么，紧接着就看那郝天龙在外屋儿坐着，冲这里屋儿说话："里屋儿哪位？请出来吧！"

　　赵璧冲着黑世杰一摆手儿，"走，准备家伙。"

　　黑世杰这工夫，手扶着刀柄，师徒二人由打里间屋儿一挑这半截儿白布软帘儿就出来了。赵璧心想：尽管说郝天龙武艺出众，不过，他这个茶馆坐落在苏州府的热闹中心，你郝天龙难道说敢在这里兴风作浪吗？啊？所以赵璧溜溜达达不慌不忙就来到了郝天龙的面前。

　　"哎哟，久违久违，少见少见，这不是郝天龙郝寨主吗？"

郝天龙在这儿坐着就站起来了，"失敬失敬，赵璧，赵参将。"

"哈哈哈哈哈，郝寨主，今儿个到这儿来，听说你是冒充我的名字来的？啊？郝寨主哇，这人生在世呀，可真是什么事儿都有哇，有学人家这个，有学人家那个，有跟人家学手艺，有跟人家学武艺的。您这个办法好哇，什么都甭学，学人家的名姓儿，这样的话就可以冒名顶替，把我的光圈戴到你身上，是这意思吗？"

"呵呵呵呵呵，赵璧，大概你也不会想到是我到这儿来了，我学你的名姓，又有何益呢？嗯？赵璧，自从打连环套，你我分手之后，我郝天龙时时刻刻没有把你忘了。之所以想着你，就是因为我们两个在连环套里边，有一场争斗。我郝天龙还算命大，半路上被人救走了。今天，我又来了，实不相瞒，这回到苏州来，就是特意找你来的。我怕你在公馆里边不敢出来，我就使用了这么一条计谋，这条计谋叫撒下香饵，引鱼上钩。哼哼，使别的招儿，大概你不能出来，我使这个招儿，你一生气，这不就到这儿来了吗？赵璧，我就想要跟你见见。"

"哦，想跟我见见，跟我见见之后想怎么着呢？"

"我跟你见完了，我想请你跟我走一趟。"

"哎呀，咱俩真是不约而同，我跟你这一见了，我想请你跟我走一趟。"

"哼哼，赵璧，我想请你跟我到我的住处。"

"我想请你到我的那公馆。"

"我想请你进我那龙潭寺。"

"我想请你进我那……监狱。"

"赵璧，咱们两个究竟谁能请动谁，还得要比试比试吗？"

"当然啦，也不是没较量过，连环套咱不是比画了一回了吗？"

"好！"说着话，就看郝天龙他没亮兵器，伸手照着赵璧那脖领子，啪——一把他就抓过来了。他一抓赵璧的工夫，赵璧往旁边一闪身。赵璧这武艺，在武林高手当中虽然不算上乘，但一般来讲，三脚猫四门斗儿的，那也有两下子，平常人也到不了他跟前儿。郝天龙一抓他，赵璧旁边一伸手这么一呀他这腕子，郝天龙把这手一撤，哗——一个靠山背，斜着往前一贴，赵璧往旁边儿一蹦，围着桌子俩人儿就转起来了。

俩人插拳绕步这一打，赵璧心里边儿非常明白，他知道郝天龙的武艺，打长了，他绝对不是郝天龙的对手哇。赵璧一边儿打着，嘴里边儿就叨咕："徒弟！上！"他告诉黑世杰，心想，我这徒弟最近正在跟关泰练刀，尽管他这个刀法还不算精熟，但是，要是师徒两个人打一个，那比我一个人儿跟他忙活那就强多了。

黑世杰，师父不喊他也准备上了，这工夫把单刀唰——就亮出来了，"好咧，小子，你还别吹，你想欺负我师父，你还冒充我师父，没那事儿！我是他徒弟，别看我是剃头的，我是专门儿剃刺儿头的，你看刀！"

他说着话一摆刀，要往上上。他刚摆刀要往上上，旁边由打那个栏柜后边，何忆舟那老头儿过来了。就看这老头儿往腰里边儿一伸手，哗啦——这一抖搂，拽出来一条七节鞭，这老头儿把这链子鞭一提溜，"哎，我告诉你，我跟你来！"啪——抖手一鞭，就奔着黑世杰来了。

这一招儿可在赵璧和黑世杰的意料之外，黑世杰心想：耶！他万没想到哇，这开茶馆的掌柜的，瞅那个土头土脑的样儿，敢情他也是个贼啊？啊？还带着链子鞭，他们是一伙儿的？就看他这链子鞭一来，黑世杰缩颈藏头一低头，摆刀相迎。

这一打起来，黑世杰就喊上了："师父啊，看不离儿啊，就搬人去吧，不行哪！"

黑世杰说了实话了。心想：咱们轻敌了，师父，要说上当的话，就上这老头儿的当了，敢情这是个强盗。赵璧此时刻心里也明白了，赵璧一看这可不好，我得想法儿快跑哇，跑出这个茶馆，回到公馆里边儿好把这些弟兄们叫来，大伙儿帮忙来捉拿他们。如果说我在此恋战的话，用不了一会儿，我们师徒二人都得让他们把我们抓住。要是被抓住的话，公馆里边儿连个信儿都不知道哇，这事儿就麻烦啦。赵璧就跟郝天龙两个人动手打着打着，一边打他一边儿退，赵璧一看旁边那张桌子上，也不谁刚才在那儿喝茶呢，有半壶茶放在那儿。赵璧顺手把那茶壶就抄起来了，"看家伙！"一看还有一茶碗，"着家伙！"这一打，郝天龙左躲右闪。这一躲一闪的工夫，赵璧就奔着门口儿那儿去了。他奔门口儿那儿一去，他一看门口儿那儿，那姑娘正在那儿站着呢。

姑娘在这儿站着，掐着腰儿，瞧那意思，你谁也别跑。赵璧一看姑娘在那儿站着，心想：这门儿，我是非得夺门而出不可呀，"哎，姑娘，你给我闪个路儿。"

"哼！闪路儿？

"你走不了啦！"

赵璧心想，事到如今，我也别管我这参将身份了，他上手奔着姑娘眼睛一晃，这姑娘俩手这么一划拉他，赵璧一猫腰，就来一黑狗钻裆。这招儿实在是万不得已才使出来的，他往这姑娘这裆里一拱，这姑娘："哎哟，这个缺德的……"往旁边一闪身，赵璧噌——就出去了。赵璧出来心想：我的妈，我快点儿跑吧！

赵璧撒腿如飞这一跑，郝天龙随后就追，郝天龙刚出了茶馆门口走出两三步，他站住了。这姑娘随后也跟过来了，"怎么着？追他！"

"不行！我告诉你，不能追。"为什么呀？郝天龙发现赵璧一边儿跑，一边儿往怀里边掏，他这一掏呀，郝天龙马上就想起那哼哼药儿来了。郝天龙现在是惊弓之鸟哇，他闻过赵璧那哼哼药，闻上之后就撅着屁股在那儿哼哼，什么事儿都不明白了，那简直就太惨啦！郝天龙想，大概是他带这玩意儿来了，刚才没倒出手儿来，他没工夫往外掏。这工夫往外一跑的工夫，他就掏药了。

"我告诉你呀，可不能追，这个小脑瓜儿损透了。他有一种哼哼药儿，咱们要一追他，他回过身来，噗——给咱一人来一口，咱俩就在大马路上，不管有多少人，就得冲他在那儿哼哼。"

"啊？是吗？还有这种事吗？"

"那可不吗？行！抓那小子！"这工夫郝天龙跟这姑娘一转身，进屋儿。黑世杰，他毕竟是一个人哪，他跟那老头儿两个人动手打着的工夫，这姑娘二番进来，就伸手掏出一个套索来，在她后腰这儿拴着呢。看来，他们是早有准备，准备着要捉人，这姑娘把这套索一抖，看黑世杰跟那老头儿正交战，注意力不集中的时候，啪——这套索过去，嗖——一掏，把黑世杰给套上了。

黑世杰这一被套上，黑世杰这刀在手里边，"耶——我这……"

"过来!"往这儿一拖,嗖——的一下子,郝天龙过来一脚,就把那刀给踢飞了。姑娘到跟前,掏出绳子来,把黑世杰抹肩头拢二臂就给捆上了。

黑世杰被绑上之后,心想:完喽!完喽!所幸哪,我师父还跑了,要是我师父再跑不了,那就更惨了。"我说你们几位,你们要做啥嘛?你们就说。你们把我捆上干啥?"

郝天龙说:"把你捆上干啥,一会儿你就知道了!怎么办?咱们从哪边儿走?"

就看这何七姐说了:"把大门儿上上,咱们从后边儿走,走水路。"

"好!"那何忆舟老头儿过来,把这茶馆儿门关上了,里边插上。然后来到了后屋儿,到后屋儿,就跳过了窗户,把黑世杰也由打窗户里边架出来了。顺着这个地方往下走,有个石条台阶,一直走到河边。敢情这只船哪,早准备好了的,就是他们预备的船,把黑世杰就推到船上去了。

郝天龙,再加上何氏父女,都上了船,"爹,您回去看看,把后门儿也锁好。"

"欸。这你甭管了。"就看这个何忆舟一转身,又上茶馆里头了。转悠了半天,好像是有该带的东西带着,转身出来把门锁上,又顺原道儿下来,上了船。这何忆舟拿起船篙来是支舟离岸,然后摇着船橹,这小船儿顺着河道往前行进。

这工夫这黑世杰已经给弄到船舱里边了,倒剪二臂。黑世杰靠着那船帮,瞧着坐在他对面儿的这位姑娘何七姐,又看了看那边儿的郝天龙。黑世杰跟这何七姐搭话:"我说,我说这位大姑哇……"黑世杰嘴挺甜,心想:事到如今我已经被拿住了,我这个嘴儿就得甜着点儿,不然的话呀,待会儿没我好儿。"哎,我说这位大姑哇,你抓我做啥呀?啊?我呀,在那个公馆里头哇,是最不受器重的一个人。抓我这个人哪,一点儿用都没有。"

"哼,抓你没用哪,我们也好有个交待。跟你说句实话,今天从我们的本意,是抓赵璧来的。可万万没有想到,赵璧把你带来了,结果抓他没抓着,把你抓住了,把你抓住也算我们不虚此行。"

"唉,行!抓我一个小孩儿,有啥意思呀?你知道我是干啥的吗?

我是呀，剃头的。我就给那个施大人哪，还有那众位差官，给他们剃头，刮脸，修脚，按摩。哎，我啥活儿都干，是侍候人的。今儿个我跟赵璧来呀，你别看我管他叫师父，实际上哪，我们俩呀，这是开玩笑，这么个称呼。我说大姑哇，真的，我就是剃头的，我还会梳头呢，你像你这个头，这个发式，我都会。你这个头哇，叫蝴蝶儿头。哎，我说这位大姑哇，要按你这个脸儿说呀，你梳这样儿的头哇，它不好看。你要是变一个发式，那你比现在就漂亮多了。"

"那你说我得梳什么发式漂亮呢？"

"啊？梳啥发式呀？你比如说吧，这个头，有日月双鬓髻，啊，还有嫦娥奔月的那种仙人头，还有仙女头。嫦娥奔月那种头，梳起来之后头上乌云滚滚，那看上去，哎呀，那可是太好看了，得儿得儿的了那就。不过你这个头哇，你梳得跟那个脸型，它不配套。再者说了，你这个脸，我看着有点儿该绞了，这个脸要是不绞它就不放光儿，绞完了之后哇，那才光彩照人。你不信哪，你要到了地方之后，你就把我叫到你那屋儿去，你看我给你收拾收拾，保证，我让你比现在这人才啊，还能长出七分来，现在就已经有十八分了。"也不知道他这是什么账，主要黑世杰呀，就想讨好这何七姐。

你还别说，爱美是女人的天性哪，这何七姐本来就长得漂亮，但是听黑世杰这么一讲呢，她觉得，好像黑世杰这个人还能把我打扮得更漂亮。何七姐还真认真了，"嗯，行！到了地方再说。你要真会的话，我到底看看你这手艺怎么样。"

"那没的说！你瞧着吧！"

这工夫他们一边儿说一边儿唠，这船往下行走，奔哪儿来？奔龙潭寺方向。当他们上了岸来到龙潭寺的工夫，已经到了吃晚饭的时刻。这何七姐加上何忆舟，再加上郝天龙，把黑世杰推推搡搡，押着就进了龙潭寺。进龙潭寺之后就进这西跨院，进了西跨院儿，恰恰是柳青这一伙子人正准备要吃晚饭。桌子上的菜都摆好了，酒刚要上还没等喝，何忆舟跟何七姐进来了。

他们进来之后柳青马上就注意了，"哎哟，你们回来了，怎么样？"

"嘿，怎么说呢，逮住一个。"

"逮住一个？押进来！"说了一声押进来，外边郝天龙一推，就把黑世杰给推进来了。黑世杰进来，也没看这屋子里边儿都谁跟谁，就觉得有两桌子人在这儿坐着呢。黑世杰目不旁视，往主要的方位看，一看那柳青在那儿站着呢。

"你们这抓的谁呀，啊？我让你们抓赵璧，你们怎么抓来个小孩子？"

"赵璧跑啦，就把他抓住了，这是赵璧的徒弟。"

"赵璧的徒弟？要他有什么用？我为的是抓人质，好去换赵忠，就这么一个孩子，他们能换吗？"

"对啦，我没用，我是个剃头的。"

"还是的，你们抓了个剃头的，真是废物透了。留他有什么用？来呀，把他拉到庙后边树林子里头，砍了！"

第八十四回　绾盘龙黑世杰活命
　　　　　　　识金蟾黄九龄盗宝

　　黑世杰被带进了龙潭寺。白面判官柳青一看是黑世杰，他感到很扫兴，为什么呢？因为黑世杰不是他要抓的那个人。柳青要抓的是赵璧。这是怎么回事儿啊？自从他们由打苏州府回来之后，赵忠被抓住了，柳青呢，就想办法要救赵忠。柳青这个人是绿林当中有头脑的一个人，他有些馊主意歪点子，他想了一个招儿，他想要以人质换人质。就是说，在众办差官里边抓一个人来，来替换赵忠。抓谁呢？柳青一琢磨，就抓赵璧。柳青觉得抓赵璧有条件，所以他就设置了这么一个圈套儿，安排在春霖茶馆里。

　　春霖茶馆的这位何七姐啊，跟柳青是一种姘居关系，所以柳青对她是非常地相信。让这何七姐的父亲何忆舟，假装成茶馆的这么一个老实的老头儿，到那儿去告状去，诓赵璧过来。恰恰在这个时候，直隶雀山柳林川，窦尔敦窦寨主又派来了郝天龙、郝天虎弟兄两个人，到这里来询问刺杀施公的进程如何。那么郝天龙这一来呢，柳青就让郝天龙也参与这个事，所以郝天龙也就到那儿去了。

　　圈套儿设好了，这赵璧还真就上钩了。赵璧带着一个徒弟黑世杰，结果到在那里这一抓赵璧没抓住，他们把黑世杰给抓来了。柳青觉得这黑世杰是个小孩子，又是个剃头的，从他这个身份来讲，从他这个价值来讲，差得太远。抓住这么一个孩子，要说跟那个施公换赵忠，他能跟我换吗？柳青觉得呢，他这个计谋哇，白费劲了，所以他告诉手下人："这个人没用，把他拉到这个庙后头树林里边，给我砍了！"

柳青一说砍了，黑世杰当时心里边咯噔一下子，黑世杰心想：完了，看来呀，生有处死有地，该着哇，我要死在这庙后头。黑世杰心里边咯噔一下子，在屋子里边众人之中还有一个人心里边咯噔一下子。谁呀？黄九龄。黄九龄就在那个桌子旁边坐着呢，黑世杰被推进来的时候，黑世杰没看见黄九龄，黄九龄可看见他了。黄九龄想：呀！这怎么把黑世杰给逮来啦？哎哟，这是我小朋友哇。尤其是他一听说，要把黑世杰拉到那庙后边给砍了，黄九龄暗想：他娘的，你们要砍他，我就得砍你们！黄九龄这阵儿可有点儿绷不住劲了，心想真要是把黑世杰往外拉，要往庙后边树林里边儿送，我呀，就豁出去死，我也得救他。

就在这个千钧一发之际，旁边有人说话了。谁说话了？那何七姐。"慢着，别把他砍了呀，费挺大劲抓来的，你干吗把他砍了呀！"

"留他有什么用呢？"

"哎哟，这人哪，他剃头的你知道吗？他不光会剃头，还会梳头，还会绞脸，他什么都会。在道儿上跟我说啦，他给我收拾收拾，我留着他有用呢，让他给我梳个头我看看。"

"哎呀，妇人之见，你留他……"

"我就要留他，你想怎么地吧？让留不留吧！"

"好，好好好好好，留留留留……先把他押下去！"

"搁旁边看着呀，吃完了饭，我找他。"

"好咧！"

过来俩小和尚，把这黑世杰押到旁边一间屋子里边去了。柳青敢情对这何七姐，他没办法。因为这何七姐是他相好的，在这时候哇，柳青就得听她的了。这么一来，黄九龄的心中是暗暗庆幸，哎，这不不错，心想黑世杰，你命还不小。

他们这里马上举杯祝酒，开怀畅饮，开始吃饭了。吃完了饭之后，这何七姐主动地先出来了，告诉那俩小和尚："把他押我房间来。"这何七姐在这儿单独有间房，她跟柳青在这儿住。柳青在前面跟这些弟兄们在议论下一步行动呢，何七姐呢，就把黑世杰叫到自己的屋子里来了。这屋子里边儿有一大梳妆台，对儿有一大镜子，在镜子前面摆着很多烟脂粉应用之物。何七姐就把这个黑世杰叫到跟前，"你不说你会梳头吗？你还会给我绞脸吗？今儿个你给我收拾收拾，我看看怎么样。"

"行，行。不过有一样哪，我这是被绑绳捆着呢，这玩意儿要是捆着我可没法儿收拾。"

"来呀，给他把绳儿松开。"

这俩小和尚过来了，"呵，呃，他身上有兵器没？"

"不要紧，我看看。"这何七姐，没把黑世杰放在眼里。一摸，身上没有兵器，他使那个刀，早已经给他摘下来了。"绑绳松开！"

绑绳松开了。

"哎，这东西，捆得还挺麻。您坐好了，我给您梳。"

"我告诉你呀，你这个剃头的小子，你要是给我梳好了呀，你这个小命儿就活下来了。你要是梳不好哇，大概你这个小命儿就得扔在这儿。"

"我知道我知道，这事儿我还不清楚吗？您放心，保证我就给您把这头给它梳好。"一边儿说着一边儿动手，把她现有的这个发髻都给解开了。解开一抖搂，拿过这木梳来这么一梳，"哎哟，您这头发呀，这头发可真好，又黑又亮，比那猪鬃都粗哇。"

"嗯？什么？你这说的什么话？"

"哎呀，嘿！我该死，你看我这说的啥话呀，其实真的，这是一点儿也不唠玄，你这个头发真是，是又粗又黑又亮哪。哎呀，百里不挑一的好头发呀，哎呀，不但亮，还长呢，你看看……"

这黑世杰一边儿给她梳头一边儿嘴里边叨咕着，紧着给这位何七姐刷色儿。黑世杰会不会梳头哇？这黑世杰他真会梳头。因为他在他们老家那儿，那是科班儿出身学的剃头，不管是男的还是女的，美容美发，这是他的专项。黑世杰把这头给她梳了一个盘云髻，比她原来的那个蝴蝶鬓鬏可好看多了。这个盘云髻是层层往上盘，这头发挺高给盘起来了，特有那么一种古典美。这盘云髻梳完了之后，他把这花再往这儿一插，一瞅这把兰花有点儿旧了，告诉手下人再摘点儿新鲜花儿，把这花儿给她一换。接着呢，又给她绞脸。古代女人这个脸哪，是绞脸，用那两根线绞着那劲儿啊，把那汗毛嚓嚓一搓，能给绞下来。绞出来那个脸，是光彩照人的。黑世杰会绞脸，给她这一绞脸，这脸绞完了之后，果然，使得何七姐又增加了三分人才。

脸绞完了头梳完了，让何七姐对着镜子往里边儿看看。何七姐朝着镜子，正面儿看完了侧面儿看，侧面儿看完了背面儿看，拿过一个镜子来俩镜子对着照，嗬！自己心里边儿是非常满意呀。暗想：哎呀，这个黑世杰还真会收拾，你看把我这一打扮，我觉得比原来又漂亮了好几分。原来自己就知道自己漂亮，今天拿镜子这一照，经过黑世杰这一打扮，比原来更漂亮一块。此时刻的何七姐就觉得，那皇宫里边儿的昭阳正院娘娘，大概也未必能赶得上我。自己心里边儿，有这么一份满足！啊！这么一份骄傲，这么一份自恃！

把镜子放下了，"好，你这头梳得不错，这脸绞得也不错。你呀，还算有点儿福份，这条命给你留下来了，从现在开始呀，你天天就侍候我吧。来呀，把他捆上，送到地牢里。"

黑世杰一听，咋儿着？还把我捆上送到地牢里？"哎哟，我说小姐，你还把我送到地牢里？"

"是呀，这就不错啦。把你送到地牢里押起来，明天用你的时候哇，再让你出来，啊！这就是你的单独的福份啦，一般人来讲，想上地牢里边去都去不成，就手儿就把你杀了，在庙后边儿埋了。"

"哦，好咧……"

两个小和尚过来把黑世杰就捆上了。捆上黑世杰之后，把他推着就来到了西跨院儿。西跨院儿，那儿有一个罗汉堂，这个罗汉堂里边儿有十八尊铁罗汉。走到一个罗汉的跟前儿，黑世杰瞅着那两个小和尚，也不怎么往那个罗汉的身后边儿，往什么地方一抠扯，一按，就见这个罗汉，自个儿就挪开了。罗汉这身子下边儿，就是个黑窟窿，一个地穴口。

小和尚头前儿一个下去了，"下来！"

黑世杰被押着也跟着下来了，进了这个地穴里边儿一看，这是一个地窖子。他下来之后，黑世杰这两个眼睛往远处看看不出去，面前是一片漆黑。后边那个小和尚也下来了，推着黑世杰往前走。走不多远，发现在旁边，有一点光亮，黑世杰一看，这是一间屋。这屋子里边儿，点着一个小油灯，照着这么一点小光亮。黑世杰心想，这里边是又阴又潮又黑又窄呀，在这里边儿一待呀，这可不是人过的日子，现在是没辙了，就得在这里头忍着了。

"来来来来，到时候我们给你送饭，老老实实待着呀，可别想跑，要跑就没你的好。"

"我明白，哪儿跑哇？这地方多牢靠哇！嗯，你想让我走我都不走啊，我要走的话我找不着道儿。"

黑世杰坐这儿，两个小和尚出来，就把这个罗汉给移到了原位。回来就来向这何七姐禀报。

这个时候，柳青呢，跟前面这些个人正在谈论，下一步怎么办。柳青就说了："看来这次没有成功，这个赵璧没抓到，要依我的主意呀，下一步，还得抓赵璧。不把这赵璧抓住，不能换赵忠。"

谢五豹在旁边一听，"我说柳青，为什么你单得抓这赵璧呢？"

"哎，你想啊，他们这公馆里边这些人，我们要想刺杀施世纶，他们对施世纶保护得非常严密，不容易得手哇。你要想杀黄天霸，黄天霸手中这口单刀，镖囊里边那几支镖，也不是好对付的。唯有赵璧这小子，这个小子，你要论他功夫吧，他还没有多大本事，他就是有这么一肚子坏心眼子。如果你要把他单调出来，抓他是最稳当的了，他没多大能耐。而他在这些差官里头，占据着重要地位，有很多主意都是赵璧出的，所以我对他恨之入骨。"

旁边那郝天龙就说了："对，我对他更恨。那个小子还有一种缺德药，闻上就哼哼。"

谢五豹说："照你这么说，赵璧一肚子心眼儿，那也不是好抓的呀？"

"是呀，为了救赵忠，我们不得不这么办。"

"嗨，我说柳青，我看这样，你不就是为了救赵忠吗？何必再抓赵璧换赵忠呢？啊？这不拐了个弯儿吗？脱裤子放屁，多费一道手。"

"那依你之见呢？"

"依我之见，赵忠不就在苏州的衙门里边押着呢吗？直接把他救出来就得了嘛！"

"哎，谢五豹，你谈何容易呀，赵忠那是重犯，他在衙门里边儿押着，肯定有很多人看着他。你能救得出来吗？"

"能！我就能，你信不信？"

"谢五豹，咱可别说大话呀，这话说出来咱得做得到。"

"那当然了，国宝我都盗了，何况一个赵忠，我能救得了他！我今天晚上就去，不信咱们打个赌，我保证能把赵忠由打这监狱里边儿给救出来。"

"是吗？真要那样的话，那我就谢谢你，不但我个人谢谢你，我代表众位弟兄再谢谢你。"

"好啦，咱就这么定啦。不过有一样，我现在把国宝炸海金蟾带在我的身上。今天晚上，我要到监房里边去救赵忠，这也不是个容易的事儿，万一有个闪失差错，我怕把这件国宝呢，丢失了。这件宝贝，我得委托给一个人儿，这里边儿啊，我谁也不信，我就信得过大住持，智能和尚。大住持，我这件东西给您怎么样？"

这工夫他看了看，在旁边一直不爱说话的这龙潭寺的大住持智能。这智能和尚，大脸盘儿，嘟噜脸蛋儿，魁伟的身躯，在那儿一坐，颇有点儿金刚罗汉的气质。这个人很少说话，一直在这儿不言语，听别人讲。这工夫谢五豹一说这句的时候，智能和尚微微一笑，"哼哼哼哼哼哼……好吧，你要信得过我，那是万无一失啦。"他那话，说的是那么自信，说得是那么有把握。

谢五豹说："好嘞，冲那么说，我把这样东西先交给你，当着众位弟兄的面哪，你们可都看见了，这国宝可是我盗的。"谢五豹一伸手往怀里边抠扯半天，拿出来一个小盒儿，这个小盒是拿个布包着，黄布，包得非常结实。这小盒儿一拿出来的工夫，柳青在旁边就说了，"哎，我说谢五豹，你这国宝自从到手之后，可一直没给我们弟兄看过呀。今儿个，你既然交给大住持呀，交给他之前，让我们开开眼界怎么样？啊？"

"好！让你们看看。"谢五豹伸手，就把这个黄皮儿给解开了，黄布皮儿解开之后，里面是一个金盒子。啪——把这盒盖儿一打，谢五豹说："这盒儿，也得值老了钱了。盒儿里边这个东西，那就是无价之宝了，炸海金蟾。众位，你们知道为什么叫炸海金蟾吗？大概你们都没有研究，这个，还得说赵员外赵忠，人家懂，人家跟我讲了。来，把那个刚刷完的碗给我拿一个来！"

有人拿过一个大碗来，这大碗里边盛着半碗凉水，就放到这桌子当间儿了。就看谢五豹一伸手把这小盒盖儿打开，由打里边儿拿出来一个碧绿颜色的小蛤蟆，三条腿儿。他把这个玩意儿往这水里这么一放，不大会儿的工夫，就看小蛤蟆周围这个水咕嘟咕嘟咕嘟就咕嘟起来了。这工夫大家伙儿就全都围过来了，黄九龄在外围蹭着个凳子伸着小脑袋儿往里看，心想：哎哟，这就是炸海金蟾哪？我爹寻它不着找它不到，今天这玩意儿在这儿呢！我得想办法儿把它偷过来！

第八十五回　盗宝触机簧九龄伤臂
救人寻门路谢豹探监

　　谢五豹当着绿林中人的面儿，拿出来自己盗取的炸海金蟾，他这也是在大伙儿的面前炫耀一下自己的本领。把这个炸海金蟾往那水碗里头一放，周围这些人全伸着脑袋往这儿瞧，最关注的莫过于黄九龄了。因为黄九龄，他从黑世杰和贺人杰的嘴里边得知呀，施大人这次奉旨下苏州，最重要的一个事情，就是要查访盗取国宝的贼寇。所谓这国宝，就是这炸海金蟾哪，黄九龄在人群儿外边儿站在凳子上，探着身子往里边儿瞧，他要看看这个炸海金蟾是什么样子。一瞧这碧绿碧绿的小蛤蟆，三条腿儿，放到那水碗里了，这个水呀，就开始咕嘟，咕嘟咕嘟咕嘟咕嘟咕嘟……像开了锅一样。这个小蛤蟆脊梁背儿上，用水这么一泡，有这么三条金线，这小蛤蟆那眼睛，有两个金圈儿。这种东西，迷罗国是怎么制作的，谁也不知道。为什么把它放在这个水碗里边周围这个水就咕嘟，谁也讲不清这个道理，也许正因为谁也讲不清道不明，所以它才称为稀世之宝。如果这玩意儿要放在今天呢，可能这科学家就得研究研究了，看看它这身上都有什么化学成分，有什么矿物质。可那个时候呢，科学并没有这么发达，大家伙儿只觉得这个东西奇怪，正因为它奇怪，所以它就值钱。

　　黄九龄看这玩意儿，心想：嘿！这个玩意儿真好玩儿呀，啊？这小蛤蟆放到这水里边它就咕嘟，啊？要是熬粥的话，把它扔粥锅里边，是不是它就能把那米就弄熟了呀？哎？有意思。大伙儿看着，都愣了，"好东西，谢五豹，你真有本事！"

　　"好东西呀？众位，看清楚了吧？啊？好东西不能看时间长喽，看时间长了它就不值钱了。"他一伸手由打水碗里把这蟾拿出来了，把这金蟾拿出来之后又放到那个金盒里头了，盒盖儿啪——一合，然后拿那黄布一包一系。"老住持，这玩意儿就交给你了，你把这玩意儿可替我收着。"

和尚智能就把这盒儿接过来了，"弥陀佛，善哉，好，贫僧把你这件东西给你好好地保存。你什么时候要，就尽管跟我说，你还放心，这件东西到在我手里边儿，我把它放到一个地方，谁也不会把它再找到的。"

"呵，那当然啦！正因为知道您有地方儿放这个宝，所以我才把它给您。"

"好啦，我把它放起来。"就看这大和尚站起身来往外就走。

大和尚站起身往外走哇，这黄九龄在后边就跟出来了，黄九龄心想：我得看看他把这玩意儿放哪儿。黄九龄跟这大和尚特熟，是这两天在这儿待着，通过殷启知道的。他怎么知道的呢？知道殷启跟这和尚非常有交情。据殷启讲哪，这个和尚跟他姥爷殷洪，两个人都特好，所以黄九龄呢，对这个和尚，并没有什么避讳。心想，我就在你身后边儿跟着，我看你把这玩意儿放哪儿。

这和尚头前儿走，黄九龄随后跟，就看这和尚直接奔这个大佛宝殿来了。来到大佛宝殿门口儿这儿，这和尚驻足回身，"嗯？你怎么跟来了？"

黄九龄心想，我小孩儿，嘿，我就以小装小。嘿，"呵，哎，师傅，我想再看一眼那小蛤蟆，您能不能把那玩意儿再拿给我，我看看，啊？"

"呵呵呵呵，九龄哪，这个东西，能是你这小孩子随便看的吗？这是国宝呀，价值连城，你要是一看，万一拿不住掉地下，给摔掉一个腿儿，这玩意儿就不值钱啦。"

"我掉不了地下，你给我看看。"

"不行！不能给你看！"说话间这和尚迈步就进了大殿了。和尚进大殿，黄九龄也跟进来了。

"哎，你回去吧。"

"我不，我就在这儿再看看，您能不能再给我瞧瞧？"

"不能再给你看了！现在，这个东西，我就把它寄放起来啦。"

这和尚直接绕过了供桌就来到这个西天如来佛的佛像跟前。这大佛像，是一个铜铸的，和尚来到佛像跟前用手一摸如来佛那个肚子，也不往哪儿那么一摁，黄九龄在旁边看着呢，就在那肚脐旁边儿好像有一个地方，这和尚拿手这么一按的工夫，就看这个大铜佛呱——把这嘴就张开了。嘴一张开，唰——这舌头伸出来了，黄九龄一看，嘿这玩意儿挺估董的呀，这铜佛怎么还会吐舌头哇？接着就看这和尚把那盒就放到舌头上了，他又往这肚子那儿一摁，嗻儿——那舌头又缩回去了，呱——嘴合上了。

大和尚回头看了看黄九龄，"呵呵呵，九龄，你瞧这好玩儿不？"

"嘿，真好玩儿，那就放到那佛爷肚子里去了？"

"啊！它再就不出来了，谁也拿不出来了。"

"那将来他要要呢？"

"他要要的话，那只有找我，除了我，谁也拿不出来。回去吧回去吧，啊！"

这和尚让黄九龄回来，黄九龄跟着这和尚就回来了。回来的工夫，这些绿林中人，都各自回各自的房间去休息了。黄九龄呢，他跟殷启，爷儿两个住一间屋，到这屋子里之后，殷启就问他："九龄，你刚才干什么去了？"

"我刚才我去看看，他那个炸海金蟾他放什么地方了，他放那佛爷肚子里了。"

"小孩子家的，可不要可哪儿乱出溜啊。我跟你讲，这龙潭寺周围，可到处都有消息机关，你要是乱捅乱动，说不定哪，就把你伤着哪儿，啊，记住我的话。"

"我知道，我干吗乱捅乱动哪，我哪儿也不去。睡觉睡觉睡觉……"

黄九龄跟殷启爷儿两个躺在床上了。躺到床上，黄九龄可睡不着，他在这床上翻过来掉过去地折饼儿。黄九龄心里边儿就合计：今天晚上我干什么呢？嗯？刚才那谢五豹说，他要上苏州府公馆里边儿，去救那赵忠。谢五豹去救赵忠，我随后跟着他，也跟到苏州府？就像那天似的，我把谢五豹再端下去，把他也抓住？黄九龄又一想，他去救赵忠哪，这个事儿不太重要，他未必救得了赵忠。公馆里边有我父亲等那么多能人高人，那么多差官，他们都身怀绝技。这谢五豹一个人就能把赵忠给救出来？哼，我看不能。另一件事儿，那就是这个炸海金蟾，这个炸海金蟾这是至关重要的一件东西。如果我要在龙潭寺里边儿，把这件儿东西，能够偷出来，交给施大人，我的爹爹，我的那些叔叔大爷们，肯定都得高兴哪。都得说，九龄真有本事，那么点儿小孩儿，到龙潭寺里边儿，把国宝给偷出来了，他们大家想找都找不着，结果呢，我弄到手啦。这下子，施大人高兴，我爹也高兴哪，我爹一高兴，我跟我爹一说，回到花家桥，就把我妈给接来啦，他们老两口儿还得就团圆了呢。对，我呀，我把那炸海金蟾我给它偷出来。这老和尚放那炸海金蟾的时候儿，我记住他那位置了，就摁那肚子。那佛像那肚子旁边那地方，拿手一摁，它嘴就张开了。张开，就把那舌头伸出来了，舌头伸出来，他把盒儿放里头了。我接着再一摁呢，他肯定嘴一张，那舌头又出来了，把那盒儿就递出来了，是这个道理，嗯。

黄九龄想到这儿啊，他这个觉就睡不着了。他在这儿挨时间，听打二更的时候，唧唧，嗖——嗖——，他自个儿蔫么悄动的，由打床上轻轻地起来了。看了看殷启，殷启睡得很熟。黄九龄由打床上轻轻地下来，穿好了鞋，这衣裳哪，刚才根本就没脱，因为他这心里边有事儿，准备要出去。他倒着身子往外走，他看殷启，如果殷启这个时候要是起来一问你上哪儿去，黄九龄告诉他我上厕所。我借着上厕所这工夫，我也得上那大佛殿里去。一直到退身出门，一看殷启还没有动静儿，就知道他二舅没发现他。

黄九龄出来之后，直接够奔那大佛殿。他一边儿走着，一边儿回头看着，生怕有别人发现了他。他一看这院子里静悄悄，一点儿动静儿都没有，并没有人注意他，黄九龄就来到了大佛殿的门口儿这儿了。来到门口儿这儿他一转身，又回头看了看，没人，好嘞，迈步他就进了佛殿了。进了大佛殿之后，他一看，这西天如来佛的前面儿，有一张供桌，供桌上掌着一盏灯，这桌子上面香炉里边儿，还燃点着香火。嗯，黄九龄绕过供桌，就来到这大铜佛的跟前，他蹬着这个铜佛的底座儿就上来了，回头往外边儿又看看，心想：对，就这肚脐眼

儿的这边儿，这个地方，这好像是活的，有个四方的印儿，他就摁的
这儿。

黄九龄这么一按，果然，四方的这个小铜块咕嘟，就进去一块。
这一进去，这个大佛这嘴就张开了，呱——嘴一张开，唰——这舌头
就伸出来了。黄九龄摁完了之后一看它这嘴，欸？伸出来了。伸出
来，那舌头上面没有那盒儿。怎么没有那盒儿呢？嗯？黄九龄是蹬着
这个佛的这腿，他就又上了一层，上来之后一伸手哇，刚够着这舌
头。欸？再往上蹬，这佛像是端着一只手的，他再一蹬，就蹬到这手
上了。蹬到这佛像的手上，这回就看见了，啊，不对呀，这舌头上面
什么也没有哇？可能是在这嘴里头，在深处，在嗓子眼儿那地方卡着
呢，我往里掏一下子。

黄九龄伸手往里边儿就这么掏。往里边儿刚这么一掏的工夫，他忽
然发现这大佛像这嘴啊，舌头往回一撤，这嘴呱——合上了。这嘴一
合，把他这胳膊就给咬住了，这一咬住，黄九龄想往外撤，撤不出来
了，往里伸，也伸不进去了。这时候黄九龄可急了，呀，这怎么办这
个？怎么把我咬住了？欸！他拿手乱摸，不知道这消息机关在哪儿啊，
"我说你松开，你松嘴呀！你——"他跟这铜佛像说话，那能明白吗？

黄九龄本不想让别人知道，结果咬住他这胳膊之后，他就感觉到
越咬越紧，黄九龄心想：要坏呀，这玩意儿会不会时间一长，这佛像
这嘴使劲往下一咬，把我胳膊给咬折了呀？要那样的话，我不残废了
吗？黄九龄这回可顾不得别的了，他在这个大佛殿里边儿就喊上了：
"快来人呐——救命哪——"

他这一喊，夜静更深，这声音传得远哪，头一个听见他喊的就是
殷启。殷启睡梦之中听见有人喊救命，他睁眼一看黄九龄没了，殷启
赶忙就起来了。殷启起来了，大和尚智能也跟着起来了。另外还有几
个小和尚，听见声音，也都一块儿跑出来了。殷启出来之后，直接顺
着声音，就来到大佛殿，一进大佛殿一看，是黄九龄。这胳膊，让这
佛爷给咬住了。

"哎呀，你这个小冤家，你怎么跑这儿来了？"

"快点快点快点儿，不行啦，这胳膊咬得太疼啦。"

大和尚智能随后过来了，"九龄，我不跟你说了吗，不让你淘这

个气，那种东西，你是再拿不出来的。你干什么来了？"

"呃，快点快点儿啊，胳膊断了。"

"等着。"大和尚智能就绕到佛像后边儿去了，往佛像后面绕进去之后，也不知道他往哪儿那么一按，这佛像这嘴呱——张开了。嘴一张开，黄九龄把胳膊撤出来，"哎呀呀呀呀，哎哟，哎呀，咬死我了。这佛爷怎么还咬人呢？哎哟，再待一会儿，就把我这胳膊咬折了。"

智能和尚转到前面看了看九龄，"弥陀佛，九龄，这回你还来吗？"

"我不来了，再也不敢来了，这佛爷太厉害了。我就是想看看那小蛤蟆，我寻思我拿出来自个儿玩玩儿，没想到这佛爷他咬我。"

"就是，以后再也不要到这儿来啦。再到这儿来，说不定咬着哪儿呢！啊？听我的话。"

"啊，哎哎。好好好！"

殷启说："你这个小冤家，回去！回去睡觉去！"

"好！"黄九龄跟着殷启回来了。

这其中也有些绿林中人，对黄九龄这个举动，有的人不很理解，有的人呢，也就听了黄九龄的话了，以为这是一种孩子的心理，他想要看看那个东西。黄九龄自个儿就这么想的，我呢，大大方方的，我就是想要看看这个小蛤蟆，想玩一玩儿，反正我是个小孩儿。

黄九龄跟着殷启回来接着睡觉。其实这后半夜儿，黄九龄根本就没睡着。他还在琢磨，这玩意儿怎么能弄开呢？哦，这和尚怎么又跑后边儿抠扯去了？在后边儿摁的什么地方儿他这个嘴能张开呢？黄九龄想，慢慢儿地我在这庙里边儿我得把它研究透。研究透了这个佛爷的机关，我就能把这宝贝给取出来。

黄九龄在这儿琢磨着盗宝而又没盗出来。这个时候的谢五豹呢？二更天的时候已经离开龙潭寺，够奔苏州府，他要救赵忠。谢五豹当着众位绿林之中的人，夸下了海口，卖下狂言，他说今天晚上，指定能把这赵忠能给救出来。这话说出去了，那得说话算数儿啊，真要是今天晚上救不回来赵忠，他见了众位弟兄，他觉得丢面子。谢五豹心想：我救赵忠有办法。我不直接上监狱里边儿去，我先找苏州府的知府，因为苏州府的知府跟赵忠两个人情同莫逆。我找到苏州府的知府，我让他帮着我，把赵忠由打那监狱里边，提出来！

556

第八十六回　谢五豹行贿程知府
赵连城情牵黑世杰

　　谢五豹到苏州城里边儿要救赵忠，他左思右想，想出了一个事半功倍有捷径可走的道路，他要找苏州府的知府程方。他听赵忠跟他经常讲过，这个赵忠跟苏州府的知府程方，两个人是交情莫逆。所谓交情莫逆，就是说他们两个之间，有非常近密的经济关系。这赵忠哪，没少给这程方花钱，程方呢，在这经济上，也依赖赵忠，是由于这个，他们两个成了好朋友。

　　谢五豹暗想，我现在找这苏州府的知府去，我软硬兼施，跟他说明白之后，我就让他帮我这个忙，从监狱里边儿把赵忠提出来。他就是不提的话，我让他给我创造一个方便条件，今天晚上，我就把赵忠救着走了，就这主意。谢五豹来之前，先做好了准备，腰里边儿带了两锭金子。心想，这两锭金子，就能把这苏州府的知府给打动了。现在大清朝这些官员，没有不喜欢钱的，不管什么事儿，只要把我这钱递上，死的都能变活的，不动的就会变成活动的。

　　就这样，他来到了苏州府的城里，到了府衙门这儿，他翻身跳进院墙，没走大门，他直接够奔苏州府知府程方的住室而来。这苏州府的知府程方哪，现在都二更多天快三更了，还没睡呢，秉烛夜读。是在这儿学习吗？不是，闹心。知府怎么还闹心哪？这程方这两天一天比一天心里边儿觉得难受。因为这个钦差大臣施世纶，到在苏州之后，这程方方方面面的，都得好好地关照。开始的时候，他觉得这位施大人对他印象不错，从言谈话语之中，从面部表情上来看，施大人对他都是信任的。可是最近这几天哪，这钦差大人不大找他了，偶尔的有个事儿把他叫过去问两句，淡淡地把他就打发回来了。

您看这当官儿的，他都有这样一种本能，善于观察上级的眼色。这苏州府的知府程方，对施世纶的面部表情，细微末节，他都在观察。他从心里边儿感觉到，施世纶最近这些天，对他印象逐渐地淡漠，甚至于产生了厌恶。这程方就想哪，会不会苏州府的老百姓有谁暗自给他写黑信把他给告了呀？他自个儿做了个好多见不得人的事情，今天钦差大人一来，会不会有人给他抖搂出去啊？也许正因为这样，所以钦差大人对我才显得冷淡了。钦差大人对我这一冷淡，这就意味着我官路受阻哇。现在这个程方哪，他都不想能不能升了，他主要想的会不会降，我这苏州府的知府还能不能坐得住，这顶顶子还能不能戴得牢。所以这两天，都是三更天以后才睡觉呢。心里边儿百爪挠心，假装摆一本书放到桌子上，借着灯光往这书上看，书上是什么字儿，他自个儿都不知道，一溜一溜地这么瞧，瞧完这页他假装还翻过一页去，其实呀，这脑子完全没在这书上。

这位程知府正在那儿看书的工夫，谢五豹已经到在院子里了。谢五豹到在院子里边儿，来到他这个房门近前，这门是虚掩着的，谢五豹隔着门缝儿往里一看，一瞧知府大人正在看书。谢五豹轻轻一推房门，这门嗯，一响，这知府程方就抬起头来了，嗯？他一抬头，一看外面进来一个陌生人，不认识这个人。谢五豹一侧身子他就进来了，接着把门咣——他关上了，咕隆，门插关儿插上了。然后这才面带笑容，"程知府吗？"

"你是什么人？"

"程知府，您别惊慌，我无意加害于您。呵，我跟您说，我是赵忠的朋友哇。"

"哦，你……"

"我叫谢五豹。"

"哦，久仰久仰久仰，呃，快快请坐，快快请坐。"这程方听赵忠讲过，他最要好的一个朋友叫谢五豹，而且盗国宝那个事儿，赵忠跟知府也是研究过的。

谢五豹这工夫扯过一把椅子，就在知府旁边这儿坐下了。"知府大人，今天，半夜三更的，我到府上拜访，可是有件重要的事儿要求您。您能不能给我帮个忙哪?"

程方知道谢五豹,这是绿林中人哪,这样的人是不好得罪的。程方尽管心里边不高兴,但是脸上,假装带着笑容,"啊,呵,好。呃……你有什么事呢?"

"程知府,我的朋友赵忠被押在监狱里边儿,这你是恐怕知道的。啊?我的朋友赵忠,在没被抓起来之前,他跟我经常提到您,他说跟您情同手足,交情莫逆。现在,他在监狱里边,身受牢狱之灾。我呢,跟他也是好朋友,那么,他跟你是朋友,我跟他是朋友,咱们之间,自然也是间接的朋友了。好朋友自然要求好朋友帮忙哪,今天我到这儿来,我打算要救赵忠,逃脱这牢狱之灾。程知府,我前思后想哪,这个事儿,谁也帮不了这忙,只有您能帮我这忙。所以,我就豸着胆子,今天晚上到您这儿来了。嘿!这也是该着,您还真在家里,没别的,呵呵呵……"说着话,一伸手从腰间把这两锭金子就拿出来了,往桌儿上一放,寸金,两块儿,这两块儿就是二斤金子。"呵呵,这个呢,是我带给您的一点儿小意思,啊,您收着。我呀,不求您大张旗鼓,明日张胆地把这赵忠给放出来,您呢,这顶子得来也不易。我呢,只求您给我来个网开一面,牵扯不着您。您告诉我,他押在哪号班房了,您就告诉那狱卒,让他们呢,干点儿别的事儿,一会儿我就到那儿去,只要没有狱卒在门口儿那转悠,我就能把赵忠给救走。怎么样?这个忙您能不能帮?我可跟您说呀,这事情可牵扯到您本人,您要不帮这个忙,其后果……大概您也能设想,啊?"

"唉……这个忙,我何尝不想帮哪?壮士,我从赵忠嘴里边儿,也知道你的名字,也知道你是身怀绝技之人。不过这个忙,我是爱莫能助呀。"

"怎么呢?"

"这赵忠,他没在我手下押着。最近,这钦差大人施世纶对我并不信任哪。我从他的面部表情,从他和我几次接触当中,我就感觉到了。我这两天正为这件事犯愁呢。现在赵忠被抓起来我知道,并没在我这知府衙门的监狱里看押,而是在公馆里边儿有一间闲房,在那儿看押着呢。施世纶把这赵忠当作重要罪犯,他能那么轻易地把他交给我吗?他怕在我的监狱里边儿出了闪失差错。施世纶这个人哪,做事相当严谨，滴水不露哇。"

"哦，是这样。知府大人，你想过没有，这个赵忠如果是不被救走的话，日久天长，真要施世纶对赵忠施用非刑，赵忠要是受刑不过，他可就什么事儿都说出来呀。知府大人，他如果真要都招出来的话，恐怕连您……"

"我知道我知道我知道我知道……我自己做的什么事我能不知道吗？但是我现在也是干着急呀！你能不能有办法在他们那公馆里边儿把他救走哇？"

"我在公馆里边儿把他救走，这难度太大呀。我问你，施世纶手下这些人怎么样？我用金钱能不能把他打动？"

"哎呀，难就难在这里。施世纶这个人就是一个……怎么说呢？如果说他是个清廉官员，好像我是贪官似的，其实这个人他就是不近人情，他盐酱不进哪！到苏州来之后，有很多人去拜访他，他不见，有很多人给他送礼物，他不收。他手下这帮人，被他管的，也是这个样子，铁面无私。唉，都是一帮铁石心肠，正是因为这样，所以什么事儿也不好办。"

"噢？照这么说，那就得动硬的了。"

"动硬的你可小心哪，你们来了几个人哪？你自己一个人能救得走他吗？"

"那也没什么。既然今天我来了，那我就得碰碰运气。好！我现在到那边儿瞧瞧。"

"哎，慢着慢着慢着，壮士，这两锭金子您带起来，这个时候，我是说什么也不能收的。"

"怎么着？您平素当中也不是没收过？怎么今儿个忽然也清廉起来了？你怕那钦差大人？"

"呃……这倒不是，我还是小心为妙哇。万一被人觉察，这个事情好说不好听，你我交往，不在这一朝一夕，呃……日后我们还有见面的机会。"

谢五豹心中暗想，你这个赃官儿，哦，今天你不要这金子，因为现在风声太紧？你等着施世纶走了之后，等着我把这金子再给你送来？兔崽子，施世纶走了之后，这金子我也不送了。"好吧，既然这样的话，我也别给你添麻烦，这个我带起来！"两块金子，谢五豹他又揣起来了。

谢五豹站起身就出来了。这位知府大人一直把他送到屋门口儿这儿，谢五豹一回身，看了看左右没人，"嘘！请回，再会……"他一转身，噌——纵身上了房。上房之后由打苏州府知府衙门里边出来，直接够奔公馆。谢五豹想，这回我就得上公馆里边探看探看了，如果得手的话，就把赵忠救出来。

他来到施大人居住的公馆，在公馆的院墙外边转到旁边，先看了看院墙，两边儿没人。谢五豹觉得现在已经三更天左右了，到这时候了，一般人也该睡觉了，谢五豹一纵身噌——就上了院墙。胳膊肘一拐这院墙，看了看，这是那东配房，前院东配房的后房坡。双腿一飘，唰——这一下子，他一纵身，就到在这后房坡这儿了。到在后房坡这儿，他往前一探身子，在这房脊这儿一趴，把这脑袋露出半拉来，往前边这院子里边儿看。他一看这院子里边儿，没有人。他用目光往那边儿一瞧，这一溜东配房，把头儿那个地方有间房，房门外边儿有两个站岗放哨儿的差人，腰里边儿挎着刀。谢五豹心中暗想，肯定，把头儿那间屋，那大概就是看押赵忠的地方。嗯，好，我上那后边瞧瞧怎么样。他由打这后房坡下来了，这后房坡，后墙山跟这院墙当间儿是个胡同儿，他来到把头儿这间屋，他想从这后窗往里边儿瞧，一看这后窗户，原来是有窗户，现在已经给砌死了。由这一点，谢五豹进一步断定，这屋子里边儿，临时改成监房了，大概赵忠就在这里边儿看押着呢。他就手儿在这儿一纵身，噌——又上了后房坡了。趴到房脊上又往院子里边儿看，心想，三更天了，这个时候如果没有别人，没有他们的办差官出出进进，就这两个看守赵忠的人，我完全可以对付得了。我下去，三下五除二就把他们给宰了，宰了之后我就把赵忠救走了。

可是没有想到，今天晚上有一个特殊情况。什么特殊情况呢？这赵璧呀，今天晚上闹肚子。他为什么闹肚子？咱说了，赵璧跟这黑世杰上那春霖茶馆里去了，发现这郝天龙之后，赵璧就回来了。回来找人，他黄天霸呀，关泰呀等人找了一帮，奔春霖茶馆去，到那儿一瞧，春霖茶馆没人了。一打听旁边的邻居，邻居们告诉他了，说人呢，都走了，坐着船走的。赵璧就问，说："跟我来的，那小黑小子呢？"大伙儿说，看见啦，让人家一块儿给带走了。

赵璧心里就明白了，我这徒弟黑世杰呀，让人家给绑架走了。赵璧心里边儿很不是滋味儿，觉得自个儿是当师父的，这当师父的没把徒弟保护好，反而让徒弟替他走了。赵璧回来一个劲儿直叨念，"他们能把我那徒弟带哪儿去呢？"

黄天霸说，"他带哪儿去呀？慢慢就能知道。我想哪，他把黑世杰带去，也不会马上就给杀了，就给害了。"

赵璧说："也是。"所以赵璧自从回来之后哇，坐到自个儿那屋子里边，这心里边儿总觉得不得劲儿。由于今天在茶馆里边儿他喝了一回水，那姑娘给他沏那茶，也就那何七姐啊，给沏那壶茶不是新茶，是乌涂茶。赵璧坐那后屋儿，闲么见儿地等那假赵璧呀，心里不耐烦，真喝了两碗。这两碗乌涂茶喝到肚子里边儿之后哇，它就直咕噜。当时呢，由于这个精神紧张，回来要请黄天霸去抓贼，这肚子里边儿怎么地他都没注意。这一回来，赶到吃完了晚饭之后，这肚子里边儿开始来劲儿了，叽里咕噜叽里咕噜像房倒屋塌一样。一会儿的工夫就觉得这肠子拧劲儿疼，赵璧心想，我得上茅房。头一回上了茅房回来，待了不大的工夫，还觉得这肚子不舒服，他睡到半夜三更天，这肚子又绞起劲儿来了，所以赵璧他又起来了。

这个厕所呢，就在后院儿把角那个地方，赵璧到厕所里边儿他蹲着，他蹲肚。在那儿蹲了老半天，起来吧，他自个儿觉得好像还不应该起来，他抬头哇，往天上看这星星。他忽然发现有颗贼星，由打西北奔东南唰——过去了。现在管这玩意儿叫彗星，那个时候管它叫贼星，赵璧看着这玩意儿，嘿！这个大贼星可真大呀。他无意中把这视线往下这么一走，正搭到东配房那个房脊上，嗯？那儿怎么露着个脑袋呢？

第八十七回　观星墙头诳谢五
越城河边擒赵璧

　　赵璧呀，蹲到厕所里边儿看天星，他看着看着忽然发现有一颗贼星唰——的一下子过去了，他由这贼星把视线往下略微这么一移，发现那房脊上有个脑袋，赵璧当时就一愣，哟！这深更半夜的，谁在那房脊上趴着？他又一转念，他趴的那个位置，底下就是看押赵忠的那间监房哪！哎哟，大概是绿林中人，今天晚上到这儿想要救赵忠，这时间找得好哇，三更天，正是大家熟睡的时候。小子，你可没想到，今儿赵大老爷闹肚子，赵大老爷闹肚子看来要闹出功劳来了。我发现他了，我得想法儿把他给逮住。

　　想到这里，赵璧在这厕所里边儿收拾利索了，站起身来，他一边儿往外走哇，一边儿就系裤子，这小脑瓜儿在想主意。正在想主意的工夫，偏赶上金大力半夜起夜，也上厕所。金大力呀，还没睡醒呢，迷迷瞪瞪，眼睛都没睁就往厕所里来，正好在厕所门儿这儿，跟赵璧俩人儿就走了个碰面儿，"哎，我说金大力，干吗？"

　　"欸？干吗？还能干什么？晚上起来，上厕所呗。"

　　"欸，先等会儿你先等会儿，我告诉你……"

　　"你看我这上厕所……"

　　"你听我跟你说，告诉你，今儿晚上我发现哪，这天上贼星特多，你知道吗？要是在贼星一出来，到它一回，当间儿这过程当中，你要能在底下系一死扣儿，第二天走在大街上可就捡东西，你信不信？"

　　金大力一听当时就精神了，"嗯？什么？那……那贼星在这一过的工夫，你要在那系一死扣儿，上街就能捡着东西？"

"当然啦，我小时候专门儿干这事儿，我系一回灵一回。头一天晚上系完了，第二天上街上准能捡着。"

"嘿嘿嘿嘿，行，赵璧赵璧你真能蒙人，他能捡着东西吗……"

"不信哪？不信今儿我就给你系一个，明儿你跟我上街，看看能不能捡着。"

"那，那好，那你系。我先上厕所，你找绳儿。"

"你等着呀，我找绳儿去。"赵璧这么一吵吵，深更半夜，他这小尖嗓儿，穿透力又特别强，趴在房上那谢五豹都听见了。

谢五豹哇，听着感觉倒也新鲜，这小子，赵璧，这小脑袋，真可恨。上回就是赵璧那红锈宝刀，给他攮屁股上了，都孬发了。啊，他要系贼星，我看看他怎么系。谢五豹还感兴趣了。

赵璧呀，回屋儿了。他跟黄天霸在一个屋儿住，那张桂兰、褚莲香这女眷出来，怎么不跟黄天霸在一块儿住呢？不！因为这次下苏州，施大人都没带家眷，榜样的力量那是无穷的。你想，为首的钦差大人都没有带女眷，在一个屋儿住，黄天霸这些差官们，那自然是自觉的，都男的跟男的住，女的跟女的住。这次下苏州，那不是旅游来了，这是来抓差办案来了，所以黄天霸跟赵璧在一个屋儿住，这两员女将，她们在旁边那屋儿住。赵璧呢，来到黄天霸这屋儿里边儿，低低的声音："天霸，天霸——"

他一碰黄天霸，黄天霸当时就醒了。黄天霸睡觉非常警觉，扑棱坐起来了，"出什么事儿了？"

"嘘！我告诉你，押赵忠那房顶儿上，我发现有一个人在那儿趴着呢，可能是要来救赵忠，是谁可不知道。"

"真的吗？我去看看……"

"慢着，我告诉你呀，我跟金大力，说的是这样的话，这么办这么办，我把这小子的注意力给引住了，然后你从后边绕过去，把他从房上给掀下来。"

"好吧！"

赵璧从屋子里边儿找了个小绳儿，提溜着就出来了。"哎——我说金大力，出来没有？"

他这一出来，金大力呀，正好儿从厕所里边儿也出来了，"哎，我出来了，怎么地？怎么地？"

"你看着呀，看见没有？就这绳儿，你看着呀，这绳儿，我给你绾这么一扣儿。这扣儿啊，这叫猪蹄扣儿，这扣儿啊，是拴猪用的，拴上是越挣越紧。这玩意儿只要一抟，这贼星就拴住了。瞧着呀，瞅着，看着看着呀，哪儿有贼星，瞧着。"他跟金大力两个人在这儿站到院子里边儿就往天上瞧，找这贼星，他等这贼星出来的时候他才系这扣儿呢。

他这么一找呢，趴在房脊上那谢五豹哇，也抬头往天上看，心想：这小子说的是真的吗？啊？要真有贼星的话，我看他能拴住吗？谢五豹这注意力呀，也放到这天上去了，他也在这儿看天星。这个工夫，黄天霸由自己的屋子里可就出来了，他手中提溜着这口单刀，来到这个后房山的小胡同儿里，高抬脚轻落步，就到了押赵忠的这个房间后头了。黄天霸心想：他就在这儿。

这个工夫呢，偏赶上就真有颗贼星从天空中出现了，金大力在旁边就喊了一声，"哎——来了！"

他一说来了，赵璧呢就手儿把这扣儿一抟，"走——"呗儿，这扣儿他拴上了。

他这一拴上，谢五豹还在那儿看着呢，心想：小子，他真拴上了，拴上之后明天就捡东西吗？他哪知黄天霸已到他身后头了。

黄天霸由打底下一纵身，黄天霸这儿一纵身的工夫，就带了这么一点儿风。谢五豹，那是武林高手，眼观六路耳听八方，别看他在这儿趴着也跟着看贼星，后面这风声一响，谢五豹马上把腿一蜷，他腾棱一转身，看黄天霸已经到房上了。黄天霸一上这房坡，谢五豹还没等起来，黄天霸把刀就举起来了。黄天霸这刀刚一举，谢五豹顺手由打镖囊里边儿就抟出一支镖来，他人没起来，镖先到了。"看镖！"叭——一镖奔黄天霸就打过来了。黄天霸一听说看镖，镖奔他面门打过来，黄天霸往旁边一闪身的工夫，谢五豹由打这房坡上咕噜咕噜咕噜……一个就地十八滚，就滚到旁边去了。就手他往下一出溜，腾——就跳到夹道儿里了。黄天霸一荷单刀，随后就追。他由打房上往下一跳，谢五豹一飘身，噌——就跳到院墙外边儿去了。

这工夫赵璧呢，随后也跑到这儿来了。赵璧手中把这红锈宝刀就亮出来了，赵璧唰——一纵身，胳膊肘一挎墙头儿他也出来了。黄天霸赵璧两个人一块儿翻出墙外，已经看见谢五豹的身影了，赵璧跟黄天霸两个人一猫腰随后就追。谢五豹撒开双腿嗖嗖……谢五豹心想，今天不顺。他一边儿跑着，一边儿自己心里边儿在想：刚才呀，我上了小脑瓜儿赵璧的当了。赵璧这小子拴什么贼星？他可能是发现了我了，他在吸引我的注意力。啊，我光顾着跟他看贼星了，好悬让黄天霸把我逮着。嗬！这赵璧，真可恨。谢五豹这一气儿跑到苏州府的城门以里，到城门以里，顺马道他就上城墙，黄天霸跟赵璧两个人随后就追，也追上城墙了。上了城墙之后，这小子用爬城索搭住城垛口唰——往下一出溜就出来了，黄天霸就手也掏出爬城索，跟着由打城墙也下来了。赵璧挗着黄天霸这爬城索唰也下去了。两个人就追出城外，继续追谢五豹。

黄天霸今天是下了狠心了，我非得把这个人逮住不可，我看这个人到底是谁。你真有这么大的胆子？黄夜之间敢一个人到公馆里边儿来救赵忠？要把你抓住之后，说不定这又是一个重要线索。这工夫天可就已经亮了，一直追到天亮，这谢五豹还在前边儿跑。他一边儿跑一边儿回头看，谢五豹心想：呀，今天这俩人是跟我玩命了啊？不放过我？我得想法摆脱他们俩。噔噔噔噔噔噔噔……

他们是出的苏州府的北门，往北的方向跑。跑着跑着，这谢五豹在前边儿，他拐了个弯儿，黄天霸跟赵璧两个人顺着道也拐过来了。拐过来之后再往前走，跑不多远，一看前边闪出一条河来，追到河边儿这儿，找不着谢五豹了。黄天霸站住了，"哪儿去了？啊？"

赵璧拿着自个儿的小刀儿，也看。这河两边，都是蒲棒和芦苇，赵璧心想：这小子跑到这儿来，没影啦？钻这芦苇丛啦？瞧瞧。往芦苇丛里边儿找，也没有。隔着河呀，有那么一条道，也不知道谢五豹是奔那头儿跑了，还是奔那头儿跑了。"哎呀，咱们追到这儿，把他给追没了，咱俩可真够笨的了。"

黄天霸说："我估摸着，他跑不太远。欸——"黄天霸一眼发现，在河当心有一只船，这只船正往河那边儿摆去，船上有人正摇着橹，哗啦哗啦哗啦……"是不是他坐船走了？"

赵璧说："就是呀！哎——摆船的——回来——有人上你的船

吗?"就看摇船的那位回头看了看他们俩,也没言语,继续往那边儿摆渡。

黄天霸说:"看来,这摆船的跟谢五豹肯定是一码事。"

"就是,好小子,我不会水,今儿把何路通带来就好了。就手儿跳下去,就把船给他鼓捣翻了。"

黄天霸说:"算啦,既然他是上船跑啦,咱们也不用追了,咱回去。"

"好啦,回去!"

两个人转身刚要往回走,赵璧站住了,"等会儿,我这肚子又难受了呀,我告诉你,就这乌涂茶喝的,折腾我一宿。话又说回来了,不折腾我一宿,我也不能发现那贼。天霸你头里走一步哇,我我我……我方便方便。"

黄天霸说,"那我就不等着你了呀?咱们前边儿见吧。"

"好的好的好的你先走……"

黄天霸顺原路,走了。赵璧呢,捂着肚子自个儿就找地方。哎呀,这不能在这大道边儿上哪?有过往行人看见,这观之不雅呀,他就下了这大道了。横着穿过灌木丛,前面找了一草窠儿,这赵爷就蹲下了。蹲下之后解完手儿站起来,把这裤腰带一系,他一边系着这裤腰带呀,一边儿往这道上走,他也想顺原道儿往回去。可是他刚来到道儿上,抬头一瞧,赵璧当时就愣了。他一看,在他的归路当中,站着一个人,正是谢五豹。

谢五豹手中拿这口单刀,把这道儿就横住了,"赵璧,这回你还往哪儿跑!"

怎么回事儿呢?让那只船给耽误了事。其实谢五豹他没过河,他跑到这儿之后,在河边儿,他顺这个芦苇丛往那头儿跑,跑不多远,他就伏身蹲下了。那只船呢,就是普通的一只摆渡船,这个摆船的想要过去,这船走到河当心,赵璧跟黄天霸这么一喊,摆渡的这位梢公哪,还害怕了,回头儿看看他也不敢回来,继续往那边儿摆船,跟谢五豹没关系,是黄天霸跟赵璧两个人判断失误。结果黄天霸这一回去了,赵璧这么一方便,他们两个人刚才这一番对话,谢五豹在那芦苇丛中都听明白了,谢五豹出来了。谢五豹把黄天霸让他走了,他在这

567

道儿上把赵璧给堵住了。谢五豹暗想，这可是天助我也。小脑瓜儿赵璧，今儿个我把你堵到这儿，然后我就把你生擒活捉，柳青说过，把赵璧要捉住，就能换赵忠。别看今天我没把赵忠救走，我如果把赵璧这个人质给逮住，回去之后，也照样可以把赵忠给救了。嘿！该着这步棋得这么走。所以谢五豹把刀一横，把这归路给他断了。谢五豹在这儿一站，赵璧当时就是一愣，噌——他把那小刀儿自个儿拖出来了，"哈哈哈哈，哎呀，您这不是谢五豹吗？你，要干什么？"

"赵璧，我要报那一刀之仇。小脑瓜儿，你要听信我的话，把你那破刀扔了，转过身来，让我把你绑上，免得我费事。要不然的话，咱俩要动手，可说不了讲不起，我一刀弄不准能把你脑袋给你剁下来。"

"吹！你能把我脑袋剁下来？别说把我脑袋剁下来，现在还没有一个人碰倒我一根儿汗毛呢，哈！小子，咱们得照量照量，是骡子是马，咱得拉出来溜溜。让你知道知道赵大老爷赵璧这红锈宝刀不是白给的，啊？你知道吗？"他往前一迈步，这刀这么一点，谢五豹一愣神儿，谢五豹心里边跟赵璧动手的时候他可加着小心呢，他听柳青讲过，又听那郝天龙跟他说过。说赵璧身上带着一种缺德药，你可千万小心，他这种药倒出来只要是给你一吹上，你就冲着他哼哼，那你就全完了，任何战斗力也没有了。所以谢五豹心里边合计着，我别让他往那兜儿里边掏，他一掏那药的时候，我就得不让他容空儿，他有了防备了。

赵璧拿这个刀比画了两下，"哈哈哈哈哈，你看刀！"说了一声看刀，赵璧一转身，他就顺着河旁边这条路，就跑起来了。赵璧知道，顺原路往回跑，那是跑不了了，就得顺河旁边这条路跑了。赵璧转身这一跑，谢五豹一荷刀随后就追。噌噌噌噌噌噌……他这一追呀，赵璧在头前儿跑，一边儿跑一边儿回头儿看，一看谢五豹追得跟他这个距离越来越近了，赵璧突然间一回身，一抖手，"看镖！"

空的。谢五豹吓了一跳。脚步刚一停，心想，嗬！小子，你什么都没有。他这一声儿看镖哇，把谢五豹给提醒了。谢五豹心想：你小子没镖我可有镖，谢五豹刀交左手一伸手，由打镖囊里边儿拖出一只镖来，他一边儿追着一边儿喊："赵璧，你看镖！"啊啪——抖手一镖，奔赵璧来了。他一说看镖，赵璧就手儿跑着跑着呱唧——就趴地下了。他这一趴地下，那镖，嗖——打空了。谢五豹当时还真一愣，嗯？他一愣的工夫心里合计，哎？我这镖，怎么那么大威力？还没到他怎么趴下了？他这么一愣的工夫，赵璧爬起来了，继续还跑，噔噔噔噔噔噔……赵璧一边儿跑一边儿往这怀里边儿就掏，心想：我得把我这药掏出来呀，现在这药可是救命的药啦，我得给这小子吹上，吹上之后我让他哼哼，哼哼完了我让他跟着我走。

就在这个工夫他往怀里一伸手，谢五豹也发现了。谢五豹心想，这小子要掏那缺德的药，我不能让他掏出来。谢五豹一伸手，一块儿拖出三支镖来，抖手一块儿就出来三支镖，"看镖！"啪——说了一声看镖，这三支镖都过来了，赵璧一回身，噗！一镖正打到手上。"哎哟我的妈耶！"赵璧心想，我要玩儿完。

第八十八回　赵连城亡命遇师娘
花万香信手打谢豹

　　这赵璧呀，被谢五豹追得是无处藏身。他使出了所有的本领和浑身的解术，可就是甩不掉这谢五豹。最初哇，谢五豹抖手给他一镖，这赵璧呢，就来了个大马趴，其实他是故意地摔倒，把这镖给躲过去了。紧接着，赵璧伸手往这兜里边就要掏这药，赵璧想用这哼哼药来解自己的围。他这一掏药，后边儿谢五豹就发现了，谢五豹心想，我可听说这赵璧有一种缺德的哼哼药，这种药只要是让人闻上，就跟着他哼哼，我可不能闻上他这药。所以赵璧往怀里一伸手的工夫，这谢五豹啪——就抽出三支镖来，谢五豹这镖法可是不错。一手抽出三支镖来，啪——一抖手，这三支镖一块儿就出来了，他喊了一声："看镖!"这一声看镖，赵璧听着了，赵璧这手还没等把那药瓶儿拿稳当，听后边儿一喊看镖，他这手又撤出来了，下意识地一回头，砰的一镖，正打到手上。

　　赵璧"哎哟"了一声，这镖正打到手面上，要是正中间儿打上，这一镖就能给他关透，所幸哪，是打在两个手指头当间儿往下一点儿的这个位置，这镖打上之后噌——的一下，给他穿个口子，血唰——地就流出来了，赵璧心想，我要玩儿完!手负了伤了，这阵儿，赵璧撒腿继续往前跑，他一边儿跑一边儿回头，观察着谢五豹跟他两个人之间的这个距离。赵璧发现，谢五豹这个腿脚儿，比他略显得快一些，因为两个人这个距离是越来越近。这阵儿赵璧，那可是呼天天不应，是叫地地不语呀。赵璧心中暗想：哎呀，可万没有想到赵大老爷赵璧事到今天要身逢绝地，天霸呀，你往回走这么老长的时间，你没看着我跟你去，你就不回来找寻找寻我吗？啊？你要是回来一找我，发现谢五豹追我也能给我解个围呀？现在眼瞅着我顺道儿跑，谢五豹就追上我了，掏药的工夫都没有了。想掏这个药，有这工夫略微一慢，谢五豹就能追上来。赵璧顺着河边儿开始跑，跑着跑着，他忽然发现前边儿有一条大道，赵璧一拐弯儿顺着大道就跑起来了。谢五豹呢，随后一拐弯儿，也跟着追下来了。赵璧一边儿跑一边儿在想，这大道上怎么连个走道儿的都没有呢？哪怕来一个走道儿的给我帮帮忙，也能解我这个围呀？

正在这个时间，赵璧就发现由打对过儿顺着大道来了一辆花轱辘小轿车儿。一瞧这辆轿车儿，蓝布的轿车围子，前边驾辕的是一匹青花马。在这个车辕子上边儿坐着一个赶车的车把式，这个人戴着一顶马连坡的草帽儿，身上穿着蓝色的短衣裤，手里边儿拿着个大鞭子。这鞭子一抡，狗皮梢子净了里儿，是啪——的一响，这辆小轿车儿跑得非常快，咕噜咕噜……啪——啪！赵璧心想，这赶车的车把式来了能不能助我一臂之力呀？赵璧想，我得喊两声儿，看看这车把式有没有正义之感，有没有见义勇为的行为。赵璧想，我得怎么喊呢？我喊这两声啊，必须话一出口，就使对方明白我是怎么回事儿。赵璧想，我不能从头儿至尾地叙述自己，我不能跟他喊，我是奉旨钦差施大人手底下的差官，我姓赵叫赵璧赵连城，后边儿追的那个是绿林里的强盗，他叫谢五豹……这玩意儿话太多。必须是两句话就使对方听明白我的处境，他能不能帮我的忙就在我这两句话上。所以赵璧灵机一动，他就喊了两句谎言。他一看那个轿车儿眼看临近了，赵璧扯着自个儿的小尖嗓："快点儿救命哪——这个小子杀了我女儿还要杀我呀——"

这两句话让别人一听就听清楚了，一个是要救命，第二个呢，说后边儿那小子杀了他女儿还要杀他。赵璧这一喊，真起了作用了，赶车的这车把式当时吁——呱！把车停住了。车这一停住，就看这车把式由打这车辕上唢儿——就蹦下来了，他手里边儿拿着这鞭子，"哎！怎么回事儿？"

赵璧来到这车把式跟前，"快点儿救命吧，后边那小子他要杀我，我女儿已经让他杀啦，你快点儿救命哪，你看你看，我这手都破了……"

这车把式手中把这鞭子一掂量，"好！闪到旁边！"

"欸！欸！"赵璧一转身，就绕到这车后头来了。

车把式把这鞭子一横："哎，你是干什么的？"

谢五豹这工夫就已经追上来了，谢五豹手中把单刀一压，"嗨！躲开，没你的事儿！"

"哎？这叫什么话？怎么没我的事儿啊？俗话说，路不平旁人踩，大丈夫高锄矮垫。今天，你把他女儿给杀了，你还要杀她爹，是不是有点儿太残酷了？"

"什么？"谢五豹一听，鼻子都快气歪了，心想：什么？我把他女儿杀了？我还杀他？据我所知赵璧这小子连媳妇还没娶呢，他哪儿来的女儿啊，啊？谢五豹说："你别听他胡说八道，他没有女儿。"

赵璧在旁边说："有！你把我女儿奸淫不遂，给杀啦！你还想害我！对不对？"

赵璧这一喊哪，赶车这车把式还真就信了。"是呀，你把他的女儿，奸淫不遂给杀死了，你还要杀他。这天底下还有这种道理吗？啊？这件事我不但要管，而且我要管到底！我是非管不可！"

谢五豹心想，他妈的赵璧，你就坏吧。这时候我三言五语地跟他说不清楚了，又一琢磨，一个赶车的车把式，你管得了我的事儿吗？谢五豹把这眼珠子一瞪，"我告诉你！你赶车的，赶着你的车，走你的阳关路，你别管我们俩的事儿！我们两个有仇！"

"有什么仇，杀人不过头点地。既然把他女儿杀了，你就不必再杀他了。"嗬！谢五豹心想，这事儿我还说不清楚了。

正这个工夫，就听那轿车儿里边儿有人说话了："谁呀？怎么地啦？"这一句话刚落地，就看那蓝布的轿车帘啪——一挑，由打那轿车儿里边儿，走下来一个老太太，这老太太一挪身子由打轿车儿里边儿下来了。这个老太太，看上去有六十多岁的年纪，一头的花白头发，梳了一个大髻，这髻上面，插着那么多银簪子，一共是十二支。这老太太身上，穿着是青花儿的短衣襟，下边儿呢，肥裤脚儿，一双天足。所谓天足者，就是没裹脚，大脚片儿。穿着一双云字头儿，实纳帮，千层底儿的布鞋。这老太太脸上是皱纹堆垒呀，两个眼睛不算大，眼睛不大但是这目光转动之间是烁烁有神。瞅那意思，嘴里边儿的牙大概不整齐了，说话多多少少有点儿漏风。

这老太太由打这车上就下来了，就在这车把式旁边一站，她瞧了瞧谢五豹，"怎么着？我听说你这个人，把人家这闺女奸淫不遂给杀喽，还要杀他。这天底下地上边儿，有这么不讲理的事儿吗？嗯？我看你这个人，岁数儿也不小了，也当知道一些人情大理呀，嗯？我告诉你，别看我们娘儿两个是走路的，走路的就是好管闲事儿，走哪儿管哪儿。今天碰见这个事儿，我是非管不可。你听我的话，赶快快走，你不要追杀无辜，如果说你不听我几句良言相劝，你想着还要追杀他，从我这儿我就不答应。你要跟我动起手儿来，那可就没你的好儿了。"

谢五豹一看赶车的这么一个年轻的小伙子，再加上这么一老太太，我能怕你们吗？谢五豹说："我告诉你，你这个老太太，你别不知深浅，管你谢老子的事儿，别说我拿刀把你劈喽。"

"呀？你跟谁称老子？你跟我称老子，啊？论岁数儿，我比你妈那岁数儿都大，啊？你跟我称老子，我今儿好好儿地教训教训你。孩儿啊，教训教训他。"她冲那赶车的车把式说话了。

就看这赶车的车把式拿着鞭子就过来了，"我跟你说啊，既然是你三七赶集——四六儿不懂，那么今天我就拿鞭子跟你说话。"

谢五豹一听，你拿鞭子跟我说话？我还怕你这赶车的鞭子吗？谢五豹这阵儿不由分说往前一纵身喇——一刀，就劈下来了。他这一刀往下一劈，就看那赶车的车把式手中这鞭子一横，喤！他这个鞭子，敢情底半截儿是铁的！这鞭杆往上一架，喤——的一下子，谢五豹"哎哟！"谢五豹当时就这么一愣。谢五豹这一愣的工夫，就看这车把式拿这鞭杆儿一架他这刀，就手往旁边一撒步，一涮这鞭子，啪——斜着从底下就兜上一鞭子来。谢五豹赶紧缩颈藏头，这一鞭子没抽上，他一翻手，啪——每一下都带响儿的。谢五豹往起一纵身的工夫，就看拿鞭子这人，这一鞭子没抽上，他就手儿一转身，嗨！啪——谢五豹一纵身起来了，这鞭子横着扫过来了，这鞭子正抽他脚脖子上。啪——给谢五豹抽得这疼哪，"哎哟，嗬——嗬——"谢五豹当时把眼睛就立睖起来了，心想：哎呀，这赶车的小子有两下子呀？这鞭子玩得漂亮哪，我以为他这是打牲口的，闹了半天他这是打人的。这几下，玩得利索！

谢五豹这工夫往旁边一撒身，他把刀这么一摆，想伸手掏镖。他这手刚往镖囊里边儿一伸，就看这车把式把这鞭子一涮，啪——又一鞭子，这一鞭子正打在谢五豹的手面上，谢五豹这镖就没掏出来。啪——的一下子，这血檩子就出来了。谢五豹是哎哟，一抖搂手，谢五豹往旁边一纵身，这车把式把鞭子一涮，"怎么着？还不知道是不是？"啪——啪——啪——"听我这鞭声儿涮得怎么样？告诉你，别说是你，我们家养那头大叫驴，那多驴性哪，啊？我三鞭子打得它老老实实的，你算得了什么？"

谢五豹一听这小子骂人不吐核儿，合着我不如他们家那驴，嗯。谢五豹还想往前上，又一琢磨，现在是赵璧加那老太太再加他，他们三个人，我要想抓赵璧现在是抓不住，我要想收拾这两个人我也收拾不了，光棍不吃眼前亏，回头见吧。谢五豹往后一退步，"我告诉你们两个，你们等着！回头我必定找你算账。"

这车把式把这鞭子一涮，"你再说，你再说我还教训教训你。"一纵身，这一个箭步就到谢五豹跟前儿了。这鞭子一涮的工夫，谢五豹吓得缩颈藏头，妈呀一声，跑了。

谢五豹转身跑下去了，这一幕，赵璧在旁边看得是清清楚楚。赵璧暗伸大指，罢了，罢了！哎呀，真是人外有人天外有天，这武林中什么样的出奇人物都有哇，这娘儿俩，可不是一般的人，这是武林高手。赵璧想，这二位，我可不能把他们轻易放过，我得想尽千方百计把这两个人弄到我们公馆里边儿去，让他带着我们效力。给施大人推荐推荐，嗯！

赵璧赶忙先来到老太太跟前深深一揖，"嗨呀，大娘啊，大娘，我谢谢您啦，您救了我一条命哪。要不是您们娘儿俩到这儿啊，我这小命儿就完啦。唉，哎哟，我怎么感谢您哪？受人点水恩，当以涌泉还，这救命之恩，那我就今生不报来世也得报哇。"

"行啦。我说你这人，长得怪好看的呀，你这脑瓜儿怎么这么小呀？"赵璧心想，这老太太不会说话，见面哪有揭人家短的呀？我浑身上下就是脑袋小点儿，她先把这缺点给我点出来了。"啊，啊对，这玩意儿没办法，这是爹妈给的。欸，我说大娘，请问您贵姓高名？"

"先别问我，我先问问你，你是谁呀？"

"呃，我是奉旨钦差施世纶施大人手下的办差官，我姓赵，叫赵璧赵连城。"

"你是办差官哪，到苏州这儿帮着施大人办案子？"

"啊，对对对对对。"

"那你女儿叫那小子奸淫不遂给杀啦？"

"唉，老人家，这我得跟您说实话，我要跟您不说实话，那我对我的救命恩公都不诚实了，我这良心上得受责备。实不相瞒，我还没结亲呢，嘿，哪儿来的女儿呀。我刚才呀，我是逼得没辙，我就说了这么一句谎话。"

"哟，这我可没想到哇，你这个小脑袋瓜儿敢情还有这么多的主意。你喊了个谎话，就让我们娘儿俩给你帮了一个忙。"

"我要不喊这话，您也不能帮忙帮那么痛快呀？但是别看这样，你这帮忙就帮对了。那小子是绿林中的强盗，他是偷盗国宝的重犯，我准备要抓他，我没他能耐大，让他把我撵得到处跑。"

"哟，那你这叫什么办差官哪？啊？你这办差官抓贼还没有贼的本事大，让贼撵得可哪儿跑，这不给这国家丢人吗？"

"唉，说来也惭愧。呃……老人家，我没问，您大名？"

"嘻，我就是一老太太，哪来的什么大名啊，啊？我呀，娘家姓花，婆家也姓花，花花氏。我自个儿起个名儿叫花花世界。"

哟，赵璧心想，这老太太挺幽默，花花世界，呵哈。"哎哟，老人家，您这名儿起得可太响亮了，您，您是花花世界大娘，呵呵。呃……这是您儿子？"

"好好儿瞧瞧，那是我儿子吗？"

赵璧这工夫才来得及仔细端详端详这赶车的车把式。一瞧这车把式手里边拿着鞭子，在旁边这儿站着，四方儿的一张脸儿，重重的眉毛，大大的眼睛，肤色虽然有点儿黑，但是可不牙碜。鼓鼻梁，薄嘴唇儿，这是个漂亮人儿啊。赵璧端详了半天，他发现这两个耳朵底下，有俩耳朵眼儿。赵璧一看，哟，这是个姑娘呀！赵璧想到这儿还没等说，就看这车把式一伸手，把这马连坡大草帽就摘下来了。草帽一摘下来，头上露出两个大鬏鬏。赵璧一看，果然是女的。"这是您女儿？"

"对了。这是我女儿，她叫花万香。"

赵璧一听，哟！——不对呀！

第八十九回 师门团聚相逢顷刻 妻子另聘对面天涯

　　赶车的这娘儿俩呀，救了赵璧，撵跑了谢五豹。赵璧一问这老太太叫什么名字的时候，老太太说她叫花花氏，赶车的这个车把式是老太太的女儿，老太太说她的名字叫花万香。

　　老太太一说出"花万香"三个字儿来，赵璧这脑子里边犹如电光石火一样啪啪就几闪，赵璧当时就一愣，哟！又一转念，不对呀！

　　他为什么想到不对呀？他一听这老太太是花花氏，这姑娘叫花万香，赵璧就忽然想起来自己在连环套所经历的那一段往事。那段往事也是在他人生记忆当中，记忆得最清楚，最鲜明，最难忘却的一段往事。赵璧这哼哼药在哪儿来的？就是在连环套那庙里边，见到那老道，自称他姓花叫花逢吉，这个老道，自己说，原来是行医的，在武林中，也曾经闯荡过，后来老了，就在这个庙里边出了家。那天赵璧是让离鸡眼孙胜撵到那庙里去了，所以这道爷呢给孙胜吹了一下子药，这孙胜就哼哼起来了。打那儿赵璧拜的师，得的这哼哼药。听这位道爷讲过，这道爷一家人失散了，多少年也没找着。这花逢吉，老想着自己的妻子，老想着自己的女儿，赵璧临走的时候，这花逢吉特意嘱咐赵璧，跟赵璧说，说我那么大岁数儿啦，找我的老伴儿找我的女儿，我已经没有力量找了，我就拜托给你。你呢，到处抓差办案，也许因公而出，无论在什么地方，只要是碰见姓花的，你就给我好好地打听打听，如果说，是我的那妻子，娘家姓花，婆家也姓花，又有我的女儿花万香，那你就给我带个信儿来，不管多远，我闻信即去，好使我们这一家子，能够有个团聚。赵璧把这个事儿，牢牢记在心里了。更重要的一点呢，那老头儿跟赵璧说，说你要见了我这女儿啊，我根据你这个人的身世，你这个人的出身，根据你这个人跟我谈话，我对你的这种感觉，印象不错。我准备呀，就把我女儿许配给你为妻。可是，我跟我女儿分别这么多年，我女儿长大了，也许呢，我女儿已经找了主儿了，如果要是我女儿已经找了主儿了呢，那你就认我女儿做妹妹，你就是她的哥哥，因为你是我的徒弟嘛，这徒弟，也顶儿子了。所以这件事情，赵璧记得也非常瓷实。但是还有一点赵璧记得更清楚哇，这老头儿特意跟赵璧讲了一下他女儿的长相儿，这也是赵璧当时呀，有这么一个小心眼儿，赵璧就问，说您那女儿有什么特征呢？我见了面儿要认不出来呢？其实他是想打听打听，老头儿这女儿到底是漂亮不漂亮。这老头儿就跟他说了，说我这个女儿啊，是大眼睛，啊，就是有一个眼睛哪，斜点儿；我这个女儿呢，是高鼻梁，小时候要是不把那鼻梁骨给磕折了呀，那是挺好看的一个鼻子；我这个女儿那牙长得挺齐，就是那牙花有点儿往外鼓……赵璧一听哪，就下了决心了，我要见了他这个女儿啊，不管她嫁没嫁，我得先管她叫妹妹，这什么模样哪！啊？你想，眼睛挺大，还有一个是斜的；这鼻子倒是挺鼓的，是塌山根，折了；再就是鼓牙床，这模样儿可够难看的了。所以这个印象，在赵璧的头脑中就深深地留下了记忆。今天听这老太太一说，说这是她女儿，叫花万香，赵璧一看，不对呀！这满不像老头儿说的那么一回事儿啊！这姑娘……长得多漂亮哪！啊？黑黢黢的是端庄稳重，别有一番姿韵。

赵璧一说不对呀，这个话是脱口给说出来了，老太太在旁边听见了，"什么不对呀？啊，我自个儿的闺女，我还不认得？这没错儿，这就是我姑娘。"

"哎哟哎哟嗵……老人家，我可不能管您叫大娘了。"

"那怎么着？叫什么呀？叫奶奶呀？"

"嗐，那您怎么长辈儿啊？不是这意思，我得管您叫师娘。"

"什么，叫师娘？从哪儿论的，啊？这湿从哪儿来？干从哪儿道呢？"

"听我跟您说呀，有一个叫花逢吉的人您认识吗？"

"花逢吉呀，那是我老头子！我现在找就找的是他，我怎么能不认识呢？"

"对了！这就没错儿了，师娘，转上前，受我一拜。"说着话赵璧扑通跪地下这就磕头。

老太太伸手就搀，"哎……等会儿等会儿等会儿……你把话说清楚了呀，哪怕是过年呢，磕头我好给压岁钱，不过年不过节的，你给我磕头叫的哪门子师娘？"

"听我跟您说……"赵璧从头至尾就把在连环套跟窦尔敦交锋的时候，怎么跑到那庙里去，见到的花逢吉，以及花逢吉又是跟他怎么说的，但是唯有一个情节他没磨开说，什么呢？就是说，你见了我的女儿的时候，如果她没嫁，那么我就把她许配给你。赵璧觉得这句话实在是难以启口，心想，哪有这样的？哦，人家一个大姑娘，比如说现在真就没嫁，你说我一见面儿我就跟人家说，我师父说了，把我妹妹许配给我了，我又是您徒弟我又是您姑爷……哪能这么讲哪？啊？赵璧还毕竟得顾及点儿自己的身份，所以这个情节他没讲。

把这段话讲完了之后，老太太听完了，这眼里边可就转了泪儿了，"真的？啊？照你这么说，我那老头子他还活着？"

"活着，不但活着而且活得挺好哇，在庙里边住着，在那儿享清福呢！就愁着见不着你们娘儿俩！"

"唉……嗨哟喂……真是老天爷有眼哪！哎，我跟你说，我那老头子可是好人哪。啊，我那老头子，就是为了给那益县知县的儿子治病，没治好给治死了，吓走了，兵荒马乱的，我们娘儿俩也跑出来了，打那之后哇，我们就谁也见不着谁了。我后来呀，我就想怎么想法儿能找我这老头子呢？我就想了这么一招儿，我让我这女儿啊，学赶车，学会了赶车之后呢，我们就置办这么一辆花轱辘轿车，我就在这车里边坐着，家里边用的东西什么就在这车里放着，我们是到哪儿都是人走家搬。她赶着这车呀，云游天下，走哪儿打听哪儿，打听我这老头子，就打听了这么多年，这闺女由打十四五都长到这么大，都成人了，也没找着这老头子。没想到今天在这大道上，碰上了，碰上你了。"

"对了！师娘，您碰着我，就算找着您老头子了……"

"这话说得不对味儿……"

"嘻……是呀，您碰上我就知道这消息了。"

"哎……挺好挺好，照这么说，那我得怎么才能找着他呢?"

"师娘哪，这个您就什么也别管了，全交给我，马上现在，咱们赶着车，回苏州，到苏州城里边，施大人公馆里，咱先见钦差大人施世纶。我把您这事儿一说，施大人肯定收留你们娘儿俩，冲我这面子，您是我师娘哪。您也不用到处跑了，到那儿住下之后呢，然后我写一封书信，派人骑快马，够奔直隶连环套，给老爷子送信，让老爷子也骑快马，赶到这里，你们全家在苏州团聚您看如何?"

"好哇，好哇好哇……呃……我说赵璧呀，我问你，我老头子现在怎么样?"

"挺好的，老爷子精神头儿也好，我看那个样儿，还天天练功，嗯。"

"呃……没老吗?"

"谁知道当初您跟他分手的时候他什么模样儿啊，现在按说呢，呃……多少也能老一点儿，那头上的头发呀，呃……脱了不少。我当时见他的时候哇，呃，他说他那头发，叫二十八须，是一共二十八根儿，绾一个小髻儿拿一个针别着，他说富余两根儿绾不上啊就在后边披散着。"

"啊……哈哈哈哈哈哈……还那样儿，年轻时候他就二十八根儿……"

赵璧一听，敢情这老爷子，原来他头上就没有头发。"哦……那是那么回事儿，那好，咱就……回公馆吧……"

"好了。孩子，过去，给你师哥见礼。"

这个工夫，这姑娘花万香，把那鞭子往车上一扔，走到赵璧的跟前，道了一个万福。赵璧赶紧往后退半步:"妹妹，快快请起快快请起，呵呵呵，呃……我说师娘哪，呃，我师父可真会开玩笑，他说呀，我妹妹长得眼睛有一个眼睛是斜的，鼻梁骨是塌的，牙床子是鼓的，我看我妹妹也不这样哪……"

"嘻，你哪儿知道哇，我那老头子，向来都好这么说话，他为的是让你一见面儿的时候好大吃一惊。"

"哦……这是给我卖一关子。"

"对了对了……"

"好了咱们走吧。"

于是赵璧在外边跨上车辕，这花万香，把这鞭子一摇，啪的一声，这辆花轱辘轿车儿就进了苏州了。

回到苏州，来到苏州府的公馆，公馆门外都下了车之后，赵璧领着她们母女二人，来见施大人。当赵璧一见到黄天霸的时候，把黄天霸好一顿埋怨："你怎么不等着我？嗯？好悬我没把脑袋丢了！"

黄天霸一问怎么回事儿，赵璧把经过这么一说，黄天霸说："你怎么脱的险？"

"这不碰上我师娘了吗……"

黄天霸心想，赵爷怎么又出来个师娘哪？

赵璧叫着黄天霸一起来到施大人的跟前，赵璧向施大人就介绍了老太太她们母女二人，这些个办差官，也都找来了，一一地引见。引见完了之后，施大人让着老太太坐在旁边，姑娘呢，在旁边站着。施公就问这个老太太："老人家，您山高路远，到处寻找花逢吉花老先生，如今您已经有消息了，那就在我这公馆里边多住几日吧？"

"唉，施大人哪，呃，这么说吧，既然赵璧是我的老头子的徒弟呢，呃，我也应该在这儿多住两天，呃，不过呢，我也不能在这儿住太久，只要是，我那老头子能来喽，啊，我们见了面，马上就告辞，不能给大人您这儿添麻烦。我看得出来呀，大人您是奉旨钦差，带这么多差官，到这儿来办案来了，我们在这儿不能帮您办案，在这儿给您添乱，我于心也不忍……"

"哎……老人家说的哪里话来，您尽管在此闲住，没有什么说的。赵璧呀，你马上快修书一封。"

赵璧立即提起笔来就写了一封信，让这老太太，提笔也写了一封信，这封信，是给花逢吉写的。信写好了之后，封起来，施世纶马上派一个手下的差人，骑一匹快马，连夜兼程，够奔口外连环套，去找花逢吉，接老人家火速下苏州。

派的差人，马上走了，老太太跟自己的女儿，非常地高兴，施大人呢，马上吩咐，摆酒宴，给老太太母女二人迎风洗尘。酒宴摆好了，差官们全都围坐在这儿，施大人把这老太太让到正座，再三谦让之后，这老太太才算坐下。赵璧呢，在下垂首陪着，赵璧的旁边啊，就是小白龙刘虎，小白龙刘虎知道赵璧这段事儿，因为赵璧临走的时候向花逢吉告辞，刘虎曾经跟着去了。刘虎在旁边看了看这姑娘，低低的声音跟赵璧嘀咕："我说赵大伯呀，我看哪，我这个没过门儿的婶儿啊，哎呀，要是你能娶过来之后你们家祖坟可就冒了青烟了……"

"我说别瞎嘀咕好不好？老实儿在这儿吃饭。"

"欸，好嘞！"

酒过三巡菜过五味之后，这老太太就说了："哎呀，施大人哪，你们来这么多人到这儿来干什么呢？"

施公就说了，奉旨下苏州，是捉拿盗国宝的盗贼。赵璧在旁边把话茬儿就接过来了："就是今儿追我那小子！"

"哎哟，早知道这个呀，咱们加把劲儿，就把他给逮住了。"

"跟您说呀，这帮贼可不是一般的贼，这是江洋大盗海洋大盗，贼中的魁首。这些人，明枪暗箭、毒药兵器，什么都会。"

"哎哟，还毒药兵器，明枪暗箭，说实在的，说别的咱们可不敢说大话，要说摆弄什么兵器呀，摆弄什么药儿啊，他们都不行。"

"跟您说，我们这儿眼下，就有两位，中了毒药镖了，这不吗，今天吃饭，没来。还特意跟我说呢，让我呀，向您转达致意，他们因为身负镖伤，不能到这儿来赴宴。"

"嘻，那么客气干什么呀？他们两个叫什么名字？"

"一个叫朱光祖一个叫计全。这个计全哪，是让那柳青，给打了一镖，这朱光祖呢，拐着弯儿说，也是柳青的镖给他打上的。据说这种镖哇，叫百日追魂镖，打上，住一百天才死呢。现在呀，他们这个镖伤，越来越重，就感觉到那个受伤的部位，麻，这麻的面积，而且还越来越大，您说这怎么回事儿？"

"这谁的镖打的？"

"柳青哪！"

"柳青哪！啊……"老太太伸手拿起筷子来夹了一口菜，"要是柳青哪，这事儿它就好办了。"

"怎么呢？"

"你们知道这柳青是谁吗？"

"柳青是谁呀？"

"哼，那是我干儿子。"

赵璧当时一听，就觉得这脑袋嗡的一下子，这怎么回事儿？乱套了！我是他徒弟，柳青是她干儿子？哪儿挨哪儿啊！"真的吗？"

"没错儿，没错儿，呃，我看这样吧，这饭咱先不吃了，我先去看看你们那个挨镖的，我看看那个镖伤怎么样。"

老太太敢情是个急性子，说着话这就站起来了，跟着赵璧，来到了朱光祖跟计全他们两个人屋子里头，老太太把他们两个人的镖伤这么一看，老太太坐那儿乐了："好办，这事儿啊，就找柳青去。"

赵璧说："他能给您药吗？"

"能给，他不光是我的干儿子，我把闺女都许配给他了。"

赵璧一听，完了。

第九十回　说往事知柳青底细
寻解药求母女周旋

　　花老太太给朱光祖和计全两个人诊看镖伤，一看这个镖伤哪，这是那百日追魂镖打的，老太太当着赵璧的面，就说了，说："这事儿就好办了，因为什么呢？这柳青啊，不但是我的干儿子，同时呢，我还把我的闺女，也许配给他了。"

　　老太太这句话说出来，说得非常轻松，就是顺嘴这么溜出来的，但作为赵璧听到耳朵里边，不亚如在这耳鼓里打了一个炸雷。赵璧自觉得天昏昏地暗暗哪，两腿发暄哪，这小脑瓜儿摇两摇晃两晃赵璧自个儿心里想：赵璧你要稳住！赵璧心想，这老太太，怎么着？把她这闺女许配给柳青了？你们这老两口子这活儿办得不错呀，啊？老头儿把闺女许给我了，老太太把闺女许给柳青了，这叫一女二嫁，到底归谁呀？赵璧呀，自个儿做自个儿的思想工作：赵璧，不要因为这媳妇儿的事，误了国家大事呀，啊？求田问舍，求妻问子，乃是匹夫之志；掀天揭地，改换山河才是壮士所为呀！我不在乎这个，啊，对，不在乎……"呃……老人家，您说怎么着？这这……柳青，不但是您干儿子，那就还是您的姑爷，是这意思吧？"

　　"对呀，是呀。"

　　"您跟这柳青怎么认识的呢？怎么会把我妹妹许配给他了呢？"

　　"嗐，这事儿啊，说起来呀，也很巧，我们娘儿俩呀，赶着这车呀，就是四海为家，我们指什么活着？啊？我不是会行医吗？我们娘儿两个呀，走到哪儿啊，就靠给别人治病，维持糊口，挣不了几个钱。有时那个富庶人家，我们看完了病，给人家要点儿钱，要是贫穷人家呢，看完了病，我们也就舍了药了，全当积德了，所以说也就是将供嘴儿。我们娘儿两个，这头多少日子呀……走到大名府，那直隶大名府知道吗？就那地方，我们在那儿住了店。住店之后哇，这店房里边，掌柜的跟我们说了，说这店里边哪，有这么一个客人，得了重病了，让我们给看看。我过去一瞧，这人就是柳青。哎哟，他得这病哪，可是不轻，有点儿小伤寒那意思，我说：'这么样吧，我给他治这病，'我看这个人，长得挺体面的，像个好人，我就把这病哪，用几服药，给他治好了。我们娘儿俩煎汤熬药，侍奉着他，他病好了之后，一听说，是我给他治的这病，下床，到我跟前儿扑通跪地下，磕一头，就管我叫了声干娘。他说：'您是我重生父母，再造爹娘哪。要没有您给我看这病哪，说不定，我这病就重了，重了之后哇，我还兴就死在这儿了。'我就问他，我说：'你是干什么的？'这柳青就说了，他说：'我呀，是镖局里的，镖局里边的保镖的达官。'我一听这保镖的，也不错，我说：'你上这儿干什么？'他说：'找朋友，没找着，就病到这店里了。'于是呢，他就跟我们娘儿俩呀，也就盘桓起来了。这一交往哪，你还别说，我发现这柳青哪，这个人，好人。哎，谈吐之间，我一看，很仗义，嗯，男子里边，很少这样的人。哎呀，我就挺喜欢他，完了他就问我，他说：'您精通医道，对这武术怎么样？'我呢，就给他流露出来了，我说：'我们家呀，是世袭练武的。'柳青一看我们家还会练武，就跟我，跟你妹妹，还真学过几手儿。柳青，擅使柳叶刀哇，他那柳叶刀，可是练得相当不错。我一瞧柳青，要人才有人才，啊，要功夫有功夫，要人品也不错，尤其是他对我，特别孝敬，我们在这一块儿待着有一个来月，临分手的时候哇，我就说了，我说：'我这个女儿啊，这是我心上的一块肉，也是我心上的一块病，说她是心上的一块肉哇，就是一动着她我就心疼；说她是我心上的一块病呢，就是到现在姑娘这么大了，二十六七了，都要奔三十了，还没找着个合适的人家儿。'我说：'我看你小子不错，把你妹妹，将来就给你得了。'因为我们闲谈之中知道，他没娶妻室。柳青当时就答应了，他说：'我要娶我妹妹呀，我得干出一番辉煌的事业来，然后，明媒正娶，把我妹妹再娶过来。'我说：'那就那么定了。到时候哇，我把你妹妹，送到你的家中。'他说：'好了。'就这么着了。我们在一起待这一个多月的时间哪，是他跟我学的，这百日追魂镖，在这之前哪，他不会。这个百日追魂镖，是用百日追魂散这种药给煨出来的，这种药，是我们家研究的，所以当时呢，我把这方子，这法子，就告诉他了。他说呀，他是保镖的，得罪了不少绿林中人，怕有人暗算他，他说得有点儿绝活儿。我说行，这事儿，我教给你了。同时，他把我煨成的那镖，把我身上带的所有的解药，他都带走了。现在呀，他们这个伤，我知道，是我这种药煨出来的镖打伤的，但是我马上给他治，我治不了。因为那解药都让柳青拿走了，我要再现配制这个解药，那必须得半年的工夫，才能配得出来，要是把这药再配出来呢，他俩这人也就完了。所以呢，我可以找柳青去，你们不是说这柳青把他打了吗？你们之间怎么结的冤仇哇？啊？如果说你们之间有什么碴儿巴过节儿，说不清道不开的，由我老太太出面，我到那儿一见着他，我让他干什么他就得干什么。实在不行的话，我从他手里把解药要回来，给你们上上，这不就结了吗？"

"对……对……嘿……老人家，呃……这个事情好……"赵璧心想，好是好哇，就是我这媳妇儿大概是……要捞不着哇。这心里话他可没说，"呃……老人家，柳青跟您说他是镖行里的？"

"对呀！"

"老人家，您上当了。"

"我怎么上当了？"

"他不是镖行里的，他是绿林大盗，他是窦尔敦手下的人。这回他到苏州这儿来，就想要刺杀施大人，想要刺杀副将黄天霸，包括我在内，都是他的对头仇人。您……到那儿去让他把这镖药给您，他能听您的话吗？他跟您都能说谎，您见了他的面儿，他能听您的指挥？我看这事儿未必吧……"

"真的吗？"老太太听到这里，半晌无言，最后又一转念，"不要紧，我得见见他，我想这小子，就是当时跟我说谎，他管我叫干妈，这是真的，我把女儿许给他了，这也是真的，从这两条儿来说，人情大理吧，他也不能驳我的面子，而且我看他对我这个孝顺劲儿啊，这小子，谁的话，可以不听，我的话他不能不听，不信我就试试……"

"好嘞，既然这样的话，老人家，如果您要到龙潭寺去一趟见见柳青，能把他给说降了，让他把那盗宝贼谢五豹帮着我们给抓着，这事儿我们大伙儿都省事了，化干戈为玉帛，何乐而不为之呢?"

"哎，行!"

"这事儿你得跟施大人说说。"

"好! 呃，你们俩别着急呀，这药，百日追魂镖，还早着呢，一半会儿死不了。再者说我在这儿，我不能看着你们两个有危险，你们就放心吧。"

老太太把朱光祖跟计全两个人嘱咐了一番，转身往外走。赵璧说："您看看我手上这伤，我这伤是不是毒药镖?"

老太太说："你这不要紧，你弄点儿土面子按上就行了。"

赵璧一看，这老太太倒痛快。跟着老太太往外走，回来要禀见施大人。这道儿上哪，刘虎在赵璧身后，小白龙刘虎打刚才在酒桌儿上，听老太太这一说，就觉得这事儿很有意思，结果到在这儿，一听老太太一讲自己的女儿又许配给柳青了，刘虎在赵璧旁边拿手一捅他，"我说赵大伯呀，这个事儿麻烦了……"

"我知道! 还用你说呀?"

"她这个姑娘怎么许配了俩主儿啊? 这许配了俩主儿，那你怎么办呢?"

"你操心不显老，你管我怎么办干吗?"

"我说赵大伯呀，我刚才呀，在那个屋子里头哇，我听老太太这么一说，我就给你想了个主意。"

"想什么主意?"

"她不是一个姑娘许俩主儿吗? 许配俩主儿这事儿你跟柳青哪，你们俩呀，商量商量，你们两个最后分开。"

"怎么分开?"

"你们俩，一个人半个月，他前半个月，你后半个月……"

"我抽你……兔崽子，你这成心给我添堵……"

"呵，赵大伯，我是说这意思，我替你着急呀，你说你老人家也是三十多岁的人了，应该成家立业了，您看好不容易……你看我这……这婶儿长得多漂亮哪，就这么漂亮的人儿就许配给柳青了……赵大伯，这该怎么说怎么说，那柳青，白面判官哪? 人那模样儿……"

赵璧说："你甭说，他比我长得好，哎，要论这外观上一瞧，那肯定，人家比我长得也排谱儿，哎，比我气质也好，哎呀，行行行……现在不是谈这事儿的时候，走走走走走……"

两个人一路上一边儿说着就来到了施大人的房间，这个时候是残席未撤，大家伙儿吃喝完毕，老太太就跟施大人说明自己要想上龙潭寺里边去一趟。目的第一，是想找柳青要解药，第二，是要说服柳青，倒反龙潭寺，帮着他们捉拿盗国宝的贼，谢五豹。施大人一听，这个办法挺好，但是施大人担心，担心这母女二人到在那里万一劝说柳青柳青要是不听，有了危险怎么办？施大人想要派几个人跟着她们去，老太太说："用不着，我们娘儿俩去是万无一失。柳青是什么样的人，你们没有我知道。"

施大人说："那就辛苦你们去一趟了。"

这个时候老太太立即动身哪，外边把自己这花轱辘小轿车儿给准备好，老太太就在车里边一坐，她的女儿花万香跨辕一举鞭子，啪的一声，轱辘轱辘轱辘……花轱辘小轿车儿奔着龙潭寺的方向就来了。

她们来到龙潭寺的时候天已傍晚，来到龙潭寺的寺院门口儿这儿把这车一停，姑娘把这鞭子往车辕这儿一插，老太太由打车里边下来了，花万香也由打车辕上蹦下来了，来到龙潭寺的庙门，叩打庙门。这一敲庙门，里边出来一个小和尚，小和尚一看，门口儿站着一个老太太，还有一位姑娘，和尚双手合十："弥陀佛，二位，您找什么人？"

老太太说："我打听打听，你们这龙潭寺里边有个叫柳青的吗？我要见这柳青。"

"柳青？我们这寺院里边没有叫柳青的。"

"我说小师傅哇，我既然来找他，我就知道他在这儿，你就痛痛快快儿地给我往里边传禀一声，我知道柳青在这儿待着，大概还不愿意披露自己的名姓，你告诉他，就说他干妈来了，带他媳妇儿来的。"

小和尚一听这句话不言语了，因为柳青的确跟和尚们嘱咐过，凡属来找他的，一律说不在。今天老太太一说这几句话，小和尚心里边，也转念一想，哎哟，他干妈，还带了媳妇儿来的，这得往里边禀报。

小和尚转身奔里边来，这个时候晚饭刚过，柳青跟这些绿林中人，正在策划下一步如何行动呢，小和尚进来了。"呃……柳施主，门口外边有人找您……"

"我不跟你说了吗，就说我不在……"

"哦，这个人说了，她说是你干妈，还是领着你的媳妇来的。"

"啊？是个老太太？"

"对对对，赶着一辆花轱辘轿车。"

"哦……哦，众位，呃，你们先商量着呀，呃，我到外边瞧瞧……"

柳青迈步就出来了，柳青来到龙潭寺的庙门外一看，"哎哟，干娘，您好！"过来跪倒这就磕头。

老太太一看，不错，我这儿子呀，没变样儿，伸手相搀，"起来吧宝贝儿，起来起来起来起来……"

柳青往旁边看了一眼花万香："妹妹，你也来了？你们这一路上风尘劳苦哇，你们怎么知道我在这儿？"

"这事儿啊，一句半句说不清楚，是不是让我们娘儿俩到你们那里头坐下，咱们再谈这件事？"

"好好好好……快快快，里边请里边请……"

说话间柳青，就把这母女二人让进了龙潭寺的西院儿。柳青在西院儿里边单独找了一间屋，没有别人，把他们母女二人，就让到这屋儿里来了。"坐……来人哪，看茶！"

旁边有人给端上茶来，柳青就问："干娘，吃饭了没有？我们给你准备饭。"

"饭哪？饭是午饭吃的，晚饭还没吃呢。"

"晚饭您没吃？我给您准备，啊。呃，来来来……快点儿给这儿准备饭菜，越快越好。"这儿就吩咐下去了。老太太在这儿坐着，喝着茶，半天不言语，柳青呢，瞅了瞅老太太，又瞧了瞧花万香，"妹妹，你们这是从哪儿来呀？啊？"

"呵，我们就是随便走呗，走哪儿算哪儿，这不绕来绕去，就绕到这儿来了。"

"啊……干娘，您此来是干什么呢？"

"我要提个人你就知道了，赵璧你认识吗？"

"不认识！"

"这赵璧呀，他是我老头子的徒弟，这回你就明白了吧？"

柳青一听，这事儿麻烦了。

第九十一回　龙潭寺逼离绿林
花万香窥破鸳鸯

这柳青哪，他没想到这花花老太太能找他，第二个没想到呢，是这老太太居然向他提出来了一句话。老太太说："这赵璧你知道吗？那是我老头子的徒弟。"这两个没想到，使柳青当时不知道应该如何回答这花花老太太的问话。

老太太说："柳青，你这事儿啊，办得可有不对的地方。当初，在大名府那店房里边，我救了你的命，给你治好了病，你是怎么跟我说的？啊？你说你是镖局里边保镖的，可事到如今呢，你不是保镖的，你是绿林里头的，你跑到那保镖的那对立面儿上去了。你……那一句话就对不住我，啊，今天我来了，我找你来了，你跟我说的谎话，我不责怪你，情有可原哪。你呢，觉得是绿林中人，有点儿丢人丢份儿，所以你就说自己是个保镖的，你这个心理呀，不用你说，我就替你圆上来了，可是有一样儿啊，你得听我的话。你管我不是叫一个干娘吗？你不说我对你有救命之恩吗？你'今生不报来生报'？我用不着你那么报，你只要能听我两句相劝，那就足矣了，怎么样？"

"老人家，是，正如您所说的，当初，我欺骗了您，这是我的过错，今天反正您也都知道了。这赵璧……他怎么成了您的徒弟呢？"

"是我们老头子收的，赵璧有很多本事都是跟我那老头儿学的。事到如今，这赵璧在施大人手下当差，那么你呢，成了赵璧捉拿的对象了。我看哪，你就听我的话吧，干脆，倒反这龙潭寺，你帮着，把那盗宝贼给逮住，然后，到施大人跟前，去赚功受赏。我今天往这儿来的时候哇，我跟施大人都说明白了，如果你要是帮着把这盗宝贼抓住之后，送到施大人的案下，那么你自己的罪名，就一律不予追究，施大人这都点头答应的事儿，现在，就看你怎么跟我帮这忙了。"

"您说让我抓那谢五豹哇？"

"啊，我不管什么谢五豹谢六豹哇，反正就盗宝那小子。"

"哎呀，我跟他是朋友哇。"

"是呀，你跟他是朋友，跟我是冤家，啊？我把闺女都许给你了，你现在应该说，是没成亲的姑爷儿。一个姑爷半个儿，我这儿要选择个什么样儿的？我可不能要一个绿林中的人，我得要一个光明正大的人。我这个人哪，是平民百姓，我跟我女儿，我们闯荡江湖，海走天涯，有一个宗旨：做人，要做个堂堂正正的人；做事，要做光明磊落的事。将来就是我百年之后，倒在那挺尸板儿上，自己扪心一问，一生无愧，这叫无悔人生，就是这个样子。我把闺女给了你是信得过你，你小子要做事儿也得对得过我，反正说我这闺女不能嫁给一个绿林道，你掂配着办！"

"唉……好，这个事儿啊，您容我思考一会儿，怎么样？"

话刚说到这儿，外边准备的饭菜端上来了，饭菜往桌子上一摆，柳青就跟这母女两个人说了："呃……您先吃饭，吃完饭之后呢，我再过来，我再告诉您，我思考的结果。"

他刚说到这儿的工夫，就听外边脚步声，人没到声音先到："今儿个是谁来了？……"话音未了由打外边一扭动身躯就进来一个人，随着这个人的走进还带进来一股香风，柳青一看哪，正是那何七姐。

这何七姐啊，听人家说，说今天来了一个客人访柳青，而且准备了饭菜。何七姐特意到这儿要看看来的是谁。这何七姐这一溜香风就进来了，刚梳洗打扮完了，这头哇，是找那黑世杰给梳的。——这黑世杰呀，除了当"理发师"这一段时间，能有点儿自由，梳完了头，就得搁那地窖子里边给看起来。——何七姐转身迈步一进屋，一眼就看见这老太太了，二一眼就看见这女子了，她瞅见这花万香了。这何七姐，凭着自己女性的一种本能，她看了看柳青："哎哟，柳青哪，这谁呀？"

柳青说："我来给你指引指引吧，这是我干娘，江湖上是久有大名，花花氏，呵。呃……干娘，呃，这个，是我的妹妹，论着叫呢，也是江湖中人，啊，她姓何叫何七姐。这个呢，是我的干妹妹，她叫花万香，呃，今后你们姐妹儿要多亲多近哪。"

"哦……"这何七姐冲着老太太道了一个万福，看了看这花万香，没施礼，就拿眼搭了一下子，"哦……您叫花万香？啊哈哈……早听说过，早听说过……呃，这从哪儿来呀？"

老太太在旁边一看这何七姐，这老太太那是久闯江湖的人，眼睛里边不揉沙子，那眼睫毛儿都是空的，老太太一看何七姐这个言谈举止这一身的香风，就料定这不是个善良之辈。但是老太太心里边有数儿，脸上没露出来，"啊，我们娘儿俩呀，呃，海走天涯，没有固定地方，从别的地方转过来的，听说柳青在这儿，所以我特意来看看我这干儿子。"

"哦……还没吃饭哪？呃……快点儿吧，你们吃饭吧，那……我就不打扰了呀……"

"哎好嘞，哎有工夫过来坐，啊。"

"不不不不……好了我走了……"这何七姐一转身她就出去了。

柳青赶忙也站起身来："干娘，呃……您跟我妹妹，你们先用饭，一会儿我过来啊。"一转身柳青也出去了。

柳青走了之后，这花万香，看着自个儿的母亲："娘哪，刚才进来这个女子，你瞅那个样子，不像个善良人……"

"管她善良不善良干什么？碍咱们什么事儿了？啊？咱不管她那个，咱先吃饭，吃完饭之后，就问柳青，看看这柳青，他到底答不答应倒反这龙潭寺。"

娘儿两个在这儿就吃饭，饭吃完了，由打外边，进来了两个小和尚，把杯盘等物都给收拾下去了，桌案擦抹干净了，重新给这娘儿两个又沏上了茶。老太太在这儿喝着茶呀，就等这柳青。天都已经黑下来了，老太太心想，这柳青说我们娘儿两个吃完了饭他就过来，我们饭吃完了，这茶水都快把肚子灌饱了，他怎么还不过来？"万香哪，你去上外边找那柳青，他是不是在别的屋里边，跟他的朋友又聊起来，把咱们娘儿们这档子事儿给忘了？你让他过来，就说我找他。"

"哎！"花万香站起身来，就走出了房门。花万香到这院子里边一站，一看这周围那么多房子，她知道柳青在哪屋儿啊？花万香，在这儿停足住步，四处观瞧，这工夫就见一个小和尚，由打对过儿那院子门那儿，斜着往那屋儿走。花万香走两步来到小僧人的跟前，"小师傅，我跟您打听个事儿。"

"阿弥陀佛，呃，您有什么事情？"

"我打听一下，柳青他在哪儿住哇？"

"哦……你找柳施主？他不在这个院子，您从这个门儿出去呀，呃，穿过中堂院儿，到那个东院儿，东院儿的把头儿那间屋，就是他住的地方。"

"哦……呃，打扰您了……谢谢。"

"呃，弥陀佛弥陀佛……"小和尚转身进了屋。

这花万香迈步就奔这东院儿来了，当她走进东院儿之后，她拿眼睛往周围踅摸了踅摸，一看，把角儿那儿果然有一间房，那间屋子里边灯光亮着，说明那屋子里边有人。这花万香就奔这间屋子走过来了，离这间屋子还有这么二十来步的时候，就听见由打那屋子里边，传出来了说话的声音，这说话的声音可不是平静的说话声音，是一种激烈的争吵。一个女高音儿，再加上一个男中音儿，这女高音儿是谁呀？就是那何七姐，正在屋子里边跟那柳青在那儿吵吵呢。"我告诉你，姓柳的，你可把事儿放明白着点儿，你别以为把我划拉到手了，没有这么三天两日的你就又够了？啊？我问你，她到底是干什么的？啊？为什么投奔你，你们两个过去……到底有种什么关系？"

就听柳青说："嘻，你这个人总是呀，醋海生波，酸风掀浪。什么事儿啊？人家老太太救过我的命，所以说我就拜了这么一个干娘，那自然就是我的干妹妹……"

"少扯！我就进屋儿那么一站，我就瞅你那眼神儿，那就不对劲儿。你跟那老太太说话嘛，那眼睛，老瞅那个什么花万香，啊，这名儿起得也好，啊，花万香，一朵花还一万香，怎么那么香？嗯？你瞅那老太太说话嘛，眼睛老往那边飞，那眼睛老盯着她，我还不明白你呀？你刚到那春霖茶馆里的时候，你见了我爹见了我，说话的时候也这样儿。你跟我爹说话的时候，那眼睛老瞅着我。你寻思我不知道哇？啊？我观察得出来，你柳青，是不是跟那花万香你们俩有点儿不清楚？啊？你今天要不跟我说明白，我跟你没完！"

"你妇人之见，头发长见识短！"

"哎，我头发长见识短？我专门儿看这个，我是干什么的？别看我岁数儿小，在江湖上闯的年头儿可不少了，别的事儿不知道，就这事儿我是行家里手，拿眼一搭，就知道真假！"

"那你说我跟她是真是假？"

"我看你们俩……悬！"

"那咱们俩呢？"

"咱们俩呀，你跟我说那些甜言蜜语呀，那全是胡扯！你给我海誓山盟，又说给我买这个又说给我置那个，又说将来把我娶过去……你能真娶我吗？你这个小子我算明白了，原来我还把你当作一个好人呢，现在看来呀，你是一个采花儿蜂。哎，你现在想吃着锅里占着盆哪？"

"没这事儿！……"

俩人在屋子里边这一吵吵，花万香在院子里边是听得清清楚楚。花万香一听，哎哟，看起来这个女的跟这柳青，他们两个可能是也有一段情缘，我的到来，使他们之间产生了矛盾。这我怎么办？我到底进屋不进屋哇？我是叫他还是不叫他呢？我母亲让我来找他，我就是回去，他俩还得吵起来没完，那么我要进去，会不会激化他们两个人的争吵呢？花万香，这是一个老实厚道的女子，她站在这个院子里边，又不能往前走又不能往后退，正在犹疑不决。

这个工夫屋子里边的柳青说话了："我告诉你，你别给我蹬着鼻子上脸，你呀，现在别给我瞎吵吵，等着把这几天儿过去之后，有什么话咱们慢慢儿谈。"

"行，姓柳的，我先把话说前边哪，咱们是先小人后君子，这个……什么花儿什么香，如果你要把她留到这个寺院里头，让我要看出来，她和你，你们两个关系不清楚，我可不能轻饶了她，轻者，我让她带伤，重者，我让她废命！"

"行行行行行行行……我不留她还不行吗？啊？姑奶奶……你是我姑奶奶行不行？"

"哼，姑奶奶呀？你真要是这个事儿，你把我惹翻儿了，祖奶奶也不行！行，我先不跟你吵吵。"一转身，这何七姐由打屋子里边出来了，何七姐一出来的工夫，花万香就在这院子里边站着，何七姐一出来，一看见花万香，她也感到很意外，万万没有想到，刚才在屋子里边她跟柳青争吵，在院子里边，还一个听窗根儿的，但是她此时此刻呢，有没有话跟这花万香说，这何七姐故意地一回头，冲着屋子里边，说了一句话："记住了呀，臭不要脸，呸！"这一口也说不上是骂柳青，还是骂花万香。

花万香在这儿站着，没言语，看着何七姐由她身旁一阵风，过去了，这花万香，才迈步往前走。来到柳青那房门之外，这房门开着呢，花万香站在这儿："大哥，您在屋儿吗？"

柳青在屋子里边，刚才跟何七姐争吵的这个情绪还没有平静下来，听见外边有人一问，听见是花万香的声音，"呃，哦，呃……我在屋儿……"

花万香迈步就进来了，"大哥，我娘说了，等着您呢。"

"啊好好……呃我这就过去……"柳青这阵儿看见花万香之后啊，脸上那个肌肉哇，每一个细胞，它全都拧着劲儿，为什么？他感到特别尴尬，刚才跟何七姐那番争吵，大概她听着了，如果她要听着，那对我会有什么看法呢？柳青所以这个脸上非常不自然。花万香呢，说了一句话，一听说柳青一会儿就过去，转身回来了。

回到房间里边，花万香一见老太太，"娘，他一会儿就过来。"

老太太说："好，一会儿就过来就行，我琢磨这小子，这事儿还得考虑细致了，他不考虑细致了，他没法给我回答。哎，丫头，我瞅你这脸色不对呀，怎么地了？啊？怎么……有点儿变颜变色的？"

"呵……没什么……娘，我刚才到那院儿去呀，我正听见，柳青跟一个女人在屋子里边争吵……"

"跟谁？"

"就是刚才到咱这屋儿来的那个女人。"

"他们争吵什么？"

"争吵什么呀……"花万香就把他们两个争吵那语言跟老太太说了一遍，"娘哪，这可是您给我做的主，把我许配给他了，今天您听听他们这一番对话，这柳青是个什么样的人，您知道了吗？"

老太太一听半晌无言，"哎呀，他能是这样的人吗？我看柳青不是坏人，主要那个女的她不是好东西……"

话刚说到这儿，柳青由打外边迈步就进来了，老太太一看柳青，"柳青，想好了吗？是听我的还是不听我的？"

柳青说："干娘，我听您的！"

第九十二回　柳青诈称献国宝
施公下令审程方

花花氏老太太，当面儿问柳青："你是听我的话还是不听我的话？"

柳青哪，给老太太一个非常干脆的回答："我听您的！"

这句话说出来之后，老太太心里边非常高兴，老太太想：尽管我女儿刚才听见柳青跟那个女人在屋子里边争吵，怀疑柳青的人品，冲柳青回来跟我说的这句话，说明柳青还是一个好人，因为他听了我的了。

老太太说："好，你听我的，打算怎么办？"

柳青说："老人家，我听您的，我是您干儿子，可是您要知道，这龙潭寺里，还有四个大住持僧人，他手底下还有一帮和尚徒弟，再加上柳林川来的这些绿林道中的人，原来虽然都跟我是朋友，但是这些个人，都是站在窦尔敦一边儿的。我听您的，他们可不能听您的，我是您干儿子，他们可不是您干儿子。"

"对对对……我要那么多干儿子我也养不起……话又说回来了，他们想认这干妈我还不要呢……"

"呃就是呀，老人家，我在想，下一步我该怎么办。"

"对呀，你算怎么办吧？"

"这个……炸海金蟾，在谢五豹的手里头，我如果说要直接跟他要，让他给我，人家是说什么也不能给我，更何况，这庙里边的几个和尚，跟谢五豹都有交情。那么……他不给我，我抢？我也不能抢，我偷？我也偷不来，这里边就得设这么一个计谋……"

"你说，这计谋点子你想出来没有？"

"我想出来了。"

"打算怎么办？"

"三四天以后吧，在这三四天期间，我把这里边跟我至近要好的朋友，我把他通融好了，我把他们拉过来。可有一样儿，您得跟施大人说好，我拉过来的朋友，一律不能责怪他们。"

"那行那行……这事儿包在我身上。"

"哎……我把我几个朋友拉好了之后，我就跟他们商量，因为呢，我们这儿，有一个非常重要的人物，被施世纶给抓住了，此人姓赵叫赵忠。在苏州府地面儿上，这是个头面人物，官私两面儿黑白两道儿都吃得开。这些天来我们一直在筹谋如何救他，可是，老也没救出来。那么您这一来，一说这个事儿，我就想起来了，咱们这么办：您回去，跟施大人也打好招呼，讲好了，三四天以后，我这儿如果准备齐整了，我觉得到时机了，您再来一趟，我告诉您我们呢，点名就是要请黄天霸，赵璧，以及他们那些差官，到龙潭寺来一趟。想要国宝吗？炸海金蟾，国宝在这儿，得拿赵忠来换，用赵忠换国宝。当然了，施大人要来了，那是最好了，我想施大人要是不想来，让黄天霸和赵璧到这儿来，那就行了。他们只要一来，把赵忠押来，然后我们把国宝奉献给他，把赵忠就放回来。"

"那你这叫什么主意？啊？哦，合着把那抓住的罪犯给放了？你把这国宝就换了？那个谢五豹就能听你的吗？"

"您听我说呀，我现在呀，定这个计策就得做两面儿人，我跟谢五豹呢，我就这么讲：我们这是救赵忠的一个计策，你就假装着，把这炸海金蟾拿出来，要换赵忠，引着他们这些个差官到咱们龙潭寺里来，我们在龙潭寺里边，埋伏好了人，当他们来到之后，我们就把他一举给消灭。赵忠也救了，这国宝呢，他们还拿不走。这是对他这边这么讲。对您这边呢，我就得这么说：您跟施大人也得这么讲，他们哪，要来，他们来到这儿，我先摆上酒宴，大面儿上过得去，啊，咱们得喝点儿酒，咱把事儿得谈开，就在这酒桌儿上谈话之间，这谢五豹，肯定跟他们是冰火不同炉，非说岔了动了手不可，真要到说岔动手的那时候，我呢，串通好了我这一抹子的弟兄，一块儿帮着这众差官，就把谢五豹抓住了。我来个'内部兵变'，把谢五豹抓住之后，连国宝也得来了，这赵忠还原封把他带回去。您看怎么样？"

"嗯……小子，你这主意……想得可够刁的，不过，你琢磨着这个事儿，它能成吗？"

"没错儿，您放心，凡是我筹谋计划的东西，绝对能够实现。"

"好了，那就这样，我明天回去跟施大人如实地讲说一下，听听他怎么样。三四天之后，我再来一趟，看看你这边准备得怎么样，要准备得行了，咱们就按照你这个计谋干。"

"好！一言为定。"

"嗯，就这么地了。——还有一件事儿，你这个镖囊里边，带着有百日追魂镖，还有解药，这施大人手下有两个人，一个叫朱光祖，一个叫计全，他们中了你的镖了，现在伤势严重，急等着用药。你把那解药，得给我带回两包去，我得给他们上上，好让他们镖伤好了。"

"哦，您为这个事？……哎呀，这个药哇，我是用了不少，但是……大概剩的呀，仅够他们两个人用的，再多一点儿都没有。你看那个殷启他那个外甥叫殷九龄，几次三番找我要这镖药，我都没给他，这您来了，这没办法呀，您是我干娘哪，干娘的话我能不听吗？"

"对呀，不听干娘的话就算不孝。"

"好嘞，我给您拿……"

就看柳青站起身来，不一会儿的工夫，回到自己的房间，就拿过两包解药来。把这两包解药交给老太太，老太太一瞧："好了，有这东西回去我给他们上上，他们这个镖伤哪，很快就能好。我们今天晚上就住在你这儿。"

"您就在这屋儿住，明天一早晨，您动身，再回去。别人要问我，我就说，您母女二人到这儿来看看我，现在在苏州城里住，我也不用跟他们说在什么地方。"

"好了，就这样了。"

这母女两个人，就住在龙潭寺里了，这一夜之间，这姑娘跟老太太谈话的内容，没有别的提了，就谈柳青。这姑娘自从看见这位何七姐之后，对柳青，从思想感情上已经发生了动摇。如果说柳青，跟这姑娘两者之间，这个情感还算作爱情的话，那么他们这个爱情呢，就有点儿要破裂。为什么呢？因为这个爱情始终它是私有制。有人讲哪，说什么叫爱情哪，在芸芸众生当中，你突然发现了一个异性，对他产生了好感，而由此对其他异性，都视而不见，这才叫爱情。就是说，爱情，它是单一的，自私的，这玩意儿不能集体化。所以现在呢，这姑娘一看柳青，跟那何七姐这一番谈论，心里边已经起了波澜。老太太呢，就跟女儿说："孩儿啊，这个事儿啊，咱也没跟他换生辰帖，咱也没给他订字据，咱们就走着瞧，瞧着他要真好呢，就嫁给他，不好呢，妈再给你找个主儿，啊。你别为这个事儿嘚吧嘚嘚吧嘚的，嘚吧得我都睡不着觉了。先睡觉吧……"

娘儿两个睡了，第二天早晨，柳青老早地过来吩咐人给准备了早饭，娘儿两个吃完了早饭之后，柳青把她母女二人一直送到庙门外。昨天赶来的那辆花轱辘轿车，已经有两个小和尚哪，给好好地看管着，娘儿两个又坐着这花轱辘轿车儿，啪的一声鞭子一摇，回转了苏州。

回到了苏州公馆里边，一见施大人施世纶，老太太就把昨天去龙潭寺的整个儿经过是备述了一遍。把话说完了之后，施世纶，赵璧，黄天霸，关泰，这几个主要人物，是都在旁边听着。老太太这番话说完了，施大人半晌无言，赵璧把这小脑瓜儿晃了晃，心想，柳青这小子说这话，他是真的还是假的啊？啊？他跟老太太可是说得透明白，他做两面儿人，对那面儿说是那样，对这面儿说是这样，这小子他究竟他倒到哪面儿，谁能钻到那心眼儿里边去看呀？啊？

黄天霸在旁边一听："我看此事可行，大人，如果柳青，他要在里边串通好了几个至近弟兄，我们再去几个人，就在酒席宴前，当场给他来一个火并，窝儿里反，连谢五豹，带国宝，就可以一起得到。"

施大人一听，看了看黄天霸，"是呀，如果说这个赵忠要带到那庙里边去，万一有不慎，就可能被庙里的人救走了，这赵忠，可是重要的罪犯哪，有很多事情，我们还没有从他的嘴里边得到口供哪。"

赵璧在旁边说："这样吧，施大人，不还有三四天的工夫吗？嘿，从现在开始，咱就把赵忠的口供给他抠出来。抓紧时间，我就不信，撬不出来他的东西。"

施公说："此计可行。咱过三四天之后，再听听他们的消息吧。"

这儿呢，老太太马上跟黄天霸到朱光祖和计全的那房间里边去，给计全和朱光祖两个人治镖伤。

他们去治镖伤，赵璧跟施世纶，在这儿就商议，如何审问赵忠。施世纶说："赵璧，赵忠这个人，既刁钻又狡猾，他既是绿林中人，而在官场中混得又熟，他什么事情都知道，他的一言一行，都知道出言之后的后果呀。正因为这样，所以他守口如瓶，没有供词。如今，你觉得如何才能把他的口供，让他招了呢？"

"大人，我想哪，可以用两条儿，一条儿呢，用极刑，您上回，就给他用了拶指，这回咱接着还用，夹棍，板子，棍子，不行啊，咱就给他来非刑，给他剥皮，给他铁烙铁，我就不信这小子他能扛得住。"

"嗯，另一条儿呢？"

"再一个，不用刑。"

"不用刑……怎么个问法？"

"大人，不用刑这条儿这叫旁敲侧击。据我所知，这个赵忠哪，他跟这个苏州府的知府程方两个人过从甚密。这些天来，我从侧面了解，这苏州府的知府程方可没少花赵忠的钱。正因为这样，所以赵忠在苏州府可以为所欲为，有恃无恐。如今，这赵忠被咱们抓住了……"

施世纶说："你不用说了，我明白了，我不问赵忠，我问程知府。"

"对！大人您圣明，咱就用这招儿，问完了程知府再问赵忠。"

"好！"施世纶说，"事不宜迟，来呀，马上去请程知府，到我的公馆议事。"

施大人的命令一传下，手下人马上去到苏州府的知府衙门，去找程方。这程方哪，这些天来，一直是坐不稳睡不宁哪，食不甘味，寝不成寐。怎么回事儿？心事重重。这程知府，发现自从这赵忠被这位钦差大人抓住看押之后，这钦差大人很少再找他了。偶尔的，这程知府到施世纶那儿去，跟施世纶去主动地汇报一下工作，看那施世纶，对他，也是淡淡的冷冷的。越是这样呢，这知府的心里边就越犯合计。他心里没病不要紧，他心里有病哪。这知府就想：赵忠被抓住之后，难道说这施世纶问他，他说出来什么了？啊？说出来和我之间的事情了？嗯？要真要说出来的话，那他可完了，那我也完了。又一转念，赵忠这个人是有头脑的人，他绝不能胡说八道。那天晚上谢五豹到他家里一来，给他两锭金子他都没敢要，这就是他考虑到，当前的这种利害关系。

程知府这两天，眼见得是掉分量，两腮这肉，就往下瘪，这裤腰带，还渐松。他老婆在旁边直问他："你怎么地了？怎么吃饭你也吃不下去，睡觉老说梦话，你到底怎么地了？"

程知府说："妇道人家，不要管我的事情。我这两天大概胃口不好……"哪是胃口不好？他是在那儿闹心。

今天忽然间，施大人手下的人到这儿来，要请他到公馆议事，程知府当时这心里边咯噔一下子。为什么呀？程知府心想，他老没找我老没找我，突然间一下子找我，这里边不是吉就是凶哪，绝不是平平淡淡的。去吧！丑媳妇难免见公婆，让去能说不去吗？这程知府马上吩咐人顺轿，坐着八抬大轿就来到了施大人的公馆。到公馆下轿之后，迈步往里来，来到施大人的住室门外，自己主动报进。一说自己的名字，传事人往里边一禀报，施大人说："有请！"这程知府，毕恭毕敬的，由打外边就走进来了。一见施大人是深深一揖，"卑职程方，来参见钦差大人。"

"哦，程知府，请坐请坐……来人哪，看座！"

旁边儿有人搬过一把椅子来，这程知府就坐下了，他抬头看了看施世纶的面部表情，他想从他的面部表情里边能察出一点儿蛛丝马迹，但是看施世纶这面部表情静如湖水，一波不起，什么也看不出来。

"啊……呃……钦差大人，把卑职唤过府来，不知有何吩咐？"

"程知府，今天我把你召到这里，有要事相商哪。"

"哦……大人请讲。"

"这个赵忠，我把他看押之后，过了几堂，起初，他不承认自己的罪过，最近，他把自己的罪恶全都招认了。苏州知府，他招认了，你应该如何，你还不清楚吗？"

苏州府知府一听这句话，当时这个脸儿他就黄了，黄完了又绿了，跟外国火鸡一样。苏州知府心想：哎呀，看来我得有什么说什么呀！

600

第九十三回　施大人激将成供词
罗汉堂摔杯为号令

施世纶找来了苏州府的知府程方，告诉他赵忠已经招认了。紧接着施世纶又追问了一句，说："赵忠既然已经招了，你是不是……也该说了？"

这程方听完施世纶这一句问话，当时这个脸是黄一阵青一阵绿一阵，一劲儿直变色儿，好像那吐绶鸡一样。为什么呢？这程方心里边儿有点儿害怕了。他和赵忠两个人的确是过从甚密，不但是过从甚密，这里面儿有很多违法乱纪之事，他一听赵忠招了，就知道自己保不住了。不过呢，他还想着求一个侥幸，他回问了一句："钦差大人，呃……您让卑职我说，呃……卑职，当然了，我有什么说什么。不过，从何说起呢？"

施世纶心想，你程方好狡猾，你想一点儿一点儿探探我的深浅，从何说起？施世纶说："你和赵忠两个人是怎么认识的？就从你们两个人认识说起吧。"

"呃……钦差大人，赵忠这个人呢，在这苏州府，应该说，这也是一代名流。他呢，又是解元，又是举人，文武双全。在这苏州府呢，又做了好多大买卖，呃……既有财力，又有名望。所以，卑职到此，作为一地之官，像这样的人，自然应该有所交往。"

"嗯，是，是，这倒是应该的，这无可厚非。那么我问你，你们两个是从什么时候近密起来的呢？"

"呃……我们两个从什么时候呢，嗯，主要是我为官之后吧，有一次是贱内过生日，他也不知是怎么知道的，他给我送了一份厚礼。"

"送了多少？"

"呃……给封了三百两银子。"

"以后呢？"

"呃……以后，呃，隔不久，我过生日，他就没送礼……"

"空着手儿去的？"

"哦，他送了一个纪念品……"

"送的什么纪念品？"

"呃，卑职是属鸡的，他送了一只鸡。"

"哦，从乡下抓了一只鸡给你送去了。"

"哦不不不，他不是抓的那个活鸡，他送的是死鸡。"

"什么的？"

"呃，是……是金鸡。"

"这金鸡当然比那三百两银子要贵重多了。"

"啊，是是是是。从这儿开始呢，我们两个就算是有了交往了。呃，当然了，他过生日的时候，我也给他送过东西。"

"他过生日你给他送什么啦？"

"我给他，我送过两袋儿大米。"

"嗯，他送给你鸡，你送给他米，这个买卖还是做得来地。"

"呃，后来呢，他呢，开一个古玩店，经常呢，把他古玩店里的东西拿到卑职我的府里边儿，供我玩赏。我凡是夸奖哪件东西好，有时候他就给我留在家里了。"

"嗯，我来问你，后来这赵忠他是怎么知道，这国宝在这使臣手里？他又是怎么和谢五豹等人联系一起盗取国宝的呢？"

"嗯……这个事，这事儿赵忠他没说吗？"

"赵忠有赵忠他自己的说法，我现在要听听你的说法。"

"啊，呃，他是这么回事。那次，他跟我观赏古玩，我就说起来马上在苏州地面儿，有一件国宝，只是恐怕你连见都见不着。呃，迷罗国有使臣要进京，给当今皇上送一件宝物，他要路经苏州，就住在金庭驿馆里。呃，据说这件宝物叫炸海金蟾，公文已经到在这儿了，让我们苏州府衙门里边儿严加防范，保护这位使臣的安全。呃，我这句话说出来之后，赵忠听了，就又详细问了问，他什么时候到，住在"

金庭驿馆的哪个房间，呃，这个……"

"你不是跟他都说了吗？"

"呃，对，对，我就都说了。说了之后，这使臣后来就被杀了，这国宝也就丢失了。"

"丢失国宝之后，赵忠跟你怎么说的？"

"呃，这个，赵忠他……他是怎么说的？"

"我问你！"施大人连连发问。

"呃，啊，啊，这……丢失国宝之后，他跟我见过面吗？"

"苏知府，你自己要放明白一点，今天我把你找来，我是打算给你网开一面，留一条出路。如果你要以为，我一无所知，我就不把你叫来了。你如果不想彻底说也可以，马上请回。"

"呃，不不不，呃……呃……卑职我说。他是……他是后来，他赵忠见过我一次，他跟我说，那个炸海金蟾，你知道哪儿去了吗？是被我的一个朋友给盗走了。我说，呀，这这这……杀来使，盗国宝，这可是户灭九族的罪名哪。他说你不要害怕，这件事情与你无关，即使将来这个官司漏了，我也不会牵扯你的。呃，这个赵忠，他怎么说的？"

"这你就不用管啦，你说，接着说。"

"呃，他是，完了，我就让他把这国宝立刻献出来，他说这东西是不能献的，这个东西价值连城，无价之宝，他的那个朋友，还准备要卖给他呢。只是价钱开得太高，他现在好像是没有能力买，就是这个样子。"

"我再问你，赵忠，在苏州这一带胡作非为，抢男霸女，你对他是怎么祖护的？"

"呃……呃，这个事情。是呀，赵忠这人，表面上看来，行为端正，道貌岸然。其实，他是一个伪君子，此人最喜好女性，每每见着有绝色女子，他总要想尽办法，把她弄到手。呃，有的时候，这女子人家不愿意，也有告到衙门里来的。告到这里来的时候，卑职由于和赵忠有过这层关系，所以，我也就把这案卷给他压下来了。呃，既不上报，对他也不惩处，所以，有的人告过几次，也就自消自灭了。这是大人到此，卢玉梅这个案子，事牵人命，关系重大，所以卑职也不敢袒护他。"

"是呀，你不敢袒护他，你也没主动捉拿他。"

"啊，卑职实是不知道这件事情是他做的，故此，我办案不力。"

"程方，你和赵忠已经牵扯在一起了，现在我可以把实话告诉你，你这顶子是戴不牢了。至于对你如何惩处，这就决定于你怎么样招认。赵忠说的要比你说的多，回去以后，你自个儿要深思熟虑。如果说，你把和赵忠之间的干系说得清清楚楚，本部堂或可念在你为官多年的分上，从轻惩处。现在，你这个苏州知府，你先在这儿顶着。待等本部堂修撰公文报请朝廷，朝廷批复之后，再做处理。你先回去吧。"

"是。啊，多谢大人，多谢钦差大人。钦差大人，万望在朝廷面前，多多美言两句。"说着话，他从袍袖里边儿把手绢掏出来了，沾了沾头上的汗。话也说完了，汗也出透了，他自己个儿怎么走出来的都不知道，上了轿之后，回府了。

这一招儿真就灵了。这一个旁敲侧击，把这苏州府知府的口供全都问出来了，紧接着施世纶吩咐提赵忠。把赵忠这一提出来，施世纶这个问案方法就又变了。跟赵忠怎么说的？他跟赵忠说，说苏州府知府已经完全承认你们两个人之间的关系了，你是怎么勾结谢五豹盗取的炸海金蟾，而且他把苏州府知府所说的话，略微一改变，就改成了完全都推到了赵忠身上，赵忠是主要罪犯。

赵忠一听这话，那是愤怒已极。紧接着他就给苏州知府杀了一个回马枪，说我和苏州府的知府我们两个，怎么样子的过从甚密，他怎么样使用我的钱财，这是一个贪污受贿的赃官，他把苏州府知府的一些事儿全都给抖搂出来了。抖搂出来之后，施公一听，跟这苏州府知府说的话，他们两个是基本相符，马上吩咐是记录在案。紧接着又追问赵忠，你为什么用那毒药钉要打死谢五豹的哥哥，这位谢彪？赵忠一听哪，自己这么多的案子都已经被审查清楚，那苏州府的知府都已经给他抖搂出来了，那么这点儿事我干脆也都说了得。身子掉井里边儿，那耳朵它就挂不住了。

赵忠就说了，"因为这个谢彪，跟我在经商上是一个敌对的仇人。从武林之中，这个谢彪为人狂傲，他瞧不起我。在苏州城里边儿，没有谁敢背后指责我的，唯独这谢彪，经常对我说三道四。他开的那个绸缎庄，跟我开的那个绸缎庄，这两个买卖相对，这是冤家对头。这个谢彪，他经营得法，比我的那个绸缎庄收入要多，所以我把他视作我的劲敌，老想借个机会把他铲除了，老得不了这个机会。出了卢玉梅这个事情，偏赶上那天，是由他起因，我们真正是在那个船上一起游湖，他对那卢玉梅呢，的确有挑逗戏耍的言词，过后呢，他也真跟了那么一段儿，只是后来，他没再对卢玉梅如何。我呢，借着这个机会，就把卢玉梅诓骗到自己家里，引起了这一场杀人案件。案子既然已经暴发了，我只可把这件事情推到他的身上，想让他当一个替罪羔羊。当他被抓获之后，我又怕他这里边言谈之中又把我牵扯进去，事情闹大，所以，夜入监房之中，就把他用毒药钉给打死了。"

赵忠把这一番口供招完之后，施世纶一听，事到如今，是天亮了下雪——也明了也白了。吩咐一声、录供之后，把赵忠是继续看押。

等到第四天了，因为那老太太说了，四天头儿，就等着那柳青的回信儿。四天之后哇，这老太太跟施大人说好了，说："我这回自己去，我见柳青，看看他准备得怎么样了。"老太太自个儿赶着这个车，就到龙潭寺去了。到了龙潭寺下车之后，这老太太径直往里就走，找柳青来了。龙潭寺的那小和尚禀报柳青，一说那老太太又找你来了，柳青马上把他这干娘就让到自己这屋子里边儿，单独接见。柳青跟老太太就说："干娘，您这是如约而至呀，说四天，到四天就来。"

"那当然啦，我这人办事儿就这么认真，我问你，四天了，你这儿安排得怎么样？"

"我先问问您那儿安排怎么样？"

"我听你的，你不说让他们来人吗？我那边儿跟施大人都说了，施大人说这事儿行，你到时候，我们就来人，能把赵忠给你带来。只是你这边儿，你说相好的不错的，都串通过来没有？"

"我串通好了，有几个至近的，交情过命的弟兄，我都跟他们说了。准备着，两天以后吧，你让那边儿黄天霸、赵璧等人，押着赵忠到我的龙潭寺来。我们呢，写一封书信，约请他们来，就提这样一个条件。要国宝可以，拿赵忠来换，他们把赵忠押来，我们把国宝拿出，咱们是以物换人。换完了之后，你们把国宝拿回去，我们把赵忠领着走，就是这个样子。他们如果信得过我，就来，到这儿之后，我们在酒席宴上摔杯为记，我把酒杯一摔的工夫，他们也动手，我们也动手。我靠着谢五豹坐着，我先把谢五豹抓住，只要是把谢五豹抓住，别人那都不在话下。我所担心的，就是这庙里边儿这四个住持和尚，尤其那大和尚智能和那二住持智通。这两个和尚，平素当中不言不语，但是这两个和尚可是身怀绝技。而且这个龙潭寺的寺院，是他们经营多年哪，他手底下有几十个徒弟，他这几十个徒弟倒不在我的话下，我想如果把这两个和尚要再制住，那我们就万无一失。我只能制住这谢五豹，黄天霸等人如果能制住那两个和尚，那我们就肯定胜利在握了，您就回去跟他们这么说。"

老太太说："行了，既然这样的话，到那天我也来，这和尚他们俩制不住的话，我帮着制。你别看你干妈这岁数大了，但是真要抖抖精神，我还仨俩的到不了跟前儿。"

"您老人家是武艺出众的人那我知道。"

"这可就那么定死了呀，小子，还能不能秃噜扣喽？"

"您放心，这个事儿就这么定了。"

"好！"老太太由打这儿站起身来转身回奔苏州。

老太太走了之后，这边儿柳青马上把龙潭寺里边儿的四个和尚以及谢五豹等人全都聚集在一起。聚集一起之后，柳青当众就说了："众位，我柳青绸缪多久，报仇的时候可到了。我打算用国宝去换赵忠，两天之后，我让黄天霸等人押着赵忠来到这里，换取炸海金蟾。谢五豹，到时候，你可以把炸海金蟾拿出来，作为诱饵儿，引他们来。咱们给他摆上一桌酒席，请他们在这儿吃饭，吃饭当中，这可就来了机关暗算了。大住持，我听说罗汉堂里边儿那十八尊罗汉，各个都有销簧机关。"

智能说："是呀，我那十八尊罗汉，只要把总开关一按，这十八尊罗汉把嘴一张，每尊罗汉嘴里边可以吐出来十八支弩箭。"

"好！就这么办了。等黄天霸等人来了之后，在罗汉堂设宴，摔杯为记，您把开关一按，让这些罗汉们口吐弩箭，就给黄天霸等人来个乱箭——穿身！"

606

第九十四回　龙潭寺连弩为陷阱
黄九龄稚语探机关

　　白面判官柳青哪，召集起来他的同伙，布置了一项重要行动。他告诉大家，准备要请黄天霸赵璧等人，到这里来以人换物，在这里要摆一个信义的酒席。这个时候，大和尚智能在旁边也说了，说："这酒席要摆在什么地方呢？就摆在东院儿的罗汉堂。这罗汉堂周围站着一圈儿，是十八尊铜罗汉，只要按动销簧的按钮儿，这十八尊铜罗汉把嘴张开，由打嘴里边，每个罗汉都能打出来十八支弩箭。到那个时候，就让黄天霸等人乱箭穿身。"

　　说完这句话之后，这大和尚智能，脸上露出了得意的笑容，柳青也非常高兴。"诸位，这些年来，绿林中的弟兄们，一直要想杀了黄天霸，给死去的众位弟兄报仇，可是今天，这个日子就到了……亏了……这位大住持呀，大住持，咱们这个行动，都由您全面安排，您看如何？"

　　这和尚，这些天来，一向是沉默寡言，今天，好像是到了他说话的时候，和尚双手合十："弥陀佛，诸位，黄天霸等人如果进了我的龙潭寺，他就有来路没回路了。摆宴席那天，我们诸位，各有各的活计。贫僧，早有设想，我跟大家，交一个底，让大家好放心。或许你们想到啦，如果说，这十八尊罗汉把弩箭放发出来，黄天霸等人死了之后，官兵要过来围剿寺院，我等如何逃身呢？嗯？呵呵呵……贫僧早有安排。我这龙潭寺的罗汉堂，是当年请能人高人修建的。这罗汉堂里边十八尊罗汉，共有九个销簧按钮。这九个销簧按钮，一个按钮，管罗汉口里边往外放弩箭，另一个按钮，管这罗汉口里边往外吐硫黄焰硝球儿。余外的七个按钮，有三个按钮，是地下通道，往外一撤，可以顺着地下通道，一直跑出去；另外这四个按钮，是地下牢房，那个……剃头匠儿，不是在牢房里边看押着呢吗？我们还有闲的牢房，随时都可以把人送在里面看押。到在那天，如果说，他真要发来官兵，我们看势不好，按动逃跑的暗道按钮，我们就可以从暗道逃走。如果说，我们能够得以实现我们的计策，把黄天霸等人置于死地，然后，我再按动那个硫黄焰硝球儿的按钮，十八尊罗汉，都从嘴里边把火球吐出来，这罗汉堂，霎时间，就化成一片火海，整个儿龙潭寺，转瞬之时就变成一片废墟。可是那个时候，我等众人，早已从暗道逃走了。就是他施世纶，发来官兵，围剿我的龙潭寺的话，赶到这里，他会一无所得呀。他只会在这一堆火烧之后的瓦砾之中，寻找他那些差官们的尸骨。诸位，这回你们都放心了吧？"

和尚说完这番话，周围这些个人，这个看看那个，那个看看这个，有的是低低地耳语，都是一番得意的神色。

和尚说："诸位，我现在都跟你们说清楚了，还有没有不明白的？可以在此时提问。"

这些人，从面部表情来看，都非常高兴，可就有一个不高兴的，谁呀？黄九龄。黄九龄也在这儿坐着听着呢，黄九龄心想，你奶奶个孙子，你们真够损的，敢情这龙潭寺里边到处都是销簧埋伏。这把我爹他们弄来之后，我那叔叔大爷们一进来，你们这些个金刚，这些个罗汉，都往外还吐弩箭。哎呀，这怎么办哪？黄九龄想，我今天晚上回去？他刚想到这儿，就听大和尚又说了："诸位，大家要都明白了的话，从现在开始，这个龙潭寺，咱们是不准出也不准进了，因为两天之后，黄天霸等人就要来了。除非是咱们自己至近的人，可以放他进来，我们自己至近的人可再不准出去了。我已经安排我的徒儿们，在龙潭寺院墙外边，四外巡逻，谁要出去，我可要严惩不贷！因为这个时候你要出去，容易破坏了我们的大计。单等着把黄天霸等人置于死地之后，那个时候愿意上哪儿去你们就上哪儿去。"

黄九龄一听，坏了，他还不准出去了呢。黄九龄这工夫站起来了，"老师父，我有个事儿不明白……"

"嗯？"老和尚心想，大家伙儿都明白了这孩子站起来了，"何事不明？"

"您刚才说呀，说在这罗汉堂摆酒宴，把黄天霸他们这些人请来之后，呃……在那儿喝酒，您说是，什么摔杯为记，呃……就能按销簧，呃……那些个罗汉，就张嘴往外放弩箭，那……谁摁销簧哪？"

"呵呵……你是个孩子呀，啊，按销簧，当然我要安排人了。我安排按销簧的人，那就是我的四弟，啊，智悟和尚。只有他，知道这销簧是怎么样的按法。"

"那我还有个不明白的事儿，那十八个金刚罗汉，都往外放弩箭，那你们都在那儿一块儿坐着呢，那弩箭从四面往这个桌子那块儿往外放，那不把你们都给射着了吗？"

"呵呵……诸位，你别看他是个孩子，这个事情提得很有道理。是呀，我们陪着他们在这儿喝酒，摔杯之后，这些个罗汉，往外一放弩箭，那我们怎么躲闪呢？孩儿啊，跟你说，这里边我也有安排。陪着黄天霸喝酒的时候，那只有柳青，还有谢五豹，再加上贫僧，我们三个人陪他们。即使在最初，坐在酒桌儿上的有其他人，在酒宴进行当中，其他人也想办法让他们撤退。他们撤退之后，就剩了我们三个人，我们摆酒宴的那地方，抬头往上看，上边就是一个大过梁柁，当我们把酒杯一摔，然后我们三个人不约而同一起纵身，就蹦到那梁柁之上。我们是有准备的，他们是没准备的，我们纵上梁柁这个举动，他们必然是并不理解，就在他们一愣神儿的这工夫，周围这十八尊罗汉这弩箭就发出来了。此时刻，他们就是想上这梁柁躲避，我们在上边居高临下，也不能让他们上去。他们是必死无疑！孩儿啊，这个你明白了吗？"

黄九龄一听："嗯……好……我明白了。"黄九龄一想，兔崽子，我得想办法看住他那四和尚，他去按那按钮，我得不让他按，那才能行呢。要不然的话，我爹他们不就完了吗？但是，他那四和尚往哪儿按去哇？这事儿他也不能告诉我呀。

黄九龄心里边这么想，表面上假装好像听和尚这么一说，全懂了，连连点头儿。他这一点头儿，大和尚智能微微一笑："呵呵呵呵呵……这个孩子，是有心计的人哪，诸位，无怪乎他是殷洪老先生的外孙子，嗯。今天，我给大家交个底，我这个龙潭寺，当初是谁修的，你们知道吗？啊？当初我这座龙潭寺，是我花重金，又有人情面子，请来的那位老隐士殷洪，就是他的外祖父——哎呀这个孩子颇有点儿他外祖父的心计，想事缜密呀，啊？老头儿给我修建这龙潭寺整整地修了三年，这三年当中，光这工，就换了多少拨儿啊。龙潭寺修好之后，那老头儿够义气，他怕龙潭寺里边儿的销簧机关给泄露出去，把所有的建筑图纸，当着我的面子，是一火焚之。现在，除了我们这哥儿四个能够知道龙潭寺里的销簧机关，余者这人世上就再没有知道的了。啊！哈哈哈哈……不过这孩子，颇有他外祖父的遗风哪！诸位，今天就这样子了，各自回去……安歇。"

大家伙儿好像充满了信心，就等着两天之后，黄天霸赵璧等人来，让他们投入罗网，置他们于死地。正在大家伙儿要散去的时候，忽然见有一个小沙弥和尚，由打外边走进来了，向他师傅禀报，说龙潭寺庙门外边有两个人，是从直隶柳林川来的。

白面判官柳青一听，肯定这是窦尔敦那儿来的人了，马上吩咐有请。时间不大的工夫，由打外边由两个小和尚领进两个人来。柳青一看哪，认识。这两个人，当年有一个在连环套的时候就是窦尔敦手下的一个小寨主，此人外号儿叫离鸡眼孙胜。另外一个呢，是他的本族的兄弟，叫长臂猿孙四。

这离鸡眼孙胜哪，长得有特点，咱们以前讲过，他俩眼睛哪，就像那离群的那鸡一样。老那么愣瞪着，那么瞪乎着，这孙胜跟孙四哥儿俩来了。哥儿两个走进屋子里之后，一眼先看见柳青，过来就给柳青见礼，柳青就给他们挨个儿地指引。指引完了之后，柳青就问他们，说："你们两个，今天到这儿干什么来了？"

"嘿，您有所不知呀，窦寨主心里边着急，把您派出来之后，到现在没有消息，特意派我们弟兄二人，到这儿来追问一下，杀黄天霸，宰施世纶，进展如何？"

"哈哈哈哈哈哈哈哈……"柳青说，"你们俩来得正是时候，两天之后，黄天霸等人必死，黄天霸等人一死，施世纶那脑袋，就是在我们的掌握之中。"

"是吗？"

"那当然了！哈哈，是这么这么这么一回事……你们两个，一起参与到这里边来吧。"

离鸡眼孙胜一听，哎哟，没想到这龙潭寺，是这样一个地方，这可真是虎穴龙潭哪！

话说到这里之后，给他们安排房间，说先休息吧。大家伙儿由打这里开始散去，这一散往外走的工夫，就这长臂猿孙四呀，刚才介绍当中，他看见殷启了，介绍完了没来得及说话，大伙儿一散哪，往外一走，这长臂猿孙四，才来到殷启的跟前："二爷，呃……我对不住您……"

殷启知道孙四呀，老头子殷洪，由打德州殷家堡，往苏州这边搬的时候，德州殷家堡那片宅院，就交给这孙四给看着。殷启刚才还纳闷儿呢，心想，这小子怎么跑这儿来了？啊？又听说他从柳林川来，他什么时候又投了窦尔敦了？殷启也正准备大伙儿散开的时候，要详细问问他。殷启还没问呢，这孙四主动就过来了，"呵……殷二爷……是这么回事儿……我这人哪，他妈没出息，老爷子对我呀，满腔的信任，我……辜负老爷子对我的信任了。那个宅院吧，让我看着，我吧，一天到晚，五脊六兽，我一个人儿，你说……没意思，我就跟那些个，仨好的俩厚的，相不错的，就在那儿，耍钱，赌博，耍钱赌博呀，我手气儿不好，慢慢儿的，腰里那点儿存项，就都输了。哎……存项输完了之后，呃……输我自己的那点儿财产，我自己的那点儿财产输光了呢，我当时也是耍红了眼了，呵呵……我就牙一咬心一横，把老爷子这财产呢，就赌上了。我寻思这一下子，这要赢了就能捞回来。可没想到，这一下子全进去了。全进去之后，我也没脸儿在那儿待了，老爷子那房子什么的，我就都给了人家了，我没地方去了，只好……呵……找我本族这哥哥，他在柳林川，我就上那儿投奔他去了。这不今儿个跟他一块儿，到这儿来了，我呀，想了，得见见您，见见您呢，这个事儿呢，咱有到这儿，不算完，我得想办法，攒钱，把您那套宅子的钱，还给您。"

"哎行行行行行……"殷启说，"得，你这个人哪，我也不是不知道，咱们在一块儿，也处过几年，你呀有这个话呀，我就这耳朵听着就得了，用不了多久啊，那耳朵就冒出去了。我们家那个宅子，你不是给输了吗？输了就输了，行行……反正现在老爷子也去世了，那边呢，我们也不想回去了，我们在这边也有房住，这话就别提了。"

"嘿……我这心里边总觉得怪过意不去的……"

"那没什么那没什么……"

"呃……欸……这是谁呀？"

"这个？这是我外甥。"

"哦……哦……您外甥？叫什么？"

"殷九龄。"

"殷九龄？啊……这是……丽娘的孩子？"

"啊。"

"丽娘的孩子……殷九龄……丽娘后来嫁给谁了？"

"嫁给殷天化了。"

"殷天化是谁呀？"

"这你甭问，殷天化你也不认识他。"

"哦……是是是是……是……呵呵呵呵呵呵……哎呀这孩子……哈哈……好好好好……呃长得好聪明，好漂亮……呃……"

这个小子他瞅着黄九龄上一眼下一眼地看了半天，他在这儿琢磨。殷启呢，就怕他对黄九龄产生怀疑，因为什么？因为殷丽娘跟黄天霸成亲这件事儿，只有这长臂猿孙四知道，到现在为止，这龙潭寺里边所有这些人，谁也不知道，这是黄天霸的儿子。可是今天殷启一看，这孙四，对黄九龄从目光里边产生了怀疑，殷启心想，哎哟，这事儿可别在这小子嘴里边给漏出去。殷启紧跟着，就跟在孙四的身后，孙四看完了黄九龄，一边儿迈步往外走，一边儿心里边在想，这个是殷九龄？我记得殷丽娘嫁给黄天霸之后，他们两个可是过了一夜，黄天霸走了没有信儿，后来来了封信是我给回的。那殷丽娘临走的时候她是有了身孕，这小子，他是不是黄天霸的儿子呀？

第九十五回　英雄胆倾身入虎穴
江湖险舍命取金蟾

　　这长臂猿孙四呀，一见着黄九龄，他心里边产生了怀疑，他回想起了当年的一段往事。他一边儿走一边儿在想，我记得殷丽娘和黄天霸，他们两个拜堂成亲之后，黄天霸走了有一段时间，这殷丽娘……大概是怀孕了，正因为这个，所以老爷子殷洪，才在殷家堡待不了了，想要下苏州，他才把院子宅子都交给我了，躲避这个不好的风声。如果说是那样的话，那这个孩子，应该是黄天霸的，这是黄天霸的儿子？又一转念，也不对，他叫殷九龄，后来可能嫁给姓殷的了。黄天霸来过一封信，我给黄天霸回了一封信，我把他们这段事儿啊，就给他们拆开了。拆开之后，大概他们再没见到过，又找了个姓殷的，又生了这孩子，这也是有的，嗯……

　　这小子一边儿走一边儿想这些事儿，殷启在后边就跟上来了，啪，拿手一拍肩膀头，啪的一下子。

　　"哎……殷二爷……您有什么事儿？"

　　"孙四，我待你怎么样？"

　　"嘿，您待我没得说呀……这还用说吗？我把您家的宅子院子都输了，您不说什么，那我还有什么说的？……"

　　"孙四，正因为是这样，你小子……可得口下留德，啊！"

　　"哦……您说的是那件事儿啊？嘻……您想到哪儿去了，这都多少年了，我还说那个干什么？"

　　"真的呀，我妹妹……跟黄天霸那段事儿，你可不许当着众位弟兄再提起来，因为大家伙儿，恨黄天霸恨得牙根儿半尺长，而且两天

613

之后，黄天霸到这儿来赴宴，我们就要把他给宰了，你如果把这个事儿说出来，你可挡了我殷启的路了……"

"您这把话说哪儿去了？我绝不是那样的人哪！啊！您放心，殷二爷，我要是把这事儿给您说出来，我就不是东西……"

"好好好好……有你这句话就行！"殷启还特意嘱咐这么两句，长臂猿孙四，回自己房间休息去了。

这里，他们一步一步地在准备，那边施世纶公馆里边的众位呢，也在准备着。这两天的时间哪，大家一直在合计，谁上龙潭寺，谁去参加这个宴会？而在这个宴会上，要把赵忠带去，把这炸海金蟾换回来。究竟说，这白面判官柳青，他是真情还是假意，到现在，连施公带赵璧算在内，都拿不准，只有这老太太花花氏，一直认为是真的。老太太觉得，这柳青是他干儿子，那是无可怀疑的。

最后施大人想了一下呀，也只可走这条路。本打算要派一些官兵，暗地里把这龙潭寺给包围了，又一转念，还不行，万一，这白面判官柳青，要是真的呢？如果说把官兵这一派去，龙潭寺里边儿得到了消息，那谢五豹很可能携带国宝逃跑。他这一跑，天涯海角，再找他找不着了。与其那样，还不如稳稳当当地就来一个赴宴，不管是真是假，龙潭虎穴，得闯这么一趟。

黄天霸很有信心，黄天霸跟施大人说了："这件事情您就交给我，我到在那里，指定能把国宝给您得回来。"

商量的结果，派几个人去，黄天霸去，关泰关晓曦去，赵璧去，金大力去。施大人在这公馆里边待着，不能说无人保护，他们也担心，他们要使个调虎离山计呢？把黄天霸等人，调到龙潭寺去了，他们再派一部分人绕到公馆行刺施公，这个事情也是有的。所以现在朱光祖跟计全两个人伤势刚见好，还没有完全痊愈，他们两个人本想要跟着去，被黄天霸把他们留下了。黄天霸说："你们留在这公馆里边，保护施大人。"同时留下的还有王殿臣、郭起凤、老英雄褚标、哈三巴、何路通等等剩下的这些位。小孩儿贺人杰吵吵嚷嚷地要去，尤其是他知道黄九龄在这龙潭寺里头呢。黄天霸说："孩子，你不能去，你得在这儿保护大人，保护大人比上龙潭寺这事儿更重要。"

黄天霸话虽这么说，他不带贺人杰还有另有一层想法，因为贺人杰这是他大哥贺天保独根儿这么一个孩子，危险的地方，黄天霸都不愿意带他去，所以把贺人杰留下。

黄天霸这拨这么一去呢，几员女将提出来了，也要去。因为什么呢？因为这次到龙潭寺里边，老太太花花氏再加上花万香，这母女两个要去，这母女两个一去呢，张桂兰、褚莲香这两位女将跟施大人就提出来了，说："那么我们也去吧，人家母女两个也去，我们这两位女将在这儿闲着干吗呀？我们跟着一块儿做个伴儿。"这样的话，就等于是四男四女。

这张桂兰跟褚莲香哪，说是要陪着这母女二人去，其实从心底深处，是要陪着黄天霸跟关泰去。因为人家这是两口子，最近莫过夫妻，上龙潭寺里边，赴这种宴会，说不上有什么意外情况，人家不放心，所以，借着这母女二人的借口，实际上是为了保护黄天霸和关泰。施大人那是精明透彻的人，也明白他们的意思，施大人点头就答应了。

定好了，这四男四女，跟着一起够奔龙潭寺。从这个监房里边，就把这赵忠提出来了，因为赵忠是人质，拿着赵忠，去换那炸海金蟾哪，必须得带着他。

两天过后，公馆里边一切准备停当，黄天霸等人，要去龙潭寺了。施大人为这件事情，头一天晚上，给他们摆了一桌饯行宴，施大人多方嘱托，告诉他们，万一要这样的话你们怎么办，万一要那样的话你们怎么办。施大人是担心哪，生怕发生了意外。但是黄天霸呢，他信心十足，老太太，认为此去必胜。

到了第二天了，这四男四女，各自准备停当，要往龙潭寺去。母女二人人家还是坐这花轱辘轿车，余者这六位，各自都骑着马，吩咐人，在这监房里边，把这赵忠就给提出来了。赵忠哪，戴着手铐子被提出来的。今天把赵忠提出来，赵忠开始吓了一跳，以为呀，大概是要出红差了，可能他这口供也都招认了，最后准备咔嚓一刀把脑袋给他砍下来。说是不害怕，那是假的。赵忠出来之后，俩眼发直，瞅瞅这个，看看那个，谁也不告诉他上哪儿去。这赵忠怎么办呢？老太太在旁边说："让他跟我坐一车吧，我瞧着他。"

有人把这赵忠，就架到这花轱辘轿车儿里头了，老太太在旁边跟赵忠在这儿一坐，"行，我跟你做个伴儿啊，走吧。"

这姑娘，跨车辕还赶这车，啪，鞭子一响，这花轱辘轿车轱辘轱辘……后边几匹马——哈啦哈啦哈啦……一块儿跟着奔龙潭寺方向而来。

赵忠坐在这轿车儿里边瞅着旁边这老太太，赵忠心里头直犯合计，心想这儿，这老太太是怎么回事儿啊？啊？……赵忠还不敢问，心想，这是谁呢？啊？原来我没见着他们这帮人里边有这么一个老太太，呀，这老太太长得好古怪，后脑勺儿梳那么大一个髻，这髻上，别着那么多簪子，哎哟，这老太太两个眼睛，目光炯炯，光芒逼人哪，看来这老太太，是有点儿功夫的人。他们大概是要把我拉到城外，找一个没人地方，把我宰喽。把我宰了之后……干吗要带一老太太呢？啊？这老太太是缝尸体的？脑袋砍下来之后，给我再连上？放棺材里再盛殓起来？赵忠在这儿瞎琢磨。

他们一起就来到了龙潭寺的寺门外，当来到龙潭寺寺门外之后，骑马的各自下马，把这马，就拴在了龙潭寺寺院旁边这一溜的树上。老太太把这车停住了，姑娘花万香由打车辕这儿跳下来之后，把这个轿车儿帘儿一挑，让老太太先下来了，然后把赵忠也拽出来了。赵忠站在这儿仔细一瞧这龙潭寺，赵忠更不明白了，赵忠心想，怎么今儿个把我带到龙潭寺来了？啊？他们讲和了？这不可能哪……

赵忠在这儿犯猜疑，黄天霸几步来到山门跟前，哪哪哪，一敲打山门，里边有两个小和尚，把山门开开，双手合十："弥陀佛，弥陀佛，施主，您找谁？"

黄天霸说："劳你往里传禀一声，禀报你们的住持，告诉那白面判官柳青，你就说，奉旨钦差施世纶施大人手下的副将黄天霸，今天应约而至，让他们出外相见。"

"哦……稍候稍候……"两个小和尚转身进去，时间不大的工夫，就听里边一阵杂乱的脚步声音，由打里边，大和尚智能和白面判官柳青为首，随后边又跟出来十几个人，他们来迎接黄天霸。

白面判官柳青，抬头往这儿跟黄天霸两个人一打照面儿，柳青微微一笑，"黄老爷，久仰久仰，黄老爷果然是英雄豪杰，言而有信，今天如期而来，我柳某是佩服之至。哈哈哈哈，黄老爷，里边请吧！"

黄天霸一看柳青，这气就不打一处来呀，心想，当初我在连环套，捉拿窦尔敦，费了这么大的力气，没想到就是这个人，他冒充店里的掌柜的，把窦尔敦给救走了。今天，在这里，又是跟他打交道。黄天霸想，这个人，跟一般的绿林中人不一样，这个人，他有点儿狡猾的智慧，得多加小心。"哦……柳寨主，久慕您的大名，今日才能相见……"

"哈哈哈哈哈哈哈哈……好！不但相见，一会儿我们还要喝酒呢！快请快请……"

黄天霸等人跟着柳青他们就进来了，走进龙潭寺的山门，没奔西院儿，一转身，奔东院儿来了。一进到东院儿，黄天霸就用目光，先搜索了一下这个院子，一看这个院子，那边是一溜禅房，那边，可能也是禅房，这边，这房子修得比较高，这是罗汉堂，门口儿这儿，横挂着一个匾，黑地儿金字，颜体字，罗汉堂。

黄天霸说："哦……怎么今儿个请客，在这罗汉堂里头？"

柳青跟这大和尚智能在门口儿一站，"请吧！"

"哦？今天，咱们在这里相谈吗？"

大和尚智能双手合十："阿弥陀佛，善哉善哉，黄副将，这罗汉堂，乃是我禅林重地，请黄副将等人在这里相聚，乃是贫僧一片敬仰之意。"

"好！如此说来，老方丈，——请！"

"请！呵呵呵呵呵呵……"

大和尚迈步先进来了，黄天霸带领着众位弟兄，也进来了。老太太往里边一走的时候，柳青冲着老太太点了点头，面带笑容。老太太看了看柳青，特意凑到跟前儿低低地嘀咕了一句："怎么样？"

"没事儿。"

"好！"

一瞧这罗汉堂里边，周围一圈儿，全都是罗汉的塑像，十八罗汉。这十八罗汉，可不是泥塑的，是铜铸的，要不怎么它叫销簧机关哪，那泥塑的它就带不了销簧机关了。当间儿，是很大的一块空地儿，在这块空地儿这儿，摆了一个大桌面儿，这些人，围着这桌子坐，足够。一圈儿都是椅子，桌面儿上边，现在还什么都没摆呢，分宾主落座，"行行行……坐坐坐……"

大家全都坐下之后，柳青就吩咐旁边站着的小和尚："来呀，先把酒菜上来！"

小和尚马上转身就下去了，时间不大的工夫，就看这菜一道一道就往上上，敢情这个酒菜，早有准备了，知道他们今天要来。这菜，一会儿的工夫，这桌子上就上满了。什么菜？应有尽有，山中走兽云中雁，陆地牛羊海底鲜，牛肉蟒肉骆驼肉，江鱼海鱼大鲨鱼，另外上两坛好酒。你就冲这一桌子菜，就说明这庙里边住的不是正经和尚，那正经和尚都得吃那素斋素饭哪，哪有什么肉都有的？

酒菜都上满了之后，就看柳青看了看大主持智能："老方丈，这是您的地方，得您说话呀。"

"啊啊啊……来呀，把酒满上……"

旁边过来一个小和尚搬着那酒坛子，挨个儿地斟，整个儿这一圈儿，把这酒都给倒满了。每人面前放着的不是酒盅，而是酒碗，这酒都倒满了之后，小和尚把酒坛子放下。黄天霸仔细看了看，大和尚在这儿坐着，那边是柳青，那边是谢五豹，再往那边有两个是父女二人，那就是那何忆舟跟何七姐，剩下的那些人，都在旁边站着，并没有坐在席面儿上。黄天霸最关注，想要看到的那黄九龄，却没在当场，殷启也没在这儿。黄天霸心里想哪，九龄上哪儿去了？但是在这个时候，容不得他过多地想儿子，他得要应付这些人。

黄天霸坐在这儿，这工夫柳青一看把酒倒完了，柳青瞧了瞧大和尚："方丈，您说吧。"

"哎……今天，你唱主要的，我是配角儿，你先说。"

"呵呵呵呵……好！"柳青就站起来了，他把这酒碗一端，"诸位，我先说两句呀，天下大势，分久必合合久必分哪，交朋友也是这样，今天是朋友，明天是冤家，明天是冤家，后天可能又是朋友。比方说我们吧，跟副将老爷黄天霸，这些年来，可没断了打交道，万万没有想到，今天能坐在一起，喝酒了。为什么我们能坐在一起喝酒呢？这个事儿，主要得感谢我的老干娘，是我老干娘是一人所使！"

老太太在旁边乐呵呵地一点头，"对了，今天这个事儿我给你们打合儿！"

这工夫赵璧把这小脑瓜儿晃荡着往周围瞧着，赵璧心想，这个合儿可是不大好打呀！

第九十六回　堂上摔杯弓弩无声
佛前杀人机簧尽废

　　白面判官柳青哪，发表即席演说。当他说到双方仇敌今天坐到一起的时候，说这件事情多亏了我的老干娘花花氏。

　　赵璧在旁边晃着这小脑袋儿瞅着周围这气氛，赵璧心想，我瞅着这意思呀，今天大概不是那么好打，赵璧有赵璧的想法。

　　这工夫就听柳青又说了，"今天，我们是以物换人哪。我老干娘到这儿来之后，既然跟我谈到了，我们就得出言有信，所以说今天这桌酒席，应该叫作一桌信义宴席。赵忠是我们的朋友，那么炸海金蟾是我们盗取来的国宝。这两天，我跟我这兄弟谢五豹多方规劝，总算把他说通了，他愿意把这国宝拿出来，换我们这至近的朋友——赵忠。不管怎么讲哪，活人比死物值钱，啊！今天，把赵忠带来了，国宝呢，我们一会儿也拿出来，在这个宴席上，我柳青向黄副将奉劝一句。黄副将，您哪，现在已经是国家的官员，身为副将了，也是站立朝阁的了。今后，我柳青拜托黄副将，对我们江湖上绿林中人，还要多多地关照。俗话说，人不忘本，树不忘根，黄副将，您……别忘了也是在这绿林道儿里边儿出来的，对吗？啊？"

　　柳青这话说的是言语之间，可内藏着锋芒。黄天霸可不吃这个。黄天霸听到这儿，黄天霸站起来了，"柳寨主，久仰柳寨主的大名。谈到人不忘本，树不忘根，我黄天霸并非是忘本。跟柳寨主说，我黄天霸的父亲，恕个罪说金镖黄三太，虽然也在绿林中闯荡，但是他是镖行的镖头。再往祖上说，我的爷爷，我的高祖，曾祖，他们都是大明朝的总兵，也算是官宦出身。要说根儿嘛，应该从那儿捯。当然，我黄天霸，十几岁闯荡江湖，大龙山，人称江南四霸天。后来，在江都县我发现施大人是清廉的官员，我情愿弃暗投明，保着施大人。这些年来，绿林之中，江湖之上，对我黄某，不少微词，说什么我黄天霸镖伤二友，说什么我黄天霸狠毒无情，我觉得这都是一片无稽之谈。我黄天霸行得正，做得正，所作所为光明磊落，没有什么可指责的。柳寨主，只要你们好自为之，不违犯国法王章，我黄天霸自然是网开一面。如果说，要像今天这样儿，你们盗取国宝，杀人害命，再被我黄天霸碰上，也不会客气的。"黄天霸这话，一点儿也不软。

这工夫小脑瓜儿赵璧站起来了，"慢慢慢，呵呵，听我说两句，柳寨主，今天您能答应让我们到这儿来以物换人，那我赵璧就应该先谢谢您了，柳寨主，说明您是深明大义，你还是懂得忠孝二字呀，啊？所谓懂得忠者，就是说您把这宝贝愿意献出来，所谓懂得孝者，您还知道这老干娘是不可违背的人情面子。哈哈哈哈哈，我赵璧呢，心里头明白，绿林中的朋友经常想着我。想着我倒不是惦记着我，他是想着我恨不能把我宰了。哈哈哈哈，我这个人其实呢，也没说是得罪过什么，也没伤着什么，只是好较个真儿，好找个理儿。你比方说吧，呃，就这赵忠，你们说呀，他是你们的朋友，至近的朋友，尤其是那谢五豹。谢五豹，我很佩服你，你为了救赵忠，夜晚之间敢夜探公馆，差不点儿让我们把你给追上，逮着。"

谢五豹心想，你逮我？我撵得你可哪儿滋滋滥跑，你还有脸说这段儿？

赵璧接着用手指着谢五豹还说，"可是呢，这赵忠对你怎么样呢？大概谢五豹，到今天你还不知道呢，啊？这赵忠，他曾经亲手把你哥哥谢彪给打死了。那谢彪被我们抓到监房里边儿，本来我们是要审问他的口供的，结果那天晚上，赵忠用那毒药钉，先把他打死了。因为什么呢？我们一审问赵忠，赵忠这才说出实话来，他说那谢彪也开绸缎庄，他也开绸缎庄，两个绸缎庄犯争。商业上是敌对的仇人，再加上这谢彪平素当中对赵忠缺少恭敬，所以赵忠怀恨在心。他就来一个移花接木，嫁祸于人，就把那个害小姐的事儿给他愣安上了，不但说把他弄到监狱里边儿去了，反而他还用毒药钉把他给打死了。你说这个事儿，要是不是通过我们审问，那怎么能明白呢？"赵璧这是有意的把这事儿给抖搂出来了。

赵璧这话一说出来之后，谢五豹在那儿听着，眼睛立愣着看了赵忠一眼。这阵儿那赵忠哪，在那边儿站着，金大力在后面薅着脖领子在那儿看着他。谢五豹心中暗想，赵忠，原来你是这样一个人。这赵忠瞅着赵璧心中暗骂，这小脑瓜儿，你坏透了，脑袋瓜儿长疮，脚底板儿流脓，你都坏透了腔儿了。脑袋瓜儿长疮，胳膊肘儿流脓，你都坏拐了弯儿了。你今天当着面儿，你把我这事儿给抖搂出来，这不是给我们两个之间，这不是建立仇恨吗？

赵璧接着还说，"你看，他把他的哥哥给害死了，结果呢，谢五豹还舍生忘死，上公馆里边儿去救赵忠，这样的大仁大义，十分可敬，十分可佩呀！"赵璧说这个话，谢五豹根本都没听着。为什么？谢五豹光顾了冲赵忠运气了。

这个工夫柳青一听，别让赵璧多说了，赵璧再说多了，这事儿就麻烦了。柳青说："哎，我说赵璧，今天，咱们还是先喝酒吧。把酒喝完，然后咱们交换人物。"

黄天霸说："慢！酒咱们先不喝，咱先把事情办完，然后再喝酒。"

柳青说："哈哈哈哈哈……黄副将，怎么？你怕我这酒里边儿有八步断肠散吗？你怕我这酒里儿有蒙汗药吗？刚才你们是亲眼看见的，小和尚是从一个坛子里儿倒出来的酒，这一坛酒倒的是一圈儿，可没有两样儿，啊？既然相见，难得在一起，来，咱先干一个，以表诚意，干！"柳青把这碗酒咚咚咚咚咚咚，一仰脖儿，他先干了。酒碗往这儿一放。

黄天霸一看，柳青这等于向他较了一步儿，干就干吧，黄天霸端起碗来，把这酒干了。赵璧一看，既然是你们都干了，这也无所谓，我想他这个酒里也不会放什么。这一圈儿人把酒都干了。

酒干了之后，就听柳青又说，"来，咱们再干一杯！"

黄天霸说："不，一碗酒干了，就算是叨扰了。请你先把炸海金蟾国宝拿来我们看看。赵忠，人我们已经带来了，就在这里。你把国宝拿来，我们当面儿交人，你们当面儿交宝，然后咱们再喝不迟。"

"是吗？"他这一碗酒喝完了，这碗可就空了。这工夫柳青把这酒碗在手里拿着，"好！来呀，去取那国宝。谢五豹，你去吧。"

谢五豹说："用不着我去，这还用得着我吗？让他们俩去吧。"拿手一指何氏父女。这何忆舟跟何七姐两个人站起身来就离席撤出去了。他们两个离席撤出去之后，这个酒宴上面就是谢五豹、柳青和这大和尚。大和尚智能一直挨着黄天霸比较近，那几个人，这和尚都已经派出去了，各有各的用处。这工夫他们离席而去，黄天霸就在这儿坐着等着，酒也不喝是菜也不吃。

老太太在旁边说了："我说呀，我看这样，他不是已经拿宝贝去了吗？咱们哪，一边儿吃着一边儿喝着，咱们在这儿等着，别那么干瞅着，啊？一会儿这菜不就都凉了吗？"

柳青说："对，我干娘说得好，黄副将，咱们先吃着。"

黄天霸这脸儿沉着，黄天霸说："不，咱们还是换完了之后再吃菜。"

"哈哈哈哈哈哈哈……黄副将，是不是你有点儿信不过我呀？"

黄天霸说："不！咱们这叫先公而后私，先办公事后叙交情。"

"呵呵呵呵呵，黄天霸，看来你这个心眼儿太多了，你来到我的龙潭寺你还信不过我，那你就别来呀？"

黄天霸说："我来了这就是相信你了。"

"是吗？相信我为什么你还这个样子？"说到这儿柳青这个脸色他就变了。其实柳青这叫没碴儿找碴儿，他说你相信我为什么你还这个样子，这话刚一说到这儿，腾一下他就站起来了，顺手把这个酒碗一举，啊啪——就摔到地下了。酒碗摔到这个方砖地面上啪——的一下就碎了，脆响。随着这一声响，这柳青跟谢五豹，再加上这大和尚智能，三个人同时一纵身，嗖——上边儿是一个大过梁柁，横着。仨人一纵身，一块儿就上了过梁柁。到在过梁柁上，大和尚智能在上边啪——一个雄鹰展翅，往下一探身子，心想：我看怎么样。那个意思该什么了，该按那个销簧按钮了！一按那按钮，这十八尊罗汉就一起乱弩齐发呀，弩箭就都出来了。三位上来之后一亮式，往下一看，底下没动静儿。

就这一瞬间，酒桌上可发生了变化。发生什么变化？黄天霸等人全都愣了，愣什么呢？不知道这三位为什么一纵身，蹦到过梁柁上去。这一瞬间，赵璧找不着了。赵璧怎么找不着了？他钻那桌子底下去了。这赵爷打刚才坐到那儿心里边儿就犯嘀咕，他老觉么这个气氛不对，他们绝不会就这么轻而易举地把我们请来把宝贝就给我们。所以他啪一摔那杯，赵璧就知道出事儿了，这是个暗号。这酒碗掉地下这一碎，赵璧刺溜，钻桌子底下去了。可是这一瞬间，屋子里边儿什么动静儿没有，这销簧按钮没人按。

　　咱们说过呀，这大和尚智能哪，派智悟和尚去按这个按钮儿。这智悟和尚是他们的老四，这按钮在哪儿呢？十八尊罗汉各有名称，降龙罗汉，伏虎罗汉，长臂罗汉，长眉罗汉等等，这按钮就在这伏虎罗汉的身后。这智悟领了智能这个命令之后，今天他老早儿的，就藏到那个铜罗汉的身后了。他这个罗汉堂哪，进了东院，往这边儿一拐，就是罗汉堂的门儿，进了这个门儿之后呢，这是一溜十八个罗汉。外边儿呢，是一溜花棂子窗户，这花棂子窗户哇，并没有都关严。智悟呢，是从这窗户里边儿跳进来，蹲到这伏虎罗汉的身后了，就等着那酒碗啪一摔，他好按这销簧按钮儿，只要一按，这弩箭就齐发了。

　　黄九龄哪，打他们一公布这个计划之后，黄九龄就下了功夫了。他心想，我不能让我爹他们挨了暗算哪？今天呢，这老和尚智能给黄九龄还派了个活儿，让黄九龄跟殷启两个人在这西院儿里等着，就等这些个差官进来，进了东院儿之后，你们在西院儿里出来，把这山门给我把守住，而且把守山门这个地方儿呢，还有这么三四个小和尚，别让他们从门儿里走了。如果说他们翻院墙出去，这院墙外边还有很多小僧人，各执兵器在那儿等候着。

　　黄九龄跟殷启两个人一到这山门这个地方，这个时候差官们就都已经进去了。黄九龄呢就趁着他们谦谦让让，往这院儿里走的时候，黄九龄就跟殷启轻轻地嘀咕了一声："二舅啊，您在这儿等会儿，我上里边儿看会儿热闹儿，然后我再出来。"

　　殷启说："你别离开这地方，人家安排你在这儿。"

　　黄九龄说："这帮人哪，人家撤退跑的时候也不能走大门，人家肯定得翻墙过去，我到那儿看两眼就回来。"就这样，黄九龄悄悄地也跟着，就进了这东院儿了，进了东院儿的时候呢，他们那些人就已经都入席。入席之后，就在他们大家讲话的时候，这黄九龄已经来到了窗棂外头，他在窗棂外边站的这个位置呀，就是智悟和尚在屋儿

623

里边待的那个位置。

黄九龄为什么待得这么准呢？因为在这两天之间，他跟这智悟和尚已经套出他的口供来了。所谓套出口供来就是跟这智悟和尚两个人套近乎，这智悟和尚也知道这是殷洪的外孙子，跟黄九龄并没有什么戒备。黄九龄呢跟智悟和尚闲聊，就说：“您要管那个销簧哪，我怎么就不明白，那玩意儿怎么一按这就出弩箭呢？”

智悟和尚说：“那当然了，一按就出弩箭。”

“您在哪儿待着？”

“我在那罗汉身子后头。”

黄九龄说：“那儿那么多的罗汉呢，您在哪个罗汉身后边？按哪个他都出弩箭吗？”

“不，怎么能按哪个都出弩箭呢，只按那伏虎罗汉身后边儿那个按钮，它才出弩箭呢。”

黄九龄就记住了，他偷偷地到这个罗汉堂里边转过一圈儿，认准了哪个是伏虎罗汉，知道伏虎罗汉站的那位置。所以今天黄九龄在窗户外边儿一站就这地方，黄九龄早有准备，在身上带着一把短刀，这把短刀是专门儿给这智悟预备的。就在他们大家说话的工夫，黄九龄轻轻地把那窗户就开开了。花棂子窗户开开由于这铜罗汉挡着，里边儿看不着，黄九龄体轻如燕，他一纵身，噌——他就蹦进来了。蹦进来，把这花棂子窗户他就带上了，带上之后，这智悟和尚看见黄九龄进来了，这和尚一瞪眼睛，那意思：你小子，你怎么进来了？这里边儿是秘密的地方，不能你进来。

黄九龄笑么滋儿地来到他跟前，“我来看看！”他那意思我来看看，上面说着我来看看，底下这把短刀，噗——就给这和尚攮进去了。

和尚这阵儿瞅着黄九龄，心想，他是殷洪的外孙子不错呀，怎么给我来一刀呢？

第九十七回　母女并肩巾帼有勇
父子同乘血泪无声

　　人世上的成功与失败，往往就在于关键时刻的关键一步，这黄九龄哪，就是在关键时刻，关键这一步，出现了，他的出现，把柳青的整个儿计划全都给打乱了。

　　黄九龄由打窗户外边跳进来之后，凑到和尚智悟的跟前，扑哧一刀，就给他攮进去了。这智悟哇，眼瞅着黄九龄他心里还在合计呢，这殷洪的外孙子这孩子不错呀，他怎么给我来一刀？……想到这儿之后，他想找出一个答案来，这答案还没等找出来，他就已经人事不知了。为什么？他完了。带着一个挺大的问号儿，离开了人世间。

　　他没吵吵吗？没来得及，因为黄九龄这刀，扎得到位。现在干什么事儿不都讲究到位吗？他这刀，扎得就到位，这一刀，刀尖儿正扎到那心尖儿上。所以那和尚连哼都没哼，当时就完了。

　　和尚这一死，大梁栒上那三位，他们可忙乱了。谢五豹，柳青，再加上智能，他们蹦到那大梁栒上来，就准备着乱弩齐发呀。一瞧这十八个铜罗汉怎么都没动静儿啊？当时柳青就意识到一个严重问题，柳青心想，是不是这个销簧机关多年不用生锈了？他弄，弄不开了？这怎么办？事到如今，这个事儿已经全都暴露了，干脆吧！柳青就在这梁栒上喊了一声："弟兄们，杀！"

　　他一喊弟兄们杀，旁边坐那老太太，老太太也感到奇怪，"哎，我说你们怎么都上那梁栒上去了？我们这儿喝酒呢，你们上梁栒，这是喝酒还是耍猴儿？"

　　柳青说："我告诉你吧老干娘，今天黄天霸等人既然已进了我的龙潭寺，有来路就没有去路了，你们走不了了！"

柳青这一句话老太太心里边就明白了，老太太心想，完了，完了完了完了……黄天霸等人不是说没有怀疑呀，跟那施大人人家曾经提出过，此去龙潭寺到底这柳青是真的是假的？我给人家打了包票，愣说是真的，结果到这儿之后这是假的……老太太后悔后得这肠子都悔青了，心肝脾胃肾都悔翻了个儿了。

今天老太太来，还没带兵器，由于她太相信柳青了，太相信他这干儿子了。老太太现在着急，手里边空空的没有抓挠儿。

这工夫房梁柁上那三个人一纵身由打那梁柁上就跳下来了，柳青跟谢五豹两个人各自把单刀就亮开了。这大和尚智能往旁边一转身，就转到这长眉罗汉身后了，敢情他那条禅杖就在长眉罗汉身后边立着。大和尚到那身后把这个禅杖一抄，一转身哗啦，禅杖就端起来了。"你们哪个来！"和尚在那儿叫号儿了。

这一叫号儿，黄天霸、关泰、张桂兰、褚莲香等人各自把兵器亮出，喊了一声："往外闯！"心想不能在罗汉堂里边跟他们打，看来这个罗汉堂里边他们可能有埋伏，咱们院子里边见！

他们这往外一闯，这屋子里边，连这个大和尚小和尚，再加这些绿林道的人，加上黄天霸众位就全乱了。现在有一个人儿没主意了，谁呀？金大力。金大力打刚才这手提溜着这铁棍，这儿看着那赵忠呢。金大力一看，怎么打起来了？啊？那这小子怎么办呢？"哎，我说，这怎么办呢？……"

他问谁？他问黄天霸，金大力这个人哪，敢情组织观念挺强，这黄天霸不发号施令哪，金大力还不敢动弹。因为黄天霸在来的时候就嘱咐金大力，你就看住赵忠。现在，屋子里边乱了，金大力应该做什么，黄天霸没有工夫告诉他了。就在这个时候，赵忠心想，哦，这应名儿是让我到这儿以我换那国宝，其实，这是柳青定的一条计策，如今可该到我逃跑的时候了。他知道金大力就在他身后呢，也知道金大力是个大个子，赵忠他突然间一转身，就拿这手铐子呀，他想给金大力这太阳穴上来一下子。赵忠想，我只要这一下子把他打蒙了，我转身就跑出去了，龙潭寺，这是我们的地方。所以赵忠突然一转身，欸！他这一铐子奔金大力就来了。

别看金大力不会蹿房越脊，不会高来高去，但是金大力那是摔跤的行家里手，那手底下明白着呢！金大力一看这赵忠突然一回身，这手铐子奔这儿来了，金大力往旁边一闪身的工夫，啪，一捋他的手脖子，脚底下给他来一个踢儿，嘿！这一下子，呱，就把赵忠给踢躺下了。赵忠呱地一躺下，金大力照他这小肚子就一脚，这一脚一踹上，金大力一看黄天霸等人就都奔院子里去了，他提溜着这棍，他也出来了，赵忠他不管了。

他不管赵忠哪，这个时候，正赶上谢五豹由打屋子里边往外走，从这儿路过，谢五豹手中提溜着这口刀，来到赵忠的跟前。他看见赵忠倒在了地下，正想要起来，上半身儿刚坐起来。谢五豹一看赵忠，心想，赵忠，刚才小脑瓜儿赵璧在酒席宴前说的那些话肯定都是真的，我知道你这个小子的为人，看来我二哥是死在你的手下。像你这样狼心狗肺的人，我留你何用！他顺手一刀，噗，赵忠，刚想要起来没起来，这一刀在这儿就扎进去。这一刀噗的一声进去，哧儿，拿脚一蹬这刀就拖出来了。谢五豹一合刀，就出来了。

这个时候，院子里边，绿林中埋伏的人，跟那些小和尚，就全乱了套了。老太太花花氏，来到院子里头，老太太着急，着急什么？着急手里边没家伙什儿。老太太刚到院子里边攮撒着两手，旁边过来一小和尚。这小和尚是埋伏在院子里的，小和尚手中拿着一口单刀。这小和尚心想，跟这些人动手打起来，我得老太太吃柿子——捡软的捏。这老太太她岁数儿挺大，大概是他们这堆儿人里边最没能耐的，最好欺负的，干脆吧，我来个欺负上岁数儿的人吧。这小和尚一纵身就过来了，照着这老太太，"看刀！"这一刀就扎过来了。

一刀奔老太太这一扎，他以为老太太是这一堆儿人里边最没能耐的，殊不知这老太太是这堆儿人里边最有本事的。他这一刀奔老太太扎过来了，老太太往旁边一闪身，这一刀可就扎空了。她拿这手，啪，一锁他手脖子，小和尚这手脖子被老太太抓住之后，这刀想撤他就撤不回来了。与此同时，这动作非常敏捷，非常迅速，非常干脆，老太太这手抓住他手脖子，这手一扬，用这掌照那和尚秃脑袋，嘿，上去就是一掌。

老太太这掌哪，练过铁掌开石，今天开到小和尚那秃脑袋上，耳畔边就听见，咔——就好像打那旱香瓜儿一样，小和尚那脑袋当时它就两半儿了。小和尚一句话没说，连弥陀佛都没念，就手儿就坐地下了。老太太顺手把他这口刀，就夺过来了。老太太手中有了这口刀，这可就不怕了，在院子里边摆开这口单刀，跟着围着他们的众僧人就打起来了。

老太太的女儿那花万香呢？花万香来到院子里边一伸手，从腰间哗啦，拽出来一条七节链子鞭。这姑娘把这链子鞭刚一拽出来，旁边儿噌就蹦过一个人来，谁呀？那老头儿何忆舟，茶馆那掌柜的，也就是何七姐她爹。何忆舟手中也拿一条链子鞭，何忆舟心想，你这个小丫头片子，你也有本事练链子鞭？啊？这七节链子鞭是所有的人都可以玩儿的吗？我看看你这个链子鞭是跟谁学的。哗啦一抖，啪，就奔着姑娘就来了，这姑娘是摆鞭相迎，缩颈藏头，躲开这条鞭，哗哗，哗啦哗啦哗啦……链子鞭是软兵器，两个人打起来，打着打着，哗啦，这两条链子鞭绞到一块儿了。绞到一块儿之后这姑娘往怀里一带这鞭，带不回来了。为什么？何忆舟那鞭跟它绞在一起，何忆舟也往怀里带。何忆舟往怀里一带，嘿！姑娘往这边带，他往反方向拽，这两条链子鞭那么搭着，就绷直了。

何忆舟心想，嘿呀，你想把我手里这鞭夺过去呀？那哪能哪！今儿我非得要你好看儿不可！他还使劲儿往这边拽，他想把姑娘这鞭哪，夺到他手里来。

两个人在这里相持不下，斜刺里蹦过一个人来，谁呀？何七姐。这何七姐她一直在盯着花万香的行动，因为她把花万香，视作她的肉中刺眼中钉，这是她的情敌。她手中提溜着一口宝剑，她一瞧她爹爹，跟花万香这两条链子鞭绞到一起了，她觉得自己的机会来了。你们两个人在争夺这兵器，我在旁边过来，我一剑就要你的命了。

何七姐一纵身，提溜着宝剑，她奔着花万香就来扎。可是就在这个时候，在不远的地方，这老太太看见了，老太太关心自个儿的女儿啊。老太太别看跟这些小和尚们打着，这眼睛，还观察着自己女儿的行动呢。她一看坏了，女儿跟那个人那两条鞭，绕到一块儿了，旁边那何七姐过去，要去刺杀她的女儿。这老太太一着急，把这刀往旁边一涮，老太太一伸手，由打这髻上，就拔下一根簪子来。啪，抖手，簪子就出去了。敢情老太太这大髻上别着十二根簪子，那不是簪子，那是暗器。看着像银的，锃明瓦亮，那是夹钢打造的，飞快。这簪子飞出去之后，何七姐一摆宝剑，刚要往前扎，噗，这一簪子就给钉到她的胳膊上了。何七姐哎哟的一声，往下一撤身，她就撤下来了。再瞧那何忆舟哇，坐地下了。怎么坐地下了？这赵璧咱刚才说呀，他钻到那桌子底下去了，他这个动作比谁都敏捷，他瞧那三个人一上房栊，他钻桌子底下去了。可是众人往外边拥的时候，谁也没顾及到赵璧，别人都到院子里边了，这赵爷，提溜着自己个儿那红锈宝刀是最后一个由打屋子里边出来的。他出来之后，一看这院子里边一对一对地就打乱了套了，已经说不上谁跟谁了。赵璧拿着自己这小刀儿心想，我得冲谁来呢？嗯？我冲……哎，他一眼就看见那姑娘了，一瞧那姑娘，跟那何忆舟两条链子鞭绞到一块儿了。

赵璧一看见那何忆舟就气不打一处来，心想，兔崽子，你开一个春霖茶馆把我诓到那儿就把我徒弟给抓起来了，到现在我找我徒弟也找不着，也不知道我徒弟哪儿去了，你还在这儿跟这姑娘打？好！赵璧在后边他就过来了。他那儿扯那鞭正往那儿拽呢，赵璧照他那臀部，走，走，走，过去就三刀。你说这何忆舟能受得了吗？臀部挨了这三刀这何忆舟"哎哟"的一声扑通他就坐地下了。

他往地下这一坐，这两条链子鞭就势就抖搂开了。这何忆舟来个就地十八滚，咕噜咕噜咕噜咕噜……捂着屁股就往西院儿跑。

赵璧手中拿那红锈宝刀，他就找目标。找什么目标哇？赵璧心想，这绿林中他那头号儿人物我不能斗，二号儿人物我惹不起，我就拿这小刀儿跟这些小和尚们干得了，赵璧拿这口红锈宝刀就跟这些小和尚们打起来了。

此时刻的黄九龄，已经由屋子里边，翻窗而出，跳到院子里边了。黄九龄手中拿着单刀，他一边儿打着，一边儿找寻黄天霸。他心想，我爹在哪儿呢？我得帮着我爹打呀。他用这目光一寻找，一看黄天霸正跟柳青两个人在一起酣战，这两口单刀杀的是难解难分。黄九龄一纵身，就奔这方向来了，喊了一声："爹，闪开，看我的！"

黄九龄这一喊爹呀，还把这柳青给闹误会了，柳青也认识黄九龄，他知道这是殷九龄，殷启的外甥。柳青还想呢，哎，这小子怎么喊爹呀？他喊谁爹呀？喊我呀？怎么管我叫爹？过去没叫过呀？他一愣神儿的工夫，黄九龄到跟前，一摆单刀，照着柳青那脑袋，唰一刀就劈下来了。柳青一看，他不是喊我！往旁边一闪身，黄九龄第一刀砍空了，横着又一刀，柳青是缩颈藏头，"好小子，你干什么？"

黄九龄说："我干什么？我宰了你！"

"你……"

柳青刚要问，你不是殷启的外甥吗？黄九龄自个儿就报了名儿了："我告诉你，我是黄天霸的儿子，黄九龄！"

这阵儿，柳青是天亮了下雪——也明了也白了，可是也晚了。柳青心想，哎哟，闹了半天，我这里边敢情有这么一个卧底的东西，我说今天我这个计划不能得以实施呢，十有八九就毁在这个娃娃的身上。这时候不容他多想，只有打了。

那么这时候殷启呢？这殷启呀，跟黄九龄他们两个人，原来被分配在看守山门，黄九龄不是到里边来了吗，山门那儿就剩殷启自个儿了。这殷启一听院子里边这一大乱，都打起来了，兵器相碰，叮当直响，喊杀之声，不绝于耳，这殷启说："怎么地，我看看……"殷启提溜着刀，就奔这东院儿来了。往东院儿这儿一探脑袋，殷启一看，哎哟，我的天哪，这都是谁跟谁呀？殷启仔细一看，哎哟，这九龄哪！九龄怎么……怎么九龄跟柳青打起来了？这……欸……黄天霸……欸……哎呀……啊……殷启心里明白了，肯定哪，九龄知道他爹是黄天霸了，今天这是倒反龙潭寺，帮着他爹跟我们这一伙儿人打，那……那我怎么办？……殷启这个人生性就这么一个性格，随风倒，没准主意。殷启心想，这我这外甥已经是背叛龙潭寺了，那我跟着也背叛……我跟着要背叛龙潭寺，这黄天霸能饶恕得了我吗？我经常跟这帮绿林人在一起……那么我不背叛龙潭寺，我……我打我外甥？我打我外甥，翻过来这个龙潭寺里边这伙儿贼也不能相信我呀，这两头儿都不相信我，你说这这这，这可怎么办呢？

这殷启一着急，往上一纵身，嘣，他坐墙头儿上了，坐在墙头儿上殷启在这儿瞅着，殷启心想，我看你们打，我看你们哪头儿能胜了，今天哪头儿胜了我就随哪头儿。你说哪有这样的人哪，他自个儿都拿不定主意了。

这工夫，黄天霸打着打着，一看四周围都是他们的人了，他们人多我们人少，黄天霸说："撤！"

黄天霸一说撤，众位英雄随着黄天霸就出了龙潭寺，来到龙潭寺的庙门之外，黄天霸牵过马来，扳鞍上马，黄九龄一纵身，就跳到黄天霸的身后，坐到马上了。这匹马刚往前走不多远，黄九龄只觉得背后一阵贼风，噗。"哎哟！"一镖打在黄九龄的身上。

第九十八回　九龄中镖呼亲娘
天霸飞马请元配

　　黄天霸带领着众位差官，冲出了龙潭寺，来到龙潭寺的庙门之外，黄天霸解下丝缰，牵过战马，扳鞍上马之后，黄九龄也跳到了他这匹马上，就坐在他的身后。这马往前刚走没多远，坐在黄天霸身后的黄九龄，只觉得身背后，有一股冷风，黄九龄刚想着要回头看的工夫，还没来得及看，噗的一声，一镖就钉在了黄九龄的后背。

　　这镖是谁打的？柳青。因为柳青跟黄氏父子动手交锋，黄天霸一说"撤！"柳青是紧追不放哪。柳青心想，万万没有想到，今天我这整个儿计划就毁在你们父子之手。柳青追出来的时候，正赶上黄天霸跟黄九龄共乘一匹马，准备着要走。所以柳青在后边一伸手，就拽出一只镖来，拽出这只镖而且是用毒药煨的那种镖，啪，一镖，噗，这一镖打上，黄九龄"哎哟"一声，他这一哎哟黄天霸在前边一愣，"九龄，你怎么样了?!"

　　"没事儿……"黄九龄心想，我不能说中镖了，此时如果我爹把这战马一停住，说不定，就被后边这些人给追上来了，包围了。黄九龄忍着疼痛，说了这么一句话，黄天霸继续催马往前走。他继续催马往前走哇，这柳青在后边紧跟着几步，啪，抖手又一镖，两镖打上之后，黄九龄把牙一咬，没言语。

　　这工夫这龙潭寺的庙门外边，所有跟着黄天霸来的这差官们各自牵过自己的战马，上马准备逃走哇。赵璧呀，是最后一个出来的，为什么呀？赵璧想在这里边找寻找寻他那宝贝徒弟，黑世杰。可是赵璧，又不敢在里边逗留，听黄天霸一说走，他也就得跟着马上往外撒。黑世杰，就在那罗汉堂底下那地窨子里边关着呢，这上边闹得这么热闹，噼里啪啦地乱响，喊杀声他都能听得着哇，但是黑世杰，在那里边急得直蹦，他就是出不来。因为那个销簧机关管着呢，这罗汉要不挪开，这洞口儿还看不见。黑世杰心想，这回就完了，肯定是上头啊，来救我来了，来救我没救成，结果呢让人家给打跑了。他们这一跑，最后这帮贼一着急，非把我提溜出去给剐了不可呀！

黑世杰在里边着急咱就不提了，他们这些差官各自上马往回了跑，老太太跟花万香呢，这娘儿两个出来，把这花轱辘轿车儿拴马的缰绳解开，花万香坐在这车辕子上，把这鞭子一摇，啪，轱辘轱辘轱辘……也往回来。可是这个花轱辘轿车儿没有那马跑得快，这个轿车儿在最后，老太太就站在这轿车儿后车辕子这儿，这手把着这轿车儿栏儿，"你们哪个敢上来？你们敢追？"

这龙潭寺里边的众贼寇一看这老太太在后边用手点着，心想，哎呀嗬，你这个老太太有什么仗着的？尤其那个离鸡眼孙胜，还有那长臂猿孙四，这哥儿两个，手中提溜着枪，那个拿着刀，就追上来了。

他们往上这一追，老太太一伸手，把头上的簪子就拔下一个来，一抖手，啪，就是一簪子。这一簪子，长臂猿孙四往旁边略一闪身，噌，串皮给别在肉上了。这小子"妈呀"一声，捂着这胳膊往回就撤，此时刻谢五豹随后就追上来了，谢五豹一看："好哇！你这个老杂毛儿太太我看给你点儿厉害……"啪，抖手就是一镖。

这工夫那老太太站到后车辕子这儿一不慌二不忙，看看谢五豹那镖奔这儿打来了，老太太往旁边一歪头，啪，把这镖绸子拽住了，拽住镖绸子之后一甩手，"还给你……"这镖又回来了。

谢五豹刚想拖这第二只镖，他自个儿打的头一只镖回来了，"哟嗬……"谢五豹把这手赶紧撤出来接自个儿这镖。他刚一接这个镖，他想再回去，再看那老太太那针又过来了，"着家伙吧……"谢五豹一看，我打出这一只镖换回两件儿来，敢情这老太太脑袋上别的这东西这是暗器。

谢五豹往旁边一闪身，把老太太这个簪子就躲开了，老太太接着啪啪啪打出几个簪子来，后边这些个贼谁也不敢追了。老太太这辆轿车儿就等于断后。

就这个样子，这帮办差官跑回了苏州府。回到苏州府，到了施大人公馆里边之后，大家伙儿这才把心情稳定下来。施大人一直提心吊胆哪，不知道他们此去是吉是凶，结果都回来了。首先听黄天霸向他汇报情况，黄天霸一讲说，这回到了龙潭寺是怎么怎么怎么怎么一回事，施大人就问："这九龄怎么样哪？"

黄天霸赶到在公馆里边才知道黄九龄负了伤，黄天霸一看，挨了两镖哇。施大人这时候也知道了，赶紧来到黄九龄的卧室这屋儿，看望黄九龄，黄九龄趴在床上，不敢动弹。老太太就跟进来了，老太太花花氏坐到黄九龄的跟前，"哎哟，孩儿啊孩儿啊孩儿啊……这事儿都怪我呀……都怪我呀！我现在是又想上吊又想投河，我怕你们拉着……嗨嗨……你说要不是因为我，你们哪能这样哪！这……不要紧，孩子，我把这镖哇，我先给你起下来……"老太太伸手，把黄九龄这两只镖起下来了，起下来之后老太太一看这镖，当时脸色就变了，"缺了八辈儿德的，这是毒药镖哇，这是柳青打的呀……不怪柳青，这也怪我呀，这毒药镖都是我给他的……这怎么办呢？啊？现在，柳青跟我已经是抓破了面皮了，我再找他要解药他也不能给我了，我现配解药还来不及了……唉，孩子，别着急呀，我能给你想办法。你先在这儿趴着忍着，你现在感觉怎么地？"

黄九龄在床这儿趴着，"我就感觉我这半截儿身子，有点儿发麻发沉，好像不能动了……"

"是啊，他这镖打的这位置不好，打在脊椎骨的旁边哪，离着中枢神经特近，这个毒药，就发作得快。不过孩子，别着急，我得想办法……"

老太太在这儿着急，黄天霸能不着急吗？张桂兰那是挺疼爱黄九龄，张桂兰也来到床前，问九龄："你怎么样？"

黄九龄说："我这阵儿……没有什么感觉，您放心，我一半会儿死不了……"

小孩儿趴到床这儿，一语不发，俩眼睛眨乎眨乎的，不言语，好像在想什么事儿。黄天霸，搬了一个椅子，坐在床头这儿，"九龄，你这阵儿……觉得怎么样？"

"不觉怎么样，我就觉得有点儿心乱，爹……唉，为了娘哪……"

说到这儿，小孩儿这个眼泪夺眶而出，眼泪出来了。

黄天霸就问："九龄，你这儿……想什么呢？啊？"

"……我想我妈……"

黄九龄这一句话说出来之后，黄天霸张桂兰，包括周围这些个人，听着都一阵心酸。十二岁的孩子，自己一个人到龙潭寺里边去卧底，中了毒药镖了，现在说了这么一句话，想他妈，是想他亲妈殷丽娘。这毒药镖打到这孩子身上，生死未卜，能不想他妈吗？

黄九龄这句话说出来，屋子里边当时就是一片沉寂，好像对黄九龄这句话谁也找不出恰当的语言来回答。黄天霸，眼睛里边也转了泪了，"九龄，你别着急，我……把你妈接来……"

"……我妈说了，我桂兰娘不去，她不来……"

张桂兰在旁边一听，这眼里边泪就止不住了。"九龄哪，我去……我跟你爹，去接你妈去……你等着呀……"

黄九龄点了点头，这工夫张桂兰一转身，"天霸，这样吧，咱们上花家桥去一趟，把殷丽娘接来吧。孩子这样了，还说什么呀？"

张桂兰一说这句话，黄天霸心里边暗自赞美，心想，张桂兰，可以说是通情达理。"好！桂兰，既然有这句话，那么你我二人，马上去奔花家桥。"

黄天霸跟张桂兰马上跟施大人就说了，说我们上花家桥去一趟，去请殷丽娘。施大人说："好，你们什么时候去？"

黄天霸说："刻不容缓，我们是立即动身。"

动身之前，黄天霸又来到黄九龄的床前告诉黄九龄，"九龄哪，我跟你桂兰娘，马上奔花家桥，你告诉我，你母亲住的那个地方，在花家桥哪个部位。"

黄九龄就跟黄天霸说了一下，说完了之后，黄九龄又跟黄天霸讲，说："爹呀，您要是见到我母亲，我母亲如果要来的话，您跟她讲，这龙潭寺呀，里边的销簧机关这是我姥爷帮着他们给建设的，我姥爷当初把这龙潭寺修完了之后，把整个儿的销簧机关图全都给烧了。这是我听那大和尚智能当众讲的。您问问我妈，我姥爷把那图烧完之后，龙潭寺里的事儿，我娘知道不知道？如果她老人家要知道，可以到这儿来帮着你们大家破龙潭寺。不然的话，这龙潭寺里边到处都是销簧埋伏……"

黄九龄就把他从智能那里边听到的有关龙潭寺里边的销簧埋伏的设备，跟黄天霸讲述了一番。

黄天霸一听，这孩子可是立了大功了，就是因为黄九龄，把那个智悟给杀死，才使得他们这些个办差官在龙潭寺能够得以活命。不然的话，今天哪，就都在那儿乱弩分身了。

黄天霸跟施大人一说，施大人觉得，这个孩子立了一个大功，用现在来说，应该说是特等功。把大家都救了，这么一个十二岁的孩子。施大人非常高兴，嘱咐黄天霸，一定把殷丽娘得请来。

黄天霸跟张桂兰两个人上了马之后是马上加鞭，按照黄九龄所说的这路程，就赶奔花家桥。到了花家桥，按黄九龄所说的，就来到了殷丽娘住的宅院门外，下了马之后，牵着马，就进了院子，院子门儿啊，没插着，这是傍近中午的时候，他们两个人进来之后，把这马拴在院子里边的拴马桩上，把这院子的门一关，瞧了瞧这院子里边是一座两层的楼，听九龄说了，他母亲就住在楼上。

黄天霸跟张桂兰，两个人在院子里停足站稳，冲着楼上就问了一句："这是……老殷家的住宅吗？"

这阵儿楼上哪，殷丽娘正跟一个人吵呢，跟谁吵呢？跟殷启。这殷启怎么回来了？殷启坐在墙头儿上不是看着两家谁胜谁败吗？最后他一看黄天霸黄九龄他们都跑，往外撤，殷启一琢磨，我也不能在这里待着了，我要在这里待着，让这伙贼要把我捉住之后，还不得说我胳膊肘往外扭，架炮往里打呀？他们还不得剥了我的皮呀？干脆吧，我也跑吧！他趁着大伙儿乱的工夫，殷启也跑出来了，跑出来之后，直接回到花家桥，他先回来了。今天到这儿，给他妹妹送信儿来了，他以为呀，黄九龄跑回花家桥了。结果一见殷丽娘，一问，九龄没回来。

黄九龄挨镖伤，他不知道，所以他以为九龄哪，还是没有事儿呢，这阵儿一听殷丽娘这么一说，殷启也不知道九龄哪儿去了，"大概是跟他爸爸走吧……哎呀，我说妹妹，这个事儿……他知道了？"

殷丽娘说："他早就知道了，这不用瞒着他，他是老黄家的儿子，我告诉他了。"

"哦……你也得跟我说一声啊，你看这个事儿闹得……差点儿没把我给扔里头！"

"那有什么呀？你不是常跟他们在一起，不都是你的朋友吗？"

"那我的朋友也不行哪！我那些朋友……那是一翻脸那六亲不认……"

正在这儿争吵的工夫，院子里边有人喊，殷丽娘一听院子里边有人喊，殷丽娘开开楼门儿，就出来了，往下一看，"是呀，您找谁？"

黄天霸看见殷丽娘了，"我找殷丽娘。"

"哦，您稍等。"

殷丽娘由打楼上噔噔噔噔噔噔……下来了，殷启随后跟着也下来了。来到院子里头，当殷丽娘跟黄天霸两个人对面相看的时候，殷丽娘当时就是一惊。她认出来了，面前站着的，就是多年不见的黄天霸。黄天霸也认出殷丽娘来了，"丽娘，你还认识我吗？"

殷丽娘此刻的心情，真是难以形容，酸甜苦辣，五味俱全，但是，这复杂的感情，这心中的波澜，她都在内心里边强压着。表面上，装出了一副平静的样子，"哦……这不是黄副将老爷吗？"

"呵，丽娘，你怎么能这么说话呢？我是黄天霸。"

"哦……黄副将，今天，大驾光临，这给我们草舍生辉呀，像我们这样的草民可有点儿担当不起。"

"唉，丽娘，怎么能这么想？我来给你指引一下，这……"

黄天霸没等说话，张桂兰两步就过来了，"丽娘大姐，我叫张桂兰，大姐，你好吗？"

张桂兰，透亮，爽快，不来是不来，一来，张桂兰就想了，首先，我得有个高姿态，我要没一个高姿态，人家殷丽娘这脸没地方搁。

张桂兰两句话，把殷丽娘说得这心里边真有点儿暖乎乎的，"啊！哦……你是桂兰哪！呃……我听九龄说过，来吧，请到楼上吧。"

"大姐，今天我来得可是唐突莽撞啊，您得海涵一二。"

"没说的，上楼吧……"

这个工夫黄天霸一眼就看见站在殷丽娘身后的那殷启了，殷启是老半天没说话，他站那儿自个儿在想，你说我是个什么角色呢？

第九十九回　黄天霸登门续前情
殷丽娘献图成胜算

黄天霸和张桂兰哪，到花家桥，来请殷丽娘。张桂兰快言快语，两句坦荡的话，使殷丽娘从心里边消除了对张桂兰的隔阂。但是殷丽娘对黄天霸此行的目的还不太清楚，让他们上楼上坐。恰恰在这个时候，黄天霸一眼就看见了站在殷丽娘身后，许久没有言语的，这位殷启。

殷启站那儿，自个儿心里犯合计，殷启心想，我算个什么角色呢？啊？你说我是哪头儿的呢？你说我是绿林那头儿的吧，绿林那头儿现在肯定不信任我了；你说我是黄天霸这头儿的吧，黄天霸肯定是瞧不起我了。这可应了我爹活着时候说的那句话了——老大不学好，老二随风倒哇。我就是个随风倒，倒也没倒好，现在还不知道往哪边儿倒。瞅着黄天霸，自个儿有点儿自惭形秽，自个儿琢磨琢磨我要见了那些绿林中人呢，我还有点儿望而生畏，你说我算哪头儿的？

偏偏就在这个工夫，黄天霸走两步到跟前冲着殷启一抱腕，"二哥，你好吗？"叫了一声二哥，殷启马上就把这个平衡的心理得以个立即调整，心想，我应该是他这头儿的，"啊呵……呃……天霸，呃……你好你好……快快……楼上请……"

黄天霸跟着殷启，随后也就上了楼，来到楼上，黄天霸定睛巡视了一下殷丽娘的住宅。这房间里边陈设得非常简朴，黄天霸由打心里由衷产生一种对殷丽娘的敬意，心想，殷丽娘是一个倔强的女子，刚强志气，是一个赋有独立性的女人。

黄天霸在这个楼上找了个地方坐下，殷丽娘让他们坐下之后这就沏茶。先倒了一碗茶端到黄天霸的身旁，放到旁边的茶儿上，"黄老爷喝茶。"这一句话，叫得黄天霸好不自然。紧接着又倒了一碗茶，端到了张桂兰的跟前，"黄太太，您喝茶。"

这一声黄太太把张桂兰叫得腾楞一下子就站起来了，"我说大姐，您可不能这么叫我呀，您怎么叫我黄太太呀？您也是黄太太呀！"

殷丽娘扑哧一笑，坐在旁边了，"呵呵，是呀，当初我是黄太太，现在，我不是了。"

"不！您现在也是，我跟天霸到这儿来，就是请您到公馆去的，您就是黄太太。"

"请我上哪儿啊？"

黄天霸说："丽娘，我们今天到这儿来请你到苏州哇，咱们回家。"

这句话说得很简短，"咱们回家"，你看一样的语言他得分时间分地点分场合……分是在什么氛围里边讲。今天在这个氛围里边讲这四个字儿，最普通最白最浅的话，对殷丽娘来说，听到耳朵里边是震撼心扉。"咱们回家"？十多年了，殷丽娘何曾不想着有这么一句话呀！没想到今天黄天霸居然亲自登门向她说出来了……殷丽娘这眼圈儿一红，这个眼泪儿要往外出，殷丽娘那是个有倔强个性的人，这眼泪儿在眼圈儿里边这么一转，殷丽娘一转念，我不能当着黄天霸的面儿哭。怎么他说这么一句话，我就感动了吗？嗯？殷丽娘牙一咬心一横，这眼泪转了一圈儿，滋……又回去了。

"我跟你回家，上哪儿？上苏州府哇？黄天霸，我们两个现在……是一种什么关系呢？"

"丽娘，这还用说吗？当初，我们两个，不是夫妻吗？如今也是夫妻呀！我跟桂兰特意来请你来了，九龄……他中镖了……"

"啊？"这句话殷丽娘可引起注意了，"九龄他怎么地了？"

黄天霸当时就把黄九龄中镖的事情讲述了一遍，尤其一谈到黄九龄趴在床上眼睛含着眼泪说出来一句话，"我想妈……"这句话一说出来，殷丽娘这眼泪可止不住了。

殷丽娘揾了揾自己的眼泪，"哦……我明白了，是九龄中了镖伤了，他想妈了，所以你到这儿，才请我去……"

"不！丽娘，今天我把你请到苏州，你就不要再回来了，我们从今往后，就永远在一起了。"

"天霸，要这么说，有件事儿咱们得说清楚。"

"什么事儿？"

"我问你，当初，在殷家堡，你走之后，你说不久就会给我回信，可是你这一走，鱼沉雁渺，音信皆无。这么多年你不给我回信我没说什么，可是孩子找你的时候，你不该说……你说我给你回了一封绝情的信，你说我……又另嫁了人，还嫁给一个绸缎庄的商人，这是从何谈起呀？你把这个事儿得给我讲明白，我给你回的那封信，你得拿出来让我看看……"

"丽娘，非要看这封信吗？那那封信……我来得太慌促，我没带来……"

"没带来呀？那好吧，这封信没见着，这个事儿咱没有说明白，我不能跟你走……"

话刚说到这儿，就听院子里边有人喊："这是老殷家吗？"

殷启在旁边一听，今儿这怎么地了？我妹妹这个院子里边向来一个串门儿的都没有，今天怎么一拨儿一拨儿地接着往上上客人？殷启赶紧由打屋子里边迎出去了，"呃……是是是是是……您……哎哟，天霸，你快过来看看这是谁来了？"

黄天霸由打楼上出来往下一瞧，院子里边站着几个人，黄天霸一看为首的，是施大人。黄天霸当时就一惊哪，"哎哟我的天哪，施大人来了！丽娘，快点儿下楼，我们钦差大人亲自来了。"

黄天霸心想，施大人这壶筛得可热乎，你跟我……可没说你来呀，怎么我们前脚儿来，您后脚儿就到了？

殷丽娘一听说施大人来了，也紧跟着黄天霸一起走下楼来。

施世纶骑着马来的，带着关泰，带着赵璧，还带着哈三巴、何路通，四个人。施大人在院子里边站着，这工夫殷丽娘走下来之后，黄天霸先给施大人见礼，张桂兰过来见礼，紧跟着，引见殷丽娘，"丽娘，这就是施大人。"

殷丽娘赶紧过来道一个万福，"钦差大人，您到苏州来别看我没见到您，已经知道您为官清廉了，就连我们花家桥的老百姓，都知道，您是一个青天大老爷。我给您见礼了。"

殷丽娘给施大人这一见礼，施大人，捋着须髯看着殷丽娘，"丽娘哪，这些年来，你受苦了……"

　　施大人这一句话，殷丽娘眼泪下来了，你别看刚才黄天霸说话她那眼泪没下来，施大人这句话会问。这叫心理战，要不怎么能当官儿呢，当官儿必须得体恤民情，体会人的心理。

　　殷丽娘一边儿擦着眼泪一边儿说："大人，我……我没受苦……大人，您怎么来了？"

　　"天霸前脚儿来，我随后就动身了，我本打算跟他一起来，我又怕天霸不让我来，同时呢，我也想到，你们夫妻见面，总得要谈唠一番吧，我要是跟他一起来，怕影响你们谈话呀！故此，我晚到一步。另外，天霸把当年你写的那封信曾经给我看过，这封信现在在我这儿呢，你现在给天霸写的那首诗，也在我这儿呢。今天，我把你们夫妻的前嫌，给你们当时解开，好不好？"

　　黄天霸说："大人，这里不是讲话之地，快请到楼上……"于是黄天霸殷丽娘，让着施公等人，一起上楼。

　　上楼之后，坐在这儿了，小脑瓜儿赵璧，就冲着殷丽娘说了，"丽娘啊，你可别忘了呀，当初到殷家堡去的时候可也有我呀！"

　　殷丽娘说："赵大哥，我知道您哪，正因为有您，所以到现在您又跟着来了……"

　　"哎对，不过这个事儿我办得不算漂亮，天霸没给你回信，我也没催他……"

　　"嗐，过去的事儿就别提了……"

　　施公把这个信就掏出来了，刚才殷丽娘要找黄天霸要的那封信黄天霸没带来，可是施世纶给他带来了。这封信掏出来一看，虽然是十几年了，信纸已经黄了，但是那个字迹看得非常清楚。

　　殷丽娘打开信一看，"天霸，这信不是我写的。"

　　施世纶在旁边说："是呀，从你写的这首诗，我就推断这封信不是你写的，你能不能知道这封信是谁写的呢？"

　　殷丽娘一端详这字迹，"我知道，这封信，是长臂猿孙四写的，是我们家里边的一个管事。"

　　殷丽娘怎么认识孙四这个笔迹呀？咱不说吗？这个长臂猿孙四当

初在殷洪家里边当管事的时候，对殷丽娘，早就怀有好感。癞蛤蟆想吃口天鹅肉，老虎看月亮——高够不着。所以他呢，曾经给殷丽娘写过情书。孙四写的这个情书那是低劣的情书，无论是从措辞上从语言上，那浅而白，俗而淡。所以殷丽娘要不看这个情书还好点儿，一看这个情书，由打心里边对他就产生一种厌恶，不理他。孙四一封情书一看不理呀，这个人还有点儿坚韧不拔，执着追求的精神，接着就写第二封，第二封殷丽娘不理他，他又写第三封。三封情书写过去之后殷丽娘急了，见着孙四那天就跟他说了，"你可不要再胡说八道了呀，你要再给我乱写，我可就告诉我爹了。"

孙四真怕这殷洪，情书不敢写了，怎么办呢，假装作诗，写的那诗呀，都是那些白开水，愣说要殷丽娘给他指点指点。殷丽娘一看那诗呀，就乐了，为什么乐呢？那个语言简直就不是诗的语言哪。什么"天上的月亮亮光光"哪，"我心里边阵阵直发慌"哪，这都是什么玩意儿啊？所以殷丽娘对孙四那两笔螃蟹爬的字儿，印象很深。一看这封信，这就是孙四写的。

殷丽娘当时这一点出来是孙四，黄天霸此时刻也明白了。黄天霸好后悔，好痛疚，由于这一封信，使殷丽娘就受了十几年的罪，使殷丽娘和黄天霸他们夫妻不得团圆，现在事情都明白了。

施大人在旁边说："你们夫妻之间，前嫌尽释了，啊，下一步就得说，丽娘你得跟我到公馆去呀。你的儿子黄九龄，把我手下的办差官的性命都给救了，他立了大功了，功臣的母亲，我能不亲自来请吗？"

施大人这几句话，说得殷丽娘这心里边痛快，受感动，殷丽娘说："好吧，既然是大人，赵大哥你们都来了，那么我现在立即跟你就走……"

赵璧说："不，丽娘，你把这屋子里边东西都收拾好了，咱马上雇个车，咱就搬家。"

殷丽娘说："咱先不忙，我先跟您到那儿，我看完了九龄，回头再搬家也来得及。"

"那好吧！"

这个时候黄天霸就把黄九龄说的那一番话跟殷丽娘讲了，说：

"这龙潭寺里边的销簧机关，当初是老爷子殷洪给帮着建设的，老爷子殷洪建设完了龙潭寺，跟你说过没说过那里边销簧机关的事儿？"

殷丽娘一听这句话，殷丽娘就乐了，她说："我爹呀，当初给他修造龙潭寺的时候，回来曾经跟我讲过，说这大和尚智能，为了保证他龙潭寺里安静安全不受别人侵犯，求我爹，给修造这销簧机关。但是修建完了之后哇，那个智能，又让我爹把图纸当他的面儿烧掉。我爹当时就留了个心眼儿，怕这个智能，将来利用龙潭寺这一片禅林，作为罪恶之地。人心不可测呀，万一将来这和尚要学了坏呢？龙潭寺这个地方别人攻不下来这不就成了我的罪过了吗？我爹，把这图纸他复制了一份，有一份哪，已经留在家中了。我爹病危之时，把他留下的武术的拳谱刀枪棍棒谱，以及他各种药的单方，包括这龙潭寺的图纸，全都交给我了。"

黄天霸跟施大人一听，这就齐了，这回请殷丽娘就请对了！

殷丽娘开开箱子，由打箱子里边就把这图纸找出来了。殷丽娘说："我拿着这个图纸，就可以破他龙潭寺的销簧机关。"

施大人最担心的就是这件事，本想发官兵把龙潭寺包围，但是就怕一包围龙潭寺，如黄九龄所说，他有暗道，撤了。那暗道出口儿在哪儿不知道，这帮贼就全跑了。正因为这样，没敢打草惊蛇。如今有了这个图纸了，殷丽娘可以帮着他们破龙潭寺了，就可以把龙潭寺里边这一伙罪魁恶首一网而打尽。

施大人马上吩咐一声，咱们就回去吧。施大人跟黄天霸等人，加上殷丽娘跟殷启，这一伙人一起是回转苏州城。回转苏州一到了公馆之内，殷丽娘是先来看黄九龄。到在床前一看黄九龄，黄九龄一见自个儿的亲娘，小孩儿这可就流了泪了。孩子这一哭，殷丽娘也放声，娘儿两个是抱头痛哭，这种哭里边包含着复杂的各种感情。黄天霸、张桂兰在旁边也掉泪了，施大人倒背手儿在旁边瞧着，心想，孩子中了镖伤了，而这个镖伤还没有解药，这怎么办呢？

就在大家伙儿正在这儿乱乱糟糟的工夫，外边一个差人见施大人禀报："启禀大人，您派出去，到连环套请的那位花隐士到。"

一说连环套请的花隐士到，这屋子里边最受震动的，就是这花花氏老太太，还有这花万香，娘儿两个一听，这花隐士来了，这也是分手多年不曾见面的一家人哪!

外边,果然,这花逢吉被那个送信的人领着进来了。老头还是那打扮儿,身上穿着道袍,头上二十八根儿头发拢着梳一小髻儿拿针别着,这老头儿往里边一走,老太太往外一迎,老两口子一见面儿,这花花氏,瞪眼儿从上往下看,"老头子,你还是二十八根儿头发……"

老头儿看了看老伴儿,"老伴儿啊,你还是花花世界……"

赵璧在旁边一听,"你们老两口子在这儿说的什么词儿啊?"

老太太说:"你不知道,我这老头子年轻的时候他就这么多头发,我年轻时候满脸褶儿就多,我管他叫二十八须,他管我叫花花世界,这是我们老两口子之间的爱称。"

第一百回　花花世界大开杀挞
湛湛青天永庆升平

　　花逢吉跟花花氏老两口子团圆了。这个时候他们的女儿在旁边过来，给花逢吉见礼。紧接着，赵璧又给他的老师跟施大人，黄天霸等人引见，互相相见相识见礼之后，这老头儿就问了，说"你们都在这儿干什么呢？"

　　老太太就说了："老头子，我告诉你，我闯了大祸了。"老太太就把自己所做的这个事情，怎么上了柳青的当，跟老头儿说了一遍。

　　老头一听，手点着老太太，"我跟你说呀，妇道人家，你是头发长见识短哪。"

　　"嗯，对呀，你看看，这孩子中镖了，这镖没有解药，你带了解药来没有？"

　　老头坐到床旁边一看黄九龄这伤势，老头儿说："放心吧，我来了，就万事大吉。我能不带解药吗？不但带解药，应该带的药我都带着呢。要不怎么人送外号今世药王呢？药王爷哪能没有药呢？"老头儿当时由打兜囊里边就把解药掏出来了，一边儿给黄九龄上着药，同时又让他吃药，一边儿嘴里边直叨念，他就埋怨这老婆子，"我早就跟你说，这种百日追魂散，你不能随便往外传，传到绿林中江湖上，这就是作孽，果然你给我传出去了。"老头儿把她数叨完了呀，这药也给黄九龄上完了。上完了之后，黄九龄的伤势立时就见轻，听说还有朱光祖和计全两个人受了镖伤，虽然上过解药了，但是还没有痊愈，老头儿又给他们两个人上了点儿药。

　　完全安排好了，施大人给他们老两口子安排了一个房间，让他们在这里住宿。人家这三口儿到这屋子里边儿去了，赵璧也跟着过来了。赵璧来到这屋子里边，对自己的师父是问寒问暖哪，赵璧心里边儿有个心事儿啊，什么心事呀？赵璧在想哪，师父哇，当初你可曾经跟我说过，跟我这师妹见面儿之后，如果我师妹还没嫁人，就把她许配给我啦。这个话我当着我师娘不好启口，如今您老人家来了，这个事儿不知道您还记得不记得。所以赵璧就在这屋子里边儿献殷勤，马上给沏了一壶茶来，马上把这茶碗都给刷洗干净喽，放到桌子上，挨个儿就倒水。倒完了水赵璧就坐这儿了，"嘿嘿，我说师父哇，当初，你说我师妹，长得眼睛那样儿鼻子那样儿嘴那样儿，这也不对呀！"

老头儿说："怎么着？我说你师妹漂亮呀，啊？当初你问我那意思，就想打听打听你师妹长什么样儿，我偏不那么说，我这人儿就这脾气。"

老太太在旁边说了："老头子，我告诉你吧，我把咱们这丫头哇，许配给柳青了。"

"什么？你把我女儿许配给绿林中人了？"

"嘻，我原来不知道哇，以为他是镖局的呢。这不这回上龙潭寺才知道底细呀。这事儿啊，就算一阵儿风，过去了，全没有，给咱丫头另找一主儿。"

"嗯，也是呀。我说赵璧呀，你呀，给搭咯着点儿，看看你们这个差官里边儿，有合适的人吗？给你妹妹再选一个良婿。啊！"

赵璧在旁边一听，这老头儿是健忘症，当年他跟我说那话，大概是喝醉了，现在怎么一字不提啦？还让我给我师妹在这差官里边儿找一个？赵璧当时呀，这脸儿就有点儿长了，但是又不好说呀，"欸，好啦。呃，你们老夫妻休息吧，呃，我回去睡觉去了啊。"赵璧这阵儿无精打采，丧荡游魂哪，迈哪条腿都不知道了。迈步往外就走，刚一出门儿，就听见老头儿在屋里说："慢着，回来。"

"欸。"赵璧一转身又回来了，"师父，您有什么吩咐？"

"我记得当初我好像说过那样的话呀，我说如果你见了你妹妹，如果你妹妹没找主儿的话，我打算把你妹妹许配你为婚，有这事儿没有哇？"

赵璧心想你自个儿说的话你自个儿不记得啦？啊？"咳，师父，实不相瞒，徒弟我对您嘱咐我的那些话记得最清楚的，就是这句。"

"哈哈哈哈哈……你这小子，你刚才给我装蒜，我看刚才我说那两句话之后，你五官都挪了位了。我看你记着没记着，还行，真记着呢。老婆子，我早把咱女儿许配给我徒弟了，你别看我徒弟这脑瓜儿小，人心眼儿可不错。"

赵璧说："对，您就照那么说吧，天底下打着灯笼找不着第二个。"

老太太一听："哦，是这么回事儿啊。"

"你以为我是跟你瞎说呢？这是真的。赵璧，我刚才跟你开个玩笑，这回回去睡觉去吧，放心了呀！"

赵璧当时脸色就变了，变什么啦？变成有红似白儿的了。往外再走这腿脚儿也轻快啦，赵璧就出去了。

转过天来，施大人马上把殷丽娘找到一起，要研究破龙潭寺。殷丽娘把龙潭寺的图纸铺在了桌案上，施世纶和黄天霸等主要几个骨干人物围着观瞧，他们看不懂的地方，殷丽娘给他们讲解。这龙潭寺里边儿，的确，他们有一条退路，这条退路是由三条暗道最后并成了一条逃路，这条逃路就是一条地道。这个地道口儿在什么地方呢？就在太湖旁穿窿山旁这个地点，这上面标着方位呢。同时这里边十八尊罗汉，包括正殿的那个西天如来佛，这铜佛像的机关销簧全标得非常清楚。商量结果，施世纶觉得，动用官兵的时刻到了。以前不敢动用官兵，就怕他们完全逃跑了，如今可以动用官兵堵住他们的退路，把这一窝贼寇是一网打尽。于是施世纶决定调用一千官兵，用三百人，堵住穿窿山下他们的出口儿，那七百人，把这龙潭寺要悄悄地包围，而且众位办差官是一起行动。

选定好了日子之后，施世纶把官兵调齐。谁去堵那出口呢？由赵璧带着三百官兵到那穿窿山下去堵那出口儿。赵璧领着三百官兵先走了，这七百官兵，各自人去铠甲是马去銮铃，悄悄地对龙潭寺形成了包围之势。这天晚上定更天出发，二更天到达，把龙潭寺周围都包围了。黄天霸等众位办差官，跟随着殷丽娘一起来到龙潭寺外。

当他们来到龙潭寺外，殷丽娘跟他们商量好了，殷丽娘先奔这东院儿，奔罗汉堂，把罗汉堂那个硫黄焰硝球儿的那个机关卡死。然后他们奔西院儿去，看看这些人在没在场。

商量好了，殷丽娘由打那东院儿翻墙就进去了。黄天霸跟关泰等人奔着龙潭寺的西面儿就来了，他们想在西跨院儿翻墙过去。当他们由打西跨院儿一翻墙往院里边儿一跳的工夫，忽然听见有人就喊了一声："有人！"

怎么有人喊哪？这些天来，这龙潭寺里边儿，柳青等人也加上防备了。那回黄天霸走了，他们曾经商量过要撤退，说现在已经把黄天霸他们众人已经得罪了，官府中会不会派人来？但是大和尚智能说："官府中派人来咱们撤走也赶趟儿。"柳青本人也不愿意走，因为柳青奉窦尔敦的命令到这儿，是来杀黄天霸宰施世纶的，跟窦尔敦说得非常清楚，说我要提溜着黄天霸跟施世纶的人头回去见你。如果说谁也没杀了，最后让人家打得败回去了，柳青觉得自己没面子。所以柳青还在这儿琢磨着呢，我怎么再用个计谋把黄天霸跟施世纶给杀了。这两天他这院子里边儿是严加防范，昼夜十二个时辰，把那些小和尚都安排到这院墙的四周，有一点儿风吹草动，让他们及时送信。所以这些小和尚都在这墙角的暗处蹲着，今天黄天霸等人这一跳进来，有的小和尚就喊上了。这一声喊，这些个贼寇由打屋子里边儿哗啦的一下就全都拥出来了，各执兵器，跟黄天霸他们在院子里边儿就动起手来了。尤其是大和尚智能，手中摆着这条禅杖，一个人能独战俩人。他战的谁？哈三巴、何路通。

他们这儿一打呀，屋子里边儿还有一个没出来的呢。没出来的是谁呀？就是那个何七姐。这何七姐爱美，每天两次梳妆，早晨一次呀，是晚上一次，早上叫晨妆，晚上叫晚妆，今天正在这儿梳晚妆。她每到梳妆的时候，必须得把这黑世杰给叫上来，黑世杰只有在这一瞬间才有点儿自由。黑世杰所幸有一点，自从进了龙潭寺，他也没说他自己会点儿武功有点儿什么本事，就以一个剃头匠儿的身份出现了。每次给这何七姐梳妆的时候都非常认真，梳完了何七姐非常满意。何七姐的身上让老太太给打了一簪子哪，这胳膊还不能动，这梳妆更得依靠黑世杰了。

今天晚上黄天霸外边这人一来，这些众贼寇往外一冲，在院子里边噼里啪嚓这一打，何七姐正在那屋里边儿梳头。黑世杰正拢着她这个头发给她梳梳梳梳梳，准备要梳一个盘云髻，这一脑袋头发拢到一块儿这么往手上一绕，正要绕这盘云髻呢，院子里边儿乱了。丁零咣啷这一打，一喊说捉贼，这何七姐在这儿就坐不住了，"快点儿，给我系一个鬏儿，咱们得出去。"

黑世杰说："别忙哪，你系一个鬏那多难看哪，我得给你盘好了。"

"不行，这都到什么时候了，不能盘了。"

"不能盘啦，这不能盘了它也得盘哪。"黑世杰心里就明白了，我们的人来啦，我这个工夫要不跟他们一块儿跑，我等待何时？

他把何七姐那头发整个儿都绕到他手上了，往旁边一带她这脑袋，何七姐就知道不好，"你要干什么？"何七姐儿往旁边就伸手，为什么伸手？她旁边那放着一把宝剑，那宝剑就在旁边。

她刚要一摸的时候，黑世杰一眼就看见那把宝剑了，他把她那个脑袋往这边儿一拽，一斜身子，把这剑就拿过来了，"你是不是要这玩意儿啊？嗯！"一剑，他把这何七姐就抹到那儿了。黑世杰手拿着个宝剑，就纵身到院子里头了。

院子里边儿是一阵混战。一边儿打着，大和尚智能心里想：坏了，今天来绝不是上次，上次他们仅来了八个人，今天很有可能是官兵都到了。大和尚一边儿打着，一边儿往东院儿那边儿败，吩咐了一声："撤！奔罗汉堂！"柳青跟谢五豹等人手中拿着单刀噼里啪嚓一边儿打着奔着东院儿来。

东院儿里边，殷丽娘进来了。殷丽娘进了东院儿里边儿，没人儿喊。为什么呢？东院儿里边儿那俩小和尚偏赶上上厕所了，就那么寸。殷丽娘进来到罗汉堂里边儿，她先把那个硫黄焰硝那个机关给它关了，殷丽娘这才转身出来。殷丽娘手中拿着一口宝剑，她这口宝剑擎着刚一出这罗汉堂，由打对过儿西院儿里边儿这一伙儿人就拥过来了。领头儿跑在最前面儿的，腿最快的，就是那个离鸡眼孙胜，还有那个长臂猿孙四，孙氏弟兄二人。离鸡眼孙胜睁着两个离鸡眼手中端着枪就奔罗汉堂，迎面儿就看见殷丽娘了。他不认识殷丽娘，跟殷丽娘一打照面儿的工夫，殷丽娘一看，不认识孙胜，但是她可认识孙四。孙四在旁边，孙四手中提溜一口刀，"哟！殷丽娘！"他一喊殷丽娘，由于心里害怕，是脱口而出。他知道，殷丽娘是武艺出众，这一声殷丽娘，殷丽娘一看见是孙四，这气可就不打一处来。心想，孙四呀，就是因为你当初的一封信，使我们夫妻多年不得团圆，今天相见，这是仇人相逢分外眼红哪。

殷丽娘双手一荷宝剑，奔着孙四唰——一剑就扎过去了。她奔孙四这一扎过去，孙胜根本连管都没管，为什么？他知道，现在是要逃命，爹死娘嫁人，个人顾个人了。什么堂叔伯弟兄？就是亲哥儿俩，也不管他了。孙胜就进了这罗汉堂了，这和尚也带着大伙儿拥进罗汉堂了。

殷丽娘跟孙四两个人在这院子里边儿就比画上了，两个人这一动手交锋，这孙四手中那口刀哪是殷丽娘的对手？唰唰——打着打着就看殷丽娘这一剑奔他一劈，他往旁边一闪，殷丽娘拿这剑横着这么一扫的工夫，他一低头，刚一抬头，殷丽娘把这剑一涮，啪——这一下子就正戳他眼睛上。这孙四一捂眼睛，殷丽娘双手一荷宝剑，往下一落噗！这孙四就完了。

这个工夫，跑进罗汉堂里边儿这些贼寇有的是下了地道了，有的就留在这外头了，被这些官军拥进来之后，全给捉住了。下地道的这些位，以为自己是侥幸逃脱了，没想到到穿窿山那个地道口儿那儿，全让赵璧给逮住了。赵璧呀，逮这些贼，逮得倒挺准。他把那个药拿出来了，搁到这手心儿里边儿，出来一个吹一个，噗！这一闻上，哼，"过去，绑！"噗！那个哼，"绑！"连谢五豹带柳青，包括那俩和尚，全都给捉住了。

龙潭寺里的殷丽娘呢，来到正大殿，就在那个西天如来佛的肚子里边，按销簧，取出来了那国宝炸海金蟾。

施大人带着众人回转苏州府的衙门里边儿之后，这就是国宝得获，贼寇被擒。施公对这些贼寇按罪定刑，柳青和谢五豹自然定死刑押在死囚牢；几个和尚定了一个充军发配，刺配的罪；另外剩下的像郝天龙、郝天虎等这些余者绿林首领，有的判无期徒刑，有的判有期徒刑。

没用多久，皇帝降旨，对原苏州知府程方撤职查办，让施世纶代理苏州知府的职务。施世纶在苏州整整做了三年的官，这三年官是为政清廉，百姓称颂。三年之后，皇帝降旨，调施世纶回朝。施世纶临走的时候，百姓那可是万人空巷相送，老百姓们都知道施大人是清官，从来不受礼不接钱，怎么办呢？为了表达自己的心情，苏州城的老百姓一家儿拿一文钱，给他修了一个亭子，这亭子起名儿叫一文亭。

这正是：

苏州一文亭，
百姓心铸成。
清名传千古，
至今颂施公。

后　记

　　《双镖记》是《施公案》的续书。殷丽娘之子黄九龄进京寻父，中途巧遇其父黄天霸，父子不识，黄九龄镖伤天伦父。后来搬请殷丽娘，父子相认，夫妻团圆。

　　我所播讲的《施公案》《双镖记》系列评书，是我的师父王起胜（1918—2010）亲传，我的师父最早是听他的父亲王文海（约1879—1967）讲述此书，后又博采众长，在多年实践中丰富完善了此书。

　　我师父的父亲王文海先生是位清末秀才。我的艺名田连元，就是这位清末秀才所起。

　　我拜师时年纪很小，9岁即在津南咸水沽拜师王起胜。当时我师父在天津咸水沽演出，就是说《施公案》，十分红火，场场满座。那时，我听他说书只能坐在一张单独的小板凳上，在书台旁边听。那时师父和家父都认识，经常在一起喝茶。还有一位老先生叫周德惠，我的师姑李庆云拜周德惠为师的时候，父亲便也让我拜在王起胜先生门下为徒，算是有了门户。当时记得师父对我说，我的师爷叫咸士章，外号"三狗熊"，与"大狗熊"张士德，"二狗熊"张士权，都声音宽厚，音色纯正，常以一声拖腔，震惊书场，故而人皆称其为"熊虎之声"，也因此得了艺名。

　　14岁我辍学，正式学艺，于是便到师父那里（天津谦德庄永安大街茹莲里18号）求起一个名字。师父让我找师爷，即师父的父亲，那是一位整天戴着老花镜捧着线装书，苦读不停的老学究。他摘下花镜擦擦眼睛，问我："你都起了什么名字啦?"

我说："有人给我起名叫田连池，我觉得水太多，还有人给我起名叫田连俊，可我并不俊。"

师爷笑了，说："你们的师兄中，天津有个张连仲，北京有个赵连甲，还有个马连登，都是顺着科考这线上来的，金榜连登，连仲连甲。干脆，你就叫田连元吧。取连中三元之意。"

此次的《施公案》与《双镖记》得以出版，感谢书友的无私付出，本书是由书友何慧芳、王珂、书虫依据我20世纪90年代在北京电视台的录像记录文字，经过编辑初步加工，并聘请学者邵缨拟写的回目名。

至此，我的大部分评书演出本均已出版，当您阅读这部书的时候，如果能唤起当年您看电视评书时的回忆和思考，那对我将是莫大的欣慰。

田连元
2023年元月